김석범 대하소설

김환기·김학동 옮김

보고사

차례

제16장

1

대한민국 정부가 수립된 지 일주일이 흘렀다.

이방근은 저녁 무렵 다방에서 천장의 선풍기 바람에 펄럭이는 앞뒤 두 쪽짜리 얇은 신문을 펼쳐 놓고 읽고 있었다. 그는 열흘 전쯤 제주도에서 올라와 서울역에서 내려서는, 역전에서 석간신문을 산 뒤, 이 다방에서 남대문로가 보이는 창가에 앉아, 같은 자리는 아니었지만 지금처럼 신문을 읽고 있던 일을 떠올렸다. 이제 곧 이곳으로 올 당숙 이건수가 있는 신문사로 서울에 도착했다는 전화를, 그때 이곳에서 걸었던 것이다.

이건수와는 여섯 시에 이 다방에서 만나, 근처 서울역에서 노면전차를 타고 현저동으로 가기로 돼 있었다. 8·15해방이 되던 날 서울역전 일대를 가득 메운 십만 관중의 환호성과, 만세 소리…… 서울에 도착한 날 저녁 무렵, 창가에 앉아 창밖의 거리를 바라보고 있던 이방근은, 돌연 귀속에서 부풀어 오른 군중의 웅성거림 같은 것이 흘러넘쳐 밖으로 퍼지더니, 넓은 남대문로가 갑자기 크게 흔들리며 솟아올라 요동치는 것을 보았다. 그리고 주위를 홍수처럼 메워 그 위를 걸어서 건너갈 수 있을 만큼 엄청난 인파가, 환호성과 함께 다방 유리창을 깨부술 듯한 기세로 밀려왔다…… 순간적으로 이방근의 시야에 펼쳐진 환상이었지만, 그것은 3년 전 8·15해방, 정확하게는 다음 날인 8월 16일 낮의 태양 아래에서 소용돌이친 광경이었다.

환상과 현실의 인파가 겹쳐진 그때, 길 건너편 보도를, 복잡한 인파에 섞여 휙 하고 시야를 스치며 남대문 쪽으로 사라져 간 흰 원피스 차림의 늘씬한 여성의 모습. 그 하얀 그림자의 주인공이, 그 뒤에 당

숙인 이건수와 무교동의 식당을 나오는 순간, 우연히 얼굴을 마주친 나영호와 함께 있던 흰 양장의 아름다운 여인 문난설이었다니…….

지금은 창가가 아닌 벽 쪽 자리에서 이방근은 신문을 보고 있었다. 꽤 넓고 복잡한 가게 안에는 사복 한두 사람은 있을 것이다. 자리가 꽉 차 있어서, 어떤 남자와 같은 테이블에 앉았는데, 그 남자는 잠자코 읽고 있던 석간신문으로 시종 얼굴을 반쯤 가리고 있었다. 이방근도 신문을 펼쳤다. "8·25총선에 대비 수도 관하에 비상경계. 오는 25일 북조선 총선거에 대비하여, 수도 관하 각 경찰서에서는 명일 23일 오전 아홉 시부터 비상경비가 실시되지만, 이번 경비에서는 일반의 민심안정을 기하기 위해 무장 경찰은 가급적 표면화하지 않고, 주로 사복경찰을 동원 내부사찰에 주력하여, 만일의 사태를 미연에 방지하기 위해 노력중이라고 한다……" 그 다음에 "전라남도 지하선거에서 경찰 발포 15명 사망"이라는 기사가 계속되었다. 종로 1가 교차로를 건너 출발 직전의 남대문 방면 전차에 올라타고 얼마 지나지 않아, 종각 네거리 부근에서 나는 격렬한 고함소리가 창문으로 불어 드는 바람을 타고 들려왔다. 두세 명의 젊은이가 숫자상 배는 되어 보이는 여러 명의 건달 같은 남자들에게 습격당하는 것을 목격했는데, 수갑이 빛나는 것으로 보아 일찌감치 출동한 사복경찰일 것이었다. 숙부의 집 앞 언덕 아래에서 교차하는 중앙군정청 앞 넓은 도로는 물론, 요소요소에도 무장 경찰이 배치돼 있었고, 신문 기사와는 달리 상당히 눈에 띄었다.

신정부로 치장한 남한만의 분열 '국가', 단독정부가 막 출발했지만, 서울 거리는 3만에 달하는 나병 환자의 방치 문제, 반정부 분자 검거 선풍으로 뒤숭숭했다. 신문에는 매일같이 8·25남북총선거 지지 삐라 2만 장 압수라든가, 신정부 수립의 8월 15일을 전후한 13일부터 16일

사이에, 삐라 살포 불온 음모 등의 혐의로 수도 관하에서 3백80여 명이 체포되었다는 등의 기사가 끊이질 않았다. 8·25지하총선거에 대한 수사 활동 개시 후 8월 20일 현재 천 3백여 명 검거 등, 더욱이 시내에서 최근 이틀 사이에 이북으로 보내진 지하선거 연판장(투표용지) 1만 6백여 장, 등록인원 8만 천 8백여 명 압수, 시내에서 선거 관계자 64명 검거. 이북행 모 당원 백여 명 일제 검거 등등…….

　그 한편으로 '친일파'의 신정부 잠입에 대해서도 신문은 크게 다루고 있었다. 위로는 장관에서부터 차관, 각 국장급과 그 밖에 이르기까지의 친일협력자 이름과 과거 행적을 밝히면서, 이래서는 과거 조선총독부의 재현이 아닌가, 국민의 분노는 가라앉지 않는다며, 여론을 배경으로 큰 제목의 기사나 논평이 대서특필되고 있었다. 때를 놓친 감이 있지만, '반민족행위처벌법'의 국회 심의와 시기를 맞춘 캠페인이기도 하였고, '친일파'의 방해가 격렬한 만큼 지면에는 긴장된 움직임이 느껴졌다.

　'친일파'를 등용 비호하고, 그 기반을 이 사회에 굳혀온 미군정의 연장이 대한민국 정부 수립이니까, 이러한 것들은 놀랄 일도 아니었다. 그러나 신정부라 하면서 일제강점기 앞잡이들의 소굴이 되어 버렸다고 한다면, 말도 안 된다는 생각을 하면서도 역시 다시 한 번 눈을 씻고 보게 되는 것도 무리는 아니었다. 이른바, 국회의원선거법에는 "……일제강점기 판관 이상의 경찰관, 헌병, 헌병보, 또는 고등경찰의 직에 있던 자, 밀정으로 일한 자, 중추원 참의 기타, 그 요직에 있던 자, 고등관 3등 이상, 또는 훈7등 이상의 수훈자"는 피선거권을 박탈한다고 돼 있었다. 따라서 이러한 반민족분자, 친일파는 신정부의 의자에 앉을 수 없을 터였지만, 실제로 뚜껑을 열어 보면 그렇지가 않았다. 도대체가 이렇게 엉성하기 짝이 없는 법이 있을 수 있단 말인

가. 아니 어떻게, 그들이 친일분자라고는 해도 피선거권만이 없을 뿐이지, 그들의 관료권, 즉 임관의 권리까지 뺏는 것은 아니라는 등의 궤변을 늘어놓는단 말인가, 등등…….

제주도를 떠난 지 열흘이 지났다. 무엇 때문에 서울에 온 것일까 하는 생각이 부유물처럼 흔들리며 가슴에 가라앉아 있었다. 목적이 있는 것도 아니었다. 아니, 목적도 없이 훌쩍 떠나왔지만, 무료하게 놀고만 있는 것도 아니었다. 여동생의 체포가 계기가 되었을 뿐인, 그렇다, 그건 큰 걱정거리였지만, 그녀 자신이 지적했듯이, 그를 위해 특별히 올 필요는 없는 명분에 불과한 것이었고, 그 명분에 의지하여 물리적으로 장소를 이동하고, 지금 서울에 와 있다는 느낌이 들었다. 분명히 아버지 이태수와 함께 지내는 지금의 집에서 나오고 싶기는 했다. 어렵게 생각할 필요는 없다. 당연한 일이다. 집을 나온다고는 해도, 넓은 집을 비우면서까지 같은 성내에서 방을 빌린다는 것은 세간의 체면도 있었기 때문에, 그곳을 떠나 서울로 와 버린 것은, 자신이 생각해도 본심으로 여겨졌다.

레코드음악이 울리기 시작하면서 가게 안은 한동안 손님들의 수런거리는 소리만 들리고 있었다는 것을 알았지만, 음악이 신호라도 되는 것처럼 테이블 맞은편에 앉아 있던 손님이 신문을 접고 일어나더니 문 쪽으로 사라져 갔다. 이방근은 커피 잔을 입에 가져다 대며 그 모습을 지켜보았다. 도시의 커피에도 익숙해졌다. 지금은 다방에 들어가면 당연하다는 듯이 커피를 마셨다. 그렇다, 커피의 향기, 탄내나는 맛, 이것이 도시인들의 음료인 것이다. ……유원이 일본행을 완강히 거부하는 것은 남승지에 대한 뭔가의 마음이 작용하고 있는 것은 아닐까. 놀랍게도, 지금부터 겨울 스웨터를 짜고 있는 것은, 오빠가 제주도로 돌아갈 때 맡길 남승지에 대한 선물이었다. 그리고 오빠가 내심 이상하게 생각할 정도로 거의 남승지를 화제로 삼지 않았던 여동생이, 꿈속에서 남승지가 죽었다며, 며칠 전인가의 아침에, 아직 잠자리에 있던 오빠에게 걱정스런 얼굴로 알리러 왔던 것이다. 제주 도청의 양준오에게 전화를 한 것은 마침 그날이었다. 서너 시간이나 지나서 퇴근시간 직전에 겨우 전화가 연결되었는데, 결코 여동생의 꿈 탓이 아니라, 남 군은(남승지의 이름까지는 말하지 않았다) 어떻게 지내고 있냐고 묻자, 꽤 건강하게 지낸다고 한 걸 보면 최근에도 만난 모양이었다. 바보 같은 일이긴 했지만, 여동생에게 그 일을, 그는 건강하게 활동하고 있다고 이야기해 주었다. 양준오와의 전화에서도 이야기했지만, 정말로 한번 서울에 부르고 싶었다…….

그런데, 양준오 녀석이 깜짝 놀랐었다. 아아, 귀향은 월말이나 다음 달이 될 거야, 특별한 용무는 없지만, 이것저것 그때까지 할 일이 꽉 차 있다고나 할까. 왜 사람이 제주도에 살아야 하는가 하는 생각이 든단 말야. 화 내지 말게, 나는 그쪽으로 돌아갈 테니까. 그건 그렇고, 이번에 돌아갈 때는 깜짝 놀랄 만한 미인을 데리고 갈 거야. 그건 또 무슨 말입니까? 무슨 말이냐고 할 것까지는 없겠지. 미인이야, 그러니까, 여자 친구라고나 할까, 오해는 하지 말게. 그분이 제주도에 볼 일이 있다고 해서, 나는 수행, 안내를 하는 거니까. 핫, 핫하아, 이전에는 본토를 여행하다 만난 부스럼영감을 데리고 돌아갔다가 성내 사람들로부터 빈축을 사고 따돌림도 당했는데 말이지, 기억하고 있나. 노인에게 목줄이라도 달아서 늙은 개처럼 끌고 다니라고 참새들이 떠들어 댔었지…….

이방근은 양준오와 남승지를 해방 전부터 알고 있다고 하는, 그리고 자네들을 만나고 싶다는 우상배가 일본에서 와 있다는 이야기를 할까 생각했지만, 그것은 역시 불필요한 일이었다. 아무래도 문난설이 제주도에 가고 싶다는 말은 정말인 것 같았다. 그녀와는 요 며칠 전에 만났을 뿐이었지만, 어제 갑자기 전화가 걸려 왔던 것이었다. 꼭 어떤 사람을 소개하고 싶다. 제주도 게릴라 토벌로 현지근무를 하고 최근에 본토로 철수한 청년 장교라고 했다. 그리고는 이방근의 제주도행 일정을 확인하면서, 마치 젊은 처녀나 여학생처럼 목소리가 들떠 있는 것이 조금 의외라는 느낌이 들었다. 왠지, 문난설과 만나 그녀와 제주도로 동행하기 위해 서울에 온 것 같은 기분이 들지 않는 것도 아니었다. 성내의 집을 떠난 지 며칠 지나지도 않았는데, 아버지가 숙부에게 건 전화로 계모의 임신을 알게 된, 왠지 들이대는 듯한 느낌도 기묘했다. 서울에 오고 나서, 이 두 가지가 목적이고 결과인 것 같은 기분이 들지 않는 것도 아니다. 계모의 임신을 알았을 때 여동생의 그 격렬한 구토의 발작. 배가 나날이 크게 불러와 팔자걸음으로 어기적어기적 걷는 계모를 같은 집에서 매일같이 보는 것은 생리적으로 견디기 힘들다. 그 배를 보는 아버지의 더 없이 기뻐하는 시선과 마주치는 것도 역시 참기 힘들다.

국제통신이 발행하는 신문 편집과 관계된 일로 황동성은 접선을 요청하고 있다. 그는 서울로 이주할 것을 요구하고 있었다. 제주도로 돌아가는 것은 그 일을 거부하는 하나의 구실이 될 것이다. 무얼 하려고 아직도 서울에 있는 것인가. 얽힌 실타래처럼 풀 수 없는 것도 아니다. 그래도 마음의 밑바닥에 침전물이 부유물처럼 흔들린다. 서울과 제주도. 아니, 서울이면서 서울이 아니다. 제주도이면서 제주도가 아니다. 지금 떨어져 있는 제주도가 마치 바다의 끝, 어둠의 저편, 깊고 영원한 안개 너머의, 그렇지, 그 이어도와 같은, 사람이 다가갈 수 없는, 한번 들어가면 다시는 돌아올 수 없는 환상의 섬, 악마의 섬 같은 기분이 든다. 제주도는 한반도 남해에 있는 것이 아니라, 대양

한가운데의 섬 이어도였다.

숙부 이건수가 다방 입구에 나타났다. 그는 바로 이방근을 발견하고 몇 미터 떨어진 그 자리로 왔다. 이방근은 막 불을 붙인, 피우다만 담배를 재떨이에 비벼 끄고 엉거주춤한 자세로 숙부를 맞았다.

"일찍 와 있었나?"

배가 나온 이건수가 낡은 가죽 사무 가방을 옆에 내려놓고 앉아 손수건으로 땀을 닦았다.

"숙부님은 늦게 오셔서 다행입니다. 제가 왔을 때는 자리가 다 차 있어서 합석을 했습니다만, 방금 전에 막 나간 참입니다."

"식사는 아직 안 했겠지. 가기 전에 어디서 식사를 해야지."

여종업원이 오자, 이건수는 커피를 주문했다.

"그럴 시간이 있겠습니까."

"일곱 시부터인데, 조금 늦겠지. 지금 여섯 시를 막 지났군. 시간은 걱정할 거 없어." 이건수는 담배를 한 개비 꺼내 불을 붙였다. "방근이는 집에서 직접 이쪽으로 왔나? 음, 유원이는 집에 있던가."

"예, 있습니다."

"나는 사실 네가 있어서 안심인데, 핫하아, 호랑이의 위세를 빌린 뭐 모양으로, 조카의 힘을 빌리는 숙부가 된 셈이지. 이제 그 아이 앞에서는 너희 아버지나 어머니 이야기는 못 할 것 같아. 나는 젊은 처녀의 기분은 알 수가 없지만, 네 숙모는 같은 여자니까. 어젯밤에 유원은 마치 유부녀라면 입덧의 발작이 아닌가 싶을 정도로, 정말로 똑같은 현상을 보이더구나. 어머니 뱃속 아이 이야기가 나오자마자 갑자기 구토를 일으키고, 밥을 먹지 못하게 되니 말야. 그런 일이 있을 수 있나. 이런 말을 해서는 안 되겠지만, 정말로 나는 그때 이상한 생각까지 들었다구. 한두 번도 아니고, 내가 알고 있는 한, 그게 세 번째였거든. 절대로 제주도의 집에는 돌아가지 않겠다고 하는데, 제주도에는 돌아가더라도 부모가 있는 집으로는 가지 않겠다고 말이지. 대체 어떻게 된 일이냐구. 이건 부모 자식 간의 절연 선고잖아. 하긴, 부모 자식 간의 인연이라는 것은 그렇게 간단하게 끊을 수 있는 것은 아니지만. ……안색도 좋지 않은데, 병원에 가 보지 않아도 될까?"

"특별히 병이 걸린 건 아니거든요. 저도 묘한 반사작용이라는 생각은 하고 있지만, 그건 심리적인 겁니다. 마치 조건반사 같은 거지요. ……글쎄요, 어쩌면 돌아가신 어머니가 딸에게 옮겨 붙어 있는 듯한 느낌이 들기도 합니다. 물론 이건 농담이지만요."

이방근은 웃었다. 그리고 다시 숙부 앞에서 담배에 불을 붙이고 한 모금 천천히 들이마셨다.

"아니 아니야, 그건 농담이라고 넘길 수만은 없어. 네 숙모가 마침 똑같은 말을 했었으니까. 죽은 언니의 혼령이 제주도 성내의 집으로 내려와서, 그 혼령의 힘으로 일부러 태수 형님에게 서울로 전화를 걸게 만든 것 같다고 하더군. 그리고 친딸인 유원에게 계모의 뱃속에 아이가 생겼다는 것을 모친이 알렸다는 거야. 실은 무당을 불러다 살풀이를 하면 죽은 모친의 혼령이 그 애로부터 떨어져 나가 나을 거라고 하던데……. 물론 숙모의 이야기야."

"숙부님까지 옛날 여자들과 함께 그런 말도 안 되는 말씀은 하지 마세요. 저는 농담으로, 아마도 섬의 여자들이 생각할 듯한 말을 한 것뿐이니까요. 핫, 하하, 돌아가신 어머니는 그렇게 질투가 많은 사람이 아니거든요."

"그래서 나도 여자의 이야기라고 했잖아. 그런데 말이지, 유원은 어떻게 인간이 변한 것처럼 그렇게 될 수가 있나. 도대체가 알 수 없는 일이야."

"설사, 무당을 불러다 살풀이를 한다고 해도 말이죠." 이방근은 화제를 바꾸지 않았다. "낫는 인간과 낫지 않는 인간이 있어요. 안 그런가요. 유원은 낫지 않는 쪽, 즉 효험이 없는 쪽의 인간일 겁니다. 내버려두면 돼요. 어쨌든 그 애 앞에서는 어머니의 임신 이야기는, 그것이 크게 경사스러운 일일지라도, 한동안은 하지 않는 편이 좋겠지요. 숙부님, 슬슬 자리에서 일어나야 할 것 같습니다."

"하동명 선생으로부터 오늘 신문사 쪽으로 전화가 왔었어." 이건수가 커피를 마셨다. "일전에 신세를 졌다는 인사를 하더군. 유원 양은 어떻게 지내고 있냐고 묻던데. 서약서에 관해서는 아무런 말도 하지 않았지만, 그렇다고 서약서가 필요 없다는 건 아니겠지, 음."

이건수는 가방을 손에 들고 자리에서 일어났다. 두 사람은 아직 더위가 가시지 않은 다방 밖으로 나왔다.

서울역이 가까운데다가 퇴근 시간과 겹치는 바람에, 아직 늦더위의 열기가 그대로 남아 있는 완만하게 경사진 거리는 혼잡했다. 길가에 늘어선 식당에서 내장을 삶는 무거운 냄새와 함께 고기 굽는 냄새가 거리로 흘러나와 혼잡한 인파 위로 내려앉았다. 두 사람은 다방과 나란히 늘어선 제법 깔끔한 가게로 들어가 간단한 식사를 했다. 그 사이에 이방근은 맥주 한 병을 마셨다. 가벼운 취기를 동반한 이방근의 눈에는 여전히 뜨거운 태양의 파편이 번쩍였다. 이제 곧 사라지기 전 느슨한 취기가 혼잡한 거리를 걷는 이방근의 내부에서 한바탕 너울을 일으키자 이마에 흥건히 땀이 배었다.

두 사람은 전차를 타려다가 택시로 바꿨다. 시각은 일곱 시.

서울역 중앙의 녹슨 청동 돔에 석양이 반짝였다.

하동명 교수가 유원의 유학에 관한 일로 집에 찾아온 지 며칠이 지났지만, 그녀가 대학에 제출할 서약서에 대해 일언반구 언급이 없는 것을 숙부는 걱정했다. 유원은 대학 측의 보증으로 경찰에서 석방되었지만, '온정조치'로 정학 처분은 면하는 대신에, 지금까지의 행동에 대한 반성을 토대로, 정치 활동에서 일체 손을 떼고 면학에 전념하겠다는, 학부형이 보증하는 서약서를 학교에 제출해야 했다. 그 '반성'에 납득이 가지 않는 유원은 여태 그러한 기색을 전혀 보이지 않고 있다. 그런 일이 겹치면서 계모의 임신이 더욱 유원을 자극하여 그녀를 이상하게 만든 것 같다고 숙부는 말했다.

그러나 그것은 전혀 별개의 문제였다. 그녀는 경찰에서 석방을 거부하였고, 집에 돌아와서도 자신이 먼저 나온 것을 괴로워하며 석방을 위한 이면 공작과 대학 측의 보증 그 자체에 대해서까지 이의를 제기하고 있었다. 무엇을 반성해야 하는지, 무엇을 반성한다고 써야 하는지를 알지 못하겠다는 것이 유원의 생각이었고, 학교와 가족에게 걱정을 끼쳤다는 것 말고는 반성할 재료가 없었던 것이다. 보증인으로서의 책임을 지고 있는 숙부는 아버지 이태수를 대신해서 학교 측의 당연한 요구에 응하지 않으면 안 된다. 예를 들어, 문안의 하나. ……금후, 대학 내외를 불문하고 일체의 정치 활동에 참가하지 않고 면학에 힘쓸 것을 서약합니다. 위반할 경우에는 어떠한 조치도 감수하겠습니다……. 물론, 추상적이고 반성이 담겨 있지 않은 이러한 내용이 서약서가 될 수는 없겠지만, 이런 문안이라도 자주 읽게 된다면, 얼마나 무서운 강제가 스스로에게 작용할 것인가.

실제로 유원의 입장에서 본다면, 반정부 삐라를 붙이다가 체포되었다는 것 자체에 전혀 반성할 것이 없었고(심한 고문을 당했다면 혹시 생각이 바뀌었을지도 모르지만), 그러한 일을 일체 부정하기 위해 반성한다는 서약서를 쓴다는 것은, 해방 전의 '전향 성명'을 쓰는 정도의 굴절된 생각에 이르는 것이 아닌가 하고, 이방근은 나중이 되어서야 겨우 그런 생각을 하게 되었다. 유원은 분명히 근신은 하고 있었다. 전도유망한 학생이라서 특별한 조치로 석방하지만, 재범의 경우에는 기소를 면할 수 없을 것이라고 종로경찰서의 사찰계장이 본인을 앞에 두고 말했었다. 그러나 이방근은 숙부에게 여동생의 일을 부탁받고 결국 그렇게 될 것을 알면서도, 아버지나 숙부와 같이 일을 추진할 수가 없었다. 도피가 되었든 뭐가 되었든, 유원에게 필요한 일본 유학을 여동생은 완강히 거부했는데, 여동생 이상으로 단호하게 오빠가 명령한다면 그녀는 꺾이고 말 것이었다.

　이방근은 오빠로서의 '절대적인 권위'를 여동생에게 관철시키지 못하고 있는 자신을 알고 있었지만, 오빠의 '명령'이 충분히 위력을 발휘할 수 있는 여지가 아직 남아 있다는 것을, 그때는 유원이 결국 오빠를 받아들일 것이라는 점도 알고 있었다. ……자기반성과, 정치 활동에서 일체의 손을 뗀다……. 삐라를 붙이는 것이 정치 활동인가. 국민학생이나 중학생조차도 하고 있었다. 무슨 보신, 이기. 여동생에 대한 그러한 권리, 권리가 아니라면 이를 대신할 수 있는 뭐가 오빠에게 있단 말인가. 그런 것은 없었지만, 오빠이기 때문에, 가족이기 때문에, 그렇게 하게 된다. 이방근은 여동생에 대해서 아무래도 뒤가 켕기는 기분을 떨치기 어려웠다.

　택시는 빨랐다. 서울역 앞 거리인 의주로를 서대문 교차로 쪽으로 달렸다. 교차로 곁에 있는 서대문우체국을 왼쪽으로 보면서 북상하여 잠시 흙먼지가 피어오르는 전찻길을 달리다가, 왼쪽에 높은 콘크리트의 우울한 벽이 길게 계속되는 서대문형무소 앞에서 두 사람은 내렸다. 포장되지 않은 전찻길의 연도에는 곱고 메마른 흙먼지가 하얗게 쌓여 있었고, 트럭이 한 대 지나갔을 뿐인데도 주위는 피어오른 흙먼지로 뿌옇게 변해 버렸다. 길가의 집들은 모두가 색이 바랜 것처럼 우중충해 보였다. 형무소와는 반대쪽의 조금 높은 지대로 가는 언덕 길 하나를 올라가자, 2층짜리 작은 내과의원이 있었다. 일본에서 온 우상배가 기숙하고 있는 그 의원이었다. 간판에, 의학박사 고병삼이라고 쓰여 있었다.

"작은 병원이군요."

"원장은 몸집이 큰 인간이야. 방근이보다 클지도 몰라."

"그래요……."

이방근은 의원을 앞에 두고 묘한 대화라는 생각을 했다. 먼지로 목이 칼칼해지는 곳에서 소독액과 약이 스며든 냄새 속으로 들어갔다. 현관의 바로 오른쪽이 진찰실이었고, 그 앞의 복도 안쪽으로 네 평쯤 되는 방에 여러 사람이 모여 있었다. 몸집이 크고 얼굴이 붉은 오십대의 남자가 구김살 없는 태도로 두 사람을 맞이했다. 묘하게도, 의원에 들어가기 전에 숙부 이건수와 나눈 대화가 여기에서 효력을 발휘하는 것인지, 몸집이 큰 의사와 인사를 하는데도 첫 대면이라는 저항감이 없었다. 이방근은 의사가 숙부와 나누는 대화에서 거의 절반은 제주도 말을 사용하는 것에 새삼 놀랐다. 대체로 서울에 익숙해지면 제주도의 방언을 쓰지 않게 되거나, 의식적으로 사용하지 않으려 하고, 개중에는 말만이 아니라 제주도 출신이라는 것을 감추는 경우도 많다. 그러지 않으면 서울에서 살기 힘들기 때문이었다. 젊은 사람이라면 일단 출세에 지장이 생길 것이었다. 며칠 전인가 여동생인 유원을 찾아왔다가 쫓겨난 최용학 같은 청년은 본적을 본토로 옮겨서 제주도 사람을 그만둔 인간이지만, 이적을 하지 않더라도, 예를 들어 지금과 같은 제주도인의 모임에는 얼굴을 내밀지 않았다. 고병삼은 제주도 사람이라는 것을, 여기가 동향회의 모임이라고는 해도 제주도에 있는 마을의 모임이라도 되는 것처럼, 그 말투로부터 시작해서 모든 것을 내보이고 있었다. 성내의 외과의사인 고원식과 마찬가지로 고씨니까 친척이 될 것이다. 성내의 외과의사 쪽도 술을 좋아하고 구김살이 없는 인간이지만 중키에 마른 편인 반면, 이쪽은 몸집이 크고 흰 가운의 반사에서 느껴지는 어딘지 미심쩍은 의사의 냄새도 그다지 나지 않았다.

회합은 다시 두세 사람의 도착을 기다린 뒤 시작되었으므로, 예정된 일곱 시보다 반 시간 정도 늦어졌다. 동향회라고는 하지만, 회원도 아니고 여행차 서울에 들린 이방근이 참석할 의무는 없었고, 원래 그는 모임을 좋아하지도 않았다. 다만, 이방근이 서울에 들린 직후부터 동향회에서 그를 불러 꼭 제주도의 근황을 듣고 싶다며, 숙부 이건수를 통해서 강한 요청이 있었지만, 그것을 거절해 왔던 것이다. 석방된 유원의 환영파티에 모인 학생들의 끈질긴 부탁을 거절하지 못하고 이야기를 했을 뿐 두 번 다시 반복하고 싶지 않을 정도로 이방근은 진력이 나 있었고 숙부의 거듭된 요청도 거절하며 지내 오던 터였다. 그러나 이번에는 그 때문에 숙부와 동행하여 온 것이 아니었다. 오늘 밤은 제주도사건의 대책을 위한 회합이었지만, 강요는 하지 않겠다, 이른바 옵서버로서 참가를 요청받았던 것이다. 그것까지 거절할 수는 없었다. 이런 시기에, 일반인은 출입할 수 없는 제주도에서 일부러 서울까지 올라와 빈둥거리고 있는 너는 도대체 뭐하는 인간이냐는 말을 들을 것이다. 이방근은 특별히 신경 쓰지는 않았지만, 숙부의 귀에도 그런 잡음이 들리는 모양이었다.

다다미방을 온돌로 개조한 장판에 열 명 정도가 둘러앉아 보리차가 든 유리컵과 찻잔만을 앞에 둔 채 회의가 시작되었다. 작은 정원에 사람 키 높이 되는 몇 갠가 커다란 해바라기 꽃이, 아직 해가 떨어지기 전의 밝은 하늘 속에서 빛나고 있었다. 그 정원을 배경으로 툇마루에 놓인 낡은 선풍기가 방을 향해 고개를 흔들고 있었다. 아직 부산에 체재 중인 듯한 우상배는 없었지만, 아는 사람이 두 사람 있었다. 두 사람 이외의 초대면인 사람들도 인사를 나누자, 서로 간에 친척의 지인이거나 외가 쪽 친척이거나, 외가 쪽 지인이거나 그들의 지인이거나 친척, 혹은 같은 마을의 거기 어디라는 식으로 뭔가 연줄이 생기는 것이 제주도의 인간관계였다. 서울 한가운데에서, 잘 모르는 제주도 출신자가 딱 마주쳤다 하더라도, 잠시 이야기를 나누면 서로 간에 어디선가 연결된다는 것을 발견하고, 이내 아는 사람이 되고 마는 것이다. 그것을 이방근은 달가워하지 않았다.

지인의 한 사람이, 다른 한 사람을 데리고 조금 늦게 마지막으로 모습을 보인 노신사에게 이방근은 무릎을 꿇고 인사를 했다. 상대는 동향회의 고문을 맡고 있다는, 해방 전에는 임명제인 전라남도 의회 의원을 임명받고, 아버지 이태수와 사이좋게 '친일'을 한 유력자였다. 백발이 성성했지만, 나이는 아버지보다 몇 살인가 아래로 환갑을 갓 넘겼을 것이다.

"어험, 이야기는 듣고 있었지만, 서울에서 만날 줄은 몰랐군." 모시 양복에 넥타이를 맨 구 도의회의원 한성규가 말했다. "자아, 그쪽으로 편하게 앉게나. 오랜만이군. 어떤가, 아버님은 건강하신가. 어험, 그 거 반가운 소식이로군. 요즘에는 전혀 서울에 올라오시지 않아. 이 군은 지금 무얼 하고 있나. 아버님 대신 볼일을 보러 온 것인가?"

"아닙니다, 저는 여전합니다."

"어험, 여전하다……."

한성규는 언제 한번 집으로 놀러 오라고 덧붙였다.

또 한 사람은 푸석푸석한 머리를 한 한성일보 기자 윤봉이었다. 도 쿄 유학 시절의 유학생 모임의 한 사람으로, 학년은 이방근보다 2년 정도 선배일 터였다. 법과 출신이면서도 해방 전에 고등문관시험을 응시하지 않은 것이 그의 자랑이었다. 다만, 조선총독부의 일본어 기관지였던 경성일보의 기자를 한 적이 있었는데, 그 일을 3개월 정도 만에 그만두고 제주도의 시골에 틀어박혀 있었지만, 해방 후에 그 3개월간의 '민족 반역 행위'를 그는 하늘을 우러러 후회했다고 한다. 그 밖에 젊은 출판 관계자, 공장주, 음식점 경영자 등을 비롯하여, 대학 강사도 참석했는데, 학생은 한 사람도 없었다.

좌장 역할인 고병삼이 회장은 다른 일로 결석했다며 양해를 구한 뒤, 오늘 밤 모임의 취지와, 지금까지의 제주도사건 해결을 위한 대책의 움직임에 대해서 간단하게 경과를 보고했다.

서울 이외의 부산, 광주, 대전 등 각지에 거주하는 제주도 출신자가 총궐기하여, 평화적 해결을 위한 진정운동을 추진해 왔다. 사건의 평화적 해결을 위한 청원을 미점령군 사령관 하지 중장, 딘 군정청 장관, 미군정청 통위(국방)부, 경무부, 각 정당 사회단체와 신문사에 대해서 추진해 왔고, 지난 달 말에는 한국독립당, 민주독립당과 그 밖의 20여 정당 사회단체가 합동으로 제주도사건 대책위를 구성하여 성명서를 발표하고, 진상조사단을 현지에 파견했지만, 목포에서 도항을 저지당해 실현시키지 못했다. 재경 동향회에서는 사건의 배경과 경위, 그리고 우리의 입장을 분명히 하는 의견서를 각 방면으로 송부했지만, 지금까지 당국 측의 전향적인 움직임은 전혀 없었다. 도민을 전부 빨갱이라고 일방적으로 규정하여 궁지에 몰아넣고, 객관적 재료를 가지고 사건의 진상을 규명하기 위한 현지조사단이 도항을 제지당했다는 것 자체에 명료하지 않은 당국의 태도가 엿보이고 있으며, 차단된 섬에서 비밀리에 작전이 이루어지고 있음을 증명하고 있었다. 이것이 당국이 말하는 진정한 공산주의 토벌이라면, 어째서 조사단의 도항을 인정하지 않는 것인가. 가족, 친척, 친구의 소식, 행방불명, 그 관계자인 우리 자신의 도항을 금지당한 상태에서는 평화적 해결의 전망은 밝지 않았다. 이래서는 제주도는 무덤이 될 것이고, 제주도 사람에게 죽으라는 것과 마찬가지다. 나는 매일 환자를 접하고 있는 의사지만, 인간의 육체를 구성하고 있는 그 일부를 치료하기 위해서 모든 처방과, 며칠이나 혹은 몇 달 몇 년이라도 시간을 들인다. 환자는 각자 한 사람 한 사람의 인간인 것이지, 그것이 단순하게 한 사람이라는 단위가 아니다. 인간은 모두 한 사람 한 사람으로, 그것이 살아 있는 인간의 생명이다. 따라서 의사가 마주하고 있는 것은 그 환자 개인임과 동시에 인간의 생명 일반인 것이다. 그러나 제주도에서는……이라며, 고병삼은 주관이 섞인 발언을 했다.

"이러한 것들은 정말로 통분하기 짝이 없는 일이라고 할 수밖에 없다."라고 말하면서 의사의 대범한 얼굴이 꽤 엄격한 표정으로 변해 있었다. ……신정부가 성립된 오늘날, 우리는 다시 한 번 사태의 타개를 위한 해결책을 당국에 제기하고, 또 사건의 실태를 과학적으로 조사 규명함으로써, 그 결과를 전 민족 앞에 공개, 보고하고, 근본적인 대책을 세우지 않으면 안 된다. 이를 위해서는 당국의 일방적이지 않은, 우리 민간의 입장에서 조사가 필요하고, 우리는 재경의 입지조건을 충분히 활용하여, 특히 국민 여론에 호소해야만 한다. 그리고 이번의 청원에 앞서서, 서울에서도 각 정당 사회단체가 진상조사단을 구성하고, 현지파견의 실현을 기한다. 오늘 밤은 마침 이 자리에 볼일이 있어 제주도에서 상경한 이방근 씨가 참가해 주었기 때문에 나중에 최근의 사정 등을 참고적으로 들을 수 있었으면 좋겠다…….

"좀 전에 고 선생님이 당국은 일방적으로 제주도민을 빨갱이로 규정하고 있다는 발언을 하셨습니다만, 도민이 빨갱이라고 해서 섬을 봉쇄하고, 진상조사단의 도항을 저지하면서 살육 작전을 세운다는 것, 그것은 제주도 사람을 동족으로 간주하지 않는다는 증거가 아닙니까……."

출판사에 근무하는 아직 젊은, 스물대여섯 살의 안경을 낀 청년이 말했다.

"동족이 아니면 어떤 민족이란 말인가. 어디 하늘에서 떨어진 왜놈과 같은 민족이란 말인가." 연장자가 말했다. "……우리에게는 분리주의의 전통이 있지만, 분리 독립이라도 할 건가. 전라남도에서 독립해서, 도(島)가 아닌 도(道)가 되었나 싶었더니 세금인지 뭔지가 이중 삼중으로 들어가는 상황이고, 게다가 외국인지 본토인지에서 군경이 잔뜩 들어와 점령하고 있으니, 분리주의도 할 수 없고, 도대체가 말이지."

"분리주의도 안 된다……. 정말 그대로입니다." 안경 쓴 청년이 말했다. "게다가 정부 측에는 제주도 30만 도민이 희생된다 한들, 대한민국의 존립에 아무런 지장이 없을 것이라는 견해가 있다고 들었습니다. 이건 제2차 세계대전 때의 나치스의 발상과 유사한 것으로, 이 대한민국이라고 하는 것은 우리들에게 있어 무엇인가 하는 의심을 갖지 않을 수 없습니다. 지금 선생님이 말씀하셨듯이, 이것이 같은 동족인이 하는 말입니다. 안 그렇습니까."

모두가 침묵을 지켰다. 선풍기의 고개가 계속 돌고 있었고, 한성규의 손목 위에서 바람을 보내는 부채 소리가 났다.

"어험……." 침묵의 벽에 부채를 든 한성규의 헛기침이 울렸다. "김 군, 신정부를 부정하는 듯한 발언은 삼가는 게 좋아. 내일부터 있을 비상경계를 앞두고 괜한 반정부적 발언은 바람직하지 않아."

"비상경계는 비상경계이고, 사실이 그렇다고 저는 이야기하고 있는 겁니다. 경찰이라든가 서북패의 무도한 횡포가 어떤 것인지는 한 선생님도 잘 알고 계시지 않습니까."

"그건 실제로, 공산당이 양민을 학살하거나 과격한 파괴 공작을 자행하고 있는 것도 객관적인 사실로서 봐야 할 텐데."

"공산당이 아니라, 남로당입니다."

대학 강사인 마른 남자가 말했다.

"……남로당이 그 공산당과 함께하고 있으니 마찬가진데, 지금은 그런 이야기보다도, 구체적인 대책을 세우기 위한 의견을 제시하는 것이 바람직하겠지."

"그래서 저는 구체적인 제안을 하기 위해 그 전제로서 이야기하고 있는 것입니다. 선생님의 공산당…… 운운은 말이죠, 그것은 미군정과 정부 측의 일방적인 발표이지, 객관적인 진실이라고 할 수는 없습니다."

"아니 이런, 젊은 사람이. 나도 이 눈으로 똑똑히 보았고, 내 친척이 되는 사람도 실제로 공산당에게 살해당했단 말이야."

그건 '친일파'일 것이다. '친일파' 이퀼 경찰 측의 인사가 살해당하는 것은 거짓이 아니었다. 그러나 좌중에서, '친일파'나 경찰이 아니었을까……라는 말은 나오지 않았다.

"미군정 당국에 대한 진정운동도 안 된다, 조사단 파견도 안 된다……." 안경을 쓴 청년은 상대에 대한 반론을 생략하고 이야기를 계속했다. "도민이 밤낮으로 희생되고 있는데도, 정부 측에는 평화적 해결을 위한 자세가 전혀 보이지 않습니다. 도민 같은 건 어떻게 되어도 상관없다, 섬 전체를 초토화해서라도 철저하게 무력진압을 하겠다는 속셈이겠지요. 따라서 달리 방법이 없습니다. 그래서 구체적인 제안으로서, 우리는 국회의 장에서 사태를 규탄하도록 강경하게 호소할 필요가 있습니다."

"으-음, 그건 말이지, 무리한 이야기야." 신문기자인 윤봉이 말했다. "제주도에서는 5·10선거에 반대하여 선거가 실패해서 성립되지 못했습니다. 국회에 정원 세 명의 제주도 선출 국회의원의 자리가 없다는 것도 있지만, 지금 국회에서는 연일 신문 보도에 대서특필되고 있듯이, 반민족행위처벌법을 통과시키기 위한 치열한 공방전이 전개되고 있습니다. '친일파' 진영의 악랄한 방해 음모와 협박 속에서 소장파 의원들이 정부 내의 민족반역자와 '친일파'의 숙청을 주장하며 몸을 던져 싸우고 있는 게 고작이구요(이방근은 오른쪽 비스듬한 자리에 '친일파'인 한 선생에게 슬쩍 시선을 던졌는데, 잠자코 부채로 바람을 일으키고 있었다). 그들은 반'친일파'로서, 빨갱이, 남로당의 앞잡이로 몰릴 위험이 있는데, 실제로 '반민족행위처벌법을 철회하라, 이 법안심의를 주장하는 의원은 공산도당이다, 대통령은 신성하다, 절대 복종하라'는 협박문이, 국회와 소장파 의원의 자택으로 보내오는 상황이라서, 제주도 사태를 지금 제기해서 싸울 여유는 없습니다. 반민족행위처벌법은 전 국민의 강한 여론을 등에 업고 있기 때문에, 국회에서 밀어붙일 수 있지만, 제주도 사태를 걸고 들어가는 것은 스스로 무덤을 파는 꼴이 되기 십상이지요. 그러나 제가 접촉한 범위 내에서 볼 때도 그들은 결코 무관심한 것은 아닙니다. 따라서 무엇보다 선결문제는 말이죠, 동향회의 멤버도 참가하는 조사단을 현지에 파견해서 객관적인 증거를 준비하고, 그것을 바탕으로 국민여론에 널리 호소해야 한다는 겁니다."

"……그렇다면, 제주도는 내버려 둔다는 거잖아." 이방근의 한 사람 건너 옆에 있는, 희미하게 혀를 차는 소리에 섞인 다른 연장자의 목소리가 귓가에 달라붙듯이 들렸다. "이게 무슨 조화 때문인가. 그게 아니라면, 누구 탓이란 말인가. 우리는 어떻게 하면 좋단 말인가?"

"그래서 오늘 밤에 모인 거겠지요."

"그야 물론 그렇지……. 뭔가 이렇다 할 방책이 있다면 좋으련만. 좀 전에 분리주의 이야기도 나왔는데, 벽지인 제주도는 예부터 육지의 착취와 차별의 대상이 되어 왔지. 제주도는 서울에 보낼 말을 키우기 위해 존재하는 곳처럼, 속담에도 '사람이 태어나면 서울로 보내고, 말은 제주도로 보내라'고 하잖아. 그러니까 분리주의는 오랜 고난의 역사 위에 형성된 것으로, 괴로움에서 비롯된 민란이 끊이질 않았다구. 우리 제주도는 옛날부터 삼무(거지, 도둑, 문이 없다)의 섬이라고 불려 왔는데, 본래 아름다운 자연의 섬이고, 게다가 또 하나의 멋진 무(無), 맹수가 없는 평화로운 섬이잖아. 곰이나 늑대도 없어서 사슴과 다람쥐, 토끼와 같은 순한 동물들에 있어서도 살기 좋은 고향이 제주도야. 하하, 지금은 태평하게 그런 걸 언급할 상황이 아니지. 지금은 맹수가 들어와 있단 말야. 부탁하지도 않은 바다 밖에서 군대가 들어왔어. 군대가 닥치는 대로 섬의 선량한 인간을 물어뜯고 있다구. 제주도가 아프리카 대륙도 아니고, 동물원에서도 맹수의 우리는 철창살로 튼튼하게 만들어져 있는데, 이 칼과 총을 든 맹수들은 멋대로 돌아다니다가, 내 여동생도 물어 죽였어. 남편이 돈 벌러 일본에 갔다는데도, 마을에 그 모습이 보이지 않으니 산에 들어간 빨갱이라며, 그 아내인 여동생을 살해했단 말이야……."

"좌장, 의제가 좀 더 전향적으로, 즉 구체적으로 진행되고 있는 것 같지가 않아."

구 도의회의원인 한 선생이, 옆에 있는 고 의사를 보고 말한 뒤, 재떨이에 담뱃재를 떨어뜨렸다.

실제로, 구체적, 전향적이라고는 해도, 현재로서는 조사단을 구성해서 현지파견을 하는 것 외에는 달리 길이 없으므로, 당연히 그 구체적인 대책으로 이야기가 좁혀져갈 터였지만, 우연히 한성규의 발언이 계기가 되어 생긴 '친일' 논란으로 좌중이 혼란스러웠다.

　그것은 동향회의 진정서나 의견서의 내용이 일방적이고 편향적인 것은 아닌가, 그리고 당국을 쓸데없이 자극하는 면이 있는 것도 지금까지 진정운동이 성공하지 못했던 원인으로 생각되기 때문에, 앞으로는 유의해야 한다는 한성규의 의견에 젊은 사람들이 반론하면서 시작되었다.

　현 정부의 이승만파를 제외한 김구나 김규식 선생 등의 우파 정당, 그 밖의 사회단체의 성명을 한 선생님은 어떻게 보고 있는 것인가. 동향회의 진정서 및 의견서의 내용도 그러한 성명과 같은 견해 위에서 있다. 그 이상 어떻게 사실을 왜곡하라는 것인가. 한마디로 말해서, 작년 3월 1일에 성내에서 있었던 3·1독립운동기념 집회에서 경찰이 발포해서 사망자 여섯 명, 중상자 여덟 명이 나온 사건에 대해서도, 군정청, 경찰 측이 책임자 처벌과 그 밖의 책임을 지지 않은 것 등이 '4·3'의 발단이 되었다는 것은, 정부계 정당, 단체나 신문 이외의 모두가 공통적으로 인식하는 내용이다. 또한 서북청년회의 테러와 고문, 본토에서 대량의 경찰과 테러 단체를 보내어, 섬 출신 경찰과 공무원을 추방하는 등, 이러한 사태의 원상복귀와 평화적 해결, 군경과 테러 단체의 본토 철수……가, 각 정당의 성명과 우리 동향회 의견서의 기조를 이루는 것이다. 지금 이 자리에서 조사단 파견의 문제가 토의되고 있지만, 지난번 목포에서 도항을 경찰력으로 저지당한 사실이 있고, 앞으로도 어떻게 될지 보증할 수가 없다. 한 선생님은 정부 여당이기도 한 한국민주당의 최고 간부들과도 해방 전의 전라남도의회 의원을 지내셨을 때부터 친교가 있는 분이니, 제가 하나의 제안으로, 새로운 조사단의 현지파견을 위한 도항의 보증을 당국에 강력히 요청해 주길 바란다……. 이는 주로 신문기자인 윤봉의 발언이었다.

이처럼 분명한 '친일' 문제의 지적은, 사회부기자로서 국회의 초점이 되고 있는 '친일', '반민족행위처벌법'을 추적하고 있는 윤봉으로서는, 뭔가 기회만 있다면 튀어나올 수 있는 발언이었다. 그러나 한성규의 입장에서 본다면, 생각지도 못한 '친일' 논쟁이었음에 틀림없다.

"그것은, 기자 동무, 이야기가 이 자리에 어울리지 않는 탈선이 아닌가."

한성규와 함께 온 사람이 말했다.

"탈선이 아닙니다. 사실 한 선생님은 '친일' 경력이 있지 않습니까."

이방근은 담배를 물고 귀를 세웠다.

"아니, 윤 동무……."

좌장이 말을 걸었다. 한성규는, 잠깐만…… 하고 좌장을 제지한 뒤 말했다.

"호오, 윤 동무, 내가 이야기 좀 하겠네. 좀 전 제의라는 것도 비꼬는 것처럼 들렸는데, 그렇지 않았다면 신경 쓰지 않겠어. 자네가 신문기자라 해도 여긴 국회의 장도 아닌데, '친일'을 문제 삼는단 말인가. 아무리 그게 시대의 흐름이고 기세가 대단하다 해도, 장소가 달라. 분명히 나는 일찍이 도의회의원을 역임했지만, 지금은 국회의원도 아니고 정치 활동을 하는 사람도 아니야. 나는 현재 실업가라고. 우린 일의 지배하에서 생활하고 있었어. 일제의 직접 지배를 벗어난 어디 태평양의 섬에서 생활하고 있었던 게 아니야. 살기 위해서는 각각의 사정이 있어. 도의회의원이 '친일'이라면, 윤 군은 어떤가. 나는 특별히 자네를 책망하려는 게 아니야. 동무는 경성일보의 기자를 한 적이 있잖아. 다 알고 있다고. 모두가 '친일'을 하고 싶어서 한 것이 아니야. 오늘날의, 지금 현재의 삶의 방식이 문제가 되는 것이지……."

구 도의회의원 선생은 저고리를 벗었다.

"경성일보, 예, 잘 알고 계시는군요, 저는 그걸 숨기려고 한 적이 없습니다. 저는 민족 앞에 죄를 지었습니다. 그러나 저는 3개월 만에 그만두었습니다. 그만둘 때도, 그만두고 나서도, 사상적 동기의 유무 등을 캐고 들어와 위험이 따랐지만 말입니다. 그래서 고향으로 잠적했던 것입니다."

"오호, 고향으로 잠적했다……. 3개월이 그렇게 훌륭한가. 3개월이나 1년이나 같은 거 아닌가. 발목까지 잠긴 것이나, 허리까지 잠긴 것이나, 머리 꼭대기까지 잠긴 것이나, 차이가 있을지는 모르지만, '친일'에 젖은 것은 마찬가지니까, 어험, 그런 의미에서는 내가 일찍이 내 나름의 죄를 지었다고 할 수 있겠지. 그러나 나는 전라남도 의회의원을 하면서 제주도 지역을 대변하고, 제주도의 진흥개발을 위해 여러 가지로 충심의 노력을 기울였어. 그건 여기에 있는 이건수 군도 알 거야. 당시에 제주도에서 방근 군의 아버님과 함께 사업에 종사한 일이 있으니까, 잘 알고 있겠지. 최근에는 '친일', '친일', 아침부터 밤까지 '친일' 문제로 신문에서 떠들어 대고 있지만, 당시에 조선인으로 조선에 살고 있으면서, 조금이라도 '친일'을 하지 않은 사람이 있을까. 백이(伯夷)·숙제(叔齊)처럼 수양산(首陽山)에라도 들어가지 않는 한. 모든 인간이 그렇게 할 수 있는 것도 아니고. 굶어죽으면 무슨 일을 할 수 있단 말인가. 이 굶주림, 먹는 일을 생각할 필요가 있어. 윤 동무는 신문사를 그만두고 시골로 잠적했다고 하지만, 잠적해서 무얼 하고 있었나. 어험, 여기에 마침 오랜만에 이방근 군이 참가한 것을 나는 기쁘게 생각하고 있는데, 이 군은 훌륭하고 멋진 청년이야(이방근은 느닷없이 호명이라도 당한 것처럼 반사적으로 한성규의 얼굴을 바라보았다. 어째서 또 나를 끌고 들어가는 것일까, 구 도의회의원……). 나는 이 군의 아버님과는 형님, 동생 하며 친하게 지내는 사이라서 말이지. 예를 들어 하는 말이지만, 이 군은 일제 때 형무소 생활을 하며 고생한 사람이야. 그리고 해방 때까지 이른바 '친일'을 하지 않고 생활을 해 온 셈인데, 그러나 이 군은 당시에 어디에도 취직을 하지는 않았을 거야. 이건 일부러 이 군을 비난하기 위해 하는 말이 아니고, 당시의 우리 전체 사정을 이야기하기 위함인데, 물론 병보석이기도 했지만, 우선은 취직을 하지 않고도 먹고 살 수 있었다는 점을 생각해야겠지(이방근은 가볍게 고개를 끄덕이고 있었다. 그렇다, 그래. 상대가 무슨 말을 하려는지 이미 알고 있었다. 음, 이런 곳에서 '친일파' 선생으로부터 묘한 '설교'를 들을 줄이야). 이 군의 아버님인 이태수 씨도 이른바 '친일'을 한 사람 속에 들겠지만, 이 군은 그 아버지의 은혜를 많이 받고 있는 사람이 아닌가. 바로 그런 거라구. 가족을 돌보고 자신도 먹고 살기 위해서는 '친일'이 아닌 직장만을 고집할 수 있었겠는가 말이지. 윤 군도 마찬가지 아닌가. 자네도 시골에 잠적하여 취직하지 않고 먹고 살 수 있었다는 것은, 그만한 조건이 갖춰져 있었기 때문이고, 내일부터 굶는다고 한다면 그렇게 간단하게 그만두고 싶다고 그만둘 수 있는 게 아닐 거야. 나는 그런 사례를 눈으로 보고 들어서 잘 알고 있기에 하는 말이라구. 민족 반역이라면 국민학교 교사, 면사무소 서기부터 전부 처단해야겠지⋯⋯."

"국민학교 교사라든가, 면서기라든가, 그렇게 극단적으로 말씀하시는 것은 좋지 않습니다. 그건 일의 본질을 비켜 가는 것입니다. 그래서 한 선생님은 먹고 살기 위해 도의회의원을 하셨습니까?"

"어험, 몰상식하기는, 그게 신문기자의 태도인가."

"윤 동무, 연장자에 대해 언사를 조심하게나."

"저는 특별히 한 선생님 개인에 대해 비난하는 것이 아닌데도, 한 선생님은 이야기의 주제를 전혀 관계가 없는 곳으로, 비본질적인 곳으로 끌고 가려 하십니다. 저는 과거에 경성일보에서 '친일'을, 민족반역 행위를 했습니다. 지금 현재 '친일파', 민족반역자 숙청에 관한 문제는, 이 기회를 놓칠 수 없는 전 민족적인 요청이고, 신국가 건설에 있어서 중대한 과제로 되어 있다는 것은 여러분도 잘 알고 계시겠지만, 저는 예를 들어 제 자신에게 뭔가 처벌이 적용된다면 감수하겠다는 생각입니다. 제가 신문기자로서, 특히 반민족법 관계의 추적에 매달리는 건, 과거에 대한 참회, 반성의 마음에 토대를 두고 있습니다. 민족의 정기를 세우기 위해서 이 문제는, 이북에서는 이미 해결되었듯이, 해방 직후에 청산을 했어야 할 문제입니다……."

"어험, 윤 군, 이야기가 과격해지는군. 그래서는 신국가 건설을 이루기가 어려워. 지금은 너나 할 것 없이 전 국민이 화합해서 신국가 건설에 단합의 힘으로 임하는 게 가장 중요한 시기이고, '친일'이라든가 뭔가로 치유되었을 상처를 긁어내 국민의 화합을 깨는 것은, 그야말로 국가를 위험하게 하는 반국가적 행위가 아닌가. 나는 우리 동향회의 고문으로서 제주도 사태에 대해서도, 사상을 초월, 초사상적으로 대처하며 노력을 아끼지 않고 일해 왔다고 생각하는데, 오늘의 이야기를 듣고 있자니, 아무래도 윤 군의 사상은 한쪽으로 기울어진 경향이 있군. 안 그런가. 윤 군은, 남로당원은 아닐 테지……?"

"남로당원? 한 선생님, 그건 어디의 누구에게 대고 하는 말씀입니까. 누가, 그 당원이란 말입니까!"

"그만해."

맞은편 자리의 한성규를 손가락으로 가리키며 고성을 지르고 거의 일어설 뻔한 것을, 옆의 청년이 팔을 잡아끌어 제지하는 순간, 윤봉은 엉덩방아를 찧듯이 뒤로 넘어졌다.

"한 선생님." 윤봉이 자세를 고쳐 앉으며 말했다. "지금의 발언 취소하세요. 그렇지 않으면 저를 잡아 이놈은 남로당원이라고 경찰에 넘기는 게 어떻습니까. 연장자라고 해도 용서할 수 없습니다. 발언을 취소하세요. 그건 사람을 매장시키는 말이 아닙니까."

분명히 한 선생은 할 말을 잃고 있었다. 아무도 끼어들지 않았다.

"나는……, 난 말이지." 한성규가 입을 열었다. "……제주도 사태가 공산당, 남로당 패거리들과 어떤 관계가 있고, 남로당이 어떻게 사건을 계획했는가 하는, 그 객관적 사실을 잘 파악하지 않으면 안 된다는 이야기를 하는 것이고, 젊은이들은 공산당에게 놀아나서는 안 된다고 말을 하는 거야."

"한 선생님, 발언이 전혀 온당하지 않습니다. 누가, 어디의 누가 놀아난다는 겁니까? 어째서 이야기가 그쪽으로만 나가는 겁니까."

안경을 쓴 청년이 거의 웃는 얼굴로 말하고, 대학 강사도 이마에 머리가 흘러내리는 것을 신경 쓰지 않고, 이건 마치 당국 측이 제주도민 전원을 빨갱이로 규정하여 궁지로 몰아넣는 방식과 같은 게 아니냐며, 한성규에게 대들었다. 그리고 함께 질렸다는 듯이 고개를 옆으로 가볍게 흔들었다. 윤봉은 여전히 한성규에게 발언의 취소를 요구했다.

고 의사는 일의 진행을 방관, 구경만 하고 있었던 것은 아니지만, 겨우 진지한 자세로 좌중의 발언을 제지했다. 그리고 조금 전 발언은 온당하지 않다며 한성규에게 발언의 취소를 재촉하고, 한 선생님, 그렇게 하시지요, 라는 다짐하고 나서, 본인을 대신해 그 말을 철회, 좌중을 정리했다.

이방근은 윤봉 등이 한성규와 언쟁을 벌이고 있는 사이에, 간신히 발언을 억제하고 있었다. 그는 한성규의 말에 아버지의 일면을 볼 수밖에 없었는데, 그것을 가만히 참으며 듣는 것은 맥이 빠지듯 불쾌하여 견디기 어려웠다. 이런 사람들은 식민지 지배하에서 도의회의원을 지낸 사실을 '선량(選良)'으로서의 자긍심은 지니고 있어도, 부끄러운 줄은 모르는 것이었다. ……이 군은 굶을 일이 없었다. '친일파'인 아버지의 은혜를 입었기 때문에 취직하지 않고도 지낼 수 있었다. 그렇지 않았다면 자네들도 '친일'을 할 수밖에 없었을 것이라는 뜻이 담긴 말이었지만, 그건 사실이었고, 아무런 반론의 여지가 없는 일이었지만, 또 그럴 마음도 전혀 없었다. 그러나 그것은 상당히 사람을 업신여기는 말투였다. 이방근은 그 '설교'에 대한 반박을 위해서라도, 남로당 운운……하는 것에 대해 한마디 참견을 하려고 생각했는데, 흠, 말도 안 되는 소리를…… 하고 중얼거리는 것을 옆에서 들은 숙부가 눈치를 채고 억제했던 것이다.

한바탕 소동이 지나간 모임은, 구체적인 토의, 조사단의 구성과 파견 문제로 좁혀져, 한성규도 특별히 이견을 제시하지 않고 진행되었다. 그리고 섭외 분담 등이 결정되자, 맥주 등의 술이 나와 간단한 주연이 있었고, 이방근은 이렇다 할 이야기를 하지 않고 옵서버로 끝난 게 다행이라고 생각했다. 한성규는 조금 전에 그렇게 젊은이들에게 당해 놓고도 그다지 기분이 상한 것 같지는 않았다. 방 한가운데에 놓인 두 개의 탁자를 둘러싼 사람들의 중앙에 앉은 한성규는, 초사상, 사상을 초월하지 않으면 안 된다는 말을 반복하고, 방금 전까지 대립하고 있던 신문기자인 윤봉과도 웃는 얼굴로 악수를 하여 자리를 부드럽게 만들었다.

아홉 시경에 자리에서 일어나 밖으로 나왔는데, 이방근은 자신이 생각해도 이상할 정도로 우울해져 있었다. 회합의 도중에는 숙부가 뭐라 하든지 오지 말았어야 한다고 후회했지만, 돌아갈 때는 그런 기분이 사라져 있었다. 완전히 예상하지 못한 충격을 받았다는 느낌이 촉촉하게 피부 아래까지 스며들어 해소되지 않았다. 그들은 서울에 살고 있으면서도 자신보다 제주도에 다가선 느낌이 세찬 기세로 등을 내리쳤다. 무엇 때문에 서울에 온 것일까, 이 부유물처럼 흔들려 움직이면서 가슴에 가라앉은 생각이 어떤 통증을 동반하며 되살아났다.

메마른 밤의 어둠 속에 시원한 바람이 불었다.

2

이방근은 열한 시가 가까운, 통금이 다 돼서야 돌아왔다.

오빠의 안색이 좋지 않아요…… 여동생인 유원이 걱정했을 만큼 이방근은 기분이 좋지 않았고, 그리고 동향회 모임에서 생긴 우울하고 무거운 기분이 사라지지 않았다. ……그 여자는 국제통신회장의 첩이야. 첩……? 으흠, 문난설은 누군가의 첩일지도……라고 처음부터 상상하고 있었던 일이라서 놀랄 것도 없었지만, 그래도 역시 첩이라니……. 저는 자유입니다. '자유로운 첩'……. 창문을 열자, 건조한 밤바람이 상쾌했다.

몇 사람을 남기고 고 의원에서 구 도의회의원 한성규와 그 일행, 신문기자인 윤봉, 그리고 이방근과 숙부 이건수가 먼저 나왔는데, 한성규는 택시를 탔고, 세 사람은 시커멓게 그늘져 계속되는 형무소의 콘크리트 벽을 따라 전찻길을 한동안 걸었다. 형무소 앞 정류장에 서서 전조등을 켜고 다가온 시발(始發)의 서울역 방면 전차를 탔다. 도중의 충무로1가 교차로에서 하차해서, 종로 방면 전차로 갈아타면 되었다.

"이방근 동무는, 서대문이었지."

윤봉이 말했다. 그는 형무소 생활을 한 적이 없는 자신에게 어떤 열등감을 지니고 있는 남자였다.

"아아, 그저 1년 있었어."

머릿속에 메마른 먼지가 피어오르며 과거가 엿보이는 가운데, 이방근은 기계적으로 대답했다. 성벽처럼 우뚝 솟은 콘크리트 벽 안쪽에는 밤의 덩어리가 가득 차 있었다. 승객이 적어 텅텅 빈 전차는 동체를 흔들며 조용한 밤거리를 달리고 있었는데, 이방근은 오랜만에 만난 윤봉과 함께 충무로1가에서 하차해서 종로 방면에서 환승하여 집으로 직행하는 숙부와 헤어졌다. 윤봉도 그곳이 환승지점이었지만, 두 사람은 모퉁이의 서대문우체국 옆으로 들어가, 윤봉이 자주 들리는 뒷골목 선술집에서 술 한잔을 걸쳤던 것이다.

이방근은 고의원에서 가볍게 마셨지만, 아무래도 묘하게 가라앉은 기분 탓인지 전혀 마신 기분이 들지 않았고, 오히려 그것이 계기가 되어 목이 마른 것이, 그대로는 목마름이 가실 것 같지도 않았다. 오랜만에 만난 윤봉이었지만, 오늘 밤은 누구하고도 함께 마시고 싶지 않았다. 그러나 상대가 강하게 권유하는 것을 그대로 전차를 탄 채 잘 가라는 인사를 할 수도 없었다.

윤봉은 도쿄 시절의 동료들이 서울에 꽤 있으니, 언제 한번 자네가 제주도로 내려가기 전에 모이지 않겠느냐고 하면서, 나영호에 대해서도 상당히 엄격한 비판을 했다. 제대로 된 문인들은 거의가 월북을 해서 아무도 없고, '친일문학'이라는 꼬리를 금붕어의 똥처럼 달고 다니는 패거리만 남아 있는 지금의 문단에서, 뭔가의 작품 발표를 위한 장을 얻으려 애쓴 나머지 어용문학 단체에 출입하고, 술에 절어 이 여자 저 여자에게 손을 대 문제를 일으키고 있는데, 그는 일제강점기에 무엇 때문에 형무소 생활을 했는지 알 수가 없다고 했다. 한마디로 말해서, 나영호는 타락분자라는 것이었다.

이방근은 특별히 변호할 생각도 없이, 나영호가 '8·25총선'의 연판장에 서명을 한 것 같다고 하자, 그 정도는 당연한 일 아니냐며 콧방귀를 뀌더니, 무슨 말을 하느냐는 식으로 기름기 없는 퍼석퍼석한 머리카락을 쓸어 올리며, 테이블 너머 이방근의 얼굴을 쳐다보았다. ……게다가 나영호는 국제통신이 발행하는 신문의 기자로서 제주도에 간다고 하지 않느냐, 문난설이라는 여자를 따라서……. 나영호가 신문기자로 어울리기나 하나. '4·3'진상조사단의 도항이 제지되고 있는데, 마치 학살의 땅에, 우리 고향에 그 두 사람은 유람을 떠나는 것과 마찬가지가 아니냐. 더구나 자네가, 이방근이 안내역으로 끼어 있다는 것을, 제주도의 현지인들은 어떻게 생각하겠느냐 말이지. 나로서도 서울에서 그런 소문을 듣고 기분이 좋지 않다. 도대체가 어떻게, 그 여자도 그렇고, 나영호도 그렇고, 우리 동향회의 사람들이 가지 못하는 고향 제주도에, 그 땅의 인간도 아닌 그들이 간단 말인가. 토벌대의 위문이라도 간단 말인가. 하긴 어떤가, 자유롭게 갈 수 있는 인간들을 굳이 방해할 것도 없겠지. 그런데 말야, 이방근이 그 일에 앞장선다는 건 왠지 이해하기 어렵군. 핫하아, 앞장서는 게 아니야. 우연히……. 유력 중앙지 기자의, 넥타이를 매지 않은 와이셔츠의 소매를 걷어 올린 기개의 날 끝이 하복부 깊이 찔러오는 것을, 무심코 손을 대고 웅크리고 앉는 듯한 기분으로 가만히 참고 있었다.

……윤 동무는, 문난설을 만난 적이 있나? 얼굴은 알고 있지. 만나면 인사하는 정도야. 자네도 만난 적이 있잖아? 아, 딱 한 번, 왜 딱 한 번, 한 번을 강조하는 건가, 그 여자는 뭐하는 여자인가? 뭐하는 여자……? 아무것도 아닌 하나의 여자야, 국제통신사 회장의 첩이

야, 과거의 자세한 내막은 모르겠지만. 뭐, 첩? 회장의 친척이 아닌가? 무슨 말인가, 그 친척이라는 것은? 친척이라고 하려면, 차라리 '양녀'라고 하는 편이 낫겠지…….

며칠 전인가 밤에, 황동성의 부동산 관계 사무소가 있는 잡거빌딩 앞의 거리를 걸어오는 문난설을 우연히 발견한 순간, 이방근은 전찻길 모퉁이의 건물 뒤에 몸을 숨기고 그녀를 지켜보았는데, 그 직후에 만난 황동성이 문난설에 대해 서 회장의 친척이라고 했던 것이다. 지금까지의 흰 양장이라는 이미지를 날려 버리는, 상복같이 검고 얇은 옷감의 시원해 보이는 복장의 품위 있는, 풍만한 허리선이 기억나는 그녀의 모습이었다. ……친척? 서 회장의 친척이란 말입니까? 라고 되물었을 만큼 황동성의 말이 뜻밖이었고, 더구나 그의 어투에 왠지 수상쩍은 냄새를 느꼈지만, 역시 첩, 그것도 서 회장의 첩이라니…….

이방근은 처음부터 누군가 부자나 유력자의 첩이 아닐까 하고 충분히 상상을 하고 있었으면서도, 이유도 없이 머릿속에 현기증이 일어날 정도로 놀랐고, 또 그런 자신에 놀라 잔을 입으로 가져갔다. 그리고 지금도 그러한가? 하고 거의 입에서 나오려던 말을 겨우 억제했던 것이다.

돌아오는 길은 '통금'시간이 임박하여 택시를 탔는데, 문난설이 서 회장의 첩이라는 한마디는 이방근에게 이유를 설명하기 어려운 충격을 주었다. 그것을 인정하든 말든 상관없이, 마음을 울린 충격감이 사실로서 존재하고 있었다. 이방근은 꿈을 좇는 인간은 아니었지만, 어떤 꿈이 사라진 공허감에 빠졌다고 하면 들어맞을지도 몰랐다. 공허감이 택시 차체의 동요로 용기 속 액체처럼 출렁출렁 흔들렸다. 음, 첩, 첩이었단 말이지……. 이방근의 내부에서 지금까지 첩일지도 모른다는 상상이 떨어져 나가, 뭔가 다른 것으로 바뀌어 있었던 것이다.

의식적인 루주, 한여름의 빨간 장미 같은 입술, 그 아래에서 빨간 액체가 흔들리는 와인글라스……. 윤 동무, 그건, 그 여자는 지금도 그러한가? 저는 자유입니다, 의연하게 그녀는 말했다. 나 군은 당신을 좋아하겠지요? 왜 그런 말씀을 하시는 건가요……. 저는 그 사람과는 아무런 관계도 아니에요. 저는 저니까요……. 저는 나영호 씨로부터 이래라 저래라 하는 말을 들을 이유가 전혀 없어요……. 저는 자유입니다. 자유……. 으흠, 그건 그렇겠지요……. 맥주홀. 좋은 곡이에요, 아름다운 곡은 슬프잖아요. 첩……. 입 안에서 끊임없이 쓰디쓴 침이 솟아올랐다.

이방근은 집에 돌아와서도, 여동생에게 술을 가져오게 해서 한동안 혼자서 마신 뒤에야 겨우 마신 느낌이 몸을 적시고, 취기가 번지는 공간에 자신을 놓을 수가 있었다. ……그건 그렇고, 이번에 돌아갈 때는, 깜짝 놀랄만한 미인을 데리고 갈 거야. 무슨 소립니까, 그건? 무슨 소리냐고 할 것까지는 없고. 미인인데, 그냥 여자 친구라는 정도야. 오해할 거 없어. 그분이 제주도에 용무가 있다고 해서, 내가 동행하여 안내하기로 되어 있어……. 이봐, 이방근 동무, 하고 윤봉이 이를 저지하려고 덤볐다. 동무가 그 두 사람의 앞장을 선다는 것은 조금 이해가 가지 않는군……. 안 그런가, 자신들의 고향 땅, 가족의 안부를 확인하기 위해서라도 가야 하는데, 그곳에 우리들 자신은 갈 수가 없다구, 가야 하는데, 그렇고말고……. 이어도야, 이어도……. 핫하아, 이방근은 창이 있는 벽 쪽의 책상에 팔을 괴고 담배를 피우면서, 취한 시선을 어두운 밤하늘에 던지며 혼자 중얼거렸다. 첩……이라. 그러나 이것도 좀 수상하단 말야. 좌우지간, 첩이 되었든 유부녀가 되었든 간에, 문난설은 문난설. 조용하다, 마치 제주도의 밤처럼 조용하다. 개 한 마리 지나가는 기척이 없다. 끊임없이 들리는 것은, 귓구멍에 몰려들어 울고 있는 벌레 소리뿐이었다.

고 의원의 동향회 모임 자리에 참석해 한두 시간 사이에 기분이 변해 버린 것은 이방근으로서는 드문 일이었다. 숙부의 체면을 생각해서 동행은 했지만, 회합 도중에는 오지 말았어야 했다고 크게 후회를 하면서도, 돌아올 때는 이상하게 그 기분이 사라져 있었다. 그러나 기분이 가라앉았다. 어울리지 않게 왠지 발걸음까지 질질 끌리듯이 무겁다. 몸의 크기에 비례하는 것처럼. 특별히 희망을 가질 일도 우울해질 일도 없을 터인데, 이방근은 동향회의 자리에서 일어나 밤길을 넓은 전찻길 쪽으로 내려가면서 가벼운 취기의 흔들림 속에, 문득 문난설을 만나고 싶다고 생각하고, 그 생각에 깜짝 놀랐다. 아니, 설사 전화를 하려 해도 번호를, 그리고 집이 어디인지도 모른다는 생각에 미치자, 새삼 이상한 일이라고, 달리 이상한 일도 아니었지만, 그렇게 생각했다. 어제 갑작스런 전화로, 제주도행을 기정사실로 하고 있는 그녀의 쾌활한, 어린 소녀나 여학생같이 들뜬 목소리. 문득 문난설을 만나고 싶다고 생각한 것은 처음이라는 것을 의식했다.

윤봉과 들어간 서대문우체국 뒤쪽 선술집에서도 그 생각은 사라지지 않고 남아 있었다. 그리고 그때 깜짝 놀라던 자신을 의심하는 기분을 확인했다. 그녀는 국제통신회장의 첩이야⋯⋯. 오호. ⋯⋯나영호 씨는 이 선생님을 질투하고 있을지도 몰라요. 난설 씨의 짓궂은 농담이겠지요. ⋯⋯그래야겠지요, 저의 농담이 아니라면 이상한 일이 되겠지요. 오오, 오호⋯⋯. 출렁, 출렁⋯⋯. 무엇 때문에 서울에 온 것일까. 이방근은 눈을 뜨고 앉은뱅이책상 위에 반쯤 들어 있는 소주잔이 고정된 형태로 그곳에 있는 것을 보면서, 지금 중얼거리는 것이 자신의 목소리였음을 깨달았다. 관자놀이의 혈관이 파도를 치고 머릿속이 취기로 뜨거워져 있는데도, 차가운 핏줄이 몇 개씩이나 하얗게 빛나며 달리고, 그것이 몸을 통과한 뒤 방전 현상처럼 바닥의 장판을 뚫고 땅속으로 사라져 가는 감각에 자신을 맡겼다. 비라고 생각했는데, 그렇지가 않았다. 창밖의 어두운 하늘에 밤바다의 뱃전을 때리는 파도 소리가 달렸다. 비가 내리는 것처럼 끊임없이 달린다. 취기로 불안하게 상반신이 흔들렸다.

"오빠……."

파자마 차림의 유원이 환영처럼 복도 쪽으로 열린 문가에 서 있었다.

"뭐야, 아직 자지 않았구나, 음." 느닷없이 나타난 여동생의 모습이었지만, 아까부터 그곳에 있다는 걸 알고 있었다는 듯이 이방근은 조용히 시선을 돌렸다. 그리고는 고개를 두세 번 옆으로 흔들다 똑바로 세우고는, 다시 문가의 여동생을 보고 말했다.

"마치 도둑고양이 같구나. 한잔할래?"

"술 같은 건 필요 없어요. 아까부터 오빠는 뭔가 혼잣말을 하고 있단 말이에요."

"음, 그랬나, 그래서 들여다보러 왔다는 거로구나." 이방근은 오른쪽 팔꿈치를 책상에 올려놓은 채 옆을 보고 앉은 자세로 말했다. "복도에서 말하지 말고 안으로 들어와."

유원이 문에 가까운, 오빠를 위해 깔아 놓은 이불의 베갯머리를 지나 창가로 오더니, 창밖의 어두운 공간을 올려다보았다. 그리고는 곧장 장판에 오른쪽 무릎을 세우고 앉아, 양손을 그 위에 포갠 뒤 걱정스러운 듯이 오빠를 바라보았다.

"오빠는, 불면증……?"

"그렇지도 않지만, 그에 가까워……."

"술을 마시면 잠이 와요?"

"그건 그래."

"오빠 머릿속은 맑은 날이 없는 거 아닐까? 술기운이 깨끗이 빠져나간. 불행한 일이에요……."

"'문학적'으로 말한다면, 불행한 머릿속이지."

"문학적이 아니라도, 현실이……."

"현실이……. 유원아, 너, 제주도에 가고 싶지 않아?"

"……" 유원은 멍한 얼굴로 오빠를 마주 보았다. "무슨 말이에요? 오빠는 갑자기."

"갑자기가 아니야. 어차피 네 오빠는 제주도로 돌아갈 거니까."

이방근은 취한 눈에 비친 여동생의 다소 창백하고 투명한 빛의 얼굴을 새삼 확인이라도 하듯이 바라보았다.

"하지만, 아직 멀었잖아요."

"아직 먼 건 아니야. 앞으로 일주일만 있으면 월말이잖아."

"월말에는 돌아가 버리는 거예요?"

"그럼, 돌아가고말고. 여기에 있어 봤자 별수 없잖아. 오빠와 함께 갈래?"

"제주도에, 함께?" 유원의 입술 사이로 순간 하얀 이가 빛났다. 그녀는 세운 무릎을 내리고 책상다리를 하듯 고쳐 앉았다. "하지만 오빠, 무슨 일이에요. 그건 진심으로 하는 말이 아니겠죠, 물론. 학교도 시작되고요."

"학교는 그만두면 돼."

이방근은 거의 입에서 나오는 대로 말했다.

"……"

유원은 농담일 것이라는 웃음이 얼굴에서 사라지고, 의미를 알지 못하겠다는 듯이 오빠의 입을 바라보며 다음 말을 기다렸다.

"그러면 대학에 제출할 서약서도 쓸 필요가 없겠지."

"오빠, 오늘 밤은 왜 그래요. 농담이라도 그런 말은 하지 마세요. 너무 파괴적이잖아요. 그리고 일본에라도 가라는 건가요? 오빠는 술에 잘못 취했나 봐요."

"일본? 일본에 가도 좋고……. 핫, 핫하, 일본이 아니야, 제주도라구. 술에 잘못 취했다는 말은 이런 때 쓰는 게 아니야……. 남승지를 만나고 싶지 않아?"

이방근은 일그러진 입가에 잔물결처럼 희미한 웃음을 띠우고 있었는데, 그 취한 표정은 얼굴 밖으로 무너져 나오는 것이 아니라, 구심적인 음영을 띠고 있었다.

"……" 잠시 고개를 숙이고 있던 유원은, 정색한 표정으로 얼굴을 들고 말했다. "오빠, 그런 비꼬는 말투는 하지 마세요."

"비꼰다고? 뭘 비꼬았다는 거지, 음."

이방근은 겨우 자신의 탈선을 의식하면서 말했다.

"오빠……." 유원의 얼굴이 일그러졌다. "어색하고 당돌한 게, 꽤나 비꼬는 것처럼 들린다구요. 왜 그러는 거예요. 그런 오빠가 싫어요. 스웨터를 짜는 것도, 그건 승지 씨가 친구라는 이유 밖에 없어요."

"스웨터 짜는 것까지 말할 건 없잖아."

"여동생을 데리고 간다는 둥, 왜 가능하지도 않은 일을 말씀하시는 거예요? 오빠나 얼른 제주도에 가시면 되잖아요. 월말, 월말, 어제 전화에서도 월말이라더니, 이제 '다음 달'에서 '월말'로 바뀌었나 봐요."

"무슨 말이야, 어제 전화라니, 으흠, 월말이나 다음 달 초나 같은 거 아닌가."

"같지 않아요. 며칠만 있으면 월말이에요. 오빠는 문난설 씨와 함께 하니까, 빨리 돌아가고 싶은가 봐요."

"문난설? 아하." 이방근은 웃었다. 담이 걸린 것처럼 목소리가 잠겨 있었다. "그건 어디서 나온 말이지, 윤봉에게라도 들었나?"

"윤·봉이 누구예요? 어제 문난설이라는 여자로부터 전화가 걸려 와서, 오빠에게 바꿔 줬잖아요? 그분과 제주도에 함께 가는 거 아닌가요."

"아, 그건 그런데, 상대가 동행을 원했을 때의 일이야."

"오빠와 동행을 원하는 거 아닌가요?"

"그렇긴 하지, 오빠의 친구인 나영호도 함께 가. 아직 구체적으로 정해진 건 아니야."

"거기에 저까지 함께 간다면, 마치 무슨 축제라도 여는 것처럼……. 오빠, 아시잖아요." 유원은 진지하게 떨리는 눈빛으로 오빠를 바라보며 말했다. "오빠, 오빠는 농담하는 거지요? 이런 말을 하면 오빠에게 꾸중을 듣겠지만, 우리는 제주도의 인간이에요. 가족의 안부를 알 수 없어서 가고 싶어도 가지 못하는 학우회 동무들이 있다는 걸 오빠도 알고 있고요. 오남주 동무는 오빠에게 꼭 데리고 가 달라고 부탁할 정도인데……."

유원은 양쪽 무릎을 세우고, 양손으로 그걸 감싸 안듯이 고개를 숙인 자세 탓도 있었지만, 목소리가 잠겨 조금 울먹이는 소리로 말했다.

"일본에 말인가……. 아니지 제주도 말이지." 이방근은 빙그레 웃으며 소주잔을 손에 들고 한 모금 마신 뒤 하아- 하고 한숨을 토해 냈다. "너도 제주도에 간다는 것은 거의 농담이잖아."

"정말이에요."

"정말로 갈 거란 말이지."

"……"

졸음이 없는, 심야에 깊이 그늘진 눈빛을 깜박이는 여동생의 백랍 같은 얼굴이 아름다웠다. 가슴이 아팠다.

"많이 늦었다. 방으로 돌아가 자렴. 으흠, 농담이야, 농담이라구,

모두 다…….”

“오빠는 왜 그래요.” 유원은 활짝 웃으며, 무릎을 세운 파자마 바지 밑으로 나온 한쪽 발로 장판을 쿵하고 장난스럽게 울렸는데, 그 목소리는 다시 울음이 섞여 있었다. “어째서 그런 심한 농담으로 이 여동생을 괴롭히는 거예요, 오빠는…….”

“널 남겨 두고 제주도로 가는 게 오빠는 싫어. 게다가 오빠도 제주도에 있기 싫고. 네 말대로 서울에 와 버리면 좋으련만. 그것도 안 되고.”

“왜 안 돼요.”

“아무래도 어려워. 가서 자는 게 어때, 오빠도 자야겠다.”

이방근은 잔에 남은 소주를 비웠다. 그리고는 오지 주전자의 얼마 남지 않은 술을 잔에 따랐다. 취한 눈을 가만히 깜빡이지도 않고 뜬 채, 담배를 물고 성냥을 집어 들었다. 빨간 불꽃이 무너지듯 흔들렸다. 취기의 두꺼운 막이 머릿속을 감싸고 있었다. 당장이라도 쑥 하고 회색 커튼처럼, 뜬 채로 있는 양 눈을 덮을지도 모른다. 눈앞에 유원이 있는데도 그 존재를 확인이라도 하듯이 이방근은 여동생을 보고 나서 시선을 책상 위로 돌린 뒤, 취기의 흐름에 맡겨 가볍게 눈을 감았다. 취하기 시작할 무렵의 파도처럼 수런거리던 소란스러움은 사라지고, 몸에 저리듯 퍼진 취기가 지금 묵직하게 마음의 중심에 자리를 잡자, 이방근은 돌처럼 딱딱한 밤을 느꼈다. 유원이 말없이 커다란 한숨을 쉬었다.

“오빠는 어디 몸이라도 아픈 거 아닌가요?”

오빠가 눈을 떴을 때, 유원이 말했다.

“아니야, 안색은 네 쪽이 좋지 않은 것 같은데…….” 이방근은 책상 위에 세운 한쪽 팔로 턱을 괸 뒤, 다른 한쪽 팔로 잔을 들어 입으로 가져갔다. 딱딱한 밤이 움직인다. “유원아, 너는 오빠를 어떻게 생각하지. 올 필요도 없는데 일부러 상경했다고, 네가 오빠를 비판했었는데, 오빠는 서울에서 빈둥거리는 인간이야. 그게 부끄럽냐?"

"왜 부끄럽다는 거예요?"

"……오빠가 무엇 때문에 서울에 왔다고 생각하지?"

유원은 대답을 하지 않았다.

"아니, 나는 무엇을 위해 서울에 왔는가 하고, 그런 생각이 가슴 속에서 뭔가의 부유물처럼, 실은 상경한 날부터, 아니 그 전부터, 제주도에서 일반적으로는 탈 수 없는 그 배를 탈 때부터 흔들리고 있었어. 그래서 네가 말한 것처럼, 서울에 와 버릴 수가 있을까? 아니, 제주도에 있어도 그건 마찬가지지만 말야. 우-, 우-우이, 그, 그런데, 유원아, 학교에 제출하기로 되어 있는 서약서는 어떻게 되었지?"

"……써서 낼 거예요."

"음, 그럼, 빨리 내는 편이 좋을 거야……." 이방근은 말을 끊었다. 아니, 알 수가 없다. 조금 전에 그런 건 쓸 필요가 없다고 한 것은 반드시 잘못 말한 것이라고는 할 수 없었다. 일본. 일본에라도 가라는 건가요? 일본? 일본에 가도 좋지……. 실제로 최근 2, 3일 전에 일본에 간 꿈을 꾸었다. 배에 탄 기억은 없지만, 여동생과 함께 하필이면 도쿄 궁성 앞의 커다란 물고기가 헤엄치는 물가를 걷고 있었던 것이다. 그리고 꿈속에서, 아아, 역시 여동생을 위해 일본에 와 있구나 하며 감탄하고 스스로 납득한 것이 재미있었다. 그리고 어떻게 조선으로 돌아갈 것인지, 아마도 도착한 지 얼마 지나지 않았는데도 걱정을 하고 있었다. "숙부님은 아무 말도 하시지 않더냐. 오늘 신문사 쪽으로 하 선생님으로부터 안부 전화가 있었던 모양인데. 우-, 우-이, 그건 직접, 서약서를 빨리 내라는 전화는 아니었던 것 같아."

"……" 유원은 고개를 끄덕였다. "오빠는 어째서 그렇게 기분이 흔들리는데 서울에 온 거예요?"

"헷헤, 말했잖아. 흔들리는 파도를 타고 밀려온 거나 마찬가지야. 너는 인상을 찌푸리겠지. 무슨 사치스런 말을 하는 거냐며. 그래서 흔들리며 다시 제주도로 갈 거야. 그러면 너는 다시 찡그린 얼굴을 하겠지."

윤봉……. 윤·봉. 머릿속 공간의 구석에서 윤·봉의 이름이 울렸다. 그리고 이방근이여, 자네가 앞장을 설 줄이야…….

"뭔가, 연극의 대사 같아요. 마치 커다란 난파선……." 유원은 오빠를 자상하게 위로하는 듯한 어투로 말했다. "하지만 오빠는 난파선이 아니에요. 흔들리는 바다, 그 것이지. 우리 오빠는 파도에 이리저리 휩쓸리지는 않을 거예요."

"핫, 핫, 너야말로 문학적이구나."

"오빠, 좀 전에 말한 윤봉이라는 건 누구예요?"

유원은 말투를 바꾸어 당돌하게 물었다.

"윤봉……?"

이방근은 마치 반사적으로 자신의 머릿속 공간에서 울린 소리와 맞부딪친 순간의 울림에 놀라 반문했다.

"좀 전에 오빠가, 문난설 씨가 제주도에 가는 것을 윤봉으로부터 들었냐고 물었지 않나요?"

문난설, 윤봉……. 밤의 정적에 잔혹할 정도로 조용하게 스며드는 여동생의 아름다운 목소리였다.

"아아, 그건 친구, 도쿄의 학생 시절부터 알고 지내는. 서울에서 한성일보 기자를 하고 있지."

"으-응."

"왜 그러는데?"

"들어 본 적이 있는 이름 같아서."

"뛰어난 남자야. 정의감도 넘치고……. 자아, 오빠 일은 걱정하지 않아도 되니까, 이제 그만 자거라. 술도 없고……."

유원은 자리에서 일어나 방을 나갔다. 그리고 '윤봉'이 남았다. 이방근의 내부에서 여동생에게 불려나간 윤봉은, 마치 이 오빠에게 일격을 가하기 위해 유원과 악수를 한 것 같았다. ……윤봉 군은, 남로당원은 아니겠지. 남로당? 한 선생님, 그건 어디의 누구에게 대고 하는 말입니까? 누가 그 당원이란 말입니까. 발언을 취소하세요. 그건 사람을 말살하는 말이 아닙니까! 으흠, 윤봉은 혹시……. 이방근이여, 자네가 그 여자와 나영호의 제주도행에 앞장을 선다는 것은 어떻게 된 건가. 그건, 그렇지, 이건 토벌대와 맞먹는 특권이군. 그 여자가 왜 가는지도, 그 목적이 무엇인지도 모른 채 동행하여, 현지의 '안내'를 하는 거나 마찬가지니까. 그저 이 선생님과 동행해서 제주도에 함께 가고 싶다……는 것일 뿐. 이번에 돌아갈 때는 깜짝 놀랄 만한 미인을 데리고 갈 거야. 음, 분명히 바람직한 일은 아니다. 단순하고 경솔한 것이, 잘못됐다는 생각이 들지 않는 것도 아니지만, 그렇다고 이제 와서 거절할 수도 없는 일이다. 상대가 제주도에 가겠다고 하는 한…….

많이 취하지는 않았다고 생각했는데, 중심이 빠진 것처럼 상반신이 자꾸만 휘청거렸다. 이방근은 이부자리에 들어가야겠다고 생각했다. 머릿속은 알코올이 스며든 모래로 가득하여 무거웠고, 취기가 앞쪽 머리, 이마 전체에 집중해서 욱신거렸다. 그러자 이마가 게의 등껍질처럼 훌러덩 벗겨지며 전방이 열리고, 내용물이 없는 두개골이 쩍 벌어지는 것을 느끼며 눈을 뜨자, 유원이 앞에 앉아 있었다. ……뭐야, 너, 아직 자러 가지 않았었나? 유원은 조금 전과 변함없이, 양손으로 감싼 무릎 위에 턱을 올려놓은 모습으로, 맨발의 발가락을 응시하며 앉아 있었다. 얼른 가서 자야지, 음······.

"오빠······."

유원이 방의 문가에 서서 오빠를 불렀다.

"유원아······!"

이방근은 고개를 들고, 거의 놀란 듯한 목소리를 내며 문가에 앉은 유원을 보고, 눈앞으로 시선을 돌렸는데, 그곳에는 지금까지 있었던 여동생의 모습이 없었다. 유원이 달려와 초점을 잃은 듯한 눈에 공허한 빛이 감도는 오빠의 어깨를 환자처럼 끌어안고 부드럽게 흔들었다.

"오빠······." 유원의 말이 막혔다. "괜찮아요? 대답 좀 해 봐요, 오빠."

"아, 괘, 괜찮아······."

"아이고, 무슨 이렇게 한심한 얼굴을 하고······." 유원은 정면으로 돌아와 오빠의 양손을 잡았다. 마치 이건 어머니나 누나가 아닌가······.

"오빠의 손이 차가워요. 오빠 어디 아파요? 지쳤나 봐요. 내일 병원에 가 보는 게 어때요. 오빠가 병이 나면, 유원이도 병이 나고 말 거야······."

유원은 소리 죽여 울기 시작했다.

"이봐, 그, 그만둬. 숙부님들에게 들린다구, 한밤중에. 자, 봐, 괜찮아. 오빠는 잠시 착각을 했을 뿐이야······. 물 좀 줘."

유원이 책상 위에 있는 물병의 물을 컵에 따라 오빠의 손에 쥐어 주었다.

"바보같이."

이방근은 초점을 맞추듯이 눈을 크게 뜨고, 한 손을 뻗어 가볍게 여동생의 볼을 건드렸다. 손바닥에 촉촉한 눈물의 흔적이 느껴졌다.

조금 과음을 했군…….

머리의 심이 투명한 기둥처럼 일어서고 희미하게 저려 오는 것을 느끼며, 이방근은 잠이 밀려오는 것을 의식했다. 앉은 채로도 잠들 것 같은 게 참으로 신기한 일이었다. 그는 밤바다처럼 망막한 느낌 속에서, 이런 식으로 잠이 와 준다면 행복할 것이라고 생각하며, 여동생의 지시대로 창문을 닫고 파자마로 갈아입은 뒤 이부자리에 들었다. 유원이 전등을 끄고 방을 나갔다.

이방근은 여동생이 피워 놓은 책상 위의 모기향 냄새가 감도는 어둠 속에서 눈을 감은 채 몸을 누이고 있었다. 잠은 바로 앞에까지, 잠의 구멍이 베갯머리에 열려 있었고, 머리에서부터 천천히 몸 전체가 빨려 들어갈 정도로 입을 벌리고 다가와 있었다. 이방근은 취기의 미립자가 끊임없이 아우성치는 흐름 속에서, 확 빨려 들어가 버릴 것 같은 잠의 구멍 가장자리까지 와 있음을 느끼면서도, 마지막 순간에, 구멍의 흡인력에 완전히 실리지 못하고 의식의 심이 일어나면서 잠을 깼다. 그리고 모처럼 열렸던 구멍이 멀어져 버렸다. 한동안 그런 상태가 반복되는 즐겁지 않은 작업이 있고 나서, 이방근은 꿈틀거리며 무거운 머리를 천천히 들어 올리면서, 상반신을 이불 위로 일으켰다. 그는 옆방에 있는 여동생이 눈치 채지 못하도록 어둠 속에서 발밑의 모기향 쪽으로 비틀거리며 다가가, 손으로 더듬어 아직 조금 남아 있던 오지 주전자의 소주를 잔에 따랐다. '금단의 열매'처럼 조심스럽게 입에 머금고 나서 단숨에 삼켰다. 기관지에라도 잘못 들어가 재채기라도 한다면 여동생이 달려올 것이다. 손가락 끝으로 더듬어 찾은 담배를 한 대 물고, 확 불타올라 주위에 빨간 그림자를 흔드는 성냥의 불꽃 속에 넣었다. 아이고, 무슨 이렇게 한심한 얼굴을 하고……. 두 사람의 유원을 본 듯한 환각 직후의 놀람으로, 어지간히 무기력한 표정의 취한 얼굴을 하고 있었던 모양이다. 손아래 여동생이 아니었다. '절대적'인 '전제군주'이자 '나의 임금님'도 다 끝나 버렸다…….

이방근은 원래의 잠자리에 몸을 뉘였다. 새로운 취기가 울컥하고 뜨거운 덩어리가 되어 마비된 뇌수에 다시 한 번 일격을 가하는 확실한 반응을 전신에 느꼈다. 이윽고 취기의 열기가 진행됨과 동시에 베갯머리에 잠의 구멍이 다시 열리고, 그곳으로 머리부터 서서히 연동하다가 갑자기 쑥 빨려 들어가 어두운 구멍의 뚜껑이 닫혔다. ……구멍 안으로 들어가자, 마침내 황량한 하늘이 열리고, 바다가 보이고, 해변이 보였다. 그 해변에 언젠가 보았던 거대한 고래의 잔해가 난파선처럼 드러누워 있었다. 아니, 그곳이 고래 뱃속의 거대한 공간이었으며, 그 안에 난파선이 드러누워 있었고, 가까이에 아까와 같은 모습으로 파자마 차림의 유원이 무릎을 세운 채 앉아 있었다. 그 뒤에 돌하르방처럼 검은 치마를 입은 부엌이가 무표정하게 우뚝 서 있었다. 그리고 문난설의 모습이 희미하게 보였다……. 유원이 무릎을 세우고 앉은 채로 말한다. 오빠, 이 여자 좋아해요?

어젯밤 꿈의 입구에 펼쳐진 광경이었다. 계속 이어지는 꿈을 꾸었는지 어쨌는지 기억이 나지 않았다.

취기가 꽤 남아 있는 탓일까 머릿속에 수건 같은 막이 쳐져 무거웠고 두통이 났다. 이방근은 잠에서 깨자마자 베갯머리의 더러워진 재떨이를 앞에 두고 엎드린 채 담배 한 대를 문 순간 구역질이 났다. 그러나 여동생이 걱정하는 것처럼 병이 난 것은 아니었다. 꿈속에서 오른쪽 등과 목덜미에 통증을 느꼈는데, 눈을 뜨고 나서도 같은 곳이 아픈 걸 보니, 그것은 단순한 꿈은 아니었던 모양이었다. 식초와 고추장을 잔뜩 푼 미역 해장국을 차린 독상을 방으로 가지고 온 유원의 잔소리를 들어야만 했지만, 이방근은 파자마를 입은 채로 막걸리 한 사발을 해장술로 마셨다. 어젯밤에는 무리하게 마신 것이 아니었음에도, 목도 그렇고 위장도 완전히 메마른 것이, 몸의 혈관에 납이 녹아들어 간 것 같은데 알코올 이외에는 치유할 방법이 없었다. 숙취로 몸 안의 취기가 막걸리의 자극을 받아 몸 밖의 피부 표면으로 빠져나와 발산되는, 전신을 한동안 상쾌한 취기의 흔들림 속에 두었다. 등의 통증은 점차 사라졌으나, 목덜미와 어깨가 당기듯이 뻐근하고 무거웠다.

"오빠는 노인네 같아요." 유원이 오빠의 어깨를 가볍게 두드리고 문지르며 말했다. "오빠는 자기 나이를 알고 있어요? 서른셋이에요. 그런데 마흔처럼 보인다니까요. 숙취의 술 냄새는 고약하고……. 하지만, 오빠의 머리칼은 부드럽고 여자처럼 윤기가 도는 게 멋져요." 그녀는 한 손의 손가락으로 오빠의 뒷머리를 만지작거렸다. "오빠는 어젯밤 일을 기억하고 있어요?"

"어젯밤? 그러니까 자기 전의 일 말이냐? 기억하고 있지."

이방근은 눈을 감고 취기의 흐름에 몸을 맡기며 말했다.

"어째서 여동생을 보고 그렇게 깜짝 놀랄 수가 있어요. 한순간 혼이 빠져나간 것처럼, 멍한 눈빛을 하고……. 밤에 자다 놀란 아이처럼, 여동생의 얼굴을 보고 놀라다니."

유원이 손가락에 힘을 주었다.

"좀 살살해, 아프구나. 그런 게 아니야. 때로는 자기 스스로도 예를 들면, 갑자기 거울이나 쇼윈도 등에 비친 본인의 모습을 보고 놀라잖아. 갑작스런 일이었어."

"갑작스런 일이 아니에요. 그때의 오빠를 생각하면 오싹해져요. 오빠는 혼잣말을 하고 있었어요. 아무도 없는데, 너는 자지 않고 왜 거기에 있느냐……고, 내가 오빠 앞에 앉아 있는 것처럼."

"호오ー, 그건 기억이 안 나는데." 이방근은 시치미를 뗐다. "다만,

술에 취하면 자기 안에 가라앉는 법이야. 어쨌든 그런 건 중요하지 않아. 그리고 느닷없이 네가 부르는 바람에 깜짝 놀랐다구."

"술을 마신데다, 신경이 날카로워진 탓일 거예요. 술은 간장에 좋지 않고 죽음에 이르는 병이 된다고 의학부의 동무가 말했어요."

"죽음에 이르는 병이라고, 의학부 동무가. 우리 어머니는 술도 안 마시는데 간장이 나빠져서 돌아가셨잖아."

"어머니 이야기는 그만두세요. 간장이 나빠서 돌아가신 것만은 아니잖아요."

이방근은 창밖에 엷게 구름 낀 하늘을 보았다. 어디에선가 매미가 울고 아이들의 목소리가 들렸지만, 햇볕을 고르게 받고 있는 엷은 구름으로 가득한 하늘이 취한 눈에는 누런빛을 띤 은색으로 반짝였다.

"피아노를 치는 사람은 안마도 잘하는 모양이구나. 기분이 상쾌해. 이젠 거의 풀렸으니 소중한 손가락에 무리가 없도록 해. 그런데 너는 어젯밤에 문난설이라는 여자에 대해 말했잖아. 나영호도 신문기자의 자격으로 동행하고, 문난설의 경우는 자세히 물어본 것은 아니지만, 그러니까 동행한다는 이야기가 나왔을 뿐이니, 그녀 나름의 사정이 있을 거야. 네 말뜻은 충분히 알아들었어, 세간에서, 섬사람들이 어떻게 보겠느냐는 것이잖아. 그러나 오해할 건 없어."

"어째서 그렇게 세간이라든가, 섬사람들이라든가, 세속적이고 오빠답지 않은 말……" 유원이 움직임을 멈춘 손을 오빠의 어깨에 올려놓고 말했다. "숙부님도 아직 모르셔서 그렇지 가만히 계시지 않을 거라고 생각해요. 저도 물론 싫어요. 하지만 오빠의 자유예요. 전, 오빠가 그런 이치를 모를 리 없을 텐데, 왜 그럴까 하는 생각이 들어요."

그녀는 오른손 손가락을 피아노 건반을 두드리듯이 움직였다.

"음, 과연 그렇군……. 그러나 아까도 말했듯이 문난설 씨가 가게 될지 어떨지는 알지 못해."

"간다고 하면 오빠는 데리고 갈 거잖아요. 어떤 사람일까. ……오빠는 그 사람을 좋아해요?"

"뭐라고?" 이방근의 어깨가 움찔하고 움직였다. "말도 안 돼, 너도 참 이상한 소리를 다 하는구나."

"어떤 사람일까 해서요. 예쁜 사람이라고 했잖아요. 한번 만나 보고 싶어요. 집으로 놀러 오라고 말해 보지 그래요……."

"말도 안 되는 소리 하지 마." 이방근은 울컥하면서도 되돌아보지는 않았다. 여동생에게 화난 표정의 얼굴을 보이고 싶지 않았기 때문이다. "너 지금 한 말은 오빠를 놀리려는 거지? 아직 한 번 밖에 만나지 않았단 말야."

한 번 밖에……, 이건 사족이었다.

"정말이에요. 왜 말도 안 된다는 거예요? 한 번 밖에 만나지 않았더라도 그런 건 문제가 안 되잖아요. 집에 초청해도 좋다고 생각해요. 내가 한 번이라도 만난 적이 있다면 직접 초대했을 거예요. 음식도 준비할 거구요……."

이방근은 자신이 생각해도 어린애 같은 변명에 발목이 잡히고, 여동생의 반응에 어이없어하면서도 울컥한 기분이 갑자기 사그라지는 것을 느꼈다.

"아직 만나지 않았는데도 그러는 걸 보니 의기투합해서 사이좋게 지낼지도 모르겠는데."

"문난설 씨는 뭘 하는 사람이에요? 이런 때 제주도를 자유롭게 갈 수 있을 정도니까, 상당한 인물이겠죠? 그것도 여성으로서……."

유원이 손을 움직여 어깨를 주무르기 시작했다.

"그러니까 갈 수 있을지 없을지 모른다고 했잖아. 그렇게 말했을 뿐이야. 오빠로서도 월말에 돌아갈지 어떨지, 다음 달이 될지 아직 미정이라구. 오빠도 문난설 씨를 한번 만났을 뿐이라(또 한 번이다), 잘 몰라. 나영호의 지인인데 그 소개로 알게 된 거야."

되살아난 취기가 이방근의 어투를 거칠게 만들었다.

"오빠는 금방 화를 낸다니까."

"화를 내는 게 아니야. 네 말에 가시가 있어."

"울컥하고 나오니까 이야기를 못하겠어요."

유원은 말없이 한동안 오빠의 어깨를 주물렀다. 그리고 주무르던 손을 멈추더니 텅 빈 국그릇과 막걸리 사발만 남은 독상을 가지고 방을 나갔다. 그러나 금방 다시 들어오더니, 아침에 오빠가 잠든 사이에 오남주 동무로부터 전화가 왔었다고 전했다. 전부터 만나고 싶다며 기다리고 있었는데, 가능하면 오늘 뵙고 싶으니 다시 한 번 전화하겠다고 했단다. 이방근은 고개를 끄덕였다. 여동생을 통해서 약속을 해두었던 일인데, 술버릇이 좋지 않은 오남주와 함께 저녁을 맞이하는 것을 피하기 위해 시간을 오후 세 시로 정했다. 그때 현관 앞 방에서 전화벨이 울렸다. 유원은, 앗, 오 동무인가봐, 라며 방을 나갔는데, 이방근은 문난설로부터 온 것이 아닌가 하는 생각에 움찔했다. 엊그제 전화가 왔을 때 2, 3일 안에 다시 전화를 걸겠다고 했기 때문이다. 여동생을 통하지 않고 직접 전화를 받고 싶었으나, 그렇게 할 수도 없어서 여동생이 전화를 받도록 내버려 두었다. 움찔 놀라 고동치는 가슴의 여운이 가시지 않았다. 예상과는 달리, 전화는 오남주로부터 걸려 온 것이었다.

문난설 씨는 뭘 하는 사람인가요? 문난설이 어떤 노인의 첩이라는 것을 알면 유원은 무어라 할까. 아니 아무 말도 하지 않을 것이다. 하지만 무슨 생각을 할까. 오빠는 문난설 씨를 좋아해요? 문난설. 두세 번에 불과했지만, 최근 며칠 사이에 그녀가 적어도 표면적으로는 가볍게 전화를 걸어오게 되었다. 생각해 보면 묘한 일이었다. 주위가 막연하게 열기를 띠고 있다. 뭔가가 뜨겁게 주변에서 거리를 두고 압박해 오는 느낌이었다. 이방근은 문난설이 '첩'으로 부각됨으로써(이것도 어떻게 된 일인지, 확실한 것은 아니었다), 그녀를 확실하게 의식하고 있는 자신을 보았다.

이방근은 열린 창문의 레이스 달린 커튼을 활짝 열어젖히고, 돗자리를 깐 이불 위에 다시 드러누웠다. 한숨 자려고 생각했다. 대낮에 한 사발 가득 마신 막걸리의 취기가 독해서 평소답지 않게 얼굴이 화끈거리며 어젯밤 못지않게 목이 잠기고, 납이 녹아든 것 같이 무겁던 것은 풀렸지만, 몸이 견디기 어려울 정도로 나른했다.

그러나 기분은 우울하지 않았다. 어젯밤에는 왜 그렇게 우울했던 것일까. 어떻게 해 볼 도리가 없는, 자신이 생각해도 이상할 정도로 몸까지 나른해지게 만들어 버리는 가라앉은 기분이 거짓말 같았다.

우울해진다? 어울리지 않는 일이다. 무엇 때문에 우울하단 말인가. 그러나 어젯밤은 무엇 때문에……라는 이유로는 설명하기 어려웠다. 참으로 통제하기 어려운, 불안한 감정의 형태 없는 확산과 침체. 모래처럼 손가락 사이로 흘러내리는, 종잡을 수 없는 감각. 발바닥에 타락의 느낌이 달라붙은, 오랜만에 경험하는 불쾌한 감정. 동향회의 회합을 거치는 사이에 이방근의 기분은 그렇게 되어 있었다. 그는 서울의 동향회 석상에서 자신이 제주도에 있을 때보다 훨씬 더 고향의 비참함을 느꼈던 것이다.

다소의 피난민은 있어도, 직접적인 피해가 없는 성내 지구와 피해 지구의 참상은 대조적이었고 전혀 달랐다. 이미 몇 갠가의 마을이 불탔고, 산발적으로 학살이 일어났지만, 그것이 이방근에게는 통절한 신변의 일로 받아들여지지 않았던 것이다. 자신의 비참함 때문에 다른 곳을 돌아볼 여유가 없는 것이 아니라, 동란의 섬에 있으면서도 일상생활이 동란으로부터 초연할 수 있는 입장에 있었던 것이다.

유원의 동료 학생들 앞에서 고향의 근황에 대해 이야기하고 싶었던 게 아니었지만 어젯밤 석상에서는 용케도 이야기를 하지 않고 끝났다고 생각할 정도로, 참가자의 발언은 이방근에게 절실하게 들렸다. 제주도의 현실에 대해서 뭔가의 이야기를 했더라면, 나중에 찾아올 무서운 자기혐오에 지금쯤, 아니 앞으로 며칠간은 끈질기게 따라다녔을 것이다. 동향회 사람들은 서울에 살면서도 자신보다 제주도와 훨씬 가깝다는 것을, 이방근은 뒤통수에 일격을 당한 기분으로 느꼈던 것이다.

윤봉이 아니더라도 동향회의 사람들이 문난설을 동행하여 제주도에 돌아간다는 것을 알게 된다면 어떻게 생각할까. 숙부님도 그걸 알면 가만히 계시지는 않을 거라고 생각해요……. 문난설과의 동행을 책망하는 여동생의 목소리가 어젯밤부터 계속 들리고 있었다. 그러면서도 그 사람이 좋으냐고 묻는 건 무슨 일인가. 그러고 보니 꿈속에서도 같은 말을 하고 있었다. 부엌이가 있는 곳에서. 피아노 소리가 옆방에서 울리고 있었다. 취기가 번지는 공간에, 취기의 빛에 물들며 불꽃을 튀기듯이 들려왔다. 어쨌든 서약서는 필요했다. 설령, 그렇지, 설령 일본에 간다고 해도, 전문가인 담임교수도 일본행을 바라고 있으니, 서약서 제출은 대학 측의 추천장을 받는 경우의 조건도 될 것이다. 여동생의 마음에는 들지 않겠지만, 방편으로서도 필요했다. 어째서 유원은 일단 결심한 일본 유학을 지금은 완강하게 거부하고 있는가…….

연줄이 있는 자, 갈 수 있는 조건이 조금이라도 있는 자는 학생만이 아니고, 제주도뿐만이 아니라 서울에서도 일본으로 가려고 하는 이때에, 유원을 잡아끄는 것은 무엇인가. 서울에서, 이 땅에서도 충분히 공부할 수 있다는 것 말고는, 올봄에 스스로가 일본에 유학을 가고 싶다고 상담하러 왔던 여동생으로부터, 이방근은 명확한 답을 듣지 못하고 있었다. 집으로 찾아온 하동명 교수 앞에서, 자신은 정말로 큰 혜택을 받았다……고 조금 부정적으로 강조하고 있었는데, 그 혜택받은 존재로서 자신에게 반격했단 말인가. 일본에 가고 안 가고는 둘째 치고, 이 병들어 가는 조국의 땅에 머물겠다는 그 이유가 무엇인지, 역시 확실히 해 두지 않으면 안 된다. 하동명은 아직 제자의 일본 유학에 그 오빠의 영향력이 미치기를 기대하고 있었고, 자신은 크게 혜택받은 존재다…… 이상의 답을 하지 않고 있는 그녀 자신이, 그러니까 이렇다……는 결론을 제시하지 않으면 안 된다. 만일, 남승지를 위해 유학을 희생하는 것이라면(있을 수 없는 일이지만), 그것은 앞으로 프로로서 음악의 길을 버리는 것이므로 말이 되지 않는다. 음, 할 일도 없으면서 참으로 황망하다. 가까운 시일 안에, 아니 오늘 밤에라도, 내일이라도 서약서를 포함해서 여동생과 이야기를 나눠야겠다. 그랬다, 생각해 보면 서울에 올라온 뒤 여동생과 이렇다 할 이야기를 나누지 못하고 있었다. 경우에 따라서는, 우상배의 배로 일본에 보내는 거다……. 피아노가 울리고 있었다. 그 소리가 분출하는 샘처럼 반짝이는 공간에 몸을 적신다. 잠은 오지 않고 몸에서 땀이 배어나고 있다. 커튼이 쳐지지 않은 열린 창틈으로 하얗게 구름 낀 여름 하늘이 시야에 눈부시게 들어왔다.

눈을 뜨자마자 어디선가 피아노 소리가 들린다고 생각했는데, 숙모가 어떤 여자에게서 전화가 왔다며 잠을 깨웠다. 이 시간에 무슨 전화가, 아아, 그 사람으로부터……. 문난설의 전화였다. 주위는 밝았고, 열린 창문 밖으로 흰 하늘이 보였다. 이 시간에……가 아니다. 지금은 한낮이었다. 이방근은 멍하게 막이 쳐진 머리를 흔들고 방을 나와 현관 앞의 전화가 있는 방으로 갔다.

"여보세요, 선생님, 건강하세요?"

처음에는 반드시, 엊그제도 그랬는데, 같은 인사말이었다. 지금은 여느 때의 이 선생님의 '이'가 빠지고 선생님이라고만 하였는데, 귀에 부드럽고 조금은 친근하게 느껴졌다.

"아이구, 그 목소리는 어떻게 되신 거예요? 엊그제 전화할 때는 건강한 목소리셨는데."

"숙취입니다."

"……주무시고 계셨나요?"

"아니오, 괜찮습니다."

"그럼, 다행이네요. 좀 전에 전화 너머로 피아노 소리가 들렸는데, 멋진 피아노 선율이었어요. 레코드가 아니라 누군가 치고 있는 것 같던데요. 선생님이 피아노를 치고 계셨나요?"

"핫, 핫, 제가요. 설마, 여동생입니다."

피아노는 멈춰 있었다. 전화 소리에 조심을 하고 있는 모양이다. 그러나 문난설과의 통화라는 것은 이미 알고 있을 것이고, 다소 여동생이 귀에도 들어갈 것이다.

"여동생?" 문난설은 놀란 모양이었다. "여동생이 계신가요, 여기 서울에. 어머, 멋지네요, 훌륭하신 분이겠죠. 언제 한번 뵙고 친구가 되었으면 좋겠네요."

농담으로라도 여동생이 당신을 집에 초대하고 싶어 한다는 말을 하려다 그만두었다. 그 여자는 국제통신사 회장의 첩이야……. 자동차의 경적이 가까이에서 울리고, 첩, 첩……, 상대의 목소리가 순간적으로 귀 밖에서 지워졌다.

"지금 어디십니까?"

"국제통신사 근처의 공중전화예요. 점심 식사하러 나왔거든요."

"아, 국제통신사요."

이방근은 여동생을 의식하고 그렇게 말했다.

전화의 용건은 그녀가 일전에 꼭 소개하고 싶다던 그 청년 장교 조 소위와 만나는 일을 내일 저녁으로 정하면 어떻겠느냐는 것이었다. 이쪽이 특별히 원한 것은 아니었다. 제주도 게릴라 토벌부대에서 현지근무를 하다가 최근에 본토로 철수한 뒤, 현재는 수원의 연대에서 일주일간 휴가를 받아 집으로 돌아왔다는 청년은, 문난설이 우연히 이방근의 이야기를 했더니, 제주도에서 그 이름을 들어 알고 있다고 했다는 것이다. 그로부터 현지 이야기를 듣고 여러 가지로 깨달았다고 문난설이 말했다. 서로 만난 적이 없는데, 조 소위는 누구로부터 나에 관해 들었던 것일까. 어쨌든 내일 저녁에 만나기로 하고 전화를 끊었다.

이방근은 스스로 기분이 상해 있었다. 방으로 돌아온 뒤, 자신이 전화에서 조금 매정한 말투를 한 것이 아닌가 생각해 보았다. 가슴에 신물이 번지는 느낌 속에서, 후회하는 것은 아니었지만, 자신에게 화가 치밀어 올랐다. 여동생을 의식하고 있었던 것은 아니었다. ⋯⋯윤봉. 그 녀석의 목소리가, 그 여자는 첩이라는 목소리가, 두 사람의 통화에 잡음으로 들어왔던 것이다. 그런 주제에 문난설의 전화 목소리가, 아직 알코올로 인해 탁한 기분이 가시지 않은 머리에 기분 좋게 남아 있는 느낌이었다. 첩, 불쾌한 말이다. 첩이라면 또 그게 어떻다는 것인가. '서북'에도 출입을 하던, 누구인지 알 수 없는 문난설이, 도대체 뭐라고 해야 좋단 말인가. 독신의 여자라면⋯⋯. 어리석기는. '첩'이라는 것 자체를 확인해 봐야 한다. 무엇 때문에⋯⋯. 벌써 열두 시였고, 한 시간은 잔 것 같은데, 어젯밤부터 이어져 온 취기도 상당히 걷혀 있어 몸의 상태도 좋아져 있었다. 등의 통증도 없다. ……점심 식사하러 나왔거든요. 이방근은 공복을 느끼지 못했다.

약속한 오후 세 시에 오남주가 혼자 찾아왔다. 유원이 현관으로 나가 손님을 이방근이 있는 방으로 안내했다.

이방근이 자리에서 일어나 맞아들인 뒤, 방 한가운데에 있는 탁자를 사이에 두고 오남주와 마주 앉았다. 소매를 걷어 올린 낡은 와이셔츠와 색이 바랜 검은 바지를 입은 모습은 가난한 학생이라는 것을 그대로 드러내고 있었다. 땀에 전 양말에서 쉰 듯한 불쾌한 냄새가 코를 강하게 자극했다. 게다가 희미하게 술 냄새도 났다. 알 수 있었다. 음, 한잔 걸쳤구나 하는 생각이 들었다. 이방근은 상대를 보았다. 오남주의 충혈된 눈이 순간, 겁을 먹은 것처럼, 뻔뻔스럽게 빛나다가 탁자 위로 떨어졌다. 사람을 만나는데, 대낮부터 술을 마시고 오다니.

"동무, 괜찮으니, 양말을 벗게나."

"예."

오남주는 순순히 고개를 숙이고는, 주눅 든 모습도 없이 양말을 벗고 자리에서 일어나, 둥글게 뭉친 그것을 방 밖의 복도 가장자리에 놓았다.

"……선생님, 저어, 저는 소주를 한잔 마셨습니다."

이쪽의 기분을 알아챈 것인지, 묻지도 않았는데 오남주가 말했다.

"으-음, 그런가."

이방근은 그렇게만 말했다.

3

고개 숙인 오남주는 조용한 호흡을 통해 대낮의 방 안 공기에 희미한 술 냄새를 풍기며 침묵을 지키고 있었다. 기름기 없는 쑥대머리의 갸름한 얼굴이 조금 초췌해 보였다. 그는 여름의 거리를 서둘러 달려와 여기에서 멈춘 탓일 것이다. 자꾸만 땀이 솟아나 구겨진 손수건을 꺼내 얼굴을 닦았다.

"세수를 하고 오는 게 어떤가."

이방근이 여동생을 부르려 하자, 상대는 괜찮다며 저지하고, 손에 든 손수건을 둥글게 말더니 엉덩이를 조금 들어 바지 호주머니에 찔러 넣었다. 그리고 고개를 숙인 채 아무 말도 하지 않았다. 할 이야기가 있다며 일부러 찾아와 놓고서 침묵을 지키고 있었다. 이방근이 담배를 입에 물고 상대에게도 권하자, 미안하다며 한 대 뽑아 불을 붙인 뒤, 조심스럽게 얼굴을 돌리고 두세 모금 피우더니 재떨이에 껐다. 취기에 발이 걸려 넘어지는 일이 있듯이, 기분도 때로는 막힌다. 지금 한창 돌기 시작한 한잔 마신 소주의 기세에 말문이 막혀 좀처럼 입 밖으로 말이 나오지 않는 모양이었다. 창문 밖으로 충혈된 시선을 한 번 던지기만 하고, 의식적으로 침묵을 지킬 까닭은 없었다.

유원이 보리차를 들고 들어와, 탁자 위에 각자의 앞에다 차가워서 이슬이 맺힌 컵을 놓았다.

"오 군은 점심은 먹었나?"

이방근이 말했다.

"예."

유원이 오빠의 말에 순간 의아스런 표정을 짓고는, 오남주 쪽을 보며 말했다.

"그렇지, 참. 오 동무 배가 고프면 뭔가 가져올까. 사양하지 말고."

"아, 유원 동무, 됐다니까. 정말로 먹고 왔다구. 전혀 배고프지 않아."

"그럼, 나중에 이야기가 끝난 뒤에 먹자구."

유원은 방을 나갔지만, 이방근은 내심 놀라 쓴웃음을 지었다. 오후 세 시에 약속을 한 것은, 가능하면 이야기가 저녁식사 뒤로 이어지는 것을 막기 위해, 즉 이야기가 끝나면 바로 돌아가게 만들기 위해서였다. 일전에 여동생의 환영파티인지에서 오남주를 보면, 취해서 통곡을 하기도 하는 것이 술버릇이 별로 좋지 않았다. 지금 일본에서 돌아와 있는 우상배의 술버릇이 좋지 않다고 하는데, 그 젊은 시절에는……, 아니지, 그는 청춘 시절을 형무소에서 보냈기 때문에, 술 같은 건 마실 수가 없었다. 우상배가 아니라, 일찍이 자신의 축소판 같은 청년을 지금 눈앞에서 보고 있는지도 모른다. 지금도 한잔을 더 걸치면 기분이 풀려서 달변이 될지도 모르는 손님과 함께, 식사는 둘째 치고, 도저히 술 상대를 할 기분이 아니었다. 설마 마음속에, 자신이 알지 못하는 비수를 감추고 있을 리도 없을 텐데, 창문으로 여름의 희뿌옇게 구름 낀 하늘이 보이는 방 안에서, 오남주는 여전히 침묵을 지키고 있었다. 이상한 사내였다.

"이봐, 오 동무……."

안달이 난 이방근 쪽에서 입을 열었다.

"……예."

오남주는 고개를 일단 툭 떨어뜨린 뒤 다시 얼굴을 들어 올렸다.

"뭐하는가, 자네는, 지금 졸고 있나?"

일전에도 취해서 울고 격앙했나 싶더니, 갑자기 벌렁 드러누워 잠들어 버렸던 것이다.

"……아닙니다. 그렇지 않습니다. 졸고 있지 않습니다."

오남주는 흐트러지지 않은 상반신의 자세를 고치며 대답했는데, 눈빛이 취기의 막에 흐려져 있었다. 그는 계속 말을 하려고 입을 열었지만, 우− 하고 목이 메면서 침과 함께 말까지 삼켜 버린 것 같았다.

"그럼, 어떻게 된 일인가. 내게 할 말이 있어 온 것이 아니던가. 이건 실례가 되네. 이곳에 오고 나서 갑자기 말을 잃어버린 건 아닐 테고."

"……말, 말이 목에 걸려서, 잘 나오지 않습니다."

"왜, 말이 목에 걸렸나. 뭔가 말하기 어려운 이야기라도 있어서 그런가?"

"알코올이 뚜껑을 덮은 것처럼, 갑자기 목이 막혀 버렸습니다. …… 낮술을 마시면 말이 목에 걸리는 겁니까?"

"그건 스스로에게 물어보는 것이 좋을 거야. 자네는 좀 전에 소주를 한잔 마시고 왔다고 했는데, 한 잔이 아니고, 두 잔 아닌가."

"한 잔 밖에 마시지 않았습니다. 두 잔 마실 돈이 없었기 때문에."

"음, 그럼 내가 착각을 한 모양이로군. 한 잔 마신 것 치고는 상당히 취기가 도는 것 같은데. 자네는 낮술을 마시나?"

"아닙니다, 자진해서는 마시지 않습니다……."

오남주는 다시 손수건을 꺼내 들고 얼굴과 목덜미의 땀을 닦았다. 자신해서는 마시지 않는다…….

"어쨌든 그건 그렇고, 그 목을 가로막는 알코올의 막 같은 게 걷혔나. 자진해서는 낮술을 마시지 않는 자네가 어째서 혼자 마시고 왔단 말인가? 별로 상관은 없지만."

이방근은 입술 끝을 미소로 일그러뜨리며 말했다.

"죄송합니다. 아무래도 한잔 마시고 싶어서……. 오는 도중에 술집에 들러 급히 마시고 왔습니다."

"나에게 할 이야기가 있다면 염려 말고 말해 보게. 그렇지, 자네는 제주도에 가고 싶다고 했었지. 일전의 전화로도 그렇게 말했었고, 여동생으로부터도 이야기는 그렇게 들었어. 내가 제주도에 갈 때 데려가 달라는 거겠지. 자네 나름의 사정은 있겠지만, 너무 쉽게 생각하는 게 아닌지 모르겠군. 여동생을 통해서 들었겠지만, 결론적으로 말하자면, 어렵다는 것이 내 생각이야. 어쨌든 자네로부터 직접 이야기를 들어 보기로 하겠네. 그 일이 먼저 아닌가. 먼저, 왜 제주도에 가려는가 하는 걸세. 조금 기묘한 말투가 되겠지만."

"……"

상대는 잠시 침묵을 지켰다.

"가족의 소식을 알고 싶어서 그런다고 했는데, 단지 그 일만을 위해 가려는 것인가?"

이방근은 상대의 대답을 기다리지 않고 말했다. 그는 휴학하면서까지 제주도에 돌아가고 싶다는 오남주가(여동생의 말로는 이미 휴학을 한 것 같았지만), 가족의 소식을 알고 싶다는 것과는 별도로, 산에라도 들어가려는 것은 아닌지 의심하고 있었지만, 단순히 그 일만을 위해서일까? 라고 말을 해서는 안 되는 것이었다. 자신과 같은 입장의 인간을 제외하면, 가족의 생사에 관한 소식을 아는 것이 가장 중요한 일 아닌가. 어젯밤 동향회의 분위기, 참석한 사람들의, 서울에 살고 있으면서 자신보다도 제주도에 가까운 듯한, 즉 제주도에 있는 자신 쪽이 그들보다 제주도에서 멀리 있는 듯한 느낌에 등을 세차게 얻어맞은 일을 떠올려도 그랬다. 이방근은 꽤나 불손한 말투였다는 것을 이내 깨달았다. 그리고 변명하듯이 말을 다시 꺼내려고 생각했으나, 오남주가 그걸 그대로 받아 말했다.

"그렇습니다. 가족의 일만이 아닙니다. 저, 저는 가고 싶습니다. 제주도에 가고 싶습니다. 하지만, 이제 가지 않아도 됩니다."

"뭐라고? 가지 않아도 된다고. 제주도에 가지 않아도 좋다는 말인가?"

"예, 그렇습니다. 제주도에는 가지 않겠습니다. 그렇게 결심했습니다."

오남주는 낮은 목소리로 말했다.

"그렇게 결심했다고. 으─음, 대체 그건 무슨 말인가?" 이방근은 이유를 알 수 없었다. 그는 성급하게 말했다. "그럼, 갈 필요가 없는데 왜 나한테 왔나? 물론, 자네가 가고 싶다고 해도, 지금 당장 그 약속, 보증을 할 수 있는 게 아니지만. 여동생은 그 일을 알고 있나?"

"아닙니다."

"그럼, 일부러 올 필요도 없었던 게 아닌가."

"예, 그 일로 말하자면 그렇지만, 한번 선생님을 느긋하게 뵙고 싶었고, 아니, 그런 게 아니라, 오늘 꼭 뵙고 싶었습니다……." 오남주는 컵에 남은 보리차를 마셨다. 그리고 담배를 피워도 좋은지 묻고 나서, 재떨이의 꽁초를 집어 들더니 옆으로 얼굴을 돌리고 감추듯이 불을 붙여 한 모금 들이마셨다. "어제, 제주도에서 한 사람이 왔습니다. 그래서 밤을 새웠습니다. 혼자서……. 그건 저 혼자만의 이상한, 밤샘이었습니다만."

"밤샘? 으─음, 이상한 밤샘이라니 묘한 말인데, 제주도에서 한 사람이 와서, 그래서 밤을 새웠다는 말이지. 뭔가 친족 중에 불행한 일이라도 있었나." 이방근은 상대의 묘한 말투에, 종잡을 수 없는 이상한 기분을 느끼며 말했다. "그러니까, 누군가 가족분 중에 고향에서 돌아가시기라도 했단 말인가?"

이방근은 조금 전에, 단지 그 일만을 위해 가려는 것인가? 라고 말한 자신의 한마디가 사라지지 않고 가슴을 푹 찌르는 것을 느꼈다.

"예, 육체가 죽은 건 아닙니다만……."

뭐야, 이 녀석은······. 이방근은 상대의 말투에 안달이 나는 것을 느끼며, 지금 막 가슴을 푹 찌른 자책의 기분이 순간적으로 반전되어 사라지는 기분이 들었다.

"그건 현학적인 말투가 아닌가, 오 동무. 육체가 죽은 것은 아니라니, 그 말은 사람이 죽은 것은 아니라는 뜻이겠지. 그런데도 밤을 새웠다니, 혼자서 밤샘을······."

"그렇습니다. 저는 어젯밤에 밤샘을 했습니다, 제 방에서, 혼자 ······. 여동생도 어머니도 죽었기 때문에······."

오남주는 말문이 막히는지 고개를 숙였다. 그러더니, 실례가 된다는 것은 알지만, 술을 한잔 마실 수 없겠습니까, 하며 충혈된 눈이 한순간 겁먹은 빛을 발하더니, 가만히 사람을 쳐다보며 말했다. 본적이 있는 눈빛이었다. 여동생의 환영파티 때, 이쪽을 무례하게 쳐다보며 다른 사람의 내부로 파고드는 취기 띤 눈빛이었다.

"자네는 설마 알코올 중독은 아니겠지. 술이 들어가지 않으면 혀가 돌아가지 않는가. 나도 술을 싫어하는 편은 아니야. 어젯밤부터 마신 술이 남아 있는 형편이지만, 그렇다고 이야기를 하는데 술을 필요로 한다는 것은 좋지 않아, 젊은 청년이 핫, 하아, 중증이로군. 정말 마시고 싶다면, 그렇게 목이 마르다면 나중에 마시자구. 자네는 손가락이 떨리거나 하지는 않는가?"

"아닙니다. 그런 일은 없습니다."

"그렇다면 말해 보게. 나도 자네의 이야기를 듣고 싶네. 어째서 이상한 밤샘을, 여동생과 어머니의 밤샘을 한 것인가. 무슨 말인지 전혀 알 수가 없어."

"여동생과 어머니, 그리고 형님의 소식, 가족의 소식을 알았습니다. 저희 마을은 모슬포 바닷가에서 떨어진 중산간 부락에 가까운 곳입니다만, 그 마을은 조직의 힘이 강한 게릴라의 보급 거점이라고 해서, 몇 번이나 경찰 토벌대에게 습격을 받았습니다. 끝내는 전부 불태워져 버렸습니다만, 경찰대가 들어오면, 마을 밖에서 망을 보고 있던 사람에 의해 신호가 올라가고, 마을 사람들은 집을 비우고 가까운 숲 속으로 도망을 치는 겁니다. 쌀이나 보리 등의 곡물을 뒤뜰에 구멍을 파고 묻거나, 가재도구를 짊어질 수 있을 만큼 짊어지고 필사적으로 도망을 쳤다가, 경찰대가 물러간 뒤에 다시 마을로 돌아옵니다. 그 경찰 토벌대라는 것은, 선생님도 아시다시피 본토에서 파견된 자들로, '서북' 놈들이 많습니다. 그놈들에게 습격당하는 시소게임 같은 생활의 반복입니다만, 경찰이 철수하고 나면, 돈이 될 만한 것은 약탈당해 있었고, 돼지나 닭 등의 가축을 사격의 표적으로 삼아 죽여서는 요리를 해 먹은 참혹한 흔적들로, 마을은 엉망이 돼 버립니다. 좀 전에도 말했습니다만, 어제 마을 출신의 '피난민'이 한 사람이 서울에, 제가 하숙하고 있는 이모의 집으로 찾아왔습니다. 그래서 간신히, 그 사람이 가족의 소식을 전해 주었던 것입니다. 제 형님 동주는 마을의 국민학교 교사를 하고 있었습니다만, 산으로 들어갔습니다. 벌써 2, 3개월이 됩니다만, 부하인, 그, 일전에 서울의 군사재판에서 현상일 중위 등이 사형을 선고받지 않았습니까, 그들에게 암살된 박경진 토벌대장 때의 일입니다. 그자가 한라산 일대에 휘발유를 뿌리고 불을 붙인 뒤 비행기에서 소이탄을 마구 뿌리면, 제주도의 빨갱이는 모두 죽일 수가 있다고 연설했습니다. 농업학교의 운동장에서, 성내 사람들이 모인 앞에서. 알고 계시겠지요. 이 나라를 위해서 30만 도민이 전부 없어져도 상관없다며……. 안 그렇습니까, 선생님. 그자가 아직 토벌대장으로 살아 있을 때, 마을이 습격당해 불탔습니다. 마을 사람 대부분은 산으로 도망가 난리를 피했습니다만, 여자아이들이 미처 도망치지 못해 살해당하거나, 토벌대에 체포되어 수용소로 보내졌습니다. 아직 지금의 수용소장이 오기 전의 일입니다……."

"음, 오균 소장 말이지. 나는 그와 만난 적이 있어. 쾌남아야. 알고 보니, 도쿄 대학 시절의 후배더군."

유원이 유리그릇에 담긴 참외를 들고 와서 탁자 한가운데에 놓았다. 이방근이 먼저 포크로 한 조각을 입에 넣으며 오남주에게 권했다. 꽤나 시원한 것이 숙취의 찌꺼기가 완전히 사라지지 않은 머리에 청량감을 가져다주었다. 두꺼운 과육에 즙이 많았고, 치아에 닿는 감촉이 부드러웠다. 오남주는 입에 머금은 과일을 생각에 잠긴 듯 천천히 씹다가 갑자기 턱에 힘을 주고 먹기 시작했다.

"……여동생인 정애는 저보다 세 살 아래로 스물한 살입니다, 정말로 짐승 같은 것들이!" 오남주는 넘치는 기세에 입에서 튀어나와 탁자 위로 날아간 음식물의 파편을 주워 재떨이에 떨어뜨린 뒤 말을 계속했다. "선생님, 그래서 여동생은 '서북' 출신 토벌대의 아내가 된 것입니다. 그렇습니다. '서북' 놈들의 현지처입니다……." 오남주는 울먹이다가, 탁자 위에 올린 양손에 얼굴을 묻고 울기 시작했다. "개 같은 놈들의 아내가 된 것입니다, 개 같은 놈들입니다……. 아이구……."

오남주는 이를 갈고 양 어깨를 떨면서도 목소리를 죽였다.

방문이 밝게 빛나는가 싶더니, 노란 원피스 차림의 유원이 나타나 멍하니 우뚝 서 있었다.

"오 동무, 괜찮다면 이야기를 계속해 주지 않겠나."

이방근은 가슴에 단단한 돌멩이 같은 것이 걸린 채 내려가는 느낌으로, 갑작스런 사태에 말을 잃었다.

"무슨 일이에요, 갑자기……."

유원이 입구에 선 채 말했다.

"별일 아니야. 맥주 있지. 한 병이면 돼. 차 대신 가져다줄래."

이방근은 여동생을 보고 혼자 고개를 끄덕였다.

"안주는요?"

"필요 없어. 한 병이면 되고. 잔은 두 개야."

유원은 맥주를 가져왔다. 그리고는 두 사람이 보는 앞에서 병뚜껑을 따더니, 거품이 이는 맥주를 오빠와, 눈가와 코 주위를 손수건으로 닦으며, 유원 동무에게 미안하다며 웃어 보이는 오남주의 컵에 따랐다.

"오 동무, 무슨 일이야? 이러면 안 돼. 정신을 차려야지."

오남주 쪽이 나이가 많겠지만, 남동생 취급을 하는 것처럼 들렸다. 그는 말없이 고개를 끄덕이더니 컵을 크게 기울이고 턱을 움직여 맥주를 단숨에 비웠다. 그리고는, 선생님 정말 죄송합니다, 라고 말한다.

"유원 동무에게 지적은 받았습니다만, 저는 울지 않을 겁니다." 그는 이방근을 향해 말했다. "분명히 술을 마시면, 제가 자주 우는 것 같아 반성하고 있습니다만, 지금은 그렇지 않습니다. 술 같은 거, 취하지 않았으니까……."

"스스로도 잘 알고 있구만." 이방근은 가볍게 웃으며 맥주를 상대의 컵에 따라 주었다. 오남주는 양손으로 잔을 받았다. "어젯밤에 동무는 자지 않았나?"

"잤습니다. 기분은 밤샘을 할 참이었지만, 소주를 마시고 잠들어 버렸습니다."

"자네는 숙취가 조금 남아 있는 것 같군."

"……이야기를 계속 하겠습니다." 오남주는 기분을 전환한 것 같았다. "형인 동주는 말입니다. 산으로 들어간 것을 당국이 알고 있기 때문에, 어머니와 여동생이 공비의 가족이라고 해서 어떻게 될지 알 수가 없었습니다. 토벌대의 하사관⋯⋯. 여동생이 '서북'의 제안을 받아들여서⋯⋯."

"음, 하사관이라는 것은, 뭔가, 그 토벌대는 경찰이 아니라, 군 쪽을 말하는 것인가."

"그렇습니다. 군입니다. 그래서 아내가 되었습니다. 친척과 모친을 살리기 위한 정략결혼, 일종의 몸을 파는 거나 마찬가지입니다. 그러한 경우가 있다는 것은 듣고 있었지만, 설마 여동생이, 제 여동생의 남편이 '서북'이라는 겁니다. 이해가 되십니까? 이건 틀림없는 사실입니다. '서북'치고는 좋은 남자라고 합니다만, 그런 걸로 위로가 되겠습니까⋯⋯." 오남주는 맥주를 마셨다. 그 사이에 가라앉아 굳은 표정의 얼굴이 조금 붉어졌다. "그걸 안 것은 어제였습니다. 계속 비밀로 하고 있었던 거지요. 그래서 저는 어젯밤에 여동생의 제사를 혼자 지냈습니다. 여동생 정애를 제 안에서 장사지내 떠나보내기 위해, 가엾지만 제사를 지냈습니다. 차라리 죽어 버렸다면 좋았을 것을⋯⋯. 처음에는 어떻게 해서든 제주도로 건너가, 여동생의 남편인지를 여동생과 함께, 권총이 있다면 그것으로 쏴 죽이고 나도 죽고 싶다고, 어젯밤 내내 생각했습니다."

"흐흠, 목숨을 너무 가볍게 여기는군."

"여동생 덕분에 몇 명의 친척이 공비가족이라는 딱지를 떼고 살아났지만, 가엾은 것은 모친입니다. '서북' 사위를 두었으니 말입니다. 당연한 것이지만, 딸과는 동거하지 않고 혼자 생활하고 있는 모양입니다. 매일 자신의 팔자를 한탄하면서⋯⋯."

이방근도 '서북'과 인연을 맺는다는 이야기는 듣고 있었고, 성내에서도 처녀는 아니지만, '서북'에 겁탈당한 유부녀가 남편을 버리거나, 과부가 '서북'과 동거하는 경우는 몇 명이나 있었다. 축항 근처 여관의 안주인도 그중의 한 사람으로, '서북'을 서방으로 두고 있었다. 어디에나 있을 수 있는 일이기만 하지만, 대부분의 제주도 사람의 기분을 생각한다면, 그것은 마치 정복자의 아내가 되는 것으로 비쳐진다. 실제로 시집갈 나이가 된 딸을 둔 부모들은 언제 어디서 '서북'에게 겁탈당할지 불안해서 견딜 수 없었으므로, 차라리 그들 중에서 괜찮은 사람과 결혼을 시켜서, 딸만이 아니라, 가족과 친척의 안전을 도모하는 것이었다. 본래 본토인과의 결혼을 배격하는 제주도 사람이, 그것도 '북'의 끝에서 바다를 건너온 '서북', 침입자와의 결연을 하는 것은 살아남기 위한 궁여지책이었다. 고려시대 백 년간에 걸쳐 제주도에 주둔한 몽골군의 경우도 있었다. 그들은 떠나거나 혹은 이 땅에 남아 동화되어, 몽골계 제주말과 함께 풍습 등을 남겼다. 그러나, 오 동무의 여동생만이 아니라, 그 밖에도 더 있다고 말할 수 있는 일이 아니었다. 설마 가까이에서 이런 이야기를 들을 줄은 생각지도 못했지만, 이방근은 얼굴을 알고 있는 자들만이 아닌, 일반 '서북'들의 얼굴과 동작이 떠오르면서 스스로 역시 정체를 알 수 없고 고약한 냄새가 나는 오물을 뒤집어쓴 기분에 몸서리를 쳤다.

자신이 비록 '서북'과 교제를 하고는 있지만, 설령, 설령 말이다, 유원이 제주도에서 '서북'과 결혼이라도 한다면……, 이방근은 숨이 막혀, 고개를 세차게 두세 번 흔들고, 컵에 든 맥주를 단숨에 흘려 넣었다. 오남주의 말을 따라 하려는 것은 아니지만, 현장으로 달려가 황동성이 준다는 권총으로 '서북'과 함께 여동생까지 쏴 죽일지도 모른다. 밤샘, 그야말로 밤샘, 오남주에 있어서 상당히 괴로운 밤샘이었음에 틀림없다는 생각이 솟아났다.

"음, 어제가 돼서야 가족의 소식을 알았다는 것은, 제주도에서 왔다고 하는 그 사람으로부터 들었다는 말이겠지."

"그렇습니다."

"그 이야기는 믿을 수 있는 건가?"

"저도 잘 알고 있는 같은 마을 사람입니다. 이모부의 친척이니까, 저에게는 사돈이 됩니다. 일전에 저쪽 방에서 선생님이 학우회 멤버들에게 제주도의 근황을 말씀하셨지 않습니까. 그때 게릴라 측과 군측의 4·28협정의 결과, 산에서 내려온 피난민 중의 한 사람으로, 포로수용소에 수용돼 있었다고 합니다. 소장이 오균으로 바뀌고 나서 석방되었습니다만, 오 소장은 경찰이나 '서북'과는 달리, 도민에게 동정적이고 양심적인 군인이라고 합니다."

"그 사람은 무엇 하러 서울에 왔나?"

"섬에서 탈출했습니다만, 일본에 가겠지요. 도망가는 겁니다."

"좀 전에 동무는 가족만을 위해 제주도에 가는 것이 아니라고 했는데, 역시 가는 일은 완전히 단념한 것인가."

"이제 와서, 소식을 안 이상 갈 일은 없습니다. 그리고 밀항이라도 해서 비밀리에 상륙한다면 몰라도, 선생님과 함께 갈 경우에는, 지금의 제가 이미 완전히 신분이 탄로 나서 말입니다. 어머니를 서울로 오시게 한다면 몰라도, 이제 와서 효도를 하겠다고 제주도에 갈 생각은 없습니다. 어머니가 가엾기는 하지만, 저에게는 오욕의 땅입니다. 어젯밤에 많이 생각했습니다."

"……오욕의 땅, 그리고 밀항이라, 밀항……."

오남주는 중얼거리는 이방근을 보았다. 여동생으로부터 오남주가 밀항을 해서라도 제주도에 가고 싶어 한다는 말을 들었을 때, 외국이라면 몰라도 제주도에 밀항이라는 말이 이방근의 마음에 걸렸지만, 그야말로 오남주에게는 밀항이나 다름없었다. 이방근은 오남주와 동행할 수 있을지도 알 수 없었다. 보증할 수 없다고 못 박아 두었지만,

본인으로부터 이야기를 듣고, 그리고 반드시 필요한 일이라면 어떻게든 데리고 갈 생각이었다. 예를 들어 문난설의 배경은 잘 모르지만, 상당한 백이 있는 것 같으니까, 그녀에게 부탁하면 그다지 어렵지 않을 것이다. 뭔가 보증을 서 주면 된다. 그밖에도 귀찮기는 하지만, 데리고 가려고 한다면 방법은 있었다.

그러나 이방근은 오남주를 경계하고 있던 의식을 떠올렸다. 그가 가족의 소식을 알고 싶다는 구실로 산에 들어가려는 것은 아닌지 의심하고 있었던 것이다. 왜 그가 게릴라에 참가하는 것을 경계하지 않으면 안 되는가. 그것은 이방근 자신이 마음의 움직임을 충분히 파악하지 못한 채 흔들리고 있다는 증거였지만, 황동성과의 관계에서 오는 것이라 의식하고 있었다. 황동성과 만나는 입장은, 가령 신문기자가 되어 지하당 조직과 '접선'을 하는 경우, 이방근은 황동성이 그러한 것처럼 애써 정부 측 인간이 되지 않으면 안 된다. 그렇다면, 오남주와 같은 게릴라 지향자를 가까이에 두고 제주도에까지 함께 데리고 간다는 것은 바람직하지 않았다. 그를 왠지 모르게 경계하고 있었던 것은 아무래도 그러한 생각 때문이었다.

아까부터 뒤뜰 쪽 툇마루일 것이다. 다듬이질을 하는 소리가 돌 받침대에서 교차하듯 들려오고 있었다. 숙모와 여동생이 마주 앉아 서로 다듬잇돌에 올려놓은 천을 두드리고 있는 모양이었다. 나무와 돌이 서로 부딪치는 딱딱하고 잘 울리는 건조한 소리는, 촉촉한 부드러움에 휩싸인 채 사방으로 퍼졌다. 한순간, 먼 공간의, 깊은 숲 속에서 메아리치는 나무꾼의 도끼를 내리치는 소리의 메아리를 생각나게 했다. 유원은 원피스를 입고 있었는데, 설마 책상다리를 하고 다듬이질을 할 리는 없다. 다듬이질은 치마로 넉넉하게 감싼 하반신의 허리로 느긋하게 자리를 잡은 뒤 책상다리를 하고 앉아 하지 않으면 안 된다.

그녀는 바지를 입고 있는지도 모른다. 맥주를 가지고 들어왔다가 이내 나간 여동생은 오남주의 이야기를 듣지 못했다. 늘 그렇듯 잘 우는 습관이 도졌다는 정도로밖에 생각하지 않았을 것이다. 그러나 자신과 같은 나이 또래의 제주도 처녀가 '서북'의 아내, 그것도 친구 오남주의 여동생이 그렇다는 것을 안다면……. 유원은 다듬이질을 하고 있었다. 다듬이질 소리가 맑은 공기를 타고 울리는 것처럼 경쾌한 메아리가 되어 온 집안에 퍼졌다.

구름 낀 날이었지만, 습기 없는 상쾌한 바람이 창문으로 불어 들어 더위를 느낄 수 없었다. 한 시간이 지났다. 오후 세 시에 오라고 해서 저녁식사 시간이 되기 전에는 이야기를 마치고 돌아가게 하려고 생각했었다. 그 이야기는 무엇이었던가. 그리고 이야기는 끝났는가. 끝났을 터였다. 일단은 끝났을 것이다. 제주도에 동행할 필요는 없어졌다고……. 이방근은 조금 전에, 여동생이 나중에, 이야기를 끝낸 뒤에 하자고, 음식 즉 저녁식사의 준비를 예고했던 일을 떠올렸다. 그리고 자신도, 나중에 어쩌고…… 하면서 쓸데없는 말을 한마디 했었다. 맥주 한 병은 진작 비어 있었다.

"유원 동무는 숙모님과 함께 다듬이질을 하고 있군요……. 저는 그녀를 존경하고 있습니다."

"으-음, 존경이라고는 할 수 없겠지."

"정말입니다. 유원 동무는 여러 가지로 혜택을 받은 사람입니다. 그녀는 그런 말을 들으면, 크게 반발을 하지만 말이죠."

"그럴 때 자네는 여자답지 않다는 생각이 안 드나?"

"저는 결코 여자답지 않다는 생각은 하지 않습니다. 그럴 때 여자답다는 따위의 말을 했다가는, 그녀는 정말로 화를 냅니다. 친구들은 그런 그녀를, 여자 주제에 건방지다고 반박을 하지만요."

"자네는 페미니스트인가……."

이방근은 여동생이 자신의 모르는 곳에서 상당히 남녀동권론자가 돼 있다는 것을, 오남주의 몇 마디를 통해 느끼며 말했다.

"아닙니다. 저는 결코 여자에 무른 것이 아니기 때문에……. 저는 원래 여성 멸시론적인 생각을 지니고 있을 정도입니다."

"아니, 남녀동권론자인가 하는 말야. 지금 같은 유교사회에서 입으로는 남녀평등을 외쳐도 실제로는 그렇게 되지 않아."

"그렇습니다. 제가 유원 동무의 편을 들거나 하면, 친구들에게 바보 취급을 당합니다. 너는 여자에게 무르다며. 말도 안 됩니다, 저는 결코 무른 게 아닙니다. 그들은 말이죠, 아직 학생인 주제에, 나는 '유교'라는 둥 벌써부터 거드름을 피운단 말입니다. 유원 동무는 얌전하지만, 심지가 굳고 화가 나면 무섭습니다……."

오남주는 시선을 떨어뜨리고 과일을 먹었다. 어머니와 여동생의 제사를 지내며 밤을 새운 이 청년은 어디로 갈 예정인가. 정애라고 했던가. 자신의 여동생이 아닌가. 더 이상 여동생이 아니지. 결혼을 하면 남편이 본위가 되고, 오빠 같은 건 타자가 된다. 아니 아니야, '서북'의 아내인 정애는 그녀 나름의 십자가를……. 그러나 아내인 것만은 틀림없다. 그러나 자신의 여동생이 아닌가. 지금 이런 말을 해 봤자 아무런 위로도 되지 않을 것이다. 어제 막 알게 된 소식은 생생하게 살아 있다. 어젯밤에 여동생을 자신의 내부에서 장사지내 떠나보낸 제사의 효험이 있길 바랄 뿐이었다. 하고 싶은 이야기는 끝났을 터인데, 본인은 돌아갈 생각이 없는 건 아닐까. 아니, 이야기가 끝났기 때문에 이윽고 술이 나오기를 기다리고 있는지도 모른다. 술……. 이방근은 왠지 모를 불안을 느꼈다.

"이 선생님, 그, 밀항이라고 한 게 이상합니까?"

오남주는 생각이 났다는 듯이 말했다.

"아니, 이상하지 않아. 밀선(密船)이 이상하지 않듯이 말야. 그저께 서울에 왔다는 친척분도 밀선이겠지. 즉, 그것이 밀항이니까. ……으—흠, 단지 내가 그 밀항이 아니라는 것뿐이지. 자네들 마음에는 들지 않겠지만, '특권계급'이라서."

"특권계급치고는 우리들 편이지요."

"뭐라고? 우리들 편이라니……."

"이 선생님은 자신이 먼저 말씀하셨지만, 그 정도를 가지고 특권계급이라고는 생각하지 않습니다. 실은 제가 어젯밤에 혼자서 고별의 제사를 지내며 제주도행을 단념했기 때문에, 본래의 목적을 위해서라면 오늘 이쪽으로 찾아뵐 필요는 없었습니다. 그러나 올 필요가 없었지만, 알리러 온 덕분에 그것을 확인받은 기분이 듭니다. 역시 오길 잘했습니다. 제주도 같은 곳에 갈 필요가 없다는 것을 자신에게 증명한 것입니다." 오남주는 큰 한숨을 쉬었다. 아까부터 이따금 안에 쌓인 것을 토해 내기라도 하듯 젊은 청년이 깊은 한숨을 쉬고 있었다. 오남주가 정색을 하고 말했다. "선생님, 그러나 그자는 살해되길 잘했습니다. 토벌대장 말입니다. 아까 토벌대의 박경진이라는 이름이 나오지 않았습니까. 현상일 일행은 진정한 애국자입니다. 일전에 저쪽 방에서 있었던 유원 동무의 환영파티 때, 유원 동무의 숙부님이 신문사로 전화를 하신 뒤, 군사재판에서 현상일 중위 등 네 명에게 사형선고가 내려졌다는 뉴스를 우리에게 전해 주셨습니다. 이방근 선생님은 자학적으로 웃으며, 지금 막 들어온 핫뉴스라고 말씀하셨지만……."

"기억하고 있네. 후후, 내가 자학적이었던 기억은 없지만 말야. 그러고 보면, 나는 그때 처음으로 오 동무의 술버릇이라는 것을 알게 되었지. 술버릇이라고 해서 미안하지만, 현상일 등의 사형 소식에 자네는 통곡을 하며 이를 갈았었지. 그런데 얼마 지나지 않아 벌러덩 누워 잠들어 버린 일에는 조금 놀랐다네. 대단한 일이야."

통곡이라는 한마디에 자극을 받은 것인지, 오남주는 복받쳐 오르는 울음을 간신히 억누른 채 아무렇지도 않다는 듯 웃으며, 저는 그다지 술이 세지 않다며 머리를 긁적였다. 그리고는 다시 깊은 한숨을 토해 냈는데, 그것이 그다지 보기 좋지는 않았다. 게다가 술 냄새가 섞인 입 냄새도 났다.

"그때는 충격이었습니다. 그들은 모두 저희와 같은 또래입니다. 혹은 아래거나. 이방근 선생님, 제 학우의 형이 소령으로, 이번의 군사 재판에서 변호를 한 사람이 있습니다만, 변호인은 민선, 관선의 두 사람 중에 관선 쪽으로, 친구의 형은 변론에서 피고인들의 범행 동기가 동포에 대한 깊은 사랑과 정의감에 토대를 두고 있을 뿐이라고 강하게 주장했다고 합니다. 그 신(申) 소령은, 오히려 피고인들은 태연한데도, 복받치는 감정을 억제하지 못하여 변론 도중에 눈물 어린 목소리로 변했다고 합니다. 이 선생님도 초대받아 참가하셨다고 말씀하셨습니다만, 대령 진급의 축하연에서 만취해 연대 본부로 돌아온 박경진을 사살한 위생병에 대해서도 들었습니다. 직속 부하였다고 합니다. 신문에도 간단하게 보도되었지만, 사형선고를 받은 네 명 모두 누구 하나 주눅 들지 않고 당당하게 자신의 행위에 대해 진술했다고 합니다. 박경진은 도민만이 아니라, 물론 우리 제주 사람들에게는 특별합니다만, 자신의 출세를 위해 직속 부하들도 학대한 남자였다고 합니다……."

오남주는 신문에 몇 줄인가 간단하게 밖에 실리지 않은 금(琴) 하사관의 진술 요지를, 친구에게 빌려 대학노트 한 장에 베낀 것이 집에 있는데, 그것을 전부 암기했다며, 탁자 위의 한 점을 응시한 채 침통

한 표정으로 입을 열었다. ……박경진 대령의 제주도 30만 도민에 대한 무자비, 그리고 또 잔혹한 작전과 공격은, 전임 제9연대장이었던 김익구 소령의, 화평을 우선시하여 추진한 선무작전에 비할 때, 자신은 그에 큰 불만을 갖지 않을 수 없었다. 예를 들어, 우리가 북제주군의 화북리라는 부락에 갔을 때, 열다섯 살 정도의 아이가 그 아버지의 시체를 부둥켜안고 있는 것을 본 순간, 박 대령은 그 자리에서 무조건 아이를 사살해 버렸다. 5월 1일, O리라는 부락에 갔을 때는 많은 남녀노소의 사체를 목격했는데, 조사의 결과 자신은 그것이 경찰의 비행에 의한 것임을 알았다…….

"오 동무, 잠깐만 기다려." 부채를 오른손으로 가볍게 부치고 있던 이방근이 상대를 노려보는 듯한 눈초리로 말했다. "음, 그곳은 직접적으로 박경진과 관계가 없을 거야. 그 O리……의 이야기를 다시 한 번 암송해 주지 않겠나."

오남주가 그 구절을 반복하자 이방근이 고개를 끄덕였고, '진술'의 암송은 계속되었다. 교차하는 다듬이 소리가 아름다운 리듬으로 울리고 있었다. 오남주의 그다지 달변이 아닌 목소리가, 다듬이 소리의 모노크롬에 감싸이며 탁자 위로 떨어졌다. ……그 밖에도, 부하들과 사격연습을 한다면서 부락의 소나 돼지 등의 가축을 닥치는 대로 사살하고, 또 폭도가 있는 곳을 알고 있다며 안내한 '양민'을 거기까지 동행시킨 뒤, 만에 하나 폭도의 모습이 그곳에 없는 경우는 총살해 버렸다. 또 우리들 대원은 매일, 한 명이 폭도 한 명을 체포하지 않으면 안 된다는 엄명을 내리는 등, 그는 부하에 대한 애정은 조금도 가지고 있지 않았다. ……자신은 박 대령을 암살한 후 도망칠 기회가 충분히 있었음에도 불구하고, 30만 도민을 위한 행위였던 까닭에 도망칠 필요성을 느끼지 못했다. 자신의 행위는 민족을 위한 것인 이상,

순순히 처벌받을 생각이다……. 대체로 이상과 같이 오남주는 주요 부분에 대한 요지의 암송을 마쳤다.

그렇게 길지는 않았지만, 그는 왜 암송까지 한 것일까. 문학청년이 시나 소설 등의 일정 부분을 암송하는 것과는 사정이 다를 것이다. 그리고 박 토벌대장의 이야기가 계기가 되었겠지만, 왜 일부러 금 하사관의 진술요지를 암송했던 것일까. 이 정도로 기억력을 자랑할 수는 없다……. 여동생을 자신의 내부에서 추방하기 위한 주술적인 혼자만의 제사와 '이상한 밤샘'은 어젯밤의 일이었지만, 이방근은 이것으로 오남주와의 일은 끝났다고 생각했다. 문난설에게 부탁할 필요가 없어진 것도 다행이었다. 그녀에게 오남주의 일을 부탁해 보는 것도, 그녀와의 관계를 가깝게 만들고, 그녀를 알게 되는 하나의, 어디까지나 하나의 계기는 될 것이다. 으흠, 그녀가 '부탁'에 기꺼이 응하는지 어떤지 보고 싶다는 기분이 없지도 않았다.

다듬이 소리가 쉴 없이 울리고 있었다.

유원은 처음부터 오후 세 시에 온 손님에 대한 저녁식사 대접을 당연한 것으로 생각했던 것 같았는데, 이방근은 거의 이야기가 끝난 지금은 오남주가 돌아가 주길 바랐다. 이방근 자신은 시간이 지나자 숙취가 사라지면서 머리가 맑아지고 몸의 상태가 그럭저럭 회복됨에 따라, 저녁 무렵의 향기에 감싸인 채 다가오는 술의 유혹을 거역할 생각이 전혀 없었다. 마침 와 있는 젊은 손님과 술잔을 기울이는 것도 결코 주저하지 않았지만, 그는 역시 오남주의 좋지 않은 술버릇을 신경 쓰고 있었다. 술버릇은 문자 그대로 버릇으로서 갑자기 나오는 것은 아니다. 잘 우는 사람이 그러하듯이, 알코올만 들어가면 자동장치가 멋대로 작동하여 눈물샘의 단추를 누르는 것과 마찬가지였다. 오남주의 눈에서 핏발은 사라졌지만, 그 눈에 있는 조바심의, 취기와는 다른,

취기에서 깨어나고 멀어져 갈 때의 불안정한 조바심의 빛이 어른거리고 있었다. 이 침착하지 못한 빛이 마침내 알코올에 젖어들면, 눈도 깜빡이지 않고 앉아서 무례하게 상대를 노려보듯 바라본다······. 그가 돌아갔으면 좋겠다는 생각은 단지 그 이유뿐이었다.

지금부터 외출을 한다면 몰라도, 할 일이 있으니 자네는 돌아가 달라고 할 수도 없었다. 필요하다면 돌아가라고 할, 그 필요성이 지금으로서는 명확하지 않았다. 어차피 식사는 함께 해야 할 것이고, 술도 함께 마셔야 했다. 일전의 파티에서 보였던 술버릇의 일단은 학우회 친구의 집이긴 했지만, 자기 동료들과 마신 자리에서 일어난 일이고, 오늘은 분명히 사정이 다르다. 스스로 주의하고 자중할 것이다 아니, 그렇게는 하겠지만, 그래도 나오는 게 버릇이다······.

다듬이질이 끝난 모양이었다. 다듬이 소리의 울림이 사라지자, 공기의 움직임이 정지된 적막한 순간의 긴장 같은 것을 고막에 느꼈다. 한순간 숲 속에서 계곡물 소리가 사라진 것처럼, 뭔가 진공 상태의 공간에 선 듯한 느낌이 엄습했다. 다듬이질이 일상생활 속의 일인데, 그것이 일상적이지 않은 분위기를 자아내며 사람을 끌고 들어갔다가, 지금은 그곳으로부터 일상으로 되돌아온 기분이었다. 이방근은 자리에서 일어나 창가 쪽으로 다가가 밖을 보았다. 정원수의 머리를 쓰다듬는 바람이 저녁 무렵의 시원한 기운을 싣고 왔지만, 구름 낀 회색 하늘이 어느새 농담을 짙게 만들고 있었다. 비라도 내릴 기세였다.

선생님, 실례 많았습니다. 일이 끝났으니 저는 이만 실례하겠습니다. 오남주는 그렇게는 말하지 않았다. 그는 아직도 할 이야기가 남아 있는지 조바심 나는 눈빛을 한 채 꿈쩍도 않고 앉아 있었다. 자리로 돌아온 이방근은 마주 앉은 가난한 학생 오남주를 흐뭇한 기분으로 바라보았다. 부엌에서 저녁식사 준비를 하는지 돼지고기를 삶는 냄새가 풍겨 왔지만, 마치 그 냄새의 막을 밀어내는 것처럼 두터운 바다의 향기, 그래, 소라를 굽고 있는 듯한 냄새가 제주도 바닷가의 광경을 연상시키듯 흘러들었다.

"배가 고프겠지."

"아닙니다, 배는 고프지 않습니다."

이윽고 유원이 방으로 들어와 탁자를 정리했다. 예상했던 것처럼 바지로 갈아입고 있었는데, 이런 모습으로 다듬이질을 하는 것은 그다지 어울리지 않는다.

"유원아, 얼른 해라, 손님은 배가 고프시다. 시원한 맥주도 넉넉히 준비해 두었겠지……."

이방근은 웃고 있었지만, 오남주는 얼굴을 붉히고 말을 얼버무렸다.

오남주는 잘 먹었다. 진수성찬이라고 할 수는 없었지만, 삶은 돼지고기, 말린 굴비구이, 자리회(자리돔의 회), 그리고 조금 전에 무심코 제주도의 바닷가를 떠올리게 만든 소라의 향기가, 다른 냄새를 밀어내고 탁자 위에 감돌고 있었다. 오남주는 삶은 돼지고기를 빨간 김치에 싸서 입 안 가득 밀어 넣은 뒤, 소라 껍데기 국물을 홀짝이다가 커다란 살점을 끄집어내 입 안으로 던져 넣었다. 맥주 세 병을 비운 뒤 배가 부르다며 소주로 바꿨는데, 오지 주전자의 그것을 잔에 따라 마실 무렵에는 이방근도 취기가 되살아나는 것을 느꼈고, 오남주의 여윈 볼이 빨개지는 것을 보았다.

유원도 동석해서 맥주를 컵에 두세 잔 정도 마시다가 소주로 바꿀 즈음 자리에서 일어났다. 그녀가 있는 동안에는 아직 술이 취하지 않은 오남주가 상당히 유쾌하게 행동하고, 유원의 피아노를 듣고 싶다는 둥, 술버릇의 징후를 전혀 보이지 않았다. 유원은 맥주와는 달리 소주는 세니까 너무 많이 마시지 말라고, 우리 오빠는 자상하지만 매우 무섭다……고 한마디 못을 박았지만, 그것도 거의 가벼운 잔소리 정도였지, 뭔가를 크게 걱정해서 하는 말은 아니었다. ……그렇다면 동무의 오빠는 동무와 꼭 닮았네. 오남주 자신이 웃으며 그 말에 대꾸를 했다. 동무는 상당히 귀찮은 아줌마 타입이야. 걱정할 거 없고, 맛있는 음식을 배불리 먹었는데, 그런 말을 먼저 한다면 왠지 내가 상습범 같아서 선생님이 오해하신다구…….

이방근은 소주로 바꾸고 나서 취기가 제법 전신으로 퍼져 가는 느낌 때문일까, 상대의 취기가 그다지 신경 쓰이지 않았다. 두 사람의 취기와 취기가 부딪쳐 같은 취기 속에 잠긴다. 그래도 이방근은 상대에게 술을 따라 주며 주의는 하고 있었다. 그런데 오남주에게 이상이 나타난 것은, 잔에 남은 술을 쭉 들이키더니 이내 뭔가에 쫓기듯이 스스로 술을 따르고 나서부터였다. 식사를 시작한 지 채 한 시간도 지나지 않았다.

"동무, 천천히 마시는 게 좋아."

예, 오남주는 머리를 꾸벅 숙였으나, 그것도 처음에만 그랬지 이내 뻔뻔스러워졌다. 술을 천천히 입으로 가져가 잠시 음미하듯 입안에 머금었으나, 그것을 꿀꺽 마신 뒤로는 같은 동작을 반복하는 템포가 빨라졌다. 그리고 이야기 도중에 눈을 가늘게 뜨고 가만히 상반신의 움직임을 멈추더니, 양 눈을 천천히 감고 취기 속을 떠도는 듯한 표정을 지었다. 이 녀석이 도대체 뭐하는 짓인가, 젊은 놈이……. 몸 전체를 빠르게 알코올이 보트처럼 하얀 파도를 일으키며 달리고 있었다. 아마도 그 하얀 물거품을 쫓고 있는 모양이다.

"……이, 이 선생님, 오늘은, 무슨, 날인지, 아십니까?"

오남주는 취기에 무거워진 목소리로 천천히 물었다.

"……왜 묻는데?"

이방근은 상대에게 질문한다기보다는 사람을 시험하는 듯한 어조로 반문했다.

"……"

오남주는 말문이 막혔다.

"자네는 조금, 아니, 상당히 취한 게 아닌가. 오늘은 비상경계가 시작된 날이라는 것은 알고 있겠지."

"……그렇다면, 에ー, 선생님은 알고 계시는군요. 무엇을 위한 비상경계인지 알고 계시는군요. 에ー, 그렇다면, 됐습니다……."

오남주의 가라앉기 시작한 눈에는 빛이 없었다. 그는 한동안 가만히 이방근을 쳐다보았는데, 분노가 담긴 시선으로 쳐다보더니 천천히 고개를 돌렸다. 이방근은 격해지는 감정을 억누르고 술잔을 기울였다. 그는 한편으로는 폭음은 시키지 않으면서 오남주가 얼마나 마시고 또 어떻게 되는지, 어느 정도 흥미를 지니고 상대를 시험하고 있었던 것도 사실이었다. 그러다가 벌렁 드러누워 잠들어 버릴지도 모른다. 그리고 잠이 깨면 얌전하게 돌아갈 것이다. 게다가 무엇보다 동향 후배들 중 한 사람인 것이다. 고학생이고…….

"그렇다면 됐다는 말은 무슨 뜻인가?"

이방근은 억제된 목소리로 말했다.

"예?" 그는 거의 지금 자신이 한 말을 완전히 잊어버린 듯한 얼굴로 말했다. "그, 뭐, 뭡니까, 비상경계 말입니다. 그렇다면 됐습니다……. 저, 저는 이방근 선생님을 존경하고 있습니다. 그러나 이방근 선생님에 대해서 비판적이기도 합니다, 여러 가지로……. 선생님은 혜택받은 존재입니다. 특권계급입니다. 역시 그렇습니다……."

오남주는 취기의 흔들림에 휘청거리고, 말이 흔들리고 있었다. 그는 오지 주전자를 손에 들고 자신의 잔에 따랐는데, 두 번째의 소주도

바닥이 나 입구에서 조르르 나오다 말았다. 으, 으-응, 술이 없네, 선생님, 술, 술이 없어요……. 이미 혀가 돌아가지 않는다. 그는 탁자 위에 술 주전자를 탕하는 소리를 내며 놓았다.

"선생님, 술……. 술을 가져와……."

오남주의 상체가 흔들렸다. 이방근은 잠자코 있었지만, 어찌 된 일인지 분노가 폭발하지는 않았다. 오남주는 상체를 흔들며 일어나려고 했다. 겨우 이방근을 알아본 듯이 바라보는 그 눈은 흐리멍덩하게 막이 쳐져 있었고 초점을 잃고 헛돌다가, 비틀비틀 발이 엉키면서 그 자리에 주저앉고 말았다. 헷헷헤……. 선생님, 저, 저는 선생님이 좋습니다……. 그는 장판에 손을 대고 이번에는 진지한 표정으로 일어나려 했으나 무릎이 세워지지 않았다. 취기가 급격하게 큰 파도처럼 밀려와 돌기 시작한 것이었다.

"이봐, 오 동무, 왜 그러나, 변소에 가고 싶나?"

오남주의 취한 눈은 죽은 물고기 같았다. 그는 숙이고 있던 고개를 의기양양하게 들어 올리더니 말했다.

"선생님, 그건, 그건, 어젯밤, 저는 밤을 새웠습니다만, 그것은 이상한 밤샘이 결코 아니었습니다. 아시겠습니까. 죽어 주는 편이 얼마나 깔끔한 밤샘이 되었을지……." 그는 어찌 된 일인지 이번에는 휘청거리면서도 불쑥 일어났다. 그리고는 양팔을 벌리더니, 우와- 하고 마치 야수처럼 소리를 질렀다. "……그-, 그 애는 죽었습니다, 여동생도 어머니도 죽었습니다……. 그건 살풀이의 밤샘이었습니다, 이상한 밤샘이 아닙니다, 다 죽어 버려라!"

유원이 달려왔다.

이방근이 일어나 당장이라도 탁자 위에 쓰러질 것 같은 오남주를 부축하려 했지만, 그는 소리를 지르며 이방근의 손을 뿌리치고, 깜짝 놀란 표정으로 방 안에 들어온 유원 쪽으로 쓰러지듯이 그 다리를 부둥켜안았다. 그리고는, 좋아해, 나는 유원 동무를 좋아해……라며 울기 시작했다. 유원이 그것을 뿌리치고 도망치는 것을, 오남주는 조금 전과는 다르게 똑바로 일어나 앞으로 꼬꾸라질 듯이 쫓아갔다. 이봐! 이방근이 앞을 가로막자, 이번에는 그를 끌어안고, 저는 선생님을 좋아한다면서, 유원과 혼동하지 않고 선생님이라 부르며 울었다. 이방근이 숨을 헐떡이며 냄새 나는 머리를 묻은 학생의 어깨에 손을 감는 순간, 갑자기 오남주는 미친 듯이 으르렁거리며 박치기로 이방근의 두꺼운 가슴을 들이받았다. 불의의 습격을 당한 이방근이 두세 걸음 비틀거리며 상대의 팔을 잡고 뒤엉켰을 때, 오남주는 날뛰기 시작했다. 그는 이를 갈며 소리를 질렀다. 뭐야, 너는 누구야! 이방근에게 잡힌 그 팔 안에서 물속에서처럼 발버둥 쳤다. 너덜너덜한 와이셔츠가 찢어지고 단추가 떨어져 나가 벽에 부딪친 뒤 바닥에 떨어졌다. 유원과 막 달려온 숙모가 서둘러 밥상을 대신한 탁자를 그대로 방 밖으로 들고 나갔다.

"이봐. 정신 차려!"

이방근은 상대의 광대뼈가 튀어나온 볼에 주먹을 한 방 날렸다. 상대는 통증도 느끼지 못하는지, 기세 좋게 머리를 흔들다가 달려드는 것을 벽에 밀치려는 순간, 발이 휘청거린다 싶더니 옆 유리창에 몸을 부딪치며 쓰러졌다. 열려서 이중으로 되어 있던 창문이 큰 소리를 내며 깨지고 주위에 파편이 흩어졌다.

이방근은 오남주를 끌어올려 유리 파편이 흩어져 있는 창가에서 벗어났다.

오남주의 얼굴에 빨간 혈관이 빛나는가 싶더니, 한줄기 코피가 흘러 장판에 똑똑 떨어져 번졌다. 그렇게 세게 때린 것은 아니었지만,

주먹 한 방을 맞은 탓일 것이다. 피를 보고 흥분한 오남주가 다시 소리를 지르며 일어나려는 것을, 이방근이 이번에는 그의 몸에 올라타고 억눌렀다. 놔, 나를 놔줘……! 이봐, 머리를 가만히 두지 않으면 코피가 멈추지 않는다구. 오남주의 얼굴이 피와 눈물로 더러워졌다. 그의 손에도 그리고 이방근의 손에도 피가 튀었다. ……나는 저 창문으로 뛰어내려 죽을 거야……. 이방근은 자신도 모르게 웃었다. ……나를 제주도로 데리고 가 줘, 나를 가게 해 달라고! 아이구, 어머니−, 정애야−……. 오 동무, 가만히 움직이지 말고, 오 동무, 움직이면 안돼, 오 동무…….

이방근이 천장을 보고 누운 오남주의 몸에 올라탄 자세로 그의 양손을 누르고, 유원이 그 머리를 움직이지 못하도록 누른 채, 탈지면으로 한쪽 코를 막았다. 그리고 젖은 수건으로 그 얼굴과 손의 피를 닦았다. 더러워진 수건을 옆에 있는 세면기의 물로 헹구기를 반복하며 닦아 주었다.

"어머나, 영하 동무, 언제 왔어……."

유원이 말했다.

조영하가 문가에 서서 망연자실 방 안의 광경을 지켜보고 있었다.

4

유원의 목소리에 이끌려 돌아본 방 입구에서 조영하를 의식한 것은 아니지만, 이방근은 상대의 위에 올라탄 조금 우스꽝스러운 자세를 풀고 일어났다. 양손을 털지는 않았지만, 마치 먼지를 털어 내는 듯한, 그리고 참으로 창피한 모양새를 하고 있었다는 기분이 들었다.

이방근과 시선이 마주친 조영하는 한 걸음 뒤로 물러나 인사를 했다. 그는 말없이 우뚝 선 채 와이셔츠가 너덜너덜하게 찢어져 알몸의 상반신이 여기저기 드러난 오남주를 내려다보았다. 자신을 누르던 무게에서 벗어난 오남주는 그 반동으로 일어나지는 않았다. 오남주는 힘이 빠진 듯 한동안 움직이지 않았다. 초점이 또렷하지 않은 안구만 움직이는 땀이 밴 얼굴은, 코피와 함께 젖은 수건으로 닦은 탓인지 묘하게 깨끗해 보였다.

"오 동무, 괜찮아? 잠시 그대로 누워서 가만히 있는 게 좋아."

이마에 땀방울이 맺힌 유원이 말했다. 그녀는 피가 밴 수건 끝으로 장판에 떨어진 핏자국을 훔치고, 더러워진 물이 흔들리는 세숫대야를 양손으로 받쳐 들고 방을 나왔다. 조영하도 유원을 따라 부엌 쪽으로 왔다.

이방근은 창가에 가까운 앉은뱅이책상 끝에 엉덩이를 걸친 다음, 담배에 불을 붙이고 바깥을 보았다. 저녁 무렵 구름 낀 하늘은 결코 밝지는 않았지만, 그 박명의 시야는 넓었고, 밤의 장막이 드리울 때까지는 아직 먼 느낌이 들었다. 그러자 시야의 오른쪽 끝이 이물의 침입으로 무너지고 오남주가 일어나는 모습을 보이면서 그는 장판 위에 앉는 순간, 갑자기 등을 구부리고 아무런 전조도 없이 울컥하며 마치 대량의 액체를 쏟아 내듯 구토를 했다. 시큼하고 미지근한, 이쪽의 살갗에 착 달라붙는 듯한 악취가 코를 찔렀고, 토사물이 딱딱하고 매끄러운 장판 위로 퍼졌다. 오남주는 곧바로 다시 구토를 반복했는데, 그때는 처음처럼 무저항이 아니라 등을 새우처럼 구부리고 입으로는 침을 흘리며 몸부림쳤다. 조영하와 함께 빗자루와 쓰레받기를 손에 들고 방으로 돌아온 유원이, 놀라 부엌 쪽으로 달려가더니 빈 세숫대야와 신문지를 가지고 나타났다.

"세숫대야에도 신문지를 까는 편이 좋아. 등을 두드리거나 가볍게 쓰다듬어 주는 것도 좋고……."

이방근이 앉은뱅이책상 모퉁이에 걸터앉은 채 여동생을 향해 기계적으로 말했다. 과거에는 이방근도 자주 토했었다. 그 괴로움은 오남주의 경우와 비교할 바가 아니었다. 3일간을 숙취로 고생하고도 남을 양의 술을 마시고 이튿날 잠에서 깬 뒤 반나절이 지나, 이제 구토의 발작은 무사통과인 모양이라고 생각할 심야에 들어섰을 때, 갑자기 구토의 작은 물결이 서서히 전조를 보이다가, 이윽고 용솟음치는 파도처럼 몸 전체를 밀어 올리듯 엄습해 왔다. 염산이나 다름없는 위액이 통째로 식도를 태우듯 역류하는 구토는 피를 토하는 이상으로 괴로웠다. 자신이 세면장으로 기어가기도 하지만, 어차피 양동이를 가져오거나 뒷정리 등의 시중을 드는 것은 하녀인 부엌이었고, 유원이 집에 있을 때는 그녀가 오빠의 구토를 처리했던 것이다.

오남주 앞에 신문지를 깐 세숫대야가 놓이고, 조영하가 취한 눈에 구토로 밀려나온 눈물을 머금고 있는 그의 등을 위쪽으로 쓰다듬어 주었다. 유원이 아직 김이 올라올 것 같은 토사물을 신문지로 훔치듯 닦아내자, 숙모도 걱정스러운 표정으로 걸레를 몇 장이나 가져와 장판을 닦았다. 조영하가, 숙모님은 안 하셔도 괜찮아요……라고, 오남주를 대신해 감사를 표시했지만, 숙모는 자리를 뜨지 않고 망연히 젊은이를 내려다보고 있었다. 오남주가 목덜미에 핏대를 세우며 괴로운 신음소리를 내더니 또다시 세숫대야에 토했다.

"아—아, 오 동무, 동무는 도대체 자신이 뭐라고 생각하는 거야?"
과연 세숫대야 안에서 냄새가 나는지 반사적으로 얼굴을 돌린 조영하가 큰 한숨을 쉬면서, 캑캑거리며 발버둥 치고 있는 오남주를 향해 말했다. "오 동무는 얼른 결혼해서 와이프에게 술 취한 뒤치다꺼리를 시켜야지. 도대체 추태도 이만저만이 아니잖아. 아시겠어요? 오남주 씨……."

"아이구-. 당신은 누구야……?"

오남주가 겨우 입을 열고, 한쪽 코를 피가 배어 나온 탈지면으로 막은 탓일까 콧소리로 말했다.

"정말로 몰라서 하는 소리야?"

"조영하 동무야."

유원이 말했다.

"조영하……? 아아, 뒤에 있어서 나는 잘 몰랐어. 왠지 유원 동무가 둘이나 있는 것 같아 기분이 이상했어. 어째서 영하 동무가 여기 있는 거지. 나는 뭐가 뭔지 도통 모르겠어……."

"오 동무, 이제 괜찮아? 그럼 여러분께, 죄송합니다, 라는 말을 해야 되는 거 아니야?"

"그런 말은 하지 않아도 마음속으로 그렇게 생각하고 있다구……. 아, 저건 내가 깨버린 건가……?"

오남주는 창문 아래 장판에 흩어져 있는 유리 파편을 빗자루로 쓸고 있는 유원을 보며 말했다. 그리고 자신의 토사물을 받아 낸 세숫대야를 들고 비틀거리며 일어서는 것을 유원이, 그대로 있어……라며 제지했다. 조영하가 그 세숫대야를 들고 방을 나갔다.

유리의 큰 파편을 손으로 줍고 있는 유원을 도와주려다, 오히려 방해가 된다며 가만히 누워 있으라는 말을 들은 오남주를 그냥 두고 이방근은 방을 나왔다. 왠지 한심한 생각이 들었던 것이다. 어째서 조영하 동무가 여기에 있는 것일까? 과연……. 그래, 분명히 그랬다, 그것만은 수긍이 갔다. 조영하가 왔다니, 무슨 일인가……. 어딘가에서 들었다고 생각한 그것은 자신의 목소리였다. 이방근은 방을 나오면서 유원을 향해 오빠의 와이셔츠를 한 장 꺼내 주라고 말했다. 조금 커서 몸에 맞지 않을지도 모르지만.

이방근은 밥상을 대신하던 탁자가 정리되고 난 뒤 복도에서 노타이 셔츠를 벗고 러닝셔츠 하나만 걸치고 부엌 쪽 세면장으로 갔다. 숙모가 세면기의 토사물을 씻어 내고 있었는데, 조영하가 걸레를 손에 들고 돌아오던 참이었다. 그녀가 깜짝 놀라 표정을 바꾸더니, 희미하게 연지를 바른 입술을 움직여 인사하면서 동시에 그 자리에 멈춰 섰다.

"조영하 동무로군, 어서 와. 아까는 누군가 했지."

이방근이 셔츠를 한 손에 든 모습으로 말했다.

"깜짝 놀랐습니다. ……저는, 그, 오 동무를, 잠시, 보고 있었는데요, 선생님, 정말로 오 동무의 일로 죄송합니다." 조영하는 둥글고 귀여운 얼굴을 붉히며 일단 떨어뜨린 시선을 다시 들어 올리더니, 이방근을 눈부신 듯 올려다보며 말했다.

"……선생님, 다치지는 않으셨나요?"

"그래요, 난 괜찮아요, 오 동무가 나중에 아플지도 모르지만."

"그는 어찌 됐든 상관없어요. 혼이 좀 나야지……. 그렇다니까요. 선생님, 어서 오라고 말씀해 주셔서, 저는 정말 기뻐요."

희미한 화장 냄새와 열린 깃 아래에서 확 풍겨 올 것 같은 땀이 촉촉이 밴 살 냄새가, 들이마신 공기를 타고 콧속 깊숙이 도달하는 것을 이방근은 느꼈다.

"으-음, 핫, 핫하, 그건……."

"그럼……, 선생님."

못이 박힌 듯이 서 있던 그녀는 갑자기 자유롭게 몸을 움직이게 된 것처럼 그 자리를 벗어났다.

이방근은 세면장에서 비누로 세수를 하고, 몸을 닦았다.

"아이구ㅡ, 그 학생은 이제 괜찮은 거야?" 부엌에서 설거지를 하고 있던 숙모가 일손을 멈추고 곰보 얼굴에 걱정스런 빛을 드리우며 말했다. "아까는 정말 대단하더라구. 정신을 흐리게 만드는 물이 술이라는 말은 틀린 게 아니야. 지금이 한창 때인 학생이 그렇게 술을 마시고 괴로워하면 어떻게 되는 거냐구. 평소에는 얌전한 것 같은데, 일전에도 술을 못 이겨 고생했잖아. 많이 마시게 하면 안 되겠어. 한참 전의 일인데, 우리 마을에 원덕이라고 자주 말을 더듬는, 정말이지 마음씨 하나는 착한 사람이 있었는데, 술만 취했다 하면 큰 소리로, 마치 하늘을 감싸 안듯이 양팔을 한껏 벌리고 아우성을 치면서 길거리를 멧돼지처럼 똑바로 돌진해 가곤 했다구……. 그러다 도중에 굴러서 손이나 얼굴에까지 상처를 만들곤 했는데, 맨얼굴일 때는 고양이처럼 얌전하던 사람이 술만 들어가면 완전히 변해 버리더라니까. 밤낮이 바뀌듯이 말이지. 나는 방근이의 숙부가 애당초 술을 별로 마시지 않는 사람이라서, 술 때문에 속 썩이지 않고 지낼 수 있다는 게 얼마나 다행스러운지 몰라. 나는 고맙게 생각하고 있어. 그 학생은 뭔가 고향에 불행한 일이라도 있나?"

"그건 버릇이에요. 숙모님이 지금 말씀하신 것처럼, 취하면 소리를 지르며 길거리를 달리다가 넘어지거나 하는 것도 같은 습관이고요. 원래 술버릇이 좋지 않아요. 저 청년은……. 조금 신경은 쓰였는데, 역시 그 버릇이 나오는군요. 게다가 응석을 부리고 있어요."

"……대학생이 누구에게 응석을 부려? 방근이에게?"

"아니, 그런 뜻이 아닙니다."

"그럴 테지, 그건 버릇이야, 술버릇이 나쁜 사람이 취하면 틀림없이 같은 짓을 한다구. 이상하리만큼 같은 짓을 해. 그러면 마음이 풀리는 모양이야. 술버릇은 웬만해서는 못 고치는 건가. 본인은 안 그러려고 하는 모양인데, 술에 취하면 그렇게 돼 버리니 말이야. 나에게 육촌이 있어, 맨 처음 결혼한 아내가 너무나 맘에 들었던 모양인데, 3년 정도 지나 갑자기 요절을 하고 난 뒤로는, 그 모습은 옆에서 보고 있기 힘들 정도로 슬퍼하는 거야. 3년상을 치르고 나서 새로운 아내를 얻었는데 말이지, 그 처녀도 그야말로 성격은 강했지만 소탈한 성격을 지닌 사람으로, 게다가 이런 나와는 다르게 정말로 인형처럼 이목구비가 뚜렷한 예쁜 여자였지. 그런데도 육촌은 죽은 전처의 제삿날이 돌아오면, 제사가 끝나기 전부터 술을 마시고 그러다 취하면 우는 거야. 술을 마시면 취하는 건 당연한 일이지. '대성통곡' 전처 앞에서 눈물을 뚝뚝 떨어뜨리며 그야말로 큰 소리로 울고 있으니, 방근이는 시집을 와 아내가 된 그 여자의 마음이 어땠을 거라고 생각해. 그것도 잠깐으로 끝나는 일이 아니었어. 두 시간이고 세 시간이고 제사가 끝날 때까지 계속 울고 있으니, 곁에 있는 사람이 견딜 수가 있어야지. 매년 똑같이, 그것도 설날이나 추석 등의 명절 때도 전처를 기리며 울곤 했어. 그래도 그 후처는 참 훌륭했어. 아무런 잔소리도 하지 않고 남편이 죽을 때까지 섬겼으니 말야……. 밥상을 치워 버리고 말았는데, 저녁은 조금 있다가 먹어도 되겠지. 술은 냄새도 못 맡게 하는 것이 좋을 거야……."

"먹고 싶으면 나중에 유원을 시킬게요."

"아―아……." 숙모는 한숨을 쉬고 생각이 난 듯이 한마디를 덧붙였다. "사람이 태어나면 서울로 보내고, 말이 태어나면 제주도로 보내라고 했잖아. 이건 제주도를 업신여기는 속담이지만, 그 서울로 유학을 와 놓고서, 저런 모습을 고향의 부모들이 본다면 뭐라고 생각할까. 남 일 같지가 않아, 내 마음이 다 아프네. 정말로 소중하고 또 소중한

학생의 신분인데…….″

숙모는 그러나, 술에 취해 유리창을 깨거나 하는 난폭한 행동을 저지른 오남주에 대해 비난 섞인 말은 전혀 하지 않았다. 불쾌하게 혀를 차지도 않았다.

여대생 둘이서 마치 여학교의 당번처럼, 한 사람은 비를 또 한 사람은 유리 파편을 담은 쓰레받기를 들고 부엌으로 오더니, 그걸 쓰레기통에 버린 뒤 뒷문을 열고 정원수가 있는 창문 밖으로 나갔다. 당연한 일이지만, 깨진 유리 조각은 방 안보다도 창밖의 지면에 많이 흩어져 있는 것 같았다. 이방근은 노타이셔츠를 입으면서 무슨 생각이 난 듯이 웃음을 지었다. 난동을 부리면서, 나는 창문으로 뛰어내려 죽겠다…….고 외치던 오남주의 눈에는 창가가 무슨 빌딩 꼭대기라도 되는 것처럼 깎아지른 절벽으로 비친 것인지, 어떤지. 그런 게 아니다. 폴짝 뛰어내려 1, 2미터 아래에 있는 지면의 감촉을, 한순간 그 취기 속에서 상상하고 있었는지도 모른다. 그렇다면 취중이라고는 하지만 사람을 바보 취급한 게 아닌가. 이건 너무나 가혹한 해석일까. 오남주의 그 한마디가 이방근의 마음에 들지 않았다. 응석을 부린다고 한 것은 술주정을 가리킨 말이 아니었다. 이방근은 오남주를 잘 알지는 못하지만, 그 한마디에 기분이 상했다. 엉뚱한 소란으로 취기는 날아가 버렸지만, 잠시 지나자 완전히 불타지 않은 취기의 잔재가 연기를 피우고, 다시 슬금슬금 머릿속에 열기를 더해 번지는 느낌이었다. 이방근은 설사 탈선을 했다 하더라도 오남주를 무시한 채 외출할 기분은 나지 않았다. 아니, 외출 그 자체를 하고 싶은 생각이 들지 않았다.

현관 밖의 도로로 나가 바람이라도 쐴까 생각했지만, 유리창이 깨지는 요란한 소리, 그리고 주정뱅이의 절규와 고성이 집 밖으로 크게 울렸을 것이기 때문에, 이방근은 다시 방으로 돌아왔다. 앉은뱅이책상 위에 세탁을 마쳐 개어 놓은 와이셔츠가 놓여 있었는데, 오남주는 여전히 너덜너덜하게 찢어져 옆구리가 그대로 드러난, 코피가 튄 와이셔츠를 입은 채로 누워서, 두 사람이 유리 파편을 줍는 창밖의 소리에 귀를 기울이고 있는 것인지, 힘이 빠진 동물처럼 가만히 있었다. 오남주가 무거운 상반신을 움직여 일어나려는 것을, 이방근은 그대로 누워 있으라며 제지했다.

"괜찮나?"

"머리가, 아픕니다."

너덜너덜한 걸레를 걸친 모습으로 누워 있는 가난한 수재 학생이 콧소리가 섞인 주눅 든 목소리로 말했다.

"어때, 술은 좀 깼나?"

이방근은 창밖의 유원과 조영하가 내려다보이는 창가로 가면서 말했다.

"아직, 취해 있습니다. 머리가 아파서……."

"머리가 아픈 것은 술이 깨느라고 그런 거겠지."

"자고 싶습니다. 잠이 들면, 잠이 들면, 두통이 사라질 테니까요, 하지만……."

"그러고 보니, 자네는 술에 취하면 금방 잠들어 버리잖아. 오늘은 이상하게 잠을 자지 않는군. 일어날 수 있으면 뒤로 가서 세수라도 하고 오는 것이 어떤가. 볼썽사나우니 와이셔츠를 갈아입으라고. 그리고 다시 눕든가, 음."

이방근은 창문틀에 걸터앉으며 말했다.

오남주는 상반신을 일으켜 벽에 등을 기대고 앉았다. 그리고 취기가 가시지 않은 눈으로 막 잠에서 깨어난 것처럼 멍하니, 마치 비현실적인 의외의 사태를 접했다는 듯이 놀라움 섞인 표정으로 유리가 없는 창문을 바라보았다. 십자형의 창살에 넉 장이 끼워져 있는 유리는, 합계 여덟 장 중에서 아래쪽의 두 장씩을 합쳐 다섯 장이 깨져 있었고, 안쪽 창살이 부러져 창문 전체를 거의 바꿔야 될 것 같았다. 창문틀에 꽂혀 남아 있던 유리 조각도 깨끗이 치워졌고, 부서진 틀이 앙상한 창문으로 저녁 바람이 시원하게 불어 들었다. 유원이 유리가게에 전화를 한 모양인데, 내일이나 되어야 한다고 전했다.

오남주는 한동안 말없이 창문에 걸터앉은 이방근의 바지 자락 끝에 드러난 하얀 맨발의 발등을 바라보고 있었다. 아직 완전히 날이 저물지는 않았지만, 저녁 무렵의 우중충하게 구름 낀 하늘은 어두웠다. 유원과 조영하가 정원을 떠난 뒤 오남주가 말했다.

"저는 말이죠, 선생님, 저는 좀 전에 무슨 일이 있었는지, 잘 기억이 나지 않습니다. 정말입니다. 창문을 부숴 버려서 어떻게 하면 좋을지 모르겠습니다."

"그건 걱정할 거 없어. 그건 자네 탓만이 아니라, 나도 공범이니 말야. 주범이 자네라 해도 그래. 내일이면 창문이 고쳐질 거야."

"……합판이 있다면, 그때까지 임시로 수선을 해 두겠습니다."

"건축과 학생치고는 촌스럽군. 겨울이라면 몰라도 이대로 두면 돼."

"이 선생님은 이제 저 같은 존재는 정나미가 떨어지셨겠지요?"

"나보다, 두 사람이 돌아오면 물어보는 게 어떤가."

"저는 선생님께 여쭙고 싶습니다."

"그건 물어볼 필요도 없는 일 아닌가. 어쩌면 그런 점이 자네 단점인 것 같군. 너무 집요해."

"저는……." 취기로 흐리멍덩해져 있던 오남주의 표정에 갑자기 긴장되고 험악한 빛이 스쳤다. "죄송하게 생각하고 있습니다. 저는 어떻게 하면 좋겠습니까?"

"뭘 말인가."

"앞으로 어떻게 하면 좋을지 모르겠습니다."

오남주는 뭔가의 통증을 확인이라도 하듯이 눈을 가늘게 뜨고 미간에 주름을 새기며 머리 옆쪽에 손을 대었다.

"그런 말을 하는 게 이해가 안 가는군. 그건 내가 자네에게 묻고 싶던 참이야."

"저는 아까 무슨 일이 있었는지 잘 모르겠습니다. 어렴풋이 기억날 뿐. 갑자기 크고 무서운 파도에 휩쓸렸다가, 지금 해변에 밀려온 것 같아서. 사방이 희미하고 휑뎅그렁하니 펼쳐진 느낌이 들고……."

이방근은 문득, 아버님은 언제 돌아가셨나…… 하고 상대에게 물으려다가, 이야기가 그 이상 깊어지는 것이 두려워 그만두었다.

"내가 무슨 다른 의도가 있어 하는 말은 아니지만, 자네는 아까, 그 이름이……, 음, 그렇지, 금 하사관의, 박 토벌대장 사살 사건의 법정 진술 요지를 잘 기억해서 암송했지 않은가. 왜 암송을 했나 싶어서 말이지. 그는 자네가 말했듯이 자네보다 나이가 어릴 거야. 내가 이런 말을 하는 건 좀 그렇지만, 술에 취한 자네를 보면서, 자네가 막 암송한, 그 죽음에 임박해서도 주눅 들지 않은 금 하사관을 떠올렸어. 비꼬려고 하는 말이 아니야. ……뭔가 그건(일부러 입에 담을 생각은 없었지만, 무의식중에 입에서 말이 튀어나왔다), 나는 저 창문으로 뛰어내려 죽을 거라고 한 거 말야. 음, 그런 감상주의는 견디기 어려워. 냄새가 난다구. 아니지 아니야, 그래, 어젯밤에는 힘든 밤샘을 했다며."

"무슨 말씀입니까, 그건……."

오남주는 감상주의라는 것도, 냄새가 난다……는 말의 의미도 깨닫지 못하는 것 같았다.

"무슨 말이냐고? 그것도 기억을 못 한단 말인가, 핫핫하아, 말도 안 돼, 적당히 하라구. 자네는 이 창문을 넘어 천길 계곡으로 뛰어내려 죽는다고 했잖아, 안 그래. 단지 덤이 붙어 있었지만 말이야. 나를 제주도에 데리고 가 줘, 나를 제주도로 가게 해 줘! 라고 외치고 있었지."

이방근은 창문 밖으로 침을 칵 하고 뱉더니, 창문틀에서 엉덩이를 들어 올려 다시 방을 나가려고 했다. 오남주가 상반신을 일으키며 매달리듯, 선생님…… 하고 불러 세웠다.

"선생님은 방에 계셔 주세요. 저는 어젯밤에 정말로 천길 계곡으로 떨어져 죽으려 했습니다. 그러고 보니, 창문으로 뛰어내리겠다……는 말을 한 것 같습니다. 저는 생각이 났습니다. 저를 제주도에 데려가 달라고 부탁드린 건 사실입니다. 제 귀에 제가 외치는 소리가 들렸기 때문입니다. 전 이제 갈 필요가 없다고 생각했습니다. 하지만 제 귀에 제주도로 데리고 가 달라고, 다른 사람의 목소리처럼, 지금 제 귀의 아득한 곳에서 되살아나고 있습니다. 저는 죽겠다고 말했지만, 그렇다고 개죽음은 하지 않을 겁니다. 혼자서 죽을 이유가 없으니까요……."

"아―아, 생각이 났다면 다행일세. 그게 당연한 일이지. 만취해서 하룻밤 잠든 뒤의 일이라면 몰라도, 자네 의식은 적어도 지금까지 몇 시간 동안은 수면 상태에 있지 않았으니까. 그렇지 않다면, 자네는 기억상실이라는 병에 걸린 거라구. 섬망증처럼."

"……섬망증이라는 것은, 환각을 보는 거 아닙니까?"

"그렇지. 착각이나 망상을 하고, 취해서 용솟음치는 큰 파도에 휘말린 것처럼, 실제로 그렇게 느끼고 난폭하게 굴며, 자신이 무슨 말을 하는지도 모르는, 지리멸렬한 상태의 정신병이야. 알코올중독자에게 많다고 하더군. 자네는 알코올중독이 아니니 걱정할 거 없어."

이방근은 문득, 그건 꾸며낸 말이 아니라, 이 청년은 어쩌면 역시,

그때 갑작스런 취기의 격렬한 물보라를 맞으며 순간적으로 창문 밖에 몸을 집어삼킬 계곡을 보고 있었던 것은 아닐까. 빌딩 위의 창문 앞이라 해도 그렇게 외쳤을지도 모른다는 생각이 들자, 조금 오싹한 기분이 들었다.

"저는 일어날 수 있습니다. 아직 취해 있지만, 괜찮습니다. 세수를 하고 올 테니, 이 선생님은 방에 계셔 주세요……."

오남주는, 선생님, 셔츠를 빌리겠습니다, 라며 앉은뱅이책상 위의 와이셔츠를 손에 들고 망령처럼 비틀비틀 방을 나갔다. 그리고 부엌쪽에서 모두와 이야기를 나누는가 싶더니, 얼마 지나지 않아 세수를 하고, 몸을 닦고, 발까지 씻은 뒤, 그 위에 다리미질이 잘된 흰 와이셔츠로 갈아입어 조금 말쑥해진 모습으로 돌아왔다. 무심코 인상이 바뀌었다고 생각한 것은 한쪽 콧방울을 볼록하게 틀어막았던 피 묻은 탈지면을 빼내고 평상시 얼굴로 돌아왔기 때문이었다. 일단은 사람다운 모습이 되어 있었다. 그렇지만 역시 와이셔츠는 큰 것 같았다. 깃 안쪽이 넓게 벌어져 있었고 홀쭉한 배를 조르고 있는 바지 안으로 옷자락을 밀어 넣은 몸통 부분이 크게 남아돌아서, 좀 봐달라는 말이 우스웠다. 양 소매를 걷어 올려 그럭저럭 모양은 내고 있었는데, 그렇지 않았다면 손등까지 내려왔을 것이다. 이방근은 말쑥한 게 보기 좋다며 웃었지만, 이래서는 모양새가 나지 않았다. 적당한 셔츠를 한 장 사든가, 여동생을 통해 얼마간 돈을 건네야겠다고 생각했다.

이방근은 앉은뱅이책상에 옆을 보고 앉아 오른쪽 팔꿈치를 세우고 담배를 물었다. 충동적으로 창문을 벗어나 방을 나가려고 했지만, 무엇 때문에 자신이 방을 나갔다 들어갔다, 얼쩡거린단 말인가. 방 안의 전등 불빛이 유리에 반사하지 않고 창틀을 지나 정원을 감싸고 있는 땅거미를 충분히 밀어내지 못한 채, 어렴풋한 바깥 공기 속에 흩어지고 있었다. 흐린 하늘이 저무는 것은 느렸다. 유원의 방과 사이에 있는 벽을 등지고 앉아 있던 오남주는, 처음에 왔을 때처럼 가만히 고개를 숙인 채 침묵을 지키고 있었다. 왠지 태풍이 지나간 듯한, 눈 깜짝할 사이에 일어난 일이었다. 불안이 적중한 정도가 아니었다.

이방근은 머릿속이 와글와글 교반기(攪拌機 : 재료를 잘 뒤섞이도록 휘젓는 기구)로 휘젓는 듯한, 바람이 부는 듯한 느낌 속에서, 창밖으로 흘러 나가는 담배 연기가 형체를 잃고 퍼져 가는 것을 바라보고 있었다. 그러나 이 정도로 끝난 것이 다행이다. 더 심했다면 도저히 참기 어려웠을 것이다. '구경'하고 있을 상황이 아니었다. 다만, 그가 그 훌륭한, 순식간에 잠들어 버리는 습관이 나오지 않은 것이 이상했지만 (그렇긴 해도 이방근은 오남주가 술에 취해 아우성을 치다가 순식간에 잠들어 버리는 일은 일전에 한번 보았을 뿐이다), 지금이라도 몸을 누인다면 취기는 순식간에 그를 잠 속으로 끌어들일 것이다. 어디선지 알 수 없는 꽃향기가 창가에 감돌고 있었다. 한 가닥의 선처럼 확 다가온 술 냄새에 시선을 돌리자, 고개를 든 오남주가 훔쳐보듯이 이방근을 흘낏 쳐다본 뒤 눈을 장판에 떨어뜨렸다.

"아픈가?"

"머리가 아픕니다."

"그건 점차 좋아질 거야, 술 때문이니까. 몸은 아프지 않나?"

"예."

"내일이 되면 뼈 마디마디가 노인처럼 아플 거야. 자네는 기억나지 않는다고 했지만, 여기저기 아프더라도 그건 자네가 난폭하게 굴어서 그런 것이니 걱정할 거 없어. 그렇다 해도 동무는 참으로 대단해. 태풍의 통과, 아니지, 소나기라고 할까, 소나기로 기분이 상쾌해지는 편이 좋겠지."

"비참한 심정입니다." 오남주는 뭔가를 생각하는 표정으로 불쑥 한 마디를 건넨 뒤 말을 이었다. "……저어, 여동생의 일은, 제가 어젯밤에 경야(經夜)를 한 여동생의 일인데요, 유원 동무에게는 이야기 하지 말아 주세요."

"음, 그랬었군, 그 애 앞에서 자네는 이야기하지 않았군 그래. 유원에게 이야기할 작정이 아니었나?"

"그렇습니다. 선생님이라서 말씀드린 겁니다. 그것이 어제, 어젯밤의 일이었고 어느 누구에게도 이야기할 기분이 아니었습니다만, 혼자서 가만히 참고 지낼 문제가 아닙니다. 안 그렇습니까. 다른 사람에게 말해서도 안 되지만, 잠자코 있어도 안 되는……, 즉, 이건 모순이지만, 저는 이 선생님이라서 말씀드렸습니다. 그러나 이걸 공언하는 것은 부끄럽습니다. 분노 이상으로 창피합니다. 자기 여동생을 거듭 욕보이는 일입니다. 게다가 유원 동무에게 이야기하고 싶지 않은 것은, 그녀 역시 상처를 받을 수 있기 때문입니다. 같은 제주도 여자입니다."

"담배를 피우지 않겠나."

오남주는 고개를 옆으로 흔들었다.

"굳이 이야기하며 돌아다닐 필요는 없지만, 그렇다고 감출 필요도 없는 거 아닌가."

"어째서 그렇습니까?"

오남주는 이방근을 바라보았지만, 아직 핏줄이 완전히 가시지 않은 그의 눈에 빛이 스치고 정기가 되돌아왔다.

"……"

어째서……냐고 되물을 필요는 없을 것이다.

"선생님은, 관계가 없는, 직접 관계가 없는 곳에 있기 때문입니다, 그건. 감춘다, 감추지 않으면 안 된다, 얼마나 큰 죄를 진 것일까, 내 여동생은, 그러나, 죄입니다. 죄. 역시 죄입니다. 이건……. 쳇, 아까 이 선생님께서는 저에게 감상주의적이라고 말씀하셨습니다만, 저는 뭘 이렇게 중얼거리고 있는 것일까요. 저는 선생님에게 말씀드렸습니다만, 이건, 이런 일은 감춰야만 합니다. 실제로 사람들에게 알리고 싶지 않으니까요. 이방근 선생님께 이야기한 것은 창피하다든가 하는 오욕을 넘어서는 일입니다. 제주도에 가지 않겠다는 것을 선생님에게 전하기 위해서라도 이야기를 하지 않을 수 없었습니다."

"좀 전에, 어째서 그렇습니까? 라고 물었는데, 오욕이라든가 부끄러움……같은 게 아니야."

"그럼, 뭡니까? 이방근 선생님, 노여움, 분노입니까?" 오남주는 벽에서 떼어 낸 상체를 똑바로 세운 채 떨리는 목소리로 말했다. "모두에게 이야기해서, '서북'에 대한 분노를 불러일으키라는 말씀입니까? 위로는 필요 없습니다. 경야를 했으니, 이 세상에는 존재하지 않습니다."

"음." 이방근은 숨을 크게 한 번 내쉬더니, 담뱃불을 재떨이에 비벼 껐다. "어쩌면 유원이 눈치 채고 있는지도 몰라. 느끼고 있다구. 그 애는 자네에게 상당히 신경을 쓰고 있어……. 오 군이 그렇게 말한다면, 다른 사람에게는 말하지 않겠네. 자네 말이 맞을 거야. 특별히 다른 사람에게 말을 할 생각은 없었지만, 자네가 그렇게 말해 주지 않았더라면 유원에게 말했을지도 몰라……."

두 사람이 방으로 들어왔다. 유원의 뒤를 따라온 조영하는 입구에서 이방근에게 싱긋 웃으며 가볍게 인사했다. 바지를 입은 유원은 장판에 그대로 엉덩이를 대고 한쪽 무릎을 세워 적당히 앉았으나, 조영하는 권하는 방석을 깔고 원피스 옷자락으로 거의 가려진 무릎을 비스듬히 누이며 앉았다.

"오빠, 와이셔츠가 커서 조금 우스꽝스러운 모습이네요. 오 동무,

안 그래?"

유원은 오빠와 오남주를 번갈아 바라보며 말했다. 오남주는 유원의
자상한 놀림감이 된 것이 싫지는 않았는지, 상관없다는 듯이 고개를
옆으로 흔들었지만, 그보다도 지금은 셔츠가 문제가 아니라는 것인지
도 몰랐다.

"오빠, 식사는 어떻게 해요? 오 동무도 아직 안 먹었어요."

"나는 됐어, 괜찮아, 아까 먹었으니까……."

오남주가 당황하며 말했다.

"하지만, 배가 고플 텐데. 동무의 뱃속은 텅 비어 있어. 다만, 술은
절대로 주지 않을 거니까."

유원이 진지한 얼굴로 말하는 것을, 옆에서 조영하가 웃음을 머금
고 너무 냉정하다는 듯이 일부러 얼굴을 찡그렸다. 그녀의 눈길이 자
꾸만 이방근 쪽을 향했다. 그리고 가만히 빨려 들듯이 바라보다가,
문득 자신을 깨달은 것처럼 눈길을 돌렸다. 이방근은 그녀와 시선을
마주치지는 않았지만, 그 섬모와 같은 시선의 끝을, 얼굴 표면에 공기
가 닿는 것처럼 느꼈다. 조금 전에도 창문 밖의 정원수 그늘에서 유리
조각을 주우면서 유원과 잡담을 하다가 허리를 펴는 척하며, 유원의
눈을 피해 창틀에 걸터앉은 이방근을 힐끗힐끗 올려다보고 있었다.

이방근은 밥을 먹고 싶지는 않았으나, 술로 가볍게 조금 더 머릿속
을 적시고 싶다고 생각했다. 조영하와 함께 조금씩 술을 주고받으며
식사를 하는 것도 나쁘지 않았지만, 오남주를 앞에 두고 그로부터 술
잔을 빼앗은 형태로 술을 마실 수는 없었다. 자칫 또 다른 술주정으로
옮겨 가는 것을 경계해서가 아니라, 설사 그의 뱃속이 계속해서 술을
원하고 또 받아들인다 하더라도 권할 수는 없었다. 여기는 술집이 아
니기 때문이었다.

"오빠도 먹고 싶지 않구나. 숙모님도 그렇고 아직 아무도 안 먹었잖아. 너희끼리 먹으면 돼. 시원한 보리차라도 갖다 주든가."

"예−, 과일이라도 가져올까요. 오 동무, 사양하지 않아도 돼. 그리고 오 동무에게 모두의 앞에서, 오빠와 영하뿐이지만, 말하고 싶은 게 있어. 동무는 오늘을 기회로 철저한 자기비판이 필요하다고 생각해. 여러 가지 의미에서 그렇다고 생각해. 아까는 오빠가 있어서 그 정도로 끝났지만, 정도가 심했어. 그런 일은 처음이야. 오빠에게 박치기를 하거나 주먹을 휘두르기도 하고, 너라거나, 자네라거나……. 그보다도 뭔가 더 큰 문제가 있어. 하지만, 그건 동무의 제정신으로 한 일은 아냐. 지금 동무가 그렇게 앉아 있는 것이 정말로 거짓말 같아서 믿을 수가 없어. 그런 일을 반복해서는 남성 동무들도 모두 떠나고 말거야. ……동무는 우리 오빠에게 할 말이 있잖아. 오빠는 동무의 힘이 되어 줄 거야. 힘을 내……. 우리도 뭔가 힘이 될 만한 일이 있다면 해 볼 테니까."

"유원 동무, 오빠의 대변자처럼 상당히 억압적이야. 첫째, 동무의 오빠에게 실례가 아닌가?"

"그렇지 않아."

유원은 자신이 마치 오빠 본인인 것처럼 말하며 상대의 반발을 물리쳤다.

"유원 동무, 왜 나에게 친절하게 구는 거야. 상당히 신경을 쓰는 것 같은데. 나는 그런 게 싫어."

상당히 신경을 쓴다……? 이방근은 방금 전에 자신이 한 말일 터인데, 오남주의 입을 통해 나오는 것을 들었다.

유원은 한순간 엄격한 표정으로 바꾸고 볼을 붉히며 상대를 응시했다. 그러나 이내 기분을 바꾼 듯 표정을 되돌리며 말했다.

"그건 지나친 생각이야. 손님이라서 조금은 신경을 쓰고 있지만."

"……유원 동무." 오남주의 말투가 순수한 울림으로 변했다.

"난 말이지, 역시 제주도에 갈 거야. 선생님, 저는 역시 가야겠습니다."

"……제주도에 간단 말인가?"

이방근은, 역시 가지 않겠습니다, 라고 말한 것으로 착각할 만큼 놀랐다. 방금 전에, 제주도에는 더 이상 가지 않겠다고 단언하지 않았던가.

"그렇습니다. 유원 동무, 나는 제주도에 가는 것을 포기하고, 제주도에 가는 것이 아니라 가지 않으려고 오늘 여기에 이 선생님을 만나기 위해 찾아온 거야. 어제까지는 갈 작정이었지만, 그것이 하룻밤 사이에 생각이 바뀌었어. 나에게는 헷헤에, 코페르니쿠스적인 전환이야. 그리고 선생님에게, 더 이상 제주도에는 가지 않겠습니다, 라고 말씀드렸어. 첫째, 가족의 소식을 알고 보니 모두 건강하고……, 나는 오욕의 땅, 나에게 있어 오욕의 땅인 곳에는 가지 않기로 한 거야."

"오욕의 땅이라니, 어디가? 제주도를 말하는 거야?"

유원이 말했다. 오남주의 말이 분열되어 움직이고 있었다.

"……" 오남주가 입술을 깨물고 나서 말했다. "그렇다니까, 나에게는."

"오 동무, 본인은 알고 있어?" 조영하가 2, 3미터 떨어진 창문 쪽을 일부러 가리키며, 가벼운 웃음을 띠우고 말했다. "저 창문으로 뛰어내려 죽어 버리겠다고 했잖아. 자신을 제주도에 데려가 달라며, 어머니와 여동생의 이름까지 불렀어. 정애라고 한 것은 여동생을 말하는 거겠지……."

"영하 동무, 그만둬, 여동생의 이름을 부르지 마, 그런 건 신경 쓰지 말아줘!"

오남주는 조영하를 노려보며 거친 목소리로 말했다. 영문을 모른 채 오남주를 마주 본 조영하의 얼굴에서 미소가 싹 가셨다.

"도대체 어떻게 된 거야? 오 동무, 이상하잖아."

"……"

오남주의 눈에 분노가, 영하가 아니라 눈앞의 대상을 넘어선 어떤 것에 대한 분노가 작열하고, 그것이 자신도 모르게 솟아나 흔들리는 눈물에 젖듯이 흐려졌다.

"영하, 가만히 내버려 두는 게 좋을 것 같아. 우리는 저쪽으로 가자고……."

유원이 영하를 재촉하여 일어서려는 것을, 오남주는 맺힌 눈물이 방울방울 한 줄기 떨어지는 것을 개의치 않고, 잠시만 기다려, 두 사람 모두 기다려 줘…… 하며 붙잡았다.

"내가 이렇게 바로 눈물을 흘리다니, 참으로 한심해. 아직 술이 덜 깼나 봐. 영하 동무, 유원 동무, 두 사람 모두 내 여동생을 만난 적은 없겠지만, 여동생의 이름은 알고 있을 거야. 자리에서 일어나지 말고, 그 자리에 그대로 앉아 있어 줘. 동무들은 나에게 여동생이 있다는 것을 알고 있으니까. 동무들처럼 대학까지 갈 만큼 혜택을 받지는 못 했지만, 여자라고 해서 두 오빠를 위해 희생하는 바람에 충분한 공부도 하지 못한 여동생이 있어……." 오남주는 눈가와 볼이 눈물로 젖은 흔적을 손으로 아무렇게나 닦은 뒤 이방근 쪽을 보았다. 분명히 그는 그 여동생에 대해 뭔가를 이야기할 작정인 모양인데, 지금 이방근의 조언을 구하고 있다기보다는, 이미 자신이 의사를 결정하고 있었다. "나는 영하와 유원 동무에게, 하나의 사실을, 부끄러운 사실을, 오욕의 땅, 오욕의 사실에 대해 이야기하고 싶어. 이방근 선생님께는 좀 전에 말씀드렸지만, 모두에게 말해 버리고 싶어. 이런 이야기를 할 생각은 아니었어. 부끄러운 일이지만, 동무들에게 말해 버리는 편이 좋을 것 같아(이방근은 가만히, 눈에 독을 품은 듯한 빛을 발하며 상대를 보았다). 그래서 나는 방금 전에 동무들에게 말했듯이, 선생님에게는 이미 제주도에 가지 않겠다고 말했어. 그러나 지금은 생각이 바뀌었어. 나는 갈 거야. 갈 거라고. 원래의 형태로 되돌렸어. 이방근 선생님, 저는 제주도에 가겠습니다. 역시 가기로 했습니다. 저는 다시 생각을 바꾸었고, 그래서 원래의 생각대로 돌아갔습니다……."

이방근은 말없이 천천히 고개를 끄덕였으나, 한편으로는 어이가 없었다. 이랬다, 저랬다 시계추처럼 기분이 흔들렸다. 그 흔들리는 진폭이 참으로 컸다. 기세가 좋다고 할 만큼 오남주의 어지러운 변화였다. 두 사람이 방으로 돌아오고 나서 한층 마음이 들떠 있는 듯한 느낌이었다.

"나는 좀 전에도 말했듯이 제주도행을 단념했고, 본래의 목적으로 치자면 이쪽에 올 필요는 없었습니다. 그러나 오늘은 그 일을 고하러 온 것으로, 제주도에 갈 필요가 없다는 것을 자신에게 증명하고, 그 자신을 확인할 수가 있었습니다. 그것이 지금은 다릅니다. 처음에, 선생님을 뵙고자 한 본래의 목적으로 돌아갔습니다……."

오남주는 다시 한 번 결심하기 위한 강조인지, 동요 때문이었는지, 반복을 거듭했다.

"그 말은 즉, 나와 함께 가고 싶다는 것인가?"

"그렇습니다……."

"음, 잘도 바뀌는군."

"유원은 안 가는 거야? 나도 선생님과 함께 가고 싶어……."

조영하가 말했다.

"농담할 때가 아니야."

"농담이 아니야. 이런 일을 농담으로 말할 수 있겠어? 물론, 만약 갈 수 있다는 전제하의 이야기지만……."

"오 동무의 얘긴즉슨 결국, 원래의 목적으로 돌아갔다는 거로군." 이방근은 조영하와 유원을 괘념치 않고 말했다. "아니, 결국이라고는 할 수 없겠지, 되돌아왔지만, 상황이 처음의 경우와는 전혀 달라졌으니까. 그런데도 어째서 생각이, 기분이라고 해도 좋겠지만, 다시 변했다는 것을 잘 이해할 수 없지만, 꼭 그래야 한다면 생각해 보자구. 핫, 하아, 나는 여동생의 지시대로 움직이는 건 아니지만, 그 일이 자네를 위해 필요하다면, 아까 유원이 말한 대로 힘을 써 보겠네 (유원의 말대로라니……. 조영하가 멍하니 이방근을 바라보던 시선을 옆에 있는 유원에게 옮기며 중얼거렸다). 자세한 이야기는 나중에 하기로 하고, 다만 오 동무는 밀선으로 남몰래 상륙하는 경우와는 달리, 설령 나하고 간다고 해도, 지금의 오 동무는 이미 신원이 확실히 밝혀져 있어서 안 된다고 했잖아. 게다가 잘 모르던 가족의 소식도 확실히 알게 되었으니, 이로써 제주도에 갈 필요는 없어진 게 아닌가? 즉, 상황이 바뀌었다는 말일세."

"예ㅡ, 그러나 저는, 일단은 필요가 없어졌지만, 굳이 저에게 있어 오욕의 땅인 그곳으로 가겠습니다. 저는 터득했습니다. 좀 전에 여러 가지를 깨달았습니다. 오욕을 감출 필요도 없다고 선생님께서 말씀하셨지만, 그렇습니다, 그 결론에 제 자신이 도달했습니다……."

오남주는 상당히 제멋대로의 해석으로 말을 이어 가고 있었다.

"오 동무, 가족 모두가 건강하시다면서……."

"아아, 건강한 것 같아." 오남주는 조영하의 말을 도중에 막아서듯 대꾸했다. "음, 그렇군, 나는 상당히 말을 돌리고 있었어. 난 말이지,

어젯밤, 혼자서 경야를 했어, 제사를 지냈다구⋯⋯."

"경야⋯⋯? 설마, 그게 정말이야, 무슨 경야를?"

"정말이야, 난 혼자서 어머니와 여동생을 내 안에서 떠나보내기 위한 제사를 지냈어⋯⋯."

"유원 동무." 조영하는 눈을 동그랗게 뜨고, 한순간 숨이 멎은 듯한 표정을 굳히며 말했다. "알고 있었어?"

"왠지 어렴풋이 느끼고는 있었지만, 그래도 실제로는 목숨이 없어졌다는 말은 아니야."

"그 이상이지." 오남주가 분하다는 듯이 말했다. "죽는 편이 낫다구. 나한테는."

"도대체 무슨 일인데?"

조영하의 얼굴에 안도의 빛이 감돌았지만, 아직 반신반의했다.

"그렇긴 해, 유원 동무의 말대로야. 나는 좀 전에 하나의 사실로서, 부끄러운 사실에 대해, 두 사람에게 이야기하겠다고 했잖아, 그 일이야. 유원 동무, 영하 동무, 나는 두 사람에게 이야기하겠어⋯⋯. 아, 숙모님, 죄송합니다, 숙모님⋯⋯."

숙모는 유원과 영하가 어떻게 하고 있는지 그 모습을 엿보러 와 있었던 것이다.

"숙부님은 아직 안 오시네요?"

이방근이 방 입구에 얼굴을 내민 숙모를 향해, 그저 말을 붙이기 위해 그렇게 말했다. 오늘 밤은 늦을 거라고 전했다. 늦게 오셔서 마침 잘 됐습니다⋯⋯. 이방근이 웃었다.

"식사 시간인데 모두들 무슨 이야기를 하고 있나 보네?"

"유원 동무의 숙모님, 저는 지금부터 유원 동무와 영하 동무에게 부끄러운 이야기를 할 참입니다. 숙모님도 괜찮으시다면 함께 들어 주세요……."

"오 동무, 도가 지나쳐." 이방근이 불쾌하다는 듯이 말했다.

"숙모님, 아닙니다, 가셔서 볼일을 보세요. 괜찮으시다면 먼저 식사를 하셔도 좋구요."

"함께 식사를 하면서 들을 수 있는 이야기는 아닌가?"

"이야기는 금방 끝날 겁니다."

숙모는 이방근이 잠자코 있었다면 유원 등과 함께 오남주의 뭔가 있을 법한 그 이야기를 들었겠지만, 고개를 끄덕이더니 그 자리를 떠났다.

오남주는 '하나의 사실', 그 '부끄러운 사실'에 대해 이야기했다. 피곤해서 그런 것인지, 아니면 공복이라서 그런지, 아직 취기가 남아 있어서 그런 것인지, 아무렇지도 않은 듯 행동을 하면서도 혀가 조금 꼬여서 이야기는 혼란스러웠다. 어젯밤 혼자만의 고독한 경야에 대해서도 이야기를 한 탓으로, 감정이 얽힌 마음의 동요가 맥박 치듯이 듣는 사람의 가슴에 전해져 와, 일반적으로는 생각하기 어려운 그 이상한 경야가, 결코 일부러 관심을 끌려는 행동이 아니라는 것을 납득할 수 있었다. 이미 사정을 알고 있는 이방근 자신이 같은 이야기를 반복해 들으면서, 새로운 감정의 너울이 일어나는 것을 몸속에 느끼고 있었다.

……상대는 '서북'의 하사관이야. 이름은 들었지만, 그런 것을 여기에서 일부러 말할 필요도 없고, 역겨운 일일 뿐야. 그 남자가 언제 제주도로 들어와 지금까지 무엇을 했는지. 언제 삼팔선을 넘어 이북에서 월남해 왔는지. 제주도로 올 때까지 남조선의 어디에서 무엇을 하고 있었는지, 난 그걸 모르고 있어. 아마도 내 가엾은 어머니도, 여동생 녀석도, 아이구, 여동생이 아니지, 어젯밤에 경야를 해서 내 밖

의 세계로 장사지냈으니까. 그러나 뭐하는 자인지를 알 필요가 있어……. 이 점에서는, 그 '서북'이, '여동생의 남편'이 제주도민에게 지금까지도 손을 대지 않았을까 하는, 결코 감정적인 생각이 아닌, 냉정하고 객관적인 판단의 자세가 보였다.

오남주의 여동생이 모친과 함께 토벌대에 체포되어 포로수용소에 수용되고 나서, 이른바 여동생에게 반한 '서북'과 결혼하게 되었다는, 확실하게 '서북'이라는 이름이 나왔을 때, 본인인 오남주 자신이, 주위의 진공과 같은 침묵에 끌려들어가, 잠시 말을 삼키고 있었다. 창밖은 점차 어두워지고 있었고, 키가 크지 않은 정원수에 빗방울이 떨어지는 소리가 들렸다. 한순간, 놀라는 목소리도, 탄식도, 대수롭지 않은 뭔가의 사소한 반응조차도 동결된 듯한 침묵 속에 굳어지고, 아무도 움직일 수가 없었다. 자리에서 일어나려고 해도, 다리가 바로 말을 듣지 않아 일어설 수도 없었을 것이다. 이방근은 굳이 감출 필요도 없을 거라고는 말했지만, 그것은 결코 이야기하라는 의미가 아니라, 수사적인 말에 지나지 않았다. 오남주가 그 '오욕'의 '부끄러운 사실'을 두 사람에게 털어놓는 것에 이방근은 놀라고 있었다.

음식을 나르기 위해 방 안을 드나들던 유원이 낌새를 눈치 채고 있다는 것을 오빠는 알고 있었다. 유원은 그 때문은 아니었지만, 그 탓도 있어서일까 취해 난동을 부린 오남주에게 줄곧 자상하게 대하고 있었다. 그러나 그녀에게도 그 사실은 얼핏 들었을 만큼 불확실한 것이었고, 지금은 확실하게 자신의 앞에서 오남주 본인의 이야기를 통해 확인하게 된 것이다. 그녀의 얼굴이 희미하게 떨리고, 눈가에 한 방울 눈물이 빛나며 고여 있었다. 수용소에서 일방적으로 반했다는 하사관과 '결혼'…….

이방근은 성냥을 켜서 침묵을 깨고, 불붙는 소리를 들으며 담배에 불을 붙인 뒤, 창문으로 비친 전등 불빛을 반사하며 비를 맞고 있는 정원의 어두운 녹음을 보았다. 옆으로 부는 바람을 만난다면 빗방울은 방 안으로 들어올 것이다. 빗소리가 좋다. 살아 있는 인간을 제사 지내며 이상한 경야를 한 묘한 청년의 존재가, 빗소리 속에서 결코 묘하게는 느껴지지 않았다.

"……나는 여자 동무 두 사람에게 이런 이야기를 하는 게 잔혹한 기분이 들어. 내 여동생만의, 아아, 그게 내 여동생이란 말인가, 그 애만의 문제가 아니야. 우리 제주도의 남자들은 제주도 여자를, 짐 승의, 악마의 손에서 지켜 내야 하는데, 나는 여동생을 희생양으로 바치고 말았어. 어머니는 그 딸의 피를 빨아 살아남고, 친척이라는 자들도……."

"그만해, 오 동무! 왜 그리 추악한 말을 하는 거야. 자기 어머니를 더럽게 비아냥거리다니, 두 번 다시 그런 말은 하지 마." 마치 버들잎 같은 눈썹을 곤두세우듯이, 유원은 또렷한 검은 눈썹을 치켜세우고 오남주를 똑바로 쳐다보았다. "동무는 어째서 숙모님에게까지 말하고 싶었던 거지? 동무는 혼란해하고 있어. 오 동무는 크게 무리를 하면 서까지 무엇 하러 제주도에 가려는 건가요?"

"유원 동무, 갑자기 공손한 말투를 쓰는군. 그런 건 지금 여기서 확실히 말하기는 어렵잖아. ……동무의 말대로야. 일단 부정을 하였지만, 다시 가겠다는 결심을 했으니까. 이 선생님과도 상담을 하고 싶어."

"오 동무……." 조영하가 입을 열었다. "나는 어떻게 말하면 좋을지 모르겠지만, 여동생은 훨씬 괴로울 거라고 생각해, 진부한 표현이지만. 게다가 동무의 기분을 모르는 것은 아니지만, 혼자만의 경야라든가, 제사라든가 하는 말은 과장되어 있어. 본인이, 게다가 어머니도 보란 듯이 살아 계시니, 좀 더 긍정적인 자세가 필요하지 않을까. 이런 말을 하면 건방질지는 모르지만, 관념적이라는 느낌이 들어……."

조영하는 이방근이 감탄했을 정도로 누구보다 냉정했다. 그녀 앞에서는, 이방근도 똑같이 관념적이라는 말이 될 것이다.

"……보다 괴로울 것이라든가, 게다가 내가 관념적이라든가, 그건 동무 자신이 인정하고 있듯이 진부한 일이야. ……여자란, 결혼하면 부모 형제보다도 남편 본위로 변하니까. 자연의 섭리야. 만약, 동무들이 어떤 계기로 '서북' 놈들의 와이프가 되었다고 한다면……."

두 사람은 아연실색했다. 아마도 자기 자신을 오남주의 여동생의 입장에 빗대어 보았을 그녀들에게, 분명히 조금은 혼란스럽기도 하고, 무심코 말이 잘못 나왔을 수도 있겠지만, 정면에서 칼을 쳐서 떨어뜨리는 말이었다. 분연히 그녀들이 자리에서 일어났을지도 모르지만, 그보다도 먼저, 그만둬! 자네, 라고 고함을 치며 이방근이 재떨이에 담배를 비벼 끄며 일어섰다.

"적당히 하란 말이야. 네 여동생이라면, 여동생만의 이야기로 끝내. 다른 사람까지 상처를 주지 말라고."

"……현실적으로는, 무슨 상처를 입은 게 아니지 않습니까."

"뭐라고! 건방지게……."

이방근은 몇 발자국 큰 걸음으로 입구 쪽 벽으로 다가가더니, 오빠…… 하고 부르는 여동생의 목소리를 뒤편에서 들으며, 오남주의 와이셔츠 깃을 움켜쥐고 상대의 상반신을 끌어올리려 했다. 그런데 와이셔츠가 헐렁하게 너무 큰 탓으로, 꽉 움켜쥐었을 터인데도 그 넓은 깃에서 오남주의 얼굴이 흘러내리듯이 셔츠 안으로 쏙 빠지는 바람에, 거의 얼굴 전체를 가려 버렸다. 한 방 먹이려고 한 것이, 허를 찔린 모습으로 들어 올린 주먹의 내릴 곳을 찾지 못한 이방근은, 쓴웃음과 동시에, 격한 기세로 분출하는 통증을 느끼며 움켜쥔 와이셔츠의 깃을 놓았다. 아차! 하고 물속의 먹처럼 번지는 후회와 자책, 두 사람만이 아닌 많은 사람이 에워싸고 날카롭게 찌르는 것 같은 주위의 시선을 전신에 느꼈다. 견딜 수 없는 자기혐오의 굴속으로 떨어진 그 자신은 한 걸음 내딛어 그 자리를 벗어난 뒤, 방을 나가면서 조금 떨리는 목소리로 말했다.

"오 동무, 자네의 이야기는 그걸로 끝난 거겠지. 우린 자네의 이야기를 들었어. 이제 그 정도로 해 두는 게 어떤가. 음, 유원아, 식사를 하자꾸나. 그렇지, 영하 동무도 함께⋯⋯."

영하 동무도 함께⋯⋯라니, 말하고 나서 볼이 붉어지는 촌스러운 사족이었지만, 이것도 이따금 입에서 튀어나오는 국면전환용의 한마디였다. 이방근은 의연한 태도로, 그러나 부끄럽기 그지없는 경박함이었지만, 이것도 하나의 애교라고 해 두자고 생각했다.

5

이방근은 오남주의 내방으로 중요한 예정이 전후좌우로 부딪치면서 자신이 벽돌담처럼 무너져 떨어지는 느낌 속에 놓이게 되었음을 의식했다. 그것은 한두 시간 안에 돌아가게 하려던 것이, '설마'가 사람 잡는다는 속담대로, 설마 하던 의외의 수라장이 벌어졌다가 폐막이 된 것을 말하는 것이 아니었다. 사건이 일어났다가 끝난 이상, 이제 그것은 아무래도 좋은 일이었다. 이방근은 유원과 오늘 밤에라도 대학에 제출할 서약서와 일본 유학 건에 대해서 이야기할 예정이었지만, 그 예정부터 어긋나 버렸다. 시간이 없는 것은 아니었다. 그것이 확실한 예정이라기보다는 기분이 무너진 것인데, 할 마음이 없어졌을 때, 그것이 중요한 예정으로 인식되었던 것이다.

결론을 내지 않으면 안 된다. 무너진 예정의 잔해 위에 서서, 겨우 그 긴급을 요하는 일을 깨달은 느낌이었다. 본인인 유원 쪽은 하 교수의 권유를 거절한 상태 그대로지만 담임교수는 사랑하는 제자를 떠나보내야 하는 입장이면서도 그녀의 유학을 장려하고 있었고, 이를 위해 이방근의 결정적인 영향력이 유원에게 미칠 것을 기대하며, 결과를 기다리고 있었다. 서약서는 단순히 대학으로 돌아가기 위한 것만이 아니었다. 유원이 알면 노발대발하겠지만, 일본으로 건너갈 때 대학의 추천장을 받기 위한 수단의 의미도 포함돼 있었다. 그것은 담임교수 자신이 인정하고 있는 일이었다. 이방근은 여동생과의 충돌을 각오하고, 여동생과는 전혀 다른 측면에서 부친과 충돌하리라 예상하면서, 마치 자신이 유학을 가는 것처럼 유원의 일을 포기하지 않았던 것이다. 그것은 강제가 아니었다. 강제의 형태를 띠면서도 강제는 아니었다. 이방근은 그것을 필요하다고 생각했다. 유원 자신의 기분이 움직이기를 기다리는 것은 아무래도 시간이 얼마 남지 않았다. 그것은 왠지 망연자실했다가 갑자기 안개가 걷힌 것처럼 절실하게 다가온 것은, 아침 무렵 숙취의 막에 짓눌려 있던 이불 위에서였다.

서울에 올라온 지 어느덧 열흘, 아무런 할 일도 없이, 그러면서 너무나 바쁜 날들이 지낸 느낌 속에 여동생의 일을 생각하면서, 아니, 이건 급한 일인데…… 하고 정신이 들었다. 더구나 여동생을 일본에 보낸다고 하면서, 마음이 켕기는 기분이 들어서 그런 것은 결코 아니지만, 가족으로서 있을 수 있는 일이라 하더라도, 여동생과 이렇다 할 이야기를 하지 않고 있었다. 그리고 정신을 차려 보니 어느덧 시간이 빠듯하게 눈앞으로 다가와 있었다.

내일이 아니라 오늘 밤에라도 여동생과 이야기를 한다. 그리고 결론을 내린다……. 그 기분이 오남주의 술주정 덕분에 사라져 버렸다. 머릿속이 교란된 탓이 아니었다. 어젯밤의 동향회에서 돌아올 때 맛보았던 근래에 없던 우울한 기분과는 다른, 건조한 공터에 비바람이 불어 진창이 돼 버린 듯한, 시커멓게 두서가 없는 느낌 속에 이방근은 빠져 있었다. 왠지, 술 탓만이 아니라 심신이 지쳐 있었다. 정애라는 오남주의 여동생 이름이 발치에 떨어져 있었다. 그 제주도행의 목적은 무엇인가, 오남주와 이야기를 나눠봐야 되겠지만, 그를 제주도로 데리고 가는 일, 그리고 문난설과의 동행. 여동생과의 대화 건너편에는 단지 그것만으로는 끝나지 않을 울퉁불퉁한 것들과의 충돌이 느껴지면서, 이방근은 제주도에 돌아갈지, 아니면 여동생을 데리고 일본으로 갈지, 어느 쪽인가의 길로 결단해야 했다. 유원은 오남주를 향해, 오빠에게 부탁하면 힘이 되어 줄 것이라 말을 했듯이, 이미 이방근의 귀향을 전제로 하고 있었다. 당연히 유원의 일본행은 숙부의 가정에 한바탕 파란을 일으키겠지만, 그것도 우상배의 배가 9월 초에 출항할 때까지 일주일에서 열흘 정도 사이에 준비를 끝내야 한다.

으흠……. 태평스럽게 지낼 계제가 아니었다. 거듭 이건 상당히 시급한 일이라는 생각이 들었다. 어느새 엉덩이에 불이 붙은 느낌이었지만, 구체적인 일은 어느 것 하나 추진되지 못하고 있었다. 8월 말이나 9월 초에 제주도로 돌아간다……. 이 일정은, 행선지를 바꾼다면 그대로 일본으로 향하는 우상배의 배가 출항하는 일시와 겹친다. 이것은 우연의 일치 같으면서도 그렇지가 않았다. 내일 저녁에는 문난설과 만난다. 어쨌든 확실한 결론을 서두르지 않으면 안 된다.

비가 내리고 있었다. 빗방울이 울창한 정원수를 때리면서 부서지는 작은 물보라가 깨진 유리창을 통해 실내로 흩어지고 있었다. 냉기가,

마치 산속 같은 싸늘한 냉기가 흘러들어와 순간 소름이 돋을 정도였다. ……그렇지, 영하 동무도 함께……. 도대체가, 이미 정해진 일을 방해라도 하는 것처럼, 얼굴이 붉어지는 사족이었는데, 떠올려 보면 쓴 침이 솟아나는 그 말이 조영하의 가슴에는 부드럽게 가 닿은 모양이었다. 그녀에게는 일부러 신경을 쓴 관심의 표현으로 받아들여졌는지도 몰랐다. 그녀는 일단 말을 꺼내면 자신의 이야기에 빠져 자주 웃었는데, 이방근이 어딘지 모르게 자신을 의식하고 있음을 충분히 알고 있다는 듯한, 자신감에서 비롯된 것이기도 했다.

오남주도 함께 식탁에 앉았는데, 술은 나오지 않았다. 유원이 술을 내놓지 않았다. 이방근은 참으며 식사의 흉내만 냈다. ……음, 나는 이제 술을 마시지 않겠어, 그렇게 결심했어……. 오남주가 얌전히 말하는 것을, 유원과 영하가, 정말? 그건 언제 결심한 건데……라며 의심스럽다는 듯이 놀리기도 하고 감탄하기까지 했다. 아아, 정말이고 말고, 나는 반드시, 반드시 끊을 거야……. 반드시, 반드시……라는 말은 사용하지 않는 게 좋을 텐데……. 아니, 반드시 끊어……. 그리고 잠시 지나자, 한숨을 쉬며 고개를 조금 옆으로 흔들더니, 으ー음, 반드시 끊어야 돼, 어쨌든 술은 끊겠어, 끊으려고 생각해……라며 조금 자신이 없는 새로운 결의를 표명하여 모두를 웃게 만들었다. 끊을 건 없겠지, 마시기는 하되, 핫, 핫, 그 술주정을 그만둬야지……. 오빠는 그런 말을 해서, 모처럼의 각오에 찬물을 끼얹다니, 심술궂어요……. 내가 심술궂다……? 유원 동무, 그게 아니야……. 오 동무, 그렇잖아, 유원은 포인트가 벗어나 있어. 그래도 유원은 멋져, 이렇게 훌륭한 오빠에게 아주 오만할 수 있으니…….

술이 없는 식사는 모양만 갖추고 간단히 끝났다. 식후에 유원은 오남주에게 목둘레를 재라고 한 뒤 조영하와 함께 빗속을 나가 와이셔

츠를 두 장 사 왔다. 새 옷으로 갈아입은 오남주는 어색한 웃음을 짓
고, 자신의 상반신을 감춘 어색한 새로운 와이셔츠에 당혹스러워하면
서 이방근에게 감사의 인사를 표했다.

오남주는 오늘 무엇 때문에 온 것인가. 제주도행의 결심을 바꾸고
또 바꾸었다기보다는 여동생의 이야기를 하고, 그 '오욕의 부끄러운
사실'을 모든 이들 앞에 드러냈다. 새 와이셔츠로 갈아입자, 그는 이
윽고 돌아가겠다고 말했다. 그래도 좋을 것이었다. 겨우 오남주가 돌
아갈 시간이 된 것이지만, 이제 와서 이방근은 그를 몰아내듯이 하고
싶지는 않았다.

"혼자서 돌아가나?"

"혼자서요? 예, 이제 괜찮습니다. 술은 깼습니다. 똑바로 걸을 수
있습니다. 도중까지 조 동무와 함께 돌아갈 것이고…….'

"술이 들어가지 않으면 오 동무는 좋은 청년이야."

이방근은 별 의미 없는 말로 작별인사를 대신했다. 조영하는, 오늘
밤은 유원과 함께 자고 갈 거라고 말했다. 자고 간다? 유원은 고개를
끄덕였지만, 그녀가 처음부터 자고 갈 작정으로 온 것인가, 좀 전에
둘이서 외출했다가 정한 것인지도 몰랐다. 으―음, 그랬나, 그럼 내가
먼저 실례해야겠네……라며, 오남주는 우산을 빌려 혼자 돌아갔다.

시각은 아직 여덟 시였지만, 오늘부터 북조선에서 실시되는 8·25
남북총선거에 대비한 비상경계가 펼쳐지고 있어서, 일찌감치 집으로
돌아가는 편이 좋았다.

……이방근 선생님, 21일부터 해주에서 남조선인민대표자대회가
열리고 있지 않습니까. 제 학우가 대표의 한 사람으로 참가하고 있습
니다만, 그는 낮에 제가 말씀드린 박경진 암살의 군사법정에서, 금
하사관의 변호인을 맡은 신 소령의 남동생입니다……. 유원과 조영

하가 외출했을 때 오남주가 말했다. 또한 자신은 어젯밤에 혼자 여동생과 모친을 경야하면서, 신 동무가 서울로 돌아왔을 때, 여동생이 '서북'의 아내가 된 사실을 알게 될까 봐 두렵다는 말도 덧붙였다. ……저는 오늘, 이 선생님께, 그리고 모두에게 이야기를 했습니다만, 후회는 않고 있습니다. 오히려 기분이 후련해졌습니다. 하지만 신 동무가 해주에서 돌아와 만났을 때, 저는 이 불쾌한 사실을 과연 그에게 이야기할 수 있을지 어떨지……. 아니 이 선생님, 조만간 그의 귀에도 소문이 들어갈 테니까, 어쨌든 마찬가지입니다……. 불쾌합니다. 어젯밤 제 안에서 멀리 쫓아내 버렸을 터인데도, 여동생의 일을 의식하면, 그 의식 자체가 날카로운 송곳으로 변해 가슴을 찌르고, 움찔하며 스스로 깜짝 놀라고 맙니다. 그래서 이제 여동생의 일은 생각하고 싶지 않습니다. 언제 또 여동생의 일을 떠올리게 될지 모른다며 전전긍긍하다 보면 어느새 움찔 놀라 식은땀이 배어 나오곤 합니다. 이미 여동생의 일을 생각하고 있는 겁니다. 그래서 결국은 여동생의 일만 생각해 보자, 움찔움찔 놀라주마 하고 마음을 먹으면, 한동안은 움찔거리며 놀라지 않게 됩니다…….

오남주는 그렇게 말하고 웃었다. 오남주여, 나는 내 여동생을 데리고 일본에 가는 일을, 지금 자네 앞에서도 생각하고 있다네……. 이게 얼마나 창피한 일인가. 그런 일과 상관없이, 오남주가 알면 놀랄 것임에 틀림없었다. 그리고 선생님, 아니, 유원 동무…… 하며 여동생에게 말할지도 모른다. 나에게는 모처럼 찾아온 기회지만, 이제 유원 동무의 오빠한테는 도움을 받지 않아도 괜찮아……. 이 선생님, 선생님은 자신이 직접 말씀하셨지만, 역시 특권계급입니다. 저는 그렇지 않다고 일단은 부정했지만, 역시 제주도 동란 속에서도 특권계급입니다. '자유'로운 거지요, '자유'……. 어째서 제 여동생은 죄를 짓고, 오욕으로 점철되고, 부끄러운 사실을 짊어진 것일까요. 저도 남몰래 여동생 정애를 데리고 이 오욕의 땅에서 일본으로 도망가고 싶습니다…….

오남주는 동시에 인민대표자대회에 학생대표로 참가한 신 동무가 돌아오면, 벌써 제주도를 탈출해서 해주에 가 있는 게릴라 사령관 김성달 등 제주도 대표의 소식과, 제주도 봉기에 대한 어떤 대책을 일찍 알 수 있지 않을까 하는 기대를 걸고 이야기를 했다. 예를 들어 김성달의 토론 내용 등의 정보는 얻을 수 있을 것이었다. 그러나 석간에는 어제 22일의 평양방송이 대회 첫날에, 특히 제주도의 인민대표로서 인민항쟁을 지휘한 김성달이 토론을 위해 연단에 섰으며, 만장의 박수를 받았다는 방송을 했다고 보도했지만, 회의 목적이 '8·25최고인민회의(국회)대의원선거'에서 남측 대의원 360명을 선출(북측 212명)하기 위한 입후보자 추천 등에 있었으므로, 그 자리에서 제주도 봉기에 대한 구체적인 대책이 세워질 리가 없었다. 덧붙이자면 대표자대회에는 천 80명 중에 천 2명이 참가, 약 80명이 불참했는데, 월북 도중에 체포되었거나, 비합법으로 삼팔선을 넘다가 생긴 교통사정 등에 의한 것이었다. 그렇다 해도 천여 명의 대표와 옵서버를 더하면, 상당수의 인간이 삼팔선을 넘어 왕복하게 된다.

오남주가 돌아가고 난 뒤 묘한 공백이 남았다. 그의 여동생이 '서북'의 아내가 되었다는 이야기가 그 공백을 무겁게 메우고 있었다. 같은 연배이기도 하여, 이방근은 오남주 여동생의 일에 대해서는 화제로 삼고 싶은 마음이 없었다. 폐허가 된 먼 기억의 단편처럼 오남주는 깨끗하게 흔적을 남기지 않은 채 떠났고, 그가 몸을 부딪친 흔적인 깨진 유리 창문만 부서진 입을 쩍 벌리고 방 안에 냉기를 들이고 있었다. '서북'의 아내가 된 일이 왜 이렇게 참기 어렵고, 메워질 줄 모르는 공허감을 자아내는가. 유원과 영하와 정애는 무엇이 다른가. 마침내 아이를 가진다. 강간에 의한 것보다도 꺼림칙한 아이를 갖는다. 그리고 씨앗이 대지에 뿌리를 내린다. 오남주에게 악마의 자식이 될 것이다. 그렇다 해도 아이는 여동생의 자식이다. '서북'의 씨앗을 죽이기 위해 높은 곳에서 뛰어내리다 모체까지도 죽은 예가 있다. 이상한 경야를 했다는 오남주에게 비판적이었던 조영하도, 오늘의 술주정은 어젯밤 '경야' 탓도 있을 것이라며 동정적으로 변했고, 술을 마시고 횡설수설하는 그를 혼내 주기 위해서는 오히려 잘된 일이 아닌가, 그 '금주' 선언을 지켜봐야 한다……고 유원에게 말했는데, 여동생의 일은 언급하지 않았다. 유원과 조영하는 얼마 안 있어 옆방으로 건너갔다. 그곳에서 그녀들끼리 나누는 이야기가 계속될 것이었다.

혼자 남은 이방근은 가볍게 술을 마셨다. 흉내만 낸 식사였기 때문에, 무겁지 않은 위 속으로 술이 잘 스며들었다. ……아니? 움찔하며, 마치 마음을 도려내듯, 이유도 없이 놀랐다. 으흠, 이방근은 자신이 지금 오남주의 일을 그 여동생과 함께 생각하고 있다는 것을 알아챘다. 오남주로부터 전염된 것은 아니겠지만, 우연히 그를 생각하다가, 칼끝이 쓱 하고 살갗을 스치듯 가슴을 도려내면서 맥이 풀리는 느낌이었다. 이방근은 술잔을 반복해서 기울였다.

전화가 울렸다.

유원이 전화를 받은 뒤 한동안 응대하고 있는 것 같았는데, 이윽고 이방근의 방으로 오더니, 우상배에게서 온 전화라고 말했다.

"자꾸만 말을 거는 바람에. 이러쿵저러쿵 마치 저한테 전화를 건 것처럼 이야기를 해서……. 술을 많이 드신 모양이에요."

"오오……, 우상배 씨라." 이방근은 가벼운 탄성을 지르며, 들고 있던 소주잔을 천천히 입술에 대었다가, 일어나면서 단숨에 비웠다. "후후, 무슨 이야기를 그렇게 걸어오던가?"

"일전의 피아노가 멋졌다든 둥, 후후후, 그, 우울하고 애수에 찬 격정의 서곡인 '빗방울'이라는 둥, 몇 번이나 그걸 반복하는데, 너무 문학적이에요……. 재미있는 사람. 꼭 다시 한 번 듣고 싶대요."

"으-음, 그랬나, 그건 진심일 거야."

이방근은 복도로 나온 뒤, 여동생의 방 앞을 지나 현관 입구에 있는 방의 전화기 앞에 섰다.

"이방근입니다. 오랜만이군요……."

"호오, 이방근 동무, 동무는 변함없이 건강한 것 같군요……."

취기로 촉촉해진 낮고 말끝이 올라가는 느낌의 쉰 목소리였는데, 이방근은, 아아, 이것이 우상배의 목소리군, 하며 확인하듯이 말했다.

"술 냄새가 나는군요……."

"이 동무는 좋은 코를 가지고 있군요. 동무 쪽에서도 술 냄새가 희미하게 전해 오고 있어요. 그래, 그렇지, 이방근 동무의 부인, 이름이……, 아니, 이거 큰 실수를 했군, 여동생인 유원 동무, 그녀는 정말 멋진 아가씨더군요. 훌륭해요, 훌륭해. 방금 전의 전화 응대도, 이 주정뱅이의 무례한 남자한테도 자상하고 친절하게 대해 주더군요. 대단합니다. 나는 쇼팽의 '빗방울'을 다시 한 번 듣고 싶다고 했어요. 그 애수에 찬 격정의, 우울한 곡……. 그리고 참, 동무는 어젯밤에 이쪽으로 왔었다면서요. 동향회 모임에 출석했다는 이야기를 들었습니다. ……나는 지금 고의원에 있습니다만, 저녁 때 서울로 돌아왔습니다. 비만 오지 않는다면, 이쪽으로 오지 않겠냐고 권하고 싶은 참인데, 아니, 내가 가고 싶군요, 이 동무. 여동생의 피아노도 듣고 싶고. 예술이야말로 인생, 정치는 추악하지요. 광장의 먼지입니다. 아니, 지금 나는 피아노를 듣고 싶다고 했는데, 그렇지 않아요. 아아, 여동생에게 잘 좀 전해 주세요. 나도 참 무례한 말을 잘도 한다니까요……. 결코, 그렇게 쉽게 피아노를 쳐서는 안 된다……고 하던데. 하지만 나는 이방근 동무도, 그리고 여동생도 마음에 듭니다. 이방근 동무가 일찍이 내 젊은 시절부터 벗이었던 양준오나 남승지 등과도 친한 사이라는 말을 듣고는 매우 놀랐습니다……. 참, 이 동무, 동무는 일전에 일주일만 있으면 확실해질 거라고 하던, 그 짐은 어떻게 되었습니까?"

"짐……?" 갑작스레 화제를 바꾼 질문에 이방근은 반사적으로 뭔가의 짐을 머리에 상상하며 되물었지만, 이내 그렇지 않다는 것을 알아차리고 묘한 형태로 말을 바꿨다. "예−, 짐입니다. 핫, 핫하아, 그건 그렇습니다, 짐입니다……."

"……? 뭔가 색다른 짐인가요. 분명히 두 개라고 했던 기억이 나는데."

"예, 그렇습니다, 두 개이고말고요……. 그건, 그 구체적인 내용은 우상배 씨와 직접 만나 이야기하겠습니다만, 그쪽에 있는 지인에게 보내는 거라서."

"오사카 말인가요?"

"……그렇습니다."

지금은 임시방편으로 대답을 해 두자.

"짐 하나둘쯤은 문제가 아니지만, 그 외의 짐도 상당히 많이 실어서, 가능하면 대강의 이야기를 들어 두는 것이 좋을 것 같아서 말이죠. 어느 정도 크기의 짐이 될 것 같습니까?"

우상배의 거의 혼자서 떠드는 말의 분위기로 볼 때, 아무래도 예정된 8월 말에 출항할 것 같다고 생각하면서, 이방근은 움직이기 어려운 시간의 벽이 전면을 가로막아선 듯한 초조감을 느꼈다.

"그 뭐냐, 크기는, 그러니까 인간 정도의 크기입니다. 중량도 그다지 나가지 않고……."

"인간 정도의 크기, 라는 것은 참으로 이방근 동무다운 인간적인 표현이군요. 출항 전날에는 부산까지 짐이 도착해야 하고, 인간도 함께 와 주지 않으면 안 됩니다. 아시겠죠, 이방근 동무……."

"예-, 알고말고요. 일은 잘 처리되었습니까?"

"글쎄요, 절반은 실패, 절반은 그럭저럭 손해를 봉창한 상황으로 마무리됐다고나 할까요. 즉 겨우 수지를 맞춘 셈입니다……."

"언제 일본으로 출항하십니까?"

"9월 초로 예정하고 있습니다만, 3일에는 부산을 떠납니다……."

"아아, 그렇습니까……."

출항의 예정일이 가능하면 좀 더 늦어지기를 내심 기대하고 있던 이방근은, 등을 세게 떠밀린 느낌으로 일시를 한정하는 우상배의 결정적인 말을 들었다. 아니, 아니지, 더 이상 유예는 불가능하다……. 이방근은 한순간이었지만, 어떻게 하면 좋을지 생각이 완전히 막혀 버린 폐쇄감 속으로 떨어졌다.

"그건 그렇고, 만나서 이야기하시죠, 내일이라도 만나고 싶은데, 으-음, 서울에 와 보니 비상경계가 펼쳐져 있더군요……."

"예-, 예-, 그렇지요, 가까운 시일 안에……."

"이 동무는 어디 몸이라도 안 좋으십니까? 가까운 시일 안에가 아니라, 내일은 어떨까 하는 이야기를 하고 있는 중입니다만. 내일은 어떨까요?"

"저는 특별히 아픈 건 아닙니다. 글쎄요, 내일이란 말씀인데요, 내일……."

이방근은 생각이 정리되지 않은 채로 상대의 재촉에 꽤나 당황하며 대답했다. 그리고 문난설과의 약속을 떠올리고 내일은 예정이 있어서 모레라도 만날 수 있도록 다시 연락을 하기로 하고 전화를 끊었다. 설령 문난설과의 약속이 없었다 해도 우상배와 내일 밤 만날 수 있을지 분명하지가 않았다. 구체적인 '짐'에 대해 상담을 하려면 그때까지 여동생과 이야기가 정리되어야 한다. 그리고 사정을 밝힌 뒤, 두 개의 짐 대신에 여동생과 둘이서 타야만 한다. 승선자는 두 사람만이 아니다. 그 밖에도 많은 밀항자가 있을 것이다. 낮에 만나 사무적인 이야기를 못할 것도 없었지만, 상대가 저녁을 선택한 것은 술자리를 함께하자는 것이고, 이방근은 이를 거절하지 않았다.

우상배로부터 출발 일자를 전해 듣고 보니, 이방근은 머릿속이 겉돌기만 할 뿐, 아무런 준비도 되어 있지 않은 것을 통감했다. 초조했다. 우상배가 짐을 확인하려 했던 전화는, 이방근에게는 일본행의 강한 재촉을 의미했다. 오늘 밤은 어차피 조영하가 와 있어서 여동생과 이야기를 나눌 수는 없었지만, 내일이라도 결론을, 일본행을 결정해야겠다고 생각했다. 그러한 전제하에 문난설과 만나고, 우상배와도 만나서 일거에 일을 추진한다. 음, 나의 제주도행은 어떻게 되는 건가? 오남주는 어떻게 하고. 귀찮은 남자다. 문난설은 아마도 나와 동행하지 않으면 제주도에 당장 달려갈 것 같은 흥미는 보이지 않을 것이다. 그렇다면 그녀에게 동반을 부탁할지도 모를 오남주는 어떻게 되는가. 아니, 오남주와도 다시 한 번 그 목적을 확인하지 않으면 안 된다. 유원의 말은 아니지만, 왜 가족의 좋은 소식은 아니더라도 이미 알게 된 지금, 무리하면서까지 제주도로 가려고 하는가……

이방근은 취기의 흐름을 타고 생각했다. 아니, 취기의 몇십 배나 되는 어지러울 정도의 속도로 생각하고 있었다. 그는 자리에서 일어나 뒷짐을 지고 빙글빙글 우리 안의 짐승처럼 방 안을 돌았다. 빗소리, 낙숫물 소리가 빠르게 뒤얽혀 들리는 창문 너머 하늘은 한결같이 어두웠고, 제주의 밤바다처럼 캄캄했다. 좋아, 앞으로 2, 3일 안에 수도권 지역의 비상경계가 해제되면, 그때 우상배와도 만나고, 바로 제주도로 출발이다. 왕복에 일주일, 제때 배편이 있을지 어떨지, 그쪽에서는 2, 3일만 체재하고 8월 말에 서울로 돌아온다. 그리고 나서 여동생을 데리고 일본으로 출발한다. 일본, 아아……이방근은 한숨이라고도 할 수 없는 소리를 내었다. 아아, 신이시여, 바람이 불자, 빗발이 하얗게 빛나며 물보라가 창가에 선 이방근의 얼굴에 차갑게 내려앉았다. 그가 신을 믿는 사람이었다면 신을 불렀을지도 모르지만, 그 목소리가 밖으로 나와 죄 많게 떨렸다고 해도, 그에게는 죄의식이 없었다. 그렇지만 그 목소리가 죄의 두려움으로 떨릴 것 같은 예감이 들었던 것처럼, 그는 전신의 피부에 저리는 느낌이 스치고, 뭔가 큰 죄라도 지은 것처럼, 아니 공포스런 느낌에 사로잡히기까지 했다. 어리석은 일이었다.

이방근은 오른손 주먹으로 이마를 두드리고 고개를 흔든 뒤, 다시 방 안을 빙글빙글 돌기 시작했다. 마치 죄 많은 자의 도망길이다……. 음, 그러나, 여동생도 자신도 이 발밑에서, 서울에서, 제주도에서 없어진다, 조선의 땅에서 없어진다. 이것이 머릿속에서 일어나는 일이 아니라, 정말로 현실에서 있을 수 있는 일인가. 이방근은 겨우 자신이 뭔가 배신의 길로, 어두운 지하 동굴 속 도망자의 길을 선택한 듯한 마음의 전율을 느꼈다. 어찌 된 일인가. 무슨 전율이란 말인가. 도망……? 도망이 어떻게 됐다는 말인가. 도망 같은 게 아니다. 필요한 길이다……. 필요한 길이 뻗은 끝단이 무너지고, 이방근은 자신의 안에서 그 생각을 무너뜨리며 다가오는 것에, 그리고 유원의 목소리에 부딪쳤다. 옆방에서 뭔가를 하다가 낸 유원의 목소리였다. 무얼 하느라 저렇게 큰 소리를 내는 것일까. 바야흐로 이방근은 자신을 위해 이야기를 정리하고, 자기 자신을 일본으로 내쫓는 형국이 되었다. 그 진정한 속마음은 무엇일까. 설마 그 자신이 이 땅을 탈출하려는 것은 아닌가? 내가? 핫핫핫, 나는 물론, 다시 돌아온다. 이 '조국'으로. 나는 그저 여동생의 안내역에 지나지 않는다…….

이방근은 멈춰 섰다. 그리고 양쪽 발이, 몸이 움츠러드는 것을 느꼈다. 우리 안의 짐승처럼 큰 죄를 짓고 쫓기는 자의 기분에 빠져 방 안을 빙글빙글 돌고 있는 자신에게, 그는 갑자기 근거가 없는 불안감에 사로잡혔던 것이다. 마치 정서가 불안정한 것처럼, 자신을 넘어서는 어떤 힘에 의해 몸의 내부에서부터 흔들리며, 인생 그 자체가 일거에 베일을 벗고 무의미한 면모를 드러내면서, 무엇 때문에 여기에 있는 것인지, 무엇 때문에 일본행에 마음이 전율하고 있는지, 왜 지금 옆방에 유원과 조영하가 있는 것인지……, 일체가 허무로 수렴되며 형태를 잃었다. 그는 일종의 허탈감 속에서 자신의 중심을 잡으려는 듯 한동안 멍하니 있었다. 머릿속 밤하늘의 공간에서 삐─걱, 삐─걱……녹슨 톱 소리, 덜컹, 덜컹……톱니바퀴가 삐걱거리는 소리의 기억이 되살아났다.

한동안 이명이 계속되었다. 이방근은 잠들지 못했다. 오늘 밤은 조금 술을 삼가겠다던 것이 결국 어젯밤과 마찬가지로 베개 맡에는 술병을 놓게 되었다. 불을 끈 방은 어두웠다. 창밖으로 길 저편의 가로등 불빛이 반사되면서 방에 희미한 그림자를 만들고 있었다. 비가 내리고 있었다. 무심하게 계속 내리고 있었다. 창문과는 반대편의 복도에 면한 미닫이문이 거의 열린 채로 시원한 바람이 빠져나가고 있었지만, 그곳은 부엌의 꼬마전구 불빛이 닿고 있어서 희미하게 밝았다. 바다와 같은 빗소리 속에 몸을 맡기고 있는 사이에 잠이 오는 것이 아니라, 취기가 엷어져 가기만 하는 느낌, 어둠 속에서 무거운 상반신을 일으켜 술을 마셨다. 시각은 꽤 깊어서 한 시를 넘기고 있을 터였다. 옆방의 불빛은 진작 꺼졌고, 창밖 전등의 반사 속에서 비에 잎을 희미하게 떨고 있던 정원수의 어두운 녹음도 어둠에 빨려 들어갔다. 좁은 방의 어느 곳에 두 사람이 누워 있을까. 싱글침대에서 두 사람이 함께 자는 것은 비좁을 것이고, 침대 옆의 통로가 되어 있는 공간을 치운 뒤 이불을 깔고 유원이 누워 있을까. 이방근은 숙부의 침실 옆에 있는 거실로 자신이 옮기고, 이 방에 조영하 혹은 두 사람이 자게 하면 좋았을 것이라는 생각을 했다. 그렇다 하더라도 그녀는, 오남주의 말을 따라 하는 것은 아니지만, 어째서 이곳에 있는 것일까. 그러나 이건 이상한 질문이었다. 친구 집에 놀러 왔을 뿐이 아닌가.

취기는 잠시 기분을 안정시켜 주었지만, 뇌수를 조이며 깊은 생각에 빠지도록 만들었다. 이방근은 어째서 자신이 이토록 초조해하는지 알 수 없었다. 그 초조감이 취기에 흔들리며 생각을 더욱 흐트러뜨렸다. 준비 부족에서 오는 것이었지만, 너무나 일이 급하게 진행되는 것은 사실이었다. 제주도 왕복을 그만두더라도, 이런 저런 일로 일주일이나 열흘이라는 시간은 순식간에 지나가 버릴 것이다. 이방근은 취중에 몇 번이고 혼자서, 음, 음…… 하고 고개를 끄덕이며 분명히 무계획했다는 것을 스스로 인정했다. 이 황망한 일정은 이방근을 거의 절망하도록 만들었다. ……우선은 내일 24일, 그리고 25일 사이에 일본행 결정, 하동명 교수와 동맹 서약을 맺고, 문난설이나 우상배와 만난다. 하지만 그와 느긋하게 술을 마시고 있을 여유는 없을 것이다. 7월부터 시각표의 변경으로 야간열차는 없어졌다. 26일 아침에 서울 출발, 밤에 목포 도착. 동행자는 문난설, 오남주, 그리고 나영호도 급한 일정에 맞출 수 있다면 함께 갈 것이다. 무엇보다도 문난설, 그녀의 꽁무니를 뒤따라갈 게 틀림없다. 자신도 제주도에 가고 싶다고 말한 우상배가 이 일을 알면 어떻게 되는가. 이방근은 가슴의 통증으로 욱신거렸다. 아니, 정말로 이상적인 일정이다. 어떻게든 무리를 해서라도 간다, 동행할 수 있는 길을 만들어 달라고 나올 것이다. 그는 마침내 배의 출항까지 연기한다고 말할지도 모른다.

목포에서 1박. 27일 아침, 경찰서에 얼굴을 내밀어 승선을 준비하고 증명서 도장을 받는다. 그리고 공용화물선으로 목포를 출발해서 밤에 제주에 도착한다. 28일, 29일 제주 체재. 유원의 유학 건으로 아버지 이태수와 대화, 경악, 충돌. 그 밖에, 양준오, 그리고 박산봉……. 음, 문난설을 천천히 안내하여…… 동란의 섬 어디를 안내한단 말인가, 그녀와 교제할 여유도 없다. 그녀를 남겨 두고 헤어지는 것에 대한 서운한 느낌이 촉촉하게 가슴 언저리로 밀려온다. 이방근은 깜짝 놀랐다. 문난설과 헤어진다? 이방근은 취하여 귓속에서 우물거리는 목소리로 중얼거린다. 와글와글 이명이 들린다. 헤어지건 말건, 애당초 그러한 관계가 아닌데, 이상하다. 너무나 이상한 감정의 움직임에 이방근은 깜짝 놀랐다. ……30일 아침 제주 출발(그 전에, 다시 섬 밖으로 나가는 도항증명서가 필요하다), 밤에 목포 도착, 1박. 31일 아침 목포 출발, 밤에 서울 도착. 그리고 9월 1일 아침 서울 출발, 밤에 부산 도착, 일박. 3일 부산 출항…….

아이고, 자신이 생각해도 흥이 깨지고, 취기가 깰 것 같았다. 국민학생의 남은 여름방학 계산은 아니지만 이 얼마나 제멋대로인 '특권계급'이 아니고서는 가당치도 않을 탁상공론에 가까운 스케줄인가, 이것도 배편이 제대로 맞았을 때의 이야기다. 이방근은 취기가 엷어져, 아니 잠들지 못하는 의식의 심이 일어나, 눈이 고양이처럼 맑아지면서 도저히 움직일 수 없을 것 같은 느낌 속에서, 그는 갑자기 무릎을 탁 쳤는데, 반드시 우상배의 배만 절대적인 것은 아니라는 생각이 들었던 것이다. 날짜가 어긋나더라도 손을 쓰면 다른 배도 있을 것이다. 가능하면 우상배의 선편이 좋겠지만, 그게 유일한 마지막 배는 아니다. 9월 3일이 한 달 연기되어 10월이 되어도 일본으로 도항하는 일이 불가능하지만은 않을 것이다. 이방근은 여기에 생각이 미치자 겨우 기분을 회복할 수가 있었다. 아니, 어떻게든 역시 우상배의 배에 맞추기 위해 일을 추진해야 한다. 우상배의 배를 탈 기회를 놓쳐서는 안 된다고 다시 마음을 고쳐먹었다.

비가 계속 내리고, 닫으나 닫지 않으나 별 차이가 없는 깨진 창문으로 빗소리가 방 안을 가득 채웠다. ……정애, 정애……, 빗소리 속에서 목소리가 들렸다. 정애ㅡ, 정애ㅡ……. '서북'의 하사관이 아내를 부르는 소리. 네모난 방의 윤곽이 희미하게 비치는 어둠 속에서, 오남주의 술주정하는 모습이 이불에서 빠져나온 자신과 얽히면서 눈앞에 어른거리고, 정애…… 하고 부르는 소리가 난다. 아이구, 어머니ㅡ, 정애ㅡ, 울면서 부르는 소리가 빗속에서 난다. '서북'이 부르는 정애ㅡ와 오빠가 부르는 정애ㅡ가 어두운 허공에 메아리치며 서로 얽힌다……. 나는 저 창문으로 뛰어내려 죽을 거야. 무심코 웃음을 자아낸 오남주의 외침이었지만, 그는 정말 창문으로, 그 깨진 창문이 아니라, 빌딩 창문의 난간에서 뛰어내릴 작정이었는지도 모른다. 그가 제주도로 간다는 것은 이를 대신하기 위함인지도 모른다. 오남주를 다시 한 번 집으로 불러야 한다……. 이방근은 잠이 가까이 와 있다는 것을 의식했다.

그는 자면서도 생각하고 있었다. 꿈을 꾸고, 꿈속에서도 뭔가를 생각하고 있었다. 분명히 잠들었고, 꿈속에 있었던 것이다. 무슨 꿈인지도 모른다. 꿈속에서도 무겁게 몸을 뒤척이고 있었고, 현실과의 사이에 뭔가의 그림자를 보았다. 요란한 매미 소리가 귓가에, 빗소리가 어둠을 적시고 있었다. 어둠의 일각이 희미하게 열리고, 한 여자가 그곳에 우두커니 서 있었다. 유령은 아니었다. 반라의 요염한 모습이었다. 설마, 여동생은 아니다. 설마……. 복도와 마주한 방의 거의 열린 문 입구에 서 있던 그 희끄무레한 그림자 같은 여자는, 슈미즈 한 장으로 왼편 부엌 쪽에서 비치는 작은 꼬마전구의 불빛에 융기한 가슴의 윤곽을 크게 부각시킨 채, 두 눈에 기름처럼 번들거리는 빛을 담고 서 있었다. 하반신의 선이 그늘지듯 비쳐 보이는 슈미즈 자락과, 가슴을 거의 풀어헤친 도발적인 자태에 이방근은 눈을 크게 떴다.

냄새가, 체취와 같은 냄새가 어둠 속에 피어올랐다. 어린애처럼 무방비로, 그것이 도발적이었지만, 빨려 들어가듯 멍하니 이상한 눈빛으로 이쪽을 바라보고 있음을 알 수 있었다. 이방근은 숨을 죽였다. 빗소리가 주위를 크게 적시고 있음 의식했다. 요릿집 탁자 밑에서 발등에 겹쳐 온 그녀의 부드러운 발바닥의 땀이 밴 뜨거운 감촉을 되살리며, 거의 상반신을 앞으로 구부리듯 몸을 일으켰다. 분명히 냄새가, 심해의 해초가 얽히는 듯한, 하녀 부엌이의 검은 치마 속의 거의 썩어가는 정어리 젓갈 같은 바닥 없는 냄새가 크게 너울거리며 이방근의 전신을 감쌌다. 지금 일어나서 그녀에게 다가가 늘어뜨린 그 양손을 그대로, 아니 한쪽 손을 조용히 끌어서 방 안으로 불러들이면, 말없이 저항하지 않고 들어올 것이다. 이방근은 문가에서 그녀를 강렬하게 껴안고 있는 자신의 모습을 보자, 누구……? 하고 작은 소리로 말을 걸었다. 빗속에서도 그 소리만은 그녀에게 잘 들렸을 것이다. 대답이 없었다. 누구……? 말을 걸지 말았어야 했다. 이 순간 모든 것이 무너졌다.

그가 일어났을 때, 그녀는 훌쩍 옆방 쪽으로 모습을 감췄다. 그가 문 입구로 나가 서자, 문이 빗소리에 섞이며 조용히 닫히고, 그녀의 모습은 옆방 안으로 그림자처럼 사라졌다. 그는 복도 끝의 어두컴컴한 부엌 쪽을 보았다. 인기척은 없었다. 그녀는 변소에 다녀오는 길인가. 그렇지 않으면 가는 도중에 되돌아간 것일까. 그대로 침상에서 빠져나온 것인가……. 이방근은 몸서리를 쳤다. 일어날 거라면 조금 더 빨리 잠자코 그렇게 했어야 했다. 남자의 방문 앞에 말없이 그 이상 서 있기는 어려웠을 것이다. 이방근은 괴로운 숨을 내쉬며 옆방에서 나는 소리에 귀를 기울였다. 그녀는 침상에 몸을 뉘였다……고 생각했다. 그는 커다란 숨을 내쉬고 잠자리에 들어갔다. 머리는 아직 취기 속에 있었다. 가슴을 풀어헤치고 있었다는 것은 착각이었지만, 이쪽의 팔에 안기려 했던 반라의 자태가 잠시 뇌리에서 몸부림치며 맴돌았다. 꿈은 아니었다. 만일 꿈이었다고 한다면, 이 순간만이 꿈에서 바깥세상으로 빠져나와 움직이고 있던 꿈의 도중이었는지도 모른다.

이방근은 다음날 아침 한 번 눈을 떴을 때, 옆방의 조금 이상한 낌새를 알아차렸다. 누군가가 울고 있는 모양이었다. 목소리를 죽이고 이불에 얼굴이라도 묻고 있는 것 같았다. 울고 있다……? 이방근은 침상에서 숙취의 막을 걷어 내고, 한동안 가만히 귀를 기울여보았다. 벽 너머의 이야기 소리는, 어젯밤부터 계속 내리는 빗소리에 섞여 잘 들리지 않는다. 게다가 자리에서 막 일어난 숙취 속에서 이명이 들리는 탓에, 귀 자체가 잡음을 내고 있는 상황이라서, 그저 목소리는 들리고 있었지만, 울고 있는 것은 아무래도 조영하 쪽이었다.

이방근은 소리가 들리지 않자 변소에 갔다. 물 한 사발을 다 마시고 방으로 돌아와 담배를 한 대 가볍게 피운 뒤, 방문을 닫고 다시 잠자리에 들어갔다. 아직 한잠이 필요했지만, 결국 그는 조영하가 여덟 시 전에 돌아가는 것을 확인할 때까지 한동안 자지 않고 있었다. 서로 간에 말다툼을 한 것 같지는 않았다.

심야에 유원의 파자마도 빌리지 않고 슈미즈 차림 그대로 문지방 서 있던 그녀는, 정상이 아니었던 것일까. 꿈속과 현실 사이의 아슬아슬한 반투명의 세계에서 일어난 일 같았는데, 그렇다고 꿈같은 건 아니었다. 문지방에 안개에 싸인 직사각형 공간에서, 반라인 그녀의 생생한 피부가 희미하게 빛나고 있었다. 다만, 그 몸에 손을 대지 않았다, 만지지 않았을 뿐이다. 이상하게도, 어젯밤의 속옷만의, 어린애처럼 양팔을 늘어뜨린 그 모습이 칠칠치 못한 느낌을 주지는 않았다. 어젯밤의 몸을 두 개로 나누는 듯한 슈미즈 위에서 그녀를 포옹해 주지 못한 격심한 후회와 안도, 그러나 안도는 억지로 허세를 부리는 속임수, 안도하면서도 그것을 속임수라고 느끼고 있었다. 이방근은 그녀가 이른 아침의 빗속을 돌아간 지금, 어쩌면 그때 그녀가 이 방 안에 들어왔다고 해도, 그녀는 마찬가지로 아침 일찍 돌아갔을지도 모른다고 생각하면서, 후회스런 생각보다도 역겨운 안도감이 마음 한 편을 차지하고 있었다.

오늘 점심 무렵까지는 유원과 함께 있을 것 같던 조영하의 말투였는데, 이대로라면 여동생과 이야기를 나눌 시간이 앞당겨진 것이 된다. 어쨌든 앞으로 한숨 자고 난 뒤의 일이다. 그는 침상에 몸을 누인 뒤 눈을 감고, 숙취의 머리를 막막한 공간 속의 분해 감각에 맡기고 있었는데, 불쑥 몸을 일으켜 옆방으로 가 문을 노크했다. 오빠, 잠든 사이에 여동생이 외출이라도 하지 않을까 생각했던 것이다.

유원의 목소리가 들린 뒤, 이방근은 문을 열고 안으로 들어갔다. 창가의 책상 의자에서 막 일어난 여동생이 다시 앉았다. 좁은 공간은 책을 창가에 바싹 붙여서 쌓아 올리거나, 침대 밑으로 밀어 넣는 등 정돈한 흔적이 뚜렷했고, 그곳에 깔려 있었던 것으로 보이는 침구가 개어져 침대 위에 놓여 있었다.

"조영하는 돌아갔나?"

이방근은 들어가 바로 오른 쪽에 있는 피아노 의자에 앉으며 말했다. 알코올에 너무 젖어 심하게 쉰, 스스로가 생각해도 타인 같은 목소리를 내고 있었다. 창문은 열려 있었지만, 냄새가, 조영하가 가져온 꽃향기와는 다른, 그녀가 떠난 뒤의 남은 향기 같은 것이, 유원의 것도 아닌 섞인 냄새가 가득 남아 있었다. 이방근은 호흡을 하여, 콧구멍의 점막에 잠시 머물러 있는 그 냄새를 의식했다.

"예, 좀 전에 돌아갔어요. 오빠, 목소리가 너무 이상해요."

"일찍 돌아갔구나. 어젯밤에는 천천히 돌아갈 것처럼 말하지 않았던가?"

"갑자기 볼일이 생각났대요……."

"급하게 꾸며내어 둘러대려는 용무 아니냐. 속이 다 들여다보이는 느낌이야."

"오빠는 영하에게 무슨 적의라도 품고 있는 것 같아요……."

"말도 안 되는 소리. 네 말투가 왠지 아니꼬운 느낌이 드는구나. 어젯밤은 좁은 곳에서 어떻게 잤어. 옆방을 제공했더라면 좋았을 걸. 네가 밑에서 잔거야?"

"아니, 영하가 잤어요."

"뭐라고? 그래서 네가 침대에서, 핫, 핫하아, 손님이 바닥에서 잤단 말이지, 묘한 주객전도로군."

"영하가 고집스럽게 밑에서 자겠다고 해서……. 그런 일은 친구 간에 손님이건 주인이건 상관없이 어디든 좋아하는 곳에서 자면 되잖아요. 일부러 신경 쓸 필요가 없어서, 오히려 마음이 편해요. 저어, 오빠, 어젯밤, 영하에게 무슨 말 했어요?"

이방근은 움찔하며 고개를 들고 창가에 있는 여동생을 보았다. "뭐라고? 무슨 소리야, 그게. 무슨 일인데?"

창밖 정원수의 선명한 녹색 잎에 끊임없이 떨어지는 빗발이 잎을 흔들며 가는 은색으로 부서지고 있었다. 아무런 말도 하지 않았다. 심야의 어둠 속에서 수하를 한 일……. 아니, 이건 지나친 추측이다. 도대체, 슈미즈만을 입은 뻔뻔스런 여자는 누구인가…….

"어젯밤이라니, 언제를 말하는 거야, 잠시 오빠 방에서 함께 있었잖아. 무슨 소린지 모르겠지만, 모두의 앞에서 오빠가 취기로 인해 뭔가 쓸데없는 말이라도, 그만 입을 잘못 놀렸다는 거냐. 오빠는 짐작이 가지 않는데. 영하가 오빠의 일로 뭔가 얘길 하더냐?"

"아니, 그렇지는 않은데, 걔가 좀 이상했어요. 아침부터 울어대고, 그녀는 오기가 있고 감정적인 성격이라서, 사소한 일에도 상처를 쉽게 입어요……."

"후후, 너는 어떻고. 너도 금방 상처를 입잖아. 그런데 그녀가 울었다는 것은 또 무슨 일이야?" 역시 그것은 조영하가 우는 소리였던 것이다. 이방근은 아침의 목이 멘 듯 희미하게 들려오던 소리를 떠올리고, 오싹하는 것이 등줄기를 타고 달리는 것을 느끼며, 어쩌면 그녀의 그 노골적인 모습과 관계가 있는 것은 아닐까 하는 생각을 했다. "그건 또 어째서, 어엿한 처녀가……." 그는 우거진 정원수에 부서지는 빗발의 작은 하나하나의 물보라를 보았다. 아아, 여동생아, 오빠는 어젯밤에 하마터면 그녀와 잘 뻔했단다……. "아침에 일어나자마자 울다니, 마치 악몽에라도 시달린 어린애 같구나. 뭔가 악몽이라도 꾼 것이 아닐까……. 꿈속에서 어딘가 무서운 곳을 헤맨 모양이구나. 그래서 무슨 일이 있었어?"

"아니요……." 유원은 고개를 흔들었다. "하지만, 이유를 알 수가 없어요. 다만 오빠가 너무 멋진 사람이라서, 유원이 부럽다고 했어요."

"말도 안 되는 소리를. ……조영하는 어젯밤에도 그와 비슷한 말을 했는데, 운 것이 그 일과 관계가 있나?"

"관계는 없지만, 갠 오빠를 존경하고 있어요. 나와 바꾸고 싶다고 자주 농담처럼 말을 했는데, 영하의 가정이 매우 복잡해서, 계모가 몇 명이나 있고, 남자 형제도 마치 타인들처럼 인연이 없다나 봐요. 기는 세지만, 실은 매우 외로움을 잘 타요……."

심야의 환상 같은 여자가 조영하였다면, 그녀가 몰래 침상을 잠시 빠져나왔던 것을 유원은 눈치 채지 못하고 있는 것 같았다.

"지금까지도 그녀는 그렇게 운 일이 있나, 음. 뭔가 정서불안이겠지, 일시적인……. 상처받기 쉽다든가, 운다든가 하는 일과는 동떨어진 느낌이 드는데, 오빠는 어떤 인상을 지니고 있어, 그녀에 대해. 칠칠치 못하다고나 할까."

"왜요?"

"으ー음, 어젯밤에는 못 느꼈지만, 그녀의 발이 더러워져 있더구나. 일전에 너의 환영파티인가를 할 때, 모두가 왔었잖아. 맨발이었는데, 발뒤꿈치 주위에 먼지인지 때인지가 잔뜩 달라붙어 매우 더러웠어."

"오빠는 불쾌한 말도 잘하세요. 남자의 경우는 신경도 쓰지 않으면서, 여자들한테만 트집을 잡는단 말이에요."

"그야 당연하지. 물론 남자도 마찬가지야." 이방근은 괴로운 한마디를 덧붙였다. "어젯밤에는 자기 전에 발을 씻었나?"

"제대로 잘 씻었어요."

유원은 불쾌한 표정을 짓고 자기 일처럼 얼굴을 붉히며 말했다. 이방근은 본인의 앞은 아니었지만, 내가 쓸데없는 말을 했다는 생각을 했다.

"음, 오빠는 앞으로 잠시, 한 시간 정도 자려고 하는데, 유원아, 너 어디 나갈 일은 없겠지."

유원은 고개를 끄덕이고, 뭔가 할 말이 있는 거예요……라고 되물었다. 이방근은 그렇다고 대답하고 자리에서 일어나 방으로 돌아와 잠자리에 들었다. 돌처럼 무겁게 욱신거리는 머리를 잠으로 풀지 않으면 안 된다. ……분명히 울고 있었다. 그래, 그건 조영하의 억제된 목소리였다. 이방근은 심야의 방문턱에 선 그녀의 슈미즈 차림을 떠올렸다. 알 수 없는 일이었다. 대담한 행위라고는 해도, 실제로 그녀가 대담하게 요구하는 것이 있어서 그런 모습을 한 것인지는 본인에게 물어볼 수밖에 없었다. 어둠 속에서 희미하게 비친 모습에 지나지 않았기 때문에, 변소에서 돌아오다가 문득 멈춰 섰을 뿐인지도 모른다. 그것이 잠이 덜 깬 취한 눈에 반라의 도발적인 자태로 비친 것이고, 심야의 그녀는 이방근 자신의 욕망에 투영된 환영일 것이었다. 그렇다면, 아침에 그녀가 목소리를 죽이고 운 것과 어젯밤의 일은 관계가 없다. 설령 그것이 환영이 아니라 이방근의 눈에 비친 대로 실체였다 해도 마찬가지다. 그러나 그 모습이 실체 그 자체였다고 한다면…….

이방근은 베개 위에서 고개를 옆으로 흔들었다. 실체가 되었든, 그녀를 매개체로 한 환영이 되었든, 그가 지금 머릿속에 상을 맺을 수 있는 것은 어두운 방의 입구에 선 그 모습 밖에 없었다. 아니, 뭔가의 힘에 이끌려 비틀비틀 문턱에 섰던 것은 아닐까. 혹은, 확실히 요구하는 것이 있어서……. 만일 그렇다고 한다면, 정점에 달한 그녀의 자존심은 무참하게 굴러떨어졌을 것이다. 몸을 맡길 작정이었던 것이다. 그리고 어느 쪽이 되었든 쇼크는 찾아왔다…….

이방근은 오빠의 이야기가 무엇인지를 여동생이 이미 눈치 채고 있다는 것을 느꼈다. 왜냐하면 이 일에 대해서 조금은 있어야 할 의심의 기색이 조금도 없었기 때문이다. 이는 그녀 자신이 오빠의 이야기에 대해서 결론적인 회답을 준비하고 있다는 것을 의미했다. 어쨌든 마찰은 일어날 것이다. 결국은 오빠의 '권위'로(이건 아버지의 권위를 넘는 힘을 가지고 있을 터였다), 여동생에게 명령하는 길 밖에 남아 있지 않았다.

수면 부족이었지만, 좀체 잠이 오지 않았다. 잠에 떨어졌다가 눈을 떠 보니, 반 시간 정도 지나 있었다. 식초를 듬뿍 넣은 시원한 해장국만으로 아침을 대신 한 뒤, 깨진 유리 창틀 그대로인 방에서(비가 그칠 때까지 유리는 오지 않을 것이다), 이방근은 여동생과 탁자를 사이에 두고 앉아 이야기를 꺼냈다. 유원은 바지를 입고 있었지만 공손히 정좌하고 있었다.

"편하게 앉아. 새삼스럽게 정좌를 할 필요는 없어. 유원아, 너는 오빠가 이야기하려는 것을 이미 알고 있다는 생각이 드는데. 음, 그래, 일본에 가는 이야기야. 이건 아직 결론을 내지 않았어. 일전에 담임교수가 이쪽에 온 뒤로, 너는 명확한 대답을 하지 않고 있어. 하동명 선생도 그걸 기다리고 있다는 것은 너도 알고 있을 거야. 원래는 네 스스로 하동명 선생의 권유로 유학을 원했던 것인데, 그걸 이 오빠에게 상담한 것이 계기가 됐구나. 올봄에 네가 유학 문제를 다시 생각하고 포기한 것을 오빠로서도 그 결정을 인정해 주려고 그때는 하동명 선생을 만나지 않았다. 네가 음악공부를 위해 일본에 유학할 필요나 의의 같은 것에 대해서는 물론 전문가인 담임교수의 의향이 크게 작용하고 있지만, 오빠는 지금까지 이야기해 온 일을 여기서 반복하고 싶지는 않다. 네가 그걸 모를 리가 없기 때문에. 문제는 그럼에도 불구하고 네가 왜 가려고 하지 않는지에 있다……. 지금 오빠의 입에서 일본이라는 말이 몇 번 나왔는지, 너는 들으면서 세어 봤을까. 두 번이야. 혀가 껄끔거리는구나. 머릿속에서 '일본'이라는 문자와 소리가 얼마나 돌아다니고 있는지 모른다. 그뿐만이 아니다. 입으로, 성대를 울리며 일본을 발음하고 있는 것이다. 그 일본으로 가는 것에 대해서, 오빠는 오늘 너와 이야기한 뒤 결론을 내리고 종지부를 찍을 작정이다……."

"제 생각만으로, 오빠와 둘이 이야기해서 결론을 낼 수는 없잖아요."

"네 문제야, 유학은 네가 가는 거니까. 결론은 나온다. 그 걱정은 필요 없어." 이방근은 기분이 앞서고 있었다. "결론은 오빠가 내린다. 너는 아버지의 일도 생각하고 있겠지. 결론 여하에 따라, 나는 모레인 26일에 제주도로 갈 생각이다."

"모레……?" 유원은 놀라, 시선을 떨어뜨리고 있던 얼굴을 들고 오빠를 보았다. "어째서 그렇게 빨리요. 이미 출발이 결정되어 있나요. 혼자서……?"

"그건 몰라. 아니, 몇 명이 될지는 모르지만, 가능하다면 내일이라도 출발하고 싶은 심정이야. 네가 일본에 가게 된다면, 아버지와도 만나야 하고."

유원은 정좌한 자세를 풀어 책상다리로 고쳐 앉으며 말없이 고개를 끄덕였다.

"오빠는 이미 스스로 결정하고 있겠지요."

"네 일 말이냐? 결정 같은 건 하지 않았다. 어디까지나 네 자신이 결론을 내려 한다는 말이다. 유원아, 일전에 하동명 선생이 찾아왔을 때, 유학에 대해 무슨 말을 했는지 너 스스로 기억하고 있겠지?"

"……"

"너는 애매하고 추상적인 말을 했다. 오빠는 분명히 기억하고 있어.

하 선생님이 안 계셨다면 호통을 쳐 주고 싶을 정도로 네 말투에 화가 났었다. 그때는. 그래서 잘 기억하고 있는데, 상당히 반항적인 태도를 보이더구나."

"반항적인 태도를 보인 게 아니에요……."

"그런 인상을 받았다는 이야기야. 너는 말했다. 자신은 매우 혜택을 받고 있으며, 자신과 같은 존재가 얼마나 있을지 모르겠다고 말야. 이래선, 이래서는 정말로 견딜 수 없다고……. 그리고 너는 말을 끊어 버렸다. 자신은 혜택받은 존재……, 그 이상의 대답을 하지 않았다. 혜택받은 존재라면, 그게 어쨌다는 건지 답해야 할 것이다. 자기 나름의 결론을 내려야만 한다, 어린애가 아니다. 갈 것인지, 말 것인지. 가지 않는다면 그것은 무엇 때문인지 말이다."

이방근은 결론을 먼저 내리고 여동생을 몰아붙이고 있다는 느낌이 있었다.

"저는 일본에 가겠어요."

"뭐, 일본에 간다고?"

이방근은 놀라서 되물었다. 뜻하지 않은 답변이었다.

유원은 다소 창백하지만 야무진 표정으로 고개를 끄덕였다. "하 선생님이 오셨던 밤에, 제 자신의 기분으로서는, 그때 정해 놓았지만……. 하지만, 혼자서 생각했어요. 여러 가지로 생각했어요, 잘은 모르지만 생각했어요. 아버지가 괜찮다고 하시면 유학을 가겠어요."

이방근의 귀에는 아버지의 일 같은 건 들어오지도 않았지만, 이미 여동생이 마음의 준비를 해 놓고 있었다는 것에 가슴이 뭉클했다.

"정말로 유원아, 너는 일본에 갈 생각이냐? 음."

이방근은 가슴이 조여드는 듯 찡하고 뜨거워지며, 위압적인 태도를 보이고 있는 자신과 여동생에 대한 부끄러움으로 볼이 저리는 것을 느꼈다.

"우상배 선생님의 배에 실을 두 개의 짐이라는 건, 오빠와 저를 말하는 거 아닌가요?"

유원은 깊고 아름다운 눈으로 오빠를 빨아들일 것처럼 바라보았다.

"뭐라고? 앗, 핫, 핫하……."

이방근은 웃었다. 웃으며 울컥 치솟아 오르는 뜨거운 것을 의식했다.

6

이방근의 입장이 참으로 곤란했다. 이방근은 웃는 수밖에 달리 방도가 없었다. 그렇다고 사실을 인정했다. 그러니까, 인간 정도의 크기입니다. 중량도 대수롭지 않고……. 여동생은 모든 것을 알고 있었던 것이다. 이방근은 웃음으로 얼버무리며 가슴이 뜨거워졌지만, 철저하게 항전하리라고만 생각하고 있던 여동생의 반응에 너무나 어이가 없어 당황하고, 순간 실망감에 가까운 기분이 들면서, 마치 그게 불만인 것처럼 말했다.

"다 알고 있었구나. 너도 제법이야. 오빠를 겸연쩍게 만들고……. 너는 정말로 일본에 갈 생각이냐?"

이방근은 그럴 생각은 없었지만 불쾌하게 다짐을 받듯 말을 하고 있었다.

"……" 그러나 유원은 감정적인 반응을 보이지 않고 조용하게 고개를 끄덕였다.

"우상배 선생님은 오빠와 내가 짐이 돼 가는 걸 알고 있나요?"

"으흠, 짐이 돼 가는 게 아니잖아. 우상배 씨께는 그저 짐을 일본에 보낸다고만 말했어. 그러니까 너와 내가 탄다는 것을 알면 깜짝 놀랄 거야. 그런데 유원아, 너는 어떻게 그리 간단히 일본행을 결정한 거지?"

이방근은 위액이 가슴 언저리로 올라와 메슥거리는 듯한, 불쾌한 냄새가 자신의 안에서 피어오르는 것을 느끼며 말했다.

"오빠, 간단하게 결정할 일이 아니잖아요?"

유원은 의심스럽다는 듯이 오빠를 보았다.

"음, 그렇게 간단치가 않다는 건 알고 있어. 그러나 결과적으로는 간단하게 대답했기 때문에 물어봤을 뿐야. 오빠가 가라 해서 그런 거냐?"

"아니에요." 유원은 고개를 흔들었다. "제 자신의 일이라서 곰곰이 잘 생각했어요. 오빠는 유학을 찬성해 주었고……."

"어쨌든 너는 하나의 길을 선택했다. 오빠는 그에 찬성한다. 유학을 포기하는 것은 자기부정 같지만, 그렇지가 않다. 그것은 결과적으로 이 현실과의 타협에 있다."

"……조국에 남아 있는 사람들은 모두가 타협을 하고 있는 셈인가요? 그건 많은 것을 제 자신을 위해 묵살하라는 거잖아요. 예를 들면, 남승지 씨는 어떻게 되는 건가요. 승지 씨는 현실과 타협하고 있다고는 생각되지 않아요……."

"그건 억지로 하는 소리 아니냐. 너는 개인이 아니야."

이방근은 울컥했으나, 스스로가 이치에 맞지 않는 말을 했다는 생각을 했다.

"개인이잖아요. 오빠는 자기 여동생을 너무 과대평가하고 있어요."

"그런 투로 말하지 말라는 거야. 너에 대한 담임교수의 강한 기대와

요망이 있어. 이기주의라고 스스로 말 하겠지. 그렇다면 그걸로 좋아. 다른 환경에서 철저하게 해 보라는 거야. 이런 이야기는 겉돌기만 할 뿐이니까. 너를 쇼팽이라고 하는 게 아니야. 쇼팽처럼 불행하게 조국을 떠나는 경우도 있다는 거지. 너는 음악도야. 그것만으로 충분하잖아. 너 혼자서 멋대로 할 수 있는 개인이 아냐. 그렇지 않다면 차라리 음악을 그만두는 게 좋아. 개인을 뛰어넘으라는 말야. ……네가 일본에 유학하는데, 설마 남승지라는 존재가 걸리는 것은 아니겠지?"

이방근은 마치 책망이라도 하듯 시선을 탁자 위로 떨어뜨린 여동생을 바라보며 말했다. 이것이 몇 개월 전까지는 두 사람에게 기회를 만들어 주고 그 연애를 키워갈 수 있도록 노력한 남자의 말이었다. 이방근이 유원에게 거리낌도 없이 남승지의 이름을 입에 담은 것은 서울에 온 뒤 처음이었다.

"그럴 리가 없잖아요." 유원은 조금 차가운 미소를 띤 얼굴을 들어 올리며 말했다. "남승지 씨가 걸린다면, 다른 사람의 일도 걸리겠죠. 체포되어 옥중에 있는 친구들의 일도……. 안 그래요, 오빠. 그래서 그런 생각은 안 해요. 한도 끝도 없는 일인걸요."

"이건 마치 활동가 같구나." 이방근은 마음에도 없는 말을 했다. "아까도 말했듯이 너는 음악도야."

"오빠, 더 이상 말씀 마세요. 기분이 흔들려요." 유원은 탁자에 팔꿈치를 받쳐 세운 양손으로 가볍게 얼굴을 덮어 감추듯이, 감은 양 눈을 손가락으로 누르고 한동안 말을 끊었다. ……기분이 동요된다? 이방근은 가슴이 철렁 내려앉으며 여동생의 얼굴을 덮은 흰 양손 사이로 엿보이는 미간에 새겨진 작은 주름을 보았다. "오빠……." 여동생이 덮은 양손을 내린 뒤 아름다운 얼굴의 커다란 눈을 동그랗게 뜨고 조금 애원하듯 말했다. "부탁인데요, 아버지와 충돌해서 슬프게 만들지 마세요. 아버지 역시 가여워요. 자식과는 인연이 없는 고독한 사람이에요. 이번 봄방학에 귀성했을 때, 오빠를 따라 강몽구 선생님과 남승지 씨 등이 있는 중산간 부락과 해변의 Y촌에 갔다 왔잖아요. 그때 아버지는 아무런 근거도 없이 무조건, 너희들은 공산당 조직이 있는 곳에 다녀왔구나, 하면서 누구한테 이야기를 들었는지 충격을 받아 졸도했으니까……. 오빠는 그런 면에서 매우 박정해요. 알고 계시겠지만, 배려가 없어요. 어느 쪽이 아버지인지 알 수가 없다구요. 아무리 여동생을 위하는 일이라고는 하지만, 전혀 아버지가 나설 계제가 없다니, 그래서는 유원이 괴로워져요. 아버지가 충격으로 쓰러지거나, 슬프게 하면서까지 출발할 수는 없어요……."

"너는 이상한 말을 다 하는구나. 흠, 매우 묘한 말을 하고 있어. 그러니까 오빠는 아버지와 제대로 상담을 하여 납득시키기 위해, 말하자면 그 '허락'을 받기 위해 제주도에 가는 게 아니냐."

"예에……. 실은 제가 스스로 아버지를 만나서, 아버지의 동의를 얻는 것이 당연하지만……. 아까부터 저는 생각하고 있었어요. 오빠는 내일이나 모레라도 제주도에 가잖아요. 저도 함께 갈까 하고……. 오빠와 함께, 제 스스로 아버지에게 직접 부탁을 드리는 게 도리겠지요. 오빠 혼자 성내의 집에서 아버지의 동의를 얻는다 하더라도, 이대로 아버지께 인사도 드리지 않고 일본으로 가 버리는, 그런 일은 절대로 아버지가 용서하지 않을 거예요. 게다가 혈압도 높은데, 전처럼 졸도해서 이번에 드러눕는다면 큰일이에요, 오빠……. 아버지는 딸자식 하나와 두 아들 등을 돌리고, 그것도 전부 일본으로 가 버리다니요."

유원의 목소리가 촉촉해졌다.

"핫, 하아, 오빠는 가 버리는 게 아냐."

이방근은 웃었지만, 가슴이 욱신거렸다.

"……? 하지만, 일본에는 가잖아요."

"그건 그렇지? 널 데리고 함께 가니까."

이상하게도 이방근은 여동생의 일본행에 대해 거의 아버지를 염두에 두고 있지 않다는 것을 알아차렸다. 아버지가 동의할 리 없다는 것은 알고 있었지만, 그것이 오히려 아버지의 존재를 도외시하게 만들었는지도 모른다. 아버지와 충돌해서라도, 유원은 이렇게 일본에 유학을 갈 거라고 사후 통지를 하듯이, 혹은 급히 일본으로 보내놓고, 사후 승낙을 얻어도 좋으리라는 심산이었던 자신을 의식하고, 이방근은 그런 자신에 놀랐다.

마치 자신이 아버지이고 상대가 자식인 것처럼, 그만큼 아버지의 존재를 무시하고 있었다. 그 무시는 아버지와의 관계를 재는 데 있어 이상한, 아버지의 육체가 들여다보이는 것처럼 투명한 감각을 동반하고 있었는데, 그것은 무기적(無機的)이었다. 무시라기보다는 무관심일 것이다. 그러나 여동생의 장래를 좌우하는 그 결정적인 순간에 와서까지, 아버지가 딸의 일에 대해 전혀 모르고 있다는 것은 분명히 비정상이었다. 여동생과 짜고 아버지에 대한 '모반'을 꾸미고 있다는 뚜렷한 목적의식이 없는 만큼, 일단 그것을 의식하자 더욱 걷잡을 수 없는 조바심이 엄습해 왔다…….

이방근은 자리에서 일어나 창가로 가더니, 가늘어진 빗줄기 속으로 손가락에 끼워 피우던 담배를 던져 버렸다. 그렇지, 그건 당연한 일이다. 여동생이, 아니 딸이 유학을 가기 위해 출발하는데 아무것도 모르고 있는 아버지와 만나 최소한 인사 정도는 하는 게 당연한 일일 것이다……. 그러고 보면 올봄에, 여동생이 유학을 단념했을 때(단념이라기보다는, 스스로 생각하는 바가 있어서 번복했다는 편이 맞을 것이다), 그 큰 요인으로, 유원은 아버지의 반대를 들었던 것이다. 낯선 일본으로 절대 보낼 리가 없었고, 그런 아버지의 반대를 무릅쓰고 갈 수 있는 상황이 아니었다. 말도 안 되는 일이에요……라고 여동생은 말했었다. 게다가 지금은 최용학과의 약혼을 거부하고, 오빠를 배경 삼아 그것을 파괴해 버린 딸을, 늦어도 대학을 졸업하는 내년 가을에는 결혼을 시키기 위해 기다리고 있는데, 멀리 바다 건너 일본으로 보낼 리가 없다는 점도 있었다.

"음, 알았어. 네 말이 맞아." 이방근은 창문틀에 걸터앉으며 말했다. "너도 함께 제주도에 가면 되지."

"제주도에 가면 된다니요……." 유원은 세운 양쪽 무릎 위에 깍지 낀 손을 올려놓은 자세로 오빠 쪽을 보며 말했다. "저는 제주도에는 가지 않을 거예요."

"뭐라고? 간다고 했다가, 안 간다고 했다가." 이방근의 목소리가 거칠어졌다. "그럼 어떻게 한다는 거냐. 네가 제주도에 가서 아버지를 만나 보고 싶어 했잖아?"

"지금 당장 급하게 갈 수 있는 것도 아니고, 게다가 오빠, 오빠는 왠지 변한 것 같아요. 무슨 일이예요. 본인은 모르시나 봐요(도대체 뭔데, 말해 봐, 라는 식으로 이방근은 말없이 여동생을 마주 보았다). 오빤 제주도에서 서울로 오셨지만, 전 학우회의 사람들처럼 서울로 유학 와서 지내고 있어요. 제주도엔 저보다도 훨씬 가고 싶은 사람, 갈 필요가 있는 사람이 많이 있어요. 오빠, 제주도에 혼자서 가는 게 아니잖아요. 남주 동무도 있지만, 그는 가족의 소식 등을 확실히 알게 되었는데, 왜 지금 가는 것인지 모르겠지만, 여러 사람이 가잖아요. 뭔가 우스워요, 게다가 여동생까지 함께……. 오빠는 그런 걸 전혀 신경 쓰지 않는 모양이지만, 마치 축제라도 여는 것처럼 요란하다니까요. 아니면 오빠는 그런 일을 일체 무시하고 있는지도 모르지만……."

유원은 굳은 미소를 띠우고 말했다.

"으흠, 야단법석을 떤다는 말이지, 과연……. 알았어. 이것저것 모두 불확실한 이야기야. 동란의 고향에 많은 인원이 가면 사람들의 눈에 띈다는 말이잖아. 그게 어때서? 몇 명이 될지는 모르지만, 너를 포함해서 기껏 네댓 명이 될 거야. 악대를 조직해서 북을 치고 요란하게 선전하면서 상륙하는 것도 아니고, 오빠는 그런 건 신경 쓰지 않아. 물론, 너의 입장도 있겠지. 그건 오빠도 알고 있어. 그러나 지금은 그런 게 문제가 아냐. 너는 이대로 서울에 있는 게 좋아. 오빠가 처리할게. 음, 그리고 말이지, 월말에 돌아오면 오빠와 함께 일본으로 출발이다. 지금부터 네 나름대로 준비를 하렴. 최종적인 결론은 물론, 제주도에서 돌아온 뒤가 되겠지만, 숙부님 부부에게는 오빠가 말을 해 두마."

"아버지가 오빠와 함께 서울로 올라오면요?"

"뭐, 아버지가? 그러고 보니, 서울에 볼일을 보러 올라오실 때가 된 것도 같구나. 그게 어쨌다는 거냐? 서울까지 오면 오는 거지, 상관없는 일이야."

"오빠, 저는 혼자 일본에 가겠어요."

유원이 주저하는 기색도 없이 말했다.

"뭐라, 혼자서 일본에 간다고? 그게 무슨 소리야. 이런 바보가, 그러면 아버지가 너를 일본에 보낼 거라 생각하는 거냐." 눈에 들어오는 하늘은 마치 얼룩이 없는 평평한 회색의 무한한 공간으로, 그 투명한 막의 한 조각이 지상으로 내려와 뇌수를 감싸고 있는 것 같았다. 이방근은 머리를 흔들고 창문틀에서 일어났다. 그는 갑자기 발목 잡힌 느낌으로, 영문을 알 수 없이 조금 낭패스런 기분이 들었다. "후후, 대체가 그건 또 무슨 소리냐. 오빠는 생각도 못 해 본 일인데……."

그는 뒷짐을 지고 방 안을, 갑자기 덮친 난제라도 풀어 보려는 듯이, 왔다 갔다 하기 시작했다. 그리고 아무런 맥락도 없이 머릿속 박명의 공간에 반라 상태의 조영하가 떠올라, 순간 자신도 모르게 멈춰 서서 방 문턱 쪽에 시선을 고정시켰다. 시선은 그대로 방문턱의 아무것도 없는 공간을 넘어 복도의 벽에 부딪쳐 꺾였다.

"지금, 몇 시냐."

이방근은 탁자 위에 벗어 둔 손목시계 쪽으로 시선을 돌리며 말했다.

"열 시 반이에요."

"음. 배가 고프구나. 보리차 한 잔만 갖다 주지 않을래."

"식사는요……?"

"식사는 됐어."

열 시 반……. 앞으로 일곱 시간. 긴 느낌이 든다. 그러나 그때까지 여러 가지 할 일이 있다. 그리고 저녁은 순식간에 찾아올 것이다. 일곱 시간이 하나의 길처럼 똑바로 뻗어 있고, 그 앞쪽에 여인의 하얀 그림자가 서 있는 것을 본다. 이방근은 머릿속에 모습을 나타낸 문난설을 포착하고 있었다. 문난설, 문·난설, 문·난설이, 난설이, 난설이……. 그는 탁자의 자리로 돌아와, 한동안 턱을 괴고 생각에 잠겨 있다가, 담배를 한 대 물고 불을 붙였다.

"유리창은 어떻게 된 거지? 빗줄기도 가늘어졌는데 말야. 저 창문의 꼬락서니 좀 봐라. 갑자기 눈에 거슬리는구나."

이방근은 보리차를 가지고 방 안으로 들어온 여동생을 향해 말했다.

"전화를 해 볼까요."

"전화를 할 것까지는 없겠지. 내버려 둬. 조만간 올 거야."

유원은 쟁반에 담아 온 투명한 갈색으로 흔들리는 보리차 유리컵을 자신의 앞에 놓은 다음, 양손으로 입술 사이에 갖다 댔다. 이방근이 담배를 피우고 있었을 뿐 탁자 위에는 아무것도 나와 있지 않았다.

탁자에 마주 앉은 이방근은, 유원아…… 하고 좀 전에 하다 만 이야기를 계속했다.

"방금 전에 너는 혼자서 일본에 가겠다…… 하고 엉뚱한 말을 했는데, 그건 또 무슨 소리냐. 알 수가 없구나. 혼자서 간다고? 설마 떼를 쓰는 건 아니겠지. 일본에 가지 않으려는……."

"오빠도 참." 유원은 누나같이 느긋한 표정으로 웃으며 말했다. 꽤나 어이가 없는 듯했는데, 그것이 그녀를 느긋하게 만든 모양이었다. "엉뚱한 일이 아니잖아요. 저로서는 전혀 엉뚱한 일이 아니라구요. 어째서 오빠는, 일본……이라고 혀에 단어 하나만 올려놓아도 불쾌해져서 쓴 침이 솟아나는, 그렇게 싫은 일본에 가려는 것일까…… 하는 생각을 해요. 물론, 여동생을 위해서이겠지만, 오빠가 여동생 하나를 위해서, 제주도를, 조국을 떠나다니……. 지금까지의 오빠라면 상상도 할 수 없는 일이에요."

"오빠는 일본에 가도 그곳에 사는 게 아니야. 다시 돌아올 생각이니까."

"하지만, 일본에 일단 밀항으로 건너갔다가 다시 밀항으로 돌아온다는 것은 말도 안 돼요. 편도만으로도 여러 가지 위험이 도사리고 있을 텐데……."

이방근은 순간 말문이 막혔다. 분명히 여동생의 말처럼 그것은 어렵다. 그러나 불가능한 것은 아니다. 여동생 하나를 위해, 여동생 한 사람을 위해……. 메아리처럼 머릿속의 먼 공간에서 울리는 말이었다.

"으흠……." 이방근은 가볍게 고개를 끄덕였다. "오빠는, 그러나 돌아온다면 돌아와. 강몽구나 남승지도 다녀오지 않았느냐. 그들의 경우는 조직의 임무라서 오빠와는 다르지만."

이방근은 이런 곳에서 남승지 등의 이름을 끄집어내는 것이 조금 미안하다는 생각을 하면서 말했다. 이번 4월에, 옆의 여동생 방에서 그녀가 일본행을 포기할 때의 이야기가 되살아났다. 그러고 보면 여동생은 그때부터 이미 확고한 자세를 오빠에게 표시하고 있었던 것이다. 그것은 오빠에 대한 통렬한 비판과 오빠에 대한 약간의 실망 섞인 의심의 표명이었다. ……오빠의 말투도 매우 세속적인 게 흔한 회사의 사장님 수준이에요. 이방근이 아닌 것 같아요……. 여동생은 그때 그렇게 말했다. 이방근이 아닌 것 같다. 여동생에게서 처음 듣는 말이었다. 그때까지의 이방근은 어떠했던가. 지금은 어떻다는 것인가. 이방근인가, 이방근이 아닌가.

무서운 일이에요. 오빠가 일본에 간다니……. 오빠가 제주도를 떠나 다른 곳에서 산다니, 상상이 안 돼요. 오빠가 일본에 간다는데, 진심으로 하는 말일까? 한 달쯤 전에 오빠로부터 편지를 받았을 때는, 오빠가 저와 함께 일본에 간다는……, 정말로 뭔가 동화 속의 세계 같은 기분이 들었지만, 지금은 그렇지 않아요. 오빠가 일본에 간다는 것은 예전의 오빠 같으면 상상할 수도 없어요. 어디 가서 살든지 마찬가지라서 제주도에 산다는 오빠의 생각은, 역시 오빠를 더욱 강하게 제주도에 머물도록 만들었다고 생각했어요. 게다가 지금 제주도는 저 모양이 되었고, 섬사람들이 총을 들고 싸우고 있잖아요. 이런 때 오빠가 일본에 가다니……. 최근에 많은 사람들이 일본으로 밀항하고 있어요. 제주도만이 아니라, 서울에서도 학생들이 자꾸만 사라져 일본으로 건너가고 있어요……. 하지만, 오빠가 제주도를 떠난다니, 제주도를 떠나 서울에 와서 사는 것도 아니고 일본에 가다니, 여동생 하나를 위해 일본에 가다니……. 무슨 소리야, 너는. 설마 오빠가 너를 구실로 일본에 간다고 생각하는 것은 아니겠지. 오빠의 말투도 꽤나 세속적이에요…….

역시 이곳에서 열심히 하겠습니다……라고, 그때 새로운 결심을 했지만, 유원이 일본행을 포기한 것은 아버지의 반대와 그 입장을 생각해서만은 아니었다. 아마 그녀에게는 급격한 사상의 변화가 있었음에 틀림없었다. 4·3봉기가 그녀에게 충격을 안겨 준 것도 사실이었다. 그러나 동시에 또한, 그때 오빠가 여동생을 데리고 일본에 간다고 하는 바람에, 그런 오빠에 반대하고, 그 때문에 스스로 유학을 포기했는지 몰랐다. 지금도 그런 기분이 들었다. 그때는 지금처럼 혼자서 간다고는 하지 않았다. 혹은 그렇게까지는 생각이 미치지는 못했을 것이다. 저 혼자서 가겠어요……. 거기까지 생각하지 못한 것은 이방근이었다. 오빠 쪽은 유원의 그 말에 대한 아무런 준비도 되어 있지 않았다. 준비된 것은 그저, 혼자 보낼 수는 없다는 기분뿐이었다. 음, 아버지의 허락이 없으면 가지 않겠다. 이번에는, 혼자 가겠다……로군.

혼자 가겠다……. 설마 유원의 입에서 그런 말이 나올 줄은 생각지도 못한 일이었다. 그래, 여동생의 말대로 엉뚱한 일은 아닐 것이다. 그 나름의 전제가 있었다. 이 말은 이방근에게 일격을 가했다. 그는 여동생 앞에서 무방비 상태였고, 그에 대응할 말을 가지고 있지 않았다.

"네가 혼자서 가겠다는 그 기분, 그 생각도 이해했다. 핫하아, 너도 갑자기 어른이 된 기분이 드는구나. 오빠는 일부러 말을 돌리려는 것이 아니다. 이 오빠에 대한 비판과 배려를 포함해서……. 오빠는 이해한다……."

이방근은 고개를 끄덕이며 말했다.

"비판이라든가 그런 게 아니에요⋯⋯."

"그럼, 실망으로 할까⋯⋯. 네 오빠에 대한 배려야. 혼자서 가겠다는 생각을 무너뜨릴 필요는 없어. 그야말로 자주독립이지. 핫, 하아, 하지만 경제적인 사안이 여기에서 빠져 있다. 구체적으로 잘 생각해봐. 실제로 일본에 가서 생활하게 되면, 단순하게 잠시 갔다가 돌아오는 것과는 달리, 여러 가지 일이 있다. 혼자 간다는 것은 현실성이 없는 일이야. 먼저 무사히 목적지에 도착했다고 해도, 어디에 정착해서 하숙할 작정이냐. 돈은 어떻게 변통하고? 오사카에 사는 육촌이 있는 곳으로 찾아갈 셈이냐. 네 얼굴은 거의 기억도 못할 거야. 임시로 기숙하는 것이라면 몰라도, 학교가 도쿄라면 소용이 없어. 도쿄의 하타나카의원으로 갈 거냐. 거기에는 가지 마라. 보내지 않겠어. 도쿄에 살면서 이따금 얼굴을 내미는 것은 좋겠지. 상대방이 거절하지 않는다면. 하지만 함께 살 수는 없다. 너는 용근 오빠에 대해서 내가 엄격하게 군다고 하는데, 그런 문제가 아니야. 그쪽에서 귀찮아진다. 그곳은 의지하지 않는 게 좋아. 게다가 아버지의 일이 있어. 네가 납득하고 있듯이, 내가 아버지를 만나고 나서의 일이지만, 아버지는 유학을 한사코 반대할 거야. 그러나 혼자서 간다고 하면, 그것은 반대 이전의 문제로서, 더 이상 서로 간에 대화가 성립하질 않아. 설령 남매 둘이서 간다고는 해도, 그렇게 되면 하타나카 도시오(畑中義雄)를 포함해 네가 말했듯이 두 아들과 딸 하나를 전부 일본에 보내게 된다. 오빠가 돌아온다고 해도 그것이 아버지에게는 마이동풍에 지나지 않을 테고. 그래도 남매가 함께 간다고 하면, 아직 아버지의 반대를 누그러뜨릴 여지가 있다는 거야. 알겠어? 오빠가 하는 말을. 결론을 말하자면, 현실적으로는 너 혼자 가는 게 불가능하다는 거야. 아버지만이 아니다. 나도 보낼 수 없어. ⋯⋯음, 그래서 말인데, 아니, 이제

가지 않는다고 해도 어쩔 수 없는 일이라고 생각해. 더 이상 나는 네 일에 관여하고 싶지 않아."

이방근은 기분이 분열되어, 말이 자포자기식의 불쾌한 냄새를 풍기며 여동생을 몰아붙였다.

"오빠, 준비는 어떻게 하면 될까요?"

유원은 동요하지 않았다.

"준비? 일본에 갈 준비 말이냐."

이방근은 후유, 하고 안심하는 역겨운 만족감이 흘렀다.

"예."

"그건 네가 생각해서 할 일이야. 꼭 필요한 것만을 짐으로 챙겨야 해. 실은 손에 아무것도 들지 않는 편이 나아. 짐이 있으면 거추장스러워. 다행히 우상배 씨의 배는 아마도 오사카 주변까지는 갈 테니까, 짐이 무사히 도달할지도 모르지만, 보통의 경우는 입은 채로 보따리 하나 들고 갈 수 있다면 그나마 다행이야. 일본의 규슈(九州)나 산인(山陰) 지방, 쓰시마(對馬) 같은 해안에 내리게 되면 짐 따위가 문제가 아니거든. 목숨을 건 행위야. 혹은 일본의 경비정에 쫓기거나, 상륙해서 체포되는 일도 있어. 이건 들은 이야긴데, 밤에 북규슈의 사세보(佐世保)에 들어간 배가, 위험해서 항구에 접안할 수가 없었어. 그래서 일단 어떻게든 그곳에서 하선하고 싶다는 수영 가능자 몇 사람만 하선시켰어. 그들은 제각기 밤바다를 헤엄쳐 상륙했는데, 그중에 서울에서 부산을 경유해 밀항한 제주도 출신의 학생은, 대학의 졸업증명서 등의 서류를 바닷물에 젖지 않도록 하기 위해, 머리 위에 묶고 헤엄을 쳤다고 하는구나. 무슨 일이 일어날지 알 수 없어. 부산 근처의 섬을 이리저리 하룻밤 돌다가, 일본 연안이라고 거짓말을 하며 밀항자들을 내던지듯이 해변에 내려놓고 도망가 버린 배도 있어. 오빠

가 같은 값이면 하고 서두르는 것은 이런 일들 때문이야. 우상배 씨의
배라면 최소한 그런 위험은 피할 수 있거든. ……서울에서 학생들이
처음으로 가 보는 일본으로 작은 어선에 목숨을 맡기고 밀항하는 것
도 심심풀이로 하는 게 아니야. 필사적인 생각을 담고 있다. 누가 부
모와 형제, 친구들과 헤어져 자신의 조국에 등을 돌리고 떠나가는 것
을 기분 좋게 생각하겠느냐, 응……. 준비는 꼭 필요한 것만 짐으로
싸면 돼. 일단, 해 보는 게 좋겠지."

 이방근은 자상하게 말했다. 꼭 필요한 것만을 짐으로……. 짐을 싼
다는 구체적인 이야기가 나오자, 그 현실감이 몸을 감싸 오면서, 이방
근은 조금 한심한 생각도 들었다. 일제의 지배, 그리고 계속되는 미국
의 지배. 병든 조국을 버리고 패전한 과거의 종주국 일본으로…….
짐 하나 자유롭게 가져갈 수 없는 밀항의 길. 그래, 폐허의 땅에도
신생의 숨결, 창조에 대한 희망과 힘이 있을 것이다. 멋진 패전이다.
이 병든 조국은 막 독립을 했는데도, 일제의 지배가 이 땅에 싼 채로
내버려 둔 오물 속에서 구더기처럼 꿈틀거리고 있다. 과거의 오욕 속
에 금의를 걸친 썩은 재생이다.

 "대학에 제출할 서약서는 어떻게 되는 거예요?"

 "9월의 신학기가 시작되기 전에 출발하는 거라면, 글쎄, 필요 없을
지도 모르지. 그건 하 선생에게 물어보는 게 좋겠어. 재학증명서나
대학의 추천서를 받으려면 절차상 필요할지도 모르고. 형식을 갖추
기만 하면 되겠지. 너는 그렇게 하기 어려울지도 모르지만, 형식상
필요할 뿐이야. 건수 숙부를 보증인으로 내세워서 말이지. 숙모님께
는 나중에 다시 말을 해 둘게. 숙부님께는 오늘 밤에라도, 참 오빠는
저녁때 외출하니까, 그 전에 연락을 취해 신문사 근처에서 만나든
가, 밤에 돌아와서 이야기하든지 할게. 이미 나온 이야기다. 대수롭

지 않은 일이야."

"오빠는 이미 결론이 난 것처럼 단정적으로 정해 버린단 말이에요."

"후후, 오빠는 그렇게 단순하지는 않아."

"오빠, 밤에 너무 늦지 않게 돌아오세요."

"무슨 볼일이라도 있는 거냐?"

"왠지 불안해요."

"어린애 같은 소리하지 마."

"오빠, 전 정말로, 현실의 바다를 건너, 현해탄을 건너, 일본에 가는 걸까요……. 믿어지지 않아요."

유원은 탁자 위에 올려놓은 양손의 열 손가락을 굳게 깍지를 끼고, 한동안 가만히 눈을 감았다. 위쪽 눈꺼풀이 희미하게 경련을 일으키며, 안구가 떨리고 있는 것 같았다.

이윽고 유원이 자리에서 일어나, 오빠의 식사를 준비하려고 방을 나갔다.

아아, 이건 정말로 각오를 한 모양이다……라고 이방근은 생각했다. 혼자서 간다는 것은 허세가 아니다. 확실한 그녀의 의사표시였다. 혼자서 간다고 말했을 때의, 순간 발목을 잡힌 듯한 뜻밖의 느낌은, 유원의 기분이 확실해지면서 점차 엷어졌다. 그러나 그것은 충격이 돼서 이방근의 뒤통수를 치는 힘을 지닌 채 그의 안에 흔적을 남겼다.

이방근은 탁자를 앞에 두고 혼자 늦은 점심을 겸한 아침을 먹었다. 식사를 하면서, 음…… 하고 몇 번이나 중얼거리며 젓가락과 수저를 놓았다. 오남주가 말하는 오욕의 땅은 아니지만, 이 저주받아 불결하게 피비린내 나는 땅에서, 여동생아, 너는 떠나는 게 좋다. 그리고 음악의 길로 매진하는 것이 좋을 것이다. 이 땅에 굳이 머물러 있을 이유가 있을까. 핫하아, 어젯밤 전화로 로맨티스트인 우상배 선생이 취한 목소리를 짜내며, 예술이야말로 인생, 정치는 추악하다, 광장의 먼지……라는 말을 했었다. 광장의 먼지라는 말은 무슨 뜻일까. 권력에서 본다면, 민중이야말로 광장을 메우는 먼지가 아니던가. 유원을 일본에 보내는 일 때문에 이방근의 마음은 둘로 쪼개지고, 그 쪼개진 틈이 머지않아 크게 벌어질 것이라고 그는 생각했다. 정말로 나는 일본에 갔다가 돌아오려는 것일까. 실제로 부메랑처럼 멋지게 돌아오기는 어려울 것이다. 가령 돌아올 수 없어도 어쩔 수 없다는 기정사실 위에서, 그대로 일본에 눌러앉아 버리는 것은 아닐까. 지금 그렇게 의식하는 것만으로도 이것은 도망이다. 정치적 망명도 아니다. 생계가 막힌 것도 아닌, 이유 없는 도망. 도망이라고 하면, 취하는 것도 도망이다.

소파에 가만히 앉아 있으면, 마음은, 두개골의 벽면이 저리고, 취기로 저림을 치유하고, 확산되어 우주로 흩어졌다. 갈 곳 없는 도망, 머릿속 취기가 확산되는 것처럼 갈 곳이 없는 도망. 유원은, 오빠가 일본에 간다 해도 그곳에 사는 것은, 즉 고향과 조국을 떠나는 것은 여동생에게는 상상할 수 없기 때문에, 그러한 오빠를 단연코 거부했다. 그래, 어디에서 살든 마찬가지라는 것은 제주도에 산다는 것이다. 그러나 제주도를 떠나는 것도 또한 마찬가지다. 다만, 그 땅이 약속의 땅이라면, 조직원이 아닌 그에게 '동지'가 있을 리도 없지만, 그 뭔가 동지와의 약속을 성취할 수 있는 땅이라면, 어디 가서 살든 똑같은 제주의 땅에서 살자. 이 조선의 땅에. 구더기가 헤엄치는 오물에 함께 뒤섞여도 좋다…….

성내에 있는 집의, 안뜰 주위에 'ㄷ' 자형의 긴 툇마루. 계모 선옥의 배는 나날이 불러와 거대해져 갔다. 언제일지는 몰라도 집을 나오지 않으면 안 된다. 별채에서 아버지를 비롯한 가족과 얼굴을 거의 마주치지 않는 생활이지만, 그 '동거'에서 아버지의 반대, 분노, 한탄을 뒤로하고 나오지 않으면 안 된다. 넓은 집은 아버지 부부만이 남아 휑한 빈집처럼 변하고, 같은 성내 일대에서 하숙을 하는 나를, 아니 이씨 집안 그 자체가 다시 이런저런 소문의 대상이 될 것이다. 아니, 제주도에 돌아가면, 이번에야말로 문중회의, 친족회의의 엄숙한 결정을 방패로 결혼을, 재혼을 요구받게 될 것이다. 대가 끊이지 않게 하기 위한 '강제결혼'이라는 어려운 입장에 놓이기 쉽다. 속된 말로 아버지는 말했다. 결혼이 싫거든, 어디 가서 '강간'을 해도 좋으니, 여자에게 아이를 배게 해서 남자 아이를 데리고 오너라. 비천한 여자라도 아이의 어미라면 집안에 들여도 좋다……. 형인 용근이, 일본인인 하타나카 요시오인 이상, 장자의 자리에 있는 이방근이 문중의 종손으로서 대를 잇고, 가문을 일으키지 않으면 안 된다. 그렇지 않으면 문중에서 추방……, 아니 차라리 추방이라도 해 준다면 얼마나 고마운 일이겠는가. 어디까지나 가문의 쇠사슬로 얽어매놓고, 이방근에게 남은 가문에 대한 최소한의 지성—효의 표시로서 결혼을 문중회의에 결정하며 압박해 온다. 이방근이 친족과 집을 너무나 무시해서, 더 이상 그 권외에 그대로 방치해 둘 수는 없다는 것이다. 게다가 여동생 유원에게까지 좋지 않은 영향을 미치고 있다.

부모나 집안의 의향을 따르지 않는 달갑지 않은 습성을 몸에 지니고 있지만, 여자는 원래 다른 집안의 사람이다. 그러나 종손인 이방근은 설사 무뢰한이라 해도 방치해 둘 수는 없다. 생각하기에 따라서는, 아니 실제로 남자로 태어난 것에 감사를 드려야 하는 것일까. 그저 남자로 태어났다는 것만으로 지위가 높아지고, 제도상 보증을 등에 업고 거만해질 수 있다는 것인데, 이른바 주체가 없는 존재라고 해야 할 것이었다. 어쨌든 제주도에 살고 있는 한, 앞으로 밤낮 없이 친족회의의 결정이 이방근을 구속할 터였다. 강제결혼이라는 강박관념에 시달리게 될 것이다. 친족이라는 것은 유교의 교리를 끌어들인 거대한 기계와도 같은 조직이다. 시동을 시작하면, 대의명분이라는 장치대로 움직여 개인을 톱니바퀴 안에 끌어들인다. 서울에 있는 건수 숙부와 그 밖의 몇 명인가의 친족도 예외가 아니다. 그렇다 해도 서울이 좀 더 낫다고 할 수 있었고, 그보다는 해외로 나가는 것이 가장 좋을 것이다……. 어쨌든 모레는 제주도로 향하고, 그래, 여동생의 말처럼 아버지와의 충돌을 피해서, '허락'을 받도록 하자.

부권을 넘어서는 것을, 그렇게 외람되게 의식한 것은 결코 아니고, 어쩌다가 여동생과 '장유유서'의 관계에서 습관적으로 그처럼 되어 버린 '오빠의 권위'라는 것이, 지금 완전히 땅에 떨어진 느낌이었다. 아니, 여동생이 그만큼 성장했다고 해야 할 것이었다. 떨어져 살아온 탓도 있겠지만, 결국 여동생의 변화를 몰랐던 것이고, 아버지와 마찬가지로 그 어른으로 성장한 것을 인정하려 하지 않으면서 언제까지나 연하의 여동생 취급을 하는 사이에, 어느 날 갑자기 그러한 권위가 소용없게 되었음을 알게 된 것이다.

이방근은 식사를 도중에 끝내고, 담배 한 대를 피우며 창가에 다가섰다. 아직도 가는 비가 내리는 하늘은 전체가 한결같이 무거운 회색이었는데, 그 끝의 한쪽이 종이처럼 흰색으로 번지며 밝아지고 있었다. 저녁에는 비가 갤 것 같았다. 이방근은 창가 쪽 벽기둥에 걸린 거울에 비친 자기 얼굴을 보고, 뭔가를 도모하려는 듯한 눈초리로 시선을 마주쳤다. 술에 절어서 파리하게 윤기 잃은 얼굴 피부. 목에서 가슴 언저리에 걸쳐 주독이 붉게 배어 나온 것이 조금 보기 흉했다. 어제 하루 수염을 깎지 않았기 때문에, 턱과 입 주위가 거무스름했다. 나이보다 많은 중년의 사내로 보였다. 자기 얼굴에 부모나 형제와 닮은 모습을 발견하고, 상대의 얼굴에 자신과 닮은 모습을 발견하는 것은, 어쩐지 기분이 나쁜 법이었다.

이 얼굴은 아버지 이태수와 닮았을까. 그 남자의 얼굴 어디가, 어떤 곳이 나와 닮아 있나, 아니, 내가 그를 닮았을까. 여동생과 마찬가지로 짙은 눈썹의 모양이 닮아 있나, 아니 아버지의 옅은 눈썹과는 전혀 닮지 않았다. 넓은 이마인가……. 거울 속에 아버지의 눈초리, 모습의 움직임을 느끼고, 순간 오싹해졌지만, 그렇다고 지금까지, 어릴 때부터 다른 아이들이 대부분 그러하듯이, 부자가 꼭 닮았다고 주위로부터 들은 적이 없었다. 누군가가 비위라도 맞추려는 듯이 그런 말을 하면, 어린 마음에도 그런 말을 거의 들어 본 적이 없기 때문에, 거짓말이라는 것을 알 수 있었다. ……뭐라고? 여동생의 눈에는 내가 변한 것처럼 비친다고……. 건방을 떨기는. 그는 거울 속을 향해서, 한쪽 볼을 세게 한동안 표정을 바꾸지 않고 꼬집어 보았다. 게다가 박정하고 배려가 없다……. 그렇지는 않을 것이다. 흔적이 남을 정도로 세게 꼬집는다. 통증은 볼이 아니라, 가슴이 욱신거렸다.

"혼자서 간단 말이지, 그렇습니까. 핫, 핫, 하아……." 갑자기 거울 속에 여자의 하얀 얼굴이 비치고, 이방근은 여동생과 시선이 마주치자 깜짝 놀라 문 쪽을 돌아보았다. 유원이 숭늉을 가지고 들어왔다.

"아아, 유원 님……."

"오빠, 무슨 말을 하셨어요? 뭔가 즐거운 모양이네요."

"말도 안 돼, 머리가 복잡해 죽겠어. 미군님의 비행기라도 탈 수 있다면 좋겠다는 생각을 할 정도야. 제주도까지 잘 가면 만 이틀이다. 하지만 옛날에는 몇 개월씩이나 걸려서 천신만고, 정치범들의 유배지로 여행을 떠났었지. 헷헤에, 대체 내가 생각해도 너무 급한 출발이라서 어떻게 하면 좋을지 모르겠구나."

"정말로 말도 안 되는 것 같아요. 월말에 돌아오다니, 오빠답지 않은 엉뚱한 결정이에요……."

"엉뚱하단 말이지. 오빠답지 않다는 것도, 내가 변했다는 표시가 되겠구나, 응." 이방근은 웃으며 말했다.

"너를 보고 오 동무를 떠올렸는데……."

"어째서 저를 보고 오 동무를 떠올려요? 이상하네요."

유원이 말참견을 하고, 얼굴을 찡그리며 피식하고 쓴웃음을 지었다.

"이래서는 그를 데리고 가기는 어려울 것 같구나. 지금부터 공작을 해서 도항증명서를 손에 넣기는 어려워. 게다가 아직 비상경계 중이고……."

"오 동무는 어머니의 소식도 알았는데, 그렇게 무리해서까지 제주도에 가서 위험을 자초할 필요는 없다고 저는 생각해요."

"어쨌든 오남주의 일은 밤에 돌아와서 생각해 볼 일이다. 귀찮은 존재야. 게다가 술주정까지 하고……."

모레 아침에 서울에서 출발하기로 결정한 것은 어젯밤, 심야 취중의 일이었다. 월말에서 9월 초로 알고 있을 터인 문난설 역시, 과연 동행할 수 있을지 없을지 분명하지 않았다. 그 자신, 생각해 보면 무모한 출발, 모든 계획이 공론에 가까운 느낌이 강했다. 하지만 그렇지 않으면, 아마도 유원의 일본행 계획이 무산될 것 같은 기분이 들었다. 다른 배를 타게 된다면, 언제가 될지 알 수 없었고, 또 우상배의 배와는 달리 예측하기 어려운 일이 있을 것이었다. 만일 유원이 혼자서 간다면 우상배의 배 말고는 달리 없었다. 아니지 아니야, 혼자서 간다는 건 말도 안 된다. 난파라도 당하면 어떻게 할 것인가. 문난설이 시간을 맞추지 못하면 나 혼자라도 간다. 오남주를 어떻게 할 것인가. 수도경찰청에는 연줄이 없었지만, 미군정청에서 이승만의 중앙정부로 수평이동을 한 부장급 관료 중에 도쿄 유학 시절 동창생들이 있었다. 그러나 지금 갑자기 연락을 해서, 내일까지 경찰에 연줄을 대고, 섬 내외로의 출입을 봉쇄하고 있는 제주도로 도항증명서를 받는 것은 사실상 어렵다. 문난설이 어떻게 될까. 그녀 자신이 바로 도항증명서를 받을 수 있을지 없을지. 그녀의 백이 어떤 것인지는 모르지만, 그게 가능하다면, 혹시 그녀에게 오남주를 부탁해 볼 수도 있을 것이다. 그러나 유원이 말했듯이, 무엇 때문에 그렇게 무리해서까지 제주도에 가려는 것일까. 문제는 여전히 남아 있었다.

문난설과는 찾기 쉽다고 해서, 일전에 나영호와 함께 만났던 충무로의 양과자점에서 여섯 시 반에 약속이 돼 있었다. 제주도 게릴라 토벌부대에서 현지근무를 하다가 최근에 본토로 철수했다는 조(曺)라는 청년 장교를 데리고 온다. 오남주의 건을 그 자리에서 이야기할 생각은 없었지만, 가능하면 그를 위한 시간을 조금 갖고 싶다. 그러나 그보다는 문난설 자신이 모레 아침의 갑작스런 출발에 시간을 댈 수 있을지 없을지, 저녁을 기다리지 않고 일찌감치 사정을 알리는 편이 좋다.

그녀와 연락이 닿을지는 알 수 없지만, 통화하게 되면 여동생이 낌새를 살피려 할 것이다. 유원이 제주도행을 단념한 것은 문난설이 동행한다는 것을 알고 있기 때문이었다. 어제도 어깨를 주물러 주면서, 방근 오빠가 그 정도의 이치를 모를 리가 없는데, 어떻게 된 것이냐……고 말했다. 숙부님도 몰라서 그렇지 가만히 계시지 않을 거라고 생각해요. 부드러운 협박이다. 동향회 사람들도 마찬가지일 거예요. 저로서도 싫어요. 하지만, 오빠 자신의 일이에요. 어떤 사람일까요? 여동생 녀석은, 오빠, 그 사람 좋아해요? 라고까지 말했다. 어떤 사람일까 하는 생각이 들어서요, 예쁜 사람이라고 했잖아요. 한번 만나 보고 싶어요, 집으로 놀러 오라고 말 좀 해 보세요…….

바보 같은 녀석이……. 이방근은 바람을 쐴 겸 밖에 나가서(아니지 우산을 쓰고 산책을 할 것까지는 없겠지), 전화를 하려고 생각했다. 하지만 어제와는 달리 통신사에 문난설이 있다고는 할 수 없었다. 그녀의 집에 전화가 있는지 없는지도 알지 못했다. 부재중이라면 나영호를 불러 전화를 하도록 부탁할 수밖에 없다. 어차피 마찬가지다. 이방근은 공중전화를 사용하는 고식적인 생각을 버리고, 창문에 가까운 벽 쪽의 앉은뱅이책상 위에서 수첩을 꺼내 들고 방을 나와 전화기 앞으로 갔다. 그리고 다이얼을 돌렸다.

다이얼은 을지로에 있는 국제통신사 사옥에 있는 창간 준비 중인 신문 편집국으로 걸렸다. 편집국이라고는 해도 아직 완벽한 것은 아니지만, 실질적인 책임자인 황동성에게서 간부 기자로서의 입사를 요청받은 상태라서, 이방근은 멀리하고 있었고, 그곳으로 전화를 거는 것도 지금이 처음이었다. 그런데 부재일 것으로 생각했던 문난설이 직접 전화를 받아 이방근을 놀라게 했다. 어디선가 들어 본 적이 있는 여자의 목소리에, 문난설 씨는 있는지 물었다. 제가 그 사람인데, 누구시죠? 라고 여자는 대답하고, 이방근이라는 것을 알자, 아이구, 하고 작은 소리를 내며 놀라워했다.

"……난설 씨는 그쪽에 매일 나오십니까? 안 계실 거라고 생각하고 있었습니다."

"아니에요, 매일은 아닙니다. 조금 도울 일이 있었을 뿐이고, 조금 있다가 나갈 참이었어요. 선생님은 이 근처까지 나오셨나요?"

"그렇지는 않습니다. 지금 집입니다. 갑자기 난설 씨에게 전화를 드린 것은, 그러니까, 예의 제주도에 가는 이야기입니다만, 난설 씨는 동행하십니까?"

"예, 물론이지요, 그건 선생님께 부탁드린 건데, 선생님은 오늘 저녁에 안 나오시는 건가요? 어제 약속했었는데요."

"물론, 나갑니다만, 그러니까, 내일, 모레 아침에 말이죠, 급하게 서울을 떠나게 돼서 말이죠, 갑작스런 일이라 사정이 어떠신가 싶어서, 일찌감치 연락을 드린 겁니다."

문난설은, 모레······? 하고 잠시, 3, 4초 동안 말을 끊었다. 피아의 사이에 생긴 작은 진공 속에서, 고개를 갸웃하는 기색이 전해졌다. 여보세요-, 이 선생님, 모레는 26일이지요, 목요일······ 하며 이쪽의 수화기에 숨결을 불어넣고, 처음에 전화를 받을 때처럼 놀라는 기색도 없이, 문난설은 괜찮다고 대답했다.

"아, 그렇습니까."

이방근은 감탄하며 대답했다. 그리고는 증명서는 받을 수 있냐고 물었다.

"증명서가 필요한가요?"

이방근은 순간 기분이 언짢아지며, 이 여자가 시치미를 떼는 게 아닐까 하는 생각을 했다.

"난설 씨는 모르고 계신가요. 제주도는 섬 전체가 봉쇄되어 일반인의 출입은 안 됩니다. 전화는 들립니까?"

"예-, 잘 들려요. 물론 그건 알고 있었지만, 그만 깜빡하여 선생님 앞에서 실례를 하고 말았습니다······."

그럴 것이다. 사소한 착각, 깜빡 잊었던 모양이다. 문난설은 그런 증명서는 받을 수 있을 것이라고 말했다. 예상은 했지만, 이런 시기에 제주도로 가는 도항증명서를 받을 수 있다니 대단한 일이다.

이방근은 많은 말은 하지 않고, 그녀의 제주도행을 확인한 뒤 전화를 끊었다. 전화로 오남주의 건을 부탁할 수는 없었지만, 그건 만난 뒤에 생각해 보기로 하자. 이방근은 황동성이 같은 방에 있지 않을 거라고 생각했는데, 나영호는? 하고 묻자, 외출 중이라고 했다. 이방근은 황동성의 권총을 떠올렸다. 황동성이 일방적으로 맡아 두겠다고 말하고, 잡거빌딩 3층에 있는 창원부동산의 금고에 넣어 둔 그 권총을, 제주도행을 알게 되면 그는 가지고 가라고 할 것이다. 내일이라도 만나자고 나올 것이 틀림없다. 아니, 바로 월말에 서울로 되돌아와, 그리고 일본으로 간다……라는 식으로 말할 수는 없다. 그야말로 '도망자'가 된다. 황동성으로부터의 강한 조직적인 요청이 그대로 어정쩡하게 계속되고 있었기 때문이다. 이방근이 승낙하지 않았음에도 '도망자'가 될 것이다. 여동생의 일본 유학을 구실로 삼은, 그런 말을 들을 이유는 없었지만, 도망이 된다.

이방근은 계속해서 건국일보에 전화를 했다. 건수 숙부에게, 신문사와 가까운 곳에서 오후 늦게라도 만날 수 없겠느냐고 하자, 그는 유원의 일본행 건을 눈치 챈 것인지, 일찍 귀가하겠다고 말하고 전화를 끊었다. 다섯 시 전에 귀가해서 이방근으로부터 이야기를 들은 숙부는 무거운 표정이었다. 모레 제주도로 출발한다는 말에는 놀랐지만, 9월 초로 예정된 일본행의 일정에 대해서는 무모한 것이 아니냐고 하면서도, 유원의 일본 유학 자체에는 반대하지 않았다. 이미 하동명의 내방도 있어서 이야기는 정식으로 제기되어 있었고, 이건수는 거의 결심을 굳히고 있었던 것이다.

……고향에 계신 태수 형님은 유원의 유학에 대해 들어도, 아닌 밤중에 홍두깨 식으로 처음에는 무슨 일인지 알지 못하여, 이야기의 실마리도 잡지 못하는 게 아닐까. 방근이가 잘 얘기해야 될 거야……. 나는 자네 아버지가 내리는 결론에 따를 거야. 그 아이를 위해서라면 그게 좋겠지. 방근이, 네 책임이 크다. 그리고 나서 숙부는 여동생이

다시 체포라도 되었을 때의 일을 걱정했다. 그렇게 되면 부친을 대신해 유원을 맡고 있는 자신으로서는 이미 어떻게 해 볼 도리가 없고, 솔직히 말해서 자신이 없다, 힘에 부친다. 대학에 서약서를 제출해서 이번에는 정학이나 퇴학을 면한다 해도, 여기에 있어서는 다시 운동에 휘말리게 될 것이다. 음악공부가 문제가 아니라는 것은, 불 보듯 뻔했다……. 유치장으로, 형무소로 피아노를 가져갈 수 있겠는가. 즉 일본에 유학을 보냄으로써, 유원을 정치로부터 떼어 놓는 것이 숙부가 바라는 일이었고 목적이었다.

다시 문제를 일으킨다면 나는 태수 형님 앞에 두 번 다시 얼굴을 내밀 수 없게 된다. 나는 형님에게 '감시'를 부탁받은 입장이다. 어떻게 유원의 마음까지 감시할 수 있겠는가. 고식적이라고 할지는 몰라도 나는 괴롭다. 걱정이 이만저만이 아니다. 그건 방근이 너도 알 것이다……. 이로써 숙모는 납득할 것이다. 이방근은 숙모에게 결론을 요구하지는 않았지만, 그녀 자신은 도저히 모르겠다며 보류했다. 보류라는 태도표명을 한 것이 아니라, 마음이 혼란스러워 생각이 정리되지 않는 것이었다. 이런 일을, 내가 친엄마도 아닌데, 이래라 저래라 할 수 있겠어. 아이구, 나는 병이 날 거야. 뭐든 좋아. 그 애를 위해서라면, 뭐든지 좋다구. 나는 방근이 숙부의 결정에 따를 거야. 내가 떠나보내기 싫다고 해도 그렇게 되는 것도 아니고. 젊은 사람이 가는 길을, 나이 든 할망구가 어떻게 막을 수 있겠어. 아이구ー, 이런 일이 어디 있담. 내일이나 모레 중에, 저 아이가 이 집에서 없어진다니……. 아이구, 하나님. 숙모는 여동생을 불러, 손을 잡고, 아이구, 내 조카야……하며 울었다. 그리고 내 딸아…… 하며 계속 훌쩍거렸다.

집을 나오자 하늘은 잔뜩 구름이 낀 채 서울 거리 위에, 모자를 쓰지 않은 이마에 압박을 느낄 정도로 무겁게 내리누르고 있었다. 하지만 비가 그친 도로는 어젯밤부터 계속 내린 비로 먼지가 씻겨 나가 촉촉하고 말끔해져 있었다. 이방근은 동화백화점의 옆을 지나 통행인이 붐비기 시작하는 충무로로 들어섰는데, 대통령 관저도 아닌 백화점 주위를 경관들이 둘러싸고 있는 것이, 이상하다면 이상한 광경이었다. 번개데모나 옥상 등에서 뿌리는 삐라를 경계하고 있거나, 그런 일일 것이다. 구름 낀 하늘에 완전히 뒤덮여 마치 숙취의 머리처럼 우울한 저녁 무렵의 막을 친 느낌의 거리 모습이었지만, 눈앞에 보이는 남산에서 불어 내리는 바람은, 서늘한 한 줄기 냉기를 머금어 상쾌했다. 약속 시간보다 조금 일렀기 때문에, 도중에 고서점을 기웃거려 보았다. 안경 쓴 초로의 대머리 남자가 가게 안쪽에서 안경 너머로 사람을 흘낏 보더니, 펼친 신문으로 되돌리면서, 어험 하고 헛기침을 했다. 우연한 기침이겠지만, 이방근에게는 묘하게 그 여운이 남았다. 해방 전 일본인 거리, 혼초(本町) 거리 시절에는 일본인이 하던 가게였지만, 그들이 물러갈 때 양도받거나 해서 대신하고 있을 것이다. 그다지 넓지 않은 가게를, 주인이 앉아 있는 안쪽을 지나 한 바퀴 둘러본 뒤, 어험 하는 헛기침을 한 번 하고 거리로 나왔다.

문난설과 직접적인 약속은 아니었지만, 일전에도 이 양과자점에서 여섯 시 반에 만났다. 나영호와 만날 생각으로 갔었지만, 꽤 늦게 온 그보다도 먼저 모습을 보인 문난설이, 나영호 씨의 권유로 나왔는데, 방해가 되지 않으시겠어요? 라고 말했던 것이다. 제주도에 가고 싶다고 말한 것도 같은 양과자점이었다. 가게를 들어서자 한가운데쯤에 놓인 관엽식물 건너편 벽 쪽의 테이블에 문난설의 모습이 보였다. 혼자인 것 같았다. 이방근의 표정이 경계를 푼 것처럼 한순간에 바뀌었다.

이방근은 맞은편에 앉았다. 화장이 아니라 향수 냄새가 났다. 그녀

가 자리를 뜬 뒤에도 한동안 감돌 것 같은 진한 향수의 냄새였다. 문
난설이, 오랜만입니다, 하고 말했다. 지난 일주일이 오랜만인지 어떤
지. 그녀는, 오늘 소개하고 싶었던 조 소위가 급한 용무로 수원의 연
대로 오늘 아침에 급히 돌아갔는데, 모처럼의 기회에 선생님을 뵙지
못해서, 본인이 매우 유감스러워했다고 이야기했다. 선생님을 번거롭
게 해 드리고 말았는데, 부디 실례를 용서해 주세요…….

"그럼, 문난설 씨 혼자십니까?"

"예."

이방근은 안도의 한숨을 내쉬었다. 문난설이 어떻게든 제주도에서
이방근에 대해 이야기를 들었다는 그를 데려가고 싶다고 말했을 뿐,
이방근 쪽에서 원해서 만나려던 것이 아니었다. 함께 커피를 주문하
고. 이방근은 상의 주머니에서 담배를 꺼내 한 대 입에 물자, 문난설
이 무릎 위의 핸드백에서 라이터를 꺼내 찰칵, 하며 불을 내밀었다.
이방근은 코끝까지 뻗어온 그녀의 엷은 핑크빛 매니큐어를 칠한 손
가락을 보았다. 그는 얼굴을 돌리고, 난설 씨, 담배를 피우시죠……
하고 권했지만, 그녀는 지금은 괜찮다고 했다. 일전에는 더웠고, 누
구든 땀을 흘리고 있었다. 한 여름의 새빨간 장미. 그때의 선명하게
루주를 바른 입술이 인상적이었다. 그 새빨간 장미 같은 입술이 아니
라, 루주 밑으로 희미하게 비치며 보기 좋게 도톰한 입술이 도리어
요염하고 육감적이었다. 그러나 전과 마찬가지로 연한 팥죽색의 커
다란 당초 문양의, 살갗이 어렴풋이 비치는 원피스로 몸을 감싸고,
검고 두꺼운 에나멜 벨트로 허리를 조이고 있었다. 천장에서 불어 내
리는 선풍기 바람이 서늘할 정도여서, 이방근은 춥지 않느냐고 물으
려다 그만두었다.

"전화로는 미처 말씀을 드리지 못했지만, 갑작스런 출발인데도 일부

러 연락을 주셔서 감사드려요." 문난설의 열린 가슴 언저리에서 반짝반짝 가는 백금 목걸이가 빛을 발했다. "무슨 일로 급히 제주도에 가시는 건가요? 아버님이 계시다고 들었는데요, 아버님께서 무슨 병이라도……. 그런 일이시라면, 도저히 폐를 끼치며 함께 갈 수는 없겠지요."

"아니오, 급하기는 급하지만, 그렇지는 않습니다."

이방근은 느긋하게 웃으며 말했다. 문난설의 걱정스런 표정이 그 순간 밝게 변했다.

"갑작스런 출발로 난설 씨에게는 죄송합니다만, 모레 이쪽을 출발해서, 으—음, 그리고 월말에는 돌아와야만 합니다. 정말, 정신없게 되었습니다……."

"월말이라 하시면, 이번 달의?"

"예, 그렇습니다. 난설 씨 경우는 모처럼의 일이니, 그쪽에서 느긋하게 계셔도 됩니다. 저의 집에서 죽 머물러도 상관없으니……."

이방근은 여동생의 유학 건은 지금 말하지 않는 게 좋겠다고 생각하고 있었다. 특히 자신도 여동생과 일본에 동행할 예정이라는 말이 지금부터 황동성의 귀에 들어가는 것은 좋지 않았다. 그에게 말없이 야반도주라도 하는 것처럼 조선을 떠날 수는 없지만, 그러한 일들은 제주도에 갔다 온 다음의 일이었다.

7

콧구멍의 부드러운 점막에 스며들어, 머릿속에 현기증을 일으키며 기억을 되살리는 냄새. 그것은 가을에 밀려서 풍기는 금목서의 꽃향기 같았는데, 이방근은 지금 머리가 무거워질 것 같은 그 냄새 속에 놓인 자신을 의식했다.

"갑작스런 출발에다 이번 월말에 돌아오셔야 한다면, 매우 바쁘시겠어요." 문난설은 모레 서울을 출발한다는 말에는 그다지 놀라지 않은 모습이었는데, 이 나라 남단의 더욱이 바다 건너에 있는 제주도에 이번 달 안으로 왕복한다는 말에는, 역시 믿기 어렵다는 표정이었다. 그리고는 향수 냄새를 풍기며 입술을 열고, 커피 잔을 기울였다. "그러면 제주도에는 며칠도 못 계시겠네요?"

"예, 2, 3일 정도입니다." 막 가져와 피어오르는 김에 감싸인 커피 향기가, 눈에 보이지 않는 향수 냄새의 막에 밀리고 있었다. 높은 천장의 프로펠러 모양을 한 선풍기가 가게 안의 공기를 천천히 뒤섞고 있었지만, 아직 이방근의 코는 문난설의 묵직한 몸 주위의 향수 냄새에 익숙하지 않았다. 그녀의 사소한 몸놀림과 연동된 작은 공기의 움직임에도 냄새가 촉발되는 것인지, 간단하게 이방근 쪽으로 테이블을 넘어왔다. 일전에는 의복 속에 숨어 있는 희미한 냄새였던 것을 기억하고 있다. 이방근은 문난설의 냄새에 반사적인 혐오와 함께 취각이 깊게 젖어 들어가는 쾌감을 느꼈다. "그런 정도의 일정 밖에 안 되는 곳에 난설 씨를 안내하는 것은 아무래도 마음이 내키지 않습니다만, 혹시 날짜를 다시 잡으면 어떨까 하는 생각을 하며 왔습니다."

"아니에요, 전혀 그렇지 않아요. 저로서도 그다지 느긋하게 있을 수는 없어요."

"그래도 2, 3일은 말이 안 되지요. 어차피 가시는 거니까, 그쪽에 도착하면 느긋하게 지내 주세요."

그래, 느긋하게 지내 주세요……. 관광지도 아니고 무엇 때문에 문난설이 제주도에서 느긋하게 지낸단 말인가. 어쨌든 지금은 제주도에

동행할 뿐이었지만, 무엇을 위해 그녀가 동란의 제주도에 가는 것인
지조차 모르고 있다. 4·3사건에 대해서 동란이라든가 반란이라든가
(그것은 일반적인 말투였지만), 아무런 거리낌도 없이 말할 수 있는 그녀
의 제주도행은 결국 '구경'에 지나지 않을 것이다. 그럼에도 이방근이
동행한다. 문난설의 요청에 따라. 그녀는 특별히 이유는 없다고 말했
고, 나영호는 이방근에게 자극받은 것이 아닐까 하는, 두 사람 모두
태평스러운 말을 했다. 이방근은 무엇 때문에 제주도에 가는 거냐고
물을 생각이 전혀 없었다. 이방근은 문난설이 제주도까지 자신과 동
행하기를 바라고 있었다. 그것은 불쾌한 일이 아니었다. 남은 일은
다시 나영호가 동반자가 되는 일 뿐이었다. 이방근은 한동안 말을 끊
고, 그렇군요, 저는 2, 3일이지만, 나 동무는 한동안 현지에 남을 테니
까……라고 말했다.

"나 동무라면, 영호 씨? 에ー구……." 문난설은 야비한 목소리를 내
었다. "나영호 씨와 연락을 하셨어요? 저는 선생님의 전화를 받은 뒤
바로 나오는 바람에. 그 사람은 제주도를 모를 텐데……. 하지만, 여
행은 길동무라고 하잖아요. 영호 씨가 동행하는 것은 찬성이에요. 영
호 씨는 제가 선생님과 이렇게 만나고 있다는 것을 모르겠지요. 알았
다면 틀림없이 땀을 흘리며 찾아왔을 거예요."

"예, 저녁 때 통신사에 전화를 했습니다만, 난설 씨와 만날 거라는
이야기는 하지 않았습니다. 오늘은 수원의 연대로 돌아갔다는 조 소
위를 만날 예정이라서 말이죠. 나 동무는 바빠서 도저히 시간을 내기
어려운 것 같았습니다. 게다가 모레 아침에 출발한다고 했더니, 그건
무리다, 안 된다고 했습니다만, 난설 씨가 간다는 말을 듣고 갑자기,
음, 알았어…… 하며 갈 결심을 하더군요. 그건 완전히 무슨 영감이라
도 작용하는 것 같았습니다."

전화로 나영호는 갑자기 태도를 바꾼 직후, 여비의 일부를 빌려 달라고 했다. ……동무, 이방근 동무, 미안하지만 갑작스런 일이라 여비를 마련할 수가 없네. 어떻게 좀 해 주지 않겠나. 마치 전화를 기다리고 있었다는 투였다. 나 동무는 신문사에서 출장으로 가는 거 아닌가? 이방근은 잠시 숨을 죽였지만, 드디어 나왔구나 하는 생각을 하면서 말했다. 신문사라고는 해도 아직 준비 중이잖아, 동무도 알고 있을 텐데. 물론 교섭은 할 거야. 나온다 해도, 그것만으로는 부족해. 아무튼 너무 갑작스런 일이라서 말이지, 마침 동무가 전화를 해 주었으니, 잠시 돈을 좀 융통해 주는 수고를 해 주었으면 좋겠어. 서울로 돌아온 뒤에 돌려줄 테니……. 마치 모레로 정한 이쪽에 책임이 있다는 식이었다. 문난설에게 이야기해 보는 게 어떠냐고, 해서는 안 될 말이 뇌리에서 꿈틀거렸지만, 실제로 그녀가 후원자 역할을 하는지 어떤지는 명확하지 않았다. 드디어 나왔구나…… 하고 생각한 것은, 이방근이 예전에 서울에 있을 무렵, 이 가난한 활동가는 자주 돈을 요구했던 탓이었다. 서울에 온 뒤 지금껏 열흘 동안, 두세 번 만나고, 몇 번인가 전화가 있었지만, 나올 법한 '금전융통'의 요구가 없었다. 그 요구가 갑자기 얼굴을 내민 것이었다. 이방근은 나영호에게서 변제 같은 걸 기대하지 않았다.

"어머, 선생님도 꽤 말씀을 즐기시네요……."

"당치도 않습니다. 즐기기는커녕, 고통입니다. 핫, 하아. 다만, 난설 씨 같은 분과는 다릅니다만……."

아까부터 눈이 부셨다. 뭔가 계속 이쪽 볼에 반사되는 것처럼 눈부셨다. 그녀의 민소매 원피스에서 밖으로 노출된 흰 살결이 눈부셨다. 아니, 그 얼굴 전체가 빛난다고 느낀 것은, 백랍처럼 윤기 나는 안색이 밝게 빛나고 있기도 했지만 그 머리 모양 탓도 있었다. 검은 머리를 바짝 뒤로 잡아당겨 둥글게 묶었는데, 비녀를 꽂을 것도 없이, 그대로 치마저고리를 입을 때 쪽진 모양이었다.

하얀 이마에서 빈모에 걸쳐 그늘진 곳이 없는 얼굴 전체가 양장과 잘 어울렸고, 당당하게 자신을 드러내는 듯한 눈부심으로 주위에 압박감조차 안겨 주고 있었다. 전에 만났을 때 한쪽 팔을 조금 들어 올리는 바람에 겨드랑이 사이로 비어져 나온 액모의 검은색이 냄새를 풍기는 것 같았다. 최근에는 서울에서도 미국의 영향을 받아 액모를 처리하는 여자들이 늘고 있지만, 낭만클럽인지를 드나드는 것치고 문난설에게는 '전통적'인 일면이 있어 보였다. 닫친 겨드랑이에서 점차 잘록해지는 허리선을 따라 아래쪽으로 보기 좋게 흐르는 하반신의, 체모로 검게 부풀어 오른 곳이 깊은 바다의 해초 무리와 뒤엉켜, 이방근의 눈 안쪽의 눈구멍 주위를 어지럽혔다. 그 밑바닥의 어두운 곳에, 어젯밤 방 입구의 환영 같은 반라의 여체가 떠올라 왔다. 이방근은 잔을 들고, 커피와 함께 꿀꺽 침을 삼켰다.

거지나 굶주린 민중과는 거리가 먼 혈색인 문난설의 얼굴에 뭔가 그림자가 스쳐 지나갔다. 그녀는 새처럼 얼굴을 스치고 지나간 그림자를 쫓듯이, 이방근의 비스듬히 뒤쪽인 가게 출입구 주변의 뭔가에 정신을 빼앗겨 잠시 응시하였는데, 이방근은 무심코 그런 그녀의 아름다움에 심취돼 있었다. 깜짝 놀라 시선을 돌리려 할 때, 일단 시선을 떨어뜨렸다가 조용히 들어 올린 그녀의 눈과 마주치고 말았다. 그녀는 입술을 닫은 채 가벼운 입속 웃음과 함께 고개를 끄덕여 보였다. 그것은 문득 알아차린 것이 아니라, 이방근의 시선을 이미 의식하면서 은근한 반응을 표시한, 일찍이 밤의 노상에서 이상스레 빛나던 눈이었다. 이방근에게는 그것이 움찔할 만큼 매혹적인 미소로 보였다.

문난설은 테이블 위의 커피 잔을 손에 들고 희미하게 열린 입술로 가져갔다. 그리고 선생님, 담배를 피워도 될까요? 하고 말했다. 이방근이 어서, 어서 피우라고 말하자, 그녀는 전과 마찬가지로 핸드백에서 필터가 달린 양담배와 라이터를 꺼냈다. 이방근은 서둘러 성냥을 켠 뒤 불을 상대에게 내밀었다.

이방근은 담배에 불을 붙였다. 숨이 막혔다. 가게 내의 웅성거림, 어린아이 목소리, 식기에서 나는 포크와 스푼의 달그락거리는 소리가, 마치 옆방의 문을 여는 순간처럼 귀에 가득 들어찼다. 이방근은 기묘한 느낌에 빠졌다. 자리는 전과는 달랐지만, 두 사람은 같은 가게 안에 있었다. 조금 전, 문난설에게 담배를 권했을 때, 지금은 괜찮다고 그녀는 대답했는데, 전과 똑같았다. 조금 지나자, 담배를 피워도 괜찮겠습니까, 하고 그녀는 말했다. 그리고는 지금도 마찬가지로 이방근이 내민 성냥불을 받으며, 이 선생님은 담배 피우는 여자를 싫어하시는 거 아닌가요? 라는 말을 덧붙였는데, 지금은 그 대사가 없었다. 그러나 좀 전에 그녀가 이방근에게 라이터 불을 내민 것은 오늘이 처음이었다. 그 조심성 없이 콧등을 비추는 라이터의 뜨거운 불꽃에, 이방근은 친근함을 느꼈다.

이방근은 문난설의 향수 냄새의 차이, 복장, 그리고 담배를 피우는 동작 등, 오늘의 재회를 이미 계산에 넣고 비교라도 해 보려는 것처럼, 그녀의 세세한 부분을 잘 기억하고 있었다. 그가 좀 전에 기묘한 느낌을 받았던 것은, 전에 이곳에서 만났던 때의 재현이 아닌가 하고 순간 의심했기 때문이다. 그녀가 같은 동작을 의식적으로 반복하고 있는 것인지, 몸에 밴 포즈인지. 이방근은 잠시 이곳에 앉아 있는 동안 그대로 전과 같이 댄스홀이 있는 맥주홀의 자리에서 그녀와 마주 앉게 되는 것이 아닌가 하고 상상했다. 아니, 같지가 않다. 매니큐어는 없었다. 없었을 터였다. 무거운 향수 냄새는 연한 핑크색 매니큐어와 함께 찾아왔다.

아직 반 시간도 지나지 않았지만, 이방근은 슬슬 좀이 쑤시기 시작했다. 즉 매우 바쁜데, 바쁠 터인데도, 문난설과 만나 본들 특별한 볼일이 없는 것이다. 아니지 아니야, 촌스러운 말을 하는 게 아니다. 다방에서 한 시간이건 두 시간이건 모두가 아무렇지도 않게 앉아 있지만, 이방근은 시골에서 지낸 탓만이 아니라, 다방은 설령 자리가 푹신푹신한 소파라 하더라도 좀이 쑤셨다. 커피도 다 마셨다. 무엇보다 가벼운 식사를 그것도 조금 하이칼라인 양식을 겸한 양과자점은 사람의 출입이 많았고, 소란스러웠다. 일전에 약속 장소를 이곳으로 정한 이는 나영호였다. 문난설 자신의 도항증명서에 대해 물어보지 않으면 안 된다. 그것도 오남주의 도항증명서를 부탁하기 위해서지만, 지금 이 자리에서 꺼낼 문제는 아니었다. 슬슬 자리에서 일어나는 편이 좋을 것이다. 코는 아직 냄새를 풍기고 있는 공기에 익숙해지지 않았다. 조금 깊은 숨을 들이쉬면 꽃 같은 향수 냄새가 콧구멍으로 무겁게 번졌다. 냄새로 깊은 숨을 들이쉰 자신을 의식했다.

"이 선생님, 저, 서울에 선생님의 여동생이 있다니 놀랐습니다." 자리를 뜰 기색이 없는 문난설은 검은 한 점을 응시하는 눈으로 이방근을 보며 말했다. "음악을 하고 있잖아요. 너무 멋져요. 언제 소개 좀 시켜 주세요. 하지만, 저와 같은 여자를 소개하는 것은 좋지 않을지도 모르겠어요."

이방근은 의자에 엉덩이를 차분히 걸쳤다.

"난설 씨, 저와 같은……이라니 무슨 말씀이십니까? 핫하, 의미가 분명하지는 않지만, 그냥 듣고 넘길 수가 없군요. 저야말로, 저같이 하찮은 남자라고 하지 않으면 안 됩니다. 정말입니다. 하찮은 남자라고 말이죠……."

이방근은 웃었지만, 농담도 아니었다. 마음 한구석에 늘 대기하고 있는, 나는 하찮은 남자다, 라는 생각을 떠올렸다. 정말이지 않은가. 대체 나는 무얼 하고 있는 걸까. 존재만 하고 있을 뿐인……. 실제로, 너는 뭐하는 자인가? 무얼 하고 있느냐고 물어도, 그에 대답할 수 없었다. 고생하지 않고 먹고 살 수 있는 신분이라는 것뿐이었다.

"무슨 말씀이세요?" 문난설은 조금 과장되게 놀란 표정으로 말했다. "저 때문에 그렇게 자신의 말씀을 낮추지 마세요. 그야말로 제가 나쁜 여자가 되어 버리니까요……." 그리고는 가벼운 웃음을 지으며 화제를 바꿨다. "선생님, 여동생을 소개해 주실 수 있으세요?"

"그건 기꺼이 해 드리고말고요. 여동생은 난설 씨를 알고 있습니다."

"정말이세요?"

"예, 알고 있어요."

이방근은 여동생이 한번 만나고 싶다, 집으로 초대하라고 할 정도……라는 말을 하려다 그만두었다. 여동생은 호기심이 발동한, 어느 쪽이든 겉치레 같은 말이었다. 의식의 바닥에는 바다가 있었다. 넓은 바다의 흐름이 유원을 멀리로 운반해 간다. 오빠, 밤에는 늦지 말고 일찍 돌아오세요. 무슨 용무라도 있는 거냐. 왠지 불안해요. 어린애 같은 말은 하지 마. 불안해요……. 뭐가 불안한 것일까. 이런 말은 한 번도 입에 담은 적 없는 여동생이었다.

"제주도에는 함께 가시는 건가요? 함께 갈 수 있다면 얼마나 즐거울까요."

아아, 문난설이여, 당신 때문에, 그 녀석은 제주도에 갈 필요가 있는데도 가지 않는 겁니다. 그렇지, 당신 때문이 아니라, 내 탓입니다…….

갑자기 가게 안이 한순간 이상한 병적이라고 생각되는 밝은 빛으로 가득 찼다. 그것은 이방근의 배후로부터 들어와 눈앞에 있는 문난설의 얼굴을 멋지고 투명한 오렌지색으로 물들였다. 저녁놀의 색이었다. 뒤돌아보니 가게 출입구와 유리로 된 진열대 전체가 비쳐 든 저녁놀에 반사되어, 마치 붉은 황금처럼 빛나고 있었다. 그것이 문난설의 얼굴에, 열린 가슴 언저리에, 백금의 가는 목걸이에, 팔과 의상에 아름답게 비치고 있었다. 잠시 빛을 향해 돌아본 손님들의 얼굴, 얼굴이 똑같이 반사된 저녁놀 속에 있었다.

"난설 씨, 나가지 않겠습니까?"

이방근은 비쳐 드는 저녁노을 빛이 신호라도 되는 것처럼 일어섰다. 냄새가 저녁놀의 빛에 확산되어, 숨이 막혔다.

"예."

문난설도 저항 없이 가볍게 자리에서 일어났다.

두 사람은 저녁노을의 베일에 감싸인 채, 가게에서 거리로 나섰다. 좀 전까지 우중충했던 하늘이 사라지고 서쪽 하늘이 붉게 불타오르면서, 완전히 개지 않은 중천의 구름떼 주위를 만다라처럼 채색하고 있었다. 거리와 연도에 늘어선 집들, 그리고 작은 빌딩의 하얀 벽면을 빨갛고 아름다운 색깔로 된 벽으로 화장을 바꾸어 빛나고 있었다.

찢어진 구두를 끌고 있는 부랑자풍의 남자가 저녁놀의 바다 속을, 그리고 주인 없는 유기견도 어슬렁거렸다. 문득, 문난설의 얼굴을 보자 빨갛다. 이방근은 이쪽을 향한 그녀의 시선을 보고 이유도 없이, 아니 동시에 자신의 얼굴에 물든 저녁놀을 의식하고 빙긋 웃자, 그녀도 웃었다. 그녀의 핸드백을 든 손, 팔뚝이 빨갛다. 아아, 저거야……. 이방근은 자신도 모르게 중얼거리고, 감색 상의 소매에서 불거져 나온 자신의 손을 보고, 한두 걸음 멈춰 섰다. 손등을 본 뒤 뒤집어서 손바닥을 보았다. 당연한 일이지만, 붉게 물들어 있었다.

"무슨 일 있으세요?"

문난설은 걸음을 멈추었다.

"아, 아닙니다, 그만 무심코……."

이방근은 손을 주머니에 집어넣고 얼빠진 대답을 한 뒤 걷기 시작했다. 빨간 노을 속을, 빨간, 물속 같은 공기 속에 전신을 담근 채 걸었다. 이상한 분……. 문난설의 중얼거림.

이방근은 가슴이 찡하고 욱신거리는 울림을 들으면서, 장대한 불꽃 같은 저녁놀의 광경을 떠올렸다. 올봄에 마중 나온 자동차로 끌려간 '서북' 간부숙소에서 빠져나왔을 때 보았던 저녁놀이었다. 넓은 응접실의 벽면에, 결사, 멸공, 반공, 완전타도 같은 슬로건이 나열되어 있는, 부하들이 주위를 감싼 살기등등한 분위기 속에서 일제강점기의 조선인 '특고' 다카키(高木), 현재의 서북청년회 중앙총본부 사무국장 고영상과의 이야기가 끝나고, 간신히 호랑이굴을 빠져나온 느낌으로, 방에서 나온 직후에 주위의 공기가 마치 화재의 반사처럼 빨갛게 불타고 있던 저녁놀이었다. 보랏빛이 나는 새빨간 구름떼가 여러 가지 모양으로 찢어졌다가 이어지면서, 거대한 불꽃의 웅덩이처럼 서쪽 하늘을 물들이고 있었다. 붉고 선명한 베일의 천지를 메운 무한대의 빛에, 범람하는 붉은 빛에 삼켜진 이방근이 우두커니 서 있었다. 인간도 검은 자동차도 정원에 흐드러지게 핀 꽃도 빨간 잉크를 풀어 놓은 물속에 있는 것처럼 넓은 정원 앞에서 어둠을 등지고 선 이방근은, 왜 커다란 분노가 하늘을 불태우는 불기둥이 되어 이 몸을 꿰뚫고 나가 피어오르지 않는가, 라는 생각을 하며 망연히 서 있었다. 어디선가 트럼펫 소리가 울려왔다……

지금 나란히 함께 걷고 있는 문난설은 그때의, 응접실에서 고영상과 마주하고 있던 테이블에 커피를 놓고 이내 사라진 여자였다. 반공

테러조직의 소굴, 서북 간부숙소에서 얼핏 본, 왠지 이상한 느낌의 아름다운 여자와 지금 함께 걷고 있는 것은, 이상하다면 이상한 일이었다.

"……올봄에, 그게 4월 중순이었는데, 남산 기슭의 M동에 있는 '서북'의 숙사에서, 난설 씨와 만났잖아요."

"……예." 문난설은 고개를 끄덕이면서, 깜짝 놀란 것처럼 돌아보았다. 화제가 당돌했던 것이다. "예, 아주 잠시였지만, 분명히 뵀습니다."

기분 탓인지 석양 속에서, 그녀의 얼굴이 붉어진 것처럼 보였다.

"그때, 고영상 씨가 문까지 전송해 주어 나왔습니다만, 현관으로 한 걸음 나오자, 저녁놀이, 오늘과는 달리 장엄할 정도로 아름답고 격렬한 저녁놀의 하늘이었죠."

"예, 기억하고 있습니다. 이 선생님이 그런 곳에 단신으로 오신 그날의, 멋진 저녁놀의 하늘을 기억하고 있습니다……."

"그때, 난설 씨는 나오지 않았는데……." 엄밀하게 말하면, 무례한 말이었다. "저는 왠지 신경이 쓰여서, 핫, 핫, 핫, 그 공포에 뒤섞인 긴장 속에서, 난설 씨를 눈 끝으로 찾고 있었거든요."

"……" 문난설은 그 말에는 대답하지 않았다. "옆방에서 서쪽으로 난 창문에서, 새빨간 바다와 같은 저녁놀의 하늘을 보았어요. 저녁놀의 하늘을 올려다보면서, 선생님을 마중 나갔던 자동차가, 다시 선생님을 태우고, 그 저택의 뜰에서 무사히 나가는 엔진 소리를 들으며, 뭔가에 기도하는 기분으로 깊이 감사드리고 있었습니다."

"으—……."

이방근은 낮게 신음을 토했다. 그는 그 사실보다 문난설의 그 표현에 감동을 받았다. 그녀는 그 숙사에서 꽤 많은 것을 목격하고 있는지도 몰랐다.

"그때 말이죠, 난설 씨……. 뒤쪽의 남산 중턱 언저리에서 트럼펫이 울리고 있었지요. 아주 잠시였지만, 저는 왠지 필사적으로 듣고 있었다는 기분이 듭니다……."

"저도 트럼펫 소리를 들었습니다. 참으로 아름답고 투명한 울림이었습니다. 아주 먼 곳에서, 친한 사람이 부르는 듯한, 이쪽에서 부르는 듯한……, 그런 그리운 기분이 남아 있습니다."

이방근은 힐끗 엿보듯이 그녀 쪽을 보았다.

"어째서 난설 씨 같은 분이 거기에 계셨는지, 지금도 그게 이상합니다."

"일전에도 선생님은 같은 말씀을 하셨지만, 이상하거나 하는 일은 없어요. 저는 선생님이 생각하시는 것 같은, 그런 여자는 아닙니다."

그녀는 전에도 그랬지만, 그 이야기에서 얼굴을 돌렸다. 나영호에 의하면, 그 서양식 주택은 문난설의 소유인 것 같다고 했지만, 그렇다면, 그곳에 그녀가 있다고 해서 이상한 일은 아니었다. 그렇다고는 해도, 그 서양풍 건물은 구 일본인 주택가의 일각에 있는, 일찍이 조선총독부의 고급 관리나 일본인 자본가가 살고 있었을 주택이었다. 그녀의 집이라는 것 또한 의심스러웠다.

특별한 목적도 없이 충무로를 남대문 쪽으로 걸었다. 벌써 왼쪽 맥주홀에서 호객 행위를 하고 있는 보이 앞을, 문난설은 이방근과 함께 들어간 일을 잊기라도 한 듯, 곁눈질도 하지 않고 지나쳤다. 그리 넓지 않은 거리의 인파 속에서 서로의 말을 알아듣기 다소 어려운 점도 있었지만, 일단 이야기의 실마리가 잡히자, 발걸음을 옮기면서 이야기하는 편이 동적이고 쉬웠다. 이건 변화였다. 일전에는 맥주홀까지 가는 이 길이 고통이었다면 과장이지만, 낯선 길을 가는 것처럼, 의식하면 발의 움직임까지 어색한 느낌이 들어 견딜 수가 없었다. 그뿐만이 아니었다. 화제를 찾는 것이 무척 괴로웠던 것이다. 이 변화는 문난설 자신이 변한 탓도 있었다.

그때 맥주홀을 나온 다음, 나영호와 만나기로 한 명동의 바에 둘이서 들르기로 했었는데, 그녀는 이방근의 권유에 응하지 않았다. 이야기가 잘 들리지 않아서 두 사람의 간격이 좁아지고, 서로 간에 고개를 상대 쪽으로 기울일 때마다, 두 몸이 가볍게 부딪치듯 스쳤다. 이방근이 상의를 벗고 있었다면 반소매 노타이셔츠의 팔이 밖으로 노출된 문난설의 팔과 직접 닿을 것이다. 희미해진 향수 냄새가 바람을 타고 볼 위에 되살아났다. 갑자기 격렬한 고동이 부정맥이 되어 높게 울리고, 그 충격처럼 어떤 냄새가, 짙은 풀의 훈김처럼 가슴에서, 아니 누군가의 입에서 피어오르는 것을 느꼈다. ……이 저녁놀 속에서 그녀를 안고 싶다. 이제 곧 사라질 저녁놀을 영원히 잡아둔 채, 그녀를 안고 싶다…….

이방근은 잠긴 듯한 기침을 하고, 노상에서 담배에 불을 붙였다. "그런데……, 어디로 가시는 겁니까, 아니, 어떻습니까, 난설 씨, 함께 식사라도 할 시간은 있으십니까?"

이방근의 목소리가 희미하게 떨리고 있었다. 뭐가 저녁놀이란 말인가……. 그는 욕정을 일으킨 자신을 인정하고, 발걸음이 흐트러지면서 전율했다.

"선생님은 모레 출발하시니 바쁘실 텐데요. 저는 신경 쓰지 말아 주세요."

"모레 출발로 바쁜 것은 마찬가지겠지요, 그러니까……." 목 안에서 때 아닌 담이 걸렸다. "하지만, 내일 출발하는 것도 아니고. 저는 생각해 보면 바쁜 것 같으면서도, 그래요, 바쁜 것 같으면서도 바쁘지 않습니다. 헷헤에, 정말 그렇습니다. 그건 신경 쓰지 마세요. 어디 가서 식사라도 하시지요."

"선생님이 괜찮으시다면, 저는 기꺼이 따라가겠습니다. 오늘은 제가 안내하겠어요. 그건 전에 이미 약속했으니까요."

이방근은 그럴 수는 없다고 열심히 설득했으나, 그녀는 이번에는 자신의 차례라며 양보하지 않아, 통행인의 시선을 의식하면서 그대로 따랐다. 문난설은 조금 더 걷고 싶다고 했다. 이방근도 동의했다. 동의보다도, 그 자신이 걷고 싶었다. 거리의 움직이는 혼잡은 그렇다 하더라도, 지금 당장 어딘가 요릿집에라도 들어가, 막힌 공간의 사람들 훈김 속에 몸을 들여놓기는 싫었다. 물론, 문난설이 지금 바로 어딘가로 안내한다면, 그 나름대로 상관없겠지만, 지금은 가능하면 사람으로 혼잡한 곳은 피하고 싶었다.

두 사람은 발길이 향하는 대로, 라기보다는 깔린 레일 위라도 가는 것처럼 남대문 쪽 거리를 똑바로 걸었다. 아니? 머리 위에 커다란 그림자가 비쳤다. 갑자기 하늘이 구름 끼듯 빛을 잃고 색이 바래더니, 순식간에 저녁놀이 사라지고, 거무스름한 모색의 덮개가 하늘을 감싸기 시작했다. 마치 한순간에, 양초가 꺼지는 듯한 기세로 저녁놀이 퇴장했다. 상공에는 바람이 있는 듯, 저녁 무렵의 구름이 움직이고 있었다. 흥이 깨진 것처럼 색이 벗겨져 떨어진 거리를 걸으면서, 이방근은 몸의 표면에서 열이 빠져나가는 것을 느꼈다. 그리고는 잠시 걷다가, 거리가 원래의 저녁나절 모습을 되찾은 뒤, 묻어 둔 불씨처럼 열기가 몸 안에서 움직이는 것을 의식했다.

거리를 빠져나가 동화백화점 정면으로 나왔다. 한 시간 전까지만 해도 백화점 주위를 둘러싸고 있던 경찰의 모습은 보이지 않았다. 백화점의 폐점과 동시에 해산한 모양이었다. 백화점의 셔터는 내려져 있었지만, 옆쪽으로 개업한 지 얼마 안 된다는 식당의 간판이 있는

지하식당가의 입구는 밝았고, 계단을 오르내리는 남자와 여자들이 지하의 계단참에서 교차한다. 전차와 자동차의 경적을 흘러 들으며, 어슬렁어슬렁 전찻길을 따라 남대문 쪽으로 나와, 남산으로 향하는 완만하고 넓은 경사로를 왼쪽으로 끼고돌며 올라갔다. 이 일대는 번화가에다 서울역 근처이기도 해서 지금은 마침 통행인이 끊이지 않는 시간이었다.

육교를 건너 경사로가 죽 펼쳐진 전방에서 서늘하고 상쾌한 바람이 불어왔다. 경사로는 완만한 커브를 그리다가, 마침내 똑바로 남산의 정상에 오르는 장대한 돌계단 앞에 이르러 끝났다. 포장된 넓은 그 도로는 막다른 곳에서 평탄한 평지가 되고, 일찍이 일본의 아마테라스 오미카미(天照大神)와 메이지(明治) 천황을 모신 조선신궁(朝鮮神宮)의 앞쪽 참배 길 돌계단 앞에 한결같이 넙죽 엎드린 형태로, 과거의 경성시내로 흘러내리듯이 뻗어 있었다.

그 참뱃길은, 옛 성벽을 따라 건조된 삼백팔십일 계단을 자랑하는, 그야말로 천국에 이르는 계단이나 되는 양 상당한 급경사에다 넓고 웅장했는데, 도중에 몇 번은 쉬어야 오를 수 있었다. 이 서울의 한복판에 솟아 있는 남산 꼭대기에 세워진 일제 황실의 관리를 직접 받던 큰 신사(官幣大社)가, '반도 진호(鎭護)의 신으로 받들어 모셔졌다'. 일제강점기, 조선의 방방곡곡에 만들어진 신사(제신·아마테라스 오미카미)에 대한, 강제 참배의 근본이 되는 것이 조선신궁이었다. 긴 경사로와, 마치 고대 잉카제국 신전의 계단 같은 삼백팔십 하나의 계단을, 일장기를 손에 든 일본인, 조선인 남녀노소가 무리지어 끊임없이 오르내렸던 것이다. 지금은 남산의 등산로로서는 그야말로 풍취가 떨어지는 흉측하리만큼 큰 유물에 지나지 않았다.

도중의 연도에 있는 숲의 나뭇가지가 저녁 바람에 살랑이고, 새소리가 부산했다. 이따금 날카롭고 격렬한 울음소리가 숲을 달렸다. 나무들의 녹색 향기가 부드러운 바람을 타고 볼을 어루만지며 두 사람 사이를 빠져나갔다. 경사로가 끝나고 삼백팔십일 계단의 '기슭'까지 오면, 돌로 된 거대한 건조물이 우뚝 솟은 것처럼 모색의 베일 저쪽으로 희끄무레하게 정상을 향해 뻗어 있었다. 점점이 작은 그림자가 움직이면서 계단을 내려왔다.

두 사람은 계단을 등지고 서울 시가지를 바라보았다. 여기에서도 남대문의 지붕을 내려다볼 수 있을 정도니까, 상당히 멀리까지 서울 시내를 조감할 수 있었다. 정면에 솟아 있는 바위 표면이 검은 그림자를 드리운 북한산. 산에 둘러싸인 시내가 저녁 안개 속에 가라앉기 시작했다.

이방근은 담배를 물고 문난설과 함께 낡은 벤치에 앉았다. 그는 문난설에게 담배를 권했다. 그녀는, 지금은 괜찮아요……라고도 하지 않았고, 담배 피우는 여자를 싫어하시는 것은 아니냐는 변명도 하지 않고, 한마디, 실례해요……라며 한 개비를 손가락에 끼운 뒤 이방근의 성냥불을 받았다. 그녀의 상반신이 이쪽으로 기울어지면 향수 냄새가 났다. 그는 담배를 손가락에 들고 상대의 담배에 불을 옮겨 줄까 하는 생각을 했으나, 그것은 서로가 입에 물고 있는 담배와 담배의 접촉은 아니라 하더라도, 그러나 성냥불보다는 부자연스러운, 꽤 의식적인 행동이라는 생각이 들어 그만두었다.

"선생님은 시장하지 않으세요?"

시내의 저녁 경치를 내려다보며 문난설이 말했다. 정상에 있는 공원 일대에서는 멀리 동쪽으로 한강의 긴 흐름이 보였다. 조금 전까지 저녁놀에 빛나는 큰 강의 흐름은 화려하고 장관일 터였다.

"아니오. 난설 씨는 배가 고프십니까?"

"아니에요, 아직 시간이 이른가 봐요. 이 선생님은 평소에 무엇을 좋아하세요?"

"으-음, 특별히 이렇다 할……. 저는 의외로 아무거나 잘 먹습니다."

"그럼, 오늘 밤은……?"

"뭐든 좋습니다. 난설 씨가 좋아하는 것이라면."

"어머, 너무 어려워요. ……스시는요?"

"스시, 스시……?" 이방근은 왼쪽의 문난설을 보았다. "일본 음식인, 그 일본어의 스시를 말하는 겁니까?"

"예, 스시라고 해서 실례가 안 되었는지 모르겠어요……. 우리말로는 '초밥'이라고도 하지만."

"아니, 그런 건 아닙니다. 이야기가 갑작스러워서, 제주도의 시골에 있으면, 세간의 유행에 둔해져서 말이죠. 난설 씨는 스시를 좋아하십니까?"

세간의 유행에 둔하다……는 말은 불쾌감을 주기 쉬운 사족이었다. 문난설은 고개를 옆으로 흔들었다.

"선생님께 여쭤 봤을 뿐입니다. 좋아하시나 해서."

"그걸 싫어하는 건 아닙니다. 좌우지간 오랫동안 먹어 본 적이 없어서 말이죠. 그래서 금방 의미를 알아차리지 못했습니다. 난설 씨가 가신다면 기꺼이 동행하겠습니다."

"그렇게 할까요. 오늘 집으로 초대하는 것은 아니지만, 선생님이 손님이세요. 기분이 상하신 거 아닌가요. 친일분자나 입에 담는 말이라고."

"친일분자……. 누가요? 난설 씨가 스스로 친일분자라고 하시는 겁니까?"

문난설은 조금 뜻밖이라는 표정으로 고개를 옆으로 흔들었다.

"그렇겠지요. 그렇지 않다면, 상당히 도발적인 말입니다."

"선생님의 기분이 상하셨다면 죄송합니다. 지금 국회에서는 친일파 문제가 큰일인 모양이에요. 신정부의 사람이 장관에서부터 친일파뿐이라서, 무리가 아니라고 생각해요."

친일분자, 친일파……. 이방근은 갑자기 머릿속이 까칠까칠해졌다.

"음식 이야기가 친일파로 변했군요. 음식에 원한은 없겠지요."

"……하지만, 음식의 원한은 깊다고도 하잖아요."

"그건 굶주린 인간의 말이고, 음식을 원망해도 어쩔 수 없는 일이겠지요. 핫, 핫하아, 어째서 갑자기 그런 말씀을 하시는 겁니까?"

"왠지 모르게……. 역시 맛있는 것은 맛있고, 좋은 것은 좋지요. 중화요리든 서양요리든, 여러 가지가 있잖아요."

문난설은 담배를 두세 모금 피우다 말았지만, 이방근이 피우는 담배 연기가 부드럽게 무너지며 30센티 정도 떨어져 앉은 그녀 쪽으로 흘러갔다. 그녀의 냄새는, 의식하고 깊은 숨을 들이마시면, 콧구멍 안의 점막으로 감미롭게 스며들어 번졌다.

친일파……. 남산의 중턱에서, 옛 조선신궁의 참배 길 밑에서, 친일파라. 흰 옷차림을 한 일본인 신관들의 행렬이, 한순간 환상처럼 솟아올라 눈앞을 미끄러져 갔다. 이방근은 문난설의 말에, 조금 의아한 정도였지 특별히 기분이 상하는 일은 없었다. 하지만 서울에 맨 처음 막 도착한 날 밤 그는, 우연히 나영호와 만났을 때 무심코 튀어나온 '스시'의 이야기에, 상당히 비위에 거슬리는 발언을 했던 것이다. 애당초, 이전에 미쓰코시(三越) 경성 지점이던 동화는 구친일파의 매판자본가가 '적산(敵産)'을, 그들이 섬기고 있던 일본 제국의 재산을, 미군정청으로부터 불하받았던 것이다. 그곳 지하에 8월 15일 신정부 수립을 앞두고 일본요리를 하는 식당가가 생겼다는 이야기는 나영호에게

서 들었다. ……친일파를 기반으로 한 정부 수립과 관련된 것은 아니
겠지만, 일찌감치 왜풍이 조선에 상륙한 셈이었다. 나로서도 음식에
원한은 없다. 그렇다 하더라도, 다만, 지금의 나에게는, 그것이 8·15
와 겹쳐진다. 8·15와 왜식(倭食)이라는 식으로…….

"어떻습니까, 난설 씨, 오늘은 스시를 먹기로 할까요. 이미 맛을 잊
은 지 오랩니다. 이렇게 되면 일본까지 가지 않아도 스시를 먹을 수
있다는 건가요……." 이방근은 이미 10년 가까이 되었지만 서대문형
무소에 있을 무렵, 당시 볼일이 있어서 상경한 아버지 이태수가 면회
때 차입해 준 스시 도시락을 기묘한 느낌으로 받아 든 일을 떠올렸다.
언제가 남승지가, 이번 3월에 강몽구와 일본에 갔다 온 일을 이야기
하면서, 스시가 너무 맛있었다. 이제 두 번 다시 먹을 수 없을 거야,
라고 말하며 웃던 얼굴이 떠올랐다.

"난설 씨는, 이미 시식을 하셨습니까?"

"한 번 갔었습니다. 아직 개업한 지 얼마 지나지 않았어요. 좀 전에
지나온 동화백화점이 있잖아요. 그 지하에 여러 가지 요리가 나오는
식당가가 새로 생겼는데, 그중에 스시가게가 있어요."

이방근은 그때, 나영호로부터 들어서 알고 있었지만, 아, 그렇습니
까, 라고만 대답했다.

문난설은 말없이 천천히 벤치에서 일어났다. 이방근도 일어났다.
그때, 점점이 계단을 내려오고 있던 젊은이 몇 명이, 돌계단 서너 단
위에서 갑자기 무슨 말인지 외치며 달려 내려오더니, 순식간에 두세
그룹으로 나뉘어 맞붙기 시작했다. 패싸움이라고 생각했다. 에잇, 이
개자식! 머리통을 죽사발로 만들어 버리겠다! 포장돼 있지 않았다면
모래 먼지가 높이 날아올랐을 기세로 한바탕 난동을 부렸다. 그리고
는 서로 간에 몸을 떼더니, 이방근 쪽을 보고 놀리기 위한 날카롭고

찌르는 듯한 휘파람을 분 뒤, 경사로를 바람처럼 달려 내려갔다. 주위에 땀에 찌든 냄새가 남았다. 두 사람은 젊은이들이 사라져 간 쪽으로, 강의 흐름처럼 뻗어 있는 경사로를 걸었다. 옅은 보라색을 띤 황혼이 노상으로 밀려들기 시작하더니, 거리에 점멸하는 불빛이 밝기를 한층 더했다.

"멋진 저녁놀이었어요⋯⋯." 걸으면서 문난설이 혼잣말처럼 중얼거렸다. "선생님은 그때의 저녁놀을 잘 기억하고 계시는군요. 게다가 그 트럼펫의 씩씩한 울림을. 아주 먼 곳에서 부르고 있는 것 같아서⋯⋯. 저녁놀을 보면, 고향이 떠올라서⋯⋯."

"고향⋯⋯?" 이방근은 영문을 알 수 없이 섬뜩해지며, 순간 민첩한 동물처럼 귀를 세우고 상대의 대답을 기다렸다. 그녀의 고향이⋯⋯. 그녀 자신의 입에서 그런 말이 나올 줄이야. "난설 씨의 고향은 어디인가요?"

"이북입니다. 평양이에요."

"평양? 으-음, 난설 씨는 이북 사투리를 안 쓰는데."

이방근은 가슴이 답답해지며 급격하게 빠른 종이 울리는 것을 느꼈다.

"일제 때부터 죽 서울에서 살고 있었으니까요. 모르고 계셨나요. 나영호 씨는 알고 있어요. 서도(西道-평안남북도, 황해도의 별칭), 넓게는 서북이지요."

그녀는 서북을 의식하고 있었다.

"예, 평양은 평안북도이니까 서도─관서이고, 북관(北關-함경남북도)을 합치면 서북간(西北間), 서북이 되고, 강원도는 관동입니다. 그래서⋯⋯."

이방근은 필요 이상의 말을 했다. 음, 서북⋯⋯. 그는 머릿속에 송

곳처럼 날카로운 심이 일어서며, 순간 현기증이 났다. 두 사람의 구둣발 소리가 노면을 울렸다. 차츰 깊어지는 황혼의 색이 이방근의 안색을 감추었다. 이방근은 가슴이 답답해졌다. 그는 아까부터 그녀를 갑자기 껴안지는 않더라도, 그 손을 잡고 싶다. 아니 의식적으로 잡을 기회를 노리고 있었다고 해도 좋았다. 그러나 그 꽤나 좀스런 생각은, 뭔가의 기회에 이쪽 마음의 움직임이 탄로 나서, 교묘하게 따돌림을 당한 느낌이었다.

지금 그녀가 이북 출신이라는 사실을 안 순간, 그것이 일시적인 것이라 하더라도, 그런 생각이 사라져 버렸다. 서북⋯⋯. 문난설은 서북 지방의 출신이었던 것이다. 그녀가 그때 '서북' 간부숙소에 있었던 수수께끼 하나가 풀렸다. 왜 지금까지 거기까지 생각이 미치지 못했을까. 이 여자는 제주도에서 '서북'들이 하고 있는 일을 어떻게 생각하고 있을까. 아니, 잘 모를 것이다.

이방근은 걸으면서 담배에 불을 붙였다. '서북'과 문난설은 어떤 관계일까.

"이 선생님, 저는 북, 선생님은 남⋯⋯. 예로부터 '남남북녀(남자는 남에서, 여자는 북에서 아름답게 태어난다)'라고 하잖아요. 우연이라고는 하지만, 이상한 일이에요. 그때, 거의 한순간이었지만, 뵙지 못했다면, 길에서 스쳐 지나가도 바람처럼 사라져 버리고 말았을 거예요. 냄새도 남기지 않고⋯⋯. 바람은 허무해요. 이방근 선생님이 M동의 숙사로 오셨을 때, 옆방에서 얼마나 가슴을 졸였는지 몰라요. 저 사람, 살아서 이 건물을 나갈 수 있을까 하고⋯⋯. 그때 분위기가 예사롭지 않았거든요. 그런 곳으로 그저 혼자 오셔서 선생님처럼 의연할 수 있는 사람은 없어요. 어째서 한 번 뵈었을 뿐인 선생님의 일이 신경이 쓰였던 것인지, 지금 생각해 보면, 그야말로 이상한 일이에요. 인도주의였어요……."

"인도주의라는 것은 휴머니즘……." 이방근은 기묘한 이야기를 들은 기분으로 말했다. "그건 무슨 뜻인가요?"

"예, 휴머니즘이었어요. 저는 그들의 폭력이 싫거든요."

이상한 분위기를 풍기는 문난설의 말이었다. 인도주의, 휴머니즘, 이 말은 받아들일 수 없다. 이 한마디는 고양된 이야기에 찬물을 끼얹는 듯한, 맥이 빠진 사이다처럼 울렸지만, 이방근은 문난설의 말에 가슴이 뜨거워졌다.

서울역 쪽에서 울리는 기적 소리가 하늘 높이 퍼졌다가, 남산을 넘어 내려왔다. 두 사람은 연도에 인가가 늘어서 있고, 가로등에 노면이 떠오른 완만한 언덕길을 내려갔다. 전차와 자동차가 달리는 것이 눈에 들어오는 밝고 혼잡한 움직임이, 경사로 저쪽으로 펼쳐졌다.

"저어, 난설 씨와 처음 만난, 만났다고는 해도, 흐-음, 스쳐 지나간 정도였지만, 그 M동의 저택에서 말이죠, '서북'의 간부숙소로 되어 있는 그곳에서 만난 고영상 씨의 일입니다만." 이방근은 문난설에게 묻는 것을 삼가고 있던 일을 언급했다. 당돌한 느낌이 없지는 않았지만, 이것은 그 저택에서 처음 문난설을 얼핏 보았을 때부터의 의문이었고, 그 의문으로 인해 더욱 문난설이라는 여자가 뇌리에서 떠나지 않았던 것이다. "이런 걸 물어서 되는지, 어떤지, 난설 씨와 그와는 어떤 관계, 즉 아는 사이겠지요. 무례한 질문이라면 실례를 부디 용서해 주십시오."

"……" 가로등 불빛에 비친 문난설의 표정에 딱딱한 것이 스쳤다. "예에. 그 '서청' 사무국장말인가요. 이방근 선생님을 오시게 한, 지시를 내린 사람입니다. 실례라든가, 그런 일이 전혀 아닙니다. 이방근 선생님이 묻고 싶으신 것은, 제가 왜 그때, 그 장소에 함께 있었는지

하는 것이겠지요."

"아니, 함께 있었다든가, 뭔가 의식적으로 있었다든가, 그런 게 아니라."

"어쨌든, 왜 '서청'의 숙사에 있었는가 하는 것이겠지요?"

문난설은 일단 발걸음을 멈추고, 한마디 확인하듯이 말한 뒤, 바로 다시 걷기 시작했다. 이방근도 두세 걸음 뒤를 따라 걷기 시작했다.

"핫, 하아, 그런, 뭔가 오해는 하지 말아 주십시오. 무슨 심문을 하려는 것은 아니니, 지장이 있으시다면, 아이고 이런 말투를 하니까, 더욱 이상해져 버리는군요. 그럴 생각은 아니었습니다. 기분이 상하셨나요."

"하지만, 제가 왜 거기에 있었느냐는 것, 그건 대답하기 어려운 일이 아닙니다. 일전에도 그렇게 말씀하셨잖아요, 반복하고 계세요. 전 이상한 일이 아니라고 말씀드리고 있는데도. 어째서일까요? 마침 거기에 갔을 뿐이고, 그곳에서 고영상 씨와 선생님이 대면하는 장면을 목격한 것은 우연이었어요. 그렇지만, 그것만으로는 대답이 되지 않는다고 선생님은 말씀하시는 것이겠지요. 말씀하시지 않아도 생각을 하시겠지요. 그럼 어째서 마침 그곳에 간 거냐고……."

"아아, 난처하군요. 난설 씨, 왜 이러십니까?" 이방근은 사람들의 시선을 의식하면서 문난설에게 거의 쩔쩔매고 있었다. 거기에 있었다는 것이 이상하다는 것은 무슨 뜻입니까? 그럼, 저는 이만 실례하겠습니다, 하고 그녀가 작별인사를 해 버리는 것은 아닐까 하고 두려워했다. "결코 그럴 생각이 아니었습니다. 그래요, 제 질문의 방식이 이상한 겁니다. 질문이라든가 그런 게 아닙니다만."

"조만간 저절로 알게 되실 거예요. 그 고영상 씨는 제 육촌 오빠의 친구에요."

이방근의 조금 낭패한 모습이 우스웠는지, 그녀의 말투가 부드러워졌다.

"육촌 오빠, 아아, 그렇습니까……."

이방근은 그녀가 몸을 돌려 떠나 버리지 않은 것에 안도의 한숨을 내쉬었다. 그는 그 육촌이 누구냐고는 묻지 않았다. 이야기가 서먹서먹해지지 않았다면, 혹시 그야말로 자연스럽게, 그 육촌 오빠는 고영상과 마찬가지로 '서북'의 간부냐고 화제를 넓혔을지도 몰랐다.

남대문로 전찻길을 원래 왔던 방향으로 되돌아서 걸었다. 날이 거의 저문 저녁의 번화가였다. 이방근은 목이 마르는 듯한 묘한 느낌으로, 음악을 듣고 싶었다. 통행인이 되돌아볼 정도로 아름다운 여인을 곁에 두고 있으면서도, 가슴에 응어리가 진 것처럼 앞쪽 머리에 구름이 끼면서 울적했다. 갈증은 아무래도 체내시계처럼 술 마실 시간을 알리는 때문일 것이다. 술에 대한 갈증이 한편으로 클래식을 듣고 싶게 만드는 것 같았다. 유원이 치는 피아노곡을 듣고 싶었다. ……늦지 말고 일찍 돌아오세요. 왠지 불안해요. 설마 자살을 해 버리는 것은 아니겠지. 머리를 스친 너무나 어이없는 망상을 일소에 부쳤다.

"고영상 씨는 내가 서울에 있는 것을 알고 있을 터인데, 이번에는 전과 같은 '호출'이 아직 없군요."

"선생님께 그런 실례가 되는 일을 반복할 수 있을까요. 이번에는 귀중한 손님으로 대접해야겠지요."

"핫, 하아, 그건 고맙지만, 저는 그런 손님 대접을 바라지도 않습니다."

"배가 고프시지요."

"그렇군요. 목도 마릅니다……."

그때, 10미터가량 전방으로 인파 속에서 이쪽으로 다가오는 젊은 남자와 시선이 딱 마주쳤는데, 그것은 옆에 있는 문난설에서 표적을 옮긴 순간의 시선이었다. 이방근은 그걸 알아차렸지만, 문난설은 눈치 채지 못한 모양이었다. 단순한 통행인이 던지는 시선이 아니었다. 눈 깜짝할 사이에 서로 거리가 좁혀지고, 상대를 의식하면서 통행인에 섞여 싸구려 알로하셔츠를 입은 남자는 이방근의 오른편 1미터가량 옆을 스쳐 지나갔다. 사복경찰은 아닐 것이다.

이방근은 몇 발자국 걷다가 뒤를 돌아보았다. 상대가 서 있었다. 이쪽이 돌아보는 것을 기다리기라도 하듯이 멈춰 서서 두 사람을 보고 있었는데, 이방근과 눈이 마주치자, 시선을 홱 돌리며 저쪽으로 걷기 시작했다. 뭐야, 저 자식은…….

"무슨 일 있으세요?"

"아니요, 막 스쳐 지나간 인간이, 자아, 갑시다."

"이제 다 왔어요."

이미 전찻길에서 오른쪽으로 돌아 충무로를 향했다. 오른쪽으로 동화백화점의 5층짜리 빌딩의 검은 그림자가 보였다.

"아―이구, 누님 아니십니까?"

뒤쪽에서 사내의 목소리가 문난설을 불렀다. 그녀가 멈춰 섰고, 이방근이 뒤돌아보자, 좀 전에 스쳐 지나간 알로하셔츠의 남자가 그를 향해 넙죽 인사를 했다. 서북 사투리가 뚜렷했는데, 아마도 '서북' 조직의 일원일 것이었다.

"뭐야, 너? 어떻게 된 거야, 이런 곳에서…….'

문난설의 말이 갑자기 위압적으로 변하여 이방근을 놀라게 했다.

"언뜻 눈에 띄어서요, 누님은 한눈에 금방 알아볼 수 있거든요. 밝게 빛나고 계셔서, 백 미터, 1킬로 떨어진 먼 곳에서도 분간을 할 수 있지요. 그래서 제대로, 제 눈길이 닿는 곳에서 호위를 하려고 생각해서요."

"입에 발린 소리 할 것 없어."

"손님이시군요……."

젊은 남자는 노상에 멈춰 선 채 담배를 물면서 몇 걸음 떨어져 서 있던 이방근을 보았다.

"알았으니까, 자아, 얼른 가던 길을 가……."

문난설은 핸드백에서 검은 가죽 지갑을 꺼내더니, 얼마간의 돈을 젊은 남자에게 주었다. 알로하셔츠의 남자는 씽긋 웃으며 고개를 숙여 양손으로 받고 나서는 재빨리 바지 호주머니에 쑤셔 넣었다.

"지금, 고 사무국장이 저기에 와 있어요. 스시, 스시님을 먹는대요. 동화의 전무님이 접대한대요. 나는 그곳에서 밀려난 거예요. 하지만, 오히려 잘됐어요. 버리는 신이 있으면 줍는 신도 있다지요. 덕분에 살아났수다, 누님 만나서. 그럼, 조심하시고. 고맙수다. 좋은 냄새가 나네요……."

젊은 남자는 몸을 돌려 떠났다.

"죄송해요, 선생님, 흉한 꼴을 보여 드려서."

문난설은 연도 쪽에 떨어져 서 있던 이방근에게 큰 걸음으로 다가서며 말했다. 그러나 그녀는 이 한순간 젊은 남자와 나눈 대화를 변명하거나 꾸미지는 않았다. 저는 이런 여잡니다라는 듯이……. 이방근은 두 사람의 짧은 대화를 모두 들은 것은 아니었지만, 적어도 첫마디가 누님이라는 식으로 부른 것은 듣고 있었다. 그게 대수로운 것은 아니었다. 그녀가 여자 깡패도 아닐 테고, 설령 그런들 어떤가. 그러나 뭔가 신물 같은 게 가슴에 서서히 번지는 것을 느끼고, 이방근은 그러한 자신을 웃었다.

"뭐가 흉한 꼴이라는 겁니까. 그 말이 더 이상합니다."

두 사람은 동화백화점 쪽을 향해 걸었다.

"선생님, 고영상 씨가 스시가게에 있다고 하네요."

"뭐라고요, 고영상이……. 그가 스시가게에 있습니까, 그렇습니까. 으-음, 그렇군요."

그렇군요……라고 고개를 끄덕일 일이 아니다. 이방근은 다른 사람의 일처럼 말했다.

"어떻게 할까요?"

"글쎄요. 어떻게 할까요. 난설 씨는 어떻습니까. 저는 그에게, 갑자기 귀중한 손님 취급을 받는 게 마음이 내키지 않는군요."

"다른 곳으로 가시지요."

"예, 그게 좋겠습니다. 고영상 씨와는 후일에라도 다시 뵙는 걸로 하겠습니다. 그런데 난설 씨, 저와 이렇게 걸어 다녀도 괜찮습니까?"

"선생님은 또 어째서 그런 일을 신경 쓰시는 건가요. 필요가 없는 일을……."

두 사람은 동화지하식당의 입구가 보이는 근처까지 와 있었다.

8

두 사람은 잠깐이었지만 동화백화점 모퉁이에 있는 현관 앞에서 갈 곳을 정하지 못한 채 머뭇거리며 서 있었다. 눈을 스친 현관 위의 벽시계를 올려다보자, 이미 여덟 시 반에 가까웠다. 눈앞의 충무로 입구 쪽으로 사람들이 오가고, 왼쪽의 남대문길 모퉁이에 한국은행의 석조 건물 돔이 밤하늘 밝은 빛에 반사되어 그림자를 뚜렷이 부각시키고 있었다. 화강암을 쌓아 올린 건물의 네 귀퉁이가 각각 돔 형식을 취한 르네상스풍의 당당한 건축물은, 일본은행 본점을 본떠 만들었다고 한다. 서울역, 과거의 경성역도 마찬가지로 르네상스 풍의 도쿄 역과 닮아 있었다.

그런데 어디로 갈까. 안내역인 문난설 자신도 스시 가게의 사다리가 갑자기 사라져 버린 지금, 금방 결정을 내지 못하는 것 같았다. 어쨌든 식사를 하지 않으면 안 된다. 조금 전에 어슬렁어슬렁 걸어 나온 충무로로 다시 들어갈 기분이 내키지 않았다. 그렇다고 전통식당과 요정이 많은 종로나 인사동 일대까지 가려고 친한 척 택시를 동승하는 것도 귀찮았다. 어느 쪽이 먼저랄 것도 없이 두 사람은 한동안 중앙우체국 앞을 지나 남대문로를 걸었다.

차도 쪽 보도에는 의류나 일용잡화, 액세서리 등 잡다한 물건을 늘어놓은 작은 노점 등이 있었고, 그중에는 목이 쉬어라 외치고 있는 사람도 있었다. 사세요, 사, 양말 한 켤레 60원! 땅바닥에 작은 받침대를 놓고 몇 켤레 양말을 늘어놓고 있을 뿐인, 하루 벌어 하루를 살아가는 상인. 그러한 가운데 바다의 향기, 소라를 굽는 냄새, 그리고 오징어를 굽는 냄새가 흘러왔다. 그때, 이방근의 구두를 쓰다듬듯이 살짝 닿는 감각에, 뒤쪽 발밑을 돌아보니, 지면에 웅크려 앉은 한 남자가 무표정하게 손에 평평하고 원형인 구두약 깡통을 들고, 이것 좀 사세요……라며 내밀고 있었다. 남자의 한 손은 옆의 상품—구두약을 넣은 작은 판지 상자에 가 있었다. 이방근은 그대로 지나치며, 문득 서울에 온 첫날밤에 우연히 나영호와 함께 그녀와 만난 충무로의 식당으로 갈까도 생각했다. 하지만 혼잡할 수도 있다는 생각에 그대로 오른쪽으로 돌아 명동의 혼잡한 인파 속으로 발길을 옮겼다. 문난설 자신도 앞을 안내하듯이, 스스로 그쪽으로 들어갔다. ……난설 씨, 저와 이렇게 걸어 다녀도 괜찮습니까? 선생님은 어째서 또 그런 일을 신경 쓰시는 건가요. 필요 없는 일을……. 필요 없는 일을……이라고, 그것이 별 생각 없는 대답이라 할지라도, 그녀가 그렇게 말한 이상 언급할 필요가 없었다.

아마도 그녀는 스시 가게에, '서북' 간부 고영상이 있음에도 불구하고, 이방근이 좋다고 하면 함께 갔을 것이다. 이방근은 고영상과 일부러 만나고 싶은 생각은 없었지만, 그것보다도 문난설과 동행이라는 것에 왠지 저항감을 느꼈다. 그녀가 전혀 신경을 쓰지 않는다면, 이방근도 특별히 의식하지 않을 수 있겠지만, 그래도 문난설의 그런 점을 알 것 같으면서도 알 수가 없었다.

문난설은 길가의 모자가 함께 있는 거지의 접시에 얼마인가의 돈을 넣었다. 그녀는 어느 전통 있는 중화요리점으로 향하고 있었지만 이방근의 시선은 음식점이 늘어선 옆 골목으로 빠져나가다, 문득 아바이 순대의 간판에 멎었다. 그는 옆 골목 입구를 거의 지나간 곳에서 발길을 멈췄다. 고기를 삶고 있는 듯한 음식 냄새가 도로의 인파 사이로 흘러나왔다.

"난설 씨, 순대는 어떻습니까? 아바이 순대……."

"순대, 아바이 순대……?" 멈춰 선 그녀가 반문했다. "이 선생님은 순대가 좋으세요?"

"아바이 순대, 아바이는 함경도 방언이지 않습니까, 할배든가 영감님이라는. 이게 참 맛있습니다. 으흠, 이 주변까지 그럴듯한 냄새가 나는군요……."

"……"

분명히 음식 냄새에 섞여 내장이나 순대를 삶고 있는 듯한, 그리고 순댓국 냄새가 나고 있었지만, 문난설은 콧방울을 씰룩거렸다. 결국 그녀는 미소를 입언저리에 머금으며 이방근의 뒤를 따라 옆 골목으로 들어왔다. 물을 뿌린 콘크리트 노면은 군데군데 깨져서 울퉁불퉁한 요철이 생겼고, 웅덩이를 만들고 있었다. 그곳을 사람들이 오갔고, 문난설도 발밑을 조심하면서 걸었다.

아바이 순댓집에 가는 것은 다른 뜻이 있어서가 아니다. 제주도의 성내에서도 함경도를 포함한 '서북' 출신의 여자가 하고 있는 식당에서는 아바이 순대가 잘 팔렸는데, 본래 제주도에서는 순댓국으로 먹지 않는 만큼 신기한 음식이었다. 일반인 출입은 거의 없지만, 경찰이나 관청 관계자들의 출입으로 가게 경영은 충분히 유지되고 있었다.

문난설이 안내하는 중화요리점도 좋고, 어딘가 요정의 조용한 독방이라도 좋다고 생각했지만, 왠지 발길을 멈췄다. 그것은 냄새와 아바이 순대의 빨간 페인트 간판, 그리고 분명히 독특한 풍미와 맛도 컸지만, 발길을 멈춘 또다른 이유는 뭔가의 충동이었다.

무교동의 일대를 닮은 옆 골목의, 가게 앞에 설치된 커다란 가마솥에는 돼지 머리가 삶아지고 있었고 뭉클하는 수증기 형태로 따뜻한 냄새를 풍겨냈다. 이방근은 자신도 모르게, 문난설의 얼굴을 돌아보았다. 나무 받침대 위에 삶아져서 번들번들 빛나는 돼지머리가 두 개 올려져 있었다. 눈을 감고 있어, 마치 조용히 생각하고 있는 듯한 표정을 하고 있었다. 벽의 선풍기가 고개를 흔들고, 수증기로 자욱한 주방에서 풍기는 혼돈스런 냄새에 감싸여 두 사람이 가게 안으로 들어서자, 입구 주위에 테이블이 몇 개 놓여 있고, 문이 열린 안쪽의 넓은 방으로 안내했다. 손님의 시선이 문난설에게 잠시 집중되었다. 두 사람은 서늘한 온돌 벽 쪽 탁자를 사이에 두고 방석을 깔고 앉았다. 양장의 그녀에게는 테이블 쪽이 좋았을지도 모르지만, 사람의 출입으로 안정감을 주지 못했다. 이방근이 여종업원을 부르자, 문난설이 맥주와 순대를 주문했다.

"순댓국은 어떻게 하실 건데요?"

여종업원은 무뚝뚝하게, 마치 명령조로 말했다.

"순댓국은 나중에 주세요."

이방근이 말했다. 그리고 순대를 좋아할 것 같지 않은 문난설을 위해, 여름철에 기름이 올라 맛있는 홍어회와 돼지 머릿고기를 주문했다.

"나영호 동무가 자주 간다는 바는 아마도 이 근처인 것 같은데."

"……"

담배를 꺼내 들고 있던 문난설은 먼저 한 대를 이방근에게 권하고, 라이터에 불을 붙여 주더니 자신도 손가락에 끼고 있던 담배 한 대를 물었다.

맥주가 나오고 얼마 지나지 않아 큰 접시에 둥글게 썬 막 삶은 굵은 순대가 나왔다. 그 밖에 물김치 두세 종류, 게장과 굴젓, 채소 무침, 풋고추 등의 접시가 순식간에 식탁을 가득 메웠다. 일본풍으로 맛을 내지 않은 홍어회와 돼지 머릿고기가 나왔을 때는 식탁에 맥주병을 놓을 틈조차 없을 정도였다.

두 사람은 따라 놓은 맥주 컵을 들고 가볍게 부딪친 뒤 얼굴을 마주 보며 입으로 가져갔다. 초장을 찍어 먹는 홍어회도 좋았지만, 부드럽고 두꺼운 돼지 내장으로 만든 순대 속은 입안에서 무너지듯이 씹는 감촉이 좋았다. 문난설도 젓가락으로 한 조각 집어먹더니, 조금 뒤 다시 순대를 초장에 찍어 뾰족 내민 입으로 가져갔다.

이방근은 이윽고 술을 막걸리로 바꾼 뒤 상의를 벗었다. 지금 두 사람은 스시 가게와는 전혀 닮지 않은 곳으로 와 마주 앉아 있다. 구두를 벗고 책상다리를 하고 앉아 있으면 역시 테이블보다 차분해졌다. 문난설은 걸으면서 모처럼 만이니 가능하면 나중에 들러 보지 않겠냐고 말했지만, 시간적으로 무리일 뿐만 아니라, 굳이 스시 가게에 갈 필요도 없었다.

벌써 날이 저물었고, 모레 아침까지는 내일 하루만 남아 있을 뿐이었다. 모레 아침의 출발시각을 놓친다면, 모든 일정이 틀어져 버릴 것이다. 만일 아버지 이태수가 서울로 올라오거나 해서 어긋나는 일이 없도록, 내일이라도 전화를 해 둘 필요가 있었다. 여동생 유원은 역시 아버지 앞에 함께 있지 않는 게 나을 듯했다. 본인이 있으면 오히려 뒤틀릴 가능성이 커질 것 같았다. 어쨌든 내일 하루 밖에 없다. 그러나 이방근은 특별히 바쁘게 움직이지는 않았다. 시간이 오고, 그저 가기만 하면 되는 것이었다. 다만 한 가지, 오남주의 일이 남아 있었다. 무엇을 위해, 왜 제주도에 가는지, 아직 확실히 알 수는 없었지만, 가능하면 그의 희망대로 해 주고 싶었다.

이윽고 옆자리에도 손님이 오고, 예닐곱 개의 탁자가 있는 방은 손님으로 가득 찼다. 손님들의 식욕은 왕성해서, 각각의 탁자를 메운 사발과 접시에 양손을 뻗어 껴안을 듯한 자세로 잘도 먹어 댔다. 이야기를 나누면서 소주와 막걸리를 마시고, 입을 크게 벌려 상추에 싼 고기와 밥을 볼이 미어지도록 밀어 넣었고 사발에 닿는 숟가락 소리도 끊이지 않았다. 벽 한가운데쯤에서 회전하는 선풍기 바람에 천천히 흩어지는, 어디선가 맡아본 듯한 거리에서 기억이 있는 냄새가 되살아났지만, 그것은 눈앞의 문난설에게서 나는 향수 향기를 섞은 냄새였다.

그녀는 게장을 맛있게 먹었다. 손가락에 고추장을 묻혀 가며 게 껍질을 벗기고, 고추장이 스며있지 않은 투명하고 부드러운 살점을 입에 넣었다. 입술에 고추장이 묻었다. 실제로 게의 살점은 젤리가 녹는 것처럼 맛있었다. 그녀는 입술과 손가락에 묻은 양념을 닦아내고, 맥주를 마셨다.

이방근은 사발의 막걸리를 두세 모금 계속해서 마신 뒤, 난설 씨…… 하고 할 말이 있다는 듯이 그녀의 조금 붉게 물든 얼굴을 보며 말했다.

"내일 중으로 난설 씨의 도항증명서가 만들어집니까?" 그리고 상대의 대답을 기다리지 않고 혼잣말처럼 덧붙였다. "……도항증명서, 이건 마치 외국에라도 가는 모양샙니다."

"저에 대한 말씀이시죠. 오늘 선생님으로부터 전화를 받은 뒤에 일단 손은 써 두었습니다. 이 선생님은 괜찮으세요?"

"예." 이방근은 혼자 고개를 끄덕이고 나서 계속했다. "저는 괜찮습니다만. 실은 난설 씨의 증명서가 매우 간단하게, 아니, 결코 간단하지는 않겠지만, 어쨌든 급한 시간에 맞출 수 있게 돼서 안심하면서도 한편으론 감탄하고 있습니다."

이방근은, 유력한 백이 있으시군요, 라고는 말하지 않고 말을 끊었다. 그는 다시 막걸리 사발을 한 모금 기울이고, 머릿속에 젖어드는 취기를 의식했다.

"여동생은 함께하지 못하는 거지요. 가시면 좋을 텐데."

"그 앤 가지 않습니다. 가지 않는답니다. 여동생보다, 어떻게든 저와 함께 가고 싶다는 사람이 있습니다."

"……예에, 누구인데요?"

"학생입니다."

"……학생?"

문난설의 표정에 물결이 일었다 사라졌다.

"S대 학생입니다만, 제 자신이 갑자기 출발 일자를 모레로 정하는 바람에, 그 학생까지는 손을 쓸 수가 없어서 말이죠. 그게 조금 신경이 쓰이기는 합니다."

"그 학생은 그렇게 급한 일이 있는 건가요?"

문난설의 눈두덩이도 어렴풋이 붉어지고, 눈빛이 촉촉해져 있었다.

"아니, 급하진 않을 겁니다. 여기 있는 제가 급하다 보니…… . 적어도 오늘, 내일이나 모레 가야 되는 건 아닙니다."

문난설이 소리 죽여 웃었다.

"핫, 하아, 뭔가 이상한가요."

"아니에요…… ." 문난설은 이방근에게 양해를 구하고 담배에 불을 붙인 뒤 가볍게 한 모금 빨더니 이내 재떨이에 비벼 껐다. "그 학생은 도항증명서를 신청하면 허가가 나올까요. 물론, 모레 출발까지는 어렵다 해도."

"아니, 어떻게…… ." 이방근의 거의 어이가 없다는 목소리에, 문난설의 표정이 순간 확 바뀌었다. "아니, 그런 게 아니라, 제주도에는 말이죠(제주도, 옆자리 손님들의 귀에 들어갔을지도 모를 '제주도'를 의식했다), 일반인의 도항이 금지돼서, 밖에서나 섬 안에서나 출입이 차단돼 있거든요. 따라서 문난설 씨 경우는 특별하달 수 있습니다. 그렇다니까요. 어쩌면 문난설 씨 정도는 아니더라도, 저 역시 특별한 쪽에 속합니다만."

이방근은 상대의 이름을, 난설 씨에서 문난설 씨라고 풀 네임을 반복하고 있었다.

"아참, 그랬지요. 전 어째서 이럴까요. 선생님 기분이 상하셨다면 부디 용서해 주세요. 무심코 서울에 있는 듯한 느낌으로 생각하다 보니. 이래서야 제주도에 간들 무슨 소용있겠어요…… ."

"저어, 그쪽 분들은 제주도에 가십니까? 제주도는 폭동이 일어나서 민간인 출입이 불가능한 곳이잖아요. 음, 그곳에 가는 건 힘들 텐데…… ."

옆자리 두 일행 중의 한 사람, 와이셔츠의 소매를 걷어 올린 검은 색의 체구는 작지만 다부진 몸매의 사십 대 남자가 말을 걸어왔다.

"그게—, 좀 사정이 있어서요."

이방근은 자신과는 맞은편에 비스듬히 벽을 등지고 앉은 그 남자를 보며 기계적으로 말했다.

"……신정부도 생기고, 제주도 폭동은 평정돼 수습되었다고 하잖아요. 신문에는 그렇게 쓰여 있어요. 어떻습니까, 그쪽 선생분, 거기 사정은 어떻게 돌아가고 있습니까?"

일행인 젊은 남자가 말했다.

"너는 신문 보도를 전부 믿는단 말이야?"

이방근이 상대할 필요도 없이, 자기들끼리 이야기가 얽혔다.

"신문 보도가 모두 거짓이라고는 할 수 없어요. 그래도 제주도라면, 먼 바다 건너 저쪽이니까, 확실한 것은 우리도 알 수가 없지요……."

"으—음, 그래도 사소한 사정으로 제주도까지 갈 수 있다는 것은 대단한 일야. 겉보기에도 부인은 보통분이 아닐성싶은데. 선생의 고향은 제주도신가?"

"예, 제주돕니다."

"나는 이북 함남(함경남도)으로, 이조 태조(이조 태조 이성계)의 아버지, 환조의 고향인 영흥입니다. 그런데, 어떻습니까, 아바이 순대는 맛있습니까……. 아바이·순대……. 근데 제주도는 그렇게 만만치 않은 곳입니까."

그 목소리에는 취기가 배어 있었다. 만만치 않은 곳, 만만치 않은 곳입니까……. 취기가 돌면서 신경이 씰룩거렸지만, 이방근은 흘려들으며 젓가락을 집었다. 나이로 보아 '서북' 조직의 멤버는 아니더라도 이북 출신자였다. 이북 출신자라고 해서 반공이라고는 단정할 수

제16장 **201**

없지만, 눈앞에 있는 문난설이 이북인 것과는 사정이 다를 것이다.

"좀 전의 그 학생은 도항증명서가 필요한가요?"

문난설은 자신을 주시하는 그 사십 대 남자를 노려보고 나서 이방근에게 말했다.

"그렇습니다."

"……여보시오, 이북의 인간이 제주도에 꽤나 많이 가 있지요……."

"예-." 이방근은 한마디 응, 하고 흘려들었다. 술이 발효하듯이 화가 치밀어 올랐다. 말이 희미하게 떨리고 있었다. "무리할 필요는 없습니다만, 아니, 무리를 할 수밖에 없겠습니다만, 혹시 무슨 방법이 있다면……."

"여보시오-, 한잔합시다……."

"다른 사람 얘길 방해하면 안 되지요."

"방해라니, 무슨 방해를 하려는 게 아니잖아. 술자리의 교분이야. 제주분과 동석하는 것도 뭔가 인연일 거야. 내가 알고 있는 녀석도, 한 건 올리겠다며 제주도까지 바달 건너갔다구. 거기서 해녀의 딸과 붙어서……."

해녀의 딸……. 이 말이 이방근의 뇌리에 울렸다. '서북'과 함께 사는 해녀의 딸. '해녀'는 제주도의 대명사이기도 하고, 멸시가 담긴 말이기도 했다. '서북'과 함께 사는 제주의 딸……. '서북'과 '결혼'을 했다는 여동생과 어머니에 대한 경야의 제사를 지내고 저 세상으로 보내 버린 오남주가 지금 여기에 있었다면, 당장 일어섰을 것이다. 다시 한 번만 말해 봐라. 자, 그래서, 그게 어떻다는 거냐…….

"누가, 해녀의 딸과 함께 산다구요?"

이방근이 말했지만, 상대는 순순히 받아들인 듯, 자신의 친구라고 대답했다.

"그래서, 어떻게 됐다고요?"

"……그래서, 어떻게 되다니? 글쎄, 잘 살고 있지 않을까. 뭔가 마음에 들지 않소? 아무래도 이야기에 모가 난 것 같은데."

상대는 한쪽 손을 탁자 위에 올려놓고 이쪽을 돌아보았다. 양 탁자 사이에 서서히 살기가 비치기 시작했다. 여기는 제주도가 아니다. 일이 벌어지면, 모레의 출발은 물거품이 된다…….

"여기는 당신과 둘만의 자리가 아니라, 손님이 있는 가게니까, 조용히 식사라도 합시다."

이방근은 일단 저자세로 나갔다. 두 자리 사이의 험악한 분위기를 주변 손님들이 눈치 채고 있었다.

"당신은 상당히 이해가 빠른 것 같소이다 그려. 해녀의 딸과 어떻게 되었냐고 묻기에 대답했을 뿐이잖소. 술값이라도 대신 내주려고 그러시나……."

"뭣이."

이방근은 취기가 문을 한쪽으로 열어젖히듯이, 한쪽으로 몸의 반절이 싹 하는 소리를 내며 밀려와 부풀어 오름을 느꼈다. 그리고 상대가 앉은 채로 자세를 취하는 것을 보고, 자신의 표정이 변했다는 것을 깨달았다. 해녀의 딸……! 그는 이 순간 입 속에서, 이 새끼! 하며 중얼거리고 있었고, 곧바로, 선생님, 진정하세요! 하는 문난설의 날카로운 한마디가 없었다면, 남자에게 밖으로 나오라고 거의 호통을 칠 뻔했다. 이방근의 머릿속에, 올봄의 안개가 자욱하던 밤, 양준오와 함께 들어간 성내의 카바레에서 '서북'들과 시비가 붙어 싸움을 벌인 때의 광경이 선명하게 되살아났다. 아아, 명동의 번화가에서, 이건 신문에 나오겠는걸…….

"저어, 그쪽에 계신 선생님, 그만두시는 게 어떻겠습니까?" 문난설은 탁자 하나의 간격을 사이에 둔 옆자리의 사십 대 남자를 향해 말했다. "아까부터 여러 가지 말씀을 하고 계신데, 이야기는 듣는 사람이 있어야 되는 거 아닌가요. 혼잣말이 아닌 이상(주시하던 손님들이 고개를 끄덕이며 웃었다)……. 대장부가 한두 마디는 괜찮겠지만, 몇 번이나 주절대서야 쓰겠습니까. 시비를 걸어서 술이 나올 거라고 가볍게 보셨다면, 나중에 후회가 막심할 거요. 이봐요, 아주머니……." 그녀는 마침 방으로 올라온 가게의 중년 여자를 향해 말했다. "여기는 무슨 가게였죠? 아바이 순대집이라면서요……. 그 말이 딱 맞는군요, 아바이 순대는 이 집만이 아닐 텐데."

"원조거든요."

"원조? 그렇군요. 이쪽 분에게 술 좀 갖다 드리세요……."

남자는 어이가 없는 듯 망연자실했다. 당당한 몸매의 아름다운 여인에게 압도당해서 그런 것이 아니었다. 그 여자답지 않은 겁 없는 태도와 말투에 주눅이 든 모양이었다. 게다가 만일 그 자리에서 여자에게 손 대기라도 한다면, 주위의 사람들이 그 남자를 가만 두지 않을 것이다. 분위기가 그랬다.

"술은 필요 없어." 그래도 남자는 가게의 여자를 향해 외쳤다. "나는 등치기가 아니야. 그쪽 손님, 잠깐 기다리시오, 나중에 후회할 거라는 말은, 그건 단순한 인사말이 아닌 것 같은데……."

문난설과 이방근은 자리에서 일어났지만, 남자는 앉은 채 두 사람의 얼굴을 번갈아 보며 말했다. 남자를 개의치 않고 두 사람이 방의 문지방까지 나와 신발을 신으려고 할 때, 마침 가게 안으로 들어온 풍채 좋은 양복 차림의 신사가 문난설을 발견하고, 일행과 함께 곧장 다가왔다.

"아이구 이거, 최 선생님 아니십니까……."

구두를 다 신은 문난설이 놀라며 인사를 했다.

"오오, 이게 어떻게 된 일입니까? 이런 곳에서 문난설 여사를 뵙다니……. 언제 봬도 당신은 아름답군요." 최 선생은 정말로 잠시 그녀의 얼굴에 넋을 잃은 듯 쳐다보았다.

"……아니, 벌써 돌아가시려고? 으—음, 그거 유감이군요."

"최 선생님도 여기에 오시나요? 어머나, 훗훗호, 아바이 순대를 드시려고……. 원조, 아바이 순댓집, 여기는 아무래도 정신위생에 좋지 않은 사람들이 있는 것 같네요. 단속을 잘 하셔야지……."

"뭐라고요? 정신위생에 좋지 않다, 음, 불량배들……. 문 여사께서는 무슨 일 있으셨습니까? 이 가게에서 뭔가 실례가 되는 일이라도……."

"예—, 별일은 아니에요."

문난설은 방 안의 일행 두 사람 쪽으로 흘낏 시선을 던졌다.

"그랬군요. 이봐, 주인은 지금 어디 있나?"

"예—, 예—잇."

가게의 손님을 지나가는 행인이나 다름없이 무뚝뚝하게 대하던 여점원이, 이 새로운 손님에 대해서는 머리가 땅에 닿을 듯 쩔쩔매고 있었다.

"주인은 됐어요, 선생님, 괜찮아요. 자, 어서 방 안으로 들어가셔야지요."

"이봐, 인사해."

부하로 보이는 젊은 남자가 문난설에게 공손히 머리를 숙였다.

"으, 음, 손님과 함께 오셨군요……."

문난설의 소개로 이방근과 인사를 나눈 경찰청 최 과장의 눈은 사람을 탐색하듯이 표정을 날카롭게 바꾸고 있었다. 그리고 그는 생각난

듯이 말했다.

"그런데, 문 여사는 언제 제주에 간다고 하셨더라?"

"모레예요."

"모레? 아아, 그랬었나, 그러고 보니, 그렇군요. 그 건은 내일이라도 전화를 하고 나서 사람을 보내면 될 거요."

"최 선생님, 여러 모로 감사합니다."

"아니 뭘……."

방 안에 있던 두 남자가 자리에서 일어나, 엉거주춤한 자세로 진퇴유곡이라는 듯이 허둥대고 있었다.

"아이구, 대감님, 잘 오셨습니다. 일행이신 선생님도 잘 오셨습니다. 이봐, 너는 대감님이 오셨는데, 뭘 그렇게 멍하니 우뚝 서 있는 거야." 가게의 여자가 부르러 갈 것도 없이, 대감—장관(大臣)이 아닌 과장의 행차를 안 대머리 주인 양반이 집사람으로 보이는 여자와 함께 머리를 조아리며 나왔다. "너희들 멍하니 있지만 말고……. 이 아바이 순댓집을 어떤 가게로 생각하는 거야. 대감님, 자아, 이쪽으로……. 구두를 들어라, 구두를. 아이구, 그쪽 손님들, 잠시 옆으로 길 좀 비켜 주세요, 비켜 주세요……. 이봐, 이봐, 당신은 앞치마 좀 풀어……."

먼저 방으로 올라간 주인 부부가 안쪽의 특별실로 보이는 곳에 새로운 두 손님을 안내했다. ……소노다소(少怒多笑), 소번다면(少煩多眠), 소언다행(少言多行), 소육다채(少肉多菜), 소식다저(少食多齟) ……. 이방근은 웃었다. 가게의 벽에 붙어 있는 '건강십훈(健康十訓)'. 소육다채……. 역상법(逆商法)이라는 것인지, 뭔가 다른 뜻이 있는지.

이방근은 문난설이 계산하도록 맡기고, 한발 앞서 밖으로 나왔다.

호주머니가 가벼워 보이는 취한이 옆 골목을 빠져나가고, 반라의 더러운 부랑자풍 사내가 고약한 냄새를 풍기며 길가 구석을 뒤지고 있었다. 가게를 나오고 보니, 도중에 자리를 뜬 탓도 있어 술의 취기가 순조롭지는 못했지만, 소노다소는 아니지만, 특별히 기분이 상할 정도의 일은 아니라고 생각했다. 그보다는 엉거주춤한 자세로 어쩔 줄 몰라 하던 두 사람의 모습이 재미있었다. 그러나 문난설의 한마디가 없었다면, 일촉즉발, 상대의 머리를 깨부수든가, 이쪽이 깨지든가 했을 것이다. 해녀의 딸…… . 술값을 내주려고 그러나…… . 핫, 핫하, 등치기는 아니지만, 협박이다. 아마도 상대의 머리가 죽사발 났을 것이다.

문난설이 상쾌한 밤공기 속으로 나왔다.

"이 가게 주인은 참으로 소란스런 사람이에요. 모처럼 만난 사람인데도, 이야기를 못 할 정도로 손님을 재촉해서…… ."

"이야기…… ?"

이방근은 되물었다.

"불쾌한 아첨꾼이라구요…… ." 문난설은 계속했다. "인간은 다른 사람에게 알랑거리는 것이 기분 좋은 모양이에요."

"뭐라고요? 알랑거리는 것이…… ?"

"그래요. 비위를 맞추는 쪽도 아주 기분이 좋다니까요. 수도경찰청 과장을 대감님이라니, 사람들이 깜짝 놀라겠지요. 대감이라 불러서 정부의 장관이라도 가게에 찾아온 것처럼…… ."

"그는 어디 과장인가요. 수사 쪽은 아니겠지요."

"공안과장…… ."

남승지가 아직 서울에서 학생일 무렵, 삐라를 붙이던 도중에 체포되어 고문을 받은 뒤, 2, 3일이 지나 수도경찰청에서 온 수사국장에게 직접 취조를 받았다고 했다. 그때 상대는 남승지에게 사회주의란 무엇인가? 라는 토론을 걸어와. 학생은 면학을 본분으로 삼아야 한다고 훈계를 하다가 갑자기, 무릎을 꿇어! 라는 명령을 내리고, 회전의자에 상체를 크게 뒤로 젖힌 채 검게 빛나는 장화를 남승지의 코끝에 내밀었다. 이 신발을 핥아! 일단 바닥에 무릎은 꿇었지만, 신발을 핥는다는 것은 그곳에서 죽을지언정 할 수 없었다……라고 남승지가 이야기하던 일을 떠올렸다. ……그렇지, 여동생이 짜고 있던 남승지에게 보낼 스웨터를 잊어서는 안 된다. 직접 전달할 수는 없어도, 누군가에게 부탁할 수는 있을 것이다.

"발밑을 조심하세요……. 그가 대감님이라면, 난설 씨의 경우는, 여왕님이 오셨다면서 영광으로 생각해야겠지요."

"어머나, 그만하세요. 우스워요……."

문난설은 정말로 웃기는지 소리를 내어 웃었다.

"농담이 아니라, 저는 그렇게 생각해요. 사실 그렇게밖에 안 되잖아요. ……난설 씨의 도항증명서는 그의 입김입니까?"

"예."

"난설 씨의 얼굴을 바라보던 그 남자의 눈은 빛나고 있었는데 말이죠."

"이 선생님, 품위 있는 농담은 아닌 것 같네요."

이방근은 취기를 떨쳐 내듯 깜짝 놀라며, 지금 뱉어낸 자신의 말에 외설스런 울림이 있다는 것을, 귀속에 그 여운을 쫓으며 깨달았다.

도항증명서는 최 과장 정도의 지위라면, 필요에 따라 발급하는 것이 어려운 일은 아니었다. 이방근도 경찰에 직접적인 연줄은 없었지만, '공작'할 마음만 먹는다면 내일 하루 안에는 어렵다 하더라도, 며칠인가의 말미를 두고 정부의 과장급 동창 친구들에게 부탁하면 된다. 루트와 뒷돈이 필요할 뿐이었다. 그는 오남주의 본심을 알 수도 없었지만, 구체적인 '공작'을 생각하기 전에 모레로 출발 일자를 정하고, 급히 오남주라는 짐을 껴안은 모양새가 돼 버렸다.

"시간이 좀 있었더라면, 최 과장님에게 한마디, 말을 해 두었더라면 좋았을 텐데. 그 학생의 일로……."

"아니, 그럴 필요는 없어요." 이방근은 반사적으로 말했다. 아니지 아니야, 증명서가 필요 없는 것은 아니다. "그런 곳에서 할 수 있는 얘긴 아니잖아요."

"아니에요, 이야기는 하지 않지만, 한마디, 또 다른 부탁이 있다는 정도만 말해 두면 되는 거니까요. 저런 분들에게는 그런 증명서 한두 장 만드는 것은 어려운 일이 아니거든요."

"으−음, 그건 그렇겠지요. 하지만, 같은 사람에게 두 번씩이나……."

"이 선생님이 잘 알고 있는 학생이겠죠?"

"예, 학생의 신분은 제가 보증합니다."

그러나 얼마나 알고 보증을 한단 말인가. 오남주가 자신의 말처럼 '밀항'으로 몰래 제주도의 어딘가에 상륙한다면 몰라도, 도항증명서로 성내의 산지 항에 하선하는 이상은, 당국의 체크가 계속될 것이고, 만일 일정 기간 안에 섬을 나가지 않거나 모습을 감춰 버린다면……. 게다가 그는, 동행하는 문난설이 서북 지방 출신이라는 것만으로도 거부반응을 일으킬 것이다. 더구나 증명서가 그녀의 힘으로 만들어졌다는 것을 알면……. 아직 문난설에게 이야기를 꺼낸 것도 아니고, 상대가 응한 것도 아니지만, 고마운 생각이 들었다. 이방근은 상대를 궁지로 몰아넣을지도 모를 증명서의 '공작'을 부탁하고, 그에 대한 그녀의 태도 여하로 그녀를 시험해 보려는 또 하나의 자신을 의식하고 있었다. 가능하면 어려운 일을 부탁해 보자……라고 생각했다. 하지만 그녀는 그러한 부탁을 그다지 어렵게 생각하지 않는 것 같았다. 이방근은 안심하면서도, 그 이상으로 헛발을 디딘 듯한 허무함을 느꼈다…….

시간은 아홉 시를 지나고 있었다. 옆 골목에서 레코드음악이 인파 속으로 흘러드는 거리를, 남대문로 쪽이 아니라 명동의 중심부를 향해 걸어갔다. 어중간한 취기에 왠지 모르게 기분이 안정되지 않았다. 지금, 조금 전 아바이 순댓집을 도중에 나온 탓이 없는 것은 아니었지만, 그리고 취기가 흩어져 선명하지 못한 것은 분명했다. 아무튼 문난설과 함께 걸으며 왠지 모르게 차분해지지 않았다. 그리고 다른 한편으로는 그녀가 서북 지방 출신이라는 것에 조금 충격을 받으면서도 기분은 만족스러웠다. '서북' 간부숙소로 '연행'된 그 무섭게 긴장된 날의 저녁놀을 선명하게, 그녀가 트럼펫의 울림과 함께 기억에 담고 있다니. ……선생님이 그런 곳으로 혼자 오셨던 그날, 저녁놀로 멋졌던 하늘을 기억하고 있습니다……. 서로 간에 한순간, 얼핏 보았을 뿐인 그날을, 그녀는 그렇게 말했다. 선생님을 마중 갔던 자동차가 다시 선생님을 태우고 그 저택에서 무사히 나가는 엔진 소리를 들으며, 뭔가를 깊이 감사하고 있었습니다…….

유원에게 전화를 해 봐야지……. 전화를 할 특별한 용무는 없지만, 나중에 전화를 해야겠다고 생각했다. 두 사람 모두 다시 식사하러 갈 마음은 없었지만, 한잔 더 하자는 이방근의 권유에 문난설이 응했다. 어디로? 그녀는 자신이 안내하겠다고 말했다. 나영호의 단골집은? 알고 있죠? 예, 하지만, 두세 번……. 그녀는 한 걸음 멈춰 섰지만, 거부하지는 않았다. 기분이 들떠 있었으나 문난설과 함께 있으면서, 이방근은 피곤함을 느꼈다. 술 탓이다. 신경을 자극하는 불투명한, 확실하지 않은 취기 탓으로 돌렸다. 나는 무얼 하고 있는 건가. 모레,

제주도에 간다? 그래, 난 무얼 하고 있는가. 아아, 문난설……. 문득, 지금 왜 문난설과 함께 걷고 있는지 알 수가 없는 느낌이었다.

이방근은 명동거리에 있는 국제극장의 십자로가 보이는 주변까지 온 뒤, 근처의 옆 골목에 있는 그 바로 문난설을 뒤따라 걸었다. 그는 두 번 모두 충무로 쪽에서 들어왔기 때문에, 금방 길을 짐작할 수 없었다. 왠지 그곳에 들르고 싶다. 장소를 옮겨 가며 계속 마시고 싶은 심리 탓이겠지만, 나영호와도 만나고 싶다는 생각을 했다. 그가 거기에 있다고는 할 수 없지만, 혹시 어슬렁어슬렁 오지 않는다고도 할 수 없었다. 그리고 문난설과 함께 있는 것에 놀라고, 기뻐하고, 그럴 줄 알았다며 끄덕이고, 질투하고, 전과 마찬가지로 취기 속에서, 이봐, 내 여자에게 손 대지마…… 하며 덤벼들지도 모른다. 아니, 공주님인 그녀 앞에서 그런 짓은 하지 않을 것이다.

술집이 늘어선 와 본 기억이 있는 옆 골목으로 먼저 들어간 이방근은, 위가 빈 반절뿐인 입구 문을 긴장과 기대로 열었지만, 넓지 않은 어두컴컴한 가게 안에는 나영호의 놀라는 얼굴은 없었다. 이방근에 이어 문난설이 문을 밀어 열고 들어섰을 때, 같은 나이거나 두세 살 위로 보이는 젊은 마담은, 깜짝 놀란 표정을 되돌리며, 아이구, 난설 씨 오셨네요. 웬일이세요…… 하며 맞았다. 젊은 여자를 포함한 두세 명의 손님이 등을 보이고 있는 카운터 옆을 지나, 두 사람은 가게 구석의 작은 테이블을 마주하고 앉았다.

"어머나, 난설 씨는 이 선생님과 아는 사이였어요? 미처 몰랐어요……."

맥주를 테이블로 가져와 손님에게 따라 주면서, 아주 잠시 동석한 마담이 말했다.

"아는 사이라, 서운하다는 말 같네요."

문난설이 웃으며 응했다.

"설마요."

"요즘, 나영호 씨는 오세요?"

어젯밤에는 왔었는데, 오늘 밤에도 올지 모른다고 했다. 어제는 월요일이었으니까, 주초에는 이미 얼굴을 내민 셈이다.

"마치 가게 주인 같네요……."

"그런 게 아니에요. 나영호 씨가 일전에 이방근 선생님과 만나 오셨을 때, 난설 씨를 공주님이라고 부른 일을 모르시나 봐요. 술은 취했지만, 그러니까 더욱 진실성이 있는 거지요……."

이방근은 가게가 가까워짐에 따라 갑자기 술 냄새라도 맡은 것처럼 무작정 마시고 싶었지만, 차가운 맥주를 연거푸 꿀꺽꿀꺽 목구멍에 걸린 것을 흘려 내리는 것처럼 마시다 보니, 순식간에 두 병을 비웠다. 조금 지나자 취기가 밀물처럼 밀려드는 감각에 휩싸였다.

"헷헤, 겨우 머리에서 구름이 걷히고 맑아진 기분이로군요. 아까부터 마치 우울하게 구름 낀 하늘처럼 머리가 몽롱했었는데 말입니다."

"재미있는 표현……. 머리의 구름이 걷히는 것은, 술이 깰 때가 아닌가요? 이 선생님은 매우 술을 좋아하시나 봐요."

"글쎄요, 타, 타락한 거지요."

"그러세요? 그럼 좀 더 타락하시죠."

"감사합니다."

문난설은 웃으며 맥주를 이방근에게 따르고, 자신은 양주잔으로 바꿨다.

카운터에서 클래식 음악이 흐르고 있는 가운데, 이방근은 전화를 빌렸다. 마담이 음량을 줄인다. 조금 전의 아바이 순댓집으로 가기 전에, 두 사람이 남산을 산책하고 돌아오는 땅거미 속에서, 이방근은 갈증을 느끼면서도, 다른 한편으로는 음악을 듣고 싶다고 생각했는데, 목이 말랐던 것은 아무래도 술의 시간을 알려 주는 체내시계와 같은 것의 소행이었다. 그리고 그 술의 목마름이 한편으로 클래식을 듣고 싶게 만든 것이라 묘했다. 이미 취해서 그 목마른 갈증이 지금은 치유된 것 같았는데, 볼륨을 줄인 바이올린 소리가 애처로운 느낌으로 울리고, 취기의 흐름에 부침하면서 흘러갔다.

전화는 여동생 유원이 받았다.

"……술을 드신 것 같네요."

"그래."

"그래, 라는 걸 보니 꽤나 취하신 모양이에요. 바이올린이 울리고 있어……. 오빠는 지금 어디에요, 혼자예요?"

"그래. 명동 근처인데, 혼자냐고 묻는 이유는 뭐야."

이방근의 목소리에 가시가 돋쳤다.

"정말이지……." 유원은 일단 말을 끊었다. "오빠는 자기 멋대로 하면서, 술도 그렇고, 그러다 혼자 기분이 상해 화를 낸다니까……. 언제 돌아오시는 거예요. 오 동무가 기다리고 있어요."

"뭐, 오 동무……. 남주 말인가?"

"오빠의 말에 따라, 모레 일로 연락을 했어요. 오빠는 오늘 일찍 들어온다고 했잖아요."

"내가 그렇게 말했나? 늦지 말고 얼른 돌아오라며 어린애같이 말한 것은 너잖아. 불안하다는 등, 뭔가 알 수 없는 말을 했잖아. 뭐야, 불안하다……는 것은. 오빠는 걱정했잖아. 음, 듣고 있나. 지금은 뭐랄까, 오빠 쪽이 불안하단 말야……."

유원은 아버지에게서 숙부에게 전화가 왔는데, 자신도 통화를 했다고 말했다. 계모 선옥의 몸이 좋지 않은 듯, 아버지는 유산이라도 하는 게 아닌가 두려워한다는 것이었다.

"아버지와 엇갈리면 곤란할 것 같아. 내일이라도 전화를 하려던 참이다. 음……. 그런데, 너, 설마 일본……(이라는 말까지 나오는 것을 억제했다), 그런 일은 말하지 않았겠지."

유원은 전화 저쪽에서 고개를 끄덕이고 있었다.

"오빠는 걱정하지 마. 조금 있다가 돌아갈 거니까. 뭐, 우상배 씨로부터 전화가 왔어? 음……. 제주도에 함께 가자고는 이야기하지 않았는데……. 오 군에게 전화를 바꾼다고? 그는 끈질기니까 됐고, 내일 오라고 해."

여동생은 오남주가 전화 옆에 와 있다고 말했다. 불쾌한 녀석이다. 정말로…….

"이 선생님, 일전에는 실례가 많았습니다."

"앗, 핫하아, 그걸 자신도 안단 말이지. 그렇다면 됐어."

"선생님이 돌아오시기를 기다리고 있습니다만, 뭣하시면 선생님이 계신 곳으로 가겠으니, 장소를 알려 주시지 않겠습니까."

"무엇 하러 오는가? 자네가 오는 사이에 나는 여기를 나갈 거야. 어쨌든 내일 오게. ……자네는 정말로 갈 작정인가?"

"모레 반드시 함께 가겠습니다……."

귀가를 기다린다고 버티는 오남주에게, 이방근은 늦어질 테니 내일 오라고 한 뒤 전화를 끊었다. 어쨌든 오남주를 데리고 가야겠구나…… 하고 생각했다. 과연 도항증명서로 입도하는 것이 좋은가. 아니면 목포까지 가서, 그곳에서 '밀선'을 탈 수도 있다. 그 비용을 오남주가 마련할 수 있을 리가 없었다.

이방근이 자리로 돌아왔을 때, 잊고 있던 냄새가, 취기의 문 저쪽에서 꽃이 피어나는 느낌으로 풍겨 왔다. 문난설의 향수 냄새, 전화를 하는 사이에 세면장에서 한 방울 뿌렸을지도 모를 그 향기를 맡았다.

문난설은 조금씩이지만 계속 마셨고, 이방근도 위스키로 바꿨다. 카운터에서는 손님이 노래하는 조선의 가곡이 흘러나오기 시작했고, 그것이 이쪽 테이블로 전해져 오자, 의외로 문난설이 그에 반응하면서 이방근도 취한 목소리로 잠시 합창에 합류했다. 그가 술자리에서 노래 부르는 일은 거의 없었다.

이방근은 취기 속에 몸을 가라앉혀 떠다니고, 조는 것은 아니었지만, 거의 눈을 감다시피 하며 움직이지 않았다. 그리고는 이상하게도 문난설과 마주하고 앉은 채로, 나영호와 약속이라도 한 것처럼, 가만히 그가 오기를 기다리고 있는 자신을 의식하고 있었다. 그를 기다리고 있는 것은 아니었다. 그가 아닌 누군가가, 이 바가 아닌, 어딘가에서 이리로 누군가 오기를 이방근은 기다리고 있었다. …… 서울과 제주도의 사이가 막연하게, 서울과 일본의 사이나 되는 것처럼 막연했다.

나영호는 오지 않았다.

이방근은 취했고, 그녀도 조금 취한 듯했다. 통행금지에 가까운 시간이 되어, 두 사람은 겨우 택시를 잡아 함께 탔다. 그녀에게 자신의 행선지를 말하게 하고, 그곳을 경유해서 안국동 쪽으로 가도록 부탁했다. 서대문……? 전에는 어디, 효자동이라고 한 것 같은데……. 취기 속에서 확실하지 않은 기억이 중얼거렸다. 그건 낭만클럽, 철야 파티의 장소……. 서대문에서 안국동은 길이 반대라고 운전수가 말했지만, 상관없으니 가라고 말했다. 얼마 남지 않은 가로등불이 창밖으로 스쳐 지나는 것을 취한 눈으로 바라보면서, 이방근은 흔들리는 택시 좌석에 몸을 묻었다. 서, 선생님……. 문난설이 취기로 촉촉해져 코에 걸린 듯한 묘한 발음으로 말했다. 아, 아까, 선생님은, 매우 불안하다고 하셨잖아요, 선생님……. 아―, 불안? 불안……, 그랬나, 그런 건 특별히 없어요……. 택시가 크게 덜컹거리는 바람에, 그녀의 몸을 이방근의 상반신에 부딪치듯 기댄 채 달렸다. 창문으로 시원한 바람이 불어 들어 그의 머리칼을 흐트러뜨렸다.

제17장

1

아침 아홉 시, 이방근이 아직 자고 있는데 사전 연락도 없이 오남주가 불쑥 찾아왔다. 오후에는 오남주의 도항증명서 건으로 문난설에게 전화가 걸려 왔다.

어젯밤 이방근의 태도는 증명서가 필요하다는 건지 필요 없다는 건지 도무지 확실치가 않았다. 오남주 때문에라도 증명서가 필요하다는 건 알고 있었지만, 택시 안에서 갑자기 아바이 순댓집에서 만난 수도 경찰청 공안과장, 즉 문난설이 증명서를 부탁하게 될 남자의 얼굴이 떠올라 취기에 필요 없다고 말해 버린 모양이었다. 도저히 안 될 것 같으면 목포까지 같이 가서 '밀선'이라도 태워야겠다고 생각하던 참이었다. 게다가 어찌 됐든 서북 지방 출신인 문난설과 함께, 아니 그녀의 알선으로 증명서를 입수하더라도 과연 오남주가 그것을 받을지도 의문이었다. 성가신 일이지만 그렇다고 뗴칠 수도 없다. ……다시 한 번 묻겠는데, 무리해서 제주도에 가려는 목적은 무엇인가? 어머니를 만나려고요. 동무는 어머니의 제사와 '서북'과 '결혼'했다는 여동생의 경야(經夜)까지 치르고, 자네 마음속에 묻어 버린 게 아니었나? 여동생의 '결혼'을 두 눈으로 확인하고 싶습니다. 어떻게든 데려가 주십시오……. '결혼'의 확인. 그래서 어쩌려고? 이방근은 차마 입 밖에 내지는 못했다. 여비는 있는지 물었더니, 이 선생님께 폐를 끼치지는 않겠다고 대답했다. 임시로 들어간 공장에서 일을 하고 있어 그 나름의 수입은 있다고 했다. 어쨌든 내일 아침에 출발하기로 하고 일단 집으로 돌려보냈다.

문난설은 동행하는 학생의 이름과 주소, 그리고 여행목적 등에 관해 물었는데, 생각해 보면 당연한 것들이었다. 이방근은 여동생 유원에게 하나하나 확인할 수밖에 없었지만, 여행목적은 여동생에게 물어도 알 도리가 없었다. 이방근 자신의 도항증명서는 제주도청의 위촉 출장으로 되어 있었는데, 그는 난설 씨는 뭐라고 되어 있습니까? 라고 물었다. 국제통신사의 출장이며 나영호도 동일하다고 했다. 제주도에 '유람'〔物見遊山〕에 가까운 출장이었던 것이다. 오남주도 똑같이 출장이라고는 할 수 없는 노릇이라 어머니가 위독……하다고 하기로 했다.

전화는 유원이 받아서 이방근에게 바꿔 주었는데, 오남주 건과 상대와의 대화 분위기를 통해, 이방근이 어젯밤에 문난설과 만났다는 것을 여동생은 충분히 짐작할 수 있었다. 일부러 감출 생각도 없었고 그럴 필요도 없었지만, 어젯밤 문난설과 함께 있었던 것이 이런 식으로 여동생에게 알려지고 말았다. 처음부터 그녀를 만날 생각은 아니었다. 이방근 선생님을 꼭 만나고 싶다는 청년 장교와 함께 온다고 해서 나갔었는데 그녀 혼자였던 것이고, 그걸 굳이 여동생에게 변명할 필요는 없었다. 다만 명동의 바에서 여동생에게 전화를 했을 때, 여동생이 오빠 지금 어디세요, 혼자예요 하고 약간 의심스러워하는 질문에 대해 이방근은 그렇다고 대답했었다. 그리고 허를 찔린 느낌으로, 혼자냐는 건 또 뭐냐며, '방귀 뀐 놈이 성낸다'는 식으로 전화기에 대고 소리 질렀던 것을 떠올렸다.

유원은 이런 시기에 여러 사람이 함께 제주에 가는 것을 찬성하지 않았다. 재경 제주 출신자로서 가고 싶어 하거나 갈 필요가 있는 사람이 많이 있는데, 여러 명이 간다는 건 떠들썩한 축제도 아니고 사리 분별을 못하고 있다는 것이다. 오빠가 자신의 일본행 문제로 제주에 가는 것임에도 불구하고, 그녀가 동행하지 않는 이유 중 하나는 거기에 있었다.

……어젯밤은 별일 없으셨습니까? 어찌 된 건가 하고 걱정했습니다. 그런데 마침 안국동 입구에서 잠이 깨더군요. 핫, 핫하. 그렇지요, 그렇게 생각하지 않습니까……. 정말 고맙습니다. 걱정을 끼쳐 드려서. 술을 좀 많이 마셨나 봐요. 정말 즐거웠거든요. 비록 잠깐 동안이었지만, 그렇게 하다가는 누군가에게 납치당할지도 모릅니다. 설마, 그럴까요. 그렇게는 안 될 거예요. 문난설은 전화기 너머로 가볍게 웃었다.

어젯밤 함께 탄 택시 안에서, 그녀는 상반신을 이방근에게 맡긴 채 움직이지 않았다. 이방근은 문난설의 몸에서 나는 향수 냄새에 취해 있다가 정신을 차려 보니, 웬일인지 그녀는 깊이 잠들어 있던 것이다. 서대문 근처에 왔을 때, 깨우려고 세게 흔들어도 그녀는 눈을 뜨지 않았다. 운전기사는 서대문 교차로에서 차를 세운 채, 통행금지 시간이 가까워 오고 있다며 행선지를 분명하게 알려 달라고 화를 냈다. 차를 언제까지 세워 둘 수가 없어서 이방근은 하는 수 없이 안국동 집 쪽으로 가 달라고 했다. ……아무튼 난처한 여자네요, 이건. 미국 만세의 혼란한 세상이라니까. 이 여자는 남편이 없는 걸까요. 그럼 손님이 데리고 갈 수밖에 없지요. 난 독신이 아니거든요. 댁이 뿌린 씨앗 아닙니까. 술장사하는 여자 중에 가끔 이런 여자가 있어요. 곤드레만드레 취해서 말이죠, 개중에는 주의를 주면 내게 덤벼들어 내가 누구인 줄 알고 이러느냐, 내 애인은 정부 고관인 누구누구다, 정말 뻔뻔스럽게 한심한 소리를 지껄여 대는 여자가 있다니까요…….

이방근은 여동생이 경찰서에서 석방된 날 환영파티에서 술에 취해 잠들어 버린 오남주를 떠올렸는데, 어찌 보면 문난설이 술에 취해 잠들어 버린 것도 자연스러운 일인지 몰랐다. 그런데 중앙군정청 앞 도로인 안국동 입구까지 온 뒤 좁은 언덕길을 올라가려 하자, 그녀는 거짓말처럼 잠에서 깨어나 이방근에게 기대고 있던 몸을 일으켰다. 그리고는 멍하니 여기가 어디냐며 어이없게도 너무나 태평스럽게 말했다. 이방근은 기사에게 팁을 듬뿍 주고 입구에서 내려, 그녀를 태운 택시를 배웅하고 완만한 언덕길을 올라갔다.

언덕길을 오르고 집에 도착하고 나서도 별로 신경 쓰지 않았지만, 다음날 아침 일어나 지난밤을 생각해 보니, 도무지 납득이 가지 않았다. 잠이 든 게 분명한 사실이었지만, 아니 이것도 생각하기에 따라 의심할 수도 있지만 안국동 입구에서 눈을 뜬 것은 왠지 짜 맞춘 듯한 느낌이 들었다. 잠들었다고 생각한 것은 뭔가의 선입견, 암시 탓일지도……. 아니, 그녀는 처음에는 모르겠지만 도중에 잠이 깼는데도 연기를 한 것일까.

이방근이 문난설 일행과 동행한 것은 결코 즉흥적인 것이 아니었지만, 깊고 신중하게 생각하지 않았던 것도 사실이었다. 결과적으로 이렇게 되었다고 할 수밖에 없는 것이지 그녀와의 동행을 특별히 바란 것은 아니었다. 그녀 쪽에서 농담처럼 제주도에 가고 싶다고 말을 꺼낸 것이 계기가 되었다. 하지만 그런 건 아무래도 좋았다. 그녀와의 동행을 결코 불쾌하게 생각하지 않았으므로, 그걸 강조하는 것은 자신에게 거짓말을 하는 셈이 된다. 아니, 그녀에게 마음을 빼앗긴 듯한 기분조차 들지 않았던가. 어쨌든 그다지 사려 깊지 못한 결과로서, 여동생이 제주도로 동행하기를 거부하면서 오빠에 대한 비난은 충분한 설득력이 있었던 것이다.

"역시 오빠는 문난설 씨와 가는군요."

"글쎄, 내 친구 나영호도 함께 가고, 그리고 오남주도 함께 가잖아."

"오빠는 저에게 제주도에 가자고 했잖아요. 그렇게 되면 다섯 명이나 된다구요."

"그래, 알고 있어. 네가 하려는 말은……. 뭐가 축제놀이란 말이냐. 각자 일이 있어서 가는 거잖아. 나영호도 기자로서 동행하는 거고."

"숙부나 숙모께는 난설 씨 일행과 함께 간다고는 말하지 마세요."

"내가 일부러 말할 필요는 없겠지. 너만 침묵을 지키면 돼. 제주도에 가면 어차피 건수 숙부도 알게 될 거야."

"그래도 그때까지는 숙부와 숙모께서 모르셨으면 해요."

"알았어. 남승지에게 준다고 했던 스웨터는 다 짰어?"

"네. 하지만 그만뒀어요."

"그만두다니……, 뭘 말이냐?"

이방근은 여동생을 노려보듯이 쳐다보았다. 여동생은 순간 얼굴이 경직되면서 고개를 가로젓더니, 이제 스웨터는 보내지 않겠다고 했다. 이 무슨 변덕인가. 이방근은 그와 만날 수는 없지만 누군가에게 맡길 수는 있다. 모처럼 그를 위해 짠 것이 아니냐고 말했지만, 유원은 어젯밤 내내 생각한 것이라며 말을 듣지 않았다.

"도대체 무슨 일이냐, 설마 오빠가 여럿이 함께 가는 게 마음에 안 들어 그러는 건 아니겠지?"

"왜 그렇게까지 생각하세요. 전혀 다른 일이에요."

유원은 그 이상의 대답은 하지 않았다.

"……전할 말은 없어?"

"네, 오빠가 직접 만나는 것도 아니잖아요."

어젯밤까지는 모레 아침에 그저 기차에 타면 된다는 식으로 가볍게 생각하고 있었는데, 막상 내일 아침에 출발한다고 생각하니 갑자기 마음이 급해졌다. 나영호와 이야기를 나눈 것으로 보이는 황동성이 전화를 걸어와, 창간 준비 중인 신문은 10월 1일에 발행한다, 이번 나영호의 제주행은 '폭동'을 취재하는 것으로 자세한 것은 본인에게 듣기 바라며 현지에서 협조를 부탁한다, 그리고 일전에 말했던 그 선물은 필요하지 않느냐, 며 도발적인 말을 했다. 선물이라는 것은 창원 부동산의 임원실 금고 안에 보관되어 있다는 권총을 말하는 것으로, 제주에 돌아갈 때 이방근에게 선물하겠다고 했던 물건이었다. 이방근은 월말이나 월초에 다시 서울로 돌아와야 한다며 거절했는데, 도발로 받아들인 것은 이방근의 오해였다. 상대는 이방근이 제주도로 돌아간다고 생각했던 것이다. 그래서 일단 출발 전에 이방근과의 만남을 기다리고 있었던 것이다.

　나영호에 대한 현지에서의 협력……. '폭동'의 취재……. 나영호의 제주도행은 기자로서 명목상 취재라고 생각했는데, 황동성은 그것을 새로운 신문 발행 사업의 일환으로서, 실제로도 구체적인 계획을 세운 모양이었다. 이방근은 나영호가 문난설의 꽁무니를 쫓아가는 정도로만 생각했는데, 아무래도 이번 제주도행에서 가장 뚜렷한 목적을 가진 사람은 나영호일 듯했다.

　저녁 때, 종로의 다방에서 업무를 보고 있던 나영호를 잠시 만나, 문난설이 보낸 오남주의 도항증명서를 받았다. 이방근은 문난설에게 빚이 생겼다는 것을 새삼 인식하면서 그 빚을 기분 좋게 여기고, 어쨌든 발급원인 공안과장과 그 밖의 다른 사람에게 금전적인 답례가 필요하다고 생각했다. 결국, 어떤 형태로든 문난설에게 부담을 주는 일은 피해야 한다.

　"그런데 이방근 동무." 와이셔츠 앞주머니에 만년필과 연필 두세 자루를 찔러 넣은 나영호가 잉크로 얼룩진 손가락 사이에 끼운 담배를 부산스럽게 피워대며 말했다. "동성 씨한테 들었겠지만, 우리 회사도 본격적으로 움직이기 시작했다네. 제주도사건의 객관적인 사실을 사회에 보도해야만 해. 이번 제주행은 절호의 기회라서 말이지, 현지에 가면 이 동무의 협력이 필요하네. 여러 방면에서 말이지."

"내가 무슨 도움이 되겠나. 집에서 재워 주는 정도는 하겠네. 게다가 나는 제주에 2, 3일 정도밖에 머물지 못해. 그런데 동무는 계속 있을 거잖아."

"이 동무 하기 나름이지. 내가 아는 사람이라곤 자네 밖에 없으니까. 현지에서 여러 사람을 소개시켜 줬으면 해. 한라신문에 국제통신사의 통신망이 있긴 한데, 한 명으론 미덥질 못해서 말일세. 어찌 됐건 2, 3일 만에 서울로 돌아올 수는 없지. 이건 당국에는 비밀인데 말이야, 그쪽에서 '폭도'와 접촉할 수 있는 길을 찾아 주었으면 하네. 다만 신변의 안전보장이 없으면 안 돼. 오늘 갑자기 편집국에서 최종적으로 결론이 났는데, 출장비도 그럭저럭 나온다는군."

"그렇지만 그 일은 자네가 생각하는 것처럼 그렇게 간단치는 않을걸세."

"그래서 이방근의 협력이 필요하다는 거 아닌가. 4 · 3사건의 진실을 알리기 위한……. 이건 제주도 사람인 자네의 의무이기도 하다구."

"그래서라든가 의무라든가 하는 문제가 아닐세. 나 동무의 처음 목적과는 다르지 않나?"

"뭔가, 그 말투는……. 이 동무답지 않게스리." 나영호는 불끈 화를 내며 경직된 얼굴로 말했다. "날 너무 얕보지 말게. 자넨 내가 어린애처럼 그 여자 꽁무니를 쫓아다닌다고 생각하고 있겠지. 당치도 않네. 그녀야말로 제주도에 왜 가는 건지 모르겠어, 안 그런가. 자넬 따라가는 거나 마찬가지야. 난 자네한테 비판받곤 있지만 소설가일세. 그리고 기자로서 처음 맡는 일야. 더구나 위험하기까지 하다구. 이번 제주행은 내겐 여러 의미로 중요하네. 동란의 제주도에 내가 여행이라도 간다고 생각하는 건가? 국제신문, 그래, 새로운 신문의 이름은 국제신문으로 정해졌는데, 한 달 후인 10월 1일에 발행된다네. 창간호부터 내가 이번에 쓰게 될 르포기사를 특종으로 게재할 예정이야. 야심 찬 일이지. 소설도 쓸 걸세. 자네 협력이 꼭 필요하니 아무쪼록 잘 부탁하네."

나영호는 내일 아침의 출발을 앞두고 활기에 차 있었고, 평소와는 달리 두 눈이 빛나고 있었다. 여느 때와는 달리 일을 맡은 인간의 적극적인 자세가 느껴지고, 2, 3일 전에 전화해서 여비가 모자란다며 아쉬운 소리를 하던 때와는 전혀 달리 보였다.

다음날 아침 이방근은 십2, 3일 전 서울로 왔을 때처럼 검은 가죽으로 된 보스턴백과 감색 포럴 상의, 노타이셔츠 차림으로 서울역으로 향했다. 여동생 유원과 함께였다. 문난설 일행과의 동행을 반대하면서도, 그럴 필요가 없다는 오빠를 배웅하기 위해 몇 사람분의 도시락을 싸가지고 왔다. 부드러운 보스턴백이 불룩한 것은, 남승지에게 선물하지 않겠다던 유원이 짠 스웨터가 들어 있기 때문이었다. 유원은 아침이 되자 오빠에게 스웨터를 넣고 끈으로 묶은 종이봉투를 전해 달라고 부탁했던 것이다.

여덟 시 반에 만나기로 한 서울역 정면 출입구 앞에 인파에 섞인 나영호와 조금 떨어진 곳에 서로 안면이 없는 오남주가 먼저 와 기다리고 있었다. 부산과 목포 쪽에서 출발한 이농민들이 쏟아져 나오는 원거리 상행열차가 거의 없는 오전이라 큰 혼잡은 없었지만, 그래도 제법 많은 사람들이 드나들고 있었다. 돔식 천장의 구내 매표 앞에서 커다란 짐을 머리에 인 여자들이 유원을 붙잡고 행선지 매표소 창구며 타는 곳을 물어보았다. 일행인 듯한 옆의 여자는 새끼줄로 묶은 한 됫박 정도의 술병 두 개를 움켜쥔 채 주위를 살피고 있었다. 넓은 대합실 한가운데에는 젊은 여자와 중년 여자, 노파, 이렇게 세 사람이 땅바닥에 신문지를 깔고 앉아서, 아기만은 깔개 위에 눕혀 놓고 더위를 피해 승차시간을 기다리는 광경도 눈에 띄었다. 지방 사투리가 뒤섞여 들려왔다. 섣달 그믐날이나 음력설, 추석날의 서울역 앞 광장은, 그야말로 지방의 흙과 생활, 땀 냄새와 말소리가 범람한다. 비상경계가 해제되어 경찰들의 모습은 보이지 않았다. 지게꾼이 지면에 작대기로 받쳐 세워 놓은 지게에 양손을 올려놓고, 지나가는 사람이 말을 걸어오기를 기다리고 있다.

이방근은 역 앞 빌딩 위에 걸린 8월의 아침 태양을, 잠시 동안 안구가 타들어 가는 듯한 아픔을 참으며 가만히 올려다보았다. 그가 열흘 전쯤 서울역에 도착한 것은 저녁 무렵이었다. 그때 여전히 강렬한 빛을 발하는 태양을 눈도 깜빡이지 않고, 머리 중심부로 심한 통증이 파고들 때까지 계속 쳐다본 일을 떠올렸다. 오랜만에 인파와 혼잡, 소란과 메마른 지린내가 뒤섞인 가운데, 눈에 수은 불꽃이 용솟음치는 둥근 구멍이 관통하는 것을 느꼈다. 눈을 감은 후에도 하얀 섬광이 눈꺼풀 안쪽에 작렬하는 것을 보면서, 결코 제주도에서 도망쳐 나온 것은 아니지만, 이곳에 도착하자마자 문득 슬픔이 밀려오는 듯한 해방감을 맛보았던 것이다. 무엇을 위해 서울에 왔던가. 그리고 지금 제주도로 향한다. 무엇을 위해……

문난설은 연한 베이지색 바지에 반팔 셔츠, 등산모자 차림의 지금까지와는 전혀 다른 경쾌한 모습으로 나타났다. 손에는 평범한 여행 가방을 들고 있었는데 그것이 배낭이었다면 영락없이 등산객으로 보였을 것이다. 제주도에 한라산이 솟아 있기는 하지만, 설마 게릴라가 진을 치고 있는 그곳에 등산할 생각은 아니겠지 하고, 이방근은 순간 의심이 들 만큼 당혹스러웠다. 그는 나영호에게 여동생과 오남주를 소개하였고 이어 문난설에게도 여동생과 오남주를 소개했다. 문난설은 여동생을 소개하기 전에 유원과 시선이 마주치자, 이방근에게 여동생이냐며 평소 친근한 사이처럼 웃는 얼굴로 물었다.

"유원 씨 되시죠. 멋진 분이네요……. 한번 만나보고 싶었어요."

전화로 두세 번 말을 주고받았을 뿐 처음 만난 상대였다. 유원은 눈 속으로 빨아들일 것처럼 문난설을 쳐다보았다. 그리고 이방근은 지켜보고 있었다. 입가에 가벼운 미소를 띠우며 말했다.

"오빠한테 말씀 들었어요. 만나 뵙게 돼서 기뻐요."

"오빠께 폐를 끼치며 제주에 가게 되었어요. 유원 씨도 함께 갈 수 있다면 얼마나 기쁠까요."

"네, 하지만 저는 안 가요."

"바쁘신가 봐요."

"아직 여름방학이라 시간은 있지만, 그래도 저는 가지 않아요."

이방근은 옆에서 그 말을 들었다. 초면임을 감안하면 조금 무례한 대답이었다.

"……" 문난설은 의미를 파악하지 못한 듯했다. "계속 제주에 못 가시는 건가요?"

"아니에요, 그렇지는 않지만, 아무쪼록 좋은 여행 되세요."

"그만 갑시다. 시간이 없어요. 미리 가서 줄도 서야 하고."

나영호가 재촉했다. 스피커에서 각 노선의 승차 안내방송이 울려퍼지고 있었다. 나영호는 이방근에게 급행권 차표 두 장을 건네고 앞장서서 걷기 시작했다. 어제 국제신문을 통해 목포행 차표 두 장을 부탁해 놓았던 것이다. 구내의 넓은 계단을 올라가 각 노선의 개찰구 쪽으로 향했다. 아홉 시에 출발하는 대전행 급행열차의 개찰구에는 개찰이 시작되지도 않았는데 이미 긴 줄이 늘어서 있었다.

이방근은 줄 뒤쪽으로 붙어 서면서, 차표와 갱지에 인쇄된 도항증명서를 오남주에게 건넸다. 오남주는 미리 계산해 두었는지 차표 값을 주려 했지만 이방근은 받지 않았다. ……저는 선생님께 폐를 끼치고 싶지 않습니다. 받아 주시지 않으면 곤란합니다. 여비는 충분히 있습니다……. 이 녀석, 뭐가 폐인지 알고는 있냐고 한마디 해 주고 싶었지만, 그냥 됐다며 돈을 주머니에 도로 집어넣게 했다. 그리고 도항증명서는 문난설이 마련해 준 것이라고 하자, 예ー, 문 여사님이……, 이 선생님이 아니시고요? 라며 의외의 표정을 지으며 놀랐다.

"아니에요, 이 선생님이 하신 거나 마찬가지예요. 사정이 좀 있어서……."

그때, 붉게 상기된 조영하가 손수건으로 얼굴의 땀을 닦으며 인파 속에서 모습을 드러냈다. 노동자풍의 청년과 함께였다. 조영하는 이방근을 슬쩍 보았음에도 인사할 기회를 놓쳤는지 유원과 오남주에게 말을 걸었다. 그리고 그제서야 이방근과 시선이 마주치자 얼핏 느껴지는 서먹서먹함을 감추며 활짝 웃으며 애교 섞인 얼굴로 인사했다. 그녀는 바지 차림의 문난설이 나영호와 동행한다는 것을 알고 당황해하면서도 오남주에게 작은 도시락을 건넸다.

"오 동무, 나도 가고 싶어, 정말로……."

그녀는 이방근과 둘이서만 여행한다고 생각한 것 같았는데, 몇 발자국 떨어진 곳에서 문난설의 미모에 놀랍다는 표정으로 바라보고 있었다. 조영하는 문난설을 의식하고 있었다. 노동자풍의 남자가 오남주와 악수를 했다.

"어제 저녁에 다 같이 모였으니까, 오지 않아도 되는데."

이방근은 한 소년이 어느새 자신의 발밑에 웅크리고 앉아 구두를 닦고 있음을 알아차렸다. 어젯밤, 문난설과 함께 남대문로를 걸으면서, 스윽 하고 뭔가 구두에 닿는 듯한 감촉에 뒤돌아보자, 한 남자가 땅바닥에 앉아 구두약을 팔고 있던 일을 떠올리게 하는 소년의 재빠른 동작이었다.

"뭐야, 너, 도둑놈처럼 구두를 닦고 지랄이야……."

오남주가 소년을 발견하고 그 해진 셔츠의 목덜미를 움켜잡았다.

"아니에요, 난 돈 같은 거 필요 없어요. 있잖아요, 아저씨, 아저씨, 나 알죠?" 어라? 어딘가에서 본 적이 있는 소년이었다. "아저씨, 나 몰라요? 저기, 종로경찰서 옆에 다방 있잖아요, 거기서 한번 만난 적이 있다구요……."

그리고 소년이 씨익 하고 어른처럼 선웃음을 치자, 이방근도 확실하게 기억을 해냈다. 어느 날 밤, 황동성이 있는 합동법률사무소로 가는 길에(그래, 그날 밤 사무소 위에 있는 창원부동산의 어느 방에서 검게 빛나는 권총을 보았다), 잠시 들른 다방에서 만난 소년이었다. 문밖에서 스탠드에 앉아 커피를 마시고 있는 이방근의 발밑으로 살그머니 숨어들어온, 알몸인 상반신에 때가 꾀죄죄한 소년이 전광석화 같은 속도로 구두를 닦기 시작했던 것이다. 그것을 발견한 점원이 이 거지 새끼를 죽여 버리겠다며 날뛰는 것을 따돌리고 소년을 밖으로 데리고 나왔고, 백 원짜리 지폐 한 장을 쥐어 주며 돌려보낸 적이 있었다. 택시 창문으로 뒤돌아보니 가로등 아래에서 끊임없이 손을 흔들며 건방지게 선웃음을 짓고 있던 소년이었다. 이방근은 이번에도 주머니에 손을 넣어 백 원짜리 지폐 한 장을 주려 했다. 하지만 소년은 난 정말 돈이 필요 없어요, 아저씨니까 돈은 안 받아요! 라고 날카롭게 외치며 구두닦이 상자를 안고 도망치듯 달려갔다.

개찰이 시작되고 줄이 움직이기 시작했다. 여동생 일행과는 개찰구에서 헤어졌다.

사람들은 개찰구를 통과하자 넘쳐 나듯 계단 빽빽이 플랫폼으로 내려갔다. 좌석은 네 사람이 함께 앉을 수 있었다. 창가로는 이방근과 문난설이 마주 앉고, 그녀 옆에 나란히 나영호가 앉았다. 이방근은 따로따로 앉는 것이 좋겠다고 생각했지만, 이것은 나름대로 지루함을 잊게 해 줄지도 모른다는 생각이 들었다.

쾌적하지만은 않은 긴 기차여행이 시작되었다. 대전에서 반 시간 정도 환승하는 시간을 포함해 목포에 도착하는 것은 밤 아홉 시, 약 열두 시간의 지루한 여행이었다. 그래도 여섯 명이 앉기 십상인 상행선 만원열차에 비하면 나은 편이었다. 여행에는 길동무가 소중하다고 하는데, 저마다 다른 목적을 가지고 오합지졸 격으로 동행하는 셈이었지만, 가는 길은 그렇다손 치고, 제주에 도착하면 자꾸만 무슨 일이 일어날 것만 같은 기분이 들었다. 물론 문난설과 함께 가리라고는 생각조차 못한 일이었다. 가령 그녀와 둘뿐이라면 어떻게 될까. 그건 약간 의미가 달라질 것이다. 그럴 가능성도 충분히 있었다.

열차가 북한산을 등지고 2, 30분 달려 서울에서 멀리 떨어진 농촌지대로 들어서자, 이방근은 스웨터를 싼 종이봉투가 담긴 가방을 열어 작은 위스키 병과 종이로 싼 작은 술잔을 꺼냈다. 조금 열린 창문으로 시원한 바람이 불어 들어 왔다. 이방근은 바람과 함께 매연도 들어오기 쉬운 쪽에 자리를 잡고 있었다. 창밖으로 보이는 하얀 신작로에는 태풍을 견뎌 낸 키 큰 포플러나무 잎사귀가 바람에 반짝이며 산들거리고 있었다.

"어떤가, 나 동무도 가볍게 한잔하지 않겠나?"

잔에 위스키를 따르면서 이방근이 말했다.

"그래, 모처럼이니만치 한 잔만 마실까. 딱 한 잔만이야……."

나영호는 입술을 일그러뜨리며 옆에 앉은 문난설을 힐끗 쳐다보고 말했다.

"기특한 일이군. 개가 똥을 얼마나 참느냐는 건데. 자, 출장의 성공을 위하여."

"고맙네. 자네도 아침부터 중병이군, 야간열차도 아닌데."

"문난설 씨 앞에서 실례가 되겠지만, 난 지금부터 한잠 자야겠네. 오늘 일곱 시에 일어났거든. 나한테는 빠른 기상이지. 난설 씨도 가볍게 한잔하시겠습니까?"

문난설은 미소를 지으며 가볍게 고개를 옆으로 저었다.

이방근은 나영호가 비운 잔에 위스키를 따라 쭉 들이켠 후, 어때, 한잔하겠냐며 옆의 오남주를 쳐다봤지만 그도 싫다며 고개를 저었다. 아아, 그게 좋을 거야. 오남주는 잡담 중 질문에 대답은 하면서도 먼저 나서서 얘기하지는 않았다.

아직 문난설의 출신지가 '북'의 평양, 즉 서북 지방이라는 얘기는 나오지 않았지만, 네 사람이 얼굴을 맞대고 앉아 있는 흔들리는 기차에서 오남주가 그 사실을 알게 되면 어떤 반응을 보일지 이방근은 걱정이었다. 굳이 그녀가 서북 지방 출신이라고 밝히는 건 오히려 이상하다. 흘러가는 대로 맡길 수밖에 없었다. 게다가 문난설은 오남주의 여동생 '결혼' 상대가 '서북'이라는 것을 전혀 모른다. '서북청년회'와 서북 지방 출신은 다른 것이니, 그것을 문제 삼을 필요는 없을 것이다. 그러나……

"이 동무도 뭔가 여러 가지로 힘들 것 같군. 지금 제주에 갔다가 월말에 되돌아온다는 건 상당한 강행군이 아닌가. 으―음, 역시 난 남아야겠네……. 그런데 이방근 동무, 이번에 제주에서 계획한 일의 성패는 한마디로 말해서, 그러니까 이방근 선생에게 달려 있네. 내가 하는 말을 알겠는가?"

"어이, 이봐, 그 무슨 말도 안 되는 소릴." 이방근은 술병에 입을 대고 얼굴을 찡그리며 꿀꺽 한 모금 마신 후 말을 이었다. "……그렇게 되면, 마치 내 책임하에 나 동무를 제주에 데려가는 모양새가 된다구. 응, 안 그러냐구. 핫하, 그래 알아듣기는 했네. 그것과 나 동무 일의 성패는 별개의 문제일 텐데."

"그야 그렇지. 난 자네한테 부탁하고 있는 걸세. 어쨌든 제주도는 처음이니까."

나영호는 담배에 불을 붙였다. 그리고 선배들 앞이라 참고 있는 것으로 보이는 맞은편의 오남주에게도 담배를 권했다.

"오 동무, 자네는 담배 안 피우나. 자, 한 대 피우게."

이방근은 기차의 요동을 타고 취기가 이마에서 춤추기 시작하는 것을 느꼈다. 그쪽에서 '폭도'와 접촉할 길을 찾아 줬으면 하네. 다만 신변 안전은 보장돼야 해…….

"나 선생님, 그 일이라는 건 신문사 취재를 말씀하시는 겁니까?"

오남주가 나영호를 향해 먼저 물어보았다.

"그렇다네."

"제주도에서 뭘 취재하시려는 겁니까?"

"으-음, 여러 가지……라네. 이번 사건에 대해서도 취재를 하겠지만, 지금 여기서 공공연히 말하긴 좀 곤란하네."

"특종 같은 거 말입니까?"

"같은 거? 특종 이전의 문제로서 말이지, 사전준비가 여러 가지로 필요해서 말일세."

"저어, 문난설 씨는 무슨 일로 제주에 가십니까?"

"저요? 글쎄요, 신문사의 출장, 나영호 선생님과 같아요."

"나영호 선생님과 공동취재를 하시는 겁니까?"

"글쎄요. 취재는 명목이라고나 할까. 전 이방근 선생님을 따라 제주를 둘러보고 싶어서요."

"으-음, 그럼 제주도 구경입니까?"

"그런 게 아니야."

이방근이 위스키 병을 손에 든 채 대화에 끼어들었다.

"그렇군요, 그런 건 아니에요. 죄송해요, 이 선생님. 남주 씨가 알고 싶어 하는 저의 제주도행은 취재도 아니고, 관청의 '공무'랄 것도 없고, 뭐랄까, 혼자만의 여행……. 여러분과 함께 가지만, 혼자 하는 여행일지도 모르겠어요."

"제주도는 혼자 여행할 만한 곳이 아닌데요."

오남주는 감탄하듯, 그리고 어이가 없다는 듯이 말했다.

"실제가 아니라 비유를 하자면 그렇다는 거예요. 전 제주에 대해 잘 모르기 때문에, 그래서 이 선생님께 상당히 실례되는 부탁을 드렸는데……. 모르니까 꼭 가 보고 싶어요. 꽤 오래 전인 일제 때부터 제주도에 한 번 가 보고 싶단 생각을 했어요. 이번 제주행은 제 일생에서 멋진 여행이 될 것 같은 그런 기분이 들어요."

"너무 거창한 말씀 같습니다. 사나흘 정도의 체류로 그렇게 말할 수 있을까요. 그만큼 기대가 크다는 걸 반영하고는 있겠지만."

"남주 씨는 제주에 어머니가 계시죠. 그래서 그리운 고향으로 돌아가고, 저나 나영호 선생은 육지에서 처음으로 제주 땅을 방문하게 되는 거예요. 외부 사람이 제주도에 가 견문을 넓히는 건 좋은 일 아닌가요?"

문난설은 오남주의 말에 일종의 가시가 있음을 느낀 듯했다.

"……견문이라, 어딜 가든 그것은 좋은 일이겠지요. 하지만 제주가 지금 말씀하신 견문이란 단어에 어울리느냐 어떠냐 하는 겁니다. 결코 난설 씨 얘길 하는 건 아닙니다만, 제주도 출신자가 섬으로 돌아가는 걸 제한받고 있는데, 본토의 인간들은 자유롭게 출입합니다……. 전 분명히 어머니가 제주도에 계십니다. 그곳에 간다고 해서 난설 씨는 그리운 고향이라고 말씀하셨지만, 전혀 다릅니다. 그러니까, 난설 씨는 어쨌든 제주에 가서 이것저것 살펴보세요."

"당연한 일이지만, 이번 제주 사건에 대해서도 잘 견문할 거예요, 이 눈으로……."

"흠. 그런 일은 사나흘로는 무릴 겁니다. 불가능해요." 오남주는 웃으며 말했다.

"난설 씬 고향이 어디십니까?"

이방근은 눈을 감고 취기로 달아오르기 시작한 얼굴에 바깥바람을 맞고 있었는데, 옆에 있는 오남주가 묻는 말에 간담이 서늘해졌다.

"저요……?" 문난설은 주저하다 말했다. "평양이에요."

"평양……? 전혀 사투리를 안 쓰시네요."

"남주 씨야말로 안 쓰시네요. 서울에 오래 살았어요."

"평양이면 이북이군."

"네……, 서북 지방이에요."

"그렇군요. 서북……. 서북 지방이군요." 자신의 입으로 그렇게 중얼거리면서 서북청년회를 연상시킨 것일까, 오남주의 얼굴이 갑자기 경련을 일으키는 듯해 보였다.

"그럼, '서청'(서북청년회의 서울식 말투)들과 고향이 같군."

"그렇게 말할 수는 없지." 이방근이 조금 취기가 배어 나오는 목소리로 문난설을 두둔하듯 겸연쩍은 기분을 억누르며 말했다. 오남주는 어쩌면 서북 지방 출신인 문난설의 힘을 빌린 도항증명서에 거부반응을 일으킬지도 모른다. "서북 지방 출신과 '서청'은 같은 게 아니잖아. 게다가 서북 지방은 광대하고, 평양만이 아니야."

"예, 그건 그렇습니다. 그래도 일부러 나쁘게…… '서청'을 뭔가, 마이너스적인 것으로 단정하는 것 같아서……."

"뭐라, 마이너스적인 것……. 내가 말인가, 자네가 말인가. 동무는 지금 플러스적인 것으로 말하고 있나. 그건 궤변이야. 마이너스는 그냥 마이너스일 뿐이라구."

"전 단지 고향이 같다고 생각했을 뿐입니다. 문난설 씨 이야기를 하고 있는 것이 아니고, 난설 씨, 아무쪼록 나쁘게 생각하지는 말아 주세요."

"아뇨, 이남 사람이라면 누구나 그렇게 생각하는 걸요. 자주 듣는 말이에요. 좋은 의미로도 나쁜 의미로도 서북 지방이면 '서청'과 같은 거 아니냐고요. 그만큼 여러 의미로 '서청'이 유명하다는 거겠죠……."

"유명하다니요?"

"그 이야기는 그만두자구."

이방근이 말했다. 통로 반대편 대각선 쪽에 앉은, 짧은 머리에 미간이 벌어진 듯한 중년 사내가 담배를 피우면서 이쪽을 보고 있다가, 이방근과 눈이 마주치자 시선을 돌렸다.

"나영호 선생님은 무슨 일이 있으십니까. 팔이 아프세요?"

나영호는 왼팔이 완전히 자유롭지는 않아 가끔씩 경련이 일어나는 건지 움직임이 어색해 보였다.

"아픈 건 아닌데 추울 때는 욱신거리기도 해서, 자유롭지는 않네. 자유롭지는 않아. 에헷헤, 자유롭지만 고통이 있어……. 이건 경구(驚句)로 어떤가, 응."

"나영호의 팔은 일제 때 고문을 받은 후유증이야."

희미한 악취가 흔들리는 열차의 공기를 타고 들어왔다. 기억에 있는 냄새였다.

"고문? 하아······." 오남주는 장발에 몸이 마른 나영호의 갸름한 얼굴을 새삼스레 올려다보았다. "그렇습니까. 형무소엔 오래 계셨습니까?"

"꽤 오래 있었지. 이방근도 옛 시절의 동료야. 학창 시절부터······. 그다지 즐거운 얘긴 아닐세."

"감옥 생활의 훈장은 장교급이야."

이방근이 말했다.

"어머, 지독하네요. 이 냄새. 이렇게 심할 줄은 몰랐어요······."

문난설은 입에 손을 댄 채 몸을 쑥 내밀 듯한 자세로, 폭풍우와 홍수로 황폐해진 창밖의 드넓은 전원풍경을 바라보았다. 이방근은 일전에 상행열차를 타고 올라오면서 이곳보다 훨씬 남쪽의 전라도 일대에 펼쳐진 풍수해의 심각한 참상을 보았었다. 열차 진행방향 쪽 풍경을 내다볼 수 있는 곳에 앉은 이방근은 이미 차창 밖에 펼쳐지는 진흙탕의 전원 광경만으로도 썩은 듯한 이상한 냄새가 그곳에서 난다는 것을 알고 있었다. 광대한 평야는 가을 수확을 앞두고 있었지만 황금 벼이삭의 너울거림은 찾아볼 수 없었다. 진흙이 말라붙은 전멸한 논밭의 황량한 벌판에서 농작물이 썩어가는 냄새가 여름의 태양빛 아래 한층 심하게 피어나고 있었다. 까마귀가 무리를 지어 날고 있었지만, 홍수에 휩쓸리고 부서진 작은 집이나 전봇대 등의 잔해만 보일 뿐, 사람의 그림자는 보이지 않았다. 전혀 손을 쓰지 못한 채로 방치돼 있었다. 폐허였다. 포플러 가로수만이 진흙 속에서 우뚝 하늘 높이 늘어선 채 이글거리는 햇빛을 반사하며 바람에 살랑이고 있었다.

폭풍우가 6, 7월 두 번에 걸쳐 중·남부지방을 덮쳤었다. 더구나 보름 전까지는 한 달 이상 계속된 장맛비 탓에 논밭은 진흙탕이 되고 말았다. 도중의 정차역 플랫폼에는 상행열차를 기다리는 이재민들이 거지 떼로 착각될 만큼 냄비나 솥과 같은 자잘한 '가재도구'를 들고 몰려들고 있었다. 서울에 간다고 어떻게 되는 것도 아닌데, 사람들은 수도로 향했다.

"한잔하겠나. 조금 남았는데. 가방 안엔 한 병 더 있어."

이방근은 창틀에 놓아둔 위스키 병을 손으로 집어 들며 말했다. 그리고 열차의 흔들림에 위스키를 흘릴 듯이 잔에 따르고는 나영호에게 건넸다. 나영호는 잔을 받아들자 곧바로 입으로 가져갔다.

"나 동무, 뱀술을 마셔본 적이 있나?"

"뱀술? 없어. 냄새가 지독할 것 같은데?"

"음, 알코올 도수에 따라 다르지만, 알코올이 강하면 마치 탄내 같은 냄새가 나. 50도나 60도 정도 말야. 입술과 입이 타고, 불이 난다구……."

"이 동무는 늘 그런 걸 마시나?"

"마신 적이 있다는 것뿐이야. 왜 뱀술 얘길 한 거지."

"제주도는 뱀이 많지 않나?"

"핫, 하아, 뱀에 물려 죽는 인간 쪽이 많다네."

문난설은 진지한 표정으로 그게 정말이냐고 되물었는데, 이방근은 자신도 모르게 웃으며 고개를 가로저었다.

"그런데, 제주 동향회선 사건의 진상규명 조사단을 파견한다고 하던데, 이 동무는 알고 있나? 하루 이틀 사이에 서울을 출발한다던데."

"아아, 듣기는 했네. 목포에서 내일 출발하는 배편이 없으면, 우리도 조사단과 함께 되겠지. 그런데 목포에서 어떻게 될지가 문제일세, 경찰이 승선을 시켜 줄지……."

이방근은 숨을 크게 들이마셨다가 내쉬었다.

"지금은 소강상태라 토벌전은 이루어지지 않고 있을 거야. 그렇다면 들여보내도 되는 거 아닌가?"

"들여보내도 되는데 들여보내지 않는 것뿐야."

조사단 파견은 4, 5일 전 현저동의 고의원 집에서 열린 동향회의 결정 사안에 대한 실현이었고, 일곱 개의 사회단체 정당이 참가해서 내일 27일에 서울을 출발할 예정이었다. 제주도사건의 진상규명과 실태조사를 하고, 그 결과를 전 민족 앞에 공개적으로 호소하여 근본적인 해결방법을 찾는다는 것이다. 토벌전 없이 소강상태가 계속되고 있는 지금이야말로 객관적인 조사에 유리한 환경이라는 것이었다. 그러나 불과 한 달 전에 20여 정당 사회단체에서 파견한 진상조사단은 목포에서 도항을 제지당했다. 목포까지는 마음대로 갈 수 있게 해 놓고 바다는 건너지 못하게 한 것이었다. 미군정하에서 독립했다는 '신정부'는 어떻게 할까. 정치 문제로 추궁당하는 것을 피하기 위해 서울에서는 도항증명서를 발행해 주지만, 현지의 목포경찰서에서 이것저것 트집을 잡아 증명서에 확인 도장을 찍어 주지 않았다. 제주도로 건너가지 못하고 서울로 돌아와 항의를 해도 시골 경찰의 실수라며 둘러댔다. 그것이 지난번 수법이었는데, '신정부'에서도 역시 같은 일이 일어날 가능성이 높았다.

진료를 쉴 수 없는 고 의사는 조사단에 참가할 수 없겠지만, 한성일보 기자인 윤봉도 동행한다. 반민족행위처벌법 관계와 친일파 문제를 추적하는 데 열심이었는데, 이번에는 제주도사건의 취재기자로 참가한다고 했다. 동향회를 마치고 돌아가는 길에 이방근은 윤봉과 둘이서 서대문우체국 뒤편의 술집에 들렀는데, 그의 도쿄 시절 동료 중한 명인 나영호에 대한 윤봉의 평가는 냉정했다. 타락분자라고까지 말할 정도였다. 그는 나영호를 두고 작품 발표의 무대를 얻기 위해 어용 문학단체에 출입하고, 술에 절어 여러 여자들을 집적대다 온갖 문제를 일으키고 있다고도 했다.

……저 팔이 문제야. 일제 때의 고문 후유증이 여자의 마음을 끄는 데 한 역할을 한다니까. 나영호는 국제통신이 발행을 계획하고 있는 신문의 기자로서 제주도에 간다질 않는가. 문난설이라는 여자와 함께……. 나영호가 신문기자로 일할 수 있나. 진상규명 조사단의 도항이 제지당했다는데, 학살의 땅에, 우리들 고향에 그 두 사람은 마치 유람이라도 가는 모양새로군. 더구나 자네가, 이방근이 안내자로서 역할을 한다니 대체 어찌 된 일인가. 세간에서는, 현지의 제주도 사람들이 어떻게 생각하겠나……. 여동생 유원도 반복해서 해 온 말이었다. ……도대체 뭣 때문에 그 여자나 나영호가 우리 동향회 사람들조차 갈 수 없는 고향 제주도에, 그곳 출신도 아닌 그들이 가는가……. 어쨌든, 됐네, 자유롭게 다닐 수 있는 인간들을 굳이 방해할 필요는 없겠지. 하지만 말야, 이방근이 그 일에 앞장서다니 좀 이해하기가 어렵군……. 핫하, 그냥 해 본 소리야, 앞장서는 건 아니지…….

이방근은 눈앞에 있는, 풍만한 가슴에 체형이 훤히 드러나 보이는 바지 차림의 문난설을 힐끗 쳐다보고 자리에서 일어났다. 그녀는 줄곧 카키색 등산모를 쓰고 있었는데, 경쾌한 복장일까 어제 만났을 때보다 훨씬 인상이 젊어 보이고……. 그녀가 첩……, 첩. 이방근은 갑갑한 마음에 자리에서 일어나 통로로 나왔다. 통로에는 쭈그려 앉아 있거나 서 있는 사람도 있었지만, 통행에는 지장이 없는 정도였다. 그는 승강구 쪽으로 나와 담배를 피웠다.

그때 윤봉의 나영호에 대한 비판은 도를 넘어선 느낌이었다. 이방근은 제주도행을 비난하는 윤봉의 날카로운 말의 비수가 아랫배에 파고드는 것을 자신도 모르게 그곳에 손을 대고 주저앉듯이 받아들였다. 갑작스레 엄습한 설사를 동반한 심한 복통이라도 참는 것처럼. 아니, 아니다. 지금 가슴을 갑갑하게 만드는 것은 줄곧 마주 앉아 있 는 문난설······.

윤봉은 문난설을 알고 있으며, 만나면 인사 정도는 주고받는다고 했다. ······그 여자는 뭐하는 사람일까? 뭐하는 사람······? 뭐하는 사 람이 아니라 한 사람의 여자야, 국제통신사 회장의 첩이야, 과거는 잘 모르겠지만 말이지. 뭐라고, 첩? 회장의 친척이 아니었나? 뭐야, 그 친척이라는 건? 친척이라고 할 바에는 차라리 '양녀'라고 해 두는 게 좋을 걸세······. 첩······. 그저께 양과자점에서부터 충무로 거리를 물들이기 시작한 저녁노을 속에서 문난설을 안고 싶다. 이제 곧 사라 져 버릴 저녁노을을 영원히 붙잡아 두는 가운데 이 여자를 안고 싶 다······고 이방근은 생각했다.

그는 내일 떠나는 배편이 있기를 바랐다. 제주도로 떠나는 배가 없 으면 목포에서 발이 묶이고, 그러면 다음날 오게 될 조사단과 만나게 된다. 배에서가 아니라 부두에서 만나게 되고, 그들은 경찰이 출동하 여 승선을 제지당하는 가운데 우리들 네 명만 배에 오르게 된다 면······. 말도 안 되는 일이다. 아니, 탈 수가 없다. 윤봉이 보는 앞에 서 배에 오를 수는 없다.

윤봉은 나영호에게 욕을 퍼붓고 있었지만, 제주도사건 취재 건으로 나영호의 출장이 어제 갑작스럽게 결정되었다는 말과 실질적인 용무 로 동행하게 된 것에, 이방근은 다소나마 안심하고 있었다. ······그쪽 에서 '폭도'와 접촉할 루트를 찾아 주었으면 하네. ······이번 제주도에 서 내 일의 성패는, 한마디로 말해 이방근 선생에게 달려 있네······. 승강구에 서서 바람을 쐬고 있는데도 이마에는 비지땀이 배어 나왔 다. ······오빠는 다른 사람의 시선 따위는 완전히 무시하고 있을지도 모르겠지만……. 그래, 난 무시하고 있다. 그런 주제에 지금 다리가 위축되고, 비열한 마음에 흔들려, 한발 앞서 제주도로 도망치고 싶다……. 이방근은 목포 부두의 바닷바람을 맞으며 우뚝 서 있는 윤봉의 모습이 두려워졌다.

한 시간 정도 지나 기차는 대전에 도착했다. 반 시간 후인 두 시에 대전을 출발해서 목포로 향한다. 지금부터 일곱 시간의 긴 여행이 된다. 오남주는 대전에서 돌아가겠다고는 말하지 않았다. 그는 문난설에게 무슨 일로 제주도에 가는지 물었는데, 그 속마음은 윤봉의 그것과 마찬가지로, 제주 출신이 아닌 자가 '특권'을 이용해 제주에 출입하는 것에 대한 분노였다. 게다가 서북청년회는 아니지만 서북 지방의 중심, 평안도 평양 출신인 그녀가 도와준 증명서로 고향 바다를 건너는 것에 대해 상당히 복잡한 심정일 게 틀림없었다. 조사단 일행과 마주쳐 부두에서 무슨 일이라도 벌어진다면, 젊은 그가 그대로 배에 올라탈 리가 없었다. 목포에 도착하는 대로 부두에 나가 배편을 확인해 봐야 한다.

천장의 낡은 선풍기도 돌고, 창문에서 시원한 바람도 들어오고 있었지만, 여름 오후의 기차 안은 촉촉하게 땀이 배일 정도로 더워지기 시작했다. 낮 시간에 취하는 건 울적했다. 태양이 빛나는 하늘 아래의 취기는 안달이 나면서 머릿속 취기의 막을 찢고 싶은 충동을 일으켰다.

이방근은 눈을 감았다. 그리고 어느새 꾸벅꾸벅 졸았고 그러다 잠이 들었다.

눈을 뜨자 취기의 막이 걷혀 머리가 가벼워진 느낌이었다. 모자를 벗은 문난설은 창문과 좌석의 등 받침 사이에 머리를 가볍게 기댄 채 잠들어 있었다. 그저께 만났을 때의 머리 모양과는 다른 물결 주름의 흐트러진 검은 머리가 하얀 이마를 타고 차 안으로 들어오는 바람에 움직이고 있었다. 자고 있는 건지, 그냥 눈을 감고 있는 건지, 눈꺼풀 속의 안구가 움직이지 않는 것을 보면 자고 있는 듯했다. 이방근은 훔쳐보는 듯한 기분이 들어 눈길을 다른 곳으로 돌렸다. 국제통신의 회장은 어떤 노인일까. 이처럼 젊은 '첩'을 자유롭게 두다니. 첩이라는 건 정말인 건지. 나영호는 가볍게 코를 골고 있었다. 오남주는 종이로 표지를 싼 책을 펼쳐 읽고 있었다.

이방근은 손수건으로 얼굴과 목덜미를 닦고 다시 눈을 감았다. 감은 눈꺼풀을 통해 바로 앞에 모자를 벗은 채 자고 있는 문난설의 얼굴이 보였다. ⋯⋯역시 오빠는 문난설 씨와 가는군요⋯⋯. 그렇다, 지금 이렇게 마주 앉아, 눈꺼풀이 덮인 어두운 안구 뒤쪽 공간 속으로 문난설의 전신이 들어오는 것을 보았다. 그리고는 모자뿐만 아니라, 그녀의 옷이 한 겹 한 겹 젖혀지고 벗겨져 간다⋯⋯. 이방근은 머리를 흔들고, 남몰래 문난설과 시선이 마주치는 것을 두려워하듯이 눈을 떴다.

밤이 되기 시작하자 차창 밖의 천지에서 빛이 사라졌다. 산간의 하늘에서 나온 반달이 계속해서 열차와 함께 달렸다. 이제 곧 목포에 도착한다. 여름에는 여덟 시가 지나도 지평선 저편에는 석양이 밝았다.

목포는 밤이었다.

각자 짐을 단단히 손에 들고 열차에서 플랫폼에 내려선 뒤 역사 정면 현관으로 향했다. 역사의 왼편, 해안도로 쪽으로 빙 둘러 역을 감싼 철책 저편으로 민가의 불빛이 보이고, 식당과 여인숙—간이여관 등이 늘어서 있었다. 그런데 개찰구가 가까워질수록 역 분위기가 심상치 않다는 것을 감지했다. 줄이 생겨 늘어서기 시작하면서 사람들의 움직임이 멈췄다. 대기석이 있는 구내 개찰구 바깥쪽에 2, 30명의 경찰이 좌우에 서서, 역 안에서 나오는 승객을 확인하면서 짐 검사를 하고 있었던 것이다. 아, 황동성으로부터 권총을 받아오지 않은 게 다행이었다.

"이건 너무 빨라." 나영호가 옆에서 무슨 소린지 중얼거리더니 이방근을 향해 말했다. "이봐, 이 동무, 자네는 내 뒤에, 그리고 오 군은 제일 마지막이야. 난설 씨가 선두에 설 거니까. 너무 떨어지지 않도록 해. 네 명이 같이."

무슨 의미인지 몰랐지만, 서둘러야 하는 상황이라서 그의 지시에 따랐다. 이방근은 개찰구에서 역무원에게 차표를 건네면서 무슨 일인지 물었다.

"모릅니다. 경찰에게 물어보시오."

개찰구를 빠져나와 경찰들이 서 있는 줄 사이로 들어갔다. 앞장선 문난설이 가방에서 작은 수첩 모양의 서류를 꺼내 경찰에게 내보이면서 뒤의 세 명을 가리켰다. 그러자 놀랍게도 경찰이 갑자기 부동자세를 취하며 문난설에게 경례를 했던 것이다. 네 사람은 짐을 조사받지도 않고 역 밖으로 나왔다. 이것은 또 무슨 일인가. 나영호에 의하면, 문난설이 내무부 치안국이 발행하는 총경 대우의 신분증명서를 가지고 있다는 것이었다. 이번 여행에 대비한 것이라고 했다. 내무부가 경찰이 아니더라도 어떤 특정인에게 발급하는 것으로, 총경급이라면 일정 지역 내의 여러 경찰서장을 지휘 감독하는 부서의 계급이라, 가령 서장이 역 앞에 나와 있었다 해도 문난설에게 경례를 해야 했을 것이다.

"아이구, 내 정신 좀 봐, 경찰한테 물어본다는 걸 깜빡했네. 대체 무슨 일이 있었던 걸까요?"

여관에 가기 전에 먼저 부두로 나가 볼 필요가 있었다. 택시로 부두를 돌아본 뒤, 되돌아와서는 여관으로 간다. 역 앞 광장의 도로 왼쪽 승차장에 택시 한 대가 기다리고 있었다.

택시가 작아서 짐을 든 네 명은 탈 수가 없었다. 운전수가 행선지를 물었다.

"부두에 갑니다만. 부두를 돌아 여관으로 갑시다."

"……부두에, 지금은 배가 없어요."

"알고 있소. 내일 배편을 알아보려는 것뿐이요."

"지금 부두는 출입금지예요."

운전수는 고개를 저었다.

"뭐라구요?"

"경찰이 잔뜩 출동해서 경계를 서고 있어요. 제주도에서 빨갱이가, 공비들이 도착한대요."

"공비……?"

"그래요, 공비요. 제주도의 공비들이요."

"……"

이방근은 그 자리에 우뚝 멈춰 섰다.

2

상현에 가까운 반달이 중천에 걸려 있어서 밝았다.

역 앞 광장에서 읍내로 즐비하게 늘어서 있는 집들 너머 저편에, 달빛을 받은 유달산 알몸바위의 괴이한 모습이 밤하늘을 배경으로 환상처럼 우뚝 솟아 있었다. 괴조(怪鳥)의 두상 같은 형태를 하고서 무서운 밤의 산자락에 서 있었다.

공비⋯⋯. 제주도의 공비. 이방근은 단어의 칼끝이 날카롭게 가슴에 닿는 것을 느꼈다. '공비'는 정부 측—경찰이나 '서북'들이 부르는 호칭인데, 일반적으로 '폭동'이나 '폭도'에 비하면 그렇게 친숙한 말이 아니었다. 이방근은 이번에 제주도를 떠난 이래 눈앞에서 '공비'라는 말을 들은 것은 처음이었다. 그는 반사적으로 서른 전후의 광대뼈가 불쑥 튀어나온 마른 얼굴의 운전사를 쳐다보았다. 그런데 공비의 도착⋯⋯ 운운하는 것이 무얼 말하는지 금방 이해할 수 없었던 것은, 순간적으로 폭발할 것 같았던 분노의 감정 탓일 것이다. 하지만 곧바로, 공비가 뭐야! 하고 호통 치지는 않았다. 바로 옆에는 오남주와 문난설이 말없이 나란히 서 있었다. 공비의 도착, 설마 무장 게릴라가 상륙하거나 그에 대비한 경찰대의 동원은 아닐 것이다. 이방근은 분노에 떨리는 감정을 억누르고, 오른쪽 구두 뒤꿈치를 땅이 울릴 만큼 내딛으며, 그것이 성내 경찰서 유치장 같은 곳에 수감되어 있던 '폭도'들의 목포 이송임을 깨달았다.

이방근은 어떻게 해야 할지 생각했다. 여관이라면 눈앞에 죽 늘어선 여인숙 말고, 역 앞 길을 시청 쪽으로 걸어가면 그 근방에 몇 군데 적당한 곳이 있었다. 일단 항구에 들렀다가 간다면 몰라도, 여관으로 직접 간다면 일부러 택시를 탈 필요는 없었다.

"어디로 가시게요?"

행선지를 재촉하는 운전수의 목소리가 아까와는 달리 부드러웠다. 이방근의 기분대로였다면 공비가 뭐야! 하며 호통 치고 자리를 떠났을 텐데, 그 운전수를 향해 자, 가 주시오⋯⋯ 하고 기계적으로 대답한 후, 뒤쪽에 신호를 보내고 차에 올랐다. 오남주가 이방근에게 달라붙듯이 함께 올라탔다. 낡은 소형 택시가 흔들렸다. 소형이라 네 명은 탈 수 없었다. 나중에 온 다른 택시에 나영호와 문난설이 탔다.

"어디로 갈까요?"

이방근은 부두로……라고 말하려다 행선지를 바꿨다.

"시청 바로 앞 봉래관으로 가 주시오."

"부두에는 들르지 않고요?"

"아아, 바로 여관으로 가 주시오."

시골 읍내의 운전수는 지위가 높다. '기술' 없이는 운전을 할 수 없기에 운전수는 기사님이 된다. 운전수는 무뚝뚝하게 입을 다문 채 핸들을 돌렸다. 길도 좋지 않은 탓에 택시는 덜컹덜컹 삐걱대는 소리를 내며 달렸다. 차는 한약재 도매상이 늘어선 역 앞 도로의 왼쪽 방향인 남쪽으로 향했다. 열린 차창으로 바다 냄새와 한약재 냄새가 뒤섞인 밤바람이 불어 들었다.

"손님, 팁은 좀 더 주셔야……."

걸어도 10분 남짓, 택시로는 몇 분 걸리지도 않는 '엎어지면 코 닿을' 거리였다.

"그래요." 이방근은 알겠다며 고개를 끄덕였다. "어떻소. 내일 배편이 있는지 어떤지 알 방법이 없겠소?"

"어디로 가는데요? 여수로 해서 부산행인가요?"

"아니, 제주도요."

"제주도……." 제주도……. 그 대수롭지 않다는 어조와 억양이 어떤 모멸감의 울림을 띠고 있었다. 이방근은 그렇게 느꼈다. "그건 모르겠는데. 제주행은 연락선이라도 날씨에 따라 출항이 어려워서 말이죠. 더군다나 임시편은 알 수가 없어요."

제주도 공비……. 운전수의 말은 맨손으로 내장을 움켜잡은 듯한

역겨움을 불러일으켰다. 그런데도 어째서 이 택시를 탄 것인가. 제주
도 공비의 도착……. 이방근은 부두로 나가 볼 생각이었다. 일단 여관
에 들러 짐을 내려놓고 가는 편이 좋을 것이다. 여관에서 걸어가도
역까지 비슷한 거리라 그리 멀지는 않았다. 이방근은 부두 바로 옆까
지 갈 수 있는지 물어보려다 그만두었다. 프런트 전방에 라이트가 비
치는, 그다지 밝지 않은 읍내 도로가 눈에 들어왔다. 일직선 도로 저
편에, 경비정이 다도해의 어두운 파도를 헤치며 목포항을 향하고 있
을 것이다. 아니, 이미 슬슬 삼학도 사이의 만 안쪽으로 들어와 곧
접안할지도……. 제주에 도착하면 무슨 일이 일어날 것만 같은 기분
이었는데, 이미 목포에서 무슨 일이 생긴 것 같았다. 부두에 나가지
않는 것이 좋을지도 모른다. 아니……. 이방근은 왠지 모르게 초조해
지고, 무언가의 기척이 다가오는 듯한, 몸이 조금 뜨거워지면서 어둠
저편에서 무언가 압박해 오는 기척을 느꼈다. "운전수 양반, 아까 공
비라고 했는데, 공비가 뭐요?"

　이방근은 옆에 문난설이 있었다면 하지 않았을 질문을 운전수를 향
해 던졌다.

　"공비……?" 운전기사는 조금 전에 자신이 한 말을 잊어버린 듯한
말투로, 고개를 반쯤 이쪽으로 돌리며 의아하다는 듯 말했다. "공비를
모른단 말이요? 폭도를 말하는 거지요. 손님도 아실 텐데."

　"폭도가 어째서 공비라는 거요?"

　"같지요. 폭도나 공비나……."

　"어째서 같은 거요?"

　"손님은 대학교수님입니까? 알고 있는 걸 새삼 물어보게."

　"운전수 양반이 별로 귀에 익지 않은 말을 하기에 물어본 것뿐이오.
공비란 건 중국의 장개석이나 해방 전의 일본 관동군이 만주에서 썼

던 말이오. 중국과 조선의 항일부대를 비적이라 불렀는데, 그 머리에 쓸데없이 공산을 붙여서 왜군들이 사용했던 겁니다……. 왜놈들이 말이오. 그걸 운전수 양반이 아무렇지 않게 사용하기에 놀랐다는 겁니다. 핫, 하아, 나도 일찍이 '항일투사'였고 형무소에도 오래 있었소. 목포는 아니지만. 그래서 좀 신경에 거슬렸소. 그건 그렇고 그 '공비'라는 건 몇 시쯤 항구에 도착하는 거요?"

"그건 모르겠군요. 자, 도착했습니다……."

뒤쫓아 오던 택시의 헤드라이트 불빛이 이쪽 차 안을 비추며 다가오더니 바로 뒤에 멈춰 섰다.

여관의 대문으로 들어서자, 한쪽 구석에 커다란 고목이 서 있는 안뜰 끝자락에 방이 줄지어 있는, 좌우 건물에 객실이 있는 조선식 여관으로 대부분은 온돌방이었지만, 서양식 독실로 개조한 방도 있었다. 이방근의 얼굴을 기억하는 곰보 자국의 남자 종업원이 정중하게 큰 방으로 안내하자, 일행은 먼저 거기에 짐을 풀었다. 문난설은 나중에 독실로 옮기기로 했다.

그녀가 먼저 세면실로 가서 기차여행의 때를 씻어 냈으며, 나영호도 얼굴을 씻고 왔다. 하지만 상의만 벗고 있던 이방근은 아까부터 안절부절못하며 마음 초조해했다. 부두에 나가 봐야 하는가……. 그는 제주도에서 도착하는 것이 무엇인지 충분히 상상하고 있었다. 부두에 나가 본들 그것은 구경에 지나지 않을 테고, 어떻게 되는 것도 아니었다. 여기에서 술이라도 마시고 있으면 그럭저럭 시간은 지나갈 것이었다. 일부러 본토까지 나와서 그런 것을 보러 갈 필요는 없었다……. 이방근은 확실히 무언가로부터 시선을 돌려 얼굴을 숨기려 하는 자신을 느낄 수 있었다. 그러니 갈 필요는 없었다.

"이 동무, 얼굴이라도 씻고 오지 그래."

나영호가 말했다.

"……"

"그건 그렇고, 경찰이 동원돼서 축항을 포위했다는데, 제주도에서 도착한다는 게 뭘까. 난 곧바로 부두로 나가 볼까 하는데."

네 사람은 온돌방 한가운데에 놓인 앉은뱅이책상을 둘러앉았다.

"아, 그런가." 이방근은 조금 의외라는 생각이 들었지만, 그것은 신문기자로서 당연한 일일 것이다. "음, 그렇지, 나도 지금 부두에 나가 보려던 참이야."

"목포항에 도착한다는 것의 실태는 뭔가?"

"실태……? 아마 제주도에서 도착한다는 것은 말이지, 이른바 빨갱이일 거야. 경찰서나 수용소에 들어가 있던 사람들을 본토의 목포형무소로 보내려는 거겠지. 제주도엔 형무소가 없거든."

"제주도에는 형무소가 없군요. 그건 멋진 일이에요."

"형무소는 없지만, 지금은 그 이상의 것이 있습니다."

오남주가 말했다.

목이 너무 말라 남자 종업원에게 맥주를 부탁했는데, 한 모금만 마시고 일어선다면 몰라도 안주까지 만들어 오라고 할 시간적 여유는 없었다. 이방근은 망설이면서도 부두에 나갈 마음의 준비를 하고 있었던 것이다.

"그럼 같이 가기로 하지. 이건 현장기사가 될 거야."

"그러나 취재는 금지야. 신문 보도는 안 돼. 르포 기사를 쓸 때 참고는 될지 모르겠지만."

이방근은 오남주와 문난설에게 여관에 남아 있으라고 했지만, 결국 네 사람 모두 가기로 했다. 이미 배가, 아마도 경비정이 목포항에 도착해 있을지도……. 가져온 맥주로 한 잔씩 목을 축이고는 서둘러 여관을 나섰다.

밖은 달이 밝았다.

달빛을 받아 희미하게 젖은 것처럼 보이는 유달산 정상의 여러 알몸 바위들이 조금 전 역 앞 광장에서보다 훨씬 가까이에 솟아 있었고 이방근의 마음에는 일종의 전율 같은 것이 일었다. 중앙동 일대로부터, 일찍이 일본인 거리의 일부로서 일본식 이층집 가옥이 그대로 남아 있는 목포 고지대의 동쪽 길을 따라 바다 쪽으로 향했다. 10분 정도 걸려 밀려오는 파도 소리가 들리는 해안가로 나왔다. 여름밤의 바다 냄새에 섞인 해산물 냄새, 생선 내장 따위가 썩어가는 악취가 밤바람에 떠다니고 있었다.

바닷가의 식당 대부분은 문을 닫았고, 맞은편 길가의 해산물이나 선박 용구를 파는 가게들도 불이 꺼져 있었다. 헌옷과 중고 잡화를 파는 한 가게에 내걸린 전등만이 밝게 거리를 비추고 있었다. 가게 앞에 모여 담배를 피우고 있던 러닝셔츠 차림의 남자들 시선이 일제히 네 사람에게 쏠렸다. 잡화점 옆의 너저분해 보이는 골목 안쪽의 등이 켜진 작은 선술집에서 항만노동자 차림의 취객이 비틀거리며 나왔다.

항구 쪽에서 이쪽 해안가를 향해 걸어오는 경찰 무리와 마주치지 않는 걸 보니, 아마도 해산하지 않고 여전히 부두 주변에 집결 중인 듯했다. 아직은 시간에, 뭔가 분명하지 않은 그 시간에 늦지는 않을 것 같았다.

쓰레기통을 뒤지고 있던 검은 고양이가 소리 없이 튀어나와 총경 대우의 문난설이 비명을 지르게 만들었다. 작은 어선들이 빽빽하게 연결돼 있는 첫 번째 돌제방을 지나자, 전방의 연락선 발착장 부근이 휘황찬란하게 빛나고 있었다. 그리고 새까만 그림자가 그 일대를 메운 채 꿈틀거리고 있는 것이 눈에 들어왔다. 아무래도 경찰 무리 같았다. 극히 최근에 시작된 '죄수' 이송을 담당하는 쪽의 경비는 꽤나 호들갑스럽다는 인상을 받았다. 도중에 검문하는 경찰이 길을 막더니, 건물 뒤쪽에서 사복경찰 세 명이 재빠르게 다가왔고, 사냥모자를 쓴 한 사람이 날카로운 목소리로 누구냐고 물었다.

나영호가 자신은 서울에서 온 국제통신사 기자인데, 내일 제주도로 출발하고 싶어 부두에 배편을 알아보기 위해 나왔다고 대답했다. 일행을 빤히 쳐다보고 있던 사냥모자가 배편 이야기는 하지 않고, 부두는 출입금지이니 출입이 안 된다고 사래를 치며 증명서 제시를 요구했다. 각자 제시한 도항증명서를 본인과 비교하고, 문난설이 덤으로 내보인 내무부 치안국 발행의 신분증명서를 의심스럽다는 듯이 받아들더니, 가로등 불빛으로는 부족했는지 옆 사람이 비춰 준 손전등 불빛 속에서 몇 번이나 확인하였다. 그러더니 갑자기 표정을 바꾸고 자세를 바로잡더니, 한 손으로 증명서를 쥔 채 문난설을 향해 경례를 했다.

"이봐, 총경님이다." 무슨 일인지 잘 이해하지 못한 두 사람이 당황해하면서 부동자세를 취하고 경례를 했다. 사냥모자는 탈모도 잊은 채, 두 손으로 신분증명서를 문난설에게 돌려주면서 머리를 조아렸다. "총경님, 큰 실례를 범했습니다."

웃을 일이 아니었다. 문난설의 신분증명서가 제주도에 들어가기도 전부터 상당한 효력을 보이기 시작한 것이다.

"총경님 앞에서 모자를 벗어야지. 사냥모자는 경찰모가 아니잖나."

나영호가 심술궂게 말했다. 사복경찰은 당황해하며 모자를 벗고 다시 한 번 머리를 조아렸다. 사십 대 남자는 젊은 나이에 대머리가 된 모양이었다.

문난설은 수고가 많다며 총경 대우답게 한마디 위로의 말을 건넨 뒤, 제주도에서 폭도들이 목포항에 도착한다고 하던데 그걸 잠시 볼 수 없겠냐고 물었다. 모자를 고쳐 쓴 사냥모자가 잠시 생각에 잠기는 듯하더니 표정을 바꾸고 곧바로 네 사람을 항구 쪽으로 안내했다. 연락선 발착장으로, 연도에 빈 트럭이 두세 대 늘어서 있었고, 백 명은 넘을 것 같은 경찰들이 주위의 부두를 포위하듯 방어막을 치고 있었다. 그 속에 라이트 불빛을 받은 덮개가 씌워진 트럭의 검은 그림자가 왠지 영구차처럼 섬뜩하게 비쳤다.

　사복경찰이 네 사람에게 기다리라고 말한 뒤, 두터운 포위 벽을 뚫고 들어갔다가 잠시 후에 돌아와서는, 문난설을 제외한 세 사람에 대해 겉으로 간단한 검사를 했다. 그리고 네 사람을 경찰의 이중 삼중 둘러친 포위망 앞으로 통과시켰다. 주변에는 두통을 일으킬 만큼 찌든 땀 냄새와 콧구멍을 통해 스며드는 암모니아 같은 악취가 진동해서, 이방근이 문난설의 얼굴을 쳐다보았을 정도였다. 발착장 옆 부두에는 벌써 화물선이 아닌 검은 경비정이 옆에 붙어 있었다. 배의 뒷부분은 매표소 건물에 가려 보이지 않았다. 갑판을 비추고 있는 경비정 선교의 서치라이트 속에 총을 멘 국군 병사의 그림자가 움직였고, 부두 트랩이 걸쳐진 좌우에도 병사들이 줄지어 서 있었다. 이제 곧 '폭도'들의 하선이 시작되는 모양이었다. ……일부러 여기까지 나와서 볼 필요는 없는데. 이방근은 역시 오지 말았어야 했다는 생각을 하기 시작했다. 그보다도 내일 배편이 중요했다.

　갑판 위에 손을 뒤로 결박당한 '폭도'들이 줄줄이 묶인 채 나왔다. 일고여덟 명씩 한 조로 묶인 그들은 갑판에서 정렬한 후 트랩을 내려왔다. 수십 명이 겨우 내려 선 부두에서 다시 몇 열인가 종대로 정렬한 뒤, 이름 아닌 번호만으로 점호를 끝내고 경찰들이 포위하고 있는 덮개가 씌워진 트럭 쪽을 향해 일렬로 줄지어 걸어갔다. 모두 부랑자 같은 누더기를 걸치고, 머리카락도 수염도 제멋대로 자라, 그야말로 항간의 인간 모습이 아니었다. 여자도 섞여 있었는데 그나마 수염이 없어서 인간다운 얼굴을 하고 있었다. 전원이 등을 약간 구부리고 고개를 숙인 자세로 걷고 있었는데 그것은 명령에 의한 것이었다. 그중 한 사람이 갑자기 등을 펴고 머리를 들어 올린 순간 욕설과 함께 소총 개머리판으로 등을 내려치는 둔탁한 소리가 울렸다. 한 사람이 넘어지면 순식간에 그 열 전원의 걸음이 흐트러진다. 탈진한 자도 있었지만, 웅크린 채 허공을 노려보는 수많은 눈이 늑대처럼 빛나고 있었다.

그들은 가족들과 만날 기회도 없이 이곳까지 이송된 게 틀림없었다. 아마도 성내의 산지 항에서 경비정에 올라탈 때도 군경의 감시 속에서 경찰서로부터 관덕정 광장을 지나는 성내 길을 부두까지 걸었을 것이다. 그러고 보면 과거 일제시대 '소화(昭和)' 초기, 독립운동으로 체포된 애국자들을 제주경찰서에서 목포나 광주형무소로 송치할 때도, 그들을 포박한 채 산지 항까지 걷게 했었는데, 마로 된 상복을 입고 연도에 늘어선 사람들이 소리 높여 울면서 항구까지 배웅했다고 한다. 그것은 일종의 데모이기도 했는데, 일제의 식민지배하에서 그들은 애국자였지만 눈앞의 게릴라 가담자들은 폭도였던 것이다.

경찰이 경비를 서고 있는 목포 부두는 조용했다. 제주와는 달리 목포의 북쪽 교외에 있는 형무소까지는 걸어갈 수 있는 거리가 아니었고, 또 마을 중심부를 관통해 소 떼라도 몰듯이 느릿느릿 시간을 들여 이송할 수는 없는 일이었다. 여기 있는 수십 명 중에 몇 명의 가족이 바다 건너 형무소까지 면회를 올 수 있을까. 그것은 밤하늘의 별을 따는 것만큼 어려운 일이었다.

이방근은 '폭도'들의 모습에 눈길이 가는 것을 피하면서도, 부두에서 덮개가 씌워진 트럭 쪽으로 걸어가는 그들을 물끄러미 바라보았다. 그들이 얼굴을 감추듯이 고개를 숙이고 있는 것이 오히려 다행이라고 생각했다. 공비, 제주도 공비……. 공비나 폭도나 같은 거지요……. 얼마나 굴욕적인 말인가. 그래도 나는 그 택시를 탔다. 폭도라 해도 모두가 게릴라인 것은 아니었다. 게릴라가 있다고 해도 불과 몇 명에 지나지 않을 것이다. 중학생 또래의 소년도 섞여 있었는데, 미군정 하의 포고령 2호 위반—허가되지 않은 집회의 삐라 부착 등으로 2년 혹은 3, 4년의 징역형을 언도받는 것은 흔한 일이었다. 제주도 내 경찰서 유치장은 그런 게릴라 가담자로 넘쳐 나고 있었다. 이방근은 줄줄이 묶인 패잔병이나 다름없는 행진 속에서 판별하기 어려운 지인이라도 찾아내려는 듯 대열을 응시하다가, 갑자기 옆에 있는 오남주의 어깨를 두드리고 나영호에게도 신호를 보내 나가자고 말했다. 오남주의 야윈 몸이 떨리는 것 같았고, 그 얼굴에 경련이 일어날 것처럼 눈물이 흘러넘치는 걸 보았기 때문이었다.

경찰들의 경비 벽을 헤치고 네 사람은 밖으로 나왔다. 이방근은 이곳에 도착하는 동안에도 뭔가 뜨거운 예감, 이상하게도 오싹한 느낌의 공기가 몸속까지 침투하듯 뭔가가 압박해 오는 것을 느꼈다. 이방근은 이 목포 구석에서, 그들 속에 누군가 아는 사람이라도 발견하여 시선이 마주칠까 봐 두려워하고 있었던 것이다. 아니, 그가 오남주에게 신호를 보낸 때와 거의 동시에 줄줄이 묶인 대열 속에서 누군가 아는 남자를 발견했다고 생각했다. 기분 탓이 아니었다. 분명히 상대는 눈을 치켜떠서는 이쪽을 보았고, 이방근은 순간적으로 시선을 돌렸던 것이다.

"이봐, 이 동무는 여기에 있게. 난 좀 더 현장을 봐야겠어, 그런데……."

"지금은 같이 가자구."

나영호는 도중에 나온 것이 불만인 듯했으나, 동향인인 이방근의 기분을 헤아린 것인지 고개를 끄덕이고는 함께 걷기 시작했다.

이방근은 담배를 물고 불을 붙였다.

"남주, 정신 차려. 한 대 피우겠나?"

문난설을 제외한 세 사람이 담배에 불을 붙였다. 경찰들의 포위벽 속에서 반복적으로 욕설이 들렸다. 누군가가 난동을 피운 것인지도 모른다. 일제히 땅이 울리는 듯한 경찰들의 무거운 발소리가 들려왔다. '죄수'들이 트럭에 올라타고, 아니, 실리고 있는 모양이었다.

사냥모자를 쓴 사복경찰이 쫓아와, 서장님이 경비가 끝나는 대로 문 총경님께 꼭 인사를 드리고 싶어 한다는 뜻을 문난설에게 전했지만, 그녀는 그럴 필요가 없다고 했다. 그럼 서장님이 섭섭해 하실 텐데……라고 말하는 것을, 서장님께 잘 말해 달라며 적당히 받아 넘겼다.

네 사람은 노점에서 파는 생선 냄새가 풍기는, 젖은 해안도로를 원래 왔던 쪽으로 되짚어 걸었다. 만조의 해안으로 밀려오는 파도 소리가 철썩거리며 울렸고, 삼학도 앞 바다가 하얀 달에 빛나고 있었다. 경비정이 접안한 부두 근처에도 연락선을 대신할 화물선의 모습은 보이지 않았다. 내일의 배편이 중요했다. 이방근은 내심 그것을 강조하고 있었지만, 경찰 관계자라면 알고 있을 배편을 굳이 사냥모자에게 물어볼 생각은 없었다.

네 사람은 조금 전에 검문을 했던 경찰들의 경례를 받으며 그곳을 빠져나왔다.

"정말, 난설 씨는 대단합니다. 우리가 생각지도 못한 은혜를 입었습니다."

이방근은 웃는 얼굴로 말했다.

"난설 씨가 아니야, 총경님이지."

나영호가 웃으면서 덧붙였다.

"절 놀리지 마세요. 하지만 저도 놀랐어요. 가슴이 두근거려서……. 정말 신분증명서 덕분이에요. 왠지 무서워요. 앞으론 증명서를 되도록 보여 주지 말아야겠어요."

"익숙지 않아서 그렇겠지요. 문난설 씨는 어떻게 그런 증명서를 가지고 계신 겁니까?"

오남주가 말했다.

고양이가 울었다. 조금 전 부두로 가는 도중에 도로로 튀어나왔던 금빛 눈의 검은 고양이였는데, 문난설이 엉겁결에 기대듯이 이방근 쪽으로 몸을 기울였다. 나영호가 그 광경을 힐끗 쳐다보았다.

"그런 건 물어 볼 필요 없잖아."

이방근은 머리 한구석에서, 줄줄이 묶인 대열 속의 분명히 눈을 치켜뜬 시선과 마주쳤다고 느꼈던, 머리카락이 헝클어져 있었던 것도 아니고, 옷도 눈에 띌 정도로 남루하지도 않았던 그 남자의 얼굴이 아른거렸다. 고개를 숙이고 있는데다 확실치는 않았지만, 라이트 그림자에 가려진 얼굴은 본 적이 있는 듯한 느낌의 그 남자는 누구였을까.

"이 선생님, 중학생처럼 보이는 소년도 섞여 있던데, 그 아이도 폭도일까요?"

"글쎄요. 그들이 모두 게릴라는 아닙니다. 제주도에서는 삐라를 붙이다 체포되어도 즉결군사재판에서 몇 년씩 징역형을 받지요."

"저어, 문난설 씨, 지금 폭도라고 하셨는데, 그건 좋지 않습니다. 폭도로 부르진 말아 주십시오."

오남주가 말했다.

"……" 문난설이 한 걸음을 멈춰 서서 오남주를 쳐다보았다. "폭도
는 아니라는 건가요? 뭐라고 하면 될까요. 신문에도 모두 그렇게 돼
있고……, 제주에서는 폭도라고 하지 않나요?"

"경찰은 어딜 가나 폭도라고 하지요. 그렇잖아요, 그들은 다 똑같아
요. 하지만 제주도에 주둔하고 있는 군에서는 인민유격대라고 말했을
정돕니다."

"인민유격대……?"

"이봐, 남주 동무, 그만둬, 도로 한복판에서 뭐하는 거야."

"이 선생님은 제가 문난설 씨에게 뭔가 말하려고 하면 바로 막으십
니다. 경찰이라면 몰라도 함께 있는 문난설 씨가 폭도라고 말하는 건,
솔직히 말해서 못 참겠습니다. 아까는 택시에서 공비라는 말까지 나
왔기 때문에."

이방근은 자신이 문난설을 감싸는 듯이 보였다는 생각에, 바닷바람
이 부는 밤공기 속에서 볼이 붉어지면서 동시에 화가 났다.

"핫, 하아, 도대체 무슨 바보 같은 소릴 하는가. 이런 곳에서 그런
얘기는 하지 말라는 거야. 여관에 돌아가서 하면 되잖아. 특별히 자네
얘기가 잘못됐다는 게 아니라구."

"……남주 씨, 기분이 상하셨다면, 죄송해요."

"아닙니다, 기분이 상하고 말고의 문제가 아닙니다. 전 그럴 생각으
로 말한 게 아닙니다. 특별히 문난설 씨에 대해……."

뒤쪽에서 연거푸 경적이 울렸다. 얼마 후 포장 상태가 좋지 않은
도로를 울리면서 여러 대의 트럭이 달려오는 엔진 소리가 났다. 연도
에 멈춰 서서 뒤를 돌아보자, 다가오는 헤드라이트 불빛과 함께 길게
뻗은 네 명의 그림자가, 순식간에 굉음과 함께 통과한 서너 대의 큰

트럭 그림자에 묻혀 버렸다. 경찰들이 삼엄하게 올라탄 무개트럭, 그리고 게릴라들을 실은 유개트럭이 차체를 흔들며 목포역 방향으로 해안도로를 질주해 갔다.

그런데 우뚝 서서 트럭의 미등을 바라보고 있던 네 사람의 그림자를 다시 번지는 헤드라이트 속에 비추며 엔진 소리가 다가오는가 싶더니, 지프 한 대가 그들 옆에서 급정차했다.

지프에서 나치스 장교의 모자처럼 정면 테두리가 높게 젖혀진 금빛 경찰모를 쓴 뚱뚱한 남자가 내리자, 운전대의 경찰만 남고 부하로 보이는 두 사람이 그 뒤를 따랐다. 서장으로 보이는 그 남자는 멈춰 서 있는 네 사람 중의 문난설에게, 경례는 하지 않고(서장이라면 계급이 그보다 위인 총경 대우에게 당연히 거수경례를 해야 할 터인데) 정중하게 머리를 숙이는 정도로 다가섰다. 그리고 눈앞에 있는 그녀의 미모에 반해 숨이 막히는지 갑자기 경찰모를 쓴 채로 허리를 구부렸다. 그것은 총경님에 대한 인사가 아니라, 그야말로 그녀의 아름다움에 매료되어 순간적으로 표한 경의였다.

"……문 총경님 아니십니까? 저는 목포경찰서장 김노상입니다만, 우연이라고는 해도, 이렇게 비린내 나는 밤거리에서 인사를 드리는 것이 황송할 따름이라……, 그런데, 어느 쪽으로 가십니까? 저희가 모셔다드리겠습니다……."

김 서장은 경찰모 차양 밑에서 빈틈없는 매서운 눈으로 세 사람을 힐끗 쳐다보았다. 이 묘령의 여인 총경님 한 사람만 있다면…… 하는 기색이 전해져 왔다. 그러나 그녀 한 사람이라면 몰라도 네 사람이 앉을 만한 자리는 없었다. 물론 계엄령이 내려진 것도 아니어서 그녀는 승차를 사양했지만, 서장은 부하 두 사람에게 넌지시 자네들은 걸어가라는 눈치를 줄 정도로 문난설을 대우하는 태도를 보였다. 하지만 서장의 체면과도 관계 되는 일이라 부하를 비참하게 만들지는 않았지만, 총경님에 대한 일단의 예를 마치더니, 부하에게 들었는데 여러분은 언제 제주도로 출발하십니까, 하고 물었다. 문난설은 이방근 쪽을 보고 나서 배편이 있다면 내일이라도 출발할 생각이라고 대답했다.

"으흠, 내일……. 내일은 배편이 어떤가. 이봐, 경비계장."

"예—."

서장은 뒤에서 대기하고 있던 한 사람에게 내일의 제주행 배편 여하를 물었다. 일반인 출입금지 지구인 제주행 배편 체크는 경찰이 담당하고 있었다. 이방근은 큰 기대에도 불구하고, 경비계장은 배는 내일 밤 입항할 예정이며, 그 배가 다시 모레 아침에 출항할 거라고 대답했다.

네 사람은 고개를 끄덕이며 서로의 얼굴을 쳐다봤지만, 이방근은 내심 낙담했다. 거의 낭패스럽다는 표정이었다.

"급하신 겁니까?"

서장이 문난설을 보며 말했다. 급하든 급하지 않든 배편이 없다는데 어찌 할 도리가 없다.

"아니, 모레 출발하는 배를 탈 수 있으면 됩니다."

이방근이 문난설의 말을 가로채듯 대신 대답했다. 이어서 그녀도 그렇다며 고개를 끄덕였다.

지프차가 떠났다.

어쨌든 출항을 하려면 경찰에 출두해서 도항증명서에 다시 검인을 받아야 한다. 직접 서장에게 확인 도장을 받는 것은 아니지만, 다시 만날 기회가 있을 것이다. 네 사람은 지프차의 붉은 미등을 힐끗 쳐다본 뒤 다시 걷기 시작했다.

잠시 동안 그렇게 걷고 있는데 나영호가 갑자기, 빌어먹을! 하고 소리를 지르더니, 밤바람이 불어오는 달빛에 빛나는 바다를 보며 멈춰 섰다.

  "……저쪽의 달빛에 부옇게 보이는 삼학도를 보라구. 여기가 '목포의 눈물'에 나오는 항구야. ……사공의 뱃노래 가물거리면 삼학도 파도 깊이……. 아-아, 그만두지, 이별의 목포항이 아니라 제주항이로군."

  "그 얘긴 그만두자구." 이방근이 말했다. "어쨌든 곤란하게 됐는데……."

  "뭐가 말인가? 일정이 어긋나는 게로군. 그건 하루 연기하면 되는 거 아닌가."

  나영호가 말했다.

  "으-음, 곤란하게 됐어."

  이윽고 네 사람은 가게의 불빛이 도로를 비추는, 이제 막 문을 닫은 중고 옷가게 겸 잡화점 근처까지 왔다. 그 옆 뒷골목을 왼쪽으로 들어가면 작은 선술집이 몇 채인가 늘어서 있다.

  "저 골목에 들어가서 막걸리라도 한잔 걸치고 가지 않겠나? 젠장, 시골 서장 놈이! 뭐라, 모셔다 드린다고? 핫하, 여자를 밝히는 꼴이라니."

  "호-음, 나 동무는 거기에 술집 골목이 있다는 걸 잘도 아는군. 개 눈에는 똥 밖에 안 뵌다더니, 나영호의 눈엔 술 밖에 안 보인다……는 건가?"

  "이건 도대체가, 이방근, 자신을 돌아보게. 내가 아까 지나오다가 봐두었어. 아직 하고 있는지 어떤진 모르지만. 이봐, 오 동무, 괴로운 얼굴을 하고……음, 한잔 마신다고 오해는 말게. 기분이 나빠서 마시는 거니까. 여관에 갈 때까지 못 참겠어. 허름한 항구 뒷골목에서 마시는 것도 나쁘지 않아."

이방근은 여관에 돌아가서 맥주를 마실 생각이었지만, 나영호의 유혹에 잊고 있던 걸 갑자기 생각해 냈다는 듯 그거 좋다……며 맞장구를 쳤다.

"난설 씬 그런 움막 같은 곳에서 마셔 본 적은 없겠지요."

"괜찮아, 종로 뒷골목도 자주 다니셨으니까."

나영호가 말했다.

판잣집이나 다름없는 조잡한 연립주택 사이로 난 초라했지만 물이 뿌려진 골목으로 들어서자, 마늘 냄새가 코를 찔렀다. 입에 고기 조각 같은 것을 문 개가 꼬리를 감은 채 시장 쪽 골목길로 쏜살같이 도망쳤다. 좁은 골목으로 네 사람이 들어섰으니 깜짝 놀랐을 것이다. 예전에도 이 골목 근처에서 이방근이 본 적이 있는 개였다. 흰색 바탕에 검은 반점이 얼룩덜룩하고 나이 든 잡종이기는 했지만 포인터 종의 개였다. 오래된 콘크리트 포장이 파손된 노면은 울퉁불퉁하고 곳곳에 물이 고여 있었고, 하이힐이라면 발뒤꿈치가 걸려 넘어질 게 뻔했다.

이방근은 골목길에 발을 들여놓으면서 궁지에 몰린 듯한, 아니 이미 궁지에 몰린 기분에 사로잡혔다. 순간, 앞뒤로부터 큰 벽에 끼여 '절체절명'의 위기에 처했다 해도 과장이 아닐 것 같은 느낌이었다. 내일 목포에 도착하는 조사단과는 필연적으로 만나게 될 것이다. 일은 기차 안에서 만약이라고 생각했던 가상의 시나리오대로 전개되기 시작한 것이다. 정말 말도 안 되는 일이 벌어지게 된 것이었다. 오산을 하고 있었다. 태평하게 있지 말고 하루 이틀이라도 빨리 서울을 출발했으면 좋았을 것을……. 그는 조사단에게 뭔가 사정이 생겨 출발이 늦어지기를 바랐다. 어차피 목포까지 와 보았자, 그들의 제주도 도항은 불가능하다.

아까부터 이방근의 머릿속 한구석에는 줄줄이 묶여 있던 대열의 한 남자가 어른거렸다. 고개를 숙인 탓에 그림자가 드리워진 얼굴을 들어 올린 순간, 그것이 조사단원의 일원으로 온 윤봉의 얼굴이 되어 가슴에 파고들었다. 아무래도 피곤한 모양이었다. 일종의 강박관념……. 바보 같이, 이건 당황하여 도망 다니는 쥐처럼 고식적이고 비열한 마음의 움직임이었다.

모두가 겨우 손님 한두 사람 정도 앉을 수 있는 비슷한 구조의 가게를 두세 채 지나쳐, 바깥 수도에서 작업복 바지 차림의 여자가 졸졸 나오는 물로 설거지를 하고 있는 안쪽 가게 앞에 멈추었다. 중년의 아주머니가, 아이고, 선생님……, 하고 손을 닦으면서 손님을 맞았다. 지금 막 손님이 돌아가서……. 이방근이 목포에 올 때는 이 골목을 그대로 지나치는 일 없이 거의 대부분 들르는 가게였다. 듬직한 몸집과 마찬가지로 어딘가 느긋해 보이고 꾸밈없는 아주머니의 왼손 중지에는 굵은 금반지가 늘 빛나고 있었다.

이방근은 선실과 같은 느낌의 물빛 페인트색이 바랜 벽을 따라 네댓 명이 앉으면 가득 차는 가게의 작은 창문 안쪽으로 문난설, 오남주, 나영호를 들여보내고, 자신은 길가 쪽 자리에 앉았다. 초라하지만 깨끗하게 닦인 식탁 위에는 돼지 머릿고기를 담은 소쿠리, 그리고 김치, 된장에 절인 풋고추, 새우와 굴, 게의 젓갈 등 함께 집어먹을 수 있는 간단한 음식 사발이 놓여 있었다. 이처럼 그냥 먹을 수 있는 음식과 간장에 부추와 파, 그 밖의 것을 잘게 썰어 섞은 양념에서 생마늘 냄새가 풍겼고, 게다가 빨갛게 절인 김치의 고춧가루 자극에 침이 괴었다. 골목이나 가게에 들어선 순간 코를 찌르던 마늘 냄새가, 함께 먹기 시작하면 신경이 쓰이지 않게 되는 것은 신기했다.

사발이 각자의 앞에 놓이고, 한 되짜리 병에 담긴 막걸리를 문난설도 예외 없이 따라 받았다. 그리고 주된 안주라고 할 수 있는 한 종류밖에 없는 돼지 머릿고기를 눈앞에서 썰어 주었다. 이방근은 사발에 입술을 대고 막걸리를 한 모금 맛본 뒤, 맥주를 마시듯 꿀꺽꿀꺽 사발의 반을, 잡념을 삼키듯이 비우고는 손바닥으로 입을 훔쳤다.

"아주머니, 좀 신 거 아닌가요."

나영호가 말했다.

"조금 신 맛이 나기 시작할 때가 제일 맛있을 때지요. 단술도 아니고, 단맛 나는 막걸리는 마시지도 않아요. 요즘에는 또 다시 약 넣은 것이 나돌고 있어서. 여름철에는 어쩔 수 없어요."

아주머니는 컵에 반쯤 흰 술을 따라 맛을 보듯 마시더니 아무렇지도 않다며 굵은 목을 옆으로 살짝 흔들었다.

이방근은 사발에 남은 술을 다 마시고 더 달라고 했다. 오늘은 머리의 혈관에서 무수히 많은 작은 불꽃이 톡톡 소리를 내며 흩어지는 것처럼 취기가 퍼지고 관자놀이에서 혈관이 뛰었다. 기특하게도 오남주가 술을 한 잔으로 끝내고 식사를 주문했다. 문난설은 즐기듯이 한 잔의 술을 천천히 마셨다. 비계가 적당히 섞여 있는, 사각사각 씹히는 고기 살점이 감칠맛 나게 맛있었다. 나영호도 오남주도 잘 먹었다. 양념장보다 소금을 약간 찍는 것이 지방의 느끼함을 억제하면서도 비계에 스며드는 듯한 감칠맛을 한층 돋웠다. 고기를 씹고 김치를 씹는 소리의 울림을 안쪽 귀로 들으면서, 이방근은 머릿속에 줄줄이 묶인 '패잔병들의 대열'이 지나가는 것을 보았다……

"이 동무, 뭐랄까, 아까부터 곤란해졌다, 곤란하다 그러는데, 내일 출발하지 못해서 하루 더 늦어지면 일정이 크게 어긋나기라도 하는가?"

나영호가 두 잔째를 주문하고 담배를 피며 말했다.

"……그것도 있고, 집안일인데 그럴 만한 사정이 있어. 으ー음." 이방근이 어투를 가다듬고 말했다. "진상규명 조사단 말인데, 내일 목포에 도착할 텐데, 글쎄, 난 만나고 싶지 않거든."

"제주도에 갈 때 말인가?"

"그런 게 아니라, 같이 간다면야 아무런 문제가 없겠지. 조사단 쪽은 발이 묶이고 우리만 승선한다면 어떻게 될까."

"그건 모르지."

"아니, 자넨 신문기자라면서 그렇게 통찰력이 없어서야……."

무언가 옆에 다가온 듯한 느낌에 고개를 돌리자, 조금 전의 개가 문을 떼어 낸 채 그대로 둔 문턱까지 다가와, 잡종이지만 포인터와 마찬가지로 길쭉한 얼굴에 마치 사람 같은 표정으로 음식을 씹는 손님들의 입을 주시하고 있었다. 이방근은 고기 조각 중에 큰 것을 집어 던져 주었다.

"그래서 그들과 만나고 싶지 않다는 건가?"

"그런 것도 있지만……." 이방근은 오남주도 듣고 있던 터라 딱 잘라 말하는 것을 피하는 어투였다. "자네는 윤봉이, 기자인 그가 참가하고 있는 걸 알고 있나?"

"아, 이번 조사단에 말이지. 얘기는 들었네……."

윤봉이 자신에 대해 상당히 엄격한 비판자라는 것을 모른다는 듯, 나영호는 의외로 담담하고 개의치 않는 말투였다. 이방근은 맥이 빠져서 막걸리 사발을 들고 입술에 댔다. 된장에 절인 풋고추가 마치 취기를 머리 꼭대기에서 날려 버릴 만큼 매웠고, 거기에 알코올이 스며들어 퍼져 나갔다.

잠시 뒤 아주머니가, 선생님들은 제주도로 건너가는 거냐고 물었다. ……그렇다고는 해도 배가 없잖아요. 상투를 틀었던 옛날이라면 모를까, 바다를 건너는데 배가 없어서야 문명 세상이 아니지요. 선생님들은 하루 일찍 오고 말았어요. 배라고 해 봤자 여객선도 아니고 화물선인데, 그것도 관청 사람들이나 선생님들처럼 뭔가 특별한 사람이나 탈 수 있는 거지, 우리 같은 일반 백성은 근처에도 못 가니까, 덕분에 이 항구도 한산해져 버렸지요. 제일 큰 연락선의 항로가 없어져 버렸으니 무리도 아니지요. 같은 나라의 인간이 사는 곳에 자유롭게 출입할 수 없다니, 이상한 세상이지요……. 선생님들은 하루 일찍 오셨으니 하루 푹 쉬고, 모레는 배가 있다니까 그걸로 가시면 되겠네요…….

"아주머니 말대로 어쩔 수 없지만, 급한 일이 있어서 곤란하거든요. 핫, 핫하……."

한 집 건넌 이웃가게 주변에서 취한 목소리로 '목포의 눈물'을 합창하고 있었다. 젓가락이나 숟가락으로 사발 가장자리를 두드려 박자를 맞춰가며 두세 사람이 목청을 돋우고 있었다.

아주머니는 작고 둥근 의자에 앉아 컵에 따른 소주를 홀짝홀짝 마셔가며 담배를 한 대 피웠다.

"선생님, 가족 중에 누가 편찮으신 건가요? 그렇게 급하시다면……, 그렇지, 마침 지금 배가 들어와 있는데, 거기에 부탁해 보는 방법도 있어요."

"배라니? 뭘 부탁한다는 거지요."

"좀 전에 저쪽 해안도로를 경찰 트럭 몇 대가 큰 소리를 내면서 지나갔는데, 항구에 배가, 보통 배와는 다른 경비정이라는 것이 말이죠, 제주에서 폭도들을 태우고 왔대요.(이방근은 힐끗 오남주를 쳐다보았지만 그는 잠자코 흘려듣고 있었다) 그 경비정은 그냥 돌아가니 아깝잖아요, 거기에 부탁하면 내일 중에 갈 수 있고말고요. 정말로……."

"핫, 핫, 설마요……. 아주머니는 재미있는 생각을 다 하시네요."

이방근과 나머지 세 사람은 이야기를 중단한 채 여주인의 얼굴을 돌아보았다.

"재미있다든가 그런 게 아니라구요. 농담 삼아 하는 말로 웃어넘겨서는 안 돼요. 이건 제 나쁜 머리에서 나온 생각이 아니니까……. 이곳 경찰서에서 증명서를 발급받으면 탈 수 있어요. 정말로. 돈만 있으면 갈 수 있다구요. 밀선도 다니고, 밀선은 시간이 걸려서 안 되겠지만, 경비정은 움직여요."

"경비정이라……."

물론 이방근은 경비정을 탈 생각은 없었지만, 그걸 생각하기 전에 여주인의 발상이라기보다는 그녀가 말하는 그 사실이 놀라웠다. 그러나 생각해 보면 그것은 놀랄 일이 아니었다. 해상교통 기관이 차단돼 있는 상황에서는 정부 관계자가 본토를 왕래할 때 경비정에 편승하는 것은 당연히 있을 수 있는 일이었다.

급하신 겁니까? 해안 도로에서 지프차를 세운 경찰서장이 헤어질 때 문난설을 향해 한 말이, 물속에서 탁구공이 붕 떠올라 이방근의 귀에 되살아났다. 급하신 겁니까? 상대방은 아무런 생각 없이 한 말은 아닌 듯했다. 급하든 급하지 않든 배편이 없는 게 아니라, 제대로 계산하고 발언한 것이 아닌가. 배는 있다. 그 배라는 것은 아마 아주머니가 말하는 경비정일 것이다. 경비정……. 과연. 탈 수만 있다면 확실하게 그리고 더 빨리 제주도에 갈 수 있다. 문 총경님, 급하신 겁니까……?

과연 그렇군, 경비정……. 출항은 내일 오후쯤일 거라고 했는데, 선술집 여주인이 그 연줄을 알고 있다고 했다. 그리고 그 연줄은 아마도 조금 전 김 서장에게까지 닿게 될 것이다.

이방근은 여관에 돌아와서도 경비정 이야기는 거의 화제로 삼지 않았다. 모레 배가 없다면 모를까, 세 사람은 이방근만큼 무리해서까지 내일 출발해야 할 필요성을 느끼지 않고 있었다. 내일로 출발을 서두르는 것은 단순히 진상규명 조사단원과의 만남을 피하기 위해서만은 아니었다. 처음부터 무리한 일정임을 알고서 강행한 일이었지만, 하루가 잘못되면 일본으로 출발하는 여동생의 일정이 다음달 3일 부산을 출항하는 우상배의 시간을 맞출 수 없기 때문이었다.

무리라는 걸 알고 있다는 것은 계획이 엉성하다는 뜻이기도 한데, 제주행의 목적이 확실하지 않은 오남주를 데려가는 것도, 새삼스럽지만 즉흥적이고 어리숭한 느낌을 지울 수 없었다. 모든 게 여동생이나 윤봉의 말대로 돼 가는 것은 아니었지만, 네 사람의 동행 자체가 애초에 이야기가 진행되면서 부수적으로 성립된 계획이었던 것이다. 어쨌든 여기까지 와 버린 것이고, 최초의 예정대로 내일 27일 목포를 출발해서, 밤에 제주에 도착하지 않으면 모든 것이 뒤틀려 버린다. 제주에는 28일, 29일 이틀간의 체재. 그 사이에 아버지와 유원의 일본 유학 건을 상의하고, 놀라는 아버지와 충돌하며 분란도 발생하겠지만, 조금의 유예 시간도 없이 일을 진행시켜야 한다. 30일의 제주 출발을 앞두고 다시 섬 밖으로 나갈 도항증명서를 손에 넣을 필요가 있었기 때문에, 30일 출발은 일이 잘 풀렸을 때의 일이다. 밤에 목포 도착, 1박. 31일 밤 서울 도착. 서울에서는 하루만 머물고, 9월 2일 아침에는 여동생과 함께 서울을 출발해서 밤에 부산 도착, 그리고 3일의 부산 출항에 대비해야 한다. 유원을 혼자 출발시킬 것인지, 아니면 일단 일본까지 동행했다가 바로 돌아올 것인지는 서울을 출발할 때까지 결정해야 한다. 이런 문제, 더구나 동행한 누구도 여동생의 일본 출발이 일주일 앞으로 다가왔다는 것은 알지 못했다. 적어도 서울을 출발하는 전날에는 주위의 몇 사람에게 알려야 할 것이다.

경비정……. 김 서장. 급하신 겁니까……? 이방근은 혼자였다면 경비정에 편승할 것이다.

이방근은 여관에서 다시 술을 마셨다. 큰방에서 함께 마신 뒤, 문난설은 자기 방으로 갔다. 이방근은 미리 오남주에게 동요를 안겨 주지 않기 위해서였지만, 경비정뿐만 아니라 내일 도착하게 될 조사단에 대해서도 화제로 삼지 않았다. 오남주가 먼저 잠자리에 들고, 그리고 곧 나영호도 뒤따랐다. 열두 시였다. 이방근은 작은 앉은뱅이책상 위의 스탠드를 머리맡으로 가져와, 꼬마전구 불빛 아래서 소주를 홀짝거리며 계속해서 마셨다. 밤바람이 불어 들어오는 뒤쪽의 반쯤 열린 장지문이 달빛에 비치고 있었다. 달빛 아래 늘어선 유달산의 알몸바위 모습이, 머릿속 공간에 결코 아름답다고만은 할 수 없는 그로테스크한 느낌으로 다가왔다.

조사단 멤버는 과연 승선할 수 있을까? 함께 승선할 수 있다면 거의 문제는 없었다. 하지만 만약 경찰이 무력으로 승선을 제지할 경우, 그래도 네 사람은 그들의 눈앞에서 제주행 공용 화물선에 승선할 것인가……. 그저, 오로지 승선할 수 있기를 바라는 수밖에 없었다. 그러나……. 모든 게 예상을 빗나가 옴짝달싹 할 수 없는 구멍 속으로 떨어진 느낌. 으―흠, 도대체가, 이런 것을 운이 나쁘다고 하는가 보다. 운이 나쁘다. 좀처럼 입에 담지 않는 이 세속적이고 타율적인 말이 입술에서 새 나온다. 운이 나쁘다……? 입술에서 새 나오는 말을 바로 받아 부정하듯이 중얼거렸다. 내일, 모레로 다가왔지만 사태가 아직 염려하는 것처럼 돼 버린 것은 아니다. 그러나 옴짝달싹 할 수 없는 느낌이 취한 몸을 죄어왔다. 취하면서, 두터운 취기가 몸을 감싸면서, 눈이 맑아지고 머리가 맑아져서 알코올에 젖어들려 하지 않았다.

옆에 있는 나영호가 코를 골기 시작했다. 그 옆에 누워 있는 오남주는 천천히 몸을 뒤척였는데, 잠든 것 같지 않은 뒤척임이었다.

공비……. 빌어먹을 놈들! 급하신 겁니까? 취기의 격렬한 수런거림, 파도의 수런거림을 타고, 머리 한구석에 나있는 큰길로, 줄줄이 묶인 게릴라의 대열이 걸어간다. 소리도 없이, 유령의 행진처럼 나아간다. 저건 누구인가? 분명히 본 적이 있는, 치켜뜬 눈으로 이쪽을 본 남자……. 숙였던 얼굴을 들어 올린 순간, 윤봉의 얼굴로 변한 남자.

갑자기, 어른어른, 줄줄이 묶인 대열 위에서 유원의 희고 투명한 얼굴이 어른거리는지라, 이방근은 반쯤 감고 있던 눈을 떴다. 그는 잠자리에 누워 있었지만 자고 있던 것은 아니었다. 이방근은 머릿속에서 얼굴을 감춘 남자의 모습이 꿈틀거리는 것을 느끼면서, 마치 적을 앞에 두고 급히 도망치듯 억지로 여동생을 일본에 보내려 한다는 떳떳치 못한 기분에 사로잡혔다. 유학이라는 대의명분, 명분까지는 내세우지 않더라도, 갈 만한 조건이 되는 사람은 물론이거니와, 그렇지 않은 자들도 무리해서 위험을 무릅쓰고 일본으로, 이 오욕의 조국에서 탈출하고 있는 것이다. 무얼 이렇게까지 구애될 필요가 있는가. 그래도 담당교수인 하동명과 함께 여동생을 설득할 때는 약간 떳떳치 못한 기분을 느꼈지만, 그것을 애써 억눌러 왔는데, 이제 목포까지 와서 확실히 도망을 의식하는 이 감정의 반란은 견디기 힘들었다.

이방근은 상반신을 일으킨 뒤 스탠드의 꼬마전구 불빛이 비치는 베개 맡에 일어나 앉아 술을 입에 머금었다.

뭔가 벌레가 들러붙은 것처럼 꿈틀거리는 머릿속 남자의 모습을,

알코올로 죽이고 싶었다. ……그는 절대로 김동진이 아니다. 김동진처럼 장신도 아니거니와 옷과 두발에서 오랜 투옥의 흔적은 보이지 않았다. 이방근은 누더기가 아닌 그 차림새를, 렌즈의 초점을 맞추듯이 반복해서 눈 밑으로 떠올리면서 확실히 포착하려 애썼다. 김동진은 아니다. 극히 최근에 체포된 뒤, 곧바로 목포로 이송되었음이 틀림없다. 이방근은 움찔하며, 그때 포로처럼 등을 구부린 채 고개를 숙이고 걸어가는 그와 시선을 마주친 순간, 얼굴을 돌린 자신을 떠올렸다. 경찰들 속에서 네 사람의 모습은 특히 눈에 띄었을 터였다. 그게 만약 이미 게릴라가 된 김동진이었다면……. 아니, 아니다. 이방근은 혼자 고개를 저었다. 내일이라도 형무소에 수감될 것이다. 바로 어떻게 되는 것은 아니겠지만, 우선은 면회를 통해 대책과 공작을 생각할 것이다. 그건 결코 김동진이 아니다. 머릿속에서 개운치 않은 구름떼가 무리지어 솟구쳤다. 김동진이 아니다, 라는 그 단정 자체가 불안해진다.

이방근은 꼬마전구를 끈 뒤, 무거운 바다 속에 떠다니는 듯한 취기에 몸을 눕힌 다음 눈을 감았다. 이윽고 취기에 떠내려가듯 잠의 나락으로 빠져들려는 찰나, 갑자기 나영호의 코 고는 소리가 천둥치듯 울리며 막아섰다. 보통의 코골이가 아니었다. 바깥바람이 아닌 방 안에서 코를 골아 일으키는 풍압으로 장지문이 덜컹덜컹 흔들렸다 해도 전혀 과장이 아니었다. 대단한 기세로 코를 고는 터라 이방근은 손을 뻗어 나영호의 코를 잡았다. 숨이 막히자 허억, 허억……, 하며 입을 반쯤 열고 호흡을 했다. 잠시 코 고는 굉음은 가라앉아 조용해졌지만, 또다시 옆방까지 들릴 만큼 계속해서 코를 골아 이방근은 좀처럼 잠들 수가 없었다.

이방근은 그날 밤, 머릿속의 줄줄이 묶인 대열에서 한 사람, 시선이 마주친 그 남자의 그림자가 밖으로 뛰쳐나와 이불 위로 지나가는 것을 보았다.

3

나영호의 코골이에 시달리면서도 잠시 그것을 잊고 있었으니까, 이방근은 아마도 잠이 들어 있었다. 하지만 눈앞의 줄줄이 묶여 있는 대열 속에서 한 남자가 뛰쳐나온 것은 꿈이 아니었다. 분명히 인간의 모습을 한 그것은, 꿈 바깥, 취기의 바다에서 꿈과 현실의 벽이 허물어진 경계의 희미한 달빛 속에서 뛰쳐나왔다. 이런, 뭔가가 뛰쳐나왔는데. 이방근은 분명히 머릿속에서 뛰쳐나온 것을 마음속의 중얼거림으로 추인했다. 그것은 일단 눈앞을 지나 방 한쪽의 벽 속으로 사라졌지만, 재차 눈을 떴을 때는, 오른쪽 눈꼬리 끝에 나타났다가 왼쪽 시야 끝으로 빨려들듯 사라졌다. 마치 그곳에서 또다시 원래의 자리인 이방근의 머릿속으로 돌아가기라도 하듯이.

요에서 비어져 나온 발이 차가운 온돌 위에 닿는 서늘한 감촉이라 기분이 좋았다. 코 고는 소리가 귀에 되살아나는 것을 의식하면서, 이방근은 몽롱하고 무거운 머리를 일으켜 이불 위에 다시 앉았다. 식은땀이 뒤섞인 땀이 이마와 등을 적셨다. 그는 취기로 찌든 머리를 흔들었다. 이런, 고양이가 아니라 인간이잖아. 전에 언젠가, 깊은 밤 취중에 어디에서 나타났는지, 고양이 한 마리가 거리낌 없이 이불을 가볍게 밟으며 달리는 것을 본 적이 있었다.

장지문에 달빛이 희미한 걸 보니 날이 새려면 아직 멀었다. 잠깐 사이에, 그것도 떼를 지어 모이듯이 가득 찬 느낌의 꿈같았지만, 머릿속은 지끈거리기만 할 뿐 꿈의 흔적은 조금도 남아 있지 않았다.

이방근은 비틀거리며 어두운 방 안을, 오남주의 이부자리 옆에 반쯤 열려 있는 문턱이 낮은 장지창문 쪽으로, 자고 있는 두 사람을 피해 조심조심 다가갔다. 땀에 젖은 몸에 밤바람이 기분 좋게 느껴졌다. 창문 옆에 선 이방근은 자신도 모르게 물러서듯 밖의 밤하늘을 올려다보았다. 어둠 속에 드러난 거대한 바위산. 뒷담 너머 저쪽으로, 달빛에 요염하게 젖은 바위의 유달산이 당장이라도 덮쳐올 것처럼 바싹 다가와 솟아 있었다. 이방근은 조용한 전율을 느끼면서, 깊은 밤 은밀하게 알몸을 드러내고 우뚝 솟아 있는 밤의 산과 대치하듯 물끄러미 그 모습을 지켜보았다. 달이 그 요기가 감도는 산 정상의 알몸바위 그늘로 이제 막 걸터앉을 참이었다. 으—음……. 이방근은 혼탁한 머릿속에서 무언가 형태를 이루는 것이 밀려 나오는 것을 의식하면서 낮게 신음했다. 그래, 저 달이 지기 시작하는 건너편 절벽 아래다……. 유달산은, 유행가에 나올법한 그런 풍광명미한 산은 아니었다. 건너편 절벽 아래……. 꿈에서는 저 유달산 건너편이 바다와 맞닿는 험준한 모습의 절벽이었다. 경비정……. 꿈이었나. 이방근은 안심하면서도 동시에 큰 환멸이 엄습해 오는 것을 느꼈다.

그는 창가를 떠나 다시 이불속으로 들어갔다. 나영호의 코 고는 소리는 점차 그 기세가 약해졌다. 그 절벽을 어떻게 내려갔는지도 모른 채 경비정에 올라탔다. 절벽 아래는 배가 아니면 다가갈 수 없는데도, 높은 파도가 몰아치는 그곳까지 가서 경비정에 올라탄 것이었다. 경비정은 마침내 거친 바다에 속절없이 흔들리는 작은 어선과 밀선으로 바뀌어 있었지만, 이방근은 제주도로 향하고 있다는 그 배 위에서 쫓기는 범죄자처럼 겨우 위기를 모면했다는 생각을 하고 있었다.

다음날 아침, 그는 어젯밤의 꿈을 모두 잊어버릴 만큼 심한 숙취로 인한 두통 속에서 눈을 떴다. 이미 다른 두 사람이 일어난 잠자리는 정리돼 있었다. 곧 식사시간이라고 했다. 꿈은 유달산의 돌출된 바위가 이어지듯이 울퉁불퉁하고 혼돈스러웠다. 그 머릿속에서 빠져나간 줄줄이 묶인 대열 속의 한 사람이 여러 모습으로 변하면서, 윤봉이었다가 김동진이었다 하는, 불안이 소용돌이치는 꿈이었다. 누군지는 모르지만, 꿈속 남자의 모습은 확실히 낯이 익었고, 그것이 시계추처럼 흔들리면서 그 반동이 계속해서 이방근의 가슴을 때렸다. 경비정……. 이방근은 꿈속에서 한 번 눈을 떴던 자신이, 장지 창문으로 달빛에 젖어 빛나는 유달산을 바라본 일을 떠올렸다. 그는 밤중에 잠에서 깬 사실을 잊었는지 그것을 꿈으로 착각하고 있었던 것이다. 그 낭떠러지 아래 바다에서 경비정을 타고 멀리 나가고 있었다…….

"일어나서 해장국이라도 먹는 게 어떤가."

나영호가 말했다.

"아……." 이방근은 성대가 손상된 것처럼 쉰 목소리를 냈다. "개인 집도 아닌데 여관에서 해장국을 먹을 수 있겠나."

"무슨 소리야, 이 동무답지 않게. 부탁하면 되지, 만들어 준다고. 그나저나 목소리가 좀 심하군 그래."

"난설 씨도 벌써 일어났나?"

"벌써가 아니야. 지금이 몇 신데. 그녀는 서울과 전화가 연결돼서 전화기 앞에 가 있어."

"전화라니, 뭔가 급한 일이라도 생겼나?"

"회장, 국제통신 회장님이야. 어젯밤부터 전화를 신청했는데 겨우 연결됐나 봐."

"목포에 막 왔는데, 급한 일이라니?"

"현재 있는 곳을 연락하고 있는 거야."

"있는 곳? 동무들, 두 사람의 '기자'가 있는 연락장소 말인가?"

"그런 셈이지……."

나영호가 말끝을 흐렸다.

"신문 편집 책임자인 황동성이 아니라, 회장에게……?"

"회장한테도 한다는 거지."

나영호가 웃고 나서 입을 다물었다.

이방근은 그 이상 묻지 않았다. 그의 머릿속에는 되살아난 꿈의 흔적이 펼쳐져 있었고, 그 속에 사라지지 않는 한 남자의 모습이 꿈틀거리고 있었다. 그런데 그보다도 그에게는 어젯밤에 거의 신경 쓰지 않았던 경비정 건이 마음에 걸렸다. ……그 경비정은 텅 빈 상태로 돌아가니까 아깝잖아요, 거기에 부탁하면 내일 중으로 갈 수 있고말고요, 정말로……. 밀선이라면 시간이 걸리겠지만……. 경비정이라면 오후에 타도 몇 시간이면 제주도에 도착할 것이다. 오후 두 시나 세 시쯤 출항한다니까, 지금부터라도 시간은 있다. 다시 한 번 출항시간을 확실히 해 두어야겠다……. 시간은 아홉 시를 넘기고 있었다. 아홉 시……. 그는 갑자기 누가 재촉하기라도 하듯이 무거운 몸을 일으켜 변소로 향했다.

어젯밤은 선술집 아주머니에게 그 이야기를 들으면서도 그것을 탈생각은 털끝만큼도 없었는데, 지금 그의 머릿속에 펼쳐진 부두에는 경비정이 선체를 옆으로 붙이며 바짝 다가와 있었다. 그는 유달산의 절벽 아래, 현실의 바다에 우뚝 솟은 절벽이 아닌, 그 꿈속의 절벽 아래로 범죄자처럼 쫓기는 기분으로 도망친 것이 아니었던가. 그리고 경비정에 올라탐으로써 겨우 위기를 모면했다는 기분이었던 것이다. 그것은 무의식의 저변에서 꿈틀거리고 있는 떳떳치 못한 마음의 증거라 할 수 있다. 이것은 결코 꿈이 아니다. 이방근의 솔직한 심정이었다.

이방근은 세 사람에게 지금 바로 경비정 이야기를 하는 것이 망설여졌다. 하지만 경비정이 오후에 출항한다고 하니, 그것을 얻어 타려면 지금이 아니고는 언제 또 얘길 한단 말인가. 시간이 없다. 직접 부두로 나가 바로 탈 수 있는 배가 아니다. 우물쭈물하는 사이에 배는 떠나 버릴 것이다. 내일, 아마도 승선을 거부당하게 될 윤봉 등 조사단 앞에서 제주도행 화물선을 탈 수 없다면, 경비정 밖에는 없다. 그것도 지금부터 한두 시간 안에 승선 허가를 무사히 받았을 때의 이야기다. 그렇지 않으면 서울로 돌아갈 수밖에 없다. 지금까지는 상당히 즉흥적인 기분으로 되는 대로 목포까지 왔다고 해도, 이제는 사태가 급박하게 돌아가고 있고, 그저 내일이 오기만을 기다려서는 안 된다는 중압감이 밀려왔다. 어젯밤의 꿈이 본심을 드러낸 것이라면, 지금 그것이 행동의 지침이 될 수도 있는 것이고, 안될 때는 안 되더라도 어쨌든 이야기를 꺼내 모두에게 제시할 필요가 있다…….

이방근은 세수를 마치고 이부자리가 정돈된 넓은 방으로 돌아왔다. 얼마 안 있어 얼굴에 곰보 자국이 있는 남자 종업원이 2인용 밥상을 하나씩 날라 오자, 나영호와 이방근은 마주 앉아 식사를 했다. 해장국은 특별히 부탁하지 않았지만, 햇볕에 말린 채소를 푹 삶은 우거짓국이 그것을 대신하였다. 가볍게 맥주로 해장을 한 이방근은 우거짓국을 한 그릇 더 먹었다.

"경찰서는 누가 대표로 한 사람이 가면 안 되는 건가. 네 사람이 줄줄이 함께 갈 필요는 없겠지. 이 동무, 경찰서는 먼가?"

나영호가 말했다.

"아니, 바로 이 근처야. 걸어서 몇 분도 안 걸려. 시청 옆이거든. 음,

경찰서에는 빨리 얼굴을 내미는 게 좋아…….”

“경찰에 출두하면 서장 놈은 직접 관계가 없어도 만나고 싶다며 나올 거야. 다만 문난설 총경님을 통해서라고 하겠지. 미인 총경님은 인기가 많으니까.”

“명동 근처의 바에서나 하실 만한 대사는 그만두세요. 밥맛 떨어져요. 그 서장은 조심성이 많은 사람이에요. 틀림없이 제 신분증명서에 대해서도 서울에 조회했을 거예요. 그래서 이상하다 싶으면 체포하겠죠.”

문난설이 말했다.

“과연, 난설 씨는 그냥 총경님이 아니라니까. 그럴 거야, 우리까지 함께 체포되겠지, 그자는…….”

나영호가 말했다. 이방근도 물론 그 정도의 경계심은 당연히 가져야겠지만, 문난설이 거기까지 생각하고 있을 줄은 몰랐다. 하지만 그에게는 그녀의 특권적인 신분증명서가 왠지 모르게 위험할 수 있다는 생각도 들었다. 언젠가 무슨 일이 일어나지 않는다고 단정할 수도 없을 것 같은 기분이 들었다. 시간은 열 시에 가까웠다. 가벼운 해장술이 납처럼 굳어 막혀 있던 혈관을 풀어 주는 느낌이었다. 가벼운 취기가 한차례 돌면서 다시 상태가 조금 나빠졌지만, 씁쓸하게 매운 맛이 감도는 시골 된장국이 해장국을 대신해 뿔난 위장을 달래 주었다. 그는 물김치 외에는 거의 숟가락을 대지 않았지만, 밥상을 앞에 두고 여유를 부릴 기분이 아니었다. 생각해 보면 성가신 일이 아닐 수 없었다. 여동생의 말을 따라 하는 것은 아니지만, 요란 떨지 말고(요란을 피는 게 전혀 아니었지만) 혼자서 왔다면 정말 마음 편하고 좋았을 것이었다.

“어젯밤에 술집 아줌마가 경비정에 대해 이런저런 이야기를 했는데,

오늘 몇 시 출항이지?"

이방근이 나영호를 보며 말했다.

"오후 두 시 정도 아닐까? 왜 그러나, 경비정 같은 걸……."

"그 경비정이 몇 시에 출발하는가 하는 생각이 들어서."

"한 걸음 먼저야. 경비정은 대체로 그 시간대라는군. 이 선생은 경비정에라도 탈 작정인가?"

나영호가 농담조로 말했다.

"글쎄, 경우에 따라선 그럴 수도 있지."

이방근이 고개를 끄덕이며 말했다.

"경우에 따라선? 오호, 정말인가?" 나영호는 의외라는 표정을 지었다. "자네, 경우에 따라서라니……, 그건 언제를 말하는 건가?"

나영호가 손에 들고 있던 쇠숟가락을 내려놓았다.

"이방근 선생님, 내일 배가 있잖습니까. 지금 말씀하신 게 진심인가요. 그렇다면 저는 경비정은 반대입니다. 애국자들을 줄줄이 묶어 연행해 온 정부의 감옥선을 타고 가다니……. 싫습니다. 애국자인가 폭도인가, 즉 비애국자인가. 나와 문난설 씨 사이에 결론이 나지 않았지만, 문난설 씨 역시 다른 호칭을 모를 뿐입니다……."

이방근 옆에서 문난설과 마주 앉아 2인용 밥상에서 먹고 있던 오남주가 정색하며 말했다.

"특별히 경비정을 타겠다곤 말하지 않았어. 그걸 탈 수 있을지 어떨지도 모르잖아. 모두에게 사정은 말하지 않았지만, 난 하루 더 빨리 왔어야 한다고 후회하고 있어. 너무 안이하게 생각했던 거야, 게다가 계획도 없이……. 나 혼자서라도 가야 될 사정이 있다네."

감옥선……. 이방근은 갑자기 머릿속이 커다란 벌레로 꿈틀대는 느낌과 함께 삐걱거리듯이 아파와, 순간 얼굴을 찡그리며 눈을 감았다.

"왜 그러나?"

나영호가 말했다.

이방근은 감은 눈꺼풀의 어두운 공간에 줄줄이 묶인 대열 속의 한 남자의 그림자가 숙이고 있던 고개를 들어 올리는 것을 보았다. 아아……. 사방으로 튀듯이 하나의 막이 찢어져 얼굴을 내미는 느낌의 그 강한 마찰감에 이방근은 거의 소리를 지를 뻔하다 눈을 떴다.

"아니, 아무것도 아니야. 좀 많이 마셨어, 이래서야……."

이방근은 자리에서 일어나 세면장으로 갔다. 그리고 머릿속에서 꿈틀거리는 남자의 그림자에 갑자기 박치기를 당한 반동으로 위가 경련을 일으키며 조금 토했다. 맥주와 국물에 위액이 섞인 것 같은 거의가 수분이었다. ……그 남자의 그림자는 어젯밤부터 정체를 밝히지 않은 채 밤새도록 꿈속에까지 기어들어 왔는데, 장 아무개, 분명히 이름이 장규순, 제주읍사무소의 건축기사를 하던 남자였다. 그가 왜 목포 구석까지……. 성실하고 그다지 눈에 띄지 않으며 항상 고개를 숙인 채 걷는 남자로, 이방근과 안면이 있기는 했지만 친한 사이는 아니었다. 그런 그가 왜……? 아니, 그도……가 되겠지. 중학생이 목포를 경유하여 인천의 소년형무소로 보내질 정도니까, 장규순이 체포되었다 해도 결코 이상한 것은 아니었다. 틀림없이 장규순이었고, 이방근은 머릿속에서 그 모습을 애써 뿌리치면서, 그게 적어도 게릴라의 일원인 김동진이 아니었다는 것에 내심 안심하고 있었다. 밝은 햇살이 비쳐 드는 넓은 안마당 한구석의 큰 고목나무에서 나는 매미 울음소리가 요란했다.

어라……? 안뜰과 접해 있는 큰방 앞 복도를 황급히 다가오는 사람 기척에 돌아보자, 남자 종업원이 와서 경, 경찰이라고 했다.

"경찰……?"

경찰이라는 것도 놀라웠지만, 이방근은 상대의 당황한 표정에 더 놀랐다.

"예—, 경찰에서 서장님이 오셨습니다. 그런데 서장님이 지난밤에 묵은 손님 중에, 무슨 말씀인지 잘 모르겠습니다만, 총경님이 계시다고 하셔서…… 예—, 예—."

"아, 사람을 놀라게 하기는. 그게 난 아니지만, 같이 온 부인이 그렇다네."

이방근이 천연덕스럽게 말했다.

"……그 여자분이, 젊고 아름다운 그분 말입니까?" 종업원은 뒤로 나자빠질 듯이 놀랐다. "아이구, 세상에, 어사출두, 암행어사 출두보다 무서운 일이 있군요."

"어사출두는 그렇다 치고, 서장은 뭐라고 하시나?"

"어사님을 뵙고 싶다고 하셔서……"

"어사가 아니잖나."

"예—, 총경 어사님, 총경 나리시지요."

방으로 돌아온 이방근은 모두에게, 경찰서장이 온다고 했다, 아니 밖에 와 있는 것 같다고 알렸다.

"뭐라, 뻔뻔스럽게 찾아왔구만. 그것도 갑자기, 사전 연락도 없이. 끈질긴 놈이야, 도대체……"

"아마도 총경님에 대해 '경의'를 표하기 위한 방문이겠지, 하지만 그건 표면상의 이유일 거야."

열린 미닫이문 밖의 안뜰 너머로 보이는 대문 쪽에서, 어젯밤 어두운 해안도로에서 만났을 때와 같은 금빛 경찰모를 쓴 뚱뚱한 남자와, 그가 경비계장이라고 불렀던 부하 두 사람이 여관집 주인의 안내를 받으며 들어오는 참이었다. 부엌에서 여종업원이 달려 나와 남자 종업원과 함께 밥상을 치우고 방석을 준비했다. 어느새 오남주는 자리를 떠 방에서 모습을 감추었다.

불청객이라도 손님은 손님이었다. 세 사람은 일어서서 서장 일행을 맞았다. 초로의 여관집 주인이 문난설 일행의 얼굴을 황송한 표정으로 올려다보면서 슬금슬금 그 자리를 떠났는데, 멀찌감치 안뜰과 툇마루에서 구경하고 있는 가족과 종업원들을 호되게 꾸짖었다.

서장과 계장은 복도 앞에서 일단 경례를 한 뒤 디딤돌에 신발을 벗고 복도를 지나 방으로 들어왔다. 왠지 묘한 상태의 대면이 되었는데, 양쪽 모두 안뜰과 접한 복도를 따라 마주 보는 형태로, 이쪽은 문난설을 가운데에 두고 세 사람이 나란히 앉았고, 저쪽은 계장이 서장보다 조금 뒤쪽의 비스듬한 곳에 두 사람 모두 경찰모를 벗고 앉았다. 서장의 머리는 어젯밤에 만난 대머리 사복경찰과는 달리 단정하게 포마드로 빗어 넘겨 번들거렸다. 혈색 좋은 얼굴의 가느다란 눈에서 날카로운 빛을 발하면서 눈동자가 시종 좌우로 움직이고 있는 게 느껴졌다. 등 뒤의 장지창 너머로 반쯤 가려진 유달산의 모습이, 어젯밤의 달빛 아래와는 달리 흙색으로 솟아오른 기암의 무리가 대낮의 햇살에 드러나 보였다.

서장은 어젯밤에 생선 비린내 나는 해안도로에서(어젯밤도 그랬지만, 뭔가 그 생선 비린내 나는 해안도로에 적개심이라도 품고 있는 듯했다) 모처럼 뵈었는데도 숙소까지 모셔다 드리지 못하고 자리를 뜬 게 마음에 걸렸고, 참으로 실례가 많았다며 사죄했다.

여관 안주인을 따라온 여종업원이 백자 찻잔에 따른 인삼차를 공손하게 들고 왔다. 안주인이 방바닥에 엎드려 정중하게 예를 갖추고 물러난 뒤, 김 서장은 세 사람과 명함을 교환했다. 나설 때가 아니라고 생각한 듯한 경비계장은 뒤쪽의 비스듬한 위치에서 대기하고 있었다.

"예ㅡ, 문 총경님은 국제신문의 촉탁을 맡고 계시는군요. 으ㅡ음, '총경'이라고는 명함의 어디에도 없습니다만…… 총경님 앞에서 본인이 명함을 내미는 것은 송구스럽기 그지 없습니다." 서장은 머리를 숙이며 말했다. 그의 명함에는 목포경찰서장 외에 '경감'이란 계급이 새겨져 있었다. 경감은 총경보다도 두 계급 아래이기 때문에, 서장이라 해도 머리를 숙이는 것이 당연하다. "……나 기자 선생님께도 잘 부탁드려야겠군요. 헷헤, 저는 중앙신문에 사진과 함께 크게 한번 보도되고 싶거든요. 아핫하, 이건 농담이고요. 그래도 이 지방 신문에는 종종 등장하고 있어 어딜 가더라도 영예로운 서장이고, 또 그 이상의 명사이기도 합니다."

나영호가 직함이 없는 이방근의 명함에 대해 제주도 남해자동차 회사의 상속자라고 소개하자 으흠, 으흠 하고 고개를 끄덕이면서 그 부드러운 머리칼이 걸쳐진 넓은 이마를, 가느다란 눈으로 우러러보듯이 쳐다보았다.

"분명히 또 한 사람, 학생 신분인 오 뭐라는 청년이 있었는데……."

서장은 방 안을 살피는 듯한 눈초리로, 가느다란 눈에 숨겨진 눈동자를 움직이면서 말했다.

"오……? 예에, 오남주 말씀이시죠. 잠깐 자리를 비웠네요." 문난설은 적당히 대답했다. "함께 있어야 하는 건가요?"

"아니, 아닙니다. 그런 건 결코 아닙니다."

"벌써 숙박부를 보신 건가요?"

"……그게 직무라서, 여관 직원이 제출한 걸 훑어봤을 뿐입니다만, 이것도 경찰서의 업무입니다."

"네, 수고가 많으세요."

"문 총경님, 갑작스럽게 본인이 찾아뵌 것은……."

김 서장이 말했다. 그가 내방한 목적이라는 것은, 경의를 표하는 것과 동시에 경비정에서 있을 점심식사 자리에 꼭 초대하고 싶다는 것이었다. 경비정은 점심식사 모임이 끝나고 나서 오후 세 시에 출항한다고 했다. ……본인으로서는 문 총경님을 안내해 드릴 수 있다면 더 이상의 영광은 없습니다. 경비정의 선장 이하, 지방 명사들이 크게 환영할 것임은 틀림없고요……." 이방근은 오남주가 들었다면 아마도 감옥선의 점심식사 모임이라고 할 것이 분명해 보였다. 그리고 그런 곳에 가서 음식이 목구멍에 잘도 넘어가겠다고…….

"그런데 실은 중앙 내무부 치안국에서 하달이 있었는데, 문 총경님의 제주도 도항에 대해 만전의 조치를 취하라는 내용이었습니다. 그래서……."

"서장님은 지금 중앙으로부터의 하달이라고 말씀하셨는데, 치안국의 누구였습니까?"

"……그러니까, 그, 그건 도경을 통한 하달이었습니다." 김 서장은 조금 당황해 했다. "총경님, 본인을 향해 서장님, 아이고 이거, '님'이라니요, 당치도 않으니 아무쪼록……."

"김 서장님이 상부인 도경찰부에 제 신분증명서 건으로 조회를 하신 모양이지요?"

"예? 예에, 그건 그렇습니다." 서장은 동요하지 않고 말했다. "그건 직무상의 일이고, 만일에 대비해 경호상 문제도 제기될 수 있습니다. 우리 경찰서에서는 목포를 통과하시는 문 총경님의 여행에 안전과 편의를 보증할 의무가 있고, 또한 그럴 수 있게 된 것을 영광으로 생각하고 있습니다. 그런 연유로, 오늘 출발할 예정이라고 하신 것이 떠올랐습니다만, 제주행을 서두르고 계시다면, 어젯밤 입항한 경비정을 이용하시면 어떠실까 해서 여쭤본 것입니다."

"어머, 그런 일이 가능한가요?"

"서장인 저의 증명만 있으면 간단한 일입니다."

"서장님의 배려에 정말 감사드립니다." 서장은 물끄러미 문난설의 아름다운 얼굴을 보며 대답을 기다렸다. 그녀는 왼편에 있는 이방근 쪽을 힐끗 보았지만, 그대로 이야기를 계속했다. "……그렇지만 내일은 배가 있다고 하니, 오늘 하룻밤은 여기에서 천천히 보내고 싶습니다."

이방근은 하마터면, 잠깐 기다려……라는 말이 튀어나올 정도로, 내심 그녀의 독단에 놀랐다. 어젯밤 해안도로의 노상에서 만난 서장이 문난설을 향해, 급하신 겁니까? 라고 물었을 때, 이방근은 순간 그녀의 말을 빼앗기라도 하듯 모레 배편을 탈 수 있으면 된다고 대답했는데, 그녀는 그것을 순순히 받아들이고 있는지도 몰랐다. 이방근은 경찰서장이 일부러 찾아와서 경비정 승선을 권하는 바람에, 순간적으로 그 기분이 무산되는 느낌이었다. 하지만 그렇다고 해도 문난설이 독단적으로 그 제안을 거절하리라고는 생각지도 못했다.

문난설은 점심식사 모임의 참석도 정중하게 거절했다. 자신은 현직 경찰관도 아니고 민간인 명예대우이기 때문에 무분별하게 총경 자격이라고 해서 여기저기 얼굴을 내밀 수는 없다는 것이었다. 서장은 처음부터 큰 기대는 하지 않은 듯 실망하는 기색을 보이거나 불쾌해하지는 않았다. 그는 도항증명서의 검인을 약속한 뒤 경비계장을 수행하고 돌아갔는데, 상부에 조회를 하고서 '표경(表敬)' 방문만으로도 목적은 달성했을 터였다. 게다가 상경할 때는 연락을 달라……는 그녀의 한마디에, 가까운 시일 내에 그럴 예정이라며 희색만면한 표정으로 재빨리 대답했었다. 아마도 치안국에 연줄이 생길 수 있다는 기대감으로 지프에 올랐을 게 틀림없었다.

어디에 가 있었는지, 굉음을 내면서 지프가 떠나자, 오남주가 모습을 드러냈다. 이방근은 경비정 반대의 최선봉인 오남주가 없는 자리에서 너무나 간단하게 그 의도가 무너져 버린 것을, 어떻게든 승선을 강행하겠다고 마음먹은 건 아니지만, 가슴이 쓰려오는 망연한 기분으로 받아들이고 있었다.

이방근은 서장과의 대화 중간에 오늘이라도 목포에 도착하게 될 진상규명 조사단의 제주도 출발은 어떻게 되는가…… 하고 물어보려다 그만두었는데, 그러길 잘했다. 목포경찰의 권한이 아니기 때문이었다. 검인창구는 현지 경찰이지만, 그 너머에 실질적인 권한이 있었다. 지금부터 그런 이야기에는 관여하지 않는 것이 좋다. 어찌 되었든 오늘 중에 사태가 전개되기 시작할 것이다. 서둘러 아침 여섯 시에 승차한다면 저녁 여섯 시경에는 목포에 도착한다. 그리고 내일 아침 무렵에는 조사단과 만나게 된다……. 뭐가, 오늘 하룻밤은 여기에서 천천히……라는 것인가. 이방근은 한숨 섞인 웃음이 나왔다.

그런데 서장이 돌아가고 나서 채 10분도 지나지 않아 서장으로부터 문난설을 찾는 전화가 걸려 왔다. 아마 지프 안에서, 그리고 서장실로 들어가는 동안에 생각이 떠오른 모양인데, 오늘 밤 서장 댁으로 문난설 일행을 초대하고 싶다는 것이었다. 총경이 아니라 완전히 개인으로서, 그리고 상대방도 서장이라는 공적인 입장에서 벗어나(그러나 비용은 개인이 아닌 공적 명목으로 사용할 것이 분명하다), 모처럼의 기회인 만큼 저녁식사를 함께하고 싶다는 것이었다. 하지만 문난설은 별로 마음이 내키지 않았기 때문에, 모두와 상의한 후 답변하겠다며 전화를 끊었다. ……어떻게 거절하지, 무슨 꿍꿍이속일까요? 가고 싶지 않다면, 이미 그것으로 거절한 건데……. 나영호가 응했다. 경비정의 그곳과는 달리 무턱대고 거절하기는 힘든, 고맙기는 하나 달갑지 않은 초대였다.

서장의 저녁초대와 관련해서, 결코 향기로운 냄새를 풍기는 것은 아니었지만, 이방근의 머리에 어떤 생각이 번뜩였다. ······문난설이 서장을 설득한다. 총경이라는 신문증명서를 내세워 그녀가 간청한다면 가능성이 있다. 조사단은 서울에서 출발을 저지당한 것이 아니라, 도항증명서를 가지고 당당하게 목포까지 오는 것이다. 그리고 경우에 따라서는 현지 경찰이 검인을 허가하지 않아 승선을 저지당할지도 모르지만, 그것은 경찰이 어떻게 조치하느냐에 따라 결정되는 것도 사실이다.

네 사람이 함께 가는 것은 폐가 된다. 그보다는 서장의 호의에 감사하며 이쪽에서 자리를 마련해서 그를 초대한다면, 뇌물에 익숙한 그들은 기뻐하며 찾아올 것이다. 하물며 문난설 여사와 동석이라면······. 그리고 조사단의 승선 가부를 타진하고 나서, 어떻게든 내일 아침의 승선시간이 임박할 때까지 그 허가를 얻어 내는 것이다. 만에 하나 조사단 일행이 문난설에게, 아니 열에 아홉이겠지만 승선을 저지당했을 경우에 일어날 사태에 대해, 그리고 이방근 자신이 그 때문에 궁지에 몰리게 될 사정을, 게다가 조사단 파견의 의의를 이야기한다면 그녀가 응해 줄지도······. 아니, 그렇지만 그것은 역시 어려운 일이다. 혹 가능하다고 해도 문제가 생길 경우, 결국은 문난설에게, 아니 일행 전원에게 누를 끼치게 될 것이다. 이 일이 국외로의 탈출극이라면 또 모를까, 다시 돌아와야만 하는 길이고, 게다가 행선지가 제주도여서는 스스로 막다른 골목으로 들어가는 것밖에 되지 않는다.

궁여일책이랄 것도 없다. 대책은 없었다. 숙취가 남은 머릿속에서 순간 빛줄기로 여겨졌던 섬광은 어이없게 사라졌다. 망상이다. 내일이 오기를 기다렸다가 앞으로 전개될 사태에 정면으로 대처할 수밖에 없었다. 하지만 예측되는 사태 외에 무슨 대처 방법이 있을까.

　문난설은 다음 기회에 함께하자며 그 초대를 거절했다. 경비정의 점심식사 모임이나 경찰서장의 개인적 초대와 같은 '총경' 덕에 일어난 잡다한 일들이 빚어낸 잡념을 떨쳐 내고, 내일의 승선을 기다리기만 하면 되는 이방근은 한숨 자려고 생각했다. 오랜만에 한라산이 보고 싶었다. 한라산 정상은 아니지만, 수면 부족과 남아 있는 술기운 탓으로 머리에는 구름이 덮여 있었다. 푹신한 구름에 덮여서 예민해진 머리의 신경이 부드러워지면 된다. 한라산이 보고 싶었다. 섬을 멀리 떠나 있는 사람에게는 한라산의 모습이 한없이 그리워지는 때가 있었다. 그것은 감상 따위가 아니었다. 생리적인 갈증이었다. 도쿄에서 유학하던 시절도 그랬고, 서대문형무소 독방에 있었을 때도 영원히 귀경길이 단절된 사람처럼, 시종 꿈속에 한라산이 나타나곤 했다. ……한라산에는 함부로 오르지 마라. 한라산 봉우리들은 할머니의 쭈그러진 젖줄기, 자비로운 할머니의 젖줄기를 발로 짓밟으며 함부로 한라산에 오르는 게 아니다…….

　문난설은 유달산에 오르고 싶다고 했다. 마찬가지로 유달산에 오른 적이 없는 나영호도 따라나서겠다고 했다. 이방근은 모처럼 등산 모자를 쓰고 등산에 적합한 경쾌한 복장으로 온 그녀와 동행해야겠지만, 피곤해서 도저히 유달산 정상까지 올라 갈 마음이 없었다. 230미터로 그다지 높은 산은 아니지만 우뚝 솟은 바위산인 만큼, 돌계단이 있다고는 해도 올라가는 데 상당히 힘이 든다. 사다리까지는 아니더라도, 콘크리트로 만든 급경사의 돌계단을 한 계단씩 다 오르기 위해서는 도중에 몇 번 쉬어야 한다. 처음 오르는 사람은 무서워서 다리가 오그라들기도 한다. 정상에 서서 눈앞에 펼쳐지는 다도해의 섬이며 바다며 햇살에 희뿌예진 망양(茫洋)한 풍광은, 지금도 어떤 근원적인 것에 대한 향수를 불러일으키지만, 유달산 그 자체는 멀리서 바라보는 편이 무난해서 좋을 것이다. 소학교 5학년 말에 학교에서 추방되어 목포의 외가 쪽 친척 집으로 옮긴 이후의 소년 시절은 유달산과 관계가 깊었다. 처음에 정상에서 멀리 바라보면, 다도해 저편의 정신이 아득할 정도로 먼 곳에, 가족들이 살고 있는 제주도의 섬 그림자가 실제로 보일 것 같아 애써 발돋움하며 바라본 적도 있었다.

오남주가 안내역을 맡아 세 사람은 함께 유달산으로 향했다. 문난설의 옅은 베이지색 반팔 셔츠에 바지 차림, 거기에 등산모가 잘 어울렸다. ……남주 동무, 미행이 따라붙을 거야, 경호라는 명목으로 말이지. 알아채지 못하게 뒤에도 신경을 쓰라구. 밖에서는 폭도니 애국자니 하는 얘긴 절대 하지 말고…….

혼자 남은 이방근은 바람이 통하는 방의 서늘한 장판 위에 목침을 베고 몸을 누였다. 어쨌든 한잠 자자. 잠이 필요해. 잠에서 깨면 몸 상태도 좋아질지 모른다. 지금은 그저 요행을, 조사단 일행이 검인을 받아 무사히 함께 승선할 수 있기를 기대하는 수밖에 없다.

꺼림칙한 꿈속의 모습이었다. 꿈으로 피곤한데도 아랫배가 예민하게, 머리에 무수한 신경 다발이 가시처럼 뚫고 나온 듯한 느낌에 호응이라도 하듯이 딱딱하게 곤두서 있었다. 꺼림칙한 것은 그것만이 아니었다. 빨간 노을빛에 물든 방에서 문난설이 노인과 베개를 함께 베고 반듯이 누워 자고 있는 것을, 이방근은 마치 사체를 앞에 둔 것처럼 싸늘하게 바라보고 있었는데, 그녀가 몸을 뒤척이며 옆으로 돌아눕자 그 흰 엉덩이의 갈라진 틈새로 짙은 음모가 삐져나와 작은 꼬리처럼 보였다. 그녀가 반라의 슈미즈 차림으로 목포역을 향해 갔다. 이방근도 함께였는데, 역사가 부두와 연결되어 있는 걸로 보아 그곳은 부산역 부근인 듯했다. 하지만 꿈에서는 그 목포역으로 도착한 조사단을 마중 나가, 연락선이 떠나는 부두로 안내한다는 것이었다……. 매미 한 마리가 꿈속으로 날아들어 이방근은 눈을 떴는데, 실제로 날카로운 날개 소리를 내면서 방을 한 바퀴 돌고는 유달산이 보이는 장지문을 통해 밖으로 날아갔다.

여관은 매미 울음소리로 가득했다. 이방근은 방 안을 둘러보았지만, 흰 고양이가 있던 큰 우리는 보이지 않았다. 어젯밤 해안도로에서 갑자기 튀어나온 검은 고양이는 아니다. 그 흰 고양이는 꿈속에 있었다. 지금 잠에서 깨어나 멍하니 앉아 있는 곳과 같은 방에 우리가 있었고, 그곳의 주인인 고양이 한 마리가 물끄러미 밖을 바라보고 있었다. 누군가가 말했다. ……고양이는 하루 종일 가만히 앉아서 뭘 생각하고 있는 걸까? ……밖에 나가고 싶은 거야. 예전처럼 자유로운 몸이 되고 싶은 거지, 동료 고양이들의 세계로 가서……. 이방근이 대답했다. ……그것뿐일까, 그것만으로 저렇게 조용하고 비할 데 없이 아름다운 눈으로 밖의 우주를 언제까지나 바라볼 수 있는 걸까……. 유지매미가 날갯짓을 하며 방 안으로 날아 들어왔다. 문난설과 동행한 꿈이 꺼림칙하게 느껴진 것은, 한숨 자기 전에 잠시 번뜩였다가 사라진, 경찰서장 공작이라는 욕망의 단순한 반영 같았기 때문이다.

세 사람은 서장이 이야기했던 경비정 출항 시각인 세 시가 조금 넘겨 돌아왔는데, 등산모를 벗은 문난설은 도중에 산 것으로 보이는 파라솔을 쓰고 있었고, 다른 두 사람은 밀짚모자를 쓰고 있었다. 그럼에도 불구하고 그녀의 노출된 흰색의 팔이 햇볕에 빨갛게 그을려 있고, 상당히 따끔따끔한 것을 참고 있는 듯했다.

잠시 뒤 문난설과 오남주 두 사람이 네 사람의 도항증명서를 들고 검인을 받으러 경찰서로 향했다. 서장과는 오전이라는 약속만 했으니, 누군가가 대표로 가면 그만이었다. 그녀의 바지에 감춰진 탄력적인 하반신의 움직임이 매력적이었다.

"저어, 이 동무, 진상규명 조사단 일행은 오늘 몇 시쯤 도착할까?"

앉은뱅이책상에 한쪽 팔꿈치를 기댄 나영호가 백자 찻잔에 따른 시원한 인삼차를 한 모금 마신 뒤, 방바닥에 드러누워 담배를 피우고 있는 이방근을 향해 말했다.

"그건 알 수 없지. 하지만 오늘 중으로 도착하지 못하면 내일 아침 승선 수속시간에 맞추기는 어려울 거야."

"그렇겠지. 나간 김에 역에 들러 조사해 봤는데, 저녁 다섯 시 전, 정확하게는 45분에 한 편이 있고, 그 후에는 여덟 시 30분. 이건 서울발 이른 아침 여섯 시 완행, 그리고 어젯밤 우리가 타고 온 아홉 시에 도착하는 급행이 있어. 네 시 45분은 대전에서 새벽 다섯 시 전에 출발하는 보통열차라서, 이건 대전에서 하루 묵지 않고는 탈 수 없을 거야. 그렇다면 역시 오늘 밤 아홉 시에 도착하게 되는 건가? 음."

"잘 모르겠어. 개인이 아니라서, 가능하면 일찍 도착해서 경찰과 담판을 지을 수도 있겠지, 내일 아침이라면 정황이 없을 테니까. 그런데 왜 조사단의 도착시각을 알아본 건가?"

"으ー음, 난 역에 나가 볼까 해서."

"뭐? 역에……."

이방근은 재떨이에 담뱃재를 털어 내며 상반신을 일으켰다. 그는 순간 가슴이 철렁했다. 그 자신도 역에 나가 볼까 생각하고 있었던 것이다. 그것도 혼자서였다.

"역에 가서 뭐하려고?"

"취재지."

"태평하기는……."

태평하다. 정말 태평하다. 이방근은 마음속의 중얼거림을 밖으로 끄집어냈다.

"태평? 뭐가 말인가?"

"태평스럽지. 순진하고. 예를 들어, 윤봉도 함께 온다고……. 그들이 그 '취재'에 응할 것 같은가? 윤봉 자신이 중앙지의 기자라구. 게다가 그가 쓰는 것도 신문에 실리기 어려운 상황이고."

"그래서 새로운 언론확장을 목표로 우리 국제신문이 창간되는 걸세. 윤봉이 도대체 어쨌다는 말인가. 그는 나를 타락분자라는 둥 온갖 욕을 해대며 비판하고 있다는 거 아닌가. 그게 어쨌다는 말인가, 난 개의치 않아, 당치도 않은 소리라구. 난 싸워도 상관없네. 제주도에 놀러 가는 것도 아니니까, 음, 어엿한 기자란 말일세. 게다가 난 그와는 달라, 소설가야……."

"그건 알고 있어." 이방근은 나영호의 발언이 갑자기 세졌다고 생각하면서, 한편으로 마음이 놓였다. "그런데, 정말 모르겠나, 태평하다는 의미를. 자넨 제주도로 가는 인간이야. 지금부터 취재를 한다고 소란을 피워 봤자 그들이 자네 취재에 응해 주지도 않겠지만, 내일 아침에 상황이 바뀌기라도 할 경우, 나 동무는 그들을 남겨 두고 승선할 수 있겠나. 그런 일들을 모두에게 이야기하진 않았지만, 나 혼자 골머리를 썩이고 있는 상황이라네. 남주 군에겐 아무 말 말아 주게. 자넨 그런 사태가 전혀 상상이 안 된단 말인가?"

"……" 나영호의 표정이 일그러졌다. "으흠, 그건 괜찮을 거야."

"그렇게 무책임한 말은 하지 말게. 아니면 무슨 확신이라도 있는가?"

"뭐가 무책임하다는 건가. 아까부터 나한테 태평하다느니 하고 말을 하는데, 그건 태평한 게 아니라 문제없다고 생각하기 때문에 그런 거야. 따라서 난 그렇게 심각하게 생각하지 않아. 어쨌든 정작 중요한 조사단이 도착한 것도 아니고. 어떻게 확신을 하겠나. 내가 경찰도 아닌데. 그건 협박적인 말투라구. ……내가 역에 나가지 않으면 되겠지. 음, 어슬렁어슬렁 나가 봤자 재미있을 것 같지는 않아. 윤봉과 얼굴을 마주치자마자 어설픈 싸움을 벌이기도 싫고. 그는 만나도 인사를 하지 않으니 말일세. 재미있는 남자야."

"역에 가고 안 가고의 문제가 아니라, 그저 '취재' 같은 건 그만두는 게 나을 것 같다는 말일세. 취재거린 내일 아침 잔뜩 생긴다구."

"자넨 예언자로군, 헷헤." 나영호는 탁자 위의 찻잔을 들고 남은 인삼차를 단숨에 들이켰다. "……이 동무는 어떻게 할 거야?"

"모르겠어. 특별히 갈 필요가 있는 것도 아니고, 그들이 몇 시에 도착하는지도 모르니, 생각 좀 해 보고."

"둘이 함께 가 볼까?" 나영호는 이방근의 대답을 기다리지 않고 한숨 섞인 말투로 바꿔 계속해서 말을 이어 갔다. "그런데 말이지, 만일 조사단이 승선을 허가받지 못한다면, 그야말로 난감한 일이로군……."

나영호는 담배를 물고 성냥불을 붙였다. 그 이야기를 하고 있는 거라구, 난……. 이방근은 아무 말도 하지 않고 장판 위에 책상다리를 하고 앉아 재떨이에 담배를 비벼 껐다.

나영호는 잠시 동안 말없이 장지문 밖을 바라보며 담배를 피웠다.

"이 동무, 만약 배를 탈 수 없게 된다면, 문난설에게 부탁할 수밖에 없지 않겠나. 뭐, 이건 반은 농담이지만, 그래도 그녀가 부탁하면 될 거야."

"무슨 소리를 하는 거야, 동무는." 이방근은 괜스레 움찔해서, 스스로 생각해도 과하다 싶을 정도로 언성을 높여 상대를 놀라게 했다. "그런 바보스런 소린 그만두게. 농담이라도 듣기 거북하고, 싫증이 다 나는군."

"도대체 왜 그러나, 무슨 일 있었어? 뭐가 싫증이 난다는 거야, 응?"
나영호는 어리둥절해하며 이방근을 쳐다보았다.

　잠시 후 두 사람은 승선허가서에 검인을 받아 돌아왔다. 시간은 계
속 흐르고 있다. 네 시를 지나고 있었고, 만약 45분에 도착하는 기차
라면 잠시 후에는 자리에서 일어나야 한다. 이방근은 역에 나간다고
해도 무엇 때문에 가는 건지 스스로도 확실하지 않았다. 단지 지인이
같은 객지에 온다니까 맞으러 가는 건지, 그게 아니면 일어날지도 모
르는 어떤 사태에 대한, 의식하지 않은 교묘한 예방책인가. 어찌해야
좋을지 기분을 주체하지 못하는 움직임인가. 실은 이곳에서 윤봉과
마주치고 싶지는 않았다.
　시간은 하염없이 흘러가고, 결심이 서지 않은 이방근은 안절부절못
하다가 시간에 밀려나듯 결국은 네 시 45분을 지나치고 말았다. 만일
그 열차라면 아직 날이 밝으니 조사단 일행은 직접 경찰서에 출두할
지도 모른다. 이방근은 심기가 불편했다. 그는 조사단이 몇 명인지는
모르지만, 그들이 같은 봉래관을 숙소로 정하는 것은 아닐까 하는 생
각에 두렵기까지 했다. 만일 이 여관이라면, 경찰과의 교섭시간을 고
려해도 앞으로 한 시간이면 충분히 당도할 수 있을 것이다. 그러나
이방근은 그것을 피하기 위한 외출은 하지 않고, 여관에 들어오는 손
님들의 기척에 신경써 가면서 그 시간을 기다렸지만 일행은 오지 않
았다. 처음의 불안과 기대가 뒤섞여 시간은 잘도 흘러갔다.
　여덟 시가 되었을 때, 이방근은 나영호와 함께 역으로 나갔다. 나영
호는 자신이 먼저 함께 가자고 말해 놓고선 막상 가자고 하니 주저했
다. 자네와 함께라면 가겠다며 자리에서 일어났다. 아마도 아홉 시에
도착할 공산이 컸지만, 네 시 45분 열차를 그냥 보낸 만큼, 두 열차의

도착을 계속해서 기다려볼 요량으로 역에 나왔던 것이다. 그러나 무엇 때문에 지금 역으로 가고 있는 건지, 이방근은 둘이서 역전 거리를 걸어가면서도 알 수 없었다. 굳이 말하자면 일종의 충동이라고밖에 할 수 없었다.

저녁부터 흐리기 시작한 밤하늘에는 어젯밤 같은 밝은 달은 보이지 않았다. 바람도 없었다. 비는 둘째 치고, 조금이라도 바다가 거칠어지면 배는 곧바로 운항을 멈추게 된다. 조사단 일행은 여덟 시 반 기차가 도착한 후에도 개찰구에 모습을 나타내지 않았다. 그리고 아홉 시 도착 열차에서 내리는 승객 무리에서도 조사단으로 보이는 일행의 모습은 보이지 않았다. 이방근은 혼잡한 사람들이 뿔뿔이 흩어지는 역 구내의 어디에도 그들이 없음을 확인하자, 순간 현기증이 일 정도로 마음이 놓였다. 뭔가 급한 사정으로 출발을 연기했을지도 모른다……. 아니, 그렇지는 않을 것이다. 이방근은 다시 머릿속에 시커먼 것이 퍼져 가는 느낌 속에서, 눈에 보이지 않는 불안의 망치가 후두부를 내리쳤다. 아직 밝을 때인, 네 시 45분에 도착하여 내려 버렸는지도 몰랐다. 그렇다면 왜 대전에서 일박하는 성가신 일을 택한 걸까…….

불행한 예측은 적중했다. 조사단 일행은 윤봉의 동행 여부까지는 알 수 없었지만, 목포에 도착해 있었던 것이다. 두 사람은 경찰서에 들러 조사단의 출두 여부를 당직 경찰에게 물어보았다. 문난설 총경 대우의 일행이라는 걸 알자, 그 출두를 인정하는 정중한 대답이 돌아왔는데, 제주행 검인 건에 대해서는 담당부서가 아니라 모른다며 명확한 답변을 회피했다.

나영호는 조사단의 승선 허가에 한 가닥 희망을 품고 있었다. 7월 말에 조사단이 승선을 거부당했기 때문에 이번에도 안 되는 것이 아니라, 이전에 안 되었기 때문에 아마도 이번에는 괜찮을 거라는 게 나영호의 논리였다. 불완전하나마 명목상으로는 미군정에서 벗어난 대한민국 정부이고, 게다가 제주도 현지는 정전 상태의 소강국면을 유지하고 있었으므로, 끝까지 도항을 거부할 필요는 없을 것이다…….

길고 괴로운 밤이 밝았다. 숙취와 수면 부족으로 불쾌하기만 한 혼탁한 머리 상태는 가시지 않았다. 나영호에게는 코를 골지 말라고 당부했더니, 수면 중에도 그 미안한 마음은 작용을 하는 것인지, 지난밤처럼 울려 퍼질 정도의 울림이 일지 않는 게 신기했다.

네 사람은 아홉 시가 지나서 여관을 나와 부두로 향했다. 중앙동에서 높은 언덕 아래 길을 해안도로 쪽으로 빠져나갔다. 도항증명서에 검인은 이미 받아두었으니 경찰서에는 용무가 없었다. 도중에, 아니면 부두에서 조사단 일행과 만나게 되는 걸까. 그리고 함께 승선하는 행복을 같이 나누고 싶었다. 같은 여관이 아니라서 다행이라고 생각했는데, 지금쯤 그들은 부두로 향하고 있다기보다, 어제 저녁부터 계속되는 교섭으로 경찰서에 모여 있을 공산이 컸다. 어쩌면 나영호의 말처럼, 의외로 허가를 받았을지도 몰랐다.

하늘은 흐린 가운데, 해안으로 나오자 바다에 하얀 파도가 일면서 안벽과 부두에 부서져 물보라를 일으켰고, 계류 중인 작은 어선들이 차례로 파도처럼 흔들렸다. 식당과 가게가 문을 열었고, 포장마차도 섰다. 생선을 파는 노점 등으로 사람들의 왕래도 많았지만, 정기 연락선이 운항하던 예전의 혼잡함에는 미치지 못했다. 수십 마리의 갈매기 떼가 닿을락 말락 해수면에 내려앉아 생선의 내장을 쪼아 먹는 울음소리로 요란했고, 인파 속을 지나는 트럭의 경적이 몹시 시끄러웠다. 경찰서장이 말했던 생선비린내 나는 해안거리였다.

부두 선착장에는 3백 톤 내외의 낡은 화물선이 옆으로 정박해 있었고, 화물을 배로 옮겨 싣는 작업이 한창이었다. 매표소가 있는 작은 건물 대합실에는 제주행 승객인 듯한, 모두가 깔끔한 복장을 한 이른 바 일반인이 아닌 '특권' 계급에 속하는 인간들이, 그중에는 제복군인도 있었는데, 두세 명의 여자들을 포함해 열 명 정도가 보였다. 대부분이 본토 출신자다. 조사단 멤버는 아직 도착하지 않은 듯했다. 검인이 찍힌 증명서를 보여 주며 각자가 표를 샀고, 오남주 표는 이방근이 사 주었다. 출항을 기다리는 동안 네 사람은 서로 간에 거의 대화를 나누지 않았다. 이방근은 조용하게 고동이, 먼 곳에서 울려오는 구둣발 소리처럼 점차 크게 들려오는 것을 의식하고 있었다. 거드름을 피우는 손님을 포함한 승선객이 두 사람, 세 사람씩 나타나 표를 구입하고, 대합실의 허름한 공간을 채워 갔다. 이방근은 담배를 물고 대합실 입구에 서서 밖을 바라보았다.

이윽고 승선이 시작되었지만 조사단은 나타나지 않았다. 이방근의 머릿속에는, 그저께 밤 경비정에서 줄줄이 묶여 내려온 '패잔병'들의 행렬이, 지금 서 있는 눈앞을 지나 트럭에 실려 가는 모습이 대낮의 유령처럼 되살아났……. 승객은 2, 30명에 그쳤다. 부두에는 일고여덟 명 정도의 경관이 일정한 간격을 두고 늘어서 있었고, 화물선 트랩 옆에도 제복경찰과 사복경찰이 감시를 하고 있었다. 선원과 함께 승선객의 도항증명서와 표를 점검하는 사람도 있었다. 트랩을 올라간 곳에서는 가방 등의 짐 검사가 이어졌다.

이방근은 함께 탈 사람을 기다리기라도 하듯이 트랩을 오르는 승선객들의 줄 끝에 서 있었다. 조용히 심호흡을 하는 순간 뱃고동이 붕, 붕…… 하고 북소리처럼 크게 울리자 가슴이 아팠다. 승선 불허가, 승선 저지……. 으-음, 이방근은 입술을 깨물고 신음했다. 충분히 예상하고 있었으면서도, 다리가 오그라드는 느낌과 함께 몸의 기운이 땅 속으로 빨려드는 기분이었다.

　문난설을 앞세운 네 사람은 가방을 손에 든 채 통과했다. 이방근이 트랩을 오른 뒤 갑판에 서서 뒤를 돌아보았을 때, 매표소 앞에 열 명 내외의 무리를 이룬 인간이 나타나, 화물선 쪽을 향해 걸어오는 것이 보였다. 아니, 선두에 윤봉이 있다! 이방근은 그들이 틀림없이 승선할 것이라 생각하고 손을 흔들려 했다. 그때 매표소 앞에 급정차한 유개트럭에서 십여 명의 경찰이 차례로 뛰어내리더니, 구보로, 배 근처까지 와 있던 조사단 일행의 앞을 막아섰다.

　"우리를 승선시켜라!"

　배 위에 우뚝 선 이방근과 윤봉의 무서운 시선이 소리를 내며 마주쳤다. 윤봉의 시선은 나영호, 문난설, 그리고 오남주에게도 닿았다.

　"제주도사건 진상규명 조사단의 승선을 저지하지 말라!"

　작은 충돌이 시작되었다.

　"승선시켜라!"

　"승선시켜라!"

　이방근의 옆에서 오남주가 오한이 든 것처럼 입술을 보랏빛으로 물들이며 그저께 밤에 줄줄이 묶인 행렬을 눈앞에서 봤을 때처럼 와들와들 떨고 있었다. 트랩이 분리되기 시작하였다. 이방근의 몸이 지금 폭발하든지 굳어 버리든지 하는 기로에 서 있었다. 그때, 기다려! 하고 외치는 소리가 나더니, 이방근의 커다란 몸을 밀쳐 내듯이, 가방을 손에 든 오남주가 트랩 쪽으로 달려갔다. 그리고 단숨에 뛰어내릴 듯한 기세로 트랩을 박차며 부두를 향해 내달렸다. 이방근의 몸에서 내장이 단숨에 몽땅 빠져나갈 것 같은 기세였다. 어떻게 이런 일이…….
트랩이 배에서 분리되었다.

"어머, 남주 씨……."

문난설이 쥐어짜내는 듯한 소리를 냈다. 나영호는 말이 없었다.

이방근은 멍하니 두 눈을 뜬 채 그대로 서 있었다. 부두 위의 사태가 정지에 가까운 슬로모션으로 눈에 들러붙었다. 일행은 경찰에 의해 후방으로 밀려났다. 오남주의 모습이 그쪽으로 합류하듯 사라졌다. 아니, 순간 이쪽을 돌아보고 손을 흔들었다.

배가 움직였다.

4

배에 남아 있던 밀짚모자가 순간 바람에 날려 공중으로 춤추듯이, 부두를 떠난 배와 안벽 사이의 수면으로 떨어졌다. 유달산 등산 도중에 문난설이 오남주에게 사 준 것이었다.

"아이구, 모자가……. 아아, 남주 씨는 어떻게 된 거죠? 손을 작게 흔들고 있었어요……."

문난설의 목소리가 바람에 흔들렸다. 그래, 오남주는 손을 흔들고 있었던 것이다.

이상한 출항이 되었다. 마치 이방근이 선장이고, 폭력적으로 매달리는 자를 선장의 명령으로 떼어 놓은 듯한 출항이 되었다. 세 사람은 망연히 꼼짝 않고 서서, 이미 해안을 뒤로 한 채 바다로 향하고 있는 배의 난간에 몸을 기대며, 부두 위의 갑작스런 사태로부터 눈을 떼지 못했다. 경찰대와 조사단 일행도 인파에 섞여 작은 매표소 건물 뒤로 사라졌다.

배는 삼학도를 왼쪽으로 보면서 구름 낀 항만을 빠져나가 다도해로 향했다. 유달산 정상에서 바라보면, 장대한 인조정원처럼 수놓아진 푸른 섬들과 바다가 보인다. 아직은 배의 흔들림이 거의 없었지만, 바람이 불어 입에 문 담배에 붙이려는 성냥불이 몇 번이나 꺼졌다. 다도해를 빠져나가면, 제주해협의 바다는 상당히 거칠지도 모른다. ……우리를 승선시켜라! 제주도사건 진상규명 조사단의 승선을 막지 말라! 귀의 공동 안쪽에서 고막을 세차게 찢으며 되살아나는 목소리였다. 이방근은 똑똑히 그 소리를 들었지만, 문난설의 귀에 갑작스런 그 외침이 의미 있게 들렸는지 어떤지는 알 수 없다. 잔뜩 구겨진 등산모를 쓰고 있던 윤봉의, 소리를 내며 마주친 그 무서운 시선이 외치고 있었다. 어이, 방근이, 자네 혼자 잘 먹고 잘 살아라! 오남주가 뛰어내렸다. 내장이 단숨에 몽땅 빠져나갈 것 같은 기세로 오남주가 뛰어나갔다. 핫, 핫하아, 뭐 하러, 일부러 목포까지 왔단 말인가……. 폭력적인 출항이긴 했어도, 승선 직전에 부두에서 만나지 않은 것만도 다행이었다. 이방근은 오남주가 배에서 뛰어내린 일에 놀라면서도, 마중나간 목포역에서 조사단 일행과 만나지 않은 것에, 목포 읍내에서 마주치지 않고 지나간 일에 안도했다. 완전히 도망친 것이라고 해야 할 이 비겁한 안도감이 출항을 폭력적으로 느끼도록 만들었다.

"아니, 이게 무슨 일인가, 도대체. 우리에게서 도망친 거야, 은혜를 배신으로 갚는 짓이잖아. 젊은 녀석이 사람을 바보로 여긴단 말이지. ……아니, 그게 아니야, 그건, 역시 젊은 학생의 순수주의 아닌가. 난설 씨, 우리 두 사람에 대한 항의인 셈이오. 두 사람이 배에서 내렸어야 했소. 아아……." 나영호가 머리를 흔들었다. 그 목소리가 바람에 흔들려 포효하듯 들렸다. "이봐, 이방근 동무, 난 일로 온 거야, 놀러 온 게 아니라고. 이해해 주길 바래! 도대체 무슨 일인가. 서울에서 승차를 저지하면 될 것을, 기대를 걸게 해 놓고, 목포까지 오게 해 놓고, 승선 직전에 저지를 하다니……. 내가 정세를 잘못 보고 있었네. 이 동무. 이해해 줘. 난 일 때문에 가는 거라구." 그는 바닷바람을 맞으며 전에 없이 흥분한 얼굴로 이방근의 손을 아플 정도로 세게 움켜잡고, 뭔가에 홀린 사람처럼 상대의 눈을 들여다보며 말했다. "가엾은 윤봉, 윤봉이 무슨 말을 했든 그런 건 아무래도 상관없어. 그 녀석은 나를 노려봤어. 불을 뿜는 눈으로 노려보고 있었다구. 남주 녀석도 그걸 보고 놀라 뛰어내린 걸 거야. 있잖아, 이 동무는 알고 있어야해, 자네는 별이야. 지금 제주도로 인도해 주는 별이라구. 자네가 알아주지 않으면 나는 배에서 바다로 뛰어내릴 수밖에 없어……."

"이봐, 이보라구, 동무 또 왜 그러나? 갑자기……. 술이라도 한잔 걸쳤나?"

희미하게 술 냄새가 났다. 이방근은 잡힌 손을 빼려고 했지만, 마치 손바닥 깊숙이 빨려든 것처럼 빠지지 않는다.

"암, 마셨고말고, 아침에 마신 해장술 말야."

"그거라면 나도 마셨어."

"그래, 자네와 함께 마신 술이야. 술은 마셨다구……. 남주란 놈은 도대체 뭐 하는 놈인가, 도대체……."

"과장해서 생각할 필요는 없다구. 일종의 발작이야. 자네가 말하는 젊은 학생의 순수주의지."

"남주 씨는 정말로 좋은 학생이에요. 첫인상은 좋지 않았지만 얘기해 보니 마음이 착한 청년이에요. 유달산에 올라갔을 때도, 경찰서에 둘이서 갔을 때도, 여러 가지 얘길 나눴어요. 여동생이 '서청'의 부인이라는 얘기가 나와서, 저는 어떻게 해야 좋을지 몰랐어요. 하지만, 모처럼 즐거운 여행이라 생각하고 있었는데……."

"뭐라고?"

이방근은 오남주의 여동생이 '서북'의 '처'라는 것을 알고 있으면서도, 오남주가 그 일을 벌써 문난설에게 이야기했다는 사실에 놀랐는데, 마찬가지로 놀라서 소리를 지른 나영호의 그것은, 처음으로 그 사실을 알게 되었다는 반응이었다. 그리고 이방근에게 그게 사실이냐고 물었다.

"자세한 건 모르겠지만, 본인이 얘기한 바로는 그런 것 같아."

"으-음……."

오남주는 함께 제주도로 동행하는 그녀에게, 서북 지방 출신인 그녀에게 가슴에 응어리져 있는 여동생 이야기를 하지 않고서는 견딜 수 없었을 것이다. 그의 하선은 문난설에게 충격이었다. 갑작스레 벌어진 사태의 의미도 모른 채, 단지 오남주가 배에서 뛰어내리는 광경만이 눈에 들어왔던 것이다. 부두에 나타난 것이 조사단 일행이라는 것도 몰랐고, 민간 조사단이 승선을 저지당하고 있는 그 와중에 오남주가 뛰어내렸기 때문에, 한동안 망연자실했던 것뿐이었다. 그러면서도 '즐거운 여행'을 ……이라고 했다. 그 말이 이방근의 귓가에 맴돌았다. 비유라고는 해도, 그녀에게는 제주도행이 '즐거운 여행'이라는 표현으로 나온다. 그것이 조금 신경에 거슬렸다.

후부 갑판에서 승선객의 모습이 사라진 뒤에도, 세 사람은 엔진기름 냄새가 나는 윈치 받침대 옆에 앉아 일렁이는 바다를 바라보았다. 유달산은 저편 바다의 섬 사이로 사라졌다. 배는 여기저기 흩어져 있는 섬을 감싸 안듯이 망망대해의 흰 파도를 밀쳐 내면서 잘도 달렸다. 흐린 하늘은 아침보다도 점차 낮게 느껴지는 걸 보니 비가 내릴지도 모른다. 등산모를 벗은 문난설은 그 검은 머리카락을 바닷바람에 흩날리고 있었다. 바로 옆에 앉으면, 바람에 흩날린 긴 머리카락 끝이 볼을 간질이듯 닿을 것이었다.

난바다는 아직 멀었는데 배가 천천히 흔들렸다. 바다의 너울에 선체가 들려 올라가면서도 오로지 앞으로만 전진했다. 다도해를 빠져나가면 거친 파도와 뱃멀미가 따라붙기 마련이었다.

정기여객선을 대신하는 화물선은, 이방근에게는 경비정을 타고 있는 것과 마찬가지였다. 모두가 보는 앞에서, 경찰서장이 일부러 여관까지 찾아와 경비정 승선을 권했기 때문에 오히려 그 기분이 사라져버렸지만, 할 수만 있다면 어제 오남주가 감옥선이라고 말한 그 경비정에 몸을 실었을 것이다. 꿈이 그랬다. 쫓기는 범죄자처럼 유달산 절벽 아래 바다로 간신히 도착한 자신이, 그곳에서 분명히 경비정에 올라탔다. 그 배는 머지않아 거친 바다에 흔들리는 작은 어선으로 바뀌었는데, 그것이 일단은 이 화물선이 될 것이었다. 꿈에서 깨어난 순간, 안심이 되면서도 동시에 커다란 환멸을 느낀 이유도 거기에 있었다. 이건 꿈이 아니다. 경비정에 올라탄 것은 꿈의 형태를 빌린 실제 이방근의 기분이자 본심이었다. 경비정에 올라타고 설령 파렴치하다는 말을 듣더라도, 이방근은 그러냐고 대답할 수밖에 없었다. 분명히 좋지 않다고 생각하면서도, 왜 그게 좋지 않은 거냐는 질문이 나온다. 그 파렴치가 뭐 어떻다는 건가……. 이렇게 된 이상 어쩔 수 없지만, 그는 그것을 통절하게 느끼지 않는 자신을 깨달았다.

그러나 일반인의 승선이 금지된 연락선을 대신하고 있는 화물선이 경비정과 어떻게 다른가. 나영호는 오남주의 '탈주'가 그 자신과 문난설에 대한 항의라고 했지만, 이방근은 그것을 자신에 대한 항의와 부정이라고 느꼈다. 순간적으로 이쪽을 돌아보며 손을 흔드는 모습, 문난설의 말처럼, 그렇게 듣고 보니 그는 조금 손을 흔들기는 했다. 왜 확실하고 크게 손을 흔들지 않은 것일까. 이방근은 꿈속의 경비정과 지금 타고 있는 현실의 화물선을 자신의 머릿속에서 연결해 보는 사이, 거기에 오남주의 모습이 등장하자, 이유도 없이 자신이 비참해지는 기분이었다. 승선 자체가 바보스럽고 비참했다.

세 사람은 일단 선실로 돌아왔다. 난바다로 나온 배가 꽤 흔들리기 시작하자, 승객들은 누워서 흔들릴 때마다 몸을 질질 끌고 가는 배의 움직임에 자신을 맡겼다. 개중에는 뱃멀미를 참지 못하고 갑판으로 나가 바닷바람을 쐬는 사람도 있었다. 약간의 뱃멀미는 해도 여간해서는 구토를 하지 않는 이방근이 문난설보다도 먼저 뱃멀미를 일으키고, 괴로운 나머지 갑판으로 나왔다. 잿빛 하늘이 펼쳐진 아래로, 거무스름한 바다의 끝없는 너울이 이어지고 있었다. 바람이 볼을 때렸지만, 크게 거친 바다는 아니었다. 배의 흔들림에 위가 자극을 받아 구역질이 올라왔다. 위를 혹사시키며 연일 마셔댄 피로가 여기에서 나타났다.

그는 양손으로 난간을 붙잡고, 물보라를 일으키며 다가오는 바다를 향해 토하기 시작했다. 하늘을 보며 기분전환을 하고 구토를 참아보았지만, 이미 의지의 통제를 벗어나 있는 것 같았다. 마치 만취 상태에서 그런 줄 알면서도 실금하는 것과 마찬가지였다. 숙취와 뱃멀미가 뒤엉킨 구토, 위액이 섞인 토사물 대부분이 수분으로 작은 물보라가 되어 주변으로 흩날렸다. 이방근은 이마에 비지땀을 흘리면서 뱃멀미와 나오지도 않는 구토에 괴로워했다. 아이고……. 새우처럼 등을 구부리고 난간 그늘에 몸을 맡긴 채, 죄어드는 위장의 철근 같은 무게를 참으며 끙끙거리는 자신의 모습이 꼴사납고 한심했다. 제주 바다를 왕복하면서 지금까지는 없던 일이었다. 승선 자체가 비참하게 느껴져서 그런 건지, 그것이 지금 뱃멀미의 구토에 뒤섞여 추하고 참기 힘든 내장의 악취를 흩뿌리고 있었다.

이봐, 괜찮나, 자네 늘 이런가? 아니 그렇지 않아……. 이방근은 고개를 옆으로 흔들었다. 아이구, 아무 말도 하지 말아 주게, 내가 생각해도 좀 한심하니까. 실제로, 아이구……가 한심했다. 필요 없다고 하는데도 나영호가 갑판으로 나와 등을 두드리며 곁을 지켰는데 이방근이 먼저 뱃멀미를 시작하는 것은 드문 일이었다. ……난, 난설 씨는 어떤가……? 쓸데없는 걱정 말게, 자네가 급한 환자라구. 그녀는 새파란 얼굴로 누워 있지만, 별일은 없어……. 그렇군, 대단하다니까…….

수평선이 어두웠고, 황량한 바다의 광경이 계속되었다. 이방근은 뱃전에 파도를 부딪치고 사라져 가는 바다를 내려다보면서, 뱃멀미의 구토도 이렇게 괴로운데 이 거친 바다에 몸을 던질 수 있을까, 내 자신이 그것을 바란다면 할 수 있을까, 어떨까…… 하고, 갑작스럽게 큰 요동으로 난간에 매달린 몸이 내동댕이쳐질 뻔하면서도 계속해서 그런 생각을 했다.

대단한 풍파는 아니었지만, 그래도 이방근을 비롯해 대부분의 승객을 뱃멀미로 몰아넣은 배는 목포를 출발해서 약 열 시간 후인 밤 여덟 시 전에 제주항에 도착했다.

문난설은 건재했다. 여기저기에서, 특히 여자들은 하나같이 아이구……, 아이구…… 하며 괴로워하고, 동행자들의 보살핌을 받으며 구토를 일으키는 중에도, 그녀만은 토하지 않았다. 새파란 피부가 비쳐 보일 것 같은 얼굴로 괴로운 듯 찡그리는 그녀의 표정이 조금 비극적인 아름다움으로 비춰지면서 그녀에게 말을 걸며 참견하는 신사까지 나오게 했지만 결국은 이방근 자신을 돌아보며 그녀가 구토를 참아냈다는 것이 눈부시고 이상한 기분조차 들었다. 그녀는 열 시간에 걸친 배 여행의 피로를 거의 느끼지 않았는지, 상륙한다는 흥분으로 눈을 반짝이고 있었다. 갑판에 선 그녀는 부두를 지키고 있는 십수 명의 무장 경찰을 보며 말했다.

"이 선생님, 밤이 되어 한라산이 보이지 않는 게 너무 안타까워 요……."

"오늘 같은 날씨라면 한라산은 낮에도 두터운 구름 모자를 푹 내리 쓰고 얼굴을 보여 주지 않습니다. 무뚝뚝한 산입니다. 제가 대신해서 크게 환영해 드릴 테니 즐거운 여행이 되셨으면 합니다. 충분한 시간 이 없는 게 유감이지만……."

이방근은 지금, 한라산을 올려다보지 못하고만 것에 오히려 안도하 고 있었던 만큼, 그녀의 말이 놀랄 만큼 신선한 울림이 되어 귓전에 와 닿았다. 그것은 얼마간 고향을 떠나 있던 제주도 출신자라면 누구 나 하는 말이기도 했다.

"남주 씨는 늦게라도 제주에 올까요?"

문난설이 말했다.

"예?" 이방근은 허를 찔린 느낌으로 놀랐다. 허를 찔렸다기보다, 이 방근 자신이 오남주가 체포되지 않는 한 2, 3일 후에라도 찾아올 거라 고 생각하던 참에, 오남주의 이름이 느닷없이 튀어나와 움찔했던 것 이다. 그는 주변에서 하선을 기다리고 있는 사복경찰을 포함한 승선 객을 신경 쓰면서 말했다. "예, 그렇지요, 올 겁니다. 우리 뒤를 따라 서 말이죠. 다만 혼자서는 어떨지……. 오늘 아침 일은 전혀 신경 쓰 지 않아도 됩니다."

문난설은 이방근의 배려에 말없이 고개를 끄덕였다.

세 사람은 밝은 라이트가 비추는 부두에서 경계를 서고 있는 경관들 과 마중 나온 사람들 사이를 빠져나와 해운사무소와 창고가 늘어선 해안도로를 걸어갔다.

이방근은 매우 지쳐 있었는데 공복인 탓도 있었다. 배 속은 완전히 텅텅 비어 있었다. ……공복이란 좋은 것이다. 적어도 삶의 의욕을 불러일으킨다. 보름 만에 돌아온 제주도의 어두운 밤, 총성은 들리지 않았다. 모레 30일, 제주를 출발한다는 무모한 계획을 세운 데다가 오히려 하루 늦었기 때문에 흘러가는 대로 맡길 수밖에 없는 상륙. 무엇 때문에 찾아온 것인가, 이유를 알 수 없는 기분으로 우울했다.

"난설 씨, 배고프시죠. 아침에 가볍게 먹은 게 전부니까요." 이방근이 말했다. 그리고 어색하게 의사와 같은 말투로 물었다. "난설 씬 식사가 맛있습니까? 맛있게 먹을 수 있습니까?"

"……네."

"언제나……?"

이방근이 가운데에 서고 그 오른편 만조의 바다 쪽을, 해안가 항구 안으로 파도가 밀려들어 부서지는 것을 보면서 걷고 있던 그녀가, 이방근을 보고 조금 고개를 갸웃하며 끄덕였다.

"그거 다행이군요."

"이 선생님은 어떠신데요?"

"전 맛있게 먹고 있습니다. 식사가 맛이 없는 사람, 맛있게 먹지 않는 사람은 뭔가 인생을 부정하고 있는 거지요."

"그런 말을 하면 오해받는다구. 먹고 싶어도 먹지 못하는 사람도 있으니까 말야."

나영호가 말했다.

"그런 당연한 얘긴 여기선 논외야."

"그럼 이 선생님은 인생을 긍정하신단 말씀이네요."

"글쎄요. 맛있게 먹는 게 자연에 순응하는 거라면, 인생을 긍정한다고 할 수 있는 건가요. 지금 나 동무가 말한 것처럼 잘 먹는 건 타락이 될지도……. 인간은 살아 있거나 죽어 있거나 둘 중에 하나밖에 없지요. 안 그런가, 나 동무."

"제주에 상륙하자마자 먹는 얘긴가……. 무슨 일인가? 죽는다는 건 '죽어 있다'와 같은 그런 존재감이 있는 게 아니잖아. 죽은 상태일 뿐이니, 살아 있을 때와 같은 존재감은 없는 거라구, 그렇잖아."

"그렇군, 생(生)이냐 무(無)냐, 라는 거군. 좋은 사상이야."

"사상이라니 고맙군. 아, 배고파……."

집 쪽을 향해 왼쪽으로 돌아 해안도로의 방파제 바깥쪽 근처에 오자, 해안가 바위에 부딪히는 파도의 기세가 갑자기 거세지면서, 순식간에 발소리는 묻혀 버렸다. 인간은 자살을 하든가, 하지 않든가. 누군가의 말이다. 이 둘 중의 하나……. 전방의 빈약한 가로등 불빛 아래로 모습을 드러낸 사냥모자를 쓴 세 명의 불한당 같은 젊은 사내들이 곤봉을 흔들며 이쪽을 향해 걸어왔다. 이방근은 가슴이 철렁 내려앉아 문난설을 감싸듯이 걸었다.

"저쪽에서 '서북'이 오는군."

이방근이 말했다.

"뭐라고……."

나영호가 놀라 멈칫했다.

"'서청'……?"

문난설이 중얼거린 뒤 목을 세우고 전방을 똑바로 바라보았다.

금방 다가온 세 사람은 입술에 침을 바르면서, 바로 앞에서 멈추었다.

"지금, 저 배에서 내렸소?"

한가운데의 키가 크고 검은 눈이 움푹 들어간 사내가 물었다. 사내

들한테 나는 시큼하고 썩은 듯한, 다시 구토를 불러일으키는 악취가
코를 찔렀다.

"그렇소……."

이방근이 말했다.

"……"

한가운데 남자는 힐끗 이방근을 노려보며 말없이 턱을 끄덕였다.
세 사람은 이방근 일행을 복장에서부터 손에 든 짐까지 유심히 살펴
보았다.

"하이칼라 여자로군, 대단해, 미인인데……."

세 사람은 그 자리를 떠나, 바로 뒤쪽을 돌아보고는 멀어져 갔다.
칵하고 가래를 내뱉는 소리가 들렸다. 이방근은 이상하게도 분노가
치밀어 오르지는 않았다.

"무슨 권한으로 저런 심문을 하는 거죠?"

방금 전 조롱을 묵살한 문난설이 말했다.

"여기선 저렇게 합니다. 저 사람들은 경찰 보조원 같은 거구요. 젊
은 여자는 밤에 혼자 걸어 다닐 수 없어요. 그들의 습성은 뭔가 동물
같아서, 낮에도 혼자선 절대로 밖을 나다니지 않아요."

서울이나 목포 등지에서는 볼 수 없는 검은 현무암 돌담에 둘러싸인
집들 사이로 난 어두운 길을 세 사람이 걸었다. 도회지에서 처음 찾아
든 사람에게는 생선 냄새 나는 어촌과 다를 바 없는 시골 마을이었다.

"고생 많았습니다. 이제 몇 분이면 집에 도착합니다. 서울에서 수륙
2천 리. 옛날 같으면 천신만고 끝에 도착하는 땅 끝입니다. 돌 많고,
바람 많은 섬……. 지금은 결국 '서북'이 많은 섬이 되고 말았지만,
핫, 핫하."

"저 때문에 '서북'이 또 한 사람 늘었군요."

"뭐, 손님은 바로 돌아가실 테니까……."

그는 계속 웃었다.

이방근은 오늘 밤부터 어떻게 해야 할지를 생각하고 있었다. 흘러가는 대로 놔 둘 수밖에 없지만, 어떻게 하면 좋을지를 생각했다. 30일에 출발한다면 결국 내일 하루밖에 여유가 없었다. 그것도 일요일이다. 30일 밤 목포에 도착하면 다음날 아침 서울로 출발할 수 있을 것이었다. 그렇다 해도 9월 2일 아침에 부산으로 출발하기까지 서울 체재는 하루뿐이다. 내일은 관청이 쉬는 날이니 다시 본토로 나가는 도항증명서를 받을 수 없다. 내일 중으로 여동생 일을 아버지와 상의해서 결론을 내리는 것은 거의 불가능하다. 경우에 따라서는 오늘 밤에라도 이야기를 해 보는 수밖에 없다. 그것도 어설프게 해서는 안 된다. 게다가 확실하게 약속한 것은 아니지만, 아니 약속 여하에 상관없이 나영호는 이방근을 믿고 있는데, 그 취재를 위해 어떻게든 게릴라 측과 접촉시킬 중간 역할 등을, 설령 하려고 한들 될 리가 없었다. 문난설은 어떻게 할 것인가. 아무리 그래도 모레 함께 서울로 돌아갈 수는 없다. 모레 출발한다는 것 자체가 거의 불가능한 일이었다.

늘어선 집들 사이의 골목을 가로지르는 바람을 타고 파도 소리가 들려왔다. 돌담이 울고 있었다. 돌담이 소리를 낸다. ……바람이 강할 때는 돌담의 틈새로 바람이 몸부림치며 빠져나가기 때문에, 휘파람 같은 날카로운 소리를 내지요. 이방근은 길 양옆으로 돌을 쌓아 올린 어두운 돌담 틈새를 가리키며 말했다. 겨울밤의 찬바람이 휘몰아치는 소리, 여기저기 돌담 틈새를 소용돌이치며 들어오는 바람 소리는 무서운 비명처럼 오싹하고 무섭습니다……. 어머나, 선생님도……. 이건 또 저쪽을 엿보는 구멍이 되기도 하구요……. 내일모레의 출항 예정은 미정이고, 바람이 강하고 날씨가 거칠어지면 결항은 계속된다. 서울로부터 수륙 2천 리. 천신만고 끝에 도착한 땅 끝 유배지. 과거 범선 시절, 승선에 알맞은 날씨를 만나려면, 한 달이고 두 달이고 계속 기다려야 하는 경우도 있었다. 이조시대, 중앙 정계에서 쫓겨나 낙향. 육로 천리, 해로 천리 끝의 유배지……. 제주도 사람들은 거의 유배를 온 양반들이나 옛날 '정치범'들의 자손이겠죠, 하고 문난설이 말했다. 이방근은 그렇다고 대답했다. 여기는 옛날부터 중앙으로부터 멸시당하고 학대받아온 반항의 땅이지요……. 자, 집에 도착했습니다. 이방근은 눈에 익숙한, 아니 한동안 보지 못했던 집 대문 앞에 멈춰 섰다.

이방근은 대문 옆의 쪽문을 열었다. 문은 잠겨 있지 않았다. 아버지 이태수는 있는지 없는지. 입구를 들어가 ㄷ자형 건물 오른쪽에 전등이 꺼진 이방근의 방이 있고, 왼쪽에 아버지 부부의 거실과 침실, 안뜰의 막다른 곳이 응접실이었다. 어두운 응접실과 거실 사이에 있는 부엌 주위는 밝았고, 코를 시작으로 위를 자극하는 음식 냄새가 이쪽으로 흘러나왔다. 이방근은 순간, 오늘이 무슨 날인가, 혹시 제삿날인 걸 완전히 잊고 있다가 마침 그 날에 맞춰 돌아온 건 아닐까 착각할 정도였는데 그런 것은 아니었다. 제사가 있다면 이건수 숙부에게 바로 돌아오라고 연락을 했을 것이다. 그는 일단 자신의 방 앞 툇마루에 각자의 짐을 내려놓게 했다.

안뜰의 인기척에 부엌에서 작업복 바지 차림의 체구가 작은 고네할망이 나와 아이고—…… 하는 소리를 내었다.

"방근이가 돌아왔나 보네. 자, 자, 어서 와, 이 집 '서방님'이잖아……."

이웃에서 도와주러 오는데, 이미 돌아갔을 거라 생각했더니 아직도 부엌에서 뭔가 하고 있었던 모양이다. 이방근은 안뜰을 주방 쪽 툇마루를 향해 걸어갔다. 그 뒤를 따라 부엌에서 수척해진 기색의 계모가 부드러운 미소를 지으며 툇마루로 나왔다. 이방근은 안뜰에 선 채로 두 사람을 올려다보며 인사하고, 아버지는 안 계시는지, 미소를 짓고 있지만 기승한 느낌의 표정을 한 선옥에게 물었다. 아니, 거실에서 방근이를 기다리고 계신다고 했다. 기승한 느낌의 얼굴은 아이를 가진 탓일까.

"절 기다리고 계시다구요……?" 이건 어떻게 된 일인가. 어떻게 돌아온 것을 알고 있는가, 그리고 무슨 용무가 있는 것일까, 하는 두 가지의 의심이 머릿속에서 교차하고 있었다. "제가 오늘 돌아온다는 걸 알고 계신 겁니까?"

"그럼, 알고 계셨지."

창백한 얼굴에 엷게 화장을 한 계모가 안뜰 건너 툇마루 곁에 있는 두 사람의 손님 쪽으로 천천히 시선을 돌리며 말했다. 기분 탓인지, 힐끗 쳐다본 그녀의 아랫배가 조금 불러온 듯했다. 여동생 유원이 이 모습을 두 눈으로 직접 봤다면 곧바로 심한 구토를 했을지도 모른다.

아무래도 식사는 그다지 기다리지 않고도 바로 얻어먹을 수 있을 성 싶었다. 실은 손님을 집으로 안내하면서도 식사 문제가 가장 큰 걱정이었다. 식모가 있는 것도 아니고, 고네할망은 아마도 집으로 돌아갔을 터이니, 계모에게 부탁할 수밖에 없을 것이다. 서울처럼 가스 같은 설비가 있는 것도 아니라서 시간이 걸린다. 아궁이에 불을 지피고 장작을 때야 하기 때문에 곧바로 음식이 마련되는 것도 아니었다. 그렇다고 짐을 든 채 음식점으로 갈 수도 없는 노릇이었다. 오남주가 빠져 한 사람 줄어들긴 했지만, 여동생의 열띤 충고 때문은 아니더라도 가능하면 성내 참새들의 눈에 띄고 싶지 않았다. 그리고 계모의 수척해진 얼굴을 볼 때까지 완전히 잊고 있었지만 분명히 아버지가 일부러 숙부인 건수에게 전화를 걸어, 계모의 몸 상태가 좋지 않아 유산할지도 모른다……고 알려 왔었다. 그것은 계모의 임신에 냉담한 아들이나 딸의 관심을 끌기 위한 상당히 협박적인 전화였고, 아버지가 계모를 많이 걱정하고 있다……라는 이야기를 여동생 유원으로부터 듣고 있었던 것이다. 몸은 좀 어떠십니까, 하고 한마디 그녀에게 말을 걸었어도 좋았을 것이다.

"서울에서 함께 오신 손님이잖아. 방으로 모셔야지."

이방근은 두 사람이 있는 곳으로 돌아갔다. 그럼, 아버지가 계시다고 하니 우선 저쪽 방으로 올라갑시다. 그는 앞장서서 다시 안뜰을 가로질렀다. 계모가 뜰에 내려서서 손님들을 붙임성 있게 맞이했다. 부엌에 들어갔는지 고네할망의 모습은 보이지 않았지만, 이방근 일행이 디딤돌에 신발을 벗고 툇마루에서 아버지의 거실로 올라서자, 한복 차림의 아버지가 무뚝뚝한 얼굴로 앉은뱅이책상에 펼쳐진 신문을 읽고 있는 중이었다. 그것은 신문을 읽고 있다기보다도, 아들을 기다리고 있는 모습이었는데, 지금 돌아왔다며 아들이 말을 걸고 이어서 손님들이 들어오는 것을 돋보기 너머로 치켜떠 보더니, 별갑(鼈甲)테 안경을 벗고 천천히 일어났다. 그리고는 자자, 잘들 왔어요, 어서 앉아요……라며 부드러운 표정으로 손님을 맞아들였다.

이방근은 양손을 장판에 짚고 꿇어앉아 아버지께 절을 한 다음, 두 사람을 소개했는데, 이렇게 아버지와 제대로 얼굴을 마주하는 것도 보름 만에 객지에서 돌아왔기 때문이었다. 한 지붕 밑에 살면서도 한 달이건 두 달이건, 혹은 그 이상이라도 아버지 방에 출입하는 일이 없었다. 따라서 아버지가 일부러 용건을 만들어 아들을 부르거나, 뭔가 특별한 일이 없는 한, 얼굴을 마주 대하거나 서로 이야기를 나누는 일이 없었기 때문에, 이 같은 부자의 대면은 드문 일이었다. 그런데도 아들을 기다리고 있었다……는 건가. 왠지 나이 든 아버지를 느끼게 만들었다. 그저께부터 오늘에 걸쳐서 서울과는 틀림없이 연락이 있었을 것이다.

"식사는 아직 안 했겠지."

"예ㅡ. 서울의 건수 숙부로부터 뭔가 연락이라도 있었습니까?"

"무슨 연락 말이냐?"

"제 일로……."

"네가 돌아오는 것 말이냐? 있었고말고."

잠시 후 세 사람은 거실에서 나와, 맞은편 이방근의 서재, 낡은 소파가 있는 방으로 툇마루를 따라갔다. 전등을 켜고 일단 그곳에 손님들의 짐을 모아두었다.

"겨우 해방된 기분이야. 제주도 공기는 맛있어." 나영호가 팔을 좌우로, 왼손은 저린 듯이 완전히 펴지 못한 채 심호흡을 하며 말했다. "음, 이건가, 이 동무가 하루 종일 앉아 있다는 소파는……?" 그는 작은 테이블 양쪽에 놓인 두 개의 소파 중에서 안마당 쪽을 향하고 있는 곳에 털썩 주저앉으며 말을 이어 갔다. "난설 씨, 그는 옛날부터 소파에 엉덩이 모양의 구멍이 뚫릴 정도로 하루 종일, 낮이나 밤이나 그저 해바라기를 하는 노인네처럼 가만히 소파에 앉아 있는 인간이라서 말이죠. 얘긴 들었지만, 그 방과 소파를 보는 건 처음입니다. 난설 씨, 우뚝 서 있지 말고 그쪽 소파에, 이 동무 옆에 앉아요. 사양하지 말고."

나영호는 이방근이 앉은 맞은편 소파에서 문난설에게 말했다.

"사양하는 게 아니에요."

그녀는 한쪽 팔을 소파 등받이 위에 올리고 팔걸이에 가볍게 엉덩이를 걸쳤다.

"별로 예의가 바르지 않은 것 같은데."

나영호가 말했다.

"왜요? 영호 씬 마음에 들지 않나 보네요."

"괜찮습니다, 좀 더 편하게 앉지 그래요."

이방근이 말했다.

"그래요, 그런 가장자리가 아니라 이방근 옆에 앉으면 된다니까요."

"전 이게 더 편해요. 이 선생님은 하루 종일 소파에 앉아 계신다고
요……?"

문난설은 의미를 몰라 나영호를 향해 말했다.

"그래요, 그는 소파에 앉아서 철학을 한다오."

"이봐, 적당히 하라구." 이방근이 끼어들었다. "아무런 할 일이 없을
때, 앉아만 있다는 거지요."

"이 선생한테 특별히 할 일이라는 게 있나? 앉아 있는 것, 그게 할
일이지."

"어머, 영호 씨는 심한 말씀을 하시네요."

나영호는 자리에서 일어나더니 뒷짐을 지고 방을 한 바퀴 빙 돈 뒤,
맹장지문이 열려 있는 옆의 온돌방을 들여다보았다. 그는 서재 뒤편
의 미닫이문을 열려고 했지만, 불어대는 바람에 다시 문을 닫았다.

"바람이 잘 통하는 방이로군. 낡은 책장에는 색 바랜 커튼이 쳐 있을
뿐, 책은 보이지 않고, 칙칙해진 벽에는 액자 하나, 달력도 걸려 있지
않은 살풍경한 방이야. 책상과 기둥에 동그랗고 조그마한 거울이 하
나가 있을 뿐이잖아."

"아뇨, 정말 근사해요. 겉치레가 없잖아요. 책장 위에 백자가 있
네……."

문난설이 문 왼쪽 벽 근처에 있는 높은 책장으로 다가가, 그 위에

놓인 두 개의 부옇고 희미한 빛이 나는 백자 항아리에 손을 뻗어 살짝 만져 본다.

"옆에 있는 온돌방이 이 동무의 침실이로군."

"오늘 밤부터 나 동무의 침실이기도 하지."

"난설 씨는······?"

"책장 뒤쪽 벽 옆이 여동생 방이야. 난설 씨에게는 좀 있다 보여 주겠지만, 그곳이 어떨까 싶어."

"괜찮을까요, 선생님. 여동생의 승낙도 없이······. 유원 씨 방을 사용하게 되다니 정말로 영광이지만, 서울에 돌아가면 야단맞을 것 같아요."

"나중에 알면 여동생이야말로 영광이라며 기뻐할 겁니다."

"이 동무, 해방되기 훨씬 전부터 자네에겐 유모 비슷한 식모가 있지 않았나? 아까 툇마루에 나온 할머니가 그 사람인가?"

"아니야, 그건 옆집 할머니가 도와주러 오신 거고, 하녀였던 부엌이는 지금은 없어. 그녀는 유모가 아니야."

"그래, 맞아, 자네가 부엌이라고 했었지. 하녀라니, 꽤 심한 말을 하는군."

"후후, 그런가. ······아니, 그렇군, 그렇다고 하지." 이방근은 가볍게 웃었다. 여동생이 오빠와 이야기하다 부엌이를 가리켜 하녀라고 했을 때, 심하게 꾸짖었던 일이 떠올랐다. 부엌이가 아직 집에 있었던 올봄의 일인데, 그때부터 여동생은 하녀라고 말하지 않았다. "······가서 세수라도 하고 오지 그래. 그리고 식사를 하자구. 두 사람 모두 대단하군. 정말이지 나는 배가 많이 고프구만. 툇마루에서 오른쪽으로 가다 막다른 곳이 세면장이야."

이방근은 두 사람의 뒤를 이어 세면장에 가 얼굴을 씻으면서, 조금 전부터 갑자기 마음속에 생긴 응어리를 의식했다. 치마 위로 불룩해 보이는 계모의 아랫배, 그리고 그 갸름한 얼굴이 기승한 표정을 돋보이게 만들어 수척해 보이는 계모를 향해, 몸은 좀 어떠십니까…… 하고 한마디 건넸어야 하는 것을 깜빡 잊었다는 생각이 들었다. 마흔을 넘긴 계모의 임신은 그야말로 천혜였고, 이방근에게 희망을 걸고 있지 않은 아버지에게 그 한 점의 씨앗은 유일한 '후계자'가 되는 셈이었다. 그러나 예순 중반에 얻은 그 한 점의 생명에 미래를 의탁하는 것은 너무나 아득해서, 거의 관념 속의 바람이라고 해도 과언이 아니었다. 어찌 되었든 아버지는 앞으로도 오래 살아 천수를 다해야 한다. 아들일지 딸일지도 모르는 작은 핏덩이에 지나지 않는 '후계자'에 애를 태우고, 자신의 핏줄이라는 증표에 매달리는 아버지의 집념은, 이방근에 대한 절망과 계모의 태내 생명이 단연코 아들이라 믿고 그렇게 단언하길 주저하지 않는 모습에 잘 드러나 있었다.

유원은 아버지의 전화를 받은 건수 숙부로부터 계모의 임신 사실을 들었을 때, 심한 경련을 동반한 원인 불명의 구토를 반복했지만, 이방근은 그다지 의식적으로 그 경사스러운 일을 무시하지는 않았다. 그저 무관심했을 뿐이고, 아버지가 의지할 수 없는 이 아들을 대신하여 그 한 점 생명에 미래를 의탁한다면, 의탁할 수만 있다면, 서울의 숙부를 비롯한 그 누구보다도 기뻐하고 있었고, 여동생과 같은 거부감은 털끝만큼도 없었다.

그 전화가 걸려 온 것은 여동생의 일본 유학 문제로 지도교수인 하동명이 집에 와 있을 때였다. 그러나 전화가 있기 4, 5일 전에 이 집을 출발했으니까, 계모의 임신을 아들에게는 이야기하지 않고 일부러 서울에 있는 사촌 동생에게 크게 기뻐하면서 알린 것이었다. 아들이 제주도를 떠나고 나서 임신 사실을 알게 된 것은 아닐 것이다. 그 수법이 마음에 들지 않았다. 물론 이런 일을 아버지가 아들에게 직접 말해야 하는 것은 아니다. 하물며 딸에게 말할 수 있는 이야기도 아니다. 그러나 아버지의 전화는 아들을 향한 일종의 보복이자, 간접적인 시위라는 사실이 느껴졌다. 아무리 세상이 허무하다고 해도 계모의 자궁벽에 열매를 맺어 막 달라붙은 그 작은 원시의 생명을 부정하지는 않는다. 아버지가 기대하기에는 너무나도 미래가 망양하고, 미덥지 못한 그 생명을……

그러면서도 아버지는 아들과 딸로부터 기쁨의 축하인사를 바라고, 또 그에 굶주려 있었다. 따라서 여동생의 경우는 그렇다 해도, 이방근은 한마디 기쁨의 의사표시를 했어야 마땅했다. 핫하, 도대체가, 그건 남동생이 아닌가. 가엾은 아버지, 여동생일지도 모르는데. 게다가 이번에는 유산의 위험이 있다고 일부러 전화로 알려 온 일도 있으니, 무신경하게 언급하는 것은 삼가야겠지만, 계모에게는 한마디를 건네는 게 좋았다……

고네할망이 우선 온돌방에 독상을 하나 가지고 왔다.

"죄송합니다, 도와드릴까요?"

세면장에서 막 돌아온 이방근이 말했다.

"괜찮아, 여행의 피로나 풀어야지. 난 아직 건강하니까. 허리가 굽은 것도 아니고."

고네할망은 일부러 허리를 꼿꼿이 펴고 툭툭 두드려 보였다. 이방근이 있는 자리를 피해 소파 한쪽에 앉아 있던 문난설이 도울 생각으로 자리에서 일어나는 것을, 사정을 잘 모르는 사람은 오히려 방해라며 손을 흔들어 사양했다.

고네할망이 두 번째 독상을 가지러 방을 나갔다.

"아버님께선 무뚝뚝하시지만, 대인 관계는 그렇게 나쁜 것 같지 않구만. 상당히 완고한 분일 거라고 생각했는데. 동무를 닮아서 말이지."

"친일파가 어떻게 완고하겠는가? 자네도 알다시피 그는 친일파라구."

"왜 또 이런 때 친일파가 나오는 건가?"

"사실이 그러잖나. 이런 건 바뀌지 않네. 이 사회가 친일파의 지배로 전부 다 썩어서 그렇긴 하지만, 난 제주도사건도 친일파가 지배했기 때문에 일어났다고 생각하고 있어. 근본을 따지자면……."

"그건 비약된 논리야."

"나 동무도 일로, 취재 때문에 왔고, 난설 씨도 기자 직함인데, 난설 씨 앞에서 굳이 말하자면, 사건이 발생한 원인 중 하나는 이 섬에 있는 '서북'에 있습니다. 5·10선거라든가 여러 가지가 있지만, 한마디로 말해서 문제는 '신탁통치'에 있었지. 45년 12월에 미·영·소 삼국 외상회의가 모스크바에서 열렸을 때, 미·영·중·소에 의한 한반도의 4개국 신탁통치가 결정되었잖아. 5년간의 통치 후에 조선에 자주적인 민주정부를 수립한다는 정치적 스케줄이었지. 그 얘기가 전해졌을 때, 제일 먼저 공산당이 맹렬히 반대했는데, 소련의 방침임을 알고 하룻밤 사이에 찬성으로 돌아섰지, 하하하……. 그런데 46년이 되자 처음에는 10년의 신탁통치를 주장하던 미국이 왠지 모르지만 신탁 반대로 정책을 전환했고, 그걸 등에 업은 이승만 박사나 지금 여당이 된 한국민주당이 '반탁애국, 찬탁매국' 운동을 시작했잖아. 이 나라가 단추를 잘못 끼운 것은 거기서부터 시작된 것이라구."

문난설은 말없이 듣고 있었다.

"'반탁' 세력이 친일 세력이라는 건가?"

"그렇다네, 그건 누구나 알고 있는 일이야. 모스크바 외상회의의 결정을 지지한 좌익 측 주장대로 5년간의 '신탁통치'를 실시해야 했어……. 그러나 분단선거가 끝나 남쪽만의 정부가 생겨 버렸고, 이젠 어떻게 할 수도 없지만, 여하튼 친일파야, 내 아버지도 포함해서 말이지……. 나중에 다시 이야기하자구. 자, 식사를 해야지, 밥이야."

과장이 아니라, 조금 천박한 느낌이 들지 않는 것은 아니지만, 이방근은 배가 고파 눈이 움푹 들어가고, 하루 동안에 볼이 홀쭉하게 야윈 것 같았다. 온돌방에 차려진 두 개의 독상에 나영호와 문난설이 나란히 앉고 이방근은 그 앞에 마주 앉아, 말하자면 서로 삼각형의 위치에 앉아 식사를 했다. 하얀 사발에 담긴 밥에서, 그리고 빨간 고춧가루가 잘 스며든 두툼한 갈치조림에서 김이 모락모락 나고 있었다. 삶은 돼지고기. 전복과 굴 젓갈류……. 제주 소주가 들어 있는 오지 주전자가 곁들여 있었다. 이방근은 가볍게 소주잔을 주고받으며, 찌르듯이 기분 좋게 저려 오는 위의 움직임을 느끼면서 숟가락을 잡는 것도 번거로울 정도로 식초와 고추장을 잘 살린 미역냉국, 그리고 물김치를 소생하는 기분으로 먹었다.

빗소리는 아니었지만, 바람이 점차 강해지는 듯했다. 온돌방의 뒤쪽 미닫이문 밖의 덧문이 바람에 덜컹거리고, 뒷담 사이에 있는 동백나무가 바람에 술렁였다. 바람이 강해지면 내일 출항과 모레 출항이 어떻게 될지 모른다. 그리고 다른 배의 입항도 어렵다. 이방근은 이유도 없이 흠칫 놀라며, 순간 무슨 소리라도 잡아내려는 듯이 고개를 들고 귀를 기울이다가, 곧바로 자리에서 일어나 서재의 미닫이문이 열려 있는 툇마루 쪽으로 나갔다.

"이게 누구야, 양 동무 아닌가, 어찌 된 일인가?"

안마당을 비추는 방의 전등 불빛 속에 양준오가 우뚝 서 있었다.

"어찌 된 일이 아니잖아요. 여기서 계속 부르고 있었는데. 쪽문에 열쇠가 잠겨 있지 않아서 벨을 누르지 않았습니다. 안뜰로 들어오니

방에 불이 켜져 있어서 틀림없이 돌아왔구나 생각했지요. 오랜만입니다……."

양준오는 툇마루 쪽의 이방근을 올려다보며 갸름한 얼굴의 턱을 내밀고 웃었다.

"어쨌든 알았으니 올라오게. 갑작스런 일이라 무슨 일인가 했어. 양동무 목소리가 작았던 모양이군. 연락하기도 어렵고, 오늘 밤은 못만난다고 생각하던 참이야. 냄새를 잘도 맡았군 그래."

"문은 잠가 두었습니다."

"알았어."

이방근은 고개를 끄덕였다. 바람은 안뜰 위 지붕너머로 불어 가면서 윙윙거렸다.

"손님이 계신 모양이군요."

"괜찮으니 올라와. 밥은 먹었나. 마침 식사 중인데."

"아, 먹었습니다." 양준오는 디딤돌에 신발을 벗고 툇마루로 올라왔다. 이방근이 손을 내밀어 악수를 했다. 두 사람 모두 악수를 좋아하지는 않았지만, 오늘은 서로 힘주어 잡았다. "어제 낮에 길에서 우연히 이 형 아버님을 뵈었는데, 전날에 서울을 출발했다고 들었습니다. 어제는 배가 없었구요. 그런데 오늘은 마침 급한 일로 부두에 나가지 못했습니다……."

마지막 한마디에는 암묵적으로 양해를 구한다는 뉘앙스가 느껴졌다.

"아니야, 고맙네. 방으로 들어가세."

이방근은 양준오가 부두에 나오지 못했다는 그 말의 의미를 짐작하고 있었다. 급한 일이라는 것은 다른 사람의 귀를 의식한 것이었다. 그는 이미 올봄에 있었던 4·3봉기 이후, 세포와는 직접적인 관계없이 은밀하게 조직에 속해 있었으며, 그것을 본인은 말하지 않았지만,

서로 간에 암묵적으로 양해하고 있었다. 따라서 경찰들이 경계 중인 부두에 함부로 나가 특별히 친하다는 것을 보여 줄 필요도 없었다.

두 사람은 서재를 지나 옆에 있는 온돌방으로 갔다. 문난설과 나영호가 밥상 앞에서 일어나 양준오를 맞이했다.

이방근은 양준오를 서울에서 온 손님들에게 소개했다. 양준오는 방으로 들어선 순간, 문난설을 보고 놀란 듯했다. 여자가 옆에 있어도 아무것도 느끼지 못한다던 그가, 볼을 조금 붉히는 모습을 이방근은 보았다.

서로 소개를 한 후 이방근이 술잔을 가지러 가려 하자, 양준오가 식사는 했고 술도 괜찮다며 만류했다.

"마시고 싶으면 제가 가서 가져오겠습니다."

"그럼, 그렇게 하라구."

"그래서 필요는 없어요. 그런데 한 잔만 받겠습니다. 이 형이 잔을 비우고 거기에 따라 주세요."

"그렇게 하지. 모두 피곤한 상태라 술이 들어가질 않아. 난 오늘 정말 한심해, 뱃멀미로 죽을 뻔 했다니까. 이제야 겨우 살아난 기분이 드는데, 과연 오늘 밤은 술이 받지 않는군."

이방근은 아직 한 잔째인 술잔의 남은 소주를 비우고 상대에게 술잔을 건넨 뒤 오지 주전자의 술을 따랐다. 양준오는 손에 든 술잔을 나영호와 문난설의 술잔과 가볍게 부딪치고는 입으로 가져갔다.

"나영호 씨의 작품을 읽은 적이 있습니다. 아마 「방황의 거리」라는 소설이었을 겁니다. 예전에 이 형으로부터 말씀도 들었습니다."

"예에? 이거 참 부끄럽기 그지없군요. 그래요, 그건 「방황의 거리」입니다. 그거 뭐, 졸작이나 다름없는 작품이지요." 나영호는 이방근의 얼굴을 정면으로 바라보았다. "저는 거기서 벗어나 한 단계 넘어서야 합니다. 이방근으로부터 '친일' 문제를 제대로 다루지 않았다는 말을 들은 작품입니다만……. 이거 참, 제주도에 도착하자마자 이렇게 독자와 만날 수 있으리라고는, 정말로 감사합니다, 기쁘기 그지없습니다. 이 동무와는 일전에 서울에서 오랜만에 만났는데, 해방 직후에는 이 동무도 한 때 서울에 있었고, 오래된 친구입니다. 도쿄 유학 시절의 친구이기도 하고, 헷헤, 게다가 냄새나는 밥을 먹은 형무소 동지이기도 하지요……."

나영호는 한 손으로 장발을 쓸어 올리면서 조금 감격스러워하고 있었다. 그는 자신의 술잔을 단숨에 비운 뒤 상대에게 건네고, 자, 한 잔…… 하며 술을 따랐다.

"제주도엔 취재로 오신 건가요. ……무사히 잘 들어오셨군요."

"국제신문이 10월에 나오는 모양인데, 거기에 실을 르포 기사를 위한 취재야. 작가의 눈으로 보는 르포라고 할 수 있지. 나 동무는 가능하면 게릴라와 접촉하길 희망하고 있지만, 거기까지는 어떻게 될지, 지금으로서는 아직 알 수가 없어서 말일세."

"이봐, 이 동무, 희망하는 게 아니야. 꼭 실현시키지 않으면 안 돼. 그건 일개 신문사만을 위한 게 아니야. 우리 민족을 위해, 4·3사건의 객관적 진실 보도를 위해 필요한 일이라구. 아직 이 동무와 구체적으로 상의한 건 아니지만……. 이번에 여기에 온 이유는 신문사의 특파지만, 내가 쓸 소설을 위한 취재 목적도 있으니, 부디 협력을 부탁합니다."

"그게 어떻게 될지. 뭔가 연결고리가 없으면 어렵거든요."

"물론 그렇겠지요. 연결고리가 필요하고말고요. 경찰 쪽은 애당초 무리일 테니, 군 쪽으로 뭔가 연줄을 잡을 수 없을까요?"

"그건 박경진 대령이 암살되기 전의 일인데, 그때는 경비대 안에서 게릴라와의 접촉이 있었다는 애길 들었습니다만, 지금은 잘 모르겠지만, 그 후로 군이 재편성되기도 했으니 그런 중간 역할은 없어진 게 아닐까요. 게다가 지금 소강상태라곤 해도, 군의 허가 없이 게릴라 쪽에 들어갈 순 없어요."

"그건 그렇겠지요." 나영호는 마른 상반신을 좌우로 가볍게 흔들며 웃었다. "당연히 비밀리에 들어갈 생각이라, 군의 허가를 받을 생각은 없고, 허가해 줄 리도 없겠지요. 우리가 모르는 것뿐이지 군 안에는 지금도 게릴라 측과 어떤 연결고리가 있을 텐데 말이죠. ……갑자기 서울을 출발하다 보니, 아직 충분히 방향이 정리된 건 아니지만, 먼저 현지 상황을 보고 싶기도 하고, 앞으로 이 동무와 상담해 볼 생각입니다. ……도청 쪽에는 뭔가 연결고리가 될 만한 건 없습니까?"

양준오는 가벼운 미소를 띠운 채 말없이 고개를 옆으로 흔들었다.

"지사를 만나도 방법은 없을 거야."

"현재의 지사는 앞으로 사나흘이면 떠나게 되고, 9월부터 새로운 지사가 본토에서 오니까, 그만두는 사람에게는 묻지 않는 게 좋을 것이고, 새로운 지사는 토벌군 사령관과 같은 발언만 할 겁니다."

"지사가 교체됩니까?"

나영호가 말했다.

"떠나는 사람은 섬 출신인데, 슬슬 경질될 때가 된 거야."

"……경질, 본토 출신자로 말이지."

"양 동무, 나영호 동무 일에 협력을 부탁하네. 도착하자마자 바쁜 애길 하게 됐는데, 나는 가능하면 내일, 모레 배로 출발해야 돼."

"어디로요?"

양준오가 옆에 있는 이방근을 보며 말했다.

"어디라니, 배는 목포까지밖에 안 가잖나. 월말까지 서울로 돌아가야 될 일이 있어."

"무슨 말씀인지……. 바로 서울로 간다고요? 아버님은 그런 말씀 없으셨는데."

"사정이 좀 있어."

"너무 급한데요. 그럼 내일 하루밖에 없다는 건데. 제주도에 있는 건……."

양준오는 뾰족한 턱을 한 손으로 만지작거렸는데, 그 표정에는 낙담한 빛이 역력했다.

"그렇게 됐어. 미루어 봤자 하루야. 아니, 그럴 순 없어. 으―음, 모레, 배가 있으면 그걸 타야 해……. 문난설 씨도 처음 오셨는데 내가 안내도 못하고. 안내라고는 해도 동란 중에 여기저기 돌아다닐 순 없지만 말야. 핫, 하아, 양 동무에게 뒷일을 잘 부탁하고 싶네. 마침 적당한 때에 와 준 셈이야……."

"어머, 이 선생님, 무슨 말씀이세요. 준오 씨, 신경 쓰지 마세요. 저는 제주도에 온 것만으로도 행복해요. 날이 밝으면 내일은 낮의 제주도잖아요. 흐린 하늘 아래 거친 파도를, 제주의 바닷가에서 볼 수 있을까요. 맑은 날 한라산을 보고 싶어요. 저도 그리 오래 있지는 못해요."

양준오는 반 시간쯤 지난 아홉 시를 넘겨 자리에서 일어났다. 온돌방의 밥상을 물리고 난 뒤에 네 사람은 서재의 소파로 이동했다. 산지천 바깥쪽의 산지에 있는 하숙집까지 10분 남짓이면 갈 수 있지만, 통금이 본토보다 빠른 열 시라서 꼭 필요한 일이 아니면 굳이 아슬아슬한 시간에 읍내를 걸을 필요는 없었다.

이방근은 양준오를 대문까지 배웅하기 위해 안뜰로 내려섰다. 부엌이 아직 밝았지만, 고네할망은 설거지를 끝내고 돌아갈 것이다. 대문 옆의 쪽문 앞에서 두 사람은 멈춰 섰다. 그저께 밤 목포와는 달리, 달은 칠흑 같은 밤하늘 아래로 묻혀 지상은 어두웠다.

"어떻게 된 일입니까. 그렇게 갑자기?" 양준오는 불만스럽다는 듯이 작은 소리로 말했다. "벌써 제주도를 잊고, 그쪽, 서울 사람이 되신 겁니까? 서울 물을 너무 먹어서."

"말도 안 되는 소리 하지 마. 동무가 그렇게 말하는 건, 원래 내가 어디서 살든 상관없다는 사고의 소유자인 탓도 있겠지만, 이번에는 사정이 다르다구. 아버지께도 아직 말씀드리지 못했어. 아버지한테 용건이 있거든. 오늘 밤은 손님이 있으니까 내일이라도 얘기할 참이야."

"저도 할 얘기가 있습니다."

"나도 그래. 승지 군은 건강한가?"

이방근은 여동생에게 부탁받은 스웨터를 어떻게 해야 할지 생각하고 있었다. 양준오나 누군가를 통해서 남승지에게 전달할 방법을 생각해야 하는지, 아니면 여동생의 마음을 짓밟는 일이 되겠지만 그대로 내버려 둘 것인지. 바람이 대문을 두드리고 도로를 빠져나갔다.

"일주일쯤 전에 성내에 왔었는데, 건강합니다. 후후, 읍사무소의 적기 게양 사건으로 관계도 없는데 체포됐었죠. 제가 보증인이 되어 반나절 만에 풀려났지만요."

"뭐야, 그 적기 게양 사건이란 건?"

"아, 모르시는구나. ……일주일쯤 전에 마침 승지 동무가 와 있을 때인데, 밤사이에 읍사무소 국기게양대에 적기가 걸려, 날이 밝으면서 펄럭이고 있는 게 발견된 거지요."

"뭐라고, 그거 참 유쾌하고 재미있는 이야기로군. 그래서 그 범인으로 승지가 붙잡혔다는 말인가?"

"다른 '범인'이 체포되면서 석방되었지만, 그렇지 않았다면 그가 '범인'으로 누명을 쓸 뻔 했어요."

"그 '범인'은 누구인가?"

"읍사무소의 건축기사인 장이라는 남자입니다."

"뭣이……."

이방근은 자신도 모르게 그 자리에 주저앉아 버릴 것처럼 다리가 후들거렸다. 그 장이라는 건축기사의 이름이 칼날처럼 가슴을 찌르며 관통했고, 머리를 둔기로 얻어맞은 양 어지럽게 현기증이 일었다. 목포 부두의 경비정. 줄줄이 묶인 '패잔병'의 행렬. 게다가 그 고개 숙인 모습 중의 한 사람은 남승지가 될 수도 있었던 것이다. 이방근은 순간 눈을 감았다.

"무슨 일 있으세요?"

"아니, 아무 일도 아니야. 아무 일도 아니라구. 그럼, 내일 만나기로 할까. 내가 하숙집으로 갈게. 오후 두 시쯤은 어떤가?"

"예, 좋습니다. 쭉 있을 거예요. 그런데 서울에서 온 그분은 취재라는 게 진심입니까?"

"물론이지."

"뭔가 쉽게 생각하고 있는 것 같은데, 이 형이 그런 희망을 주신 겁니까?"

"당치도 않은 소리. 아직 구체적으로 아무런 상의도 하지 않았다구. 진심이라는 건 틀림없어. 그런데 만일 그게 가능하다면 큰 의의가 있겠지."

"목숨을 걸어야 합니다."

"음. 자, 조심해서 돌아가게."

양준오가 쪽문을 열고 밖으로 나간 뒤, 이방근은 자물쇠를 안쪽으로 잠근 다음 서둘러 방으로 돌아갔다.

5

"아이구, 방근이. 자네 어머님 사진이야. 어떻게 저렇게 예쁜 얼굴을 하고 있는지……."

서재 옆 주인이 없는 여동생 방의 벽에 걸린 어머니의 사진 액자 밑에서 고네할망이 말했다. 확대한 사진이라 조금 흐릿하고 누렇게 변색되기는 했지만, 아직 머리카락도 까만데다 그윽한 눈매를 하고 있고 입을 다문 모습도 포동통한 것이 건강하던 무렵의 사진이었다. 아버지 방에는 어머니 사진이 없었다. 이방근은 특별히 어머니가 그리워서 사진을 걸어 놓을 마음은 없었는데, 유원은 어머니의 사후에 5년이 지나도록 사진을 떼어 내는 일이 없었다.

여동생 유원의 방을 다시 정돈할 필요는 없었고, 방바닥에 걸레질을 한 뒤 이불장에서 이불을 꺼내 바닥에 까는 것으로 충분했다. 장롱 외에 낡은 앉은뱅이책상 한 개와 문이 달린 작은 책장이 있는 정도였지만, 그래도 세 평이 채 못 되는 온돌방은 그리 넓지 않았다. 일제 때 소학교를 졸업한 뒤 줄곧 육지에서 유학생활을 계속했기 때문에, 방학으로 집에 돌아올 때 외에는 주인 없는 방이었다.

"이건 추억의 장롱이야. 문 소리가 삐걱거리는 게 옆방에라도 어머니가 계신 것 같잖아." 고네할망이 말했다. "난 알고 있다구. 이 나전 칠기 장롱은 돌아가신 자네 어머니의 유품이잖아. 그걸 일부러 딸 방으로 가져온 거야. 정말이지 병도 병이지만, 게다가 또 고생을 짊어지고……. 저 사진을 보면 난 눈물이 나. 사진 속의 얼굴은 아직 통통하지만, 병이 나고부터는 가엾게도 야윌 대로 야위어서는. 좋은 사람이었지. 남자가 여색에 빠지는 건 어쩔 수 없는 일이라, 나도 울었다구. 이건 다 여자의 팔자라고 생각해야지."

"고네할망요, 그런 얘기는 그만하세요."

이방근은 쓴웃음을 지으며 말했다.

어머니의 고생이라는 것은, 간경화였던 어머니가 입원과 자택 요양을 반복하면서 남편에게 전혀 보살핌을 받지 못하고 죽었다는 것을 뜻했다. 장롱은 어머니가 죽기 전에 어머니 뜻에 따라 지금의 아버지 침실에서 유원의 방으로 옮긴 것이었고, 그 밖의 가구는 적당히 처분했다.

"그만하고말고, 누가 좋아서 이런 얘길 하겠나. 아이고-. 돌아가신 어머니는 오장, 간장이 썩어 문드러지면서 얼마나 오랜 시간을 병으로 누워 있었는지." 고네할망은 손바닥으로 장롱을 쓰다듬으며 눈가에 엷은 눈물을 머금은 채 말했다. "내가 몇 년 만에 옛날 장롱을 봐서 어머니 생각이 났을 뿐야. 그건 그렇고 유원이 그 애는 결혼할 생각은 없는 건가? 얼굴은 어미를 쏙 빼닮았구만."

"아직 학생이에요."

"언제까지 학생을 한다는 거야. 그러다 시집도 못 가게 된다구. 여자란 좋은 서방을 맞아서 빨리 아이를 낳는 게 상팔자야."

고네할망은 양손을 펼치며 무슨 말을 하느냐는 듯한 표정으로 말했다.

"어머니는 이제 주무시나요?"

이방근은 여동생 방에 선 채로 고네할망의 이야기 상대를 하고 있었지만, 오늘 밤은 계모에게 꼭 인사를 해야겠다고 생각하면서 말했다.

안뜰 맞은편의 아버지가 있는 거실에는 아직 불이 켜져 있었다.

"아이고, 그래, 그래, 새어머니를 위로해 드려야지. 후처로 들어온 새어머니가 마흔을 넘겨서 아이를 가졌다는 게 얼마나 고마운 일인가 말야. 방근이, 자네 형제여. 여자가 뱃속에 아이를 가진다는 게 얼마나 힘든 일인지 남자들은 모른다구." 고네할망은 문지방 옆에 서서 당장이라도 돌아갈 태세였지만, 이번에는 돌아가신 어머니 대신에 그 후처로 들어온 선옥을 동정하며 이야기를 계속했다. "한동안 드러누워 있었는데, 요 2, 3일 좀 좋아져서 일어나 있는 거라. 유산이라도 했다간 큰일이니 아버지가 걱정돼서 육지에 있는 병원에라도 데려가고 싶어 했지만, 옆 동네도 아니고, 가는 동안에 무슨 일이라도 있으면 큰일이잖아. 한약이랑 우황청심환도 많이 썼지. 그 사람은 대가 센데, 그래서 오는 병이야. 요전 봄에도 이번 일과는 다르지만, 살이 끼여 살풀이를 했잖아. 선옥은 기를 다스려야 해……."

살이란 것은 일종의 귀신이 들린 것인데, '귀신'이 씌는 독기, 사람을 해치는 눈에 보이지 않는 기운으로, 상갓집이나 혼사가 있는 집에 갔다가 갑자기 쓰인다고 한다. 선옥도 그때 결혼식이 있었던 집에서 이상해졌다. 응접실에서 치러진 굿판에서는 이웃 사람들이 모인 가운데 무당이 춤을 추면서, 죽은 어머니의 혼백을 위로하기 위해 어머니의 혼백을 불렀고, 혼백이 씌어 입신한 무당이 어머니의 말로 이방근과 식모 부엌이의 관계를 읊었던 것이다. 이 집의 식모와 같은 이부자리에서 다리를 얽으며 손을 맞잡고, 서로 살을 부비며……. 그때 신들린 상태의 선옥이 춤을 추기 시작했고, 이어서 부엌이도 함께 그 어머니의 말씀에 순종하듯 춤을 추었던 것이다. 그 일이 계기가 되어 부엌이는 집을 나가게 되었는데, 선옥은 그처럼 '귀신'이 잘 들리는 구석이 있는 듯했다. 뭔가 정신적인 일로, 아니 원인이 무엇이든 유산이라도 하게 되면 그야말로 큰일이었다.

"뭐가 그리 걱정되는 일이 있는 걸까요."

"아버지 탓이라. 사내아이, 사내아이…… 하면서, 만약 딸아이라도 태어나면 아버지는 죽어 버릴 것처럼 하고 있으니. 게다가 아이를 가진 여자는 병에 걸리지 않은 한 늘 움직여야 된다구. 방근이 아버지의 마음은 알겠지만 너무 귀하게 여기는 거여. 도가 지나치면 오히려 병이 된다구. 제주 여자들은 밭으로 풀을 베러 갔다가, 혹은 한창 농사일을 하다가 산기가 있으면 그 자리에서 아이를 낳는 일도 있으니까. 그래도 애는 잘 큰다구. 아이 엄마는 그 다음날에는 별 탈 없이 밭일을 나오고. 바다 일 때문에 물속으로 잠수를 하기도 하지. 병원이라니, 어느 나라 얘기인고. 하지만 선옥도 고생은 했고말고. 고마운 일이라. 아이를 가졌으니 말야. 자네 대신 한 일이라고 생각해야 돼. 새어머니한테 감사해야 된다구……. 이것도 여자의 보람이기는 하지, 안 그러냐구. 사내아이를 낳지 못하면 쫓겨나도 어쩔 수 없으니까. 그렇고 말구. 방근이한테 자식이 있었다면 태어나는 아기는 그야말로 꼬맹이 숙부가 되는 거지."

"숙부가 아니라 숙모일지도 모르죠."

이방근은 웃음을 머금으며 말했다.

"자네는 그런 말을 하니까 안 되는 거라. 아버지는 틀림없이 고추달린 아이가 태어날 거라고 믿고 계시고, 새어머니도 그렇다구. 어쩌다 실수로라도 새어머니 앞에서 그런 말을 했다가는 큰일 나. 그야말로 바로 몸에 영향을 줄 거니까. 새어머니의 병은 아버지가 너무 아들, 사내아이 하니까 여자아이가 태어나는 게 두려워서, 그게 마음속에 멍울이 맺혀 있는 거라. 배는 점점 불러오는데, 아이를 낳는 게 무서울 정도라구……. 나도 새어머니가 사내아이를 낳을 거라고 생각하고 있거든. 표정이 날카로워졌고, 게다가 입덧도 심해."

여자는 자식을, 그것도 사내아이를 낳기 위한 도구라는 식의 이야기였는데, 자신의 방에서 이런 이야기를 나누고 있는 것을 유원이 듣는다면 어떤 반응을 보일까. 고네할망은 부엌이가 있었다면 모두 그녀가 했을 일을 다 끝내고 나서야 집으로 돌아갔다. 이방근은 자물쇠를 채우기 위해 고네할망과 함께 안뜰로 내려섰다.

"요 며칠간은 여기가 제주 땅이 아닌 것처럼 바람이 없었는데 말이지. 내일은 비가 올 것 같아."

"할망은 알 수 있으세요?"

"알고말고. 내일은 비가 올 거라. 뼈 마디마디가 쑤시는 거 보니까. 두고 보라구."

이방근은 쪽문 앞에서 멈춰 서서, 고네할망에게 약간의 돈이 든 봉투를 건넸다.

"뭐지, 이건? 아니, 뭘 또 이런 걸. 자네도 참……."

"괜찮아요. 선물도 못 사 오고……."

"항상 이렇게 신경을 써 준다니까. 정말 고마워. 이제는 신경 쓰지 않아도 돼." 고네할망은 가끔 이방근이 용돈을 건넬 때 나오는 똑같은 대사를 또다시 반복하며 봉투를 받았다. 물론 임시로 집안일을 도와주기로 하고('임시'가 벌써 몇 개월이나 되었지만) 일정한 보수는 집에서 나오고 있었다. "그건 그렇고, 저 예쁜 육지의 여자는 뭐하는 사람이라?"

"서울의 신문사에서 일하고 있습니다."

"그럼 신문기자라는 걸 하고 있는 사람이라? 음, 그럼 머리가 좋겠네. 학교도 많이 나왔겠지. 고향은 육지 어디라?"

"북쪽의 평양입니다. 쭉 서울에 있었던 것 같긴 하지만."

"평양……? 그럼, 서북 사람이라?"

"서북 지방 출신이에요."

"아이구……, 무섭네, 그거 진짠가. 무슨 일인고, 저 예쁜 얼굴을 하고서……."

고네할망의 목소리가 과장되게 울렸다.

"이상한 얼굴 하지 마세요. 소중한 손님이니까, 이상한 말씀 하시면 안 돼요. 서북 지방 출신과 '서북'은 다르니까요. 무섭다니 말도 안 돼요."

이방근은 조금 거친 어조로 말했다.

"암, 알고말고……."

고네할망은 쪽문 밖으로 나갔다.

"바람 조심하세요."

바람에 말소리가 날렸지만, 고네할망의 귀에 닿은 듯했다.

"조심은 하지만, 이웃 마을에 가는 건 아니야. 바로 옆에, 엎어지면 코 닿을 데니까."

그녀는 어두운 밤바람 속으로 작은 몸을 감췄다.

이방근이 방으로 돌아오자 문난설은 곧바로 짐을 들고 여동생 방으로 자리를 옮겼다.

이방근은 계모가 벌써 잠들면 안 된다, 그 전에 아버지 방으로 갈걸 그랬다고 생각하면서 자리에서 일어나려는 순간 나영호가 붙잡았다.

"……문난설이 배 위에서 말했었는데 말이지, 오남주의 여동생이 '서청'의 아내라는 게 사실인가? 그거 참 놀랍구만."

두 사람은 재떨이를 사이에 둔 채 책상다리를 하고 앉아 있었는데, 나영호가 취기가 오른 콧소리로 말했다. 옆 서재의 조금 열린 미닫이문 사이로 바람이 들어왔다.

"그렇다는군. 내가 그 여동생을 아는 건 아니지만, 그런 거 같아."

"제주도 여자가 '서청'과 결혼하는 일은, 으—음, 있을 수 없는 일은 아니겠지만, 그건 제주도 사람에겐 참기 힘든 일이겠구만."

"음, 자진해서 결혼할 여자가 어디 있겠나. 사정이 있었겠지. 아니, 옛날에 원나라가, 몽골족이 제주도를 점령했을 때 있었던 약탈 결혼과 비슷한 거겠지. 그때는 백 년이나 계속되었지 않나. 어쨌든 듣는 쪽도 유쾌한 얘긴 아니야."

"제주도에 '서청' 패거리들은 몇 명이나 배치되어 있나?"

"알 수 없어. 숫자를 발표하는 것도 아니고, 수백은 있지 않을까. 놈들은 일정한 장소와 지역에 오래 머물지 않아. 몇 명씩 무리를 지어 늘 섬을 이동하고 있어. '서북'은 얼핏 보면 바로 알 수 있는데, 전혀 얼굴을 본 적이 없는 놈들이 몇 명씩 무리를 지어 경찰서 문에서 튀어나오기도 해. 본 적이 있는 놈들이 없어지기도 하고."

"그들은 여기서 경찰을 보조하고 있는 거겠지?"

"그렇지만 실제로는 제복 입은 경찰 이상이야. 본토에서도 그렇겠지만, 여기서는 더 심하다구. 애당초 그들은 원래 있지도 않은, 법적 근거도 없는 경찰권을 지니면서도 보수가 없으니 생활은 현지 조달로 하고 있어. 현지 조달이란 건 여기 경찰에서 지급하는 게 아니야. 먹는 것도 수입이 없으니까 현지인에게 약탈하는 수밖에 없고. 근거 없는 기부의 강요에서부터 무전취식, 강도 같은 짓을 얼마든지 한다구. 여자에게도 마찬가지야. 뭐든 빨갱이라고 일방적으로 단정을 짓고, 여자든 아이든 할머니든 빨갱이라고 단정만 지으면 뭐든지 가능하다는 거야. 증거는 필요 없어. 놈들이 빨갱이라고 단정해 버리면, 집단적 테러를 할 수 있게 돼. 이건 작년에 그들이 제주도로 오고 난 뒤에 일어나는 일로, 부녀자 폭행, 살인…… . 4·3이 일어난 큰 원인 중의 하나가 '서북'이라구. 이북에 육친과 고향을 버린 채 목숨을 걸고 도망쳐 온 만큼, 이남에서는, 특히 제주도는 '빨갱이' 섬이라고 해서 철저하게 복수하려 하지. 그들은 '북'의 공산주의자들에게 고향을 빼앗긴 '실향민'으로 '무소불위', 못할 것이 없다며 하고 싶은 대로 한다구. 그들은 언제나 굶주려 있기 때문에, 굶주린 승냥이처럼 사나워져 있다가 먹이에 달려드는 거야. 게다가 간부 외에는 글자도 몰라. 실제로 무섭다구. 무엇보다 법에도 없는 경찰권을 부여받고 무보수라는 점이 특징이지. 미군정 시절부터 중앙군정청 경무부장인 조병옥의 발상이야. 먹이를 주지 않고 배를 굶주려 사납게 만든다. 뭔가의 사냥도구로 취급하는 것이지. 제주도에 많은 '서북'을 보낸 것도 그였어. 그자는 친일파 집단, 한국민주당의 간부라네."

"조병옥은 친일파가 아니야……."

"같은 무리가 아니고 뭔가. 예전에 미국 유학을 한 적이 있어 영어 구사력이 있는 그가 미군에 빌붙어 중앙군정청 내의 경찰권을 장악하고, 무엇보다 일제 때의 경찰력을 그대로 온존시켜 재편성한 당사자잖아. 그 경찰 권력을 배경으로 '반공' '반탁'의 선두에 서서 반대세력을 탄압하며, 좀 전에도 말했듯이 '서북'을 경찰력에 편입해서 제주도로 보내고 있다구. 나 동무, 자넨 요즘 사물을 관찰하는 눈이 좀 흐려진 것 같군."

"아, 그렇게 보이나. 자네만큼은 못 볼 수도 있지." 나영호는 머리가 가려운지 쑥대머리에 손가락을 넣어 북북 긁었다. "그런데 이방근 동무, 난 도대체 어떡하면 좋은가? 취재 말일세. 이번 출장은 최종결정이 급하게 나는 바람에, 동무와 사전에 느긋하게 상의도 못한 채 서울을 출발했지만, 어쨌든 여기까지 와서 물러설 순 없다구. 지금은 소강 상태이고, 토벌대 측은 평정의 성과로 선전하고 있지만, 지금이 기회

인 건 틀림없잖아. 다만 진상규명 조사단 일행에 대한 승선 거부를
본 뒤로는 이상하다는 생각이 들어. 내 판단이 안이했는지도 모르지
만, 좀 이상해. 어떻게든 이 동무가 길을 열어 주지 않으면 곤란하네.
그도 그럴 것이, 난 제주도에선 미아나 마찬가지라구. 어차피 지금은
소강상태니까. 만의 하나 체포도 각오하고 있어."

"신문기자라고 해도 그리 쉽지만은 않아."

"하여튼 나는 한동안 머물 생각이니까, 자네가 하루 이틀 사이에 어
떻게든 서울로 돌아가야 한다면 그때까지 다리를 놓아주게, 정말로.
지금 확 머리에 번뜩이는 묘안이라든가 무슨 방법이 없겠나?"

"그렇게 무슨 빚이라도 독촉하듯이 말하면 곤란해. 아무튼 그 일은
생각 중이야."

"그래, 고맙네." 나영호는 약간 고개를 숙인 자세로 러닝셔츠 차림인
상반신을 일으킨 뒤 오른팔을 내밀어 이방근의 손을 꽉 잡았다. 배
위에서도 그랬지만 손가락 마디가 아플 정도로 꽉 잡고 놓아주지 않
는다. "부탁하네, 부탁해, 역시 친구는 고마운 존재야. 내가 남자로서
체면을 세울 기회를 만들어 주게. 의지할 곳은 이방근 밖에 없으니
말일세. 뒷일은 내가 알아서 하겠네. 그러니까 난 저 여자의 꽁무니를
쫓아온 게 아니라구."

"이봐, 너무 그런 식으로 말하지 마."

"아니, 그렇다니까, 나는 단연코 일로 온 거야. 일도 있고, 자네 고
향인 제주도 방문을 겸해서 일하러 온 거라구. 자넨 내 눈이 흐려진
게 아니냐고 했지만 말일세. 윤봉처럼 내가 타락해서, 마치 정부쪽
잔심부름이라도 하고 다니는 듯한 유언비어를 퍼트리는 놈도 있기는
하지. 그건 내가 문인협회에 출입하기 때문이야. 반동적이라는 거지.
하지만 난 지금의 정부에 타협 따위 하지 않아."

"나 동무는 그 문인협회라는 곳의 회원인가?"

굳이 물어볼 필요가 없었기 때문에 지금까지 묻지 않았지만, 역시 그런가 싶어서 말했다. 문인협회는 '반공' 노선 체제 측의 문인 조직이었다.

"난 작가로서 문인조직에 참가할 수도 있는 거 아닌가? 지금은 좌익 계열의 문학조직은 유명무실하니까. 모두 이북으로 가 버려서 빈 껍데기뿐이라구. 작품을 쓰는 데 있어서도 여러 문학 동료의 조직이 필요해. 이 동무는 내가 '문협'에 출입하는 것에 대해 비판적일지도 모르지만, 난 자네처럼 혼자서는 안 되거든. 이방근 동무는 하는 일이 없기도 하겠지만, 자넨 강해……." 나영호는 피다만 담배꽁초에 성냥불을 붙여 입에 물었다. "난 말이지, 이번 제주 출장을 기회로 삼아, 아니 국제신문에 취직한 걸 기회 삼아서, 아, 이것도 문난설 여사 덕분이지만, 내 자신이 바뀌고 있다고 생각하네. 이 동무, 내게 일할 기회를 만들어 주게나. 지금 모처럼 제주도에서 역사적인 자리에 입회하려는 참이니까." 나영호는 피던 담배를 재떨이에 비벼 끄고서는, 새로 또 한 개비에 불을 붙여 입으로 가져갔다. "지금도 술을 좀 더 마시고 싶은 걸 꾹 눌러 참고 있는 중이야. 헷헤, 난 제주에 술 마시러 온 게 아니니까. 이봐, 이 동무, 자넨 오늘 술이 받지 않겠지만, 나는 딱 한 잔만 가볍게 더 마시고 싶구만. 자기 전에 말이야. 이 고장의 소주가 맛있군. 안주는 필요 없어. 잔은 이걸로 할 거구."

나영호는 옆에 있는 쟁반에 손을 뻗어 물병의 물을 컵에 따라 마셨다.

"그렇게 해. 아까는 필요 없다고 하더니. 같이 마시지는 못하지만, 마시고 나서 먼저 쉬라구. 난 한 번 더 아버지를 뵙고 와야겠어……."

이방근은 벽장의 이불을 꺼내 깔면서, 코는 골지 말게, 코골이 말이야…… 하고 웃으며 말했다. 그러나 그건 본인이 자고 있는 사이에 일어나는 일이라 어쩔 수 없는 일이기도 하다. 자네, 그거, 일종의 병 아닌가…….

그는 툇마루를 따라 여동생 방 앞을 지나 부엌으로 갔다. 문난설이 있는 방의 덧문은 열린 채로 있었고, 장지문은 실내의 빛이 비쳐서 밝았다. 그녀는 아직 자지 않고 있다. 작은 기침 소리가 들렸다. 아버지 방의 장지문도 아직 밝았다. 부엌의 낡은 덧문이 시끄럽게 삐걱거리는 소리가 아버지의 귀에도 틀림없이 들렸을 것이다. 불을 켜고 마룻방 구석에 소주가 있음직한 항아리를 찾아서 오지 주전자에 옮겨 담아 그곳을 나오려는 참에, 어험, 옆 방 쪽에서 헛기침 소리가 났다. ……누구냐.

"접니다." 이방근은 툇마루로 나와 아버지 방 쪽을 향해 대답했다. "아직 주무시지 않으셨습니까?"

"뭣이라, 그게 인사냐."

"……" 이방근은 지금 아버지 방으로 가려던 참이었다는 것을 까맣게 잊어버렸다는 듯이 멍청한 소리를 했다고 생각하며 말을 이었다. "예-, 지금 그쪽으로 가겠습니다."

그는 오지 주전자를 나영호에게 건네주고 아버지 방으로 갔다. 희미하게 인삼 냄새가 풍기고 있었는데, 아버지 이태수가 인삼차를 마시고 있었다.

"혈압이 높으시잖아요. 인삼차는 별로 좋지 않을 텐데요."

이방근은 앉은뱅이책상에 아버지와 마주 앉으며 말했다.

"혈압이 높아? 내가 말이냐. 그건 인삼차 한 잔 탓이 아닐 거다."

느닷없이, 이런 식이다……. 아버지는 상당히 불쾌한 기분을 참고 있는 게 확실히 보였다.

"어머니는 주무십니까?"

침실은 방을 하나 사이에 둔 안쪽 방이었다.

"……그래." 이태수는 아들의 그 말을 기다렸다는 듯이 대답했다. 이방근은 한마디, 어머니의 몸 상태는 어떠시냐고 말을 건네려 했지만, 아버지가 말을 이었다.

"너는 뭐 잊은 거 없냐? 난 이런 걸 일부러 말할 생각은 아니었다만, 그래도 그렇지. 너, 그러고도 인간의 도리를 다했다고 생각하는 게냐, 음."

이방근은 좀 전에 계모로부터 아버지가 기다리고 있다는 말을 들었을 때, 문득 아버지가 늙었다는 생각을 했지만, 그런 무기력함은 어디에도 찾아볼 수 없었다.

"그건 무슨 말씀이십니까?"

"너는 스스로가 자신을 모르는 게냐. 소학생도 아니고, 이 나이 든 애비가 가르치기 전엔 말 한마디 건네지도 못한다는 게냐. 너는 그 정도로 애비와 새어밀 업신여길 셈이냐, 이 늙어가는 애비가 그렇게 미운 게냐?"

이태수는 찻잔의 인삼차를 소리 내어 다 마셨다.

"……" 이방근은 어안이 벙벙해서 아버지의 얼굴을 마주 보았다. 화조차 나지 않았다.

"도대체 왜 그러시는데요. 무슨 일 있었습니까?"

"무슨 일 있었습니까, 라니. 네가 그 정도 밖에 안 된다면, 어째서 그런 게냐, 그렇게 몰인정하다니. 난 여태껏 이런 말은 한 적이 없다만, 인간, 인간성의 문제까지 생각해 봐야겠구나."

이방근은 인간성 문제 운운하는, 품위에 맞지 않게 막말을 내뱉는 아버지를 눈앞에서 보는 것은 처음이었다.

"업신여긴다느니, 미워한다느니……. 무슨 말씀을 그렇게 하십니까, 정말이지 도가 지나치십니다." 이방근은 의식적으로 혀를 찼다. "어머니의 몸 상태가 좋지 않다는 건 고네할망에게 들었습니다."

"고네할망? 넌 오늘 밤 처음으로 그걸 안 게냐?"

"아뇨, 서울에서도 알고 있었습니다만……."

"그럴 테지, 내가 건수에게 전화를 했다. 건수가 너희에게 말을 하지 않았을 리가 없어. 원래 넌 예의 바르지 않은 구석이 있다. 그렇더라도 넌 감정이 없는 인간이냐?"

몰인정한 데다, 감정도 없는……. 과연 다른 사람들은 그렇게 느끼고 있구나. 그렇다 해도 아버지의 말씀이 지나치다는 생각이 들었는데, 무엇 때문에 아들을 기다리고 있었던 것일까. 이방근은 참고 있었다.

"오늘은 손님과 함께 있다 보니 말할 기회를 놓쳤습니다만, 저도 목석은 아닙니다. 자신의 형제가 겨우 태어난다는 것을 진심으로 기뻐하고 있으니까요."

거짓말은 아니었다. 분명 무관심하기는 했지만, 한편으로는 아버지 부부의 더없는 기쁨을 기꺼이 함께하려는 기분에 인색함은 없었다. 조금 의외라는 듯한 표정과 함께 그것을 부정하는 복잡한 생각이 순간적으로 이태수의 얼굴을 채웠지만, 이방근의 이 한마디는 아버지를 만족시켰음에 틀림없었다.

"흐음, 그 말이 진심이냐?"

"……도대체가 그렇게까지 말씀하신다면 저는 달리 할 말이 없습니다. 좀 전에 미워한다……고 하셨는데, 그런 말에 답변하지 못하는 것과 똑같습니다."

"설마 애비가 이 나이에 손자나 증손자뻘 될 아이를 만든 게 부끄럽다는 건 아니겠지." 이태수는 담배를 물고 화제를 바꾸었다. 증손자라고 한 것은 도쿄에 있는 절연한 장남 용근, 아니 일본인 하타나카 요시오를(그에게는 자식이 없었지만) 의식한 말일 것이다. "……그런데 넌 대체 어찌 할 작정이냐?"

"뭘 말입니까?"

"네 결혼 말이다."

"무슨 말씀이세요, 그건, 갑자기?"

"갑자기라고……? 넌 일전에 우리 집에서 열린 문중회의에 참석하지 않았다고 할 셈이냐. 아니면 문중회의의 결정을 잊었다고 할 셈이냐. 음, 그건 도대체가 말이 안 된다."

"아, 예―……."

이방근은 크게 끄덕였다. 그는 한두 달 전쯤에 있었던 자신의 결혼에 관한 친족회의의 결정을, 아 참 그랬지 하며 남의 일처럼 떠올렸는데, 갑자기 자신도 모르게 웃음이 터져 나오려는 걸 겨우 참고 내심 웃었다. 너는 어떻게 할 작정이냐? 라는 아버지의 말이 묘한 뉘앙스로 다가왔던 것이다. 너의 결혼 말이다, 라는 것은 신부 문제가 아니라 자식을, 즉 종가의 종손을 만드는 것이 중요한 사안이기 때문에, 나는 이미 선옥의 뱃속에 자식을 만들어 놓았다, 이번에는 네 차례다……, 라는 식으로 들려왔던 것이다. 물론 아버지가 그런 생각으로 말씀한 것이 아니겠지만, 말하자면 그 한마디에는 부자지간에 자식 만들기 경쟁에 힘쓰자고 말하는 듯한 울림이 느껴져 웃음이 나왔다. 그때 문을 두드리는 바람 사이로 분명히 맞은편 건물에서 사람의 목소리가, 나영호의 술 취한 목소리가 들려온다. 문난설을 부르고 있는 것이다. 아무래도 온돌방에서 서재 쪽으로 옮기고 소파에 앉아 술을 마시면서, 벽 너머 옆방을 향해 함께 마시자고 권하고 있는 듯하다.

난설 선생이라든가, 난설 여사……라고 부르는 소리가 들려온다. 상당히 큰 목소리였다.

"무슨 일이야, 늦은 밤에 큰 소리로……."

"제가 이쪽에 와 있어서, 한잔 마시고 있는 거예요."

"한잔 마시는데 고함을 지른단 말이냐. ……저 나라는 신문기자는 뭘 취재하러 온 게냐?"

"취재라기보다도 인상기를 쓰고 싶다고 합니다. 그는 소설가이기도 해서요……. 게다가 제주도는 처음이라서 이전부터 한 번 기회를 봐서 오고 싶어 했어요."

"……같은 신문사라는 또 한 명의 젊은 여자는 뭐냐?"

"나 동무와 비슷한 사람이에요."

이방근은 애매하게 대답했다.

"너와의 관계를 묻고 있는 거야."

"저와의 관계라니요, 아무 관계도 아닙니다."

"……"

나영호의 목소리가 끊겼다. 문난설이 권유에 응해 방을 나선 듯한 낌새는 없었다.

"좀 전에 말한 문중회의 얘기다만, 음, 네 자신이 참석해서 결정한 일을 잊어버리다니, 어이가 없어 말이 안 나온다. 도대체가. 이래서는 내가 죽은 뒤에 어린 남동생을 네게 맡길 수도 없겠구나. 핫핫하. 2, 3일 안에 네 결혼 문제로 친척 대표 네댓 분이 오시기로 했다. 네가 돌아온다고 연락을 해 놓았어."

"……"

이방근은 놀라서 얼굴을 똑바로 들었지만, 차마 그 친척들이 와서 도대체 뭘 하려는 겁니까, 라고는 말할 수 없었다. 일전의 문중회의에

서도 삼강오륜부터 시작해 근본인 효도에 대해서까지, 종손의 혈통을
끊어서는 안 되는 이유에 대해 장로들로부터 얼마나 강연, 아니 설교
를 들었던가. 그저 말없이 듣고만 있었다. 요컨대 마이동풍이었던 것
이다.

20여 명이 모인 친족회의에서는 이방근의 직계 선조의 묘지 개수문
제도 논의되었지만, 그보다 더 중요한 과제로서, 더 이상 이씨 가문을
무시하는 이방근의 외도는 안 된다, 이방근이 세상에 없다면 '양자'라
도 들이겠지만, 그렇게 할 수도 없으니 이방근의 결혼을 조속히 진행
시켜야 한다, 말하자면 아버지 이태수와 생각을 같이하는 친족회의의
결정으로, 이방근에게 족쇄를 채운 것이었다. 그 실행부대로 문중의
장로와 첨병들이 대의명분을 짊어지고 찾아온다는 것이었다.

이방근은 소름이 돋는 걸 느끼며 몸서리를 쳤다. 이건 아까 고네할
망이 말한 여자는 아이를 낳기 위한 '도구'와는 다르지만, 결국 남자도
'양반'가의 직계 혈통을 지키기 위한 씨받이, 즉 종마인 셈이었다. 우
리 선조인 ××이씨는 제주도에 들어온 후에도 문과 급제……, 그중에
서도 순조(이조 23내왕) 때에 등과한 부사공(府使公, 정삼품의 지방장관)
의 직계가 4대손인 방근이었다. 그야말로 아버지 이태수의 경우는 부
사공의 직계 증손에 해당……한다고 해서, 문중회의 결정으로서 무
작정 이방근의 결혼을 추진하게 된 것이었다. 이방근이 문중으로부터
의 추방을 원한다 해도, 그건 아버지와 의절을 의미했다.

이방근이 막연하게 서울에서 제주도로 돌아가길 꺼려했던 마음,
혹은 여동생을 데리고 일본에라도 가고 싶어 했던 마음의 저변에는,
제주도에서 그에게 족쇄를 채우려는 결혼 문제도 무시할 수 없었다
는 느낌이 들었다. 그는 난처하게 됐다고 생각했다. 어떻게든 그 자
리를 돌파하기 위해서라도, 실제로 맞선 이야기가 구체적으로 나오

게 된다면, 이쪽에서 대책이라도 제시하지 않는 한 도망칠 방도가 없을 것이다.

"……상대는 있는 건가요?"

이방근은 가볍게 농담이라도 할 생각으로 말을 꺼냈는데 긁어 부스럼을 만든 격이 되었다.

"상대? 얼마든지 있지. 없을 리가 있나. 양갓집의 훌륭한 규수가 말이다. 네가 맘먹기에 따라 문 앞에 줄을 서지. 어쩔 수 없이 '서북'의 아내가 되는 처자도 나오는 세상이다. 다만 네가 어딘가에 여자를 숨기고 있다면, 이건 예를 들어 하는 말이지만, 그건 그것대로 처리하면 된다. 예전부터 말했듯이 네가 마음에 드는 여자가 있다면 그 여자와 결혼해도 상관없다. 데려오기만 하면 돼. 단, 석녀는 안 된다……."

"저는 어떻게든 2, 3일 안에 서울로 출발하지 않으면 안 됩니다."

"뭐라고? 2, 3일 안에 서울에 간다고? 그게 도대체 무슨 소리냐……." 이태수는 의외였는지 성난 퉁방울눈으로 아들을 노려보았다. "그럼 도대체 뭣 때문에, 무슨 볼일로 제주도로 돌아왔단 말이냐. 건수는 그런 말은 하지 않았는데. 안 돼, 네 자신이 문중 앞에서 약속한 일이다. 문중회의 결정대로 확실하게 결혼 문제를 매듭 짓거라. 문중의 결정을 뭘로 생각하는 거냐. 음, 가슴이 타는구나. 술을 한잔 하는 게 어떠냐(이방근은, 아닙니다, 라고 중얼거리며 고개를 옆으로 저었다). 난 지금껏 잠자코 있었다. 난 모든 걸 포기해 왔는데, 덕분에 내 오장육부는 썩을 대로 썩었다. 이런 가문이 또 있을까. 전부 뿔뿔이 흩어졌고 모두가 제멋대로야. 그리고 나 혼자 남았다. ……자동차회사 사장, 은행 이사장 이태수, 공산주의자들의 폭동으로 버스 경영과 트럭 운송도 적자, 은행도 마찬가지다. 종가, 종가라고 하지만 친척들 사이에선 웃음거리다. ……너는 남이 웃든지 말든지 태연하기만 하니 대단하구나. 파렴치하다는 말을 들어도 말이다. 정말로 감정이 없는 건지, 넌 참 행복한 인간이다. 아버지 회사가 망하든 세상이 어떻게 돌아가든, 자신과는 관계가 없단 말이지. 핫하, 빈둥거리다가 가고 싶을 땐 서울 어디로 훌쩍 떠나가고. 정말 팔자 좋구나. 누구나 할 수 있는 일이 아니다. 이게 양반 가문의 말로인가…….”

이방근은 아무 말도 하지 않았다. 할 말이 없는 게 아니라, 그랬다. 양반, 양반, 양반의 긍지가 있다면 왜 친일을 한 것일까. 창씨개명에 반대해 자결한 양반도 있다. 이번 서울행도 명목은 체포당한 여동생의 일로 아버지를 대신해서 갔던 게 아닌가. 아버지가 사업 운영까지 언급하면서 이런 넋두리를 하는 것은 처음이었지만, 그 표정에도 목소리에도 절망적인 기색은 없었고, 오히려 시니컬한 의지 같은 게 느껴졌다. 안쪽 방에서 선옥의 가냘픈 기침 소리가 들렸다.

잠시 침묵이 이어졌지만 더 이상 입을 다물고 있을 수는 없었다. 그렇다고 지금 아버지와 할 이야기가 있는 것도 아니었다. 이방근은 피곤해서 방에 돌아가 쉬고 싶다고 말했다. 그렇게 하거라…… 하고 아버지는 말리지 않았다. 손님과 같이 술을 마셨다면서 이상하게도 술기운은 없는 듯한데, 그 얼굴의 혈색이 좋지 않구나. ‘허(虛)’, 한방에서 말하는 ‘허’한 기색이 얼굴에 그대로 보인다. 소금에 절인 배춧잎마냥 한심하다. 음, 가서 쉬는 게 좋겠다……. 그리고 자리에서 일어난 이방근을 향해 덧붙였다.

“그건 그렇고, 한 가지 얘기해 둘 게 있다. 부엌이가, 부엌이 말이다, 며칠 내로 집으로 돌아올 게다.”

“뭐라고요……?”

이방근은 놀라서 아버지의 혈색 좋은 얼굴을 내려다봤다. 내가 ‘허’라면, 아버지는 ‘실(實)’이었다. 하찮은 소문이 나돌기도 했지만, 그로부터 4, 5개월이나 지났고, 어쨌든 오랜 세월 가족처럼 지내 온 그녀이니, 이번 기회에 다시 부르려고 한다. 몸이 무거운 선옥이 앞으로는 특히 몸에 주의를 해야 하기 때문에 아무래도 일손이 필요하다. 옆집 할망은 어디까지나 임시로 하는 거고, 나이도 나이지만 왔다 갔다 해서는 만족스럽게 집안일을 할 수가 없다. 다른 데서 새로 식모를 데려오는 것보다, 서로 속속들이 잘 아는 부엌이가 가장 적합한 것 같다. 선옥도 지금은 그렇게 생각하고 있는데, 네 의향은……이라는 이야기였다. ……이미 결정된 일이 아닌가.

이방근은 아버지 앞에서, 앉은뱅이책상을 사이에 두고 선 채로 말했다.

"그런데, 부엌이가 온다고 했습니까?"

"3, 4일 안에 돌아오겠다고 한 것 같다. 내가 사람을 시켜서 부탁도 하고 명령도 했다. 이게 다 어머니, 아니 이 집을 위해서다……."

이방근은 말없이 방을 나왔다. 꼭 오늘 밤이어야 하는 것은 아니지만, 그는 아까부터 여동생의 유학 이야기를 꺼낼 틈을 노리고 있었지만, 그럴 상황이 아니어서 방을 나왔다. 바람이 세차게 불어 툇마루를 걷는 맨발바닥이 모래 먼지로 까칠까칠하다. 부엌이가 있었다면 먼지를 쌓아두지 않고 걸레질을 했을 것이다. ……하찮은 소문이라며 '소문'으로 치부했지만, 그렇다면 아들이 서울에 가있는 동안에 그녀를 쫓아낼 필요도 없었을 것이다. 그 굿판에서 식모 부엌이와 이방근의 육체관계의 암시가 어떤 식으로 연출되었는지는, 아니면 우연이었는지도 모르지만, 쫓아낸 장본인은 어디까지나 선옥이었다. 이방근으로서는 반대도 찬성도 하지 않았다. 부엌이가 돌아온다면 집 안의 잡일은 다 해결될 것이다. 고네할망의 몇 배, 그 이상으로 일을 할 것이다. 다만, 으흠, 부엌이와 다시 한 지붕 아래 살게 된다는 것……. 사람들은 거기에 새로운 상상을 덧붙여 부엌이를 백안시하겠지만, 그것은 한 때였을 뿐이다. 조만간 물결은 잠잠해진다. 그래, 내가 어차피 이 집을 나가야 한다…….

소금에 절인 푸성귀라……. 절임이다. 그렇게 심한 말을 하다니. 문난설이 머물고 있는 방에는 불이 꺼져 있었다. 도시의 밤 열 시는 아직 밝은 빛으로 덮여 있을 것이나. 섬은 바람 소리 외에는 아무것도 들리지 않는 깊은 어둠으로 적막했다. 미닫이를 열고 서재로 들어가자. 나영호가 안뜰 쪽 소파에 앉아 백자 항아리를 끌어안듯이 한 손으로 쓰다듬고 있었다. 탁자 위에는 탁한 정도로 봐서 물이 아닌 소주가 3분의 1 정도 든 컵과 오지 주전자, 그리고 물병이 놓여 있었다.

"아직 안 자고 있었나?"

이방근이 소파에 앉으면서 말했다.

"몇 신데?"

나영호는 그제야 자신의 손목시계도 보지 않고 고개를 들었다. 그리고 이방근이 열 시 반 가까이 되었다고 대답하고 확인하듯 손목시계를 보았다.

"자기에는 아직 일러, 이 동무, 어때, 한잔하지 않겠나."

이방근은 마침내 구토 기운도 가라앉았고, 위장 상태도 괜찮아진 것 같아 못 마실 것도 없었지만, 나영호가 상당히 취한 것을 알고 고개를 저었다.

"이봐, 이, 이 동무……."

항아리를 탁자 위에 내려놓은 나영호의 말투가 조금 흐트러지고, 충혈된 눈이 움직이지 않았다. 입술 끝에 침이 고여 빛났으며, 주르르 턱으로 흘러내리는 것도 개의치 않고, 이 동무…… 하며 의미도 없이 반복해서 부른다. ……그렇지, 문난설은 자고 있는 걸까. 여기서 불러도 대답이 없어. 자는 건 아니야. 아직 열 시를 좀 넘겼을 뿐이니, 엉터리 같은 여름시간이로군. 아침까지 파티를 하는 여자가 벌써 잘 리가 없어. 이봐요, 문난설, 문난설 선생…… . 이봐, 이 동무, 내 일이 야. 난 자고 싶었지만 자네가 오길 기다리고 있었어. 그는 잔에 있던 술을 단숨에 비우고 손등으로 입을 닦은 뒤 다시 턱의 군침을 훔쳤다. 두 홉 정도의 소주를 비운 듯했다.

"……청초 우거진 골에 자는가 누웠는가 홍안을 어디 두고 백골만 묻혔는가 잔 들어 권할 이 없으니 이를 슬퍼하노라…… ."

나영호가 시조의 시구에다 억양을 넣어 읊었다. 16세기의 시인 임 제(林悌)가 기생으로 절세의 미인이라 칭송되었던 여류시인 황진이의 묘를 찾았을 때 읊은 시였다. "손에 든 잔에 술은 없고…… . 부, 부탁 하네, 이 동무, 일의 성패는 전적으로 자네한테 달렸으니까…… ."

그는 말하는 도중에 일어나서, 아니, 엉거주춤하게 몸을 앞으로 구 부리고 이방근에게 팔을 쭉 뻗더니 힘주어 손을 꽉 잡았다. 그리고는 곧바로 손을 떼더니 양손을 테이블에 올리고 상체를 쑥 내밀면서, 얼 굴을 이방근의 귓가로 가져갔다. 꿀꺽하고 침 삼키는 소리가 귓불을 쓰다듬었다. 심장의 고동 소리 같았다. 그러니까, 이방근 동무, 난 저 여자를, 아니 문난설이를 자네에게 양보하겠네…… . 기묘한 속삭임 을 토해 내는 숨소리가 고막으로 밀려오고, 술 냄새나는 뜨거운 얼굴 이 귓가에서 사라졌다고 생각하자, 그는 몸을 뒤로 젖히듯이 소파에 털썩 앉으며 껄걸 웃었다.

"무슨 짓인가, 이게, 어…… ."

이방근은 울컥 화가 치밀어 상대를 노려보듯 말했다.

"헷헤, 자네 화났나?" 나영호는 취기가 돌아 빛을 잃고 빨개진 눈을 똑바로 뜬 채 기죽지 않고 말했다. "화낼 건 없잖아. 농담이야. 농담도 못하나. 특별히 내 '소유물'도 아니고, 단지……,"

"그 소유물이란 건 도대체 뭔가, 말투가 역겹단 말이야."

"그러니까 들어 봐. 농담이잖아, 비유라구. 다만, 그녀가 자네에게 마음이 있다는 건 사실이야. 그에 대한 문학적, 즉 과장된 표현이라구. 그렇다니까, 그렇지 않으면 그녀가 태연스럽게 여기까지 올 것 같나. 아아, 술이 없군. 난 여기서 자겠네. 부탁하세, 난 결단코 일을 할 거라고. 이방근, 부탁이야. 여기서 잘게. 코를 골아서 시끄러울 테니까."

"이불에서 자. 이부자리가 깔려 있잖아."

"아니, 소파가 좋아. 이방근이 언제나 그랬던 것처럼 말야. 제주도에 온 김에 체험해 봐야지. 참, 그렇지, 그녀는 내일 아침 일찍 서울로 장거리전화를 신청한다고 하니 잘 부탁하네."

"그래, 알았네……."

이방근은 이유도 없이 흠칫 놀라며, 서울 어디에, 국제신문사인가, 아니 서 회장이냐고 묻는 것을 망설이기도 전에 기계적으로 대답했다. 나영호는 몸을 기울여, 팔걸이를 베개 삼아 소파에 누웠다.

……산은 옛 산이로되 물은 옛 물이 아니로다. 주야에 흐르거든 옛 물이 있을 손가. 인걸도 물과 같다. 가고 아니 오는 것은……. 황진이, 황진이다. 아―, 난 여기가 좋아. 청초 우거진 골이 아닌, 낡은 소파에 그대는 누워서……. 전혀 움직이고 싶지 않아, 그럼 잘 자게…….

이방근은 눕고 싶었지만, 소파에 누운 나영호와 마주 보며 눕고 싶지는 않았다. 그는 일어나 탁자 위의 백자 항아리를 양손으로 들어올려, 그 싸늘하고 딱 달라붙는 듯한 표면에 볼을 살짝 비빈 후, 책장 위의 원래 장소에 놓았다. 그리고는 서재의 불을 끄고 온돌방의 이불

위에 바지를 입은 채 쓰러졌다.

……청초 우거진 골에 그대는 누워……라. 홍안을 어디 두고 백골만 묻혔는가. 잔 들어 권할 이 없으니 이를 슬퍼하노라…….

윤봉이 타락분자라고 비판했지만 어떻게 된 남자인가. 귓불을 간질이는 송충이처럼 귓속으로 기어든, 술 냄새 풍기는 숨결의 옷을 걸친 속삭임. 저 여자를, 아니 문난설을 자네에게 양보하겠네……. 저래가지고 게릴라와 만나 취재를 한다니. 그것과는 별개일지도 모르지만, 언제 생각한 걸까. 체포도 각오한다는 그 일을 언제 생각한 걸까. 아니, 아니다, 말 그대로 농담이라고 생각하면 된다. 상당히 굴절돼 있었지만, 그걸 유머가 있는 농담으로 여기면 되는 거 아닌가. 양보하겠네……. 굴욕감 탓일지도 모른다. 그래서 기분이 상했던 것이다. 난 지금까지 어릴 때부터 쭉 봐왔지만, 너는 세상을, 사람이 살아가는 인생을 순수하게 보지 않아. 뒤틀린 나무뿌리처럼 뭐든지 비딱하게 보고 있다……. 아까 아버지는 무슨 생각을 했는지, 아닌 밤중에 홍두깨처럼 이런 말도 했었다. 마치 어린애 취급하듯 했는데, 그러고 보면 아버지도 도처에 널려 있는 애송이로 보인다. 부엌이가 돌아온다. 타산적이다. 유원은 기뻐할 것이다. 눈앞에 희고 작은 짐승이, 새끼 고양이 흰둥이의 그림자가 스쳐 지나갔다. 그로부터 4, 5개월이나 지났으니 지금은 꽤 큰 고양이가 되어 있을 터였다. 부엌이가 돌아온다…….

그렇다고 하더라도 문중회의의 결정을 잊어버리다니 이방근은 스스로도 놀랐다. 어쨌든 2, 3일 중에 친척들이 재판관처럼 줄줄이 찾아와서, 이러쿵저러쿵 포위진을 치는 것은 견디기 힘들다. 상대방은 앞을 내다보고 대비를 하는데, 이쪽은 백지의 무방비 상태였다. ……결혼? 누구의……? 이방근은 남의 일처럼 중얼거리다 웃었다. 어이없는 일이다. 그러나 이건 현실로서 압박해 오고 있다. 더구나 분명히 자신도 참석하기는 했지만, 문중회의의 결정으로 결혼을 서두른다는 것은 당치도 않다. 가령 결혼을 한다고 해도, 지금 다시 번문욕례(繁文縟禮)의 번잡한 예식의 앞뒤를 포함하는 그 의식을 어떻게 견딜 수 있겠는가. 굳이 안 될 것은 없겠지만, 지금은 한 시간이라도 그것을 견딜 수 없을 것 같았다. 그야말로 식을 생략하든가, 그에 가까운 결혼이라면 모를까. 어찌 되었든 결혼할 의사는 없었다. 이방근은 독신주의자는 아니지만, 이제 와서 굳이 결혼하고 싶다는 생각은 없었다. 성욕의 해결이라면 결혼의 합법성에 보호받지 않더라도 가능했다. 결혼이라는 우산 아래 안심하고 성교에 탐닉하는 사람들의 모습……. 독신이라서 공허하고 고독한 것은 아니었다. 독신의 공허함을, 인생 그 자체의 공허함과 바꿀 필요는 없었다.

문중회의에서는 회의가 끝날 때까지 시간을 벌기 위해 그저 말없이 있었지만, 이제 와서 생각해 보니 분명하게 의사표시를 하지 않았던 것이 후회스러웠다. 아니, 그렇게 할 수도 없었다. 그야말로 큰 소동이 일어났을 것이고, 올봄에 졸도하고 얼마 지나지도 않은 아버지가, 다시 친척들 앞에서 쓰러졌을지도 모를 일이었다. 여러 번 혼담에 응하지 않은 아들에 대해, 아버지는 문중회의, 특히 장로들을 통해 압박을 가해 온 적이 있었는데, 종가의 종손이 제대로 결혼을 해서 가문의 대를 잇는다는 대의명분에는 정면으로 반대할 여지가 없었다.

이방근은 지금까지 없었던 문중회의에서 내린 결혼 결정의 중대함을, 아버지가 강조하지 않더라도 모르는 바는 아니었다. 그것을 무시하고 있었을 뿐이었다. 거의 잊고 있는 사이 어느새 시간이 흘러 지금에 이르렀고, 정신을 차리고 보니 무시할 수 없는 상황까지 와 버린 것이었다. 아무튼 내일 아침에라도 여동생 이야기를 하지 않으면 달리 기회가 없었다. 내일은 일요일이라 아버지가 집에 계신다는 것은 다행스러운 일이지만, 문제가 이렇게 겹치게 되면 그럴 계제를 잃기 쉬웠다. 최용학과 약혼 문제도 나 때문에 허사가 된 듯한 상황이니, 이번에는 여동생의 결혼 문제까지 새롭게 꺼낼 가능성도 있었다. 머리 밑바닥에서 지하수처럼 일렁이는 생각을 한 움큼 건져 올렸다. ……내 결혼을 조건으로 여동생의 유학을 승낙시켜 볼까. 그러나 일본에 갔다 와서 한다고 하면, 일본으로 도망쳐 버릴 거라고 억측할 수도 있었다. 도저히 생각이 정리되지 않았다.

하지만 생각해 보면 한가로운 이야기였다. 한창 동란 중에, 앞으로 어떻게 될지도 모르는 상황 속에서 결혼이라니……. 그렇기 때문에 더욱 아내를 맞아들여, 빠른 결실을 위한 씨를 뿌리고, 그것을 거둬들여야 한다……. 이방근은 어머니가 세상에 안 계신 것을 감사했다. 만약 어머니가 살아 계셨다면 어땠을까. 어머니가 아들의 결혼을 위해 동분서주한다면, 그건 거의 거역하기 어려울 것이다.

나영호의 코골이가 시작되었다.

이방근은 자리에서 일어나자, 여름용 이불을 손에 들고 온돌방 불빛만이 비치고 있는 서재로 가 다리를 이불로 덮어 주었다. ……그녀가 자네에게 마음이 있다는 건 사실이야. 왜 이 남자는 그런 말을 한 것일까. 자신의 방으로 돌아온 이방근은 피곤하면서도 곧바로 잠들 수 있을 것 같지 않았다. 그래도 시간이 좀 지나면서 위장의 상태가 회복되었는지, 몸이 술을 원하고 있었다.

그는 머리를 흔들며 일어나 다시 서재의 탁자로 가 빈 오지 주전자를 들고 밖으로 나왔다. 맞은편 아버지가 있는 거실의 불빛도 꺼져서 안채 전체가 시커먼 암흑 덩어리로 변했고, 이쪽 방의 불빛이 비쳐서 밝은 안뜰 너머로 희미하게 웅크리고 있었다. 문난설이 자고 있는 방도 전등이 꺼져 있었는데, 이미 잠이 든 건지 어떤지. 바람 소리가 귀를 스쳤지만, 그래도 여전히 그녀의 숨소리가 들려올 것만 같은 그 방 앞을 이방근은 발소리를 죽이며 부엌으로 가, 오지 주전자에 항아리의 술을 담아 왔다. 소리가 그다지 크지는 않았지만 나영호는 여전히 코를 골고 있었다. 감기에 걸리지는 않겠지만, 한 시간 정도 자도록 두었다가, 이쪽도 잠시 술을 마신 뒤에 깨워줘야겠다고 생각하였다. 문난설은 그의 코 고는 소리를 들어 본 적이 있을까.

이방근은 베개 맡에 쟁반을 내려놓고, 잔에 소주를 따라 목구멍에 흘려 넣었다. 뒤뜰의 정원수가 바람에 술렁이고, 바람이 지나간 뒤에는 쏴아 하고 해안에 밀어닥치는 파도 소리가 울려왔다. 내일은 비가 오려나. 모레 출발하기는 어렵겠지만, 다음날인 31일에는 어떻게든 출발해야 한다.

이방근은 사방이 그물로 둘러쳐진, 제주도의 어둠 속에 갇혀 버린 기분이었다. 심야로 향하는 어둠의 기색이 점차 두터워지면서 갑갑해졌다. 이방근은 단숨에 술잔을 기울였다. ……내일부터는 경황이 없을 것이다.

6

다음날 아침, 이방근은 여덟 시가 지나서 일어났다. 보통 때 같으면 아직 자고 있을 시간이었지만 손님들이 벌써 일어났을 뿐만 아니라, 문난설은 서울에 전화를 신청해야 했다.

비는 내리지 않았지만, 흐린 하늘이 무너질 듯 무겁게 드리워져 있

었다. 점점 세차게 불 줄 알았던 바람의 기세가 약해진 것은 조금 의
외였다. 그는 어젯밤부터 오늘의 스케줄을 이것저것 생각하고 있었는
데, 무엇보다도 먼저 아버지와 이야기를 매듭짓는 게 우선이었다. 내
일 서울로 출발하지 못하는 게 문제가 아니었다. 여동생의 유학은 아
버지가 허락할 리 없다는 것을 처음부터 알고 있었고, 그걸 억지로
밀어붙여 승낙을 얻어 내려 했던 것이, 아무래도 위태롭다고 느껴지
기 시작했다. 어쨌든 저자세로 나가면서 억지로라도 아버지를 납득시
켜야 했다. 그는 자신이 고집스럽게 주장하면 아버지도 그에 따라 줄
것이라고, 어느새 그것을 당연한 일인 양 믿고 있던 자신을 인정하고
싶지 않은 마음을 의식했다.

그는 세면장을 나오다가 부엌 출입구 쪽에 약간 배가 불러온 계모의
모습을 발견하고 툇마루를 따라 계모 쪽으로 갔다. 그리고 아침 인사
를 겸해서, 몸 상태는 어떠십니까, 아무쪼록 조심하십시오, 하고 조금
부자연스럽지만 진심을 담아 인사했다.

"아이고, 방근이 고마워. 난 지금은 아주 좋아. 이 몸은 나 혼자만의
몸이 아니잖아……."

"어쨌든 몸조심하세요."

계모의 마지막 한마디가 마음에 들지 않았다. 그는 아버지 방으로
발걸음을 옮겨 오늘 일정을 여쭙고, 나중에 드릴 말씀이 있으니 시간
을 비워 달라고 말했다.

"으-음, 얘기라. 무슨 일이냐, 새삼스럽게……. 무슨 얘긴지는 모르
겠지만 알았다." 아버지는 어젯밤과 달리 심기가 불편해 보이지는 않았
다. 머지않아 이 좋은 심기도 통째로 무너지겠지. "모처럼 만의 손님이
다. 오늘 밤은 집에서 함께 간단한 만찬회라도 여는 게 어떠냐?"

이방근은 그것은 고맙지만, 자신은 저녁에 외출해서 집에 없을 것

같다고 대답하자, 주인 격인 네가 빠져서는 손님 접대가 제대로 되지 않을 것 같다며, 일요일의 만찬회는 그만두기로 했다.

"비가 올지도 모른다. 게다가 아직 바람도 알 수가 없고."

아버지의 말투가 부드럽다.

이른 아침부터 와 있는 고네할망은 툇마루에 걸레질을 하고, 비가 올 거라고 하면서도 안뜰에 물을 뿌리고 있었다. 이제 며칠만 있으면 집안일은 부엌이가 대신하게 될 것이다. 부엌이가 용케도 다시 들어오기로 마음먹은 모양이었다. 아버지가 사람을 보내 부탁도 하고 명령까지 했다. 그것을 거절하지 못했다는 것인가.

그녀의 '추방' 직후, 그 사실을 안 여동생 유원은 몹시 분개하였고, 모교 창립기념행사 휴일을 이용해 가족이나 다름없는 부엌이를 다시 데려오기 위해, 일부러 집에 돌아온 적이 있었다. 그때는 아버지가 그걸 용납하지 않았었다. 말하자면 고네할망이 당분간은 그럭저럭 해낼 수 있었던 것이다. 그래서 아버지는 단지 만나기만 한다는 조건으로 부엌이를 찾아가는 것을 묵인해 주었는데, Y리보다 더 먼 바닷가 마을을 지나, 한라산 기슭에 이르는 중산간 부락인 선돌 마을까지. 그곳은 더구나 '게릴라 지구'였기 때문에 여동생을 혼자 보낼 수 없었다. 이방근은 박산봉이 운전하는 트럭을 타고 선돌 마을 1킬로미터 앞까지 함께 가서, 자신은 차 안에서 기다리고 박산봉을 여동생과 함께 보냈었다. 부엌이는 땅굴에 들어간 수도사처럼 하루 종일 어두운 토벽의 작은 방에 틀어박혀 앉아 있기만 한 듯, 그녀가 그대로 돌하르방이라도 된 것처럼 움직일 기색을 보이지 않는다는 이야기에, 이방근은 내심 납득했다. 그때까지만 해도 막연히 죽창을 들고 서 있는 게 아닐까 상상을 하고 있었던 자신이 꽤 안이했음을 알게 된 것이었다.

어쨌든 어떻게 마음이 변한 걸까. 문득 냄새가, 부엌이의 넓은 치마에 둘러싸인 두터운 냄새가 피어오른다. 이 집에 다시 냄새가 되살아날까. 후각을 통과해 머릿속공간으로 나와 퍼지고, 심해와 같은 검은 치마가 되어 몸을 감싸고 있는, 무한대의 향낭……. 이방근은 엷은 암내 같은 냄새를 풍기는 화장수의 향이 코에 전해져 오는 문난설을 전화가 있는 응접실로 데리고 가, 교환수를 호출하고서 상대편의 번호를 알리기 위해 그녀에게 수화기를 건넸다. ……내일 아침 문난설이 서울에 전화를 신청한다고 하니 잘 부탁하네, 그래, 알았네……. 이방근은 당황한 기색으로 대답한 것을 기억하고 있는데, 잘 부탁한다는 건 또 뭔가, 그때 그 말투가 마음에 들지 않았던 것이다.

"손님, 어젯밤에는 아무것도 준비하지 못해서 흔한 음식밖에 내놓지 못했지만, 이건 자리회인데 여기서는 그다지 신기한 건 아닙니다. 육지 쪽에서는 물회를 먹지 않는 모양인데, 섬의 맛이니까 제주에 오신 김에 꼭 맛 좀 보세요. 숙취 해장국으로 몸에서 술독을 싹 빼내줍니다. 그리고 보리밥을 한 사발 여기에 두고 갈 테니, 물회에 보리밥을 넣어 먹으면 얼마나 맛있는지 모릅니다. 자리돔 젓갈은 제주도가 본고장이지요……."

고네할망은 표준어를 조금 섞어가면서도 상대가 알아듣기 힘든 제주말로 한바탕 향토음식을 자랑하고 나서야 온돌방을 나갔다.

어젯밤처럼 놓인 각자의 밥상에는 갈치구이와 몇 가지 반찬이 곁들여 있었는데, 같은 자리돔에 여러 가지 양념을 섞어 무친, 국물이 없는 보통 회도 차려져 있었다. 미나리, 쪽파, 오이, 깻잎, 파, 그 외 마늘을 갈아 넣은 양념장 등에다 식초를 넣어 맛을 낸 차가운 물회의 딱딱한 자리돔 뼈를 이방근은 씹어 먹으며, 잘게 썰어 넣은 입안을 태울 것 같은 매운 풋고추의 자극에 주독이 어딘가로 흘러나가는 듯한 상쾌한 기분으로 사발의 국물을 숟가락으로 떠 입에 넣었다. 이방근은 쌀밥은 그냥 두고 보리밥을 국물에 조금 말아, 굵은 마늘종장아찌를 한 장 한 장 벗겨 먹으며 식사를 했다. 이것은 이 섬사람들이 먹는 소박한 식사방식이었는데, 오늘은 손님들과 똑같은 기분으로 식사를 하니 맛이 새롭게 느껴지는 것 같아 신선했다.

"어떻습니까, 난설 씨. 손님은 내버려 두고 혼자서 먹느라 바빴지만, 이건 제주도의 시골요립니다. 맛있습니다. 나 동무는 어떤가?"

"정말, 맛있어. 난 뭐든 잘 먹거든."

문난설도, 맛있어요, 게다가 마늘종장아찌가 아주 잘 익어서 맛있다며 먹었다. 처음에 그녀는 물회를 숟가락으로 국물만 떠서 먹고, 살점 쪽은 접시에 담겨 있는 보통 회 쪽에 젓가락을 대는 기묘한 식사를 하고 있었는데, 어느새 물회가 맛있다며 숟가락을 넣어 전체를 먹기 시작했고, 이방근의 먹는 방법을 흉내 내 보리밥까지 거기에 말았다.

응접실에서 전화벨이 울리고 있는 것 같았다. 이방근은 일어났다. 그러자 문난설도 따라서 자리에서 일어났다. 벨소리가 분명 장거리전화를 알리는 신호였고, 그녀 혼자 응접실에 가도 상관은 없겠지만, 그는 앞장서서 방을 나왔다. 일요일이라 그런지 전화는 의외로 빨리 연결된 것 같았다.

"선생님, 괜찮으니 어서 식사를 해 주세요……."

이방근과 함께 툇마루로 나온 그녀가 말했다.

"괜찮아요. 익숙하지 않을 테니."

그는 먼저 응접실로 들어가 수화기를 들고, 서울에 신청한 전화임을 확인하고서 그녀에게 건네주었다. 그리고 이방근이 그 자리를 떠나 응접실을 나오려는 순간, 이미 통화가 시작되어 본인이 받은 것으로 보이는 인사가 이루어지는 것을 듣게 되었다. 그는 자신의 귀를 의심하고 문지방 근처에 멈춰 서서, 등 뒤의 전화 소리에 귀를 기울였다. 여보세요ㅡ, 아버님, 잘 주무셨어요……. 지금은 제주도입니다…….

이방근은 방을 나와 툇마루를 천천히 걸었다. 아버님, 분명히 아버님……이라는 소리가 이 귀에 들렸다. 전화를 받은 것은 국제통신사의 서 회장이다. '첩'이 그 '임'에게 아버님이라고 부를까. 일본에서는 남편을 아빠라고 부르기도 하지만, 그래도 아버님……, 이것은 상대방이 아무리 늙었다고 해도 '첩'이 부르는 말은 아니었다.

이방근은 혼란스러운 상태로 방에 돌아와 밥상 앞에 앉았지만, 식사는 거의 끝나서 새삼 젓가락을 들 필요도 없었다. 뭔가 헛물을 켠 것처럼 힘이 쭉 빠지면서, 마음속에서는 구원을 받은 것 같은 기분이 솟구치는 것을 느꼈다.

"어떤가, 보리밥에 물회는 맛있나. 이건 제주도의 시골요리야."

이방근은 좀 전에 말한 것을 잊기라도 한 듯이 반복했다.

"그래, 맛있네, 상당히 맛있어."

나영호도 이방근의 얼굴을 보고 대답했다.

"그런데 나 동무, 그녀는, 문난설은 뭐하는 사람인가?"

이방근은 독상을 앞에 두고 서로 마주 앉은 나영호에게 물었다.

"무슨 말이야, 느닷없이……. 뭐하는 사람? 별다른 사람이 아니잖아. 자네 좀 이상하구먼. ……서울에서도 그런 말을 했었잖아. 동무가 상경하여 만난 첫날 저녁에도, 동무는 저 여자는 어떤 사람이냐고 물었는데. 왜 그러나? 이방근이 알고 있는 그대로의 여자야. 평양 출신으로, 그녀의 육촌 오빠가 '서북'과 관련 있어, 그리고 지금은 나와 함께 국제신문에서 임시로 도움을 주고 있네……. 나도 그 이상은 잘 몰라, 정말로. 내가 그녀와 친하다는 거겠지. 하지만 그 이상 자세한 일은 잘 모른다구. 무슨 일인가, 보름이나 지난 지금 다시 뭐하는 사람이냐고 묻는 것은……?"

"아니, 뭐 특별한 의미가 있어서 그러는 건 아니야." 이방근은 아무렇지도 않은 듯이 말했다. "실은 그녀가 방금 서울에서 온 전화를 받았거든, 내가 마침 응접실을 나오려는 순간이었는데, 상대방을 아버님이라고 부르는 소리를 들었다구. 아마 전화의 상대는 자네 회사의 서 회장일 거야. 무슨 관계인가 해서 말일세, 그녀가 서 회장의 딸인지 뭔지 궁금해서 말이야."

이방근은 아버님과의 관계에서 당연하지만 '딸'이라는 말을 강조했다.

"자네는 뭐라고 생각하고 있었나?"

"아니, 별로……." 이방근은 고개를 가볍게 옆으로 저었다. "아버님이라고 부르기에, 정말인가 하고 생각했을 뿐이네. 육친인지 어떤지는 둘째 치고, 아버님이라 부르기에 걸맞은 관계겠지. 그러면 딸이나 며느리가 되는 건가……."

"그녀는 서 회장을 개인적으로는 아버지라고 부르는 것 같아. 서 회장은 국회의원이라 바쁜 분인데, 나는 막 입사하기도 했거니와, 우리 통신사 회장 얼굴을 뵌 적이 없다네. 어쨌든 회장은 헌법 정신에 따라 대한민국의 민주주의 실현을 위해 언론에서 노력을 다할 것을 이념으로 삼고 있는 기골 찬 노인으로, 새로운 신문의 창간도 거기에서 출발하게 된 거지. 그리고 보면 문난설이 '첩'이네 뭐네 하는 소문이 나돈 적도 있는 것 같은데, 그건 하찮은 소문일 뿐이야."

"첩……? 그런 풍문이 단순한 소문으로 끝날 일인가. 명예훼손으로 문제를 삼아야 될 일이잖아."

이방근은 적당히 시치미를 떼고 있었다. 아니, 시치미를 떼지 않을 수 없었다.

"그렇긴 한데, 소문은 바람과 함께 왔다가 바람과 함께 사라져 버리잖아. 무슨 양녀 같은 게 아닐까. 그렇지, 이 동무는 이상하게 여기겠지만, 그 총경 대우의 신분증명은 그녀가 동란 중인 제주도에 간다고 하니까 서 회장이 임시로 부여한 걸세. 그녀 자신보다도 서 회장의 백이야. 그러고 보니 황동성 편집장도 가지고 있었던 것 같군. 그녀보다는 직급이 높은 것 같은데, 그건 확실치 않아. 어찌 됐든 이건 상당한 특권일세. 물론 함부로 카드를 꺼내지는 않겠지만."

"흐-음, 황동성이……? 총경보다 한 계급 위라면 경무관 대우가 아닌가. 그가 그 신분증명을 가지고 있다고? 정말인가."

이방근은 되물었지만, 내심 놀라고 있었다. 행상인 박갑삼으로 제주도에 온 남자. 아니, 이미 박갑삼이 아니다. 창원부동산의 비상근 임원이면서, 새롭게 국제통신사의 편집고문, 여당계 무소속 국회의원 서운제 파벌의 상담역……. 처자를 '안전지대'인 '북'에 두고 있다는 남자. 당중앙, 중앙, 중앙, 당중앙……. 그는 본명을 밝히지 않았지만, 앞으로 며칠 내에 여동생을 우상배의 배로 일본에 보내려고 하는, 그 우상배의 오사카 시절의 중학교 동창인 김동삼, 해방 전 오사카의 신문기자. 그는 해방 후 진심으로 자기비판을 하고, 당에 입당해서, 헌신적으로 활동하고 있었네……. 그는 예전에 큰 신문사의 조선, 경성 특파원을 했던 관계로, 각 방면에 연줄이 있고, 그것이 은연중에 힘이 되고 있다네. 무엇보다도 그는 해방 전의 악질 친일파의 구석구석까지 잘 알고 있어서 말야……. 우상배의 목소리였다. 그런 그가, 말하자면 남로당 중앙특수부 지하당원인 황동성이 경찰 상급 간부 대우의 신분증명서를 가지고 있다는 이야기였다. 물론 그가 조직원이라는 사실은 나영호도 문난설도 모른다. 당연히 회장도 알 리가 없었다. 이방근은 잔잔한 소름이 돋아 서서히 잔물결처럼 퍼지면서 몸을 살짝 떨었다. 가령 경무관이라면 경찰계급의 우두머리에 가깝고, 도의 경찰국장 대우가 된다.

"경무관인지 무슨 계급인지는 모르겠지만 말일세. 어쩌면 문난설과 같은 계급인지도 모르겠고…… 그녀가 온 것 같아." 옆의 서재 앞 툇마루에서 문난설의 가벼운 기침 소리가 들렸다. "조만간 자네가 직접 그녀에게 물어보는 게 어때, 나한테 알아보라고 해도 무리일세. 이것이 내가 알고 있는 대략적인 내용이야. 이봐, 자네는 도대체 뭐하는 사람인가……?"

그때 문난설은 이미 서재에 들어와 있었다.

"바보 같은 소리 말게."

그녀는 서재에서 두 사람이 있는 방으로 들어왔다.

"바보 같은 소리라니 무슨 얘기예요?" 그녀는 가볍게 미소를 띠면서 말했지만, 그건 질문은 아니었다. "이 선생님, 정말 고맙습니다."

"서 회장님은 건강하신가요?"

나영호가 말했다.

"네, 무슨 일 있으면 바로 연락하라고 말씀하셨어요."

"무슨 일 있으면, 무슨 일 있다면 말이지……"

나영호는 중얼거리듯 반복했다.

고네할망이 밥상을 치우고 나서 이방근은 아버지 방으로 가기 위해 자리에서 일어났다. ……아버님, 첩 같은 게 아니다. 어째서 윤봉은 나영호를 비난하는 말이었지만 그녀를 첩이라고 했을까. 이방근은 자리에서 일어났을 때, 또 다시 안도감과 함께 어떤 긴장감이 풀어지는 느낌이었다. 그리고 흐릿했던 시야가 한순간 맑은 하늘처럼 펼쳐졌다.

아버지 이태수는 방으로 찾아온 아들이 잠시 선 채로 있는 것을 보고 거기에 앉으라고 했다.

"무슨 이야기냐. 네가 아침부터 일부러 다짐을 해가며 얘길 한 적이 없었는데. 뭔가 난처한 표정을 하고 있구나. 피로는 좀 풀렸느냐?"

이방근은 아주 잠깐 앉았다가, 가능하면 응접실 쪽에서 이야기를 하고 싶다고 말했다.

"응접실……? 흐음, 여기선 하기 어려운 얘기인 모양이구나. 알았다."

이태수는 의아하다는 듯 아들을 쳐다보고 자리에서 일어났다. 방을 나오자 옆의 부엌 출입구에 머리를 내밀어 고네할망에게 차를 부탁하고 옆의 응접실로 들어갔다.

부자는 소파에 마주 앉았다.

방 좌우로, 각각 부엌과 세면장 쪽 출입구가 있었다. 정면은 안뜰을 마주 보고 있지만, 뒤쪽은 벽이라서 흐린 날에는 약간 어스레한 느낌이 들었다.

벽 쪽의 유리문이 달린 흑단(黑檀) 진열장 안에 늘어선 인삼주와 녹용주, 호골주 병들은 마치 위치를 바꾸지 않는 장식품 같았다. 실제로 진열장의 술병이 비어 있지는 않았지만, 그야말로 진열되어 있을 뿐, 손을 대는 일이 거의 없었다. 여동생의 유학을 눈앞에 두고, 조금 떨어진 벽 쪽의 검은 피아노의 자태가 조용히 가슴에 밀려들었다.

아버지는 얇은 삼베 저고리 속에 등배자[등나무 넝쿨로 만든 땀 방지용 조끼]를 입고 있어서, 상반신이 전체적으로 갑옷을 입은 것처럼 견고한 느낌을 주었는데, 바람이 빠져나가는 것이 보일 듯 외견상으로도 시원했다. 이방근은 아버지 앞에서 러닝셔츠만 입고 있을 수 없어 노타이셔츠를 걸쳤다.

"실은 말씀드리고 싶다고 한 건 유원의 일입니다만……"

이방근은 시간이 촉박한 지금 우물쭈물할 수가 없어서 단도직입적으로 말을 꺼냈다. 아버지가 놀라거나 화를 내도 섣불리 대응해서는 안 된다.

"……"

이태수는 말없이 고개를 끄덕이고 다음 말을 기다렸다.

"유원의 일본 유학에 대해 상의를 드리고 싶습니다."

이방근은 아버지의 불그레한 얼굴을 보았지만, 시선을 상대방의 가슴께로 떨어뜨렸다. 세 발자국 물러서서 스승의 그림자를 밟지 않는다는 것과 비슷한 느낌이었다. 아버지와 계속 시선을 마주치는 것은 예의에 어긋난다. 아버지의 이중 턱 아래 목덜미가 불그스름한 주름으로 조금 쳐져 있었다.

"일본 유학이라는 게 무슨 얘기냐. 그건 올봄에 있었던 얘기가 아니더냐. 이미 반년 전에 끝난 얘기잖아."

아버지는 이야기의 실마리를 잡지 못한 채 아직 시작에 머물러 있었다. 올봄에 담임교수가 일본 유학을 권한다……며 유원 자신이 일단 오빠한테 상의를 해 놓고선 무슨 마음의 변화가 생겼는지 결국 아버지가 허락하지도 않을 것이며 아버지를 슬프게 만드는 일이라며 백지로 돌린 적이 있는데, 이태수도 그 일은 알고 있었다. 그때 실은 저놈이 효성이 지극하고 마음씨 착한 효녀야……라고 아들 앞에서 눈물을 글썽이며 만족스러워했었다.

"예―, 그때는 그렇게 마무리를 지었습니다만, 그 후 여러 차례 대학 당국에서 유학 문제를 제안해서 제가 하 교수와도 만났습니다. 지금부터 그 일을 말씀드릴 테니 아버지는 잠시 들어주십시오."

이태수는 담배를 끈 뒤 들여온 인삼차를 한 모금 마시고 나서, 부채로 자신의 가슴팍에 바람을 보내기 시작했다.

"그래서 결론은 뭐냐?"

아버지의 냉정하고도 심술궂은 질문이었다.

"결론은 제가 지금부터 이제까지의 경위를 설명한 뒤에 나오는 거 아니겠습니까. 그래서 아버지께 상담을 드리고 싶다고 한 겁니다. 잠시만 결론을 유보하시고 들어주세요……."

전에 없던 아들의 기특한 태도에 이태수는 고개도 끄덕이지 않고, 말없이 아들의 얼굴을 계속해 노려보았다.

이방근은 인삼차를 한 모금 마시고 나서 지금까지의 경과를 언급하기 시작했다. 여동생의 음악적 재능과 그것을 제대로 살리기 위해서는 난세인 조국을 떠나서, 미국까지는 갈 수 없다 하더라도 일본으로 유학시킬 필요가 있고, 그것이 유원의 장래를 위한 것이라고 말했다. 그것은 전문가인 담임교수의 적극적인 견해이기도 했고, 자신도 그렇게 생각한다. 게다가 이번 체포 건으로 앞으로는 일절 정치 활동에 관여하지 않겠다는 취지의 서약서를 대학 측에 제출하여 퇴학 조치는 면할 수 있었지만, 재차 그런 일이 있을 경우에는 장담할 수 없다. 앞으로 무슨 일을 저질러 체포라도 된다면, 그때는 간단하게 넘어가지 않을 것이다(이것은 아버지를 향한 협박이었다). 따라서 그것 때문에 국외로 내보내는 것은 아니지만, 유학의 길이 무난하다……. 이 마지막 대목은 여동생이 들으면 깜짝 놀랄 만한, 이방근답지 않은—하지만 당숙 이건수가 유학을 인정하게 만든 가장 큰 근거가 되는—내용이라 할 수 있었다.

이태수는 아들이 말을 마친 뒤에도 한동안 말이 없었다. 놀라기는커녕 표정도 거의 변하지 않았다.

"오늘은 비가 오려나. 너는 외출해서 저녁에는 집에 없을 거라 했지."

"예—."

"……"

이태수는 말을 끊고 담배를 피웠다.

담배를 천천히 한 대 다 피웠지만, 마치 의식적으로 경쟁하듯 침묵이 이어졌다. 이런 침묵에는 제법 잘 견디는 이방근이었지만, 지금 상황에서는 상대가 아버지인 만큼 오히려 꼼짝달싹도 할 수 없는 답답함이 밀려왔다. 거의 탁자 위의 담배 케이스로 손을 뻗으려는 순간이었다.

"내가 무지한 탓도 있지만……." 이방근이 변소라도 갈까 하고 자리에서 일어서려는 참에 아버지가 입을 열었다. "음악이라는 게 도대체 뭐냐, 나는 잘 모른다. 본인이 하고 싶다고 해서 음악과에 들어갔고 오늘에 이른 것인데, 대학에서 재능이 있다고 인정해 준다니 그건 고마운 일이다. 흐음, 실제로 학교에선 계속해서 수석을 하고 있으니 대단하다. 게다가 비싼 학비를 내고 있지……. 그런데 결혼에 대해서는 털끝만큼도 생각하지 않는 게 아니냐. 난 음악을 그만두라고는 하지 않아. 내년이면 대학을 졸업한다. 결혼은 그 다음에 해도 좋으니까 약혼을 하라는 말이다. 서울에서도 충분히 음악을 할 길은 있을 게다. 본인의 정신 문제야. 정신만 바짝 차리면 호랑이 굴에 들어가도 살 길이 있다지 않느냐. ……난 인간으로서 결혼을 생각하지 않는 그 정신 상태를 모르겠다. 너희들만의 문제가 아니야. 집안이나 부모 생각을 하지 않는 그 심정을 모르겠구나. 적령기가 지나려는 여자애가 결혼도 안한다……는 것은, 그게 제대로 된 인간이냐. 기생이나, 아니 갈보들이나 하는 짓, 결국은 타락하게 된다. ……건수는 알고 있느냐?"

아버지는 기생이라고 말하고선 흠칫 놀라는 것 같았는데, 계모 선옥이 기생 출신이라는 것을 떠올렸을 것이다.

"예……."

"으흠, 건수는 내게 말 한마디 없구나. 건수는 내 대신 서울에서 애비 노릇하는데……"

"건수 숙부님이 할 수 있는 얘기는 아니지요. 그래서 제가 대신 이야기하기로 했습니다."

"네가 건수 대신에? 있을 수 있는 일이다. 건수는 그 나이에 어수룩한 구석이 있단 말이야. 미덥지가 못해. ……유원이 본인은 유학을 간다고 하더냐?"

이방근은 순간 귀를 의심하며 아버지를 정면으로 쳐다보고 그 말의 의미를 다시 생각해 보았다. 기분 탓일지도 모르지만, 마치 여동생 자신이 아니라 오라비가 강제로 보내는 것 아니냐는 듯한 말투에 이방근은 흠칫 놀랐다.

"물론이지요. 본인이 가는 거니까요."

"아하, 그래서 네가 유원이 대신에 왔다는 거냐? 2, 3일 안에 다시 서울로 되돌아간다는 건 그 때문이구나."

"……그 때문만은 아닙니다."

이방근은 말문이 막혔다.

"고네할망에게 가볍게 술상을 차려오라고 하거라."

이태수는 아들을 보고 재촉했다.

"삼가는 게 좋겠습니다."

"……뭣 때문에 서울로 유학을 보낸 건지. 그 녀석은 소학교를 졸업하고는 쭉 육지 물만 먹고 자랐으니, 고향인 제주도에는 그릇이 맞지 않아 정을 붙이지 못하게 돼 버렸다. 자기 부모마저도……. 그래서 결론은 뭐냐?"

결론은 이미 나와 있을 터였다. 아버지 차례다. 자신의 딸에 대한,

'소유물'에 대한 아버지의 결정만이 남아 있다고 해야 할 것이었다.

"아버지가 의견을 말씀해 주셔야 결론이 나지 않겠습니까."

"……" 아버지는 가볍게 고개를 끄덕였다. "내 생각은 알고 있지 않느냐. 일본에 가는 건 안 된다. 할 수 있는 일과 그렇지 못한 일이 있다."

예상했던 벽이었지만, 어떻게든 설득해야만 한다.

"아버지와 딸이라는 개인적인 틀을 넘어서 유원을 유학 보내 주세요……."

"부녀의 틀이라니 무슨 뜻인지 모르겠구나. ……당사자는 언제 오는 거냐?"

이방근은 깜짝 놀라, 순간 무슨 말인지 판단이 서지 않았다. 어디로? 도대체, 시간이 있다면 모를까, 올 예정 따위는 없었다. 모두 이방근이 담임교수와의 합의하에 억지로 강행하면서, 아버지의 승낙을 반드시 얻어낼 생각이었다. 그렇게 확신하고 있었다. 순간적으로 아들의 풀 죽은 모습을 본 것인지, 이태수는 더욱 다그쳤다.

"유원이 자신은 너에게 모두 다 맡겨 버리고, 이 애비와 직접 상의도 하지 않겠다는 거냐?"

"그런 게 아니지 않습니까. 적어도 저는 오라비입니다. 남이 아니에요. 유원이가 제주도에 있는 것도 아니고, 오라비가 여동생 대신에 아버지께 상의하는 것이 그렇게 불쾌하십니까……."

"그럼, 내가 허락한다면, 유학을 허락해 준다면 여기에 온다는 거냐?"

그렇다고 하면 거짓말이 된다. 앞으로 며칠 뒤, 다음달 3일에 우상배의 배로 부산에서 출발한다는 것을 알면, 아버지는 분명 눈앞에서 졸도하고 말 것이다. 유원이가 아버지에게 할 수 있는 작별인사는 서울에서 전화를 거는 방법 밖에 없었다. 이방근은 스스로 예상외의 벽에 부딪쳤음을 깨달았다.

"……사정이 있어서 그렇게 될 것 같습니다."

"호호, 정말 어이없는 얘기구나. 유학 승낙을 받아 놓고, 확실하게 기성사실로 만들고 나서 오겠다는 심산이구나. 어젯밤에 2, 3일 안으로 서울에 간다더니, 유학 문제로 그렇게 서두르는 게냐? 음."

"여러 가지로 준비도 있고, 또 개인적으로도 볼일이 남아 있습니다."

이미 준비는 되어 있다, 남은 것은 아버지의 승낙뿐이라고 말할 수 없었다. 이방근은 마음이 초조해지고 궁지에 몰리는 느낌이었다.

"준비? 언제 갈지도 모르는 유학을, 지금부터 무슨 준비가 필요하다는 거냐? 너도 서울에 갈 거라면 친척 대표들과 제대로 결혼 얘기를 마무리 짓고 나서 가도록 해라."

"친척들과는 어떻게든 날을 조정해서라도 만날 테니, 유원이를 저에게 맡겨 주시지 않겠습니까."

"맡겨……? 그 애가 내년에 대학을 졸업하고 나면 결혼시킬 수 있겠느냐. 그렇다면 맡기겠다. 도대체가 적령기가 되어서도 결혼할 생각을 하지 않는 건 네 영향을 받아서 그래. 모든 면에서 말이다."

결말이 날 것 같지 않았다.

"아버지와 오라비인 저도 모르는 사이에 유원이는 사회를 깨달아가고 있습니다. 외골수인데다 고집이 세지만, 자상하면서도 정의감이 강한 유원이는 아마도 앞으로 어떤 형태로든 정치 활동에 관여하거나, 혹은 휩싸이지 않을 거라고 단정할 수 없습니다. 또 다시 체포되지 않는다는 보장도 없고……."

"그런 얘긴 나한테 하지 마라. 듣고 싶지 않다." 이태수는 아들의 말을 가로막았다. "넌 도대체 뭘 하러 서울에 다녀온 게냐? 여동생에 대한 지도도 못하고 있지 않느냐."

"잠깐만요. 듣고 안 듣고의 문제가 아니지 않습니까. 건수 숙부님도 인정하고 있는 일입니다. 제가 특별히 유원이를 위해 해 준 것은 없지만, 하나밖에 없는 여동생을 아끼고 있습니다. 여동생을 위해서라면 어떤 희생도 마다하지 않을 거구요."

"그건 기특한 일이구나. 오누이의 정은 아름답지만, 딸은 어차피 남의 집 사람이야……. 넌 어지간히 할 일이 없으니 그런 말을 하는 거다. 문중을 위해, 집안을 위해, 이 애비를 위해서라고, 거짓말이라도 좋으니 한마디 그리 말해 보거라. 한 발짝만 되돌아가면 네가 할 일은 태산처럼 쌓여 있다. 참 팔자 좋구나. 유학 얘기는 그만하거라. 마음이 혼란스럽다. 그보다도 넌 결혼 문제로 찾아올 친척들 앞에서, 더 이상 나이 든 이 애비 얼굴에 먹칠하는 짓은 하지 말거라. 문중회의 결정이란 말이다."

이래서는 발붙일 데가 없다. 서울로 출발하기 전까지 승낙을 받기 위해서는 뭔가 언질을 얻어 내야 한다. 비가 내리기 시작했다. 유리창 밖으로 하얀 빗줄기가 빛나고, 안뜰의 지면을 때리며 퍼지는 빗소리가 소나기처럼 갑작스러운 기세로 내리기 시작했다.

"친척 대표들과 만나서 어떻게 하라는 말씀입니까?"

"넌 시치미를 떼고 있는 거냐? 뻔한 거잖아, 네 결혼에 관한 일이다. 너 개인의 문제가 아니야. 현재 우리 문중의 가장 중요한 문제다."

"그것이라면 굳이 만나지 않더라도 제가 결정하면 될 일이잖습니까?"

"……"

"제가 결혼을 약속하면, 유원의 유학을 허락해 주실 건가요?"

"뭐라고……." 이태수는 생각지도 못했던 본인 자신의 반응에 놀란 듯 잠시 어리둥절해 했지만, 그 눈에 교활한 빛이 스쳤다. "으흠, 너는 이 애비와 거래를 할 심산이냐. 이쪽의 약점을 이용해서……. 결혼 약속을 하지 않더라도 결혼은 해야 한다. 유학과는 별개의 문제다."

그러나 반신반의하면서도 이방근의 결혼 운운하는 발언은 아버지에게 충격을 주었음이 틀림없었다. 아무리 문중회의의 결정이라 하더라도, 본인이 완고하게 거부하거나 어디론가 자취를 감춰 버리면 그만이라서, 아버지로서도 지금까지 없었던 기회를 가만히 보면서 놓칠 수는 없을 것이다.

"그렇습니다. 별개의 문제이고말고요. 그러니까 여동생을 저에게 맡겨 달라고 말씀드리고 있지 않습니까. 게다가 약점을 이용한다는 둥, 비꼬지는 말아 주십시오."

"……모든 일이 다 그렇듯이, 문제를 너무 서둘러선 일을 망치게 된다. 이래서는 충분히 생각할 여유도 없지 않느냐, 도대체가."

"급한 일입니다."

이방근은 등에 한 줄기의 식은땀이 싸늘하게 흘러내리는 것을 의식하면서 말했다.

"……?"

의심스러워하는 표정이 이태수의 얼굴을 덮었다.

"승낙해 주신다면 최종적인 결론을 내리는 건 내일 밤이라도 좋습니다. 저는 모레는 배를 타야 합니다."

"뭘 그렇게 서두르는 게냐."

"9월 신학기에 맞출 필요가 있어서, 다음 달 초순에는 서울을 출발할 수 있게 해 주고 싶습니다."

"뭐라, 다음 달 초순에 서울을 출발한다고? 어디서 누가, 유원이가 말이냐……?"

"예―……."

"예―……? 어떻게 그런 말이 나온단 말이냐. 누가, 그걸 허락했단 말이야!" 이태수는 언성을 높이며 자리에서 일어섰다. "허허, 하늘과 땅이 어떻게 뒤집어졌으면 세상 꼴이 요 모양이냐. 여보-, 선옥이 거기 있는가. 고네할망에게 술 좀 가져오라고 해. 약주로 말이야……."

부엌 쪽을 향해서 외치듯이 말한 이태수는 담배를 입에 물었고, 불을 붙이는 그 손이 떨렸다. 얼굴은 분노로 일그러져 있었다. 아버지는 밖의 줄기차게 내리는 비가 내다보이는 유리창으로 다가갔다. 조금 열린 미닫이문 틈으로 시원한 냉기가 방으로 흘러들었다.

약주 냄새가 확 풍기면서, 고네할망이 두 개의 술잔과 술이 든 오지 주전자를 가져왔다. 아버지가 자리로 돌아왔다. 이방근은 술이 든 오지 주전자를 가볍게 들고, 양손으로 아버지 앞의 술잔에 술을 따르고 자신의 잔에도 채웠다. 녹용과 인삼으로 담근 술이었다.

이태수는 잔을 입술에 대고 천천히 기울이면서 단숨에 술잔의 반을 마셨다. 그리고 하아- 하고 뱃속에서부터 큰 숨을 토해 냈다.

"건방진 것들……. 세상에 부모보다 잘난 자식은 없다고 했다. 자식이 아무리 잘났다 해도 그 애비를 이기기는 어렵다는 뜻이다. 너희 남매가 애비를 이기려고 하는 그 소행의 근원은 어디에 있단 말이냐. 딸에게 학문 따위를 시킨 내 잘못이냐. 음악? 음악이라는 게 뭐냐. 자식들을 너무 자유롭게 키운 업보더냐. 어찌 된 일이냐. 도대체 부모를 뭘로 생각하는 거야. 잘도 그런 생각을 하는구나. 유학을 허락하지도 않았는데, 서울에서 바로 일본으로 간다……. 못된 송아지 엉덩이에 뿔난다더니, 못된 놈일수록 그 태도가 오만하구나. 난 더 이상 할 말이 없다. 아이고, 이런 사람 같지도 않은 것들……."

이태수는 술잔을 손에 들고 다 마신 뒤, 스스로 오지 주전자에 조금 남은 술을 따랐다. 이방근은 음미하듯이, 그야말로 약을 마시듯이 혀

위에 약주를 잠깐 올려놓았다가 목구멍으로 흘려보냈다. 약주라서 그런 것은 아니었다. 지금은 소주라도 마찬가지였을 것이다.

"내가 선옥과 결혼했다고 너희들이 그러는 게냐? 애비를 업신여기고, 자식이 애비를 이기려고 교만하게 구는 건 뭣 때문이냐…….."

"아버지, 자식이 교만하다든지, 어머니 일이라든지 그런 게 아니지 않습니까. 못된 송아지 예를 드시는 건 괜찮지만, 자식이 아버지를 이기려 한다니 대체 무슨 말씀이십니까."

"그럼 뭐냐. 너희들의 죽은 생모 때문이냐. ……유원이가 선옥을 어머니라고 부르며 입을 연 건 올 들어서다. 그건 그것대로 나쁜 건 아니지만, 그 전까지는 아주머니라고 했다. 천지간에 이런 일이 어디 있느냐, 짐승이나 마찬가지다. 제 부친의 후처, 계모에 대해 그 애는 절대 어머니라 부르지 않았다. 타일러도 듣지 않으니, 내가 얼마나 속이 끓는 이 마음을 억눌렀는지 모른다. 너도 알고 있는 일이야. 잘 들어라. 난 고인의 험담을 하려는 게 아니다. 너희들은 걸핏하면 '불쌍한' 어미를 끄집어낸다. 그리고 그 반대편에 이 애비를 놓고, 어미를 괴롭힌 애비가 나쁘다, 내가 극악무도한 인간이라고 한다. 너희들은 누구도 이 집에서 거의 생활하지 않았기 때문에 잘 모르겠지만, 모친을 성녀나 되는 것처럼 생각하고 있을 게다. 병에 걸려 성격이 이상해진 탓도 있겠지만, 음, 물론 내 탓도 있을 거다. 그러나 그래도 너희 모친은 보통 여자가 아니었다. 그야말로 나를 갈기갈기 찢어서 지옥이라도 같이 끌고 가려는 그 섬뜩함에, 나는 무서워서 두 손을 든 게다. 발작을 일으키면, 머리카락을 풀어헤치고 날뛰면서 닥치는 대로 물건을 집어던지다가 넘어지고, 그리고는 혼절했다. 의식이 돌아오면 다시 울부짖었다. 네가 서대문형무소에 있을 때가 가장 심했다. 부엌이는 전부 알고 있다. 세간에선 네 어미가 나 때문에 병에 걸렸고, 괴로워하다 죽었다고들 하지. 그래. 확실히 네 어미는 다른 사람에게는 친절하고 후했다. 그래서 세간에서는 성녀처럼 보였을지도 모르지만, 당치도 않다. ……한 집에서 부부가 증오를 품고 일절 말을 않고 산다는 것은, 너는 학생 때 결혼한데다 형무소 생활을 하느라 처와 함께 지낸 시간이 별로 없었지만, 그래도 그게 어떤 심정인지 아느냐. 네가 이 집에 살면서도 열흘, 또는 보름 넘게 부자가 서로 얼굴을 마주칠 기회가 없는 것도 기묘한 얘기지만, 그것과는 또 다른 문제다. 별거도 하지 않으면서 몇 달이나 반년이나 1년이나 서로 말을 하지 않고 생활한다는 건……. 그래서 유원이 방에서 계속 자고 일어나길 반복했다. 난 집에 돌아오면 전혀 말을 않는 인간이 돼 버렸고. 괜히 어설픈 말을 해서 언제 또 네 어미가 발작을 일으킬지 모른다는 공포심 때문이었다……."

　이방근은 아버지에게 반박도 하지 않고 약주를 조금씩 마시며 가만히 듣고만 있었다. 아버지의 과장도 있겠지만 모두 거짓은 아니었다. 이방근도 그 일을 전혀 모르는 것은 아니었다. 그렇지만 그것은 남자 쪽의 편리한 변명일 뿐이었다. 어머니가 입원한 뒤에는 선옥을 거의 공공연히 집에 들였을 정도였다. ……제가 철이 들면서 알게 된 여러 가지 슬픈 일들을 떠올렸어요. 고생만, 그것도 아버지 때문에 걱정만 하며 사신 엄마를요……. 오빠는 아버지를 어떤 분이라고 생각해요? 서울에서 아버지로부터 계모의 임신을 알리는 전화가 숙부 앞으로 걸려 온 후의 일이었는데, 유원이가 이제 집에는 돌아가지 않겠다고, 아버지도 계모도 보고 싶지 않다며 털어놓은 이야기가 머리를 스쳤다. 어린 여동생을 안은 아버지가 어머니와 성내 축항 근처를 걷다가 한 젊은 여자와 마주쳤는데, 당황한 아버지가 여동생을 바다에 내던지듯 어머니한테 맡기고 여자의 뒤를 쫓아 사라졌다는 광경이었다.

이방근은 혼자 고개를 끄덕이면서 술잔을 입으로 가져갔다.

"여자는 원래 그런 거라곤 하지만, 네 어미는 결혼하고 나서 죽을 때까지, 무슨 일이 있을 때마다 자신의 잘못이나 말실수를 단 한 번도 인정한 적이 없었다. 자신이 나빴다든가, 자기 쪽에도 잘못한 게 있다든가 손톱만큼도 인정한 적이 없는 '완벽한 여자'였다. 이건 무서울 정도였는데, 일단 말싸움이 나면 절대로 이길 수가 없었다. 그래서 내 쪽에서 말싸움이 나지 않도록 모든 걸 피했다……." 아버지는 크게 한숨을 쉬었다. "부잣집에 '데릴사위'로 들어가 분명히 처가 덕도 봤지만, 난 돈이 별로 없었다고는 해도, 정삼품 부사공(府使公)의 후손, 3대손이다. 당상관, 양반의 품격으로 말하자면 비교도 안 되는데, 너는 그 4대손……."

"부사공은 정삼품이라고 해도 당상관은 아니지요. 이미 옛날일이지만 당하관입니다."

"같은 삼품의 위계니까 당상관과 다를 바 없어. 큰 차이는 없다……." 아버지는 술을 마셨다. 술기운이 가볍게 그 얼굴에 배어나고 있었다. "음, 이 집에는 아무래도 일종의 살이 낀 것 같다. 마가 끼여 있어. 뭔가 좋지 않은 사악한 기운이 있다. 생각해 보면 저번에 했던 굿판에서 선옥이 신들려 네 어미의 혼백이 씐 일도 그냥 웃어넘길 일이 아니다. 네 어미가 발작을 되풀이할 때마다 이 집에서 몇 번이나 살풀이, 살을 쫓는 굿을 했는지 모른다. 남 보기 딱하고 부끄러운 일이었다……. 살이 끼면 친족 사이가 좋지 않다고 하는데, 정말 이상하기 짝이 없구나. 음, 어째서 이 집 가족들은 지금까지 가족답게, 일가가 함께 단란한 생활을 못 하는 게냐? 모두 뿔뿔이 흩어져서……, 용근이도(드문 일이다. 아버지가 장남의 이름을 입에 담는 일은 좀처럼 없는 일이었다), 너도 유원이도 모두 소학교만 섬에서 나오고, 본토나 일본에서 공부하는 사이에, 다들 이 집을 떠나고 말았다. 용근이, 이놈은 일본 여자와 결혼해서 일본인이 돼서 나를 떠났고, 나를 버렸다. 딸자식도 똑같은 길인, 일본으로 가겠다고 하니. 집에 잠시 머물고 있는 너도 단지 여기에 겉껍데기만 있을 뿐 혼은 없어, 이 집에 없는 거나 마찬가지야. 유원이, 이 불효자 같은 녀석. 지금의 자신이 누구 덕인 줄도 모르고. 애비도 모르는 사이에 다 정해 놓고 일본으로 출발한다……? 정말이지, 이 집은 이렇게 무너지는구나. 이미 무너지려고 하는데, 흔들어서 무너뜨려 버리는구나. 집은 있는데 사람이 떠난다. 이 집에서는 모두가 사라지고 없어지는 게야. 가족들이 이 집에 오지 않게 된다……. 무엇 때문에, 누구의 짓이냐. 한심하다……. 이제 날 아버지라 부르지 말라고 유원이에게 전하거라……. 부를 것 없다. 아이고, 살이 끼었나, 이 집에 들러붙었나……."

"아이구-, 여보-, 제발 그만하세요. 살……, 살……, 이제 그만하라고요."

부엌 쪽에서 선옥의 쥐어짜는 듯한 억누른 목소리가 들리는가 싶더니, 갑자기 아이구-! 하는 비명에 가까운 소리를 지르며 그녀가 쓰러지듯이 응접실로 달려 들어왔다. 부엌 쪽을 향해 소파에 앉아 있던 이방근의 눈에 그 모습이 곧바로 들어왔다. 그는 놀라 자리에서 벌떡 일어났고, 이미 일어나 있던 아버지도 뒤를 돌아본 채 우뚝 서 있었다. 이내 고네할망의 작은 체구가 부엌 쪽 출입구에서 쏜살같이 달려왔다. 아마도 응접실 바로 밖, 부엌 출입구 근처에서 두 사람 모두 이야기를 엿듣고 있었음에 틀림없었다.

파란 얼굴에 경련을 일으킨 선옥이 소파 근처까지 앞으로 쓰러질듯 달려 들어오더니, 복부를 직접 바닥에 대지는 않았지만, 그 자리에 무릎을 꿇고 엎드리더니 어깨를 들썩이며 소리 죽여 울부짖었다. 살,

살……을 그만, 그만 좀 하세요. 제가, 제가 이 집에 들러붙은 살이에요. 저를 어떻게 좀 해 주세요. 제가 살을 불러온 여자라고요, 아이구……. 그녀는 양손으로 바닥을 치며 울부짖었다. 이런 신들린 듯한 일에는 익숙해져 있는지 고네할망이, 무슨 소리야! 살이 어디 있다는 거야. 살을 여기 데리고 와 봐…… 하면서, 격렬하게 움직이는 선옥의 등을 자상하게 쓰다듬으며 달랬다.

"에잇, 마치 미친 여자나 다름없구만. 도대체, 무슨 말도 안 되는 소리를 하는 거야! 여보, 정신 차려, 무슨 헛소리를 하는 거냐구."

아버지가 고네할망과 함께 선옥을 안아 일으키는 것을 이방근은 우두커니 선 채로 가만히 보고 있었다. 웬만한 일이 아니면 계모의 몸에 손을 대서는 안 된다.

"아이구-, 내 얼굴 좀 봐 주세요. 살이 붙은 이 얼굴을……."

거의 초점을 잃어 가는 눈이 눈물에 젖어 있었고, 핏기 없는 새파란 얼굴이 맺힌 땀으로 빛나고 있었다. 그녀의 뺨을 때리는 소리가 났다.

"여보, 선옥이……."

선옥이 눈을 떴다.

"선옥이, 괜찮은가. 이제 일어설 수 있어, 그래, 자네 발로 일어서 봐. 아, 자네는 야무지니까 괜찮을 거야……. 아이고, 어째서 여자들은 있는 일 없는 일, 다 뒤집어쓰고 슬퍼해야 하는 팔자인가, 선옥이, 선옥이……."

"고네할망, 대체 이게 어떻게, 무슨 일입니까?"

"어떻게 된 일이고 뭐고, 이제 괜찮수다……."

"오늘은 일요일라 병원도 쉬는데."

아버지의 이마에는 땀이 배어 빛나고 있었다.

"병원, 병원은 안 되우다. 그게 되레 안 좋을 거우다……." 고네할망은 선옥의 배를 치마 위로 몇 번인가 살며시 쓰다듬어 주었다. "아, 놀랐을 거야. 뱃속의 아기도 많이 놀랐을 거라……. 혼이 빠지는 줄 알았을 테지. 가엾게도, 이제 괜찮아. 자아, 자아, 이제 빠져나가는 줄 알았던 혼도 돌아왔으니……."

처음 선옥을 안아 일으켰을 때 축 늘어졌던 발이 이제 조금 꼿꼿하게 스스로 몸을 지탱할 수 있을 정도가 되었다. 반쯤 눈을 뜨고 있었는데, 그 눈동자에 빛이 돌아온 것으로 보아 실신은 아니었다. 이방근은 한순간 간담이 서늘했지만, 큰일은 아닌 것 같아 마음이 놓였다. 아버지가 격앙된 나머지 졸도하는 것은 아닐까 생각했는데, 다른 곳에서 변이 일어난 것이었다. 아니, 만약 술을 한 잔 마시지 않았다면 졸도했을지도 모를 일이었다. 소량의 알코올이 그것을 억제했을지도……. 신기하게도 몸 자체가 어떤 사태를 예견하고 거기에 대응하는 뭔가를, 말하자면 술을 요구한 것이 아닐까. 세면장 쪽 출입구에 문난설과 나영호의 모습이 보였는데, 이방근이 괜찮다는 신호로 말없이 고개를 끄덕이자, 두 사람은 곧바로 물러갔다.

"아이구―!"

선옥은 한숨 섞인 긴 숨을 토해 냈다.

"여보, 도대체, 하찮은, 어리석은 생각을 해가지고, 괜찮아?"

선옥은 겨우 고개를 끄덕이면서 일단 소파에 앉아 팔걸이를 베개 삼아 천천히 몸을 뉘었다. 서 있던 이방근과 시선이 마주친 그녀는 가만히 쳐다보았다. 그는 눈을 피했지만, 그녀의 눈에 증오심 같은 빛은 없었다.

"이걸 한 모금 마시는 게 좋아……."

아버지는 자신의 술잔에 남은 약주를 따르고는 그녀의 상반신을 가볍게 일으켰다. 선옥은 술잔을 받은 뒤 입술로 가져갔다.

"도대체, 무슨 일이야. 혼자만의 몸이 아니잖나. 소중하고 깨지기 쉬운 물건 같은 몸, 뱃속에 있는 아이를 생각해야지, 응……. 무슨 망언을, 선옥이한테 어디 살이 있다는 거야. 고네할망, 괜찮겠지요?"

"너무 그렇게 괜찮겠나, 괜찮겠나 하는 것도 좋지 않수다. 병원, 병원 하는 것도 마찬가지고. 방에 들어가서 안정을 취하면, 그래, 그렇지, 마음이 가라앉으면 별일 없을 거우다……."

선옥은 약주를 한 잔 다 마시더니, 다시 소파에 눕지는 않고 그대로 일어나 양쪽에서 아버지와 고네할망의 부축을 받으며 응접실을 나갔다.

이방근은 한동안 우두커니 서서 유리창 너머 밖에 내리는 비를 바라보고 있다가 소파에 앉아서는 참았던 담배를 입에 물고 불을 붙였다. 아버지가 응접실로 돌아올지 어떨지 모르겠지만, 이방근은 더 이상 이 자리에서 이야기를 계속할 기분이 아니었다. 그렇다고 이것으로 이야기가 흐지부지될 것도 아니었고, 그렇게 될 수도 없었다. 다만, 타협에 이르기 전에 아버지가 서울에 전화를 할 가능성은 충분히 있었다. 그 전화 한통으로 유원의 유학은 끝장나 버릴 것이었다.

비바람과 관계없이, 이방근은 양준오와 만나기 위해 두 시간 뒤인 오후 한 시쯤에는 집을 나서야 했는데, 어쨌거나 그때까지는, 외출해 있는 동안에 아버지와 서울 사이에 통화를 해서는 안 된다. 어떻게든 전화를 하지 못하도록……이라는 생각을 하면서, 이방근이 방 뒤쪽 벽기둥에 달려 있는 전화기로 시선을 옮겼을 때, 마치 시선의 끝에 찔리기라도 한 듯이 갑자기 전화가 울려 이방근을 깜짝 놀라게 만들었다. 무슨 일인가. 그는 계속 울리고 있는 전화기를 물끄러미 바라본 채, 잠시 일어서는 것을 잊고 있었다. 이 얼마나 웃기는 전화란 말인가, 마치 살아 있는 생물 같았다. 이 녀석은……

전화기에서 여기는 제주경찰서라고 하는 바람에 이방근의 기분을 거듭 상하게 만들었다. 게다가 오늘은 일요일이다.

"뭐요, 제주경찰, 서장실⋯⋯. 예─, 그렇습니다. ⋯⋯아버지요, 아버지는 계십니다. 그렇습니다, 저는 아들 이방근인데요⋯⋯. 아, 그렇습니까, 맞습니다, 저는 어젯밤에 돌아왔습니다, 잘 알고 계시군요⋯⋯. 아버지를 바꿔드릴 테니 잠시만 기다려 주세요⋯⋯."

전화는 경찰서장실이었지만, 전화를 한 사람은 서장 자신이 아니라 담당 부하인 듯했다. 이방근의 머릿속에 바로 떠오르지 않는 그 남자는 자못 친절하게, 어젯밤에 돌아오신 모양이군요⋯⋯라고 인사조로 한 것이겠지만, 불필요한 말을 했다.

이방근은 응접실을 나와서 아버지를 불렀다.

"⋯⋯예─예─, 그래요, 이태수입니다. 잘 지내시지요⋯⋯." 전화를 받은 상대편은 서장 본인인 듯했다. "예⋯⋯? 그렇습니다, 어젯밤에 아들이 서울에서 손님들과 함께 돌아왔습니다. 음, 그런데, 뭐라고요? 총경, 아, 경찰 총경 말이군요⋯⋯. 그런 사람은 없습니다만. 없어요⋯⋯. 누구, 뭐라고요, 문, 예─, 예─, 문난설, 그건 여자 이름이군요. 오호, 그분이 총경, 그런, 어처구니없는 농담을⋯⋯. 오늘은 일요일이고 비가 오지만, 저는 지금 조금 바빠서요, 그 젊은 여자는 신문기자입니다⋯⋯. 뭐라고요, 서장님이 직접 이쪽으로 인사하러 오신다고요? 도대체 어떻게 된 겁니까, 서장님 무슨 일 있으십니까⋯⋯?"

전화는 그 후에도 2, 3분 계속되다 끊겼다. 아버지는 무슨 일인지 믿지 못하겠다는 듯이 멀뚱히 서 있더니, 갑자기 생각을 바꾼 듯 소파로 다가와서는, 이 집에 경찰 관계의 총경이 와 있느냐⋯⋯며 잠이 덜 깬 얼굴로 물었다. 이방근은 문난설이 그런 것 같다고 대답했다.

"으흠, 그래, 역시 문난설, 경찰에서도 그렇게 말했다. 그 젊고 아름다운 여인이 총경이라고……, 앗핫하, 이거 참 황송한 일이군, 도대체, 어찌 된 일이냐. 왜 너는 그걸 확실히 말하지 않은 거냐……."

"……어머니는 괜찮으십니까?"

"뭐, 괜찮을 게다."

이방근은 담배를 껐고, 소파에 앉은 이태수는 담배를 집어 입에 물었다. 경찰에서 온 전화는, 서울에서 문 총경이 일부러 제주에 오셨으니, 오늘은 일요일이라 죄송하지만 시간이 되시면 인사차 찾아뵙고 싶다는 이야기인 듯했다.

"총경, 그것 참 놀랍구나. 문난설, 그 여자가 총경이라니……. 서울에서는 뭐가 행세를 하는지 알 수가 없구나. 방근아, 너, 접대는 실수 없이 잘 하고 있겠지……. 음, 경찰보다 내가 먼저 인사할 필요는 없느냐?"

"무슨 말씀을, 아버지답지 않으세요. 아버지는 경찰과 관계도 없지 않습니까. 어젯밤에 손님 쪽에서 뵙고 제대로 인사도 드렸고요."

"새삼스럽기도 하니, 그건 그만두자. 나중에 한 번 더 전화가 오기로 돼 있다. 본인한테 사정을 물어봐야지. 그래, 저녁이라도 함께할까. 서장 일행이 오면 그냥 돌려보낼 순 없다. 어차피 한잔 마실 걸 기대하고 오는 거니까. 너는 외출한다고 했지만, 손님과 함께 있어야겠구나……."

이방근은 소파에서 일어나, 등 뒤로 아버지의 시선을 느끼며 응접실을 나왔다. 조금 전 부자간의 험악한 공기는 한층 부드러워진 듯했다.

7

　이방근은 난처하게 됐다고 생각하면서 비가 들이치는 툇마루를 따라 서재로 갔다. 때때로 강한 바람이 응접실 지붕 너머 정면의 대문 안쪽으로 몰아쳐서, 비스듬히 내리는 빗줄기가 세차게 안뜰로 내리쳤다. 그 여파로 툇마루는 물보라를 덮어쓰고 있었지만, 비가 직접 들이치지는 않았다. 응접실 앞은 거의 젖지 않았다. 너는 손님과 함께 있어야 되겠구나……. 분명히 자신이 데리고 온 손님이니 동석해서 중계 역할을 하는 것이 좋을 것이다. 그러나 서장은 자기 마음대로 인사를 오는 것이니, 그 자리까지 참석할 필요는 없을 것이다.

　나영호와 문난설은 소파에 마주 앉아 있었다. 안뜰을 향한 쪽이 이른바 '상석'인 셈인데, 이방근의 고정석이기도 한 그곳에 나영호가 앉았고 이방근이 들어간 안뜰 쪽을 등지고 문난설이 앉아 있었다. 어젯밤 처음 앉았을 때부터 나영호의 자리는 그곳으로 정해졌다는 듯이, 그쪽을 문난설에게 양보해 줄 생각은 없어 보였다. '상석'인 그곳에는 당연히 남자가 앉아야 한다는 듯했다.

　이방근은 손님에게 웬만해서는 자신이 늘 앉아 있는 '상석' 쪽이 아닌, 자 어서…… 하고 권하는 것은 그 맞은편 소파였다. 손님이 보기에 '상석'에 해당하는 자리에 방주인이 턱하니 앉아 있는 것은 아무래도 예의상 어긋난다고 생각할 수 있겠지만, 그러한 생각에 관계없이 그것은 기정사실화 되어 있었다.

　원래 소파는 지금의 장소에서 옆으로 90도 각도의 위치에 있었던 것으로, 각각 온돌방과 여동생 방의 벽 쪽으로 등을 돌리고 있었다. 그래서 이전에는 손님이나 방주인이 모두 안뜰 쪽으로, 그리고 좁은 뒤뜰의 정원수가 있는 벽 쪽으로도 자유롭게 시선을 돌릴 수가 있었다. 그것을 이방근이 필요에 따라 지금의 위치로 바꾼 것이었다. 그는 안뜰에 한 그루라도 나무가 있다든가, 뭔가 눈요기를 할 만한 것이 있는 것도 아니었지만, 하루 종일 소파에 앉아 땅을 기어 다니는 개미들의 동정까지 파악할 정도로 꼼짝 않고 안뜰을 지켜보았다. 아니, 안뜰 쪽이라고 해야 할 것이었다. 열린 방에서 안뜰을 향해 보이는 공간은, 맞은편 안채 지붕 너머 하늘의 일부를 끌어들이고 있었다. 따라서 이방근은 소파에 자신의 엉덩이 자국이 생긴 듯한 자리를 손님이라 해서 양보할 수는 없었다. 그곳은 이방근의 자리인 것이다.

그는 손님이 방문하는 것을 거절하지도 않았고, 절대로 싫어하는 것도 아니었지만, 그렇다고 각별히 기뻐하지도 않았다. 방문객을 필요로 하지 않았던 것이다. 소파는 서로 마주 보고 있지만, 그 위치가 손님을 전제로 하지 않는 것은 그 때문이라 할 수도 있었다. 그러나 그것이 변하기 시작한 것 같았다. 자신의 방을 비우는 날이 많아진 탓도 있겠지만, 그곳에 구멍이 생겨 끝내는 바닥 아래로 떨어져 함몰할지도 모를 소파에서 조금은 엉덩이가 들려진 느낌이었다.

이방근이 나영호 옆에 앉으려 하자, 오호, 우리 이방근 선생의 자리를 독차지해서……라며 나영호가 엉덩이를 튕기듯 휙 들어 올려 소파 한쪽으로 몸을 바짝 붙였다. 이방근은 문난설과 마주 앉았다.

"이 선생님, 담배를 실례했습니다……."

문난설이 담배를 끄려드는데, 아니, 어서 피우세요……라고 이방근은 소파에 앉으며 말했다. 그녀는 살짝 고개를 저으며, 루주가 선명한 입술에 미소를 머금은 채 그대로 재떨이에 비벼 껐다.

이방근은 경찰서장으로부터 '표경' 방문을 하고 싶다며, 오늘의 일정을 묻는 취지의 전화가 왔었다고 문난설에게 전했다. 그녀는 놀라,

목포에서도 있었던 일이고, 불쾌하다며 얼굴에 혐오감을 드러냈다.

"……전 경찰관도 아닌데 왜 그리 난린가요."

"경찰관은 아니더라도 총경 대우니까, 서장 쪽에서 방문하고 싶다는 것을 무턱대고 거절할 수도 없겠지요. 서장도 굳이 올 필요는 없겠지만, 역시 예를 갖추기 위해 찾아오는 이상 그냥 돌려보낼 수도 없어서 말이죠……."

"이 빗속을 온단 말인가? 고생이 많겠네. '표경'도 있겠지만, 미인 총경의 이름이 벌써 퍼졌나 보군. 목포의 서장처럼 색을 밝히는 놈이 아닐까? 도대체가. 이쪽은 제주도에 상륙하자마자 비가 내려 꼼짝도 못하고 있는데……." 나영호는 왼쪽 팔걸이 쪽으로 몸을 기울인 비스듬한 자세로 이방근을 바라보았다. "그건 그렇고, 이 비에 그 사람들이야 지프차라도 타고 오면 간단하겠지만, 손님을 맞이하는 쪽은 어떻겠나. 이 동무, 뭔가 집안일로 여러 가지 곤란한 거 아닌가?"

"아, 좀 전의 일은 손님이 와 있는데 면목 없게 됐네. 신경 쓰지 말게나. 별일 아니야. 아버지는 서울에서 온 손님들을 위해 만찬이라도 열자고 할 정도니까. 참, 혹시 난설 씨만 괜찮다면 저녁에라도 시간을 정해서 서장도 오니까 함께 만찬이라도…… 하는 게 어떠냐고 하시는데, 어떻습니까?"

"……" 문난설은 바로 고개를 옆으로 저으며 반응했다. "전 그렇게까지 폐를 끼치고 싶진 않아요. 게다가 전 지금 경찰분들과 오랜 시간 자리를 함께하고 싶은 마음도 전혀 없고요. 가만히 내리는 비라도 바라보는 게 훨씬 좋을 것 같아요."

문난설은 뒤뜰 정원수의 선명한 녹음에 떨어지는 비를 보면서 말했다.

"마치 이방근이 하는 식이잖아." 나영호가 좀 비꼬듯 웃으며 말했다. "비가 많이 와서 집안으로 들이치면 바라보고 있을 수도 없게 된다구……."

"어쨌든 난설 씨는 필요 없다고 해도 상대 쪽에서 찾아올 테니까." 이방근은 나영호를 향해 말했다. "여기 서장이라는 사람은 몇 달 전에 본토에서 온 서북 지방 출신 남자야. 어쨌든 난설 씨가 여기 있는 걸 안 이상, 막무가내로 찾아올 거야……."

"그래요……."

서북 지방 출신이라는 말에 뜻밖이라는 표정을 지은 문난설은 작은 목소리를 내며 혼자서 고개를 끄덕였다.

"서북?"

나영호가 되물었다.

"'서북', '서청'을 말하는 게 아니야. 서북 지방 출신 같다는 말이지 (난설 씨와 같은 평안도 부근인 것 같다고는 하지 않았다). 난설 씨는 어차피 '서북' 제주지부의 간부와도 만나야 할 텐데……. 아니, 그쪽에서 찾아오겠지요."

"아뇨, 그건 싫어요. 같은 지방 출신이라고 만나야 하는 건 아니잖아요. 어째서 경찰이라는 둥, '서청'이라는 둥, 전 그것 때문에 제주도에 온 게 아닌데……. 만일 그렇게 된다면, 저는 어디 여관으로라도 옮겨야겠어요. 막무가내로 오다니, 창피해요. 여기까지 와서 '서청'과 만나다니, 도대체가. 어쩌면 좋죠, 총경 신분증명서 따위 보여 주지 말 걸 그랬어요."

"폐를 끼친다든가 그런 게 아니니, 만약 괜찮다면 이곳을 숙소 대신 사용해 주세요. 제가 서울에 가더라도 제주도에 계실 동안에는……."

"저도 그리 오래 있진 못해요. 언제 서울로 출발하시는 거예요?"

"모레에는 갈 예정입니다."

"모레……? 얼마 남지 않았군요. 서둘러 서울로 돌아가신다고는 들었지만. 저도 이 선생님과 함께 서울로 돌아갈까 봐요……."

"난설 씨까지 같이 그렇게 급히 돌아갈 건 없잖소. 나만 내버려 두면, 난 어떡하란 말이오? 안 그런가, 이 동무……."

나영호의 표정이 바뀌었다.

"난설 씨는 모레 가시지는 않을 거야. 말이 그렇다는 거지."

"어째서요? 이 선생님, 단지 말만 그렇게 하는 거 아니에요." 문난설이 가볍게 웃었다. "영호 씨가 어린애도 아니고, 어차피 제가 먼저 돌아가기로 되어 있어요."

"그런 게 아니란 말이오." 나영호가 정색을 하며 그녀의 말을 가로막았다. "난 취재로 와 있어요. 일단은 난설 씨도 그렇고. 나의 이번 취재는 여러 가지로 위험부담이 있다는 걸 알잖아요. 무슨 일이 있을 경우엔 서 회장께 난설 씨가 전화 연락을 해 줘야 돼요. 어린애라느니 그런 문제가 아니라니까요. 이 동무, 월말까지 돌아간다는 건 서울에서 출발 전부터 들었지만, 어떻게 미룰 순 없는 건가. 이 동무가 없으면, 실제로 뭐 때문에 제주도에 왔는지 알 수 없게 된다구. 어떻게든 2, 3일이라도 연기할 수 없겠나?"

"영호 씨, 이곳 서장님 일은 어떻게 할까요. 비가 와서 어디 외출할 수도 없고, 몸 상태가 안 좋다고 거절해 버릴까요. 하지만 어차피 만나야 한다면. 사실 저는 경찰과는 아무런 관계도 없다구요. 왜 이렇게 성가시게 됐나 모르겠어요."

"어디까지나 그건 난설 씨의 뜻에 따라 결정하면 됩니다. 그들이 막무가내란 건 난설 씨가 여기 있는 동안에는 만나게 될 거라는 의미입니다. 그건 피할 수 없어요. 그러나 그건 오늘이 아니라도 괜찮을 테고……."

문난설은 결국 서장의 방문을 받아들이기로 했는데, 차 한잔 함께 마시는 정도로 인사를 끝내고 싶다. 저녁 회식이 아니라 그 전이 좋겠다며, 그것을 아버님께 부탁드린다는 조건을 붙였다.

　"으一음, 그건 그렇게 하겠소. 서장 일행이 몇 명인가 함께 오겠지만, 그들이 저녁이 아니라 낮에 온다고 해도 손님 접대는 필요합니다. 어차피 그들은 그 '표경'을 겸해 한잔 마시러 오는 겁니다. 그런데 전 오후에 볼일이 있어서 외출을 하기 때문에, 아쉽지만 함께 참석할 수는 없을 것 같군요."

　"외출하시는 건가요? 하지만 이 선생님을 그렇게까지 번거롭게 할 수는 없어요. 선생님이 계시면 크게 안심은 되겠지만, 걱정하지 마시고 다녀오세요."

　"이 빗속에 나간다고? 바람도 그치지 않았다구. 저녁때까지 돌아오지 않는 건가? 유감스럽지만……이란 말인가. 아하, 설마 그들이 온다니까 자리를 피하는 건 아니겠지."

　"바보 같은 소리 말라구. 난 바쁘니까. 비와 바람이 이 섬에서는 신기한 일도 아니지만, 그래도 나가 봐야 해. 모레 출발하려면, 그때까지 처리해야 할 일들이 있어."

　"신기한 일이군. 난 이 동무가 할 일이 없어서 소파에 가만히 앉아 있기만 하는 무료한 남자라고 생각했는데, 그래, 인생에는 무료함도 필요하지. 창조를 위한 기폭제가 되는 거라구. 겨울잠에서 깨어나, 활동기에 들어간다……. 핫하, 내가 지금 소파의 반을 점령해 버렸으니, 혼자 가만히 앉아 있을 수 없게 된 사정도 있겠구만."

　"그만하게, 내가 무슨 창조를 하겠나, 문학가인 자네완 다르다구."

　"급한 볼일이라는 게 그런 거지. 움직인다는 거야. 게다가 이방근이 바쁘다……고 믿기 어려운 말을 하고 있으니. 이 빗속을……. 할 일이 있다는 건 좋은 일이야. 그런 말을 하는 이 동무를 보니, 마치 사람이 변한 것 같군. 서울과 제주도에선 달라. 인간의 양면성이라는 건가. 이 나라에서 무료하게 있을 수도 없네. 무료함은 타락이야. 이상하게 무료하게 지내면 반혁명이 되고 마니까. 이 동무는 반혁명이 되지는 않았다는 건가. 음, 그 볼일 중에는 내 일도 포함되어 있겠지. 부탁하네, 제발 부탁해……"

오른편 응접실 쪽에서 옆으로 들이치는 비가 하얀 물보라를 일으키며 비스듬히 안뜰을 지나갔다.

이방근은 다시 응접실로 갔다. 시간이 10분 남짓 흘러 있었고, 거실로 돌아간 줄 알았던 아버지가 소파에 몸을 파묻은 채, 감은 눈을 반쯤 뜨고 응접실로 들어오는 이방근을 보았다. 졸고 있었는지도 몰랐다. 조금 전과 같은 술 냄새가 풍겼고, 탁자 위 비어 있던 잔에 약주가 들어 있었다.

"아버지는 계속 여기 계셨습니까?"

아버지 이태수는 말없이 고개를 끄덕였다.

"어머니의 몸 상태는 괜찮을 것 같습니까?"

"……살이다, 살……. 그 여자는 스스로 그렇게 믿고 있어. 지금은 조금 진정되긴 했지만, 언제 또 살이 날뛸지 몰라. 스스로가, 다시 한번 살풀이를 크게 해야 한다더라……. 좀 전의 일로 네 계모 안에 살이 되살아난 게야. 이런 내 팔자도 참 한심한 게지……. 음, 서울에서 온 여자는 어떻게 되었느냐. 정말이지, 그 여자가 총경이라니……."

"그건 그렇고, 아버지는 괜찮으십니까?"

이방근은 가벼운 술기운으로 조금 누그러진 아버지의 얼굴에서 충혈된 채 움직이는 퉁방울눈을 보며 말했다.

"뭐가 말이냐? 사람 얼굴을 빤히 들여다보면서……."

"아닙니다, 별것 아니지만, 낮부터 많이 드시지 않는 게 좋을 것 같아서요."

이방근은 정신이 번쩍 들어 말을 돌렸다. 그는 문난설의 몸 상태가 좋지 않아서 저녁 회식은 피하고, 오후 세 시 정도에 서장과 만나 인사만 하겠다는 본인의 의향을 전했다.

"음, 까다로운 여자로구나. 그것도 괜찮겠지. 총경이라면 도 경찰의 국장까지는 아니더라도 그 밑에 과장 정도는 되는 것 아니냐. 세용이 다음 달부터 도 경찰국으로 영전하는 건 알고 있느냐?"

"예ㅡ……."

"세용이 제주경찰서 계장에서 도경 경무과 계장으로 드디어 출세하지만, 정세용이 그 문 아무개라는 여자 앞에선 전혀 고개를 들지 못하겠구나."

"관계없는 일이에요. 그녀는 경찰이 아니니까 그것과는 다른 문제입니다."

"그렇다고 해도, 서장이 인사하러 온다고 일부러 나한테 전화를 걸어왔단 말야. 한가한 인간이로세……. 그러고 보니 세용이 요전에, 너하고 '서북'과의 관계가 도가 지나친 것 같다며 걱정하더라. 나도 그 소문을 들었고……."

"뭐라고요?" 정세용……? 이방근은 이유도 없이 흠칫 놀라며 말했다. "세용 형님이 왜 그런 걱정을……. 핫하, '서북' 들과……, 그렇게 도가 지나칠 정도는 아닙니다. 아무리 제가 한가한 사람이라고 해도 그럴 여유는 없습니다. 돈도 들게 되고, 오늘 같은 경우도 그렇겠지만, 어차피 그들은 음식도 자기 돈으로 마시거나 먹거나 하는 걸 모르는 사람들이에요. 정식으로 경찰관이 된 사람은 그렇다고 쳐도, '서북' 조직에 있는 자들은 어쨌든 급료라는 게 없으니까요. 뭐, 어쩔 수 없이 그렇게 되는 겁니다. 그러니까 일단 입을 대면 반드시 2차 3차까지 가려고 들지요……. 단지 그뿐입니다. 달리 이렇다 할 만한 일이 없으니, 세용 형님이 일부러 그 건으로 아버지께 진언드릴 만한 일은 전혀 없습니다."

이방근은 자신의 말이 변명처럼 나오는 것을 느끼면서, 무심코 밖으로 드러나기 쉬운 감정을 억누르며 혼잣말을 했다. ……아버지, 그 친척이 어떤 남자인지 알고 계십니까? 당신에겐 피도 섞이지 않은 죽은 처의 친척이라고요. 방근의 '서북'과의 교제가 도를 넘고 있다? 무슨 말을 하는 거야. 그래, 도는 넘지 않았지만, 어느 정도의 교류가 있는 건 사실이다. 그 교제를 통해서 놈들이 행동하는 흔적을, 특히 게릴라 측과 군 측 사이에 4·28협정이 파탄되기 전후에 정세용이 한 짓을 알아내려 한 것은 사실이다.

지난번에 '서북' 제주지부장 함병호와 만난 것은 8·15 전으로, 서울로 출발하기 직전이었으니 벌써 보름이 넘었다. 옥류정 2층 어느 방에서 마시다가, 마침 도경 경무계장으로 영전하는 정세용을 화제로 삼은 함병호가, 4·28평화협상을 물거품으로 만든 원인이 된 5월 3일 하산 게릴라들에 대한 경찰 측의 위장 게릴라 부대 기습 사건으로 이야기가 이어졌다.

상당히 취한 듯한 함병호는 단정한 얼굴 치고는 작은 콧방울에 흐르는 땀방울을 손수건으로 닦으면서, 어이구, 그때는 정 계장 신세를 제법 졌었지……라고 거의 혼잣말처럼 중얼거리더니, 흠칫 놀라는 이방근의 얼굴을 탁자 너머로 바라보면서, 아니, 실제가 그래……라며 말을 계속했다. 대단한 사람입니다. 이 선생님 친척이라고 앞에서 굳이 입에 발린 소리를 하는 게 아니라, 이 선생님도 그렇지만 정 계장도 확고한 신념의 반공사상가로 두뇌가 명석한 인물입니다. 위장 게릴라 부대로서 미군이 인솔하는 귀순 게릴라들을 바보 같은 경찰들이 습격하는 얼빠진 짓을 하는 바람에, 하필이면 미군과 교전, 사상자를 내고 체포당하는 지경에 이르렀고, 모처럼의 계획이 수포로 돌아갈 뻔한 위기 상황에서 정 계장이 도움을 줬다니까……. 아, 그랬었군요. 이방근은 갑자기 심장이 격렬하게 두근거리기 시작하는 것을 겨우 참으면서, 거의 기계적으로 대답했다.

……그건 어떻게 된 일입니까? 이방근은 마음속으로는 날카로운 질문을 상대방에게 던지면서도, 이상하게 말이 입 밖으로 나오지 않았다. 일종의 방어본능인지 거의 반사적으로 무관심을 가장한 자신을 느낄 수 있었다. 또당, 또땅, 땅……. 아래층에서 장구 치는 소리가 울려 퍼졌다. 핫핫, 우리 세용 형님이 함 지부장님 쪽에 힘이 되었다니 기쁠 따름입니다……라며, 이방근은 담배를 입에 물었다. 정세용의 꼬리를 잡을 수 있는 이야기가 나올 듯했지만, 서두르지 말자, 성급하게 이야기를 캐내려 하다가는 의심받아 망칠 수도 있다며 스스로를 억제했던 것이다.

장지문 밖 복도에서 가벼운 헛기침 소리가 들리고 자리를 비웠던 기생이 돌아왔다. 아, 정말이지 정 계장은 반공 애국자지요. 자, 이 선생님, 얘긴 이 정도로 끝내고 한잔하십시다. 우리도 장구 소리나 한번 들어 볼까…….

하산 게릴라 습격 사건에 '서북'과 정세용이 관련된 증거를 겨우 포착한 이방근은 더 많은 이야기를 끌어내고 싶었지만 다음 기회를 기다리기로 했던 것이다.

"어험."

아버지가 헛기침을 했다.

"예―."

이방근은 무심결에 대답을 했다.

"진언이라고? 과연, 그러고 보니 그건 일종의 진언이었는지도 모른다……."

아버지는 고개를 끄덕이며 말했다.

"그러나 전 그럴 필요가 없다고 말씀드리는 겁니다. 경찰 쪽에서 연락을 기다리고 있는 건 아닐까요."

이방근은 말을 돌려 본론으로 돌아갔다.

"음, 이쪽 일은 아니다. 그쪽 일이지. 그 젊은 여자 뒤에 상당한 백이라도 있느냐?"

"거기까진 모릅니다. 서울을 출발할 때까지도 전 몰랐으니까요."

"그, 문 아무개라는 여잔 나이가 몇 살이냐?"

"얼마나 될까요? 모르겠습니다. 서른 전후라고 생각합니다만……."

"제법 나이를 먹었군. ……뭐든 모른다. 넌 사통오달한 것 같으면서도 그런 쪽으로는 도무지 쓸모가 없구나. 문……, 그래그래, 난설이라 했지, 문난설이 총경이라는 건 아직도 믿을 수가 없구나. 아까 오후 세 시라고 했는데, 어정쩡한 시간이다. ……나도 서장이 왔으면 하는 마음은 털끝만큼도 없다. 몇 명이나 몰려올 테고, 같이 한잔 마셔야 한다. 나도 그렇게 술 상대를 할 수 있는 나이도 아니야. 오늘은 그럴 기분도 아니다……. 음, 그렇지, 피로도 풀리지 않았고 몸 상태도 좋지 않으니까, 다른 날로 연기하는 것도 좋겠지. 네가 경찰에 전화하도록 해라. '서북' 일행을 상대로 술을 마시고 있을 상황도 아니야……."

이태수는 자신의 입장을 고려해 관헌이나 '서북'과 일정한 교류를 하면서도, 지금 살짝 본심을 드러냈다. 본심 이전의 문제일 것이다.

이방근은 그에 찬성했다. 성가신 일이다. 그것이 사라진다. 비로 인해 노천시장이 설 리 없으니, 이렇다 할 음식 재료를 살 수도 없다. 집에 있는 것만으로, 아마도 여러 손님을 대접하기는 어려울 것이다. 문난설이 서장이나 '서북' 무리들과 만나지 않고 넘어갈 수는 없겠지만, 오늘처럼 울적한 비 오는 날에 그렇게까지 할 필요는 없는 것이다. 지금 몸이 안 좋아서 누워 있다고 하면 된다. 설령 상대방이 그것을 거부하는 의사표시로 받아들인다 해도 그것은 그들 마음이다. 그리고 다른 날에, 라고 한마디 덧붙일 것. 병문안이라며 찾아오지 않는다는 보장도 없었다.

이방근이 대신 전화를 해도 되겠지만, 아버지에게 걸려 온 서장님의 전화 답변을 아들이 대신하는 게 맞는 건지. 이방근은 망설였다. 그는 그 뜻을 아버지에게 말했다. 상관없다, 네가 대신 전화하면 돼. 본인의 몸 상태가 나쁘다면 어쩔 수 없지…….

이방근은 벽에 걸려 있는 전화기로 가서, 교환수에게 경찰을 부탁했다. 바로 서장실의, 좀 전에 담당 부하인 듯한 남자가 전화를 받았다. ……실은 좀 전에 받은 전화 건이라며 이방근은 간단하게 사정을 말하고, 본인은 다른 날로 바꾸고 싶어 한다고 일렀다. 귀에 댄 수화기에서 순간 상대의 숨소리가 사라진다……. 뭐라, 사정이 안 좋아? 하하, 이쪽이 일부러 전화를 했건만, 예의를 모르는 여자로군……. 병이라니……, 그 전화하는 사람은 누구야? 뭐, 아들인 이방근……. 서장인 듯한 남자의 목소리가 수화기의 많은 구멍에서 서로 다투듯이 울려왔다. 이방근은 감정이 격해지는 것을 느끼면서 귀에 댄 수화기에 서장 목소리가 직접 날아들 것을 대비하듯 기다렸다.

"잠깐 기다려라, 내가 받으마……." 이태수가 불쑥 자리에서 일어나 전화기 쪽으로 다가오더니, 수화기를 귀에 대면서 상대를 확인도 하지 않고, 여보시오, 하고 말을 걸었다. 가벼운 취기가 배어나는 약간의 코맹맹이 소리였다. "……아, 서장님이십니까. 그래, 그래요, 여행의 피로가 남아 있는 것 같습니다. 홍 서장님 얘기는 해 두었는데, 매우 미안해하면서 날을 다시 잡고 싶다고 합니다. ……그래, 그래요, 이쪽도 날짜를 다시 잡읍시다. 오늘은 비 때문인지 뼈 마디마디가 욱신거려서, 이건 아무래도 나이 탓이겠지만……."

이태수는 전화가 끊긴 수화기를 전화기에 대충 걸고 나서, 다시 소파로 돌아가 천천히 앉았다.

"어험, 경찰서장은 무슨 놈의 경찰서장. 개 눈에는 똥밖에 안 보인다고, 사람을 만나거나 목소리만 들으면 그저 한잔 마시고 싶어서 안달이구나. 세상이 어떻게 돌아가는 건지. 도대체가, 거지 같은 세상이야……."

"계속 여기 계실 겁니까?"

이방근은 소파 옆에 우뚝 선 채로, 천연덕스러운 아버지의 말을 흘려들으며 말했다.

이태수는 말없이 고개를 끄덕였다. 이방근은 여기서 나갈지 말지 순간 망설였다. 아버지가 거실로 돌아가면 좋겠지만, 그러지 않는 것은 너도 거기에 앉으라는 뜻일 것이었다.

이방근은 일단 서재로 가서, 서장의 '표경' 방문 건은 다른 날로 연기하기로 했다고 전한 뒤 응접실로 돌아왔다.

"넌 오후에 외출한다고 하지 않았느냐?"

이방근은 고네할망이 따라 놓은 약주 한 잔을 홀짝거리며 담배를 문 채 아무 말도 하지 않았다.

"하실 말씀 없으시면 물러가도 되겠습니까?"

"할 말……? 할 말은 없지만 잠시 거기에 앉거라."

아버지가 내쉬는 숨에 술 냄새가 감돌았다. 아버지는 잠시 후, 세용에게 가 보지 않겠느냐며, 아들이 들르지 않을 걸 뻔히 알면서 말했다.

"앞으로 2, 3일 있으면 경찰에서 도경으로 옮긴다는구나. 지난번에 승진 인사차 집에 왔었는데, 여러 모로 네 걱정을 하고 있었다……."

"아버지, 그런 말씀은 그만두세요. 어린애도 아니고, 뭘 여러 모로 걱정한다는 겁니까. '서북' 일도 그렇다고 말씀하시겠지요."

"그 일도 있지만 그뿐만이 아니다. 넌 친척이 집에 찾아와서 네 문제를 화제로 삼으면서 걱정해 주면 말만이라도, 아 그렇습니까, 하고 솔직하게 받아들일 순 없느냐. 세용은 널 인정하고 있다. 좋게 평가하고 있어. 구체적으로 무슨 평가인진 말하지 않아 모르겠지만, 어쨌든 넌 보통사람이 아니라고 평가하고 있었다……. 분명히 넌 보통사람은 아니다. 평가와 관계없이 말이다. ……승진 축하 인사를 잊어서는 안 된다. 네 외가 쪽 친척이지만 도경의 계장이 될 사람이니까, 제주도 출신자로는 몇 명 안 되는 출세에 속한다. 경찰서장과 같은 계급인 경감이야. 다음엔 총경이 될 게다……."

이방근은 한 순간 아버지를 물끄러미 바라보다가 눈을 돌렸다. 구역질나는 말이었다. 왜 '출세'를 한 것인지 알고는 있는가. 제주도 출신으로는 몇 안 되는 '출세'가 부끄럽지도 않은가. 아버지는 경찰서장을 가리켜 개 눈에는 똥밖에 안 보인다고 했지만, 아버지의 눈도 똑같아서 정세용이 반민족 친일파라 해도, 그의 출세 외에는 아무것도 눈에 보이지 않는 것 같았다.

"도항증명서 건도 있으니, 내일 도청에서 경찰서에 들르는 김에 가 보겠습니다."

"들른 김에 하는 것은, 좋은 경우와 좋지 않는 경우가 있다." 이태수는 그렇게 한마디 덧붙이고 나서 화제를 바꿨다. "다음 달 초에는 국회에서 반민족행위처벌법 통과가 확실해진다는데, 서울에서 네가 직접 느낀 분위기는 어떻더냐?"

"……여러 가지 방해, 법안 제출 의원들에 대한 협박도 있었습니다만, 이건 민족의 정기 문제라서 누구도 반대할 이유가 없다는 점이 있습니다. 상당히 알맹이가 빠진 처벌법이지만 틀림없이 성립될 겁니다. 그리고 강력하게 움직이겠지요."

이방근은 어떤 감정의 삐걱거림을 느끼면서, 강력하게……를 강조해서 말했다.

"강력하게라니, 뭐가 말이냐……?"

"……글쎄요." 이방근은 그렇게는 말했지만 다음 말을 주저했다. "구체적인 조사활동이 시작될 거라는 말입니다. 국회에 특별재판부와 함께 재판을 대비해 조사기관이 설치될 거구요. 그리고 각 지방의 도청에 조사부가 생기고, 나아가 각 군에는 조사지부라는 것이 생기지 않을까요. 아버지도 아시는 그런 내용입니다."

"그게, 강력하게……라는 거냐?"

"즉, 그것을 위해 움직이기 시작하고, 실행될 거라는 겁니다."

제주도에는 사형, 무기징역 등에 해당하는 A급 친일민족 반역행위자가 없다고는 해도, 반민족행위처벌법이 성립되면 완전히 걸리지 않는다고는 할 수 없었다. 그러나 설령 법안이 성립해도 그 실효가 여기까지 미치기는 어렵다. 아니, 제주도에서는 그것을 무력화시킬 정치세력이 존재한다. 그러면서도, 그 심판에서 완전히 벗어날 수 있을지 어떨지, 친일파 처벌에 대한 전 국민의 여론이 들끓고 있는 만큼, 9월의 처벌법 성립을 앞둔 그 불안이 친일을 한 사람들 사이에 재연되고 있는 것도 사실이었다. 이방근은 자신의 아버지 내면에도 존재하는 그 낌새를 알고 있었다. 그러나 지금 아버지 앞에서 그와 같은 일을 서로간의 화제로 삼고 싶지는 않았다.

"……으-흠, 심판을 위한 조사기관이라. 제주도청에도 그 반민족행위특별조사위원회가 생긴다는 말이로군. 그리고 북제주군과 남제주군에 각각 조사지부가 생긴다는 거겠지. 군에도 생긴다, 웃후후후, 이런 어처구니없는 일이!"

이태수는 혀를 찼다. 아버지의 그 천박한 웃음과 혀 차는 소리를 이방근은 참을 수 없었다.

"넌 반민족행위처벌법 성립을 크게 환영하는 모양인데, 그 법률의 성립 자체는 분명히 일리가 있다. 그걸 어처구니없는 일이라곤 생각지 않는다. 그러나 말이다. 그 일리를 전면에 내세워 신생 대한민국의, 우리 민족의 화합을 분열시키는 결과가 나와 있다는 걸 넌 알고 있을 게다. 새로운 국가가 건설돼서 정부와 사회 각 방면에서 활발하게 일하고 있는데, 반민족행위처벌법의 대상이 어느 정도인지는 모르겠지만, 몇만이나 되는, 가족까지 합치면 몇십만이 반민족행위의 죄로 낙인이 찍혀 추방돼 봐라. 이 나라는 마비되고 민심은 흐트러져서 사회는 더욱 혼란에 빠질 거야……. 정말이지 공산당이 원하던 사태가 될 거야. 국시인 반공이 근본부터 뒤집힐 건 안 봐도 뻔하다. 나는 반민족행위처벌법이 아주 나쁘다고는 생각진 않지만, 민족의 화합을 파괴하고 대한민국의 존립을 희생하면서까지 밀어붙이는 것은 본말전도라고 생각하고 있다. 해방된 지 벌써 3년이 흘렀는데, 새삼스런 감이 든다. 일제 때 순사를 했다고 처단되는 게 마땅한 거냐, 도대체가……."

"그런 게 아니지 않습니까. 경찰이라도 고등경찰이라든가, 악질은 다를 텐데요."

이방근은 한마디만 참견을 했다.

"4·3폭동 때, 보통순경과 그 가족들까지 친일분자라고 살해된 건 사실이야."

"……"

이방근은 후— 하고 숨을 크게 내쉬었을 뿐, 아무 말도 하지 않았다. 아버지에게 동조할 수 있는 성질의 이야기가 아니었다. 아버지는 계속했다.

"넌 '친일파' 아버지를 둔 걸 불행하다고 생각하겠지만, 난 일제 때 생활을 백 퍼센트 선이라고는 생각하지 않는다. 그러나 내가 친일이라면 친일이 아닌 사람이 없을 게다. 이 작은 섬에서 무슨 친일이냐. 큰 악은 서울 같은 육지에 있는 게다. 이런 얘기를 또 꺼내고 싶진 않다만, 나로서도 도민을 위해 얼마나 힘써 왔는지 모른다. 그것도 관직에서 일한 것도 아니고 모두 순수한 경제 행위였다. 그것은 지금도 마찬가지고, 내 신념은 바뀌지 않는다. 나는 필요하다면 심판이든 뭐든 다 받겠다. 핫핫핫. 누군가 말했었지, 이건 반 농담이지만 제주도에 조사부가 설치되면 이방근에게 시키자는 얘기가 나오고 있다. 음, 이방근이 아버지 이태수의 친일 행위 조사를 담당한다……? 멍청이들이 세상 돌아가는 걸 전혀 모르고 있다. 제주도에선 액면 그대로는 안 된다. 다른 도에서라면 모를까, 제주도에 조사부를 설치하는 것은 어려운 정도가 아니라, 거의 불가능하다. 설령 일시적으로 생긴다 하더라도, 어디 방구석에 책상 하나를 놔두겠지만, 거기에 앉을 인간이 없다. 할 인간이 없다는 것이다. 앞에 나섰다가는 그 날로 저세상에 가게 될 테니까. 서울과는 달라서, 이곳에서는 '서북' 놈들이 가만있지 않을 거다. 조사부는 생길 수도 없지만, 혹시 이상하게 얽혀서 떠맡는 일은 없도록 해라."

"도청에 조사부가 생기는지 어떤지는 모르겠습니다만, 설령 농담이라도 제 이름이 그런 데에 오르내리는 건 정말 어처구니없는 일입니다. 그만하세요. 좀 취하신 것 같습니다. 잠시 방에서 쉬시는 게 어떻겠습니까. 저도 방으로 돌아갈 테니까요."

"잠깐 기다려. 잠시 앉아 있거라. ……내가 취했다고? 넌 그렇게 생각하느냐."

이태수는 할 말이 없다고 하면서도, 아들을 계속 소파에 붙들어 놓았다. 그리고 술 냄새나는 숨을 내쉬고는 잠시 눈을 감았다.

"……너는, 내가 유원이의 결혼을 서두르는 마음을 이해할 수 있겠느냐?" 이태수는 눈을 감은 채 말했다. 눈꺼풀 속에서 눈알이 움직였다. "남녀가 성인이 돼서 함께 가정을 이루는 것은 인간 생활의 기본이지만, 나는 유원이가 적령기라는 것만을 문제 삼고 있는 게 아니다."

"……"

이방근은 대답하지 않았다.

"잠자코 있지 말고 한마디 하는 게 어떠냐." 이태수는 천천히 눈을 뜨고 등받이에 기대고 있던 상반신을 일으켰다. "……애비의 마음을 안다면, 유원이가 유학 따위를 갈 리가 없다. 너희 남매가 마음대로 정한 것은, 마치 백주대낮에 도깨비가 나돌아 다니는 수법과 다를 바가 없다. 만약 유원이를 일본에 보낸다면 난 언제 딸과 만난단 말이냐……? 내가 딸을 쫓아 일본에 간단 말이냐. 결혼은 어디에서, 어떻게 한단 말이냐. 일본에서 할 거냐. 일본에 있는 동안에 왜놈이랑 결혼할 수도 있다. 그렇게 되면, 네 형 용근이와 똑같은 꼬락서니가 된다. 잘 들어라, 내가 이런 말을 장황하게 하는 건, 이번이 마지막일지도 모른다. 유원이는 이 애비 눈이 닿는 곳에서 선을 보고, 중매인을 세워 사돈이 될 집안사람들끼리 서로 상견례를 하고, 승낙을 받아 제대로 된 결혼을 해야 한다. ……난 연애결혼을 반대하지는 않는다. 그러나 그건 부모의 허락하에, 지금 얘기한 것처럼 확실한 절차에 따라서 해야 한다는 말이다. 내년 여름에는 대학을 졸업한다. 그 후 날을 받아 결혼을 준비해야 한다. 부모로서, 인간으로서 내게 남겨진 마지막 대사다. 성경에는 자식이 자라면 애비에게 등을 돌린다…… 고 돼 있는 모양이지만, 그건 언어도단, 우리네 가르침과는 서로 맞지 않는다. 기독교 신자가 조상의 제사를 지내지 않는 것도 우리와는 다르지 않느냐. 신을 믿는 건 좋지만, 부모 제사도 지내지 않는 건 개와 다름없는 짐승의 길……. 유교에서는 인간이 반드시 지켜야 할 세 가지 기본 도리를 삼강이라 해서 군신, 부자, 부부간에 지켜야 할 도리를 강조했고, 이를 더욱 넓히면 오륜이 된다. 군신유의, 부자유친, 부부유별, 장유유서, 그리고 붕우유신이 그것이다. 그중에서도 삼강의 '부위자(父爲子)', 즉 부자간의 관계가 인륜의 기본이고 그걸 '효'로 나타낸다. 넌 애비를 친일파라고 비난까지 한 반일민족주의자인 모양인데, 그러면서 조선인의 인륜의 기본을 가볍게 여기는 게냐. 그렇다면 이미 인간이 아니다. 최소한의 인륜도 분별하지 못해서야 인간이라 할 수 없지. 음, 지금은 이 얘길 되풀이하고 싶진 않구나. 어험, 또 다시 살이 튀어나온다면, 큰일이다……."

이태수는 말을 끊고 부엌 쪽으로 상반신을 돌려 고네할망을 불렀다. 그리고 문으로 작은 얼굴을 내민 할망에게 물 한 사발을 가져다 달라고 했다. 이방근도 함께 부탁했다. 그는 아버지의 이야기에 굳이 이견을 내놓을 생각은 없었다.

아버지는 하얗고 두툼한 사발의 물을 꿀꺽꿀꺽 거의 단번에 마셨다. 이방근은 사발의 물을 양손으로 들고 마셨다. 물은 목을 차갑게 지나 위로 떨어지고, 마치 술처럼, 그 냉기가 주변으로 스며들며 퍼지는 것을 느꼈다. 머리 위의 응접실 지붕을 비바람이 때리고, 바다 쪽에서 천둥이 치고 있었다.

"……유원이의 결혼을 문제 삼는 것은, 이렇게 말하면 네가 이해할는지 모르겠다만, 사위에 대한 기대가 있기 때문이다. 너도 이 애비의 공허한 마음을 알 거다. 너도 자식을 무시하는 부모의 말을 들으면 공허하지 않느냐. 그러나 나의 이 기분을 너는 부정할 수 없을 게다. 일본이라면 사위를 양자로라도 들일 수 있겠지만, 이 나라에선 불가능하다. 나는 사위에게 서서히 사업을 맡길 생각이다. 물론 너의 마음가짐이나 결심 하나로, 네가 되돌아온다면 거부는 않겠지만, 난 이제 너를 믿지는 않을 것이다. 네가 회사를 이어받지 않는다면 남해자동차는 언젠가 다른 사람 손에 넘어가고 만다. 평범한 사람이 직장을 그만둘 때도 후임이 올 때까지는이라는 식으로 뒷일을 신경 쓰는 법이다. 가령 내가 당장이라도 쓰러지면 어떻게 되겠느냐? 넌 거의 생각한 적이 없을 게다. 이 가문의 일도 그렇다. 너에게 사업을 이어받으라고는 하지 않을 테니 여동생의 결혼을 생각해 봐라. 나도 나이가 들었다. 힘이 될 사람이 필요하다. 예전에 네가 제대로 된 사람으로 돌아와서, 이 애비와 가문에 도움이 돼주기를 바란다고 말할 때도, 네게 희망을 갖고 얘기하지 않았다. 그렇지만 지금은 다르다. 내가 지금 이런 얘기를 하는 마음이 이전과 같다고 생각지는 마라. 지금 마음은 있는 그대로이다. 따라서 네가 이 애비의 뒷일을 생각한다면, 그건 그것대로 좋고, 그렇지 않아도 상관은 없다. 다만 네게 그럴 만한 이유가 있다 하더라도, 여동생의 결혼을 방해하는 행동을 해선 안된다. 네가 인간다운 행동을 할 거라면, 여동생의 결혼을 진지하게 생각해 보거라. 그게 네가 아무것도 하지 않는 대신에 그나마 할 일이다. 너에게는 이 이상, 나를, 이태수를 침범할 권리는 없다……"

이방근은 순간 움찔하며, 허리를 엉거주춤 들어 올리고 올려다보듯 아버지를 바라보았다. 그리고 뺨을 맞은 듯한 충격이 점차 퍼져 나가는 것을 느꼈다. 침범이라는 귀에 익숙지 않은, 어디선가 잘못 나온 것 같은 그 말이 기묘하고 선명하게 고막을 때렸다. 게다가 타인을 대하듯이, 아버지는 기묘하게 자신의 이름까지 들먹이며 말했다.

침범……. 일단 말을 끊은 이태수는 사발을 크게 기울여 남은 물을 깨끗이 입안에 흘려 넣고, 입을 헹구듯이 소리를 내며 삼켰다. 그리고 '침범'의 여파가 사라지지 않은 이방근의 귀를 향해 갑자기 쉰, 목에 가래라도 걸린 듯한 목소리로 묘한 말을 했다.

"……도대체 넌 정체가 뭐냐? 난 너라는 인간을 모르겠다. 부모인데도 모르겠어. 난 네가 가끔씩 섬뜩하게 느껴질 때가 있다……."

이방근은 미소를 머금은 듯한 아버지의 얼굴을 다시 힐끗 쳐다보기만 했다. 그리고 위쪽 반절만 투명한 유리문 너머로 빗줄기가 빛나는 안뜰 쪽으로 시선을 돌리고, 왠지 고개를 끄덕였다. 밖의 비를 보지 않았다면, 순간 이 방이 산중의 숲 속 어딘가라고 착각했을지도 몰랐다. 난 네가 가끔씩 섬뜩하게 느껴질 때가 있다……. 뭔가 어두운 산속에 울리는 조용한 현의 여운 같은 기묘한 느낌에 사로잡히며, 이방근은 이유도 없이 고개를 끄덕였다. 기분 나쁜 기묘한 울림이 담긴 아버지의 말이었다.

이방근은 아무 말도 하지 않았다. 눈을 감고 한동안 힘없이 고개를 떨구고 있었다. 그리고는 귀에 들려오는 것을 듣고 있었다.

너를 모르겠다는 말을 들어도 아무렇지도 않았다. 당연하다. 그 말투, 어쩔 수도 없다는 듯한 말투도 아무렇지도 않았다. 부모의 마음이라는 것을 알 것도 같았다……. 이방근은 감은 눈꺼풀 위로 시선을 느끼고, 눈을 뜬 순간 이쪽을 바라보고 있던 아버지의 눈과 정면으로 마주쳤다. 흰자위에 모세혈관이 빨갛게 흩어져 기름이 낀 듯한 눈이 공허한 빛을 띠고 있었다. 아버지는 가까스로 자신의 기력을 회복하고 있었지만, 방금 전 딸의 유학 이야기로 인한 충격은 급격하게 안쪽 깊숙이 가라앉아 있을 터였다. 이방근은 아버지가 갑자기 졸도라도 하시는 건 아니겠지 하는 생각을 하면서, 다시 한 번 아버지의 눈을 들여다보고 소파에서 천천히 일어났다. 어두운 하늘에 번개가 쳤다.

"저는 방으로 돌아가겠습니다. 아버지는 좀 쉬십시오."

"기다려라……."

이태수가 취한 목소리로 다시 아들을 불러 세웠다.

"왜 그러시는데요?"

이방근은 우뚝 선 채로 말했다.

"왜 그러시는데요가 뭐냐?" 이태수는 목소리를 높이며 아들을 올려보았다. "앉으라면 앉아야지."

이방근은 말로 표현할 수 없는 뭔가가 치밀어 오르는 것을 느끼면서, 귓구멍으로 지붕을 때리는 빗소리가 밀쳐 드는 것을 느꼈다. 아아, 비가 너무 많이 오면 외출할 수가 없다…….

"정말이지, 넌 인간이 아니다……."

아버지는 무서운 표정을 지으면서, 그냥 생각나는 대로 말을 토해 냈다.

"핫, 핫하, 도대체 왜 그러세요." 이방근은 어이가 없어서 대꾸하고 싶지도 않았다. "아들을 섬뜩하다고 하시질 않나……. 이제 방에서 쉬시는 게 좋겠습니다. 제게 뭔가 살이라도 끼어 있나요."

"살 얘기는 꺼내지 마라. 하나 묻고 싶은 게 있다."

묻고 싶은 것……? 이방근은 소파로 돌아가 앉았다.

"무엇입니까?"

"그보다도, 그 전에, 나에게 뭔가 할 말은 없느냐?"

"없습니다."

"음⋯⋯." 이태수는 혼자 고개를 끄덕였다. "그렇구나. 그렇다면 내가 얘기하마. 너는 언젠가, 올봄이었나, 서울에 가서 살 생각이라고 말했었지."

"서울에요? 제가 그렇게 말했나요⋯⋯."

"그래, 부엌이 일이 있고 나서 그 일로 소란스러웠을 때, 그렇게 말했다."

이방근과의 정사가 발각된 끝에 부엌이를 집에서 쫓아낸 것은, 최종적으로는 부엌이가 집안을 어지럽힌 음란한 여자라고 단정한 아버지의 결정이었는데, 가문과 이태수의 명예, 체면을 손상시켰다는 것이 그 이유였다. 이방근이 부엌이를 집에서 내보내는 것은 오히려 추문을 인정하는 꼴이 되지 않느냐며 말리려 했지만, 아버지는 소문이 난 두 사람을 한 지붕 아래 살게 하는 편이 한층 의심을 깊게 한다, 저속한 소문의 뿌리를 잘라야 한다면서 듣지 않았다. 그때, 그럼 내가 집을 나가는 것이 어떻겠느냐고 말한 일이 이방근의 서울행 이야기의 계기가 되었다. 아버지는 식모를 두고 주인이 집을 나가는 것이 도대체 무슨 경우냐고, 무척 어이없어 하면서 상대해 주지 않았다. 결국은 이방근이 집에 남고, 부엌만이 스스로 죽을죄라도 진 것처럼 송구스러워하며 '죄'를 뒤집어쓰고 집을 나간 것이었다.

"⋯⋯나는 그때, 이 넓은 집을 두고 어디에 가느냐고 반대했지만, 너는 그 이후에 몇 번인가 서울에 들락거렸다. 서울에서 살기 위해서인지 어쩐지는 모르겠지만, 그쪽에 집이라도 살 생각이냐?"

한순간 이방근은 아버지의 눈에 교활함과 의심이 뒤섞인 빛이 스쳐지나가는 것을 살폈다.

"집? 무슨 말씀이신지……."

이방근은 영문을 알 수 없어 아버지를 마주 보며, 그 기묘한 말을 토해 낸 그 입가를 보았다.

"그냥 궁금해서 묻는다만, 너 요즘 우리 식산은행 말고도 옆에 있는 제일은행에서도 상당한 금액을 인출하고 있다지? 그것도 정기예금을 인출해서 서울의 은행으로 옮기고 있다던데."

"아아……, 그 일 말씀이군요." 이방근은 아버지에게 말은 하지 않았지만, 달리 비밀도 아닌데 찬물을 뒤집어쓴 것처럼 움찔하며 수긍했다. "그건 요즘이 아니라, 한두 달인가 두세 달 전의 일입니다. 2백만 원 정도예요."

"으흠, 큰돈이다. 집 한 채는 충분히 살 수 있다……. 물론 네 돈이니까 이러쿵저러쿵 내가 참견할 필요는 없는 일이다만, 2, 3일 안에 다시 서울에 간다는 둥, 서울 출입이 잦구나. 그래서 집이라도 물색하고 있는가 생각했을 뿐이다."

아버지는 조금 전에 격앙된 감정을 잊어버린 듯 지극히 냉정했다. 집 운운했지만, 아버지는 내심 그렇게는 생각하고 있지 않았다. 직접적인 목적은 돈을 왜 서울의 은행으로 옮겼는지를 알고 싶은 것이었다.

"핫하, 집을 말씀하시는군요……." 이방근은 예금의 이동에 대해서 바로 잘 설명할 수는 없었다. "그런 생각이 없는 건 아니지만, 지금 당장 물색하고 있는 건 아닙니다. 게다가 돈은 다른 곳에 쓸 데가 있어서 여유가 있는 것도 아닙니다. 이런 말씀을 드리면 집안의 회사는 아무렇게나 내버려 두고 그런다고 야단을 맞을지도, 아니 그 정도를 훨씬 넘어서고 말았습니다만, 지인들과 어떤 사업을, 출판 관련 사업을 해 볼 계획을 세우고 있어요."

"뭐? 출판이라니……. 넌 해방 직후에도 서울에서 출판사에 자금 후원인가를 해서, 출판을 한 적이 있지 않느냐. 아마 등대사인가 뭔가라고 했었다. 그것도 돈만 축내고는 망하지 않았느냐……."

이방근이 출판 관련 운운한 것은 임시로 둘러댄 이야기였지만, 그렇다고 완전히 거짓말은 아니었다. 국제신문 편집 책임자인 황동성으로부터 부편집장으로 취임해 달라는 간곡한 부탁을 거절한 채로 있었는데, 그것도 크게는 출판과 관련된 일에 포함될 것이다. 이전부터 서울의 은행에 예금은 있었지만, 2백만 원은 4·3봉기 후에 아버지가 이사장을 하고 있는 식산은행과 제일은행에서, 각각 백만 원씩 두세 번으로 나누어 인출해 서울로 옮긴 것으로, 달리 사용할 일에 대비해 둔 것이었다. 필요할 때 성내의 시골 은행에서 한꺼번에 거액을 인출하면 눈에 띄기 쉽다.

"그건, 지금은 아직 계획 중이고, 신중하게 처리할 생각입니다. 게다가 부엌이가 돌아온다는데, 제가 같은 집에 살 순 없는 노릇 아닙니까."

"상관없다. 지나간 일이야. 그래서 내가 부엌이를 다시 불렀다. 그런데……." 이태수는 갑자기 화제를 바꿨다. "제주도의 정세가 혼란한 상태라서 안전한 곳으로 옮겨 놓을 생각으로 예금을 인출한 건 아니겠지. 그런 바보 같은 예금주는 없을 게다."

이방근은 웃으면서 부정했지만, 그럴지도 모른다고 한마디 덧붙이는 것이 나았을지도 모른다. 아버지의 억측을 인정하는 편이, 예금 인출의 목적을 위장하는 데에 도움이 될 것이다.

응접실 바깥 툇마루를 고네할망이 서재 쪽으로 몇 번인가 오가는 모습이 유리문에 비쳤다. 시각이 열두 시를 넘기고 있어 점심을 나르고 있는 모양이었다. 얼마 지나지 않아 고네할망이 응접실에 얼굴을 내밀어 식사시간이라고 알렸다. 아버지와 이방근은 함께 자리에서 일어나, 각각 등을 돌려 반대쪽 출입구로 향했고, 아버지는 조금 비틀거리며 방을 나갔다.

이방근은 손님과 식사를 하면서도, 자신이 외출하고 있는 사이에 아버지가 서울에 전화를 하는 것은 아닐까 마음이 쓰였다. 평일 같으면 아마 밤에 전화를 하겠지만, 일요일에는 숙부인 이건수도 낮부터 집에 있을 공산이 컸다. 그는 외출하기 전에 자신이 잘 처리할 테니, 서울에는 전화를 하지 말라고 한마디 해 두어야 하나 고민했지만, 반대로 긁어 부스럼이 되지 말라는 법도 없다. 다만 아버지의 마음 속 깊이 가라앉아 있을 충격은 어찌 됐건, 유원이의 유학 건에 대해서는 그녀의 결혼 문제를 미래의 조력자가 될 '사위'의 존재와 연결시켜 꺼냄으로써, 아버지 나름의 결론을 내리고 있을 터였다. ……따라서 아마도 서울로 전화는 하지 않을 것이다. 어쨌든 앞으로 하루 이틀 정도의 시간적 여유는 있다.

식사 후에 세 사람이 서재의 소파에 앉자, 문난설이 이 선생님은 외출하실 때 바다 쪽을 지나가지 않느냐고 물었다. 그리고는 함께 밖에 나가 바다를 보고 싶다고 했다. 나영호가 이런 비바람 속에 무슨 바보 같은 소리를 하느냐며 언성을 높였지만, 그녀는 이 정도 바람에 날아갈 것도 아니고, 자신은 몸집이 커서 괜찮다고 웃으며, 어젯밤 배에서 내려 걸어온 해안이라도 좋으니, 바다를 꼭 보고 싶다고 말했다.

"음, 피곤해서 몸 상태가 좋지 않은 걸로 되어 있는데……." 이방근이 쓴웃음을 지으며 말했다. "난설 씨가 외출하면 우리 아버지가 깜짝 놀랄 겁니다. 겨우 서장의 방문을 거절했으니까요."

"아버님께는 죄송하지만……. 그래도 저, 몸 상태가 좋아졌어요,

정말로." 문난설은 장난기 섞인 얼굴로 생긋 웃었다. "서장님이 모처럼 방문하는 거라지만, 그쪽이 마음대로 정했잖아요. 게다가 이런 날씨에……."

사람이 죽은 것도 아니고, 이런 날씨에 외출하는 것이 이상했지만, 결국 나영호도 동행하여 세 사람이 함께 외출하게 되었다. 그런데 우비와 우산은 있지만 장화가 부족했다. 장화 없이는 발이 물에 잠겨 버릴 수밖에 없었다. 어차피 아버지가 그녀의 외출을 알게 될 테니 그 사정을 이야기하고 아버지의 장화를 빌리기로 했다. 나머지는 예전에 부엌이가 쓰던 것이 있어 충분했다.

이방근의 말을 들은 아버지는 놀라서 언짢은 얼굴을 했는데, 문난설이 거실 앞 툇마루에 나와 있는 아버지한테 다가와, 몸 상태가 돌아와서 바깥바람을 쐬고 싶다, 제주의 바다를 보고 싶다……고 인사를 했다. 그러자 아버지는 이런 날 바다를 보고 싶다고? 하며 새삼 놀라면서도, 갑자기 얼굴이 누그러지며 매우 감탄한 듯했다. 아핫하하, 바람이 너무 많이 부니 감기에 걸리지 않도록 해요. 음, 바다를 본다, 이런 날씨에 제주도의 바다를 본다는 말이지……. 아, 그리고…… 하며, 아버지는 농담조로 덧붙였다. 바다는 경찰서와는 반대 방향이라서 괜찮겠지만, 아무쪼록 경찰서 쪽으로 잘못 가서 서장님을 만나지 않도록 하세요. 당신은 중환자로 되어 있으니까요…….

이방근은 종이봉투에 넣어 끈으로 묶은 여동생이 짠 스웨터를 보자기에 쌌다. 실은 남승지에 대한 유원의 마음이 담긴 그 선물을 전해 줘야 할지 말아야 할지 망설이고 있었다. 이제부터 초가을, 그리고 겨울로 접어들 산속에서는 귀중한 선물이 될 것이었다. 그러나 여동생의 마음을 무시하고 묵살해 버릴지 어떻게 할지, 서울에서부터 가방에 넣어 제주도로 오는 길에도 망설이고 있었다. 결국 유원 자신의,

있는 그대로의 마음을 표현한 스웨터를 가지고 가기로 정했다. 그리고 30만 원의 돈다발이 든 무늬 없는 봉투를 오른쪽 바지 주머니에 아무렇게나 쑤셔 넣었다. 천 원짜리 지폐 3백장의 두께는 옛날 '휴대용 사전' 한 권 정도의 분량으로, 주머니가 부풀어 팽팽해져서 허벅지 바깥쪽을 압박했지만, 이내 그 감촉에 익숙해졌다. 30만 원이라는 거액은 제주도 은행에서 서울로 옮겨 놓았던 돈의 일부였다.

바다가 포효하고 있었다. 묵직한 낮의 어두운 하늘 아래로 잿빛 바다가 거칠어져 있었다. 집들의 돌담 사이로 난 길을 걸어가는 동안에는 괜찮았지만, 이윽고 좁은 길에서 바다와 접한 해안도로로 나오자, 갑자기 형세가 급변하듯 강해진 바람이 무서운 비명을 지르며 바다를 때렸다. 그리고 바위지대와 바다 쪽으로 뻗은 방파제로 밀려와 하늘 높이 부서져 흩어지는 파도에, 바다는 하얗게 흐려져 있었다.

해안도로에는 사람 그림자가 없었다. 세 사람은 날아갈 듯한 우산을 접고, 연도에 늘어선 집의 처마 밑으로 뛰어들었다. 하늘도 바다도 비도, 물보라를 차올리는 땅도, 눈에 보이지 않는 거대한 머리카락을 흩날리듯이 몸부림치고 있었다.

8

우산을 접고 남의 집 처마 밑으로 뛰어든 이방근은, 옆에 사람이 있다는 것을 의식하고 있었고, 도로에서 세 사람이 함께 뛰어 들었기 때문에 당연히 전원이 있을 거라고 생각하고 있었는데, 정신을 차리고 보니 나영호의 모습이 보이지 않았다. 이방근은 갑자기 밤과 구분

하기 어려울 정도로 어두워지고 멀리 천둥 소리가 울려 퍼지는 하늘 아래, 번개가 내리치는 거친 바다 외에는 한동안 아무것도 보지 못했던 것이다.

"난설 씨……." 놀란 그는 처마 밑의 칸막이 같은 구석에 우뚝 서서 한 손을 귀에 대고 있는 문난설 쪽을 향해 말했다. "난설 씨. 나영호는 어디 있습니까?"

"옆, 옆쪽에 있겠지요."

마치 어둠 속에 서 있는 것처럼 얼굴도 뚜렷하게 보이지 않는 그녀는, 비바람 소리에 지지 않으려는 듯이 목소리를 높였다.

"옆? 아—……."

이방근은 그녀의 냉정한 대답에 맥이 빠졌다. 두 사람이 서 있는 곳은 작은 창고 건물 앞이었는데, 왼쪽 옆에 있는 해운사무소와의 사이에 칸막이를 하듯 판자가 설치되어 있었고, 그 옆에는 뭔가 담겨진 듯한 나무 상자가 아무렇게나 겹쳐져 쌓여 있었다.

"내 말 들리나—."

이방근은 처마 밑에서 도로 쪽으로 몸을 쑥 내밀고 왼쪽을 향해 소리쳤다. 옆으로 들이치는 세찬 비바람은 해안도로의 땅바닥을 때리고, 물보라를 이쪽으로 날리며 지나갔다.

"이 동무, 이쪽이야."

나영호의 목소리가 바람에 맞은편으로 날리며 겨우 들렸다.

"이봐—, 들리나? 깜짝 놀랐잖아. 서울에서 온 분이 제주도의 바람에 날려 간 건 아닌가 했다구."

이방근의 목소리가 비에 젖어 있었다.

"이 정도 바람에 무슨. 밖에 나온 보람이 있네."

옆쪽에서 목소리가 끊기며 들려왔다.

"거기서 뭘 하고 있나?"

"뭐라고? 아닌 밤중에 홍두깨 같은 소리 말라구. 비를 피하고 있잖아."

바람의 기분 나쁜 신음소리를 탄 비의 물보라가 하얀 연기로 변하여, 거의 수평으로 몇 번이고 날아올랐다.

"마치 유령이 날고 있는 것 같아요……."

문난설이 작게 외쳤다.

"유령……?"

과연……. 어두운 바다를 배경으로 날아오르는 하얀 물의 연기 덩어리들은, 흰 옷을 펄럭이며 비로 흐려진 공중을 나는, 꽤 활발한 유령의 모습처럼 보이기도 했다. 갑자기 저 멀리에 번개가 바다로 떨어지며 하늘이 두 쪽으로 갈라지는 순간, 귀를 찢는 천둥 소리가 머리를 때리고 땅을 짓눌렀다. 저 멀리 바다가 아니라, 바로 옆에서 벼락이 떨어진 듯한 무시무시한 소리였다. 아이고! 처마 밑 칸막이 구석에 몸을 기대고 있던 문난설이 옆에 있던 이방근에게 달려들어 안겼다. 간헐적으로 천둥이 천지 사이에서 계속해서 울렸다. 이방근은 흡사 기둥에 매달리듯 안겨 있는 그녀를, 전봇대처럼 떡 버티고 서서 잡아주고 있었는지 어땠는지 자각이 없었다. 무엇보다 그 자신도 우산을 내팽개치고 한쪽 손에 보자기 꾸러미를 든 채, 거의 양손으로 귀를 막다시피 하고 있었기 때문이었다. 빠지직빠지직, 비스듬히 하늘이 갈라지며 번쩍이고, 하늘이 무너질 듯한 천둥이 바로 눈앞에서 치고 있다는 생각이 들었지만, 일단 이방근에게서 몸을 빼낸 문난설, 창백한 얼굴로 처마 밑 구석에 허리를 구부린 채 쭈그려 앉았다.

"괜찮아요?"

문난설은 얼굴을 들고 떨리는 듯한 엷은 미소로 고개를 끄덕였다.

"이봐─, 나 동무, 괜찮나? 이쪽으로 오라구."

"억수같이 쏟아지는군. 굳이 비를 맞을 필요는 없잖나." 적어도 3, 4초 거리에 있어 나영호는 그렇게 말했다. "난 천둥을 좋아한다구, 흥분되거든."

문난설은 손수건으로 빗방울이 튄 얼굴을 닦고 일어섰다. 입술이 새파랬다. 방파제 안쪽에서 해안으로 밀려온 삼각파도가 도로로 올라와 넘쳐흐르고, 부서진 파도의 물보라가 이방근 일행이 있는 처마 밑까지 날아왔다.

"정말 멋져요……."

문난설은 한 손으로 머리카락을 천천히 쓸어내리며 상기된 목소리로 말했다. 그녀는 번개가 주변에 내리치는가 싶으면 머리를 감싸거나 몸을 웅크리며 견뎌 낼 뿐, 다시 이방근에게 매달리지는 않았다.

높은 파도가 방파제를 무너뜨릴 것처럼 반복해서 밀려와 하늘 높이 작렬해 부서지면서 바람에 날렸다. 머리 위의 양철 차양이 떨어져 내릴 것처럼 덜컹덜컹 흔들렸다.

"이건 아직 폭풍우도 아닙니다. 바람이 갑자기 강해진 것뿐이지요. 폭풍우 때는 그야말로 밖으로 나갈 수도 없어요." 이방근은 바람 소리에 묻히지 않도록 목소리를 높여 말했다. "여기는 일본의 오키나와 쪽에서 태풍이 올라와 대륙으로 빠져나가는 길목이라서 말이죠. 그래서 제주도의 억새로 엮은 지붕은, 전부 억새의 굵은 새끼줄로 바둑판처럼 견고하게 묶어 놓았지요. 바람으로 지붕을 이은 억새가 날아가지 않도록 말입니다……."

이어도, 하라. 이어도, 하라……. ……이어도는 말하지 말고 가거라, 이어도라고 하면 눈물이 난다……. 망망대해 속 악마의 섬, 이어도에 도착했으면서도 다시 돌아오지 않는 제주도의 선원들. 이방근은 거친 바다를 바라보면서 폭풍에 농락당하는 작은 난파선을 떠올렸다. 먼 바다에 번개가 치고 나서, 한숨 돌리자 천둥 소리가 머리 위 하늘을 뒤흔들며 울려 퍼졌다.

"소나기인 모양이로군. 천둥은 이제 곧 그치겠지요."

"불덩어리처럼 빛나면서 바다로 떨어지는 번개는 처음이에요. 무서운 불덩이가 하늘을 갈라놓을 듯이 마구 쏟아지다니……. 하지만 거친 바다를 만난 배 위로 떨어지거나 해서……."

갑자기 빗속에서 나영호가 나타나, 처마 밑의 두 사람 사이로 뛰어들었다.

"대단한 천둥 소리군. 이제 슬슬 잦아들겠지. 난 괜찮은데 천둥을 싫어하는 사람은 꼼짝 못할 정도로 맥을 못 추겠어. 난설 씨는 주저앉아 버린 거 아니오?"

"아니, 천만에. 난설 씨는 굉장히 멋있다고 했어."

"태연한 척하는 거겠지요. 그래도 그렇게 말할 수 있다니 대단하군." 나영호는 뭔가 말을 하려는 문난설의 입을 막듯이 말을 이었다. "아니, 실제로 멋있다고 한다면 정말로 그럴 만도 해. 지진이야 지극히 평범하지만, 천둥 번개는 무서운 빛과 소리에 격렬한 비까지 동반하니 말야. 심포니라구. 난 천둥 번개는 무섭지 않아. 이 동무는 어떤가, 두렵지 않나?"

"그렇지 않아. 천둥 번개를 싫어해. 언제 내 머리 위로 떨어질지 모르니 말야. 하긴 떨어졌을 때는 그걸로 끝이니 뭐 어쩔 수 없는 일이지만. 천둥 번개는 분명히 두렵다고나 할까, 공포를 동반하기 때문에 멋진 것이고, 왠지 감정이 정리되는 기분이 든다구. 나 같은 인간은."

"벼락은 웬만해서는 누구 한 사람에게만 떨어지는 게 아니야. 나쁜 놈 옆에 있다가 대신 맞을 수도 있으니, 꽤 변덕스럽다구. 난 벼락이 집중공격, 천둥 번개가 활개를 치면 먼 옛날의 피가 되살아나 흥분하거든. 어릴 때 시골 들판에서 세찬 소나기를 만난 적이 있었는데, 천둥 번개가 마구 날뛰는 무서운 날씨라서 난 근처의 숲으로 뛰어들었지만, 눈앞의 큰 고목에 벼락이 떨어져서 순간 둘레가 3, 4미터나 되는 줄기가 두 동강으로 쪼개지면서 연기가 피어오르는 걸 봤어. 난 눈앞이 아찔해지면서 그 자리에 나자빠졌지. 괴기한 구름으로 소용돌이치는 어두운 하늘이 번개로 갈기갈기 찢어지면서, 천둥 소리에 격렬한 빗소리조차 들리지 않았어. 난 내가 거의 죽은 거나 다름없다고 생각할 정도였지. 그때의 일이 너무나 두렵고 무서워서……. 그런데 그 뒤로 천둥이 무섭지 않게 됐지. 보통과는 정반대야. 한번 호되게 당하고 나니 얘기만으로도 지긋지긋 하다니까."

담배를 입에 문 나영호는 바다 쪽으로 등을 돌리고 손바닥으로 바람을 막으며, 몇 번 시도 끝에 겨우 성냥의 불을 붙였다. 입에 문 담뱃불이 불어오는 바람에 빨갛게 타들어 가자, 나영호는 담배를 두세 번 연달아 빨고는 손가락으로 튕겨서는 바람 속에 날려 버렸다.

"뭐니 뭐니 해도 무서운 건 지진이라는 놈이야. 조선에서는 지진을 경험한 적이 없었는데, 학생 시절에 일본에서 대지가 격렬하게 흔들리는 지진을 만났을 땐 이게 무슨 일인가 했다구. 다이쇼(大正) 시대 말기에 관동대지진이 일어났을 때, 학살당한 우리 조선인들의 공포는 이루 말할 수 없었을 거야. 태어나서 처음으로, 그것도 망국의 백성이 제국주의의 본토에서 천지가 확 뒤집히는 지진을 당한데다가, 이번에는 조선인을 죽여라! 라는 상황이 되었으니, 이건 도저히 견딜 수 없는, 상상을 초월하는 일이 아니냐구. 이미 살아 있을 때부터 죽은 거나 마찬가지였을 거야. 지진에 비하면 천둥 벼락 따위는 아무것도 아니지. 지진은 천둥 번개에 비해 정말 멋지다고는 말할 수 없을 거야……."

무서운 섬광과 동시에 벼락 치는 소리가 땅을 때렸다. 나영호는 순간 머리를 양손으로 감싸면서 털썩 주저앉았지만, 곧 씩 웃고 고개를 살살 흔들며 일어났다.

　"돌아갈까." 잠시 후에 이방근은 나영호를 보며 말했다. "난설 씨, 돌아갑시다."

　"예─."

　그녀는 파도의 물보라로 흐려진 바다를 바라보며 말했다. 하얀 물연기의 덩어리들이 오른쪽에서 왼쪽으로 끊임없이 날아갔다.

　"천둥은, 소리가 싫어. 그렇지만 이건 아까 이 동무도 말했듯이 기분을 정화시켜 주지. 난설 씨는 제주의 바다뿐만 아니라 천둥 번개까지 보았으니 충분히 만족한 거 아니오?"

　"정말 대단해요. 더 무서운 폭풍이 불어 닥치면 어떻게 될까요."

　그녀의 목소리가 떨렸고, 빗방울에 젖은 듯한 검은 눈동자는 희열과 불안으로 전율하고 있었다.

　세 사람은 우산을 손에 든 채 처마 밑을 나와, 원래 왔던 근처의 골목으로 들어갔다. 집들의 낮은 초가지붕을 스치는 바람의 으르렁거리는 소리는 미친 야수 같았지만, 해안도로와는 전혀 다르게 한순간 바람이 딱 멈춘 것처럼 조용해졌다. 세 사람은 우산을 쓰고 민가의 돌담 사이로 난 길을 따라 이방근의 집 쪽을 향해 걸어갔다. 강 건너에 있는 양준오의 하숙집으로 가려면 그대로 해안도로를 동쪽으로 향해 가다가, 산지천을 끼고 오른쪽으로 돌아가는 것이 지름길이었지만, 우산을 쓰고 걸어갈 수 있는 상황이 아니었다. 곧 천둥 번개와 함께 비도 그칠 것이고, 약속 시간에 좀 늦더라도 일단 집으로 돌아갔다 다시 나올 것인가, 아니면 직행할 것인가.

　이방근은 집 앞까지 오자, 그대로 두 사람과 헤어져 곧장 양준오의 하숙집으로 향했다. 북국민학교 뒤편의 울타리가 보이는 길로 나오자, 운동장 구석의 키가 큰 미루나무 가지가 부러질 듯이 휘어지며 바람에 맞서고 있었다. 상공의 바람은 상당히 강한가 보다. 물이 차 있는 운동장을 지나는 바람이 맛 좀 보라는 듯이 한바탕 휘몰아쳐 갔다. 이방근은 국민학교 정문 앞의 북신작로를 왼쪽으로 돌아 냇가 쪽으로 향했다.

이방근은 걸었다. 바지의 무릎 아래가 젖어, 돈뭉치를 쑤셔 넣은 오른쪽 주머니와 닿는 허벅지 쪽이 살짝 당겼다. 비포장도로에 내린 비에 흙탕물이 튀어, 장화 속까지 물이 들어와 젖어 있었다. 비로 희뿌예진 거리에는 인적이 없었다. 하늘을 달리는 물 연기. 마치 유령이 날고 있는 듯했다……. 여기에는 거친 바다의 소리는 없었다. 어라, 갑자기 빗줄기가 약해진 것 같은데. 이방근은 우산을 때리는 빗소리가 약해졌다고 생각했다. 그러나 우산 밖에 빛나는 빗줄기의 격렬함은 여전히 변함이 없었다. ……나는 네가 가끔 섬뜩하게 느껴질 때가 있다. 그렇습니까, 아버지의 목소리였다. 네가 섬뜩하다, 네 정체가 뭐냐……. 눈앞의 아들이 아닌, 아버지의 머릿속에 아들이 멋대로 나타나, 그 아버지의 마음에 들락거리는 아들의 존재가 아버지를 불쾌하게 만들고 있을 뿐이었다. 그래, 그렇다, 이태수는 뭔가 아들의 환영을 보고 있는 게 아닐까. 비는 계속해서 우산을 때리고, 아버지의 목소리를 지우면서 또 다시 전했다. 너는 인간이 아니다……. 마치, 중얼중얼, 중얼중얼, 입을 연 아버지의 얼굴이 우산 위에 올라타고 있는 것 같다. 뭐하고 계신 겁니까? 적당히 하시고 그만 내려오세요, 이제 방에서 쉬시는 편이 좋겠어요……. 우산이 무겁다. 중심이 흔들렸다. 이방근은 위를 보았다. 손잡이를 쥔 손목을 비틀면서 머리 위에서 동동거려 보지만, 설마 우산 끝에 사람의 목이 꽂혀 있는 것은 아닐 터였다.

이방근은 한 걸음 멈춰 서서 중심이 기운 우산을 털고서 접으려고 했다. 그때 10미터쯤 전방에 가느다란 전봇대가 서 있는 사거리를 머리부터 푹 우비를 뒤집어쓴 한 남자가 가로질러 지나갔다. 얼굴이 보이지 않는 왠지 이상한 느낌을 주는 남자였다. 흰색 우비 같았는데, 비에 빛나고 있었다고는 해도 흰색 우비는 드물었다. 그런데 익숙한 길임에도 불구하고, 가까이 가서 본 그곳은 사거리가 아니었고, 좌우 양쪽 모두 집들이 늘어서 있었으며, 가느다란 전봇대도 그대로 서 있었다. 이방근은 흠칫 놀라 멈춰 섰다. 좌우, 그리고 전후에도 인기척은 없었다. 남자는 사거리의 한쪽 길에서 나온 것이 아니라, 오른쪽 집에서 맞은편 집으로 가로질러 들어간 것뿐이었다.

어째서 사거리로 보인 것일까. 그러고 보니 이상한 분위기를 풍기는 그 남자의 우비자락은 바람에도 전혀 움직이지 않은 듯했다. 아니, 비 때문이었다. 해질녘처럼 어두운 빗속의 거리를 오른쪽에서 왼쪽으로 휙 가로질렀으니, 그것이 어딘가 사거리를 건넌 것처럼 보였을 것이다.

이방근은 순간, 자신이 버려진 존재인 양 주위에서 모든 것이 사라져, 어딘가 산중의 고요한 숲 속에 우두커니 서 있는 것처럼 느껴졌다. 그래, 응접실의 아버지 앞에서 착각에 빠진 그 진공의 느낌 속에 우뚝 서 있었다. ……태수 숙부님, 방근이가 '서북'과 함께 이쪽으로 다가옵니다. '서북', '서북' 말입니다……. 전방에서 아무도 다가오는 사람은 없다. 정세용의 목소리가 우산 위쪽에서 떨어져 내렸다. 우산 끝의 금속막대에 사람 머리가 꽂혀 있는 형상이 머릿속에서 흔들리며, 이방근의 보조에 맞춰 함께 갔다. 관덕정 뒤편 소나무 숲 속에 비를 맞고 있는 수조가 있었고, 거기에 정세용의 사체가 떠올라 흔들리고 있었다. 이 선생님, 저도 같은 꿈을 꿨습니다. 누구에게 살해당했는지는 모르지만……. 이방근이 언젠가 꾼 꿈속에 나온 박산봉이 그렇게 말했다.

우산이 무거웠다. 이방근은 우산 위에 올라탄 것을 털어 내듯이 우산을 접고, 평소와는 달리 묘한 느낌의 도로를 걷기 시작했다. 곧장 가면 산지천 기슭에 이른다…….

그는 빗속에 몸을 드러낸 채 한동안 걸었다. 목덜미에 비가 치고 들어왔고, 머리카락과 얼굴이 사정없이 젖었다. 이방근은 입술을 적시고, 열린 입술 끝에서 입으로 흘러든 비에, 몸을 확 감싸는 냄새, 뭐라 형용할 수 없는 인체에서 발하는 냄새를 느꼈다. 몸 안쪽에서, 작렬하는 번개의 무서움으로 매달려온 문난설의 풍만한 몸의 떨림이 되살아났고, 분명히 그때 처마 밑에서, 화장품과는 별개의 이질적인 제법 강한 체취를 그는 떠올렸다.

그때는 그것을 머릿속에 넣을 여유가 없었지만, 지금 그때 냄새가 났었다는 것을 확실히 떠올리고, 그것이 몸에 스며 있었던 것처럼 속에서 콧구멍으로 올라오는 걸 느꼈다. 간헐적으로 천둥 번개가 계속되는 동안 가슴에 얼굴을 묻었던 그녀는, 불과 몇 초라고도 1, 2분이라고도 느껴졌지만, 10초나 20초는 매달려 있었던 것 같았다. 그때 놀라서 사람을 뿌리치듯 창백한 얼굴을 획 들어 올리며 상반신을 뗀 순간, 움찔할 만큼 아름다움이 지금도 눈 아래에 선했다. 서로의 시선이 마주친 두 얼굴의 거리는 2, 30센티였다. 이방근이 잠시 천둥 번개의 두려움을 잊고 있었던 것은 그녀 때문이었는지도 몰랐다. 문난설의 몸은 냄새를 풍기고 있었다. 지금 그것을 알 수 있었다. 약간의 땀 냄새가 섞인 새콤달콤하고 따뜻한 느낌의, 확 풍겨 오는 듯한 냄새……. 아아, 냄새가 난다……. 이방근은 냄새로 인해 제정신으로 돌아온 것 같았다. 아니, 제정신이었지만, 뭔가 새삼스럽게 다시 정신을 차린 듯한 느낌이었다. 그는 우산을 펼쳐 쓰고, 손수건으로 머리와 얼굴을 닦았다. 금세 물기를 머금은 손수건을 짰다.

하늘이 약간 밝아지기 시작했다. 냇가로 나오자, 갑자기 펼쳐진 넓은 공간에 점차 바람이 세차게 불어, 불어난 냇물의 흐름을 일렁이고 있었다. 맞은편 기슭의 기상대가 비의 장막 저편으로 멀리 있는 듯이 보였다. 그 우거진 나무 사이의 돌계단에서 언덕 꼭대기 쪽으로 시선을 올리자, 벽돌건물이 비바람 속에 우뚝 서 있었고, 뾰족한 지붕의 풍속계가 전속력으로 회전하고 있는 광경이 그림자처럼 흐릿하게 보였다.

불어난 냇물은 기세를 더해 해안에 높은 파도를 차올리며 포효하는 바다로 흘러들고 있었다. 이방근은 곧장 다리를 건너서는 왼쪽으로 가려 했던 길을 동문길 쪽으로 돌렸다. 기상대 계단 입구에서 조금 하류 쪽, 음용수가 솟아나는 용천의 암반지대 옆길을 언덕 쪽으로 올라가면 지름길이었다. 그 암반지대의 울퉁불퉁 깊게 파인 바위 면이 냇가를 따라 난 길을 비스듬히 절단하는 형태로 산지천의 바위 면과 연결돼 있어 길을 가려면 2, 3미터 폭의 바위 면으로 내려가 맞은편으로 건너야 했다. 지금 그곳은 냇물이 넘쳐 소용돌이치고 있었다. 평소의 용천수는 그 파인 바위 면의 바닥을 따라 냇가로 흘러 들어가지만, 불어난 냇물은 만조 때의 해수처럼 거꾸로 샘으로 흘러들어 바위 면의 암반지대를 물속에 잠기게 하고, 융기한 부분의 바위가 징검다리처럼 수면에 머리를 내밀었다. 마치 토끼처럼 깡충깡충 뛰어 보라는 듯이. 못 건널 것도 없지만 위험했다. 바람에 흔들리는 순간 발을 헛디디기라도 하면, 암반지대를 채워서 길을 끊어 놓은 물속으로 빠질지도 몰랐다.

이방근은 지름길을 포기하고 동문교를 달리는 일주도로—동문길로 나왔다. 소형 트럭 한 대가 관덕정 광장 쪽을 향해 들어간다. 거무스름한 우비를 덮어쓰거나, 우산이 날아가지 않도록 애쓰며 길을 걷는 한두 사람의 통행인과 마주치자, 이방근은 정신이 번쩍 들 정도로 그것이 진귀하고 신선한 광경으로 보였다. 그는 그것 참…… 하고 고개를 갸웃거리며 이상한 기분이 들 정도였다. 여기까지 걸어오는 동안 길에 사람의 모습이 왜 보이지 않았던 걸까. 한두 사람의 통행인이 있었지만, 우산 그늘에 가려 보이지 않았던 것은 아닐까. 아니, 분명히 눈에 보였다. 그 사거리를, 아니 길을 횡단한 얼굴이 보이지 않은 우비의 남자를.

샘이 있는 암반지대 옆에서 언덕 쪽 길을 가려고 했던 것은 그것이 지름길일 뿐만 아니라, 비바람 속에서 인기척이 없는 길을 가면 사람 눈에 쉽게 띌 수 있기에, 될 수 있으면 동문교 밖의 동문파출소 앞을 피하려고 한 까닭도 있었다.

잠시 동문길의 완만한 오르막길을 가다가 다시 왼쪽으로 꺾어, 멀리 돌아가는 길로 언덕을 향했다. 진창의, 날씨가 좋을 때는 미세한 흙먼지가 바람에 날리는 길이었다. 오르막길을 올라 마침내 평지 골목 안쪽에 있는 양준오의 하숙집에 도착했다. 문을 대신하는 간소한 나무 울타리 안쪽에 빗장이 걸려 있었다. 그래도 바람에 덜컹덜컹 흔들리면서 끼익, 끼익 삐걱거리는 게 시끄럽다. 그는 할 수 없이 소리를 내고 있는 그 나무 울타리를 주먹으로 두드렸다. 나무 울타리 너머의 뜰에서 이쪽을 향해 서 있는 안채의 집안사람이 나올까 두려웠다. 심야는 아니었지만, 이 거친 날씨에 큰 볼일이라도 있는 손님의 모양새가 아닌가.

"준오 동무……."

오른편 돌담을 따라 짚더미가 늘어서 있는 맞은편 별채까지 소리가 닿을지는 알 수 없지만, 이방근은 목소리를 조금 높이면서도 소리를 죽여 양준오를 불렀다. 그러나 노크를 두세 번 반복하고 두 번 그 이름을 부르기 전에, 양준오가 우산도 없이 달려 나와 판자문을 열고 이방근을 안으로 맞아들였다.

그는 젖은 양말을 벗어 던지고는 방으로 올라섰다. 두 평 남짓한 작은 온돌방인데, 옆에 광을 겸한 또 하나의 방이 있었다.

"도대체 어떻게 된 겁니까? 흠뻑 젖으셨네요. 우산은 쓰고 오셨잖아요. 도중에 무슨 일 있었어요?"

양준오는 비를 맞아 흠뻑 젖은 이방근의 머리와 노타이셔츠를 보고 의아해하며 조금 걱정스럽다는 듯이 말했다.

"비를 조금 맞았을 뿐이야."

"조금이 아닌데요. 벗는 게 낫겠습니다. 여름감기에 걸리겠어요. 대체 무슨 일이세요."

바지 아래쪽이 흠뻑 젖어 그대로 앉을 수가 없었다.

"이것 좀 그쪽에 놓아주게."

이방근은 스웨터가 든 보자기 꾸러미를 건네며 말했다.

양준오는 이방근이 손에 들고 있던 흥건히 젖은 손수건을 받아들고 수건을 건넸다. 그리고 그가 벗은 한쪽 주머니가 무겁게 일그러져 부풀어 오른 바지를 벽에 매달고, 옷걸이를 노타이셔츠에 넣어 벽에 걸었다.

"이 형, 죄송합니다. 제가 찾아봬야 했는데……."

"괜찮아. 손님이 와 있으니 어쩔 수 없지."

이방근은 수건으로 머리와 목덜미를 닦으며 거의 다 젖어 몸에 착 달라붙은 속옷 셔츠도 벗어 버리자, 상반신은 알몸이 되었다. 양준오가 그것을 옷걸이에 걸어 말렸다.

"제 바지라도 입어 보시겠습니까?"

"내겐 좀 작지 않을까. 독신자의 바지를 우두둑 엉덩이부터 찢어 놓으면 곤란하지. 이대로 됐어. 장판에 찰싹 달라붙는 게 상당히 서늘해서 기분이 좋구만."

이방근은 장판에 속옷바지 한 장으로 책상다리를 하고 앉아, 얼른 담배를 물고 불을 붙였다.

"지독한 날씨야, 천둥 번개가 멎기 시작한 거 같군."

"이런 날씨에 이방근이 흠뻑 젖으며 일부러 오시다니 드문 일입니다. 저는 감동했습니다."

"핫하, '냉혈한'치고는 뜨거운 숨결이 느껴지는 말이로군. 그거 술 아닌가, 한 모금 목만 축이면 돼. 한 잔 주지 않겠나."

"추우세요?"

"시원하긴 하군. 아직 추운 계절은 아니잖아."

양준오는 방 한쪽 구석에 있는 앉은뱅이책상 위에서 5홉들이 병에 들은 소주를 두 잔 따라 가져왔다. 이방근은 한 모금을 머금어 입 안에서 저려 오는 자극을 잠시 맛본 뒤 꿀꺽 목구멍에 흘려 넣었다. 양준오도 마셨다.

"그런데 난 아무래도 집에서 온 것 같은 기분이 들지 않아. 집에서 온 건 사실인데, 지금 그 연속선상에 있다는 기분이 들지 않는군. 음, 하긴 바다에서 온 탓도 있겠지……."

"바다……?"

"그래, 바다, 거친 바다 말이야. 문난설이라는 여자 손님이 제주 바다를 보고 싶다고 해서, 나영호와 세 사람이 해안도로로 나갔다 왔거든. 독특한 여자야. 천둥 번개가 대단했었지. 근처에서 벼락불꽃의 냄새가 날 정도였다니까……."

이방근은 문득 몸을 감싸듯이 확 쏟아져 내리던 문난설의 이상한 냄새를 느끼고 있었다.

"벼락불꽃 냄새라니 과장되긴 했지만 좋은 표현이네요. 그걸 냄새 맡은 인간이 있을까요. 맡은 순간 죽어 버리겠지요." 양준오는 턱을 삐죽 내밀며 살짝 웃었다. "흐-음, 그녀가 그랬단 말인가요, 문난설 말입니다. 이 형이 전화로 소름 돋을 정도로 미인이라고 요란하게 말했는데, 과연 대단하더군요."

"뭐가 대단하다는 거야?"

"미인이라는 거지요."

"으-음, 양 동무는 여자에 관심이 없으니까, 소름이 돋을 정도는 아니겠지, 안 그런가?" 이방근은 웃었지만, 이내 표정을 바꿔 말했다. "그게 말이지, 바다에서 일단 집까지 갔다가 두 사람을 집에 들여보내고 나서, 혼자서 북신작로를 지나 동문길을 돌아왔거든. 그런데 아무래도 그 사이가, 아까 물이 불어난 산지천 다리를 막 건너왔는데도 말이지, 어쩐지 집에서 여기까지 사이가 구멍이 뻥 뚫린 것처럼, 필름이 끊긴 것처럼, 길이 어딘가에서 잘려 나간 느낌이 들어. 좀 이상해⋯⋯."

지붕 위 하늘에서 바람이 비명을 지르고 있었다. 이방근은 지금, 바로 한 시간 전까지도 집에 있었다는 게 실감 나지 않았다. 아버지와 소파에 마주 앉아 있었던 것은 조용한 산중의 숲 속 격리된 장소였고, 이곳에는 전혀 다른 곳으로부터 비바람 속을 속옷까지 적셔 가며 언덕 위로 올라온 듯한 느낌이었다. 이곳은 결코 집에서 20분씩이나 걸리는 거리가 아니었다. 꿈을 꾼 후의 느낌 같기도 했다. 머리부터 푹 뒤집어쓴 흰색 우비의 남자가 가로지른 인적 없던 길이, 자신이 지나온 그 북신작로라고는 생각되지 않았다. 조금 전에 양준오가 이 형은 피부색이 하얗다고 했는데, 배꼽을 다 드러낸 알몸으로 조금 우스꽝스러웠다.

"여기까지 오는데 힘들어서 그런 거 아닐까요. 이 형한테는 보통 일이 아니죠. 이런 날 굳이 외출을 해서 비를 흠뻑 맞으며 걷다니……. 그야말로 '혁명적'인 일입니다. 하루 종일 소파에 앉아서 움직이려 하지도 않던 사람이……. 악천후 탓이겠지요. '도련님'이 심한 꼴을 당하셨으니 일상적인 감각이 잠시 무너진 게 아닐까요. 게다가 어젯밤 제주도에 막 도착했잖아요. 엄청난 천둥 번개였거든요. 한 개쯤은 사라봉 등대 근처에 떨어졌지 싶은데……."

"어험, 그만하라구. 그 '도련님'이라는 거 말이야. 동무의 나쁜 버릇이라구." 이방근은 가끔 양준오의 입에서 튀어나오는 이 말을 좋아하지 않았다. "아무튼 지독한 날씨야. 천둥 번개와 비, 그리고 바람이 뒤범벅이 되어 모든 것을 씻어가 버리고, 나 하나만 내팽개쳤다고나 할까……."

이방근은 갑자기 취기가 기체가 되어 머릿속 공간을 떠돌고, 방 뒤쪽에 반쯤 열어 둔 장지문 사이로 냉기가 흘러들고 있었지만, 몸에 땀이 배며 뜨거워지는 걸 느꼈다. 해안도로의 창고 처마 밑에서 갑자기 풍겨 온, 이 세상이 아닌 듯한 사람을 그리워하는 감정마저 들게 했던 문난설의 냄새 때문은 아니었을까.

"음, 그렇지, 미안하지만 그 바지를, 아니 아니야, 내가 하지." 이방근은 담배를 끄고 일어나더니, 양준오의 등 뒤쪽 벽으로 다가가 자신의 바지 주머니에서 봉투를 꺼내 자리로 돌아왔다. 그리고 그것을 양준오 앞에 놓았다. "30만 원이 들어 있어. 확인해 봐. 어떤가, 알몸의 모습이 싫지 않은가. 돈다발을 앞에 두고, 이러고 있으니 마치 노름꾼 같구만. 그것도 일본식의……."

"……"

양준오는 두터운 봉투가 자신 앞에 놓인 순간, 뭘까 하는 의아한 표정을 보였지만, 30만 원이라는 말을 듣고는 그것이 돈다발이고, 당 조직에 대한 자금 지원인 그 돈의 성질을 바로 납득했는지, 말없이 고개를 끄덕였다. 그는 3백 장의 천 원짜리 지폐를 다 센 뒤 다시 봉투에 넣고 일어나, 책상 서랍에 집어넣었다.

"이 형, 감사합니다."

양준오는 그로서는 보기 드물게 다소 들뜨고 감동 섞인 목소리로 말했다.

"양 동무가 감사할 일은 아니지."

"깊이 감사드립니다. 기쁩니다. 악수 좀 해 주세요."

양준오는 앉고 난 뒤 손을 내밀었다.

"악수……? 왜 그래, 어색하게."

두 사람 모두 악수를 좋아하지 않는 인간들이라, 이방근은 곧바로 손이 움직이지는 않았지만, 어느새 상대의 요구에 응하며 손을 맞잡고 있었다. 양준오는 의식적으로 꽉 잡지는 않았지만, 정중하게 마음을 담은 악수를 했다. 아마 이방근이 부드러웠다면 굳은 악수를 했을 것이다.

"양준오답지 않군. 그러니까 나도 악수를 하고 있지. 핫, 하아. 이거 꽤 비싼 악수 아닌가."

두 사람은 손을 뗐다.

"저는 뭐 꼭 30만 원 때문에 악수를 한 게 아닙니다. 이 형, 이방근을 위해서지요."

양준오가 거의 웃으며 말했다.

"이방근, 나를 위해?"

"전투 대열에 선 이방근을 위해서 말입니다."

"뭐라고, 전투 대열?" 이방근은 농담인지 진담인지 조금 당황하며, 미소가 사라지지 않은 천진난만한 양준오의 얼굴을 보았다. 정말이냐고 묻기라도 하듯이. "흠, 지레짐작하지 말게, 30만 원의 돈으로. 지금 한 악수가 벌써 효력을 발휘하는 건가. 나는 특별히 양 동무가 말하는 그 전투 대열 같은 데는 참가하지 않을 거니까. 거의 남승지나 다름없구만. 나쁘게 말하면 유달현이야. 양준오까지 말이지, 이거 참……."

이방근은 부정적으로 말했지만, 자금을 제공하는 일 자체가 봉기의 싸움에 참가하는 것이 된다는 암묵적인 양해가 되기 때문에, 양준오는 그걸 염두에 둔 것이었다.

"그러나 그렇게 되는 거지요. 30만 원이 문제가 아니니까요. 유달현이라니 싫습니다. 유달현에 대해선 나중에 드릴 말씀이 있어요." 양준오는 잔의 반투명한 소주를 한 모금 마시고, 뾰족한 턱을 쓰다듬으며 움푹 들어간 삼각형 모양의 눈을 반짝였다. "저는 기쁩니다. 남승지도 기뻐할 거예요. 얼마나 힘이 되는지 모릅니다."

"으-음, 준오 동무, 언제부터 양준오가 그런 말투를 하게 됐나. 인간은 짧은 시간에 변하는군. 밤낮으로 사상적인 학습을 한 결과인가. 아니, 내가 구태의연해서 변하지 않은 것뿐인가. 작은 자, 그대여, 인간은 어차피 모두가 그렇게 되겠지. 역사적 필연성에 나도 포함된다는 말인가. 기계론적으로……."

이방근의 어조에는 상대를 찌르는 독은 없었다. 그러나 그렇게 되는 거지요……. 이건 오만이라기보다 친근함을 담은 동료의식의 발로였다는 것을 이방근은 알고 있었다. 양준오의 다소 단락적인 말은 지금의 그를 표현하고 있었다. 그는 최근 2, 3개월 사이에 확실히 변해 있었다. 지금까지의 방관적인 모습이 아니라, 자기 나름의 뚜렷한 입장에 서 있다는 것을 이 한마디가 표현하고 있었는데, 그만큼 그는 자신을 전면에 내세우고 있었다. 이것이 이방근에게, 지금의 알몸의 상반신 피부 전체에 압박감을 주었다. 젊은 남승지에게 가끔 느끼는 압박감과 공통되는 것이었다.

이방근은 양준오의 말을 입으로는 배척하면서, 그들 편에 확실히 발을 들여놓고 있는 자신을 의식하고 있었다. 상대의 말처럼 30만 원이라는 액수의 문제가 아니었다. 지금까지도 강몽구를 통해 조직에 자금을 지원한 일이 있었지만, 이번에는 성질이 달랐다. 단순하게 금액 30만 원의 자금 지원이 아니라, 양준오를 통한 재정적인 참가, 싸움에 가담하는 일이 시작되는 것이었다.

바람의 방향이 바뀌었는지 비가 앞쪽 출입구의 장지문을 때렸다. 양준오는 러닝셔츠에서 비어져 나온 상박부에 앉아 있던 모기를 손으로 쳐 떨어뜨린 뒤, 자리에서 일어나, 장지문 바깥의 양쪽으로 열린 판자문을 닫았다. 순식간에 뒤쪽 장지문의 빛만 남은 방은 꽤 어두워졌다. 순간 바람이 예리한 휘파람처럼 울려 퍼지며 집을 낚아채듯 빠져나갔다. 지붕의 상공에서, 무서운 바람의 칼날이 계속해서 공기의 천을 찢는 듯한 소리를 내고, 문풍지가 끊임없이 바쁘게 울어 댔다.

"알몸으로 있는 건 아무래도 적응이 되지 않는군. 안정이 안 돼. 이제 거의 말랐겠지. 몸에 걸치고 있으면 마를 거야."

이방근은 지금 마르고 있는 중이라는 양준오의 말을 듣지 않고 자리에서 일어나, 벽에 걸린 옷걸이에서 아직 축축한 속옷 셔츠를 걸어 냈다.

"역사적 필연성에 휘말린다든가, 그렇게 어려운 생각은 하지 말아 주세요. 그런 의미로 말한 게 아닙니다."

"그래, 알고 있어."

"말을 바꿔서 '새로운 소유로부터의 자유'를 위해서라고 해도 좋고요."

"핫, 핫, '소유로부터의 자유'라. 으-음……, 그 '새로운'이라는 건 뭔가?"

"'소유로부터의 자유'의 부정, 혹은 그것의 초월……."

"부정도 초월도, 애당초 그 부정되어야 할 '소유로부터의 자유'와는 관련이 없는 것이라구. 동무가 알고 있듯이, 원래 그대로야." 이방근의 머릿속 공간이 한순간 공백으로 변하더니, 전혀 관계없는 생각이 스쳐 지나간다. "……음, 그러나 인간은 용케도 허무함 속에서 하루하루를 살아간다는 생각이 들어. 으-음, 허무를 느끼지 않고 지낼 수 있다는 건 얼마나 행복한 일일까……. 니힐리즘은 반동, 반혁명사상이다. 이제 곧 자네도 그렇게 말하게 될 거야. 그러니까-, 이제 곧이 아니라, 이미 그래, 탈선했군, 그만하세나."

"원래 그대로가 좋아요." 양준오는 조금 말이 막히는 듯, 이방근이 나중에 '덧붙인 말'은 흘려들으며 말했다. "이 형의 경우는 소유하는 것을, 그 재산을 의미하고 있는데, 전부 없애버려 무일푼이 되고 나서 부정하는 건 이미 늦습니다."

"글쎄, 말은 멋지게 하는군. 꽤 실무적이야. 도청의 경리과장다운 말이야. 애당초 '소유로부터의 자유'라는 말은 자네가 명명했다는 것을 기억하나. 경제적 소유로부터, 재산으로부터의 자유라고 했었지. 돌아가실 때까지 아버지와 사이가 좋지 않았던 어머니가 물려주신 유산을 내가 전부 처분해서, 즉 애초에 사용할 데가 있어서가 아니라, 처리 그 자체가 목적인, 사용처는 후일로 미루고, 단지 무일푼으로, 불알 하나 달고 알몸이 된다. 농담 같은 말이지만, 동무는 그것을 재산으로부터의 자유라고 했었지. 돈은 어디에 써도 상관없고, '혁명'을 위해 써야 할 당위성이 있는 것도 아니야. 여자들에게 뿌리고 다녀도 좋아. 무일푼이 된, 돈이 없는, 즉 경제력을 잃은 이방근은 그저 목각 인형처럼 아무것도 아니라구. 난 자유는커녕, 당장 부자유 덩어리가 되겠지. 자네와도 상의한 일이니 여기서 또 반복할 필요도 없겠지만, 난 자신의 그러한 상태를 두려워하지 않는 건 아니야. 그때는 어떻게 할 것인가, 어디선가 일을 해야겠지……. 육체노동이라도 해서……."

이방근이 웃자, 양준오도 따라 웃었다.

"왜, 내가 일한다니까 우스운가?"

"아니요, 아닙니다. 이 형 자신이 그런 거 아닌가요……. 이 형이 웃어서 따라서 웃었을 뿐입니다."

"웃을 일이 아니잖나. 가령 말일세, 절에 들어가더라도 공짜로 밥을 먹여 주지는 않아. ……여동생도 일본에 가게 되고, 물론 그 학비는 아버지께 의지하지 않고 내가 대 줄 생각이야. 으-음, 오늘 여동생의 유학 문제로 아버지와 사소한 충돌이 있었는데, 아직 결론은 나지 않았어. 유원이도 언제부터 사회주의적인 사상을 갖게 된 건지, 우리 집을 사회의 기생충적인 존재, 그런 생활을 하고 있다는 것이 지론이야. 특히 내가 말야, 핫, 핫하. 물론 자신도 예외는 아니라는 자각이 있어. 설령 아버지가 학비를 끊는다고 해도, 스스로 감당하겠다는 생각, 이건 사상인데, 그런 생각을 가지고 있다구. 나도 말이지, 집을 나와 서울이라도 가야 하고, 슬슬 결론을 내려야 해. ……아버지의 생각이, 이미 생각이 그 마음으로 굳어져 버렸지만 말야. 내가 아버지께 '순종'하지 않는 것을, 내가 어느 정도의 재산을 가지고 있기 때문이라고 여기거든. 그것이 아버지에게도, 아버지가 가장인 집안에도 화근이 된다고 하는, 즉 '재산'이 너에게 있어서 '병'이라며, 모든 악의 근원으로 삼는데, 나에게 재산이 없다면 아버지에게 굴복할 거라는 생각을 하지. 이 생각이 아버지 내부에 젖어 있어. 그게 악취를 풍기는 거야. 구역질이 나. 이게 아버지의 자식에 대한 증오의 근거이기도 하다구. 어머니가 유산을 남기지 않았다면, 난 아버지에게 효자 노릇을 했을 거라는 말이지. 따라서 그런 어머니를 아버지는 또 증오하고 있어. 아무리 부자지간이라도 이런 건 인간으로서 평등하다고 할 수 없어. 자식을 지배하는 아버지의 논리야. 자식은 아버지를 이겨서는 안 된다. 하지만 부모는 모르고 있지. 나에게 '재산'이 없었다면, 더욱 '순종'하지 않았을 거야. 더 큰 충돌이 일어났겠지. 후후, 결국에는 부모의 재산을 야금야금 탕진해 버렸을지도 모르지……."

이방근은 무릎 위에 올려놓았던 아직 마르지 않은 속옷 셔츠를 입으며 계속했다.

"'소유로부터의 자유'라는 것도, 그렇게 대단한 게 아니잖아. 왕위나 왕실을 버린 인간도 있어. 근방의 작은 귤 밭 한두 곳과 약간의 자산을 처리하는 일로 골치를 썩일 필요는 없다구. 물론 아버지 때문에, 아버지나 여동생한테 맞추기 위해 재산을 정리할 생각은 털끝만큼도 없지만 말야. 그러나 역시 '재산의 소유'는 자유롭지가 못해. 그래서 하루 종일 소파에 가만히 앉아 부자유를 견디고 있는 거야, 핫, 핫, 어쨌든 이건 궤변이겠지. 우선은 경제적 소유로부터의 자유, 그리고 일체의 소유로부터의 자유. 포기. 그래서 남은 것이 자유. 유식한 척 말하자면 정신의 자유, 자기 자신으로부터 자유. 자네는 그것을 철학적인 문제라고 하지만, 이런 건 예로부터 흔한 생각이고, 나에게 이건 현실적인 문제야. 실제로 어떤 부류의 인간에게는, 아니 모두 다 그래, 이 사회가 그런 거지만, 재산, 즉 소유물은 그 인간과는 떼어 내기 어려운 인간의 일부라구. 예를 들어, 내부가 충족되지 않을수록 외부로부터 많은 소유물을 자기 것으로 삼고 싶어 하지. 그 인간 자신이 재산이 되고, 재산이 그의 힘이 되는 거라구. 나도 마찬가지야, 조금밖에 없는 재산이지만. 그렇지만 하룻밤에 그 소유물은 무로 변할 수도 있어. 준오 동무는 나에 대해 '가진 자'만이 할 수 있는, 아핫, 핫, '도련님' 같은 생각이라고 말했었지. 그에 대해, 동무의 생각은 '가지지 않은 자'의 생각이라고 말했는데, '소유로부터의 자유'가 아닌, '소유한 채로의 자유'라는 것이 자네의 변증법이야. 이 문제는 어려워. 억지소리라는 느낌도 없지 않다구. 좀 전에 '소유로부터의 자유'의 부정이라든가, 자네가 초월이라고 말한 것은 이런 거겠지."

"소유로부터의 자유에서, 그 자유는 뭡니까?"

말없이 듣고 있던 양준오가 말했다.

"자기 자신의 자유야. 지배하지 않고, 지배받지 않는. 어쩌면 공산주의의 미래상, 그러나 그건 꿈, 현실은 반대니까."

이방근은 쓸데없는 말을 했다고 생각했다.

"값비싼 정신의 자유로군요. 정신의 자유에는 가격이 없겠지만. 목탁영감의 현대판인가요."

"음, 목탁영감은 확실히 자유로울 거야. 자유라는 서양사상의 개념은 모를 테지만."

"저어, 이 형, 예전에, 올 4월의 일인데요. 마침 이 집에 가택수색을 하러 찾아온 '서북' 출신 경찰들이 총을 쏴 댄 밤이었어요. 우체국 안에서 삐라를 뿌린 사건의 연장선에서, 이 집의 농업학교 학생인 조카가 쫓겨 왔을 때인데, 그 직전이었어요. 여기서 한창 이야기를 하고 있었을 때 습격해 왔으니까요. ……제가 만약 미국에 갈 마음이 있으면, 돈 문제는 걱정하기 말고 가면 어떻겠냐고, 당분간 2, 3년 생활할 수 있을 정도는 해 주겠다고 이 형이 말씀하셨는데, 기억하고 계십니까?"

"이 방에도 신발을 신은 채로 들어온 '서북'들과 언쟁을 했었는데,

그런 이야기가 나온 게 그때였나. 이야기의 내용을 잊을 리가 없겠지. 그건 내 뜻이야. 즉흥적으로 말한 건 아니니까. 그 뭐냐, 작년에 자네가 아직 군정청에 있을 때, 같은 군정청 재무국을 그만둔 마더라는 중위가 권했다면서. 학술연구를 위해 미국으로 돌아가 연구소에 있다는……."

"지금은 극동언어연구소의 조교수를 하고 있는데, 훌륭한 미국인도 있어요. 그건 그렇고, 이 형의 그때 마음을 잊을 수가 없습니다."

양준오는 혼자 고개를 끄덕이며, 머리를 숙였다.

"어차피 자네는 미국에 가지 않을 거라고 생각은 하고 있었지만. 그때 이미 양 동무는 조직에 참가할 생각이라고 말했었지. 그런 의향을 드러내고 있었어. 으―음." 이방근은 조금 놀리듯이 웃으며 말했다. "그러고 보니 자네는 그 '예정'까지는 내게 말했지만, 그 이후의 '예정'이 어떻게 되었는지 말하지 않았어. 자네가 실제로 조직에 참가하고 있는 거 같은데 말야. 내게 말은 안 했지만, 그러나 양준오가 조직원이라는 걸 이방근이 알고 있음을 자네는 알고 있다구. 그렇잖아. 동무는 아직도 확실하게 말하지 않고, 그저 이쪽의 추측에 맡기고 있다는 거야. 난 일부러 짓궂은 말을 하려는 게 아니야. '예정'까진 말할 수 있지만, 그 이상 실제로 참가한 사실은 비밀이기도 하니까 말하기 힘든 거겠지. 서로 간에 이런 일은 입에 담는 걸 삼가야 한다구. 그러나 적어도 양 동무의 그 참가를 전제로, 자네의 '소유한 채로의 자유'라는 얘기가 나온 거잖아."

"네, 그렇습니다. 이 형의 말씀대로입니다……."

등을 쭉 편 양준오는 입을 다물고 고개를 끄덕였다.

"이방근이 조직원이라도 되지 않는 한, 자네 스스로 그렇다고 말할 수 없다는 것이겠지."

"아니, 그건 아닙니다. 아니에요. 참가할 예정이라고 이 형께 말씀 드렸을 정도니까요. '예정'이라 해도 비밀인 것이고, 아무에게나 함부로 말할 수 있는 것은 아니죠. 저는 그저 그 사이에 이 형이 그 일을 물어보시면 이야기할 수 있어도, 자신은 이렇다는 식으로 말할 일은 아니라고 생각했을 뿐입니다. 내세운다는 느낌을 줄 수도 있거든요. 이심전심이라고 하면 말을 돌리는 것 같습니다만, 그런 기분이었어요. ……지금은 그렇지 않고, 제 자신의 입으로 그렇다고 말씀드리겠습니다. 그렇습니다. 저는 당원입니다."

양준오는 이방근을 똑바로 쳐다보았다. 이방근은 그 차가운 불길을 품은 시선을 가만히 받아들였다. 양준오가 시선을 천천히 재떨이에 떨어뜨렸다.

"으-음."

이방근은 말없이 고개를 끄덕였다. 당원……. 알고 있는 일이었지만, 실제로 본인 입에서 그렇다는 말을 듣자, 어떤 무거운 압박감이 가슴을 짓눌러 왔다. 당원……. 이방근은 한 마디, 마음속에서 중얼거렸다. 희미한 전율을 느끼면서 뭔가 한마디 해야겠다고 생각했다.

"양 동무, 왜 나는 그것을 자네에게 직접 들어야 하는가. 왜 본인에게 말하도록 했을까. 난 할 말이 없네. 여하튼 힘내라구……."

이방근은 손을 내밀어, 갑작스런 일로 조금 당황하며 내민 상대의 손을 잡았다. 양준오는 조금 전과는 달리 이방근의 손을 꼭 잡았다.

"양 동무, 다만 내가 조직에 들어가기를 바라지는 말게. 언제였던가, 강몽구 씨에게 몇 번이나 강하게 요청을 받았지만 나는 거절했어. 특별당원이라는 거지. 즉 비밀당원 말야. 지금의 자네가 그래. 거절하는 건 보통 일이 아니야. 마음이 약한 사람은 거절을 못하지. 거절하는 건 거부야. 조직의 요청에 대한 거부. 당중앙, 아니지, 당의 권위하

에서 그건 비애국자가 되는 일이라구. 때에 따라서는 새로운 민족반
역자가 될 수도 있고. ……양 동무도 나를 비애국자라고 부를 텐가?"

이방근은 웃었다. 자신을 심술궂다고 생각하면서도 그 웃음에 거리
낌은 없었다. 그는 결코 다그칠 생각이 없었다. 다그치기는커녕, 지금
은 자신이 공격당하고 있는 상황이었다.

양준오는 떨떠름한 얼굴에 미소를 지으며 아무 말도 하지 않았다.
농담이라고는 해도 말을 되받기에는 도가 지나치다고 생각하는 모양
이었다.

"그보다도 이 형, 술은 이제 됐습니까? 잔이 비었어요. 안주가 없군
요, 주인아주머니한테 가면 뭔가 있을 텐데……."

"아, 한 잔이면 돼, 한 잔만 하자구."

양준오는 책상 위에 반쯤 들어 있는 술병을 가지고 와서, 두 개의
잔에 냄새를 확 풍기며 술을 따랐다.

이방근이 상대에게 권하며 잔을 손에 들었다.

"……자아, 건배하세."

이방근은 무엇을 위한 건배라고는 말하지 않았지만, 두 사람은 서
로 술잔을 부딪치고 한 모금 꿀꺽 목구멍에 흘려 넣었다. 양준오가
고개를 크게 끄덕였다.

"좀 전에 제가 소유로부터의 자유의 부정이라고 말한 것은, 처음에
이 형으로부터 이야기를 들었을 때, 속된 말로 하자면, 재산이 아깝다
고 생각했기 때문입니다. 이 형은 물질적인 무의 상태를 실현함으로
써, 출가하지 않고서도 할 수 있는 무의 실현, 그 실천의 첫걸음이라
고 말씀하셨습니다. 그것을 위한 재산 처리, 이것은 현실적인 문제로
서 여러 가지 복잡한 일이 있겠지만, 그 실현은 그야말로 진정한 사상
이라고 저는 생각하고, 인정합니다(인정한다. 라니. 이방근은 내심 중얼거

렸다). 그러니까 저는 그것을 처리하지 말고, 이방근 자신이 생각하는 그 사상의 수준에서, 소유로부터의 자유의 수준에서, 그것을 달성하기 위해 사용할 길이 있는 게 아닌가, 이것이 보다 한 걸음 진척된 현실적인 대응이라고 생각할 수밖에 없습니다."

"그렇겠지, 그건 알고 있어. 색즉시공, 공즉시색……의 경지인가. 소유한 채로의 자유라는 건 한마디로 말하자면, 돈을 헛되이 하수구에 버려서 무일푼이 되는 짓은 하지 마라. 어차피 사용할 돈이라면, 이성적으로 의미 있게 사용하라는 것이겠지. 그렇게 해도 다 쓰면 무일푼이 되겠지……."

"지극히 명쾌한데요, 바로 그겁니다. 그러나 저는 '30만 원'을 단순한 돈이나 금액이라고 생각하지 않습니다. 사상입니다. 투쟁의 힘으로 바뀔 사상이고, 그 상징입니다. 혁명적이에요……."

약간 취기가 돈 듯한 양준오의 목소리가 고조되었다. ……그것은 도통, 깨달음이지요, 저로서는 이 형이 지나치게 도통하지 않았으면 합니다. 핫, 핫하, 어려운 문제입니다. 물론 이걸로 결론이 나는 건 아니지만 말입니다. ……이건 이방근의 니힐리즘입니다. 이방근의. 그런 의미에서는 종교적이라기보다 혁명적입니다……. 그리고 취기가 돌았을 때의 중얼거림, 언젠가의. 아아, 이 형은 위대해, 위대합니다…….

"다만, 소유한 채로 있으면, 그것을 질질 끌고 있다가는, 무일푼이 돼서는 안 된다는 말이 돼……." 이방근은 화제를 바꿨다. "동무는 강몽구 씨와 언제 만나게 되나."

30만 원은 양준오를 통해 강몽구에게 전달하기로 돼 있었다.

"아 참, 책상 위의 보자기 꾸러미는 말이지, 여동생이 남승지에게 주는 선물이야. 뜨개질 한 스웨터지. 그에게 전해 줄 방법은 있나?

이방근은 지극히 사무적으로 말했다.

"그렇군요……. 유원 동무가 직접 짰다는 거지요, 흐―음." 양준오는 감동했다는 표정으로 고개를 끄덕이며, 조금 전에 자신이 책상 위에 올려놓은 그 꾸러미를 보며 말했다. "방법은 있습니다. 시간은 걸리겠지만. 남승지는 행복한 남잡니다……."

"응, 그럼 됐어. 실은 여동생에게는 비밀로 하고 저걸 그냥 없애 버릴까도 생각했었지."

"없애 버려요?"

"으―음, 하지만 그게 결국, 서울서부터 제주도까지, 그리고 오늘 여기까지 가지고 와 버렸어. 일부러 짠 물건을 되돌려 줄 수도 없고, 난 좋아하지 않아, 이런 일은. 유치장이나 형무소의 차입도 아니고, 이건……."

"……" 양준오는 이방근의 의중을 헤아린 듯했다. "네, 알겠습니다. 그래도 없애 버릴 수는 없죠. 여기에 두고 가세요. 강몽구 씨는 지금 의류 등의 물자, 그 밖의 조달을 위해 부산에 가 있습니다만, 으―음, 그래서……, 이 형이 이렇게 빨리 서울에 돌아가실 거라고는 전혀 생각지도 못했는데, 강몽구 씨가 꼭 이 형을 만나고 싶다고 했습니다. 앗핫하, 뭐 좀 전에 나왔던 그런 일은 아닙니다. 아마도."

"부산이란 말이지……. 언제까지 머무르려나."

이방근은 다음 달 3일 출항을 앞두고, 머지않아 부산으로 갈 우상배와 강몽구가 만나게 될 거라는 생각을 하며 말했다.

"다음 달 3, 4일까지라고 했습니다."

"뭐라, 3, 4일……." 이방근은 움찔 놀라며 말했다. 이렇게 되면, 일본에 갈 여동생, 그리고 자신과도 부산에서 마주치게 된다……. "으―음, 아니……. 그런데 강몽구가 꼭 만나고 싶다는 건 무슨 일 때문인가?"

"구체적인 것은 모르지만, 30만 원과 관계가 있는 것 같고, 그 용도에 대한 것이나 그 밖의 이야기가 있다고 생각하는데요, 그는 부산에서 돌아오면 이 형과 꼭 만날 수 있을 거라고 생각하고 있어요."

양준오는 최근에 물자 조달을 위해 일본으로 건너간 배가, 그대로 제주도에 돌아오지 않는 것 같다……고 했다. 배는 조직의 소유는 아니지만, 선주가 조직원이고, 일본에서 물자를 싣고 와서 그 일부를 조직에 반입하고 있었는데, 이번에는 돌아오지 않고 있다. 조직에는 비밀로 안전한 부산에 물자를 옮겨, 그곳에서 밀무역을 하고 있는 것 같다는 얘긴데, 일종의 도망, 조직으로부터의 도망이었다.

부산에서의 밀무역이라는 것은, 지금까지 제주도가 일본과의 밀무역의 중심이 되어, 그 물품에 의한 섬과 본토와의 교역이 도민의 생활을 지탱하는 큰 수단이 되어왔다는 사정이 완전히 뒤바뀌었음을 뜻했다. 경찰이나 세관도 보고도 못 본 척 묵인함으로써, 김, 건어물 등의 해산물과 표고버섯 등을 출하하는 밀무역이 공공연하게 이루어지고 있었다. 일본에서 가져온 고급 견직물 등을 구하기 위해 서울 등지로부터 상인들의 출입이 빈번했다. 그런데 이것이 수입원이 없는 '서북'들에게는 수탈의 목표가 된 것이다. 불법무역 단속이라는 명목하에 경찰 등의 담당기관을 제치고, 살상까지도 불사하며 금품을 제멋대로 약탈하였고, 그것은 모두 그들 주머니 속으로 들어갔다.

많은 배가 제주도를 피해 부산 등지로 기지를 옮겼는데, 이번에는 반대로 그쪽에 모인 물품을 구하기 위해 섬 밖으로 출입하게 되었고, 이 변화가 섬의 경제생활에 상당한 타격을 주었다. 물자를 조달하는 배가 제주도로 돌아오지 않는다는 것은, 도망이면서도 이와 같은 사정과 무관하지 않았다.

9

"그런데 말이지, 강몽구 씨가 모처럼 나를 만나려 한다 해도 다음달 3, 4일에 돌아와서는 시간이 맞지 않아."

이방근이 말했다.

"이 형은 언제쯤 이쪽에 돌아오십니까?"

양준오는 이방근이 서울에 가더라도 곧 돌아오는 것이 당연하다는 듯, 거의 강제적으로 말했다.

"음, 그게 말이지, 여동생이 일본으로 출발하는 게 다음 달 3일이야. 부산 출항이고."

"다음 달 3일, 부산 출발……?" 양준오가 놀라며 말했다. "그러면 배는 미리 준비돼 있습니까?"

"그래, 3일이야. 배는 이미 정해져 있어. 몽구 씨가 그때까지 부산에 머물고 있다면, 거기서 만나게 되겠지. 만나기 거북하지만 말야, 아 핫, 하아, 만나는 것을 피하고 싶지만 방법이 없어. 만나고 싶지 않아도 만나게 될 테니까……."

이방근은 현처럼 희미하게 떨리는 그의 마음이 상대에게 전해지는 것을 느꼈다.

"어떻게 된 겁니까, 갑자기……."

"그 배는, 자네도 알고 있을 거야. 우상배, 일본에서 우상배 씨가 타고 온 배거든. 그래서 나도 잠깐이지만, 여동생과 함께 일본에 동행할지도 몰라."

이방근은 틈을 두지 않고 단번에 말했다.

"우상배……?" 양준오는 갑자기 듣게 된 우상배라는 이름과 이방근의 일본행 이야기에, 양쪽에서 동시에 말을 들은 것처럼 조금 어리둥절한 표정으로 이방근을 쳐다보았다. "우상배 씨가 일본에서 와 있습니까?"

"그래, 와 있어." 설명이 충분치 않은 말이었다. 이방근은, 우상배를 만나고 싶겠지……라고까지는 말하지 않았지만, 자신의 일본행을 언급하지 않은 상대의 말 틈새로 비집고 들듯이 말했다. "일본에 있을 때는 친하게 지내지 않았나?"

"네……." 양준오는 잠시 뒤였지만, 그 대답을 이방근으로부터 유도당하고 있었다. 그는 순간, 눈의 초점을 안으로 향하고, 자신의 머릿속 공간의 한 점을 응시하는 듯한 표정으로 말했다. "일본의 패전 직후였어요. 폐허 속에서 남승지도 함께였는데, 소주를, 질이 나쁜 막소주를 마시고 다녔어요. 별난 사람으로, 동년배 사이에서는 괴짜 취급을 하며 상대해 주지 않았지요. 그러나 결코 괴짜는 아니었어요. 올초봄에 남승지가 강몽구와 함께 일본에 갔을 때 오사카에서 우연히 만났다는 이야기를 들었는데, 대낮부터 술 냄새를 풍겼다고 하더군요. 이 형은 만나 보셨습니까?"

"서울의 숙부님 집에 찾아왔기에, 같이 잠시 술을 마셨는데 말이지. 약간 파멸형 인간이더군."

"한번 만났는데도 잘 보셨네요. 지금도 그렇습니까?"

양준오는 고개를 끄덕이며 말했다.

"제주도에 오고 싶어 했어. 양 동무와 승지 군을 만나고 싶어 하더군."

"으-음……. 만나고 싶네요. 남승지는 안 되겠지만, 제가 서울에 가 보고 싶을 정도입니다."

"그렇게까지 할 필요는 없겠지. 금방 갈 수 있는 길도 아니잖아."

"아니, 말해 본 것뿐이에요. 갈 순 없죠." 양준오는 가볍게 고개를 옆으로 저으며 미소를 지었다. "……음, 그래서 여동생은 그 우상배 씨가 타고 온 배로 가는 겁니까?"

이방근은 가슴이 철렁하며 이에 대비를 했다. 어디까지나 여동생 이야기였다. 이 형도……라고는 말하지 않는다. 이방근의 머릿속은 아까부터 빠르게 회전하고 있었다. 자신이 일본에 동행하는 것에 대해 상대가 물어보기 전에, 그것은 당연히 자신이 먼저 한마디(한마디로 끝날 일은 아니지만)해야 될 일이었다. 그는 반사적으로 그것이 화제가 되는 것을 피했지만, 피할 수 있는 것도, 피해야 할 것도 아니었다.

이미 이야기한 것이었지만, 이방근은 그렇다고 대답했다.

"으-음, 그렇다면 안심이겠네요."

양준오는 잔을 들고 소주를 한 모금 꿀꺽 목구멍으로 넘긴 뒤 카— 하며 숨을 내쉬었다.

"우상배가 타고 온 배라고 해서, 풍파가 특별히 봐 주는 것도 아니잖 나……."

이방근은 담배를 물었다. 그는 지금 상대의 입에서 이야기가 나오기를 기다리고 있는 형편이었지만, 양준오는 의식적으로 묵살하고 있었고, 이방근이 일본에 동행하는 일에 대해서는 언급하지 않았다. 어쩌면 이 남자는 그 부분만 빠뜨리고 못 들은 것은 아닌지 의심이 갈 정도로, 아무 말도 하지 않았다. 시치미를 떼고 있는 거라면 제법이었지만, 거부반응을 일으키고 있음이 분명했다. 일부러 지금 이야기할 필요도 없을 것이다. 이 자리에서는 서로 건드리지 않고 지나가기로 할까…… 하고 망설이다가, 그런데, 하며 이야기를 계속했다.

"어젯밤 자네에게 얘기가 있다고 한 건, 여동생 일로 아버지와 아직 결론이 나지 않았는데, 아버지와의 관계라든가, 음, 아버지와는 오늘 밤에라도 결말을 지어야 해."

"집을 나오게 될지도 모르는 거죠."

"응, 그것도 있고, 다른 여러 가지가 있어. 소파에 하루 종일 계속 앉아 있으면, 소인은 할 일이 없으면 나쁜 짓을 하기 쉽다는 말이 있잖나. 머리는 자고 있는 게 아니라 이것저것 바쁘게 계속 돌아가거든. 그런데, 정세용과는 만나는가?"

"정세용…… 으ー음, 정세용이라. 경찰과 도청은 같은 구내라서 이따금 얼굴을 마주치기는 해요."

"안색은 어떻던가?"

"안색……?"

양준오는 의아하다는 듯이 말했다.

"그는 말하자면 내 형님뻘 되는 사람이고, 원래 창백하고 혈색이 좋지 않은 편인데, 다음 달부터 도경의 계장으로 승진해서 경감님이 된다구. 그의 공적에 비하면 늦은 승진이지."

"공적이라는 건 예의…… 그 일입니까?"

"그래, 4·28 평화협정의 파괴야. 의식적으로 세간의 눈을 피하기 위해, 정부 수립 후의 경찰제도 개편 시기를 노린 논공행상인 셈이지."

"그가 파괴 공작에 참가했다는 건 틀림없는 건가요?"

"거의 틀림없어. 물론 그 혼자서 할 수 있는 일은 아니지만, 공범이야. 다만 제주도 출신인 자는 그 밖에 없어."

이방근의 입 안에 시큼하고 쓴 침이 솟아올랐다.

"틀림없다니. 흐음, 이건 보통일이 아니군." 양준오는 입안에서 맴도는 혼잣말을 멈추며 말했다. "실은 그 정세용 씨 일로 드릴 말씀이 있었는데요."

"어젯밤 동무가 나한테 할 얘기가 있다고 했는데, 그건 뭔가? 강몽구에 관한 일인가?"

"아니, 그것도 있지만, 정세용의 일입니다."

"정세용의 일……?"

이방근은 눈을 크게 떴다.

"예, 그에 대해 말씀드리고 싶은 게 있지만, 그건 나중에 하도록 하고, 그 전에 이 형이 집을 나와 서울에 간다는 얘기 말입니다. 게다가 아까 일본에 여동생과 함께 동행한다는 듯한 말을 하셨잖아요. 이 형은 정말로 일본에 갈 작정인가요."

뭐라고……. 이방근은 움찔했다. 그의 눈과 양준오의 눈이 마주치고, 시선 끝이 상대의 눈동자 속에서 뒤엉켰다. 이 녀석은 이제 와서, 잊어버릴 때쯤 돼서 이야기를 꺼내는 건가. 곤란한 녀석이야…….

"아버지와 얘기는 오늘 밤이라도 결론을 짓고, 잠시 여동생을 데리고 갔다 올 생각이야."

"잠시라고 이 형은 말했지만, 실제로 그건 어려워요. 갔다간 그걸로 끝, 좀처럼 돌아올 수 없어요."

"마치 일본이 이어도라도 되는 것 같구만. 난 돌아오지 못하는 섬, 이어도에 가는 게 아니야."

"이야기를 얼버무리지 말아 주세요. 이어도가 아니라 현실 이야기니까요. 물론 제가 단정할 수 있는 건 아니지만, 결론부터 말하자면, 저는 이 형이 서울에서 사는 것도, 일본에 가는 것도, 좌우지간 지금 시기에 제주도를 벗어나는 것에 반대합니다……."

양준오의 조금 취기가 오른 목소리가 단정적인 울림을 띠었다.

"내가 뭐 일본으로 간다는 게 아니야. 자네는 자신의 주관으로 단정 짓고 있는데, 일본에 가면 그야말로 이어도에 간 것처럼 돌아오지 못한다고 단정하는 게 이상하다는 말일세. 난 얼렁뚱땅 넘길 생각은 조금도 없어. 일본을 왕복하면서 밀무역을 하고 있는 그들은 뭔가?"

"그들과는 다르잖아요."

"달라? 어째서 다른가." 이방근의 목소리가 조금 격해지고 위압적이 되었다. "헷헤, 어째서 다르다는 건가. 난 돌아온다면 돌아온다구. 그 걸 못 믿겠다는 건가?"

"이 형이 돌아온다고 약속하면 돌아오시겠지요, 그건. 그래도……."

"동무는 꼭 우리 아버지와 같은 소릴 하고 있다구, 도대체가. 내가 서울에서 사는 게 왜 안 좋다는 건가?"

"……" 양준오는 좀 의외라는 듯한 표정을 짓고서는 말문이 막혔다. "그런 식으로 말씀하시면 할말이 없어요."

"나로서도 무일푼이 되면 일해야 할지도 모르잖나." 이방근의 웃음 이 입가를 일그러뜨렸다. "난 거절하고 있지만, 서울에서 신문기자, 그래, 지금 집에 와 있는 나영호 등이 만드는 국제신문의 부편집장으 로 와 주지 않겠냐고 이전부터 부탁을 받고 있다구……." 이 무슨, 직 접적으로 관계도 없는 지리멸렬한 말을 하고 있는 건가. 이것은 즉흥 적인 말이었다. 이방근은 스스로 얼굴을 찌푸렸다. 마음에 불쾌한 냄 새가 피어오르는 말이었다. "도대체 제주도에서 나보고 뭘 하라는 건 가. 그 넓은 집을 놔두고, 어디에서 하숙을 할 수 있다고 생각하는 건가. 자네도 알겠지만 부엌이도 곧 돌아오네. 그러니까 이전의, 원래 생활로 돌아가 계속 소파에 앉아 있으라는 건가, 양 동무……."

무심코 튀어나온 말의 의외성을, 이방근은 알아차리지 못한 듯했다.

양준오는 잠시 침묵했다. 그리고는 담배를 물고 성냥을 그었는데, 그 소리가 꽤 격렬하게 흩어졌다. 뒤쪽의 반쯤 열린 장지문에서 들어 오는 빛의 밝기가 짙어지고, 바람은 옥상 위의 하늘에서 으르렁거리 고 있었다. 아무래도 비는 그친 듯했다. 담배를 한 모금 빨아들인 양 준오가 일어나, 어두운 앞쪽의 장지문을 열고, 바깥쪽의 판자문을 밀어 열려는 것을 이방근이 제지했다.

"아직 바람이 잦아들지 않았을 거야. 그대로 두는 게 좋지 않을까."

"어둡지 않습니까?"

"지금, 밝아지지 않은가. 이거면 충분해, 딱 좋아. 이런 취기에는 지금 같은 어두움이 딱 맞아. 밝으면 대낮부터 취한다구. 거기를 열면 빛이 날아들어 현기증을 일으킬 거야……. 난 이따금 고래 뱃속에 있는 꿈을 꿔. 단 해변에 밀려 올라온 박제처럼 된 거대한 고래지만 말야. 그 속은 이 정도의 어두움으로 딱 좋아. 지금처럼 바다 쪽에서 빛이 비쳐 들고……."

"인공의 저녁 무렵 말입니까. 그럼 꿈에서도 고래 뱃속에서 술을 마시는 건가요. 목 주위가 꽤 빨개요, 얼굴은 안 그런데……."

양준오가 다시 자리에 앉으며 말했다.

"술독이라는 거야. 좋은 조짐이 아니지. 보기 흉해. 이러다 머지않아 피부가 처진다구. 그다지 좋은 모습은 아니야."

"이 형, 저는 특별히 이 형이 소파에 계속 앉아 있길 바라는 건 아닙니다. 하지만 그건 원래 이방근의 사상이잖아요. 이제 와서 그 몸을 다른 곳으로 옮긴다고 해도 어쩔 수 없다는 생각이 들어요. 어디에 가든 마찬가지고, 자신의 자유는 머릿속에 밖에 없다는 것을……. 옥중에 있는 인간의 자유도 그렇다고, 이 형이 말씀하셨잖아요. 나는 지금 죄수는 아니지만, 이 섬을 나갈 마음은 없다고요……. 특별히 이 섬에 매력이 있다든지, 향토애라든지, 가족이라든지, 그런 걸로 이 섬에 자신이 있는 게 아니라고 말이죠. 제 생각도 그러니까, 이것은……(이방근은 문득 새로운 사실을 발견한 것처럼 고개를 들고 상대를 보았는데, 그래요, 양준오는 그렇다고 내심 고개를 끄덕였다). 어디를 가더라도 마찬가지니까, 제주도에 머문다는 것은, 표현으로는 제주도를 부정하는 듯하면서도, 제주도를 사랑하고 있는 거라구요."

"누가 말인가, 동무가, 아니면 내가. 내가? 내가 제주도를 사랑하고 있다고? 바보 같은 소리 하지 말라구. 다만 부정은 하지 않겠어. 고향이라고 해서 구속되진 않아. 싫을 땐 언제라도 이 땅을 버릴 거니까."

이방근은 양준오의 말에 압박을 느낀 데다 취기의 열기도 한몫 거들어 이마에 식은땀이 배어 나오는 것을 느꼈다.

"아니, 그렇다니까요. 이 형은 그렇게 말하면서도, 제주도를 떠나지는 않을 거예요. 게다가 지금 같은 시기에……. 많은 사람들이 섬을 떠나 자꾸만 일본으로 가고 있어요. 이 나라에, 이 섬에 절망하고 있는 겁니다. 무서운 땅이지요. 왜 여동생과 동행하시는 겁니까. 유원 동무 혼자서 갈 수 있을 텐데……. 우상배 씨의 배라면 더욱 그렇고요. 왜 그렇게까지 무리를 하는지 모르겠습니다, 저는. 이 형은 이제 소파에 생리적으로도 사상적으로도 계속 앉아 있을 수가 없어요. 계속 앉아 있어도, 예전의 이방근과는 다르니까……."

이방근을 똑바로 쳐다보는 양준오의 떨리는 목소리가 흥분을 억누르고 있었다. "뭐라고……? 그만하게, 자네 취했나? 마치 예언자 같군."

언제까지나 소파에 계속 앉아 있으라는 건가……. 무심코 입에서 튀어나왔다고는 해도, 지금까지 이처럼 마치 본의가 아닌 듯한 말을 토해 낸 적은 없었다. 무심코 나온 말이 아니었다. 이방근은 정곡을 찔린 상태로 약간의 충격을 받았다. 그는 잔을 들고 술을 한 모금 입에 머금은 뒤 꿀꺽 삼키고는 일어나, 두세 걸음 어두운 앞쪽 장지문으로 다가갔다. 그리고 아까 양준오가 열려던 것을 제지했던 판자문을 양쪽으로 열었다. 비가 거의 그친 흐린 하늘이, 취한 눈 탓도 있겠지만, 표백한 솜처럼 하얗게 펼쳐져 있었다. 여기는 어디인가……. 바다의 포효도 천둥의 울림도 아득한 옛날 일처럼 사라져 있었다. 이방근은 안뜰 가장자리의 돌담 건너편이 험준하게 움푹 파인 경사로 돼 있어서 잠시 여기가 성내의 읍내가 아닌, 다른 지역에 높이 솟은 언덕의 정상이 아닌가 하는 착각에 빠졌다.

그는 깜짝 놀라며, 안뜰 오른쪽 안채의 판자문이 끼익 소리와 함께 열리는 곳으로 시선을 돌렸다. 순간 안에서 하얀 그림자가, 아니 이 집 안주인이 얼굴을 내밀려는 것에 놀라 얼른 방으로 몸을 끌어들이며 장지문을 닫았다. 자신의 반라 차림에 생각이 미친 것이었다.

"무슨 일 있습니까?"

"아니, 아무것도 아니야." 이방근의 입술에 걸린 말의 기세가 꺾였다. "……양 동무, 동무들은, 아니 양 동무는 말이지, 나에게 제주도를 떠나선 안 된다, 서울에 가지 마라, 일본에는 가지 말라고 몰아붙이고 있는데, 그 이유는 뭔가, 내가 도대체 뭐라는 건가?"

이방근은 좁은 방 안을 뒤쪽의 반쯤 열린 장지문 쪽으로 왔다 갔다 했다.

"이유……. 그런 건 없지만, 아까 언제까지나 소파에 계속 앉아 있으라는 거냐고 한 이 형 자신의 말과, 오늘 악천후 속을, 제게는 황송한 일이지만, 이 형이 여기까지 오신 것과는 같다고 생각합니다……."

"그게 이유인가, 이유를 대신하는 건가." 이방근은 상대방의 말을 빼앗았다. "자네, 건방진 소리 하지 마. 그건 안 좋아. 아는 척하지 말라고."

아는 척하는 인간이 아니라는 것을 알고 있으면서도, 이방근은 상대의 말이 머리의 심을 울렸다. 그런데 어쩐지 화를 내려고 해도, 덩치 큰 자신이 반라 차림으로 방을 어정거리는 모습이 우스워지면서, 치켜 올린 주먹이 어색해지고 풍선의 공기가 빠지듯 노기가 사라져 버렸다.

바람에 판자문이 덜컹덜컹 울렸다. 열어 둔 판자문 고리를 양쪽 벽에 걸어 두지 않았던 것이다. 떨떠름한 표정의 양준오는 이방근의 말에는 대답을 하지 않고 일어나, 장지문을 열어 판자문을 고정시켰다.

"아는 체하려는 건 아닌데, 그럼 말을 바꾸겠습니다." 양준오는 뒤쪽 장지문 옆의 앉은뱅이책상 가장자리에 앉은 이방근을 보고 말한 뒤, 자신은 원래 자리에 앉았다. "이것도 거슬린다고는 하지 마세요. 우리가, 이 양준오가, 이방근을 필요로 하고 있습니다. 남승지도 필요로 하고 있고. 물론 남승지만이 아니지만, 필요로 하고 있으니까⋯⋯라고 하면, 아니, 필요로 하고 있습니다. 그것이 이유라면 단순한 이유입니다."

"⋯⋯" 이방근은 침을 삼켰다. "오호, 필요⋯⋯. 그건 분에 넘치는 일이군. 하지만 그게 나에게 어떻다는 말인가. 나는 나로서 그만 아닌가? 그래, 나는 필요한 돈도 냈잖나⋯⋯(아, 이 무슨 추악한 말인가. 이방근은 취기로 조금 붉어진 피부 아래에서 얼굴을 붉히고 있는 자신을 의식했다. 바로 취소하고 싶었지만, 그 마음이 오히려 말의 기세를 부추겼다). 아니, 지금부터, 헷헤, 소유로부터의 자유, 아니, 아니지, 자네가 말하는 소유한 채로의 자유를 실천하게 되지 않을까. 그 이상 뭐가 필요한가. 왜 나에게 줄을 매달아 잡아끌려고 하는가. 왜 내 자유를 구속하려고 드나⋯⋯. 난 조직의 인간이 아니야."

"네ㅡ, 도대체가, 그건 관계없는 일이잖아요."

양준오는 조금 어이없다는 듯이, 그러나 이방근이 순간 기가 꺾일 정도의 단호한 어조로 말했다.

"어째서 관계가 없다는 건가."

관계가 있고 없고의 문제가 아니다, 즉 관계가 없는 일인 것이다. 이방근은 그저 반사적으로, 기세가 꺾인 어투로 말했다.

양준오는 그에 대답하지 않았다. 책상다리를 하고 앉아 고개를 숙여 장판의 한 점을 응시한 채, 코끝과 뾰족한 턱 부근을 손으로 반복해 쓰다듬으면서 한동안 침묵하고 있었다.

그럴 의도는 아니었지만 서로 말이 끊겼고, 이야기가 묘하게 뒤틀려버린 느낌이었다.

이방근은 반라 상태로 앉은뱅이책상 가장자리에 걸터앉아 있는 자신의 모습에 아무래도 마음이 안정되지 않았다. 그는 자리에서 일어나 벽에 걸린 바지를 들고 하반신을 넣은 다음 벨트를 꽉 죄었다.

아직 마르지도 않은 바지의 빳빳한 옷자락이 발목에 싸늘하게 닿는 게 기분이 좋지 않았다. 그러나 이상하게도 바지를 입으니 안정되었다. 이제부터는 충분히 화를 내며 싸울 수 있을 것 같았다. 아니, 이건 마음이 다잡아지는 게 아닌가. 노타이셔츠는 아직 벽 옷걸이에 걸려 있었지만, 그건 오히려 없는 편이 나았다. 그는 방바닥에 앉기도 그렇고, 다시 책상 가장자리에 엉덩이를 걸칠 기분이 아니어서, 벨트를 다시 한 번 조인 뒤 반쯤 열린 장지문 앞에 서서 밖을 보았다. 하얀 구름이 낀 하늘에 커다란 구름 그림자가 반점을 드리우고 있었다.

"돌아가시는 겁니까?"

양준오가 이방근의 등을 보면서 의아한 듯 입을 열었다.

"……왜 그러나. 아직 안 가."

이방근은 양준오에게 등을 돌린 채 말했다.

"그렇지요, 그렇다면 바지를 벗으시는 게 어떨까요(그렇지요, 그렇다면……. 대단하군. 이방근은 웃음이 새어 나오는 얼굴을 밖으로 향한 채 안도했다). 그대로는 장판에 앉을 수 없어요. 조금만 더 있으면 마를 테니……."

"양 동무는 나한테 싸움을 걸어 놓고 말이지. 그래 놓고 내가 화도 내지 못하도록 바지를 벗으라고 하면서, 날 알몸으로 만들 생각은 아니겠지……."

이방근은 농담 반 진담 반으로 말했다.

"뭡니까, 그 이야기는……?" 양준오는 어리둥절한 얼굴로 이쪽을 향한 이방근을 올려다보며 말했다. "싸움을, 언제 제가 싸움을 걸었습니까. 싸움이라는 말은 좀 이상해요. 싸움이라 하기에는, 뭔가 이 형 혼자서 노발대발하고 있는 것 같아요. 그거하고 알몸과는 어떤 관계가 있는 건지……."

양준오는 중얼거리듯이 말하고는 일어섰다.

"아니, 그게, 알몸으로 있으면 말이지, 좀 안정이 안 돼서 농담으로 말한 것뿐이야."

이방근은 할 말이 없었다. 그는 양준오에게 다가가 어깨를 툭 치고선, 뭐 됐네, 한잔하자구……라는 말을 할 참이었는데, 양준오가 일어서는 바람에 말이 빗나갔다.

"소파나 의자라면 괜찮겠지만, 그래서는 바닥에 편히 앉을 수가 없어요."

양준오는 안뜰과 접한 쪽의 장지문을 열고 작은 툇마루로 나왔다.

"이봐, 양 동무, 어디 나가는 건가?"

이방근은 양준오가 문을 열고 한쪽 발을 내딛은 순간, 어째서 그것을 외출이라고 착각했는지 알 수 없었다. 마치 어딘가로 훌쩍 빠져나가는 보이지 않는 그림자에게 이끌리듯, 뭔가 말이 공허한 느낌으로 꿰뚫고 나왔다. 게다가, 양준오는 러닝셔츠를 입은 채였다.

"손님을 두고 어디를 가려는가." 툇마루에 선 양준오가 방 안의 이방근을 돌아보고 씩 웃으며 말했다. "이 형 좀 이상한 거 아닌가요. 신경질적이라고요. 전 안채에 가서 안주인에게 술안주가 될 만한 것 좀 받아올 테니……."

술안주라, 같은 생각을 하고 있었던 것이다. 이방근은 마음이 풀리는 것을 느꼈다. 얼굴에 미소를 띠면서도 한숨이 나왔다. 낮술로 지쳐 있다, 그래, 어젯밤에 얼마 자지 못한 탓도 있지만, 나는 왜 혼자서 노발대발하고 있는 걸까.

이방근은 다시 책상의 가장자리에 걸터앉았다. 장판 위의 담배를 집어 입에 물고 성냥불을 붙였다. 지금이 마치 오래 전에 아득히 사라져 간 비바람과 천둥 소리 속에 있는 것 같았다. 그 먼 옛날 언제 이 언덕 위에 찾아왔던 것일까. 빗소리가 사라진 바람이 불고 있었다. 담배 연기를 한 모금 깊이 들이마시고 천천히 내뿜었다. 한잠 잘 수 있을 것 같은, 잠을 부르는 취기였다.

양준오가 양손으로 소반을 들고 돌아왔다. 시간이 어중간해서 아무 것도 없다, 소주에 으레 따르기 마련인 돼지고기도 없다고 했다. 고기 집도 아니고, 언제나 그리고 어느 집에나 돼지고기가 준비돼 있는 것은 아닐 것이었다. 아무나 먹을 수 있는 음식은 아니었다. 접시에는 김치, 굴젓, 산나물 무침 등이 담겨 있었다.

"이거면 충분하지."

이방근은 다시 바지를 벗어 벽에 걸고 나서, 소반 앞에 마주한 두 사람은 얼마 남지 않은 소주를 서로 주고받았다.

"그렇다고 해도 이 형, 다음 달 3일이라니 아닌 밤중에 홍두깨 아닙니까. 아버님은 놀라지 않으셨습니까?"

"졸도할 거라 생각했는데 괜찮으셔서 한숨 돌렸어."

이방근은 타들어 가는 목을 물김치로 적셨다.

"모레, 여기를 출발한다면 급해서 아무것도 못 하지 않습니까. 최악의 경우에는 우상배 씨에게 2, 3일 연기해 달라고 부탁하는 건 어떻습니까?"

"후후, 그렇게 마음대론 안 돼." 이방근은 그렇게 말한 순간, 그렇지, 그럴 수도…… 하며 고개를 끄덕이며 중얼거리듯 말했다. "음, 만약의 경우, 사정이 허락하는 한 그 가능성이 있을지도 모르겠군. 꽤 괜찮은 생각이야."

서울을 출발하기 전에 직접 우상배를 만나서 여동생의 일을 말할 예정이었지만 그렇게 하지 못하고, 전화로 사정을 밝혀 상대를 깜짝 놀라게 했다. 즉 사람 몸 크기 정도의 짐 두 개를 오사카의 지인 앞으로 보내는 줄로만 생각하고 있었는데, 그것이 인간이라는 것을 알았던 것이다. 게다가 이방근과 함께 술을 마시고 있던 방 옆에서 피아노를 쳐 준, 아름다운 음대생인 여동생이 당사자라니, 우상배는 처음에 영문을 알 수 없어 했다. 유원은 일본에는 자기 혼자 간다며 오빠와의 동행을 거절했지만, 그것은 일단 가면 그곳에 눌러앉아 돌아올 수 없게 된다는 양준오의 주장과 신기하게도 통하는 것이었다. 그것이 설령 어쩌면 결과적으로 '탈출'이나 '도망'이 될지 모른다고 해도, 일단 동행하여 여동생이 일본에서 생활해 나갈 기반을 만들어 줄 필요가 있었다. 게다가 아버지가 유원 혼자서 일본에 가는 것을 허락할 리가 없었다.

"이제 깨달았는데, 아까 부산에서 강몽구 씨를 만나는 것이 거북하다고 한 건, 이 형이 여동생과 동행하기 때문에 그런 거죠."

"뭐 그렇기는 하지만, 실제로 가는 거니까 난 만나는 걸 피하지는 않아. 내가 가는 거니까."

"만약 출발을 연기하지 않고 해결된다면, 어차피 이 형은 부산에는 가야 하니까 강몽구 씨와 만나는 것은 마침 잘된 일이 아닐까요."

부산에는, 이라니……. 양준오는 아직 견제하고 있었다.

"그 강몽구 씨 용건이라는 건 뭔가?"

양준오는 확실한 것은 모르지만 재정적인 요청이 다시 있을 거라고 말했다. 좀 전에 말한 물자 조달을 위해 왕래하고 있던 배가 자유행동을, 즉 '도망'을 쳐 제주도에 들르지 않게 되었기 때문에, 강몽구는 현재 부산에서 의복 등의 조달과 함께, 10톤에서 20톤 정도의 어선—일본과의 사이를 왕래할 배를 물색하고 있는 것 같은데, 그 일로 의논할 거라고 생각한다. 가능하면 일본에서 배를 손에 넣는 것이 상책이고, 그곳에서 물자를 동시에 싣고 오는 편이 효율적이지만, 그러기 위해서는 강몽구가 일본에 가야 하고, 또 시간이 걸린다. 배를 한 척 사는 것은 그렇게 간단한 일이 아니었다. 부산에서는 그런 배를 찾고 있으며, 그리고 조직에서는 비밀로 부산에 출입하고 있는 도망친 배에 대해서도 조사하고 있다고 양준오는 말했다. ……배는 당연히 이 형의 것이니까 선주가 되는 거예요.

"으흠……." 이방근은 손에 든 잔을 천천히 입술에 갖다 댔다. "핫, 하아, 내가 선주가 돼서 뭘 하겠나."

"어쨌든 선주가 돼 주었으면 좋겠다는 거겠죠."

구체적인 이야기는 없었지만, 양준오는 분명 강몽구를 대변하고 있었다.

"그 이야기는 됐어. 하루 이틀을 다투는 문제는 아니야……." 취기가 돌면서 이마가 찡하고 울려오는 것을 느꼈다. 한쪽 귀에서 이명이 들렸다. 비가 내리고 있는 건가. 빗소리가 머리 위에서, 지붕 위에서 나고 있다……? 머리 위를 두드리는, 주위를 감싼 하얀 물 연기 속에서 우산 위를 두드리는 빗소리가 통과했다. "비가 오는 건 아니지?"

이방근은 반쯤 열린 장지문 밖을 보았다.

"비는 그쳤어요."

"그래, 비는 그쳤지. ……어쨌든, 지금의 강몽구 씨 이야기는 기억해 두기로 하고, 어차피 그와 만나야 될 일이야."

"네, 그건 물론이지요."

이방근이 이 녀석……이라고 생각했을 정도로 양준오의 얼굴이 밝게 빛났다. 어쨌든 상당한 금액이 드는 이야기다. 그는 이방근이 강몽구와 만나는 것을 피하고 있는 것은 아닐까 하는 생각을 하고 있었을지도 몰랐다. 몇 개월 지나지도 않았는데, 양준오는 지금 조직의 입장에 서서 생각하고 그 나름의 발언을 했다.

이방근은 반쯤 뜬 눈으로, 취기가 퍼진 머릿속에서 다시 떠오른 격렬한 비바람의 광경에 이끌리듯 입을 열었다.

"아까 자네는 나중에 얘기하겠다고 했는데, 정세용 일이라는 건 뭔가? 그 얘길 듣고 싶네."

"……"

양준오는 바로 이야기를 꺼내지 않았다. '싸움'으로 번진 것은 아니지만, 함께 일본에 가는 것에 대해 결론을 내주기를 바라고 있음을 이방근은 알고 있었다. 그러나 양준오는 아, 그랬지…… 하며 다른 생각에 사로잡혀 잊고 있었다는 듯이 입을 열었다.

"그건 정세용 한 사람의 일이 아니라, 유달현과 관계가 있습니다."

"유달현 선생……. 오랜만에 듣는 이름이군. 아, 오랜만도 아닌가, 핫하, 경찰에 꼬리라도 잡혔나?"

"아니, 두 사람이 긴밀하게 접촉하고 있는 것 같습니다."

"두 사람이라면 정세용과 유달현 말인가? 으흠, 긴밀하게 접촉하고 있다는 그 내용이 문제인데, 그게 아니면……. 배신이 시작됐다는 건가?"

이방근은 태연하게 말했다.

"배신……?" 양준오는 이방근이 유달현에 대해 이전부터 그런 생각을 가지고 있었다는 것을 알고 있었으면서도, 지금 이방근으로부터 당연하다는 듯이 단정적으로 나온 그 말에 갑자기 압도된 모양이었다. "거기까지 확증은 없지만, 그렇지 않다는 확증도 없습니다."

"만약, 배신이라면 빠르군. 처음 배신했을 때부터 확증을 잡을 수 있는 건 아니니까." 이방근의 말에 양준오의 얼굴이 씰룩하며 경련을 일으켰다. "결코 가볍게 할 수 있는 얘긴 아니지만 말야. 그렇게 되면 스파이잖아. 꼬리를 잡혀서, 그 불알이 꽉 잡혀 있다는 말인데. 지금으로선 그자가 섬을 탈출해서 일본에라도 갈 낌새는 없겠지. 경찰에 꼬리가 잡혔다면, 체포되기 전에 섬에서 도망쳐 버릴 테니까. 으―음, 놀랄 일은 아니지만, 그러나 큰일이군."

확증을 잡는 것은 확실히 어렵지만, 아직 확증이 없었다. 정말로 유달현은 배신의 문턱에 발을 걸쳤다는 것인가. 있을 수 있는 일이다, 그럴지도 모른다고 생각은 하고 있었지만, 실제로 그것이 현실이 되자, 갑자기 믿기 어렵다는 생각이 들었다. 그런 일이 있을까……. 이방근은 턱으로 양준오에게 신호를 보내고, 손에 든 잔을 상대와 부딪친 뒤 입으로 가져갔다. 졸음이 달아난 기분이었다.

양준오는 일주일 전에 남승지가 성내에 왔을 때의 일부터 이야기를 시작했다. 트럭 운전수 박산봉의 하숙집에 머물며 들은 이야기에 따르면, 어느 날 밤 박산봉이 경찰서 근처에서부터 정세용을 미행했더니, O중학교 주변인 정세용의 집 근방에서 기다리고 있었던 것으로 보이는 유달현을, 집 주인이 자택으로 데리고 들어갔다. 그런데, 왜 박산봉이 정세용을 미행하고 있었던 것일까요, 양준오가 자신의 말을 끼워 넣었다. 그게 재미있는 점이에요. 한잔 걸친 김에 술주정을 한 것인지, 남승지도 이상하게 생각하고 있었는데, 우연히 발동한 마음으로 그 뒤를 미행했다 하더라도, 상당히 강한 '의지'가 있는 남자예요, 그는. 그건 그렇다 치고……. 그는 다시 원래 이야기로 돌아갔다. ……박산봉이 한 시간 정도 참고 기다리자, 마침내 혼자서 나온 유달현이 마치 도둑처럼 주변을 주의 깊게 살피고는 인기척이 없는 밤길을 걷기 시작했다느니, 이전에도 둘이서 만나는 걸 봤다느니…… 하는 이야기였다.

"박산봉 자신이 결정적인 확증도 없는데 동지를 의심하는 것은 어쩐지 두려운 일이라고 생각하면서, 본인은 뭔가를 두려워하는 듯 마지막까지 주저하다가 남승지에게 이야기한 것 같습니다만."

이방근은 담배를 피우며 고개를 끄덕였다.

"둘이서 만나는 것을 봤다느니 그런 건 문제가 되지 않을 테고, 설사 유달현이 도둑처럼 주변을 살펴보았다 해도 말이지. 그는 조직원이니까 다른 용건으로 갔다고 해도 경찰 간부의 집에 출입하는 것은 되도록 사람들 눈에 띄고 싶지 않다는 배려가 있을 수 있는 거 아닌가?"

"선의의 해석이라면……."

"선의라기보다도 사실의 문제야." 이방근은 이렇게 생각했다기보다, 이렇게 말해 본 것뿐일 것이다. "박산봉은 왜 겁내고 있는 거지?"

"그건 저도 모르지만 남승지가 그렇게 느낀 것 같아요. 한두 시간 후에 돌아오겠다며 여길 나가 박산봉을 찾아간 그가, 거기서 하룻밤을 묵게 되었다는 말을 전하려고 박산봉이 자전거를 타고 왔었는데, 그가 남승지를 붙잡고 밤늦게까지 여러 가지 신상 이야기까지 한 모양입니다. 여기에 왔을 때의 박산봉의 표정, 그 눈이 뭔가 열기에 들떠 있는 듯한 기색을 띠고 있어서, 저는 조금 이상한 느낌이 들었습니다."

"응, 그 녀석은 그런 면이 있어."

"그가 자전거로 여기에 달려와 있는 사이, 유달현이 마침 그 하숙집을 방문해서 남승지와 딱 마주친 모양인데요, 그 유달현의 갑작스런 방문의 의미를 알 수가 없어서, 그것도 박산봉은 불안해하는 것 같습니다. 그는 전부터 유달현을 그 나름대로 경찰과 내통하는 것 같다고 의심하고 있었는지는 모르겠지만, 그렇다고 그날 밤도 유달현 쪽을 미행하고 있었던 건 아니라는 말이죠, 그렇잖아요. 정세용을 미행하고 있던 참에 전화위복처럼 유달현의 움직임을 포착한 것이죠. 이 형, 그 남자는 왜 정세용을 미행한 걸까요?"

"……"

이방근은 재차 놀라지는 않았지만 말없이 고개를 끄덕였다. 글쎄, 라고 말하는 듯한, 의미를 알 수 없는 맞장구였다. 이방근은 좀 전에, 그 이야기를 하다가 같은 질문이 나왔을 때 순간적으로 움찔하며 놀랐는데, 그 미행은 이방근이 박산봉에게 명령한 것이었다. 그 사실을 양준오가 알아도 나쁠 건 없지만, 굳이 또 이야기할 필요도 없는 일이었다. 필요하다면 말할 기회가 있을 것이었다. 어쨌든 이번에는 그쪽과 관계없는 곳에서 유달현이 얽혀 나왔다는 것인데, 이건 의외였다. 이방근은 상대의 질문에는 고개만 끄덕이고는 말했다.

"양 동무는 유달현과 친한 사이는 아니지?"

"친하지는 않고 그냥 지인입니다. 누구와도 친하게 지내는 건 이 형이잖아요." 양준오는 소리 내지 않고 웃었다. "'서북'과도 사귀고. 아버님께서 아들이 너무 '서북'과 가깝게 교류하지 않도록 잘 이야기해 달라고 저한테 말씀하셨을 정도니까요. 이 형이 제 말을 들을 사람이냐고 말씀드렸더니, 아버님이 말씀하시길, 아니, 나보다도 준오가 하는 말은 들을 테니까……라고 송구스러운 말씀을 하셨어요. 그러고 보면 정세용 씨도 '서북'과 지나치게 교류한다고 걱정을 해서 아버님께 말씀드렸겠죠. 아버님한테 들었습니다."

"그래, 그야말로 '걱정'을 해서 말이지, 진언이라는 거야. 그 '걱정'인지가 수상쩍다구. 우리 아버지는 나이도 드신 분이 그걸 순진하게 받아들이고 있다니까. 그건 그렇다 치고, 양 동무는 남승지가 석방될 때 보증인이 되었잖아. 게다가 실제로 경찰서까지 그의 신원을 인수하러 갔었고. 여하튼 유달현 일은 중요해. 정 경무계장과 만나는 건 서로 안면이 있으니 그럴 수도 있겠지만, 대체로 정세용은 이전부터 유달현을 노리고 있었다는 점이야. 으-음⋯⋯."

이방근은 고개를 세게 두세 번 옆으로 저었다.

양준오는 고개를 끄덕였다. 남승지도 말했지만, 만약 경찰과 내통하고 있다면, 이건 좀 무서운 상상입니다⋯⋯. 남승지가 조직원이라는 것, 게다가 최근 일주일 전 읍사무소 적기 게양 사건 때 '범인'으로 체포되어, 사찰계로 넘어가기 전에 양준오가 마중을 가서 일고여덟 시간 만에 석방되었지만, 한 번은 체포된 것이었다. 아무리 변장을 한다 해도, 양준오의 하숙집에 출입하고 있다는 것이 포착되면 위험했고, 남승지의 성내 출입을 막지 않으면 안 되었다.

잔에 술이 비고 5홉들이 병도 바닥을 드러냈다. 병에 반 정도 차있으니 그렇게 많은 양은 아니었지만, 잠이 부족한 탓인지 피곤했다. 언젠가 결정적인 순간에는 유달현이 아마 그렇게 될 거라며 그를 모독하는 듯한 예상을 했던 것도 사실이고, 조금 전에는 배신이라고 가볍게 말했지만, 그러나 지금, 잠시 시간이 흐름에 따라 어쩐지 이런 일을 갑자기 믿을 수 없게 되었다. 유달현이, 이런 시기에⋯⋯, 무슨 일이 있는가. 예상하고 있었으면서도 충격이었다. 아니, 그 막연한 예상조차 유달현에 대해 부정의 소망이 뒤섞인 허구가 아니었던가. 체포되어 고문을 받은 것도 아니다. 지금은 언제 어떻게 될지 낙관할 수 없다고 해도, 군과 게릴라 사이에 소강상태가

지속되어 서로 활동을 멈춘 이 시기에 재빨리 어떤 계산이 작용했는지도 모른다. 역시 뭔가 꼬리를 잡혀서, 반 협박으로 배반을 강요당하고 있는 것은 아닐까.

어쨌든 서둘러 박산봉과 만나야 했다. 자신을 기다리고 있을 박산봉과는 오늘 밤이나 내일 밤이라도 만날 생각이었는데, 여기서 돌아가는 길에라도 들러 봐야겠다고 생각했다. 정세용보다 유달현 쪽이 긴급을 요하는 문제가 될 것 같았다. 어쩌면 이미 박산봉 자신도 정세용 측으로부터 조직원으로서 감시를 당하고 있을지도 모른다. 으― 음, 이방근은 가슴께가 아프고 숨쉬기가 힘들어졌다.

"술은 이제 떨어졌지만, 탁주가 있대요. 사발에 한 잔씩 얻어 올까요."

"음, 이 정도로 할까, 어떻게 할까. 조금 취한 느낌이야. 탁주가 들어가면 꽤 취할 것 같은데."

이방근의 목소리가 취기에 젖어 커졌다. 그의 뱃속은 술을 원하고 있었다.

"오늘의 주호는 어떻게 된 건가요. 약해지셨어요……."

"주호의 자리는 언제라도 내주겠어. 그렇다면, 사발로 한 잔만 할까. 헷헤……. 그래, 그렇지, 담배가 없네. 주인이 계시면 두세 개비만 얻어 오지 않겠나."

양준오는 자리에서 일어나 방을 나갔다.

이거 골치 아프게 됐다. 정세용이 화평 파괴 책략에 가담한 것은 이미 일어난 일이지만, 유달현의 경우는 현재형이라서, 지금부터 일이 일어날 가능성이 있었다. 이쪽의 예정이 어긋날 수도 있다, 이건 엉뚱한 우회로이다. 도대체 조직의 인간들은 뭘 하고 있는 것인가……. 안뜰 너머 안채의 부엌문 근처에서 목소리가 들렸다. 아까와 마찬가지로 안주인이 가져다주겠다는 것을 양준오가 괜찮다며 자신이 가져오려는 것이었다.

양준오가 열려 있는 장지문으로 들어오자, 양손에 든 쟁반 위에서 향기로운 냄새가 방으로, 사람보다 먼저 흘러 들어왔다. 장판에 내려놓은 쟁반 위의, 두 개의 두터운 사발에서 연한 갈색의 걸쭉한 액체가 새콤달콤한 향기를 머금은 채 흔들리고 있었다.

"이거 맛있겠군."

"좀 시큼할 거라고 했지만, 괜찮을 겁니다."

"조금은 시큼한 편이 좋다구."

이것은 목포항의 뒷골목에서 나영호 일행과 함께 마셨을 때 선술집 여주인이 한 말을 옮긴 것은 아니었다. 탁주의 종류에 따라 다르지만, 찹쌀로 만든 탁주는 혀를 감싸는 걸쭉한 액체 속의 떫은 단맛이 신맛을 함유해야 한다. 여름이니까 좀 더 시다고 해도 어쩔 수 없었다. 부글부글 작게 거품을 내며 눈앞에서 부드럽게 발효를 계속하고 있었다.

이방근은 목이 마르기도 했지만, 사발을 양손에 들고 단숨에 반절쯤 꿀꺽꿀꺽 식도에서 위로 흘려보냈다. 이미 뱃속에서는 알코올이 스며드는데도 마치 빙수처럼 차갑게 위벽 전체를 구석구석 쓰다듬으며 젖어드는 게 기분이 좋았다.

"이거 맛있네요. 아까 맛보았을 땐 이 정도는 아니었는데."

양준오가 김치를 집어 입 안에 던져 넣은 손으로 입술을 닦고 나서 입맛을 다시며 말했다.

"오호, 이거 정말 맛있군, 맛있어……." 이방근은 잠이 깨는 느낌으로 말했다. "그런데 미주에 빠져 있을 수만은 없어. 그러니까 조직에서는 유달현 문제에 대해 어떤 대책을 세우고 있는가? 남승지는 그 뒤로 성내에 오지 않았나?"

양준오는 그렇다고 대답하고, 조직으로서의 대책은 현재로써는, 현재로써는이라고 하고 있을 수 있는 문제는 아니지만, 확증이 없기 때문에 성내의 세포조직에는 일절 알리지 않고 있었다. 상황을 봐서 지구 책임자에게만 알리게 될 것이라고 말했다. 이것은 최근 사나흘 전에 성내에 찾아왔던 강몽구의 의견이기도 했는데, 만약 이 '사실'이 알려질 경우 조직은 크게 동요하게 될 게 분명했다. 양준오가 지금 유달현의 '감시'를 박산봉이 계속하고 있다고 말했는데, '감시'가 그렇게 24시간 내내 잘 될 리가 없었다. 물론 박산봉은 양준오가 비밀당원이라는 것을 모르고 있으며, 양준오가 자신의 그 임무를 알고 있다는 것도 모른다.

"그렇다면, 모든 일이 박산봉에게 달려 있다는 거로군. 이거 힘든 임무를 맡게 됐어. 가엾게도. 그렇다면 남승지가 그 일을 알고 나서 일주일이나 지났는데, 대책이 늦은 거 아닌가. 너무 느긋해서 아무래도 선수를 빼앗긴 듯한 느낌이 드는군. 물론 확증이 있는 얘기가 아니라곤 해도 말일세. 치료가 늦어지는 사이에 병균이 점점 몸을 침범하고 있다면 어떻게 할 것이냐가 문제로군, 이건. 아니, 그러고 있을 상황이 아니야."

"어떻게 치료를 해야 할까요. 정말이지 환상을 잡는 것 같은 일이군요. 어딘가에 감금이라도 해서 '사문(査問)'한다고 해도, 이렇다 할 물적인, 객관적인 증거가 없으니 어찌 해 볼 도리도 없고……."

"사문……. 사문이라. 어디서 사문을 하지? 성내에서는 안 돼. 납치해서 산 쪽에라도, 산간 부락에라도 데려간다는 건가. 핫, 핫하."

배가 흔들리는 것처럼 머리가 두둥실 떠올라 한 바퀴 도는 것을, 눈을 감고 그 움직임에 몸을 맡겼다.

"아니, 웃을 일이 아닙니다." 양준오는 이방근의 불쾌하다는 듯한 쓸쓸한 표정을 보고, 아니, 아니…… 하며 고개를 옆으로 저었다. "이야기가 정세용의 일에서, 그 진위는 차치하고서라도 엉뚱한 곳으로 불똥이 튀어 버렸네요. 이 형, 어떻게 하면 좋을까요. 하나를 선택하는 방법밖에 없어요. 그가 내통하고 있다면 우리 모두가 체포될 겁니다. 그에 대해 어떻게 할 것인지. 내통하고 있는 게 아니라면 그가 결백하다는 확인을 어떻게 해야 할까요?"

취기로 조금 붉어진 양준오의 두 눈이 차가운 불꽃을 내뿜듯이 이상하게 빛났다.

이방근은 대답하지 않았다. 말 그대로였다. 성내 조직세포의 이전 책임자 유달현이 배신하면, 성내 대부분의 관계자가 체포된다. 물론 그것은 시기를 봐서 일망타진할 가능성이 있었다. 유달현은 양준오가 당원이라는 것은 모르지만, 남승지와의 관계로 볼 때 양준오에게도 충분히 위험이 미칠 가능성이 있었다. 생각해 보니 사태는 뒤얽혀 지금은 정세용 문제에만 신경 쓸 때가 아니라는 생각이 재차 들었다. 도대체 손쓸 방법은 전혀 없는가. 유달현의 마음을, 외과의사가 내장을 움켜잡듯이 꺼내어 태양 아래 비춰 볼 수도 없는 노릇이었다. 이방근은 지금 술기운으로 머리에서 열이 나는 탓도 있었지만, 냉정하게 생각하면 자신과는 직접적으로 관계가 없는 일이었다. 정세용의 경우와는 달리, 이것은 조직 내의 문제가 아닌가. 그것을 마치 자신이 당사자인 것처럼, 성내의 조직 책임자와 같이 행동하려고 하는 것은 뭔가 이상하다는 생각이 들었다. 아니, 그는 이미 그 마음이 움직이고 있었다. 원래의 '원흉'은, 진원지는 박산봉이었다. 그와 만나야 했다.

"박산봉을 만나야겠어."

이방근이 혼잣말처럼 말했다.

"누가요……?"

"누가라니, 내가 만나지."

"으―음……" 양준오는 이방근의 눈에 빨려 들어갈 듯이 그를 쳐다보며 말했다.

"박산봉을 만나서 어떻게 하시려고요?"

"그래, 내 자신이 만나야 할 용무가, 개인적인 볼일이 있는데, 어찌됐건 만나야겠어. 양 동무는 그를 만날 입장이 아니야."

박산봉이 하숙집에 있을지 없을지는 알 수 없지만, 이방근은 지금 당장이라도 그를 만나고 싶었다. 그리고 그의 정세용에 대한 보고를 들어야 하겠지만, 우선은 유달현에 대해 그가 가지고 있는 모든 정보를 알아야 했다. 손님들이 없다면 박산봉을 집으로 부르는 것이 좋겠지만, 이쪽에서 찾아갈 수밖에 없을 것 같았다. 게다가 부재중인데, 자꾸만 찾아가서 눈에 띄는 것도 좋지 않을 것이다. 비도 멈췄으니 어쩌면 어젯밤 배편으로 돌아와 있을지도 모른다고 생각해서, 지금쯤 집으로 찾아가고 있을지도 모를 일이었다. 그게 아니라면 아마 하숙집에 있을 공산이 컸다.

잠시 뒤 이방근은 양준오에게 자전거로 박산봉의 하숙집에 가서 집에 있는지 없는지 확인해 달라고 부탁했다.

"도청 과장님을 자전거로 달리게 하는 건 황송한 일이지만 말일세."

"자전거는 제 자가용으로 도청 통근용이죠. 하긴 과장급은 거만해서 자전거는 타지 않지만요. 다들 성내에 살고 있어 관청에는 걸어와요."

"담배를 사다주게나. 동무, 그 정도 술이라면 괜찮겠지? 그리고 조심하라구."

"둘 다 그렇게 많이 마시지 않았어요. 술도 그렇고, 가게가 열려 있으면 돼지고기도 사 올게요."

"난 술은 이걸로 됐어."

양준오는 웃으며 방을 나갔다. 이방근은 그가 자리를 비우고 나서 얼마 후 장판 위에 몸을 뉘였다. 한 사발의 탁주는 급격히, 그러면서도 느긋한 너울의 취기를 불러왔다.

양준오가 돌아온 것은 30분 정도 지나서였을까. 그가 흔들어 깨웠을 때, 이방근은 꽤 깊은 잠에 빠져 있었고, 두세 번 어깨가 흔들리는 동안에, 어째서 이 언덕 꼭대기까지 홍수가 밀려들어 온 건지, 안뜰 한쪽의 수위가 높아져서 장지문의 제방이 무너지고 탁류가 방 안으로 왕창 흘러들어 왔다. 그때, 유달현이 열심히 헤엄치면서 수영장처럼 넓은 방으로 들어오는 것을, 이방근은 이상하게도 자신의 모습을 인지하지 못하는 어딘가의 공간에서 그 광경을 바라보고 있었다……. 밖에서 흔들어 깨우는 바람에 꿈을 깼다.

머릿속은 모래가 가득 찬 것처럼 버석거렸지만, 취기는 상당히 가신 듯했다.

"박 동무는 기뻐하더군요. 그의 조금 편집적인 표정 탓도 있겠지만, 어딘가 두려움이 섞인 눈빛이었어요, 현재형의. 제 선입관을 빼고서 말입니다……."

이방근은 일단 집으로 돌아가면 다시 나오기 힘들기도 해서, 저녁 때까지 양준오의 하숙집에 있다가, 여섯 시가 지나서 박산봉과 만나기 위해 그곳을 나왔다. 우산은 들지 않았다.

밖은 잿빛의 어둡게 흐린 하늘이었지만, 낮에 인기척 없는 비바람 속을 헤치고 온 그에게는, 읍내의 모든 것이 별세계처럼 정지하여 윤곽이 확실히 도드라져 보였다. 바람은 꽤 잔잔해져, 서늘한 저녁 바람으로 변해 있었다.

┃지은이

김석범(金石範)

　1925년 일본 오사카에서 태어났고, 교토대학을 졸업했다. 〈제주4·3〉을 테마로 한 대하소설『화산도』를 집필하고, 일본에서 4·3진상규명과 평화인권운동에 젊음을 바쳤다. 1957년『까마귀의 죽음』을 발표하여 최초로 국제사회에 제주4·3의 진상을 알렸다.

　대하소설『화산도』로 일본 아사히(朝日)신문의 〈오사라기지로(大佛次郎)상〉(1984), 〈마이니치(每日)예술상〉(1998), 제1회 〈제주4·3평화상〉(2015)을 수상했다. 1987년 〈제주4·3을 생각하는 모임 도쿄/오사카〉를 결성하여 4·3진상규명운동을 펼쳤다. 재일동포지문날인 철폐운동과 일본 과거사청산운동 등을 벌려 일본사회의 평화, 인권, 생명운동의 상징적인 인물로 추앙받고 있다. 주요 소설로서는『까마귀의 죽음』,『화산도』,『만월』,『말의 주박』,『죽은 자는 지상으로』,『과거로부터의 행진 상·하』 등이 있다.

┃옮긴이

김환기
동국대학교 일어일문학과 졸업
(현) 동국대학교 교수/동국대일본학연구소 소장
『시가 나오야』,『재일 디아스포라 문학』,『브라질(Brazil) 코리안 문학 선집』,
「코리안 디아스포라 문학의 '혼종성'과 초국가주의」 외 다수.

김학동
일본 호세이(法政)대학 일본문학과 졸업
(현) 동국대학교 일본학연구소 연구원/공주대학교 출강
『재일조선인문학과 민족』,『장혁주의 일본어작품과 민족』,
『한일 내셔널리즘의 해체』(역서),「김석범의 한글『화산도』론」 외 다수.

火山島 ⑦

2015년 10월 16일 초판1쇄
2016년 8월 26일 초판2쇄
2021년 1월 15일 초판3쇄

지은이 김석범
옮긴이 김환기·김학동
펴낸이 김흥국
펴낸곳 보고사

책임교열 유임하(문학평론가/한국체대 교수)
책임편집 황효은
표지디자인 정보환·손정자
제작관리 조진수 **마케팅** 이성은
인쇄제본 영신사 **종이** 한서지업사 **코팅** IZI&B

등록 1990년 12월 13일 제6-0429호
주소 경기도 파주시 회동길 337-15 보고사
전화 031-955-9797(대표)
      02-922-5120~1(편집), 02-922-2246(영업)
팩스 02-922-6990
메일 kanapub3@naver.com / bogosabooks@naver.com
http://www.bogosabooks.co.kr

ISBN 979-11-5516-467-9 04810
      979-11-5516-460-0 04810(세트)

정가 15,000원